王江　著

黑色诱惑

内蒙古出版集团
远方出版社

图书在版编目(CIP)数据

黑色诱惑/王江著.—呼和浩特：远方出版社，2013.4
ISBN 978-7-80723-939-0

Ⅰ.①黑… Ⅱ.①王… Ⅲ.①长篇小说—中国—当代 Ⅳ.①I247.5

中国版本图书馆CIP数据核字(2013)第078891号

黑色诱惑

作　　者	王　江
责任编辑	刘卫伟
封面设计	张燕红
版式设计	韩　芳
出版发行	内蒙古出版集团　远方出版社
社　　址	呼和浩特市乌兰察布东路666号
	（电话 0471—2236466　邮编 010010）
经　　销	新华书店
印　　刷	内蒙古爱信达教育印务有限责任公司
开　　本	710×1000　1/16
字　　数	375千
印　　张	26
版　　次	2013年4月第1版
印　　次	2014年8月第2次印刷
印　　数	1—500册
标准书号	ISBN 978-7-80723-939-0
定　　价	34.00元

内容简介

20世纪80年代中期，在内蒙古大兴安岭林区，隐藏着一个组织严密的贩毒团伙，他们利用林区的复杂地形，疯狂地进行种植罂粟和贩毒活动。以扬威、安航、巴日虎为首的公安干警，在侦破刑事案件时，发现了贩毒团伙的蛛丝马迹，并巧妙安插侦查员卧底，逐步掌握了贩毒团伙的内幕。对误入歧途者采取挽救策略，使其幡然醒悟，戴罪立功，为破案工作提供了有力证据。在广大人民群众的支持下，缉毒警察与凶残的毒犯斗智斗勇，不惜流血牺牲，最终将贩毒团伙一网打尽。

故事情节跌宕起伏、惊险曲折、扣人心弦，既宣扬了忠贞美好的爱情和高尚的道德情操，又鞭挞了毒犯贪婪龌龊的丑行和丧尽天良的罪恶。表达了内蒙古各族人民关爱生命，远离毒品的意愿。讴歌了缉毒英雄的高风亮节和勇于牺牲的奉献精神!

在祖国东北边陲，位于北纬50°10’—53°34’，东经121°15’—127°08’的广袤地域，有一处呈东北—西南走向的山系，这就是闻名遐迩的大兴安岭林区。绵延千里的大兴安岭山峦叠嶂、沟壑纵横、景色秀丽，有独具风格的高山平湖，有雄浑壮美的森林飞瀑，还有一望无际的茫茫林海，这些人迹罕至的地方为它披上了神秘的面纱。兴安岭又名东金山，又称金阿林、阿林，满语意为山脉，与西面的阿尔泰山对称，故称为东金山，以后讹传为兴安岭，又称新安岭、葱岭，也称西兴安岭。兴安岭是内蒙古高原与松辽平原的分水岭，它北起黑龙江岸，南至西拉木伦河上游，全长1200公里，宽200—300公里，海拔1000—1400米。兴安岭主峰为索岳尔济山，山势西缓东陡，东至伊勒呼里山东麓，西邻牧草肥美的呼伦贝尔草原，占地约2500万公顷，森林面积约为1200万公顷，木材总蓄积量达11亿立方米。大兴安岭属寒带针叶林区域，繁衍着耐贫瘠、抗寒冷的植物，有以兴安落叶松、樟子松、白桦、蒙古栎、山杨为主的树木上百种，其中落叶松占70%，白桦约占15%。大兴安岭不但森林茂盛，而且还是野生动物的乐园，这里有东北虎、金钱豹、猞猁、紫貂、大熊、马鹿、驼鹿、梅花鹿、兔、狍等动物，还有松鸡、榛鸡、乌鸡、山鹑、野鸭等禽类，也有飞龙鸟、鸳鸯、丹顶鹤等珍稀鸟类。这里还盛产灵芝、党参、黄芪、芍药等几十种名贵药材，有数量繁多的杜鹃花、野玫瑰、紫箩兰、百合花，芍药花，金莲花……每当夏日来临时，漫山遍野开满五颜六色的野花，形成了花的海洋，被誉为美丽的天然花园。冬季来临时，群山峻岭笼罩在皑皑白雪之中，真是银装素裹，分外妖娆。兴安岭的地下还蕴藏着丰富的煤、铁等矿藏，在这片古老的原始森林被开发之前，只有鄂伦春、鄂温克、达斡尔等几个少数民族在这里居住，他们以他们独特的生活方式，世世代代在这里繁衍生息，在这片几乎与世隔绝的深山密林里，过着宁静而又原始的狩猎生活。

20世纪初，随着中东铁路的建成，隆隆的火车声打破了长久的宁静。那难以计数的森林资源以及丰富的矿藏，让世人感到震惊。大兴安岭的名字也不胫而走，为外界所熟知。

于是，怀揣着淘金梦想的掮客、政客、官僚买办，以及杀人越货的土匪强盗们的贪婪目光，投向了这块风水宝地，他们从四面八方蜂拥而至，在这片神秘而富饶的土地上，演绎着一幕幕尔虞我诈、弱肉强食、刀光剑影的人生悲喜剧。

岁月流逝，斗转星移，时光老人迈着匆匆的步伐走进了20世纪60年代。随着大兴安岭林区的开发建设，全国各地的志愿者，为了响应祖国的号召而从四面八方来到林区。于是，在铁路沿线，一座座新兴城镇拔地而起，一个个村落应运而生。昔日那静寂的山林中传来了采伐作业的喧嚣声，古老的原始森林张开怀抱，迎来了一批又一批的建设者。

20世纪70年代初，内地贫困地区的一些农民和无业人员也盲目地涌入山区。他们有的因为生活困难，有的为了逃避计划生育，还有漏网的刑事犯罪分子以及越狱潜逃的罪犯，他们逃到这山高皇帝远的深山密林里，隐姓埋名，企图逃避法律的制裁。这些流入山区的人的成分相当复杂，正所谓鱼目混珠，良莠不齐，他们被当地人称为“盲流儿”。这些“盲流儿”在大兴安岭与松嫩平原接壤的甘河地区境内依山傍水而居，他们用原始的方式开荒耕种，捕鱼打猎，采集山货，渐渐形成了无数的自然村落，也被称之谓“盲流点儿”。随着人口的渐渐稠密，居住地也逐年向大兴安岭腹地延伸。

寒来暑往，花开花落，时光行进到20世纪80年代。随着改革开放的春风，内蒙古甘河地区也同全国各地一样，发生了翻天覆地的变化。甘河市区街道两旁店铺商家不计其数，大街上人来人往、车水马龙，到处都呈现出一派繁荣的景象。山区的居民们也由原来的无序状态，逐步走向正规，以往散落的“盲流点儿”，如今已发展成统一规划并初具规模的行政村。居住在山里的村民们，依靠党的富民政策，改变了落后的生活方式。他们改用农用机械耕种，提高了劳动效率，生活水平有了明显的提高，过上了衣食无忧的生活。按理说他们现在已不在乎捕鱼和赶山所带来的经济收入，然而，惯于精打细算的村民们，在农闲季节总要抽出时间搞副业，以此提高家庭经济状况。另外还有耕地少或新迁入的外来户，他们的生活比较困难，主要靠打短工来维持生计，这迫使妇女和老人也开始上山采集木耳、蘑菇、榛子等山货以贴补家用。尽管大片的荒山已变为耕地，山货也愈来愈少，但采集山货的人却逐年增多，如此一来，加大了林区的护林防火工作难度。为了消除火灾隐患，制止乱砍盗伐、毁林开荒的违法行为，甘河地区所属林业局及各林场采取了相应措施来加大防火力度。他们派专人到各个自然村宣传森林法和普及一些护林防火知识，同时也加派人手，在所辖的施业区内加强巡护工作。

坐落在多布库尔河畔的库尔林场距离甘河市100多公里，地理环境比较复杂，既与鄂伦春族居住地库尔乡为邻，又与国营农场隔江相望，施业区有几十个村落，星罗棋布般地散落在群山怀抱之中。多布库尔河水在山脚下静静地流淌，清澈的河水中鱼儿欢快地徜徉，河畔水草丛生、岸柳成行，呈现出一片独特的自然景象。

初秋的早上，太阳刚刚升起，库尔林场护林队长巴特尔便身背钢枪，骑上骏马，带领护林队员们开始了巡护工作。他们行进在茂密的原始森林中，伴随着一阵清晰的马蹄声，传来了护林队长巴特尔嘹亮的歌声：“高高的兴安岭，一片大森林，森林里面住着勇敢的鄂伦春。一人一匹马，一人一杆枪，獐狍野鹿遍山岭，打也打不尽。鄂伦春本是受苦的人，鄂伦春的今天翻呀翻了身。黑龙江的流水哗啦啦地滚，兴安岭的大树棵棵都有根。鄂伦春想念毛主席，毛主席是鄂伦春最亲的人……”

巴特尔是个优秀的鄂伦春族青年，身体壮硕，面色红润，浓眉大眼、颧骨突出、鼻直口方。虽然年龄只有28岁，但他的工作经验却非常丰富，他从十几岁就跟随父亲上山打猎，不但练就了一手好枪法，而且对方圆几百公里的地形了如指掌，是个远近闻名的“山里通”。他为人正直、性情豪爽、责任心强，自从前两年大兴安岭地区发生了特大火灾后，他对护林防火工作更是严格要求，一丝不苟。他正带领着护林小分队骑马穿行在茫茫林海中，认真地履行着护林防火的巡护工作。他指挥着队员们时而纵马奔驰沟底，时而扬鞭奔向山顶，向不同的方位仔细瞭望。遇到树林茂密而遮挡住视线时，他便要求护林员爬到树上，用望远镜进行仔细心观察，直到确信没有异常情况，他们才放心地纵身跃上马背，朝着另一个山头疾驰而去。

直到中午时分，他们才在防火公路附近，找了一处有泉水的阳坡休息。初秋的大兴安岭，温差比较大，尽管早晚的气温较低，但是到了白天，尤其是中午时分的温度却在摄氏20度以上。难怪这里也流传着：“早穿皮袄午穿纱，守着火盆吃西瓜”的谚语。护林员们在崇山峻岭中奔波了一上午，又加上密林中荆棘丛生，山路曲折难行，队员们一个个累的汗流浃背，这时已是人困马乏，他们先给马儿饮水喂料，然后便围坐在一起吃午餐。鄂伦春族人喜欢饮酒，甚至连大姑娘小媳妇都能喝上几杯，这与他们以往所处的生存环境和生活习性有关，在这素有“高寒禁区”之称的大兴安岭，每年的冰冻期长达半年之久，最低温度达零下40多度，面对如此恶劣的生存空间，他们便经常饮酒御寒，久而久之便养成了喝酒的习惯，并世代沿袭。解放后，在党和人民政府的关怀下，他们从山上走下来，搬进了砖瓦结构的牧民新村，结束了以往的游猎生活。尽管牧民的生活发生了翻天覆地的变化，但是饮酒的习惯却没有改变。巴特尔也不例外，对酒情有独钟，但他却能控制自己，工作时间从不喝酒，在他的带动下，护林员们也都自觉遵守这一规定。

“巴特尔大哥，听说你很会讲故事，反正现在休息，你就给我们讲个故事听呗。”新参加工作的小吴向巴特尔请求。

“骑马跑了一上午，你不累呀，我看还是好好休息一下，下午还要工作呢，有时间我再讲吧。”巴特尔笑着拍拍小吴的肩膀

“巴特尔大哥，你就讲一个吧。”其他队员也向他请求。

巴特尔见众人如此，就笑着说：“好吧，我先声明，只讲一个，然后大家休息，千万不能影响下午的工作。”

“巴特尔大哥，你就放心吧，保证不会影响工作。”众人齐声回答。

“好，我就给你们讲一个有关多布库尔河的传说。咱们多布库尔地区，曾经流传着一个美丽的传说。相传在远古时代，大兴安岭非常美丽富饶，生活在这里的人们，过着幸福的生活。有一天，深林里突然燃起了大火，烧毁了人们赖以生存的家园，人们被迫远走他乡，动物也远离了这片土地。

岭上住着一对兄妹，哥哥叫多布，妹妹叫库尔，他们有一个心地善良、体弱多病的老父亲。面对着着突如其来的灾难，父亲对多布和库尔说：‘孩子，为了我们的家园，你们不要管我，赶紧去寻访扑灭大火的办法，我们才能有好日子过。’多布和库尔是孝顺的孩子，他们不敢违拗父亲的意愿，只好带上家中仅剩的一点水，挥泪辞别年迈的父亲。他们走过了一座又一座山，翻过了一道又一道岭，兄妹两在一个早已干涸的水池中发现了一只奄奄一息的老乌龟。兄妹二人动了恻隐之心，就把水全部给了老乌龟。喝了水，老乌龟恢复了生气，对他们说：‘善良的孩子，这里已不再是以往的家园了，你们为什么还不离开这儿？’多布说：‘我们要拯救这片土地。’老乌龟告诉兄妹：‘孩子，拯救家园的办法倒有一个，可是必须付出你们的生命，你们愿意为了这片土地放弃自己的生命吗？’兄妹二人毫不犹豫地说：‘愿意，我们要让这片土地恢复生机，要让人们重新过上幸福的生活。’老乌龟深受感动，含着泪说：‘在遥远的南山，住着一只残暴的黑熊，大火就是它放的，它要彻底毁灭这里的生息。你们找到它后，先想办法杀掉黑熊，然后吞掉黑熊的眼睛，化作两眼清泉，才能彻底扑灭大火。’

兄妹二人告别了老乌龟，向南走了好久，终于找到了黑熊住的山洞。多布和库尔静静地等着，等到黑熊睡着了，他们挥起锋利的刀剑，杀死了黑熊，随后挖出它的眼睛，分别吞进肚里。兄妹二人的身体渐渐地融化，化作两眼清泉，涓涓的泉水汇成一条河流，浇灭了大地上的熊熊烈火，滋润着万物。从此以后，大兴安岭又恢复了往日的生机。

人们为了纪念舍身为人的多布和库尔，就把这条河叫作多布库尔河。这就是多布库尔河的传说，这个美好的传说，被人们世代口耳相传，流传至今。”

巴特尔讲的生动有趣，队员们听的津津有味，都被这个动人的传说给打动了，直到巴特尔打住话头，他们仍然沉浸在故事当中而不能自拔。尽管余兴未尽，但他们有言在先，知道再请求也于事无补，所以大家只好作罢，各自找地方闭目养神。

阳光透过树枝照得他们身上暖洋洋的，山风伴着淡淡地花香习习吹来，林中传来鸟儿欢快地啼唱，脚下的泉水潺潺地流淌，远处山坡上的柞树林透出橘红色，在金色的阳光下显得格外壮丽。沐浴在自然而美丽的风光中，让他们感到无比的惬意！

“啊——队长，快来呀！”突然、山沟下边传来惊恐的叫声，打破了森林的宁静，巴特尔等人忙抬头寻声望去。只见小吴在20米外的一片矮树丛旁，惊慌地朝这边喊叫着。巴特尔来不及多想，急忙一把抄起猎枪，快步向小吴奔去。

“咋的啦？”巴特尔来到身边，一边着急地问他，一边端枪警惕地向四周观察，他以为小吴遇到了凶猛的野兽，与此同时，他也闻到了一股难闻的腐臭味。

“队长，你看，那里好像有个死人。”小吴惊魂未定的用手指着一堆枯黄的树枝说道。

巴特尔听后颇感吃惊，急忙上前俯身细看，并用枪拨开稀疏的树枝。他赫然看到了一具已经高度腐烂的尸体，四周散发着难闻的腐臭味。

这时，其他队员也陆续赶了过来，除了两个胆子比较小，躲在他人身后不敢上前观看以外，胆子大的都怀着好奇心，捂着鼻子围观。巴特尔直起腰来，挥手示意队员们后退，以免现场遭到破坏，然后，他又指派两名有经验的队员，前去派出所报案。

甘河市公安局刑侦大队队长安航，接到报案后，立刻带领侦察员及法医老李一同驱车前往案发地点。警车在崎岖的山路上颠簸了两个多小时，直到下午3点多才赶到现场。

此时，库尔乡派出所的所长雷鸣已率领民警先行到达。安航与雷鸣、巴特尔等人碰头后，向小吴简单地了解了一下有关情况，小吴说："我刚才要大便，怕臭味熏了大伙儿，寻思走远一点儿，就顺着山沟来到了这片榛树林，却万万没想到会碰到死尸，真是吓死人了！"小吴心有余悸地把经过讲述一遍，他今年刚满19岁，平时胆量就小，冷不丁见到死尸，岂有不怕之理?

由于死亡的时间较长，加上天气热，尸体已高度腐烂，呈现在干警面前的是一具皮肉腐烂殆尽的骷髅，白森森的尸骨上爬满了蠕动的蛆虫，尸臭味令人作呕。干警们不顾气味熏人，细致地进行尸检和现场勘察。

法医老李对尸体进行了初步勘察，发现死者为男性，年龄待查，身高1米75左右，死者后颅骨有两处狭长形创口，其中一处长达10厘米，创口呈塌陷破裂状，另一处长达7厘米，创口上宽下窄，呈锐角形，身体其他部位未发现损伤，由此推断后颅骨两处伤痕为致命伤。从尸体腐烂程度来判断，被害时间约30天，死者身着一套残破不全的蓝色镶白条尼龙运动装，脚上穿一双黑色皮凉鞋，其他衣物已无法辨认。鉴于现场没有搏斗迹象，初步判断这里不是作案的第一现场，而是凶手抛尸匿迹的地方。

接下来，安航指挥干警们向现场周围进一步搜索，以便寻找作案的第一现场和犯罪分子作案时遗留的蛛丝马迹。巴特尔也主动带领护林员们协助查找。通过了两个多小时拉网式的搜寻，最终在附近山坡的树丛中，找到一把锈迹斑斑，刃口依然锋利的斧子。经过验证，死者的创口与斧头基本吻合，可以断定这把斧子就是凶手丢弃的凶器。这一重大收获令在场人员都为之一振，大家继续信心十足地查找，直到夕阳西下，却再无其他发现，现场勘察工作也随着夜幕的降临而结束。

安航对巴特尔以及护林队员主动协助工作表示感谢，巴特尔谦逊地说他们有义务协助干警工作。巴特尔与干警们握手道别，然后率领着队员纵身跃上马背，随着急促的马蹄声，他们很快就消失在远处的深林中。

鉴于案情重大，安航连夜向局长扬威作了汇报。扬威根据案情需要，立即召集相关人员开会，对案情做进一步讨论分析。安航在会上首先发言："根据现场勘察结果表明，基本上可以排除自杀或正常死亡的因素。其原因是死者脑后有致命伤，死者根本不可能从背后下手自伤，何况凶器相距死者30多米远，很显然是有人趁死者不备从背后偷袭所致，然后丢弃凶器，并将尸体转移。"

"现在能肯定这把斧子就是凶器？"扬威向法医老李问道。

"可以肯定！我已反复验证过了，创口与斧子完全吻合。"法医老李十分肯定地答道。

"好，你接着说。"扬威示意安航继续往下讲。

"通过上述推测：死者系他杀，而且熟人作案的可能性比较大，否则凶手不会如此轻易得手，一击致命。由于死者高度腐烂，已无法辨认其面目特征，现场也没留下证明死者身份的证据，从而给查找死者身份带来一定难处。从死者衣着来看，很可能是外来人口，因为本地人基本不会穿运动服和皮凉鞋上山，除非是走亲戚或进山收购山货的外地人。尽管不排除仇杀的可能，图财害命的嫌疑也很大。"

"好，你分析的很有道理，不愧是警校出身的高材生。"扬威对安航的推理十分赞许。接下来，他又分别征求了其他几位干警的看法，他们的观点与安航基本相同。于是，扬威便站起身来郑重地说道：

"同志们，根据现场勘察和对案情的分析，我宣布对8·26凶杀案立案侦查，由安航同志和巴日虎同志负责侦破此案。由于此次案件具有死者身份不明、尸体高度腐烂、相貌特征无法辨认等诸多不利因素，侦破难度较大，但是我们要知难而上、加大力度，通过各种侦破手段，尽快查清死者的真实身份。另外要尽快进行科技鉴定，对死者的血型、年龄、身高、死亡时间做出准确认定，以便通过电视台、报纸来发布招认启示。通报辖区内各分局和派出所，要求他们协查与被害人特征相似的外出和失踪人员。同时，一定要依靠广大人民群众，充分发挥人民群众的积极性，开展深入细致的调查工作。我们要力争做到不漏掉任何疑点，不放过任何蛛丝马迹，即使犯罪分子隐蔽的再深，作案手段再高明，也让他难逃法网！我坚信，通过同志们的艰苦努力和人民群众的支持，我们一定力争尽早破案，尽快将凶手绳之以法。”扬威的讲话铿锵有力，赢得了与会干警们一阵热烈的掌声。

*　　　　*　　　　*

为了尽快获取死者的准确数据，法医老李与两名助手彻夜不眠。

翌日上午，老李便将各项检验报告交到了专案组。检验结果表明，死者性别：男；血型：AB；身高：175公分；年龄：26岁左右。注：骨骼细小，非体力劳动者，根据头骨特征和遗留毛发，模拟头像一幅，以供参考。呈现在纸上的是一个留着平头、圆脸、大眼睛、高鼻梁、厚嘴唇的年轻人。凶器：斧子，有死者血迹和创口为证，斧了的手柄上有两个血指纹，因受风雨侵蚀而模糊不清，但经过技术处理，有一个尚可辨认。另发现一种非人体血迹，怀疑为某种动物血迹。

连日来，专案组在库尔乡派出所和农场公安分局的配合下，以事发现场为中心，逐步对周围的十几个行政村，以及农场所属的各管区展开调查。由于当初开发时没有具体规划和条件限制，这里的村落大多都是随心所欲，选择阳坡或者自认为风水好的地方建造的。开始时并没有正规名字，也不叫村、庄、屯什么的，而是统称为“点儿”而且多以初建者姓氏为主，诸如什么“高家点儿”、“马家点儿”。上点年纪的人都知道，六七十年代曾流行“盲流”这个词，就是盲目流动的意思。而来这里定居的人又都自发的按此称呼，人们便将居地统称为“盲流点儿”，居民也统称为“点儿民”，而且一直沿用了好多年。直到后来政府对土地实行统一规划管理，按人口的比例划分成若干个行政村后，“盲流点儿”这个含有贬义的名称才逐渐退出历史舞台，但有些人仍习惯这种叫法。因上述原因所致，这里的村落都比较小，一般的只有几十户人家，结构又比较零散，稀稀拉拉的分布数里之遥。还有不少远离村落的零星住户，相距得更远，少则三五里，多则十余里。再加上山路崎岖不平，有的地方根本无法通车，干警们只好步行前往，翻山越岭去排查。调查工作进展缓慢，收效甚微，致使部分干警产生了急躁情绪。

安航心里也非常着急，他与副队长巴日虎，农场公安分局副局长欧阳刚，及雷鸣等人开会研究分析案情，总结前期工作经验，重新配备了警力，调整部署并加大调查力度，以查找运动服和斧子及外出人员为主，广泛发动群众为辅，把寻尸告示印发到所属各机关、团体、企业、学校，以便获得更多的线索。并要求所有参战人员务必要进行全面彻底、耐心细致、纪律严明地开展工作。

干警们打消了急躁情绪，重新投入紧张而艰辛的侦查工作。

经过干警们夜以继日的调查走访和群众的举报，各种线索接踵而来，专案组根据案情需要，逐个展开了调查。干警们费时十余天，经过耐心细致地调查核实和层层筛选，排查人员百余名。最终将几条重要的线索，列入了重点侦查范围：

一、廉广利，25岁，未婚，农场学校教师，身高1米75，家住外地某县农村，学校放暑假时回家，至今未归，亦无音信。据寝室同事反映，他有一套与死者相同的蓝色运动服，怀疑是死者。

二、窦文军，26岁，已婚，身高1米74，外地来库尔乡租地人员。七月中旬称母病返乡，至今未归。据村民反映，有相同蓝色运动服一套，怀疑是死者。

三、张大伟，25岁左右，身高1米76左右，婚姻状况不详，住址不详。据群众反映，他与库尔乡高家村的高卫东关系密切，经常在高家聚众赌博，最近一段时间没见来往，有人看见他穿过蓝色运动装。

四、魏东生，30岁左右，省城某农贸公司采购员，经常在本地收购山货，在本地认识的人较多。据说也曾穿过这种颜色的运动服，而且这段时间也没在本地露面，让人觉得似乎与死者有关联。

五、罗勇，24岁，未婚、身高1米75，本地区库尔乡人。今年五月份离家外出，至今尚无音信。虽然衣着不符，但长相却与死者有些相似，故此予以侦查。

专案组针对上述五名失踪人员的具体情况，再次进行了慎重的分析，认为他们每个人都存在着被害的可能性，他们无论在身高、年龄、时间、物证方面，都与死者有相似的疑点。目前的关键就是尽快查清他们的下落，方能排除是否遇害。根据下一步工作需要，指挥部再次调整部署，选派精兵强将，组成了五个精明强干的侦查小组，对失踪人员同时展开调查。

侦查小组的干警们，按着指挥部的统一部署，日夜兼程地奔赴各自的目标。

时间在等待中缓缓地流逝着。

三天以后，负责调查廉广利的第一小组返回。他们向安航汇报了此行的经过：他们按学校提供的地址，下了火车上汽车，最后又坐四轮车，几经周折后，在当地民警帮助之下找到了廉广利的家，并见到了腿伤尚未痊愈的廉广利。这是一个非常偏僻落后的小山村，说起来简直让人难以置信，这里连电灯都没有，更不用说其他通讯工具。廉广利的家境贫寒，他的腿是在暑假期间帮父亲打石头时碰伤的，所以才没有按时回去上班。据他讲已经给学校领导写信告之此事，至于为什么学校没有收到，就不得而知了。干警们见情况已经清楚，便连夜乘车返回。

安航用红笔将廉广利的名字重重地划去。

调查张大伟的第二小组却出师不利，高卫东自称与张大伟是在牌桌上认识的赌友，对他的详细情况不太清楚，而且已经数月没来往。后经干警们一再做工作，他才含糊地说出张大伟的住址，并且一再声称是听张大伟自己说的，他也不知道对错。干警们尽管对他的话有所怀疑，但还是不辞辛苦地找到了他所提供的地址，结果却查无此人，他们只好无功而返。

安航在张大伟和高卫东的名字后面划了个大问号。

调查窦文军的第二小组，调查的过程却颇具戏剧性。他们根据知情人提供的地址，来到了地处内蒙古自治区哲里木盟所辖的一个乡村，好不容易找到了窦文军的家。他却没在家，家人说他前段时间因其母病重，特意从大兴安岭赶回来，其母病愈后，于两天前返回，与调查组失之交臂，当地村干部和派出所也都给予证实。后经调查核实，窦文军确实已回到库尔乡，彼此在时间上开了个玩笑，一场虚惊而已。

调查魏东生的第四小组却颇费周折。甘河地区认识魏东生的人比较多，却没人知道他的详细地址，包括与他有业务往来的单位也说不清楚，只是知道他家住省城，工作单位在弘远农贸股份有限公司。干警们到省城一打听，人们不是摇头就是摆手，都说不知道。无奈之下，只好向当地的同行求助，从同行处得知，如今省城这类个体公司多如牛毛，又不知道准确地址，如同大海捞针一般。后来同行们想出了一个主意——陪他们去各工商局查注册档案。根据工商局提供的信息，在动力区一农贸市场附近，找到了这家规模很小的个体公司。一位小伙子接待了他们并告知魏东生确有其人，但已出差。因为经理不在，准确的出差时间和地点却说不准。为了准确无误，他们在当地派出所的配合下，找到了公司的经理，并经过经理的多方核实，排除了魏东生遇害的嫌疑。

安航用笔将魏东生的名字轻轻地划掉。

负责调查罗勇的第五小组却遇到了麻烦。虽然罗勇的家人提供了所有亲戚、朋友的地址，可查找起来却十分困难，这些人大多住在农村，交通十分不便，往往查找一处就用两三天时间，而且还一再扑空，让人感到十分沮丧。可由于职责所在，大家只好耐着性子继续往下查。

午夜时分，万籁俱寂，山城沉浸在静谧的夜色中。

安航坐在办公室的沙发上，身边的茶桌上摆满了卷宗。他年届30，身高1米72，浓眉凤眼、面相俊秀、皮肤白净、性格内向、心思缜密、作风严谨，是个以逻辑推理和思考见长的优秀刑警。此时他时而翻阅卷宗，时而静坐沉思，脑海中反复思考着案情。目前五条线索已排除了三个，剩下的这两个却扑朔迷离，导致案情进展缓慢，问题到底出在哪里？是对案情分析不透？还是把握的不够准确？从各种迹象来看，罗勇的线索并不主要，因为他缺少主要的物证，在时间上也不相符。假设他有同样的衣服，又恰好穿着被害，虽然不排除这种可能，但未免牵强附会，难以成立。看来还是应该将主要目标放在张大伟这条线索上，虽然没有找到有力的证据，但高卫东显然没有说实话。他为什么说谎呢？他们的关系如此密切，岂有不知道家庭住址之理！难道他是故意隐瞒？还是怕惹火烧身？抑或有什么不可告人的目的？看来有必要进驻高家岗，正面传讯高卫东，以期打开突破口。同时再向群众做深入细致的调查工作，并辨认斧子的来源，这种斧子只有木工才有，而农村的木匠又经常走村串户去干活，只要下工夫查找，就不愁找不到斧子的主人，而且这个人极有可能就是真正的元凶！

* * *

地处大兴安岭林区与松嫩平原交界处，鄂莫三角洲边缘的高家村，是这一带最大、最富庶的村庄。村中有近百户人家，尤以高姓者居多。这里以前曾叫“高家点儿”，后经过政府对行政村统一规划，才更名为高家村。村子周围呈丘陵地带，地势平缓，土地肥沃，利于开垦耕种，全村累计有良田千顷，真是家家有余粮，户户有存款。村长高德富更是富得让人眼红，据传他家不但有好地千亩，拥有先进的配套农机具，而且还有从“东德”进口的“康拜因”收割机、“东风”汽车、“AS2020”吉普车。他今年50岁出头，身体强壮，共有三男两女，人丁兴旺。他仗着财大气粗，在村子里说一不二，欺凌乡里，专横跋扈，同时又凭着头脑灵活，结交了一些政府官员，是个远近闻名的大能人。

对于专案组的到来，高德富的表现得尤为热情。他一边亲自斟茶、点烟，一边暗中叫大儿子高武举去准备酒菜。安航向他介绍此行的目的，并让他安排人员协助专案组工作。高德富连连点头说好，并交给二儿子高文举去办。高文举身材修长、体格健壮、五官端正、轮廓分明、目光有神，举止言谈中透出精明和稳健。他按着父亲的吩咐，领着刑警去找高卫东。接着高德富叫来一名村干部，叫他协同警察前去走访调查。

“高村长，请你再谈一下有关高卫东的情况。”安航向高德富说道。

高德富听后嘿嘿一笑说道：“唉，说来见笑，论起来高卫东还是我的远房侄子。我叔伯大哥死得早，我又没工夫管教他。他打小就好吃懒做，长大了也是悠悠逛逛地不干正事，还好喝点小酒，耍个小钱啥的。要不是冲我的面子，连媳妇都没人给，是个不成材的败家子，不知他又惹什么祸了？”

“高村长，我们只是找他调查点事情，听说他有个朋友叫张大伟，你听说过吧？”安航拦住他的话头。

“嘿嘿，对不住啊，安大队长。一提起这王八犊子，我就气不打一处来，听说他和张大伟认识的时间并不算长，大概也就交往一年多吧。听说他们常在一起喝酒、打麻将啥的，也没看他们干什么正事。”高德富用手来回摩挲着胡须，边想边说道。

“听说张大伟经常在高卫东家住？”安航用眼睛看着高德富问道。

“好像是吧，这事我也不太清楚。”高德富摇了摇头，又接着补充了一句：“他这个人没啥正事，我懒得搭理他，所以两家平时不太走动。”

安航心中暗自说道：“这个高村长，真是个老滑头！”表面却不动声色地点了点头。他本打算再了解一下斧子和运动服的事，见他如此，便改换了话题。

“你们这一带木匠多不多？”

“成手不多，二五子木匠到不少。”高德富不以为意地说。

“那好，请你把他们的姓名告诉我！”安航用不容置疑的口吻说道。

“啊——好……”高德富稍微停顿一下，又急忙点头连声说好，他已觉察到扬威的态度变化，便讨好地搬着手指，数出了五六个木工的名字。

安航将木匠名单交给巴日虎，并低声交代了几句，巴日虎带领着几名干警匆匆离去。

高卫东被叫到村委会，他一边跟熟人打招呼，一边客气地逐个敬烟，显得很从容。安航命人将其带到一间空屋，用目光冷峻地扫了他一眼，开始对他进行讯问：

“张大伟是你的朋友吗？”安航开门见山的问道。

“是。”高卫东点头承认。

“你们认识多长时间啦？”

“差不多快两年了。”

“他是干什么的？家住哪里？”

“他是干啥的，我也说不清；家住在哪，我不是已经告诉你们了吗？”

“事实证明你在说谎，你告诉的是假地址，那里根本就没有张大伟这个人。”干警张景辉生气地质问道。张景辉是位从警20多年老刑警，他个头1米68，今年45岁，圆脸宽额、浓眉大眼，双眼皮、隆鼻、宽嘴、厚嘴唇，有些拔顶，身体有些发福。他为人忠厚随和，寡言少语，对自己一向严格要求，不但平时对工作勤勤恳恳、任劳任怨，就连正常的节假日，也几乎从不休息，而是一心扑在工作上，多次被评为先进共产党员和先进工作者。他负责对张大伟的调查工作，因为高卫东说了假话，害得他们白跑了一趟，本来就憋着一肚子火，此时见他如此狡辩，气愤地当场揭穿了他的谎言。

“不会吧，他明明亲口对我说的，怎么会是假的呢？难道他在骗我？！”高卫东似乎很委屈。

“既然你们是朋友，又经常吃住在一起，他岂能骗你！我看是你在故意骗我们！”老张再次打断了他的狡辩。

“这、这、这我也说、说不清。”高卫东显得有些着急。

“好，这暂且不提，我再问你，你们有多长时间没见面了，最后一次分手是什么时间？”安航不动声色地接着问道。

“具体时间我记不太清，大概两个多月吧。”

“他走的时候穿什么衣服？”安航盯着他的眼睛问道。高卫东扭脸躲开扬威犀利的目光，然后又低头想了一下才说：“他走时好像穿了套西服。”

“是什么颜色？”安航快速追问道。

“蓝色，不、不、不，是灰色。”他有些慌乱，但又一口咬定。

“张大伟是否有套蓝色运动服？”安航单刀直入地问道。

高卫东听后身子微微一动，眼神有些慌乱地说：“蓝色运动服！我想想……啊！我想起来了，是有一套运动服。”安航对这一切仿佛视而不见。

“你看看这个人是谁？”安航拿着张大伟的模拟像，出其不意地问道。

“张大伟！”高卫东几乎是脱口而出，显得很惊讶。

“你看准了，真的是他吗？”安航目光直射地问道。

“看准了，是、是他！”高卫东低着头压低声音答道。

“好吧，今天就谈到这里，你回去再好好想想，我们有事再找你。来，在询问笔录上摁个手印。”安航不动声色地结束了询问，高卫东则面露喜色，带着几分轻松的心情走出门。

“队长，不能就这么便宜了他。”干警敖英子有些焦急。敖英子是个鄂温克族小伙子，身高1米73，圆脸、浓眉大眼、鼻梁扁平、高颧骨、圆嘴巴，肤色白皙。他去年刚从警官学校毕业，到公安局工作才半年多，他为人朴实，工作热情高涨，各项工作都抢先去做，唯一欠缺的就是工作经验，所以由干警老张带着他实习。他的父亲是鄂温克族第一代大学生，由于在反右运动中有反动言论，被打成右派，大学没毕业，就被遣返回乡，在家乡当一名普通教师，直到“文革”结束后，他才得以平反。组织上重新为他安排了工作，现任甘河市河西区政协副主席，他生性耿直、淡薄名利，唯一的爱好就是读书。他家的书房里，有三个大书橱，里面摆放着古今中外的各种书籍。每当闲暇时，他便一头扎到书房里，一看就是几个小时，一看起书来，什么都不顾。敖英子从耳濡目染，养成了读书的好习惯，在工作之余，经常是手不释卷。这一年多，他读的基本上都是有关刑侦方面的书籍，再加上工作实践，故此，他的进步很快，现在已基本能独当一面。安航听了他的话，只是微微一笑，胸有成竹地说：“小敖，放心吧，他跑不了。你现在马上开车赶回局里，鉴定他的指纹，越快越好。老张，你带人密切监视高卫东的举动，以防万一！”干警敖英子和张景辉痛快地答应着，前去执行命令。

巴日虎是个蒙古族青年，中等身材，体形健壮，国字脸、大眼睛、双眼皮、高鼻梁、宽下巴、厚嘴唇、络腮胡，说话声音洪亮，办事干练沉稳，粗中有细，作风雷厉风行，具有蒙古族的豪爽性格。别看他只有30多岁，但资历却很深，他是武警部队转业的营职干部，在公安战线上已经战斗了数个春秋，凭着在武警部队练成的擒拿格斗功夫，再加上胆大心细，在打击各种犯罪的斗争中屡立战功，曾破获了几桩棘手的大案、要案，使他在同行中脱颖而出，多次受到上级的嘉奖和表扬。他是安航的得力助手，也是公安战线上不可多得的人才，更是犯罪分子的克星。

巴日虎和两名干警，在村干部的引导下，按着名单依次登门展开调查。连续调查走访了几个小时，眼看名单上的名字所剩无几，可有关斧子主人的线索却依然渺茫。需要干警走访的木匠除了两个有事外出以外，其他人都对这把斧子予以否认。这把斧子经过技术处理，已基本恢复了原样——斧头稍小、刃口锋利、斧柄精致、光滑润手，无疑是木工之精品。这些木匠除了对斧子连声说好之外，即没有人承认，也没有人提供佐证。按理说农村的木工应该彼此了解，因为农村的民风比较古朴，人情味较浓，有什么事情都相互帮忙。木工们更是经常聚在一起，为彼此的亲朋好友们盖房、打家具、做红白喜事的寿材等，谁有什么好使的工具都清楚，为什么这把斧子却无人知晓呢？是他们胆小怕事？可看他们的表情又不像。到底是什么缘故呢？此时，巴日虎尽管心中着急，但表面却毫不流露，依然耐心地带领干警们，认真有序的继续调查走访。

他们一行来到村东一处比较偏僻的住宅前，院内传来一阵狗叫声，领道的村干部隔门喊叫了几声，从屋内跑出一个小伙子，他大声将狗吆喝住，开门将客人让到屋里。

“小柱子，这几个公安局的同志想跟你打听点儿事。”领路的村干部对他说道。

“啥事呀？”柱子有些不解地望着巴日虎等人。

“请你看看，认不认识这把斧子？”巴日虎将斧子递给他。

“哎哟！这不是我师傅的斧子吗？”柱子有些惊讶地答道。

巴日虎心中一喜，连忙问道：“你师傅是谁？”

“我师傅是、是郑义呀。”

“郑义是干什么的？他住哪里？你能肯定这把斧子就是他的吗？”巴日虎进

一步求证。

“郑义是个老木匠，也是个老党员，他的党龄比我的岁数都大。他在土改时入的党，你说早不早？现在他快60岁了，身体又不太好，好几年不干木匠活啦，所以名单上没有他，他就住在村东头，不行一会儿再去找他。”村干部向巴日虎解释。

“我敢保证，这把斧子绝对是我师傅的！这斧子贼快，我师傅可娇贵它啦！从来不撒手。如果你们不相信，一会儿我和你们一起去。”柱子生怕不相信他。

“真是踏破铁鞋无觅处，得来全不费工夫”巴日虎在心中暗自叹道。接着他又详细了解了一下情况，便同柱子一起来到郑义家。

郑义中等身材，面容清癯、精神矍铄。他拿着斧子看了看，然后表情严肃地对巴日虎说道：“没错！这把斧子确实是我的。至于它是怎么丢失的，我作为一名老共产党员，只有坦诚相告——它是我姑爷拿去卖猪肉时弄丢的。”

“您姑爷叫什么名字，什么时间卖的猪肉？”

“高卫东，卖猪肉的时间是五月节前一天。”郑义十分肯定地回答。

“高卫东？”巴日虎心中一动，连忙追问道：“您问过他丢失的原因吗？卖肉时一共几个人？”

“我问过，他说是在卖完肉回来的路上弄丢的，卖肉时只有他和我老儿子。”

“您儿子今年多大？”

“16岁，上初中呢。等他晚上回来，我再好好问问。”郑义非常诚恳地说。面对如此坦诚的老人，巴日虎心中充满了由衷的敬意。

傍晚时分，小敖带回鉴定结果。鉴定结果表明，指纹基本一致，系高卫东一人所留。但由于斧子的手柄上另一个遗留的指纹不太清晰，难以确定。为了慎重起见，法医老李已前往省厅作准确鉴定，不日即回。另已查清斧子上所留的血迹为猪血。从时间和物证相吻合来看，高卫东有重大作案嫌疑。另据侦察员报告，郑义下午去了他家一趟之后，高卫东的举止就有些反常，显得有些坐立不安，还时常向门外窥视。老张等人建议先把他抓起来，以防他逃逸或狗急跳墙。安航和巴日虎等人再次进行分析之后，觉得不能操之过急，必须等待指纹的最后鉴定结果，以确凿的证据使其认罪伏法。为避免意外，安航又增派了警力，密切监视高卫东的一举一动，如发现异常情况，立即采取果断措施。

郑义老人自从巴日虎走后心里就一直难以平静，面对这把失而复得的斧子，他心中充满焦虑和不安。他心里有一种不祥的预感，这起凶杀案一定与自己的女婿有关。自己当初曾为斧子丢失而找过他，可他却一口咬定在半道上丢失了。俗话说“木匠斧子瓦匠刀”，他对这把使用了十几年的斧子十分珍惜。由于心疼自己心爱的斧子丢失，气得郑义老人连猪肉也没吃，就赌气回到自己的家里。可没想到斧子却出现在凶杀的现场，难道是有人拣到斧子，故意用来作凶器而嫁祸于人吗？但愿这只是一种巧合，是一场虚惊而已。事关至亲之人，他尽量往好处想，以此来安慰自己。可是直觉和理智告诉他，事情绝非如此简单，这种一腔情愿的想法，未免有些牵强附会，就连他自己都难以信服。他坐在炕上一支接一支地吸烟，郑大妈喊了他好几遍，他都不肯吃饭。他心乱如麻，难以理出个头绪。他是个叫真的人，觉得有必要找女婿了解一下情况，以便弄清楚事情的真相。于是，他把吸剩下半截的纸烟丢在地上，又习惯地踩了几下，然后披上外衣，走出了房门。

老人径直来到女儿家。对于父亲的到来，女儿又是点烟，又是倒茶的，十分亲热。高卫东也很热情，老人借故把女儿支开，单刀直入地问他是否与凶杀案有关联。尽管高卫东的表情显得有些不自然，眼神有些慌乱，不敢与老岳父对视，但他却百般抵赖，一口咬定不知情，甚至用起誓和赌咒来表示自己的清白。他的这番表白，郑义老人不但没有宽心，反而心情更加沉重。

他忧心忡忡地回到家中，坐在炕上长吁短叹。郑大妈追问他到底出了什么事，他知道郑大妈是个胆小怕事的人，担心她着急上火，故此没敢告诉她，只是独自一支接一支不停地吸烟。他思前想后，越想越觉得女婿可疑，越想也越感到害怕，如果女婿真是凶手，儿子也难脱干系，因为那天卖猪肉，儿子也跟着去了。如果真是那天发生了命案，儿子极有可能参与其中，即使不是帮凶和同谋，最起码也是知情者，知情不报也是犯法。难怪这段时间总觉得儿子的行为有些反常，他越想越深感事态严重。

他焦急地等到儿子放学后，便急忙将儿子叫到跟前。他先是好言细语相劝，期望儿子能说实话。可任凭他磨破嘴皮，儿子始终缄口不言。郑义老人一气之下，大声对儿子喝令道："你给我跪下，今天不说实话，我就打死你！"他一边骂着，一边顺手抄起一根擀面杖，用力打在了儿子的肩上。儿子疼得大声叫唤，郑大妈闻声奔过来，急忙护住儿子，气急败坏地质问："你这老东西，今天是怎么啦？自从公安局的同志来过之后，你饭也不吃，只是长吁短叹抽闷烟，问你又不肯说，如今又平白无故地打儿子，到底出啥事啦？"

"老伴儿啊，咱家要出大事啦！"郑义心疼地大声喊道。

"他爹，到底出什么大事啦，你赶紧告诉我，你告诉我不行吗？别让我干着急啊。"郑大妈焦急地追问。

"什么大事？你问问你的宝贝儿子就知道啦。"郑义气愤地指着儿子。

"儿子，你到底闯什么祸了？让你爹生这么大气。"郑大妈心疼地摸着儿子的脑袋问道。

"妈，你就别问了，我什么都不知道。"郑三带着哭声回答

"你这个忤逆不孝的东西，白供你念了这么多年书，一点法律常识都不懂，眼看就要蹲监坐狱了，还不跟我说实话，我索性打死你得了，省着日后替你丢人现眼。"郑义气愤地抡起擀面杖，作势要打儿子。郑大妈急忙用身体护住，嘴里忙不迭地劝儿子："三儿，你到底干啥坏事了？赶紧跟你爹说，看把你爹都气成啥样了！"

"妈，我不敢说呀！"郑三惶恐地大声哭着。

"儿子，你不用怕，有爹娘给你做主，有什么事尽管说，我们帮你拿个主意。再不说就来不及了，上午公安局的都来过了。说吧，天大的事都有爹给你做主。"郑义也丢掉擀面杖，压住火气劝儿子。

“爹，娘，事到如今，我也不敢隐瞒了，我就把实情都告诉你们吧。就是五月节的前一天，姐姐家不是杀了一口猪嘛。我跟着姐夫在卖完猪肉回来的路上碰到了张大伟，就是我姐夫的朋友，两人关系非同一般，在我姐家一住就是十天半个月的，好得跟一个人似的。可不知什么原因，那天两人见面没说几句话，便争吵了起来，而且吵的很凶，他们相互指责不够朋友、不讲义气。张大伟气急败坏地逼他把东西交出来，并威胁说要找人收拾他，声称要与姐夫拼个鱼死网破。后来姐夫先停止了争吵，拉着张大伟低声不知说了些什么，两人便和好了。张大伟跟着我们一同前往，说是来家吃猪肉，谁知没走多远，姐夫说要撒尿，张大伟就帮着姐夫推自行车走在前头。没曾想姐夫却抓起斧子，从背后向张大伟头上砍去，这一下用力很猛，张大伟连带车子都被砍倒在地。姐夫又窜上两步，弯腰又照准头上猛砍一下。张大伟当时就脑浆迸裂，死于非命。

我当时吓傻了，在姐夫的指使下，机械地帮他把尸体抬到沟底下，并用树枝将尸体掩盖。姐夫顺手将沾满血迹的斧子扔进密林深处。完事后，姐夫告诉我说张大伟酒后曾调戏过姐姐，他咽不下这口气，才一气之下将他杀死，还说他这么做只是替姐姐出气。后来他又硬塞给我200元钱，求我为他保密，并威胁我如果说出去，他就杀死咱们全家！其实他在撒谎，他之所以杀死张大伟，是因为他们曾合伙贩毒，我也在不知情的情况下，参与过他们的贩毒活动。是姐夫见财起意，动了贪心，自己想独吞毒资。由于张大伟多次找他讨要未果，并扬言要整死他，姐夫就动了杀念，并将张大伟残忍地杀死。当时，面对着眼睛血红的姐夫，我哪里还敢违抗，只有连连点头答应，以求自保，尽管我内心十分恐惧，被吓的寝食难安，夜里经常被噩梦吓醒，但我却害怕遭到高卫东的报复，怕他对你们和姐姐下毒手，我也只好违心地为其严守秘密，不敢对任何人泄露半句。”

郑义虽然早有预感，乍听之下依然十分震惊，忍不住仰天长叹、老泪横流，为自己至亲之人犯下杀人重罪而痛心不已。郑大妈听后吓傻了，半天才缓过神来，急得哭了起来，她边哭边对郑义说：“他爹，咱们的命怎么这么苦啊！这是哪辈子做了孽，摊上这么大的事，你说这该怎么办呐？”

“怎么办，我有什么办法，自古以来，杀人偿命，欠债还钱，这种事天经地义、国法难容，他们是自作自受，我有什么办法。”郑义气愤而无奈地说。

“他爹，都说虎毒不食子，难道你就忍心眼睁睁看着女婿枪毙，女儿守寡，儿子蹲监狱？你还是想办法救救他们吧！”

“事到如今，说什么都晚了，无论贩毒或杀人，哪条都是死罪，只有接受法律的制裁。我作为一名30多年党龄的老党员，在大是大非面前，绝不能丧失原则，置党纪国法于不顾，绝不能为了亲情去包庇罪犯，这不仅玷污了共产党员的光荣称号，更为党纪国法所不容！目前唯一可选择的，就是劝其投案自首，争取宽大处理，没准还有一线生机，否则只有死路一条。”郑义这番话说的大义凛然，也是他的真心话。郑大妈听后，无言以对，唯有低头哭泣而已。

考虑到高卫东罪行重大，劝其自首有一定的难度，弄不好会铤而走险，伤及无辜。可他又不忍心眼看着女婿走上断头台，经过深思熟虑，郑义最终还是决定前去劝其投案自首，争取宽大处理。

当下，郑义带着儿子去投案自首，找到了住在村部的安航，把儿子女婿的全部犯罪事实做了交代，同时也请求暂缓高卫东抓捕行动，给他一定的时间去劝说高卫东主动自首，以争取宽大处理，为了防止不听劝说或采取其他极端行为，郑义要求干警们潜伏在门外，自己进屋去劝说，一旦劝说无果，公安局就果断采取抓捕行动。

安航被郑义老人的大义灭亲所折服，他当即同意了老人的建议，亲自带队随同老人来到高卫东的家，并事先做了几种预案，对可能发生的事情都做了精心部署。

面对郑义晓之以理、动之以情的劝说，高卫东自知罪孽深重、罪责难逃。他经过艰难的选择，最终同意选择投案自首。

由于郑义老人坚持原则，大义灭亲，使得案件兵不血刃地成功告破了。

郑义老人大义灭亲的壮举，赢得了各界人士的尊敬和爱戴。

高卫东自首后，彻底交代了自己的全部犯罪事实，8·26凶杀案就此划上句号。案件的成功告破，让干警们欢欣鼓舞，但更让他们感到可喜可贺的是在破获凶杀案的同时，还牵出了一件石破天惊的贩毒案，并找到了使得干警们困扰已久的破案线索。扬威不敢怠慢，迅速将这一重要线索报告给上级主管部门。在上级领导的支持下，根据案情的需要抽调了大批的警力，进行了周密细致的部署。一场惊心动魄的缉毒斗争，悄然拉开了序幕。

*　　　　*　　　　*

东北某地劳改监狱，一道高墙将这里与外界隔绝。高墙上密布的电网，岗楼上武警战士警惕的目光，戒备森严的监狱大门，这一切仿佛都在告诉人们，这里没有自由，只有对自由的奢望和幻想。

午饭过后，钱亚民躲在角落里吸烟，他长的五大三粗，大脑袋、牛眼睛、短粗眉毛、圆鼻头、厚嘴唇、黑皮肤，左眼眶斜向太阳穴有一道伤疤，就像是一条毛毛虫爬在脸上。他不但面相凶狠，而且心狠手辣，虽然进来不到半年，但凭着他胳膊粗、力气大，轻易地制服了原来的狱头，自己取而代之，人送绰号“黑煞神”。犯人们为了讨好他，都尊称他为黑哥。他眼望着缕缕飘忽的烟雾，心中幻想着外面花天酒地的生活。

“黑哥，管教来了。”负责把风的人低声提醒他。他闻听急忙将烟头藏好，装出若无其事的样子，眼睛却向门口偷瞄。只见管教带着一名体形单薄，面目清秀的年轻犯人走了进来。管教对他们严肃地说：“他是从别的监狱转过来的犯人，编号是377，你们谁都不许胡来！258号，把你旁边的空位收拾一下，让他住这里。”

“是，政府！”钱亚民急忙答应着，并指使其他犯人帮忙铺好行李。

管教走后，钱亚民斜着眼睛问新来的犯人：“哎，小子，叫啥名？犯啥事啦？”

“没听见呐？黑哥问你话呢！”旁边有人狐假虎威地帮腔。

“对不起黑哥，我叫任武，伤害罪。”新来的犯人规规矩矩地回答。

钱亚民好奇地打量着任武，只见他长着一张稚嫩的娃娃脸，眉目清秀，体格单薄，便笑着揶揄道：“嘿——小样，看不出来呀，还伤害罪，打的是幼儿园小孩吧？”他的话引来一阵轻蔑的嘲笑声。

“不好意思，让诸位大哥见笑了，请抽支烟。还望各位多关照！”任武取出夹带在被子里的香烟，恭敬地给钱亚民等人上烟。没想到钱亚民上前一把将烟盒夺下，蛮横地说：“你不用管他们，只要把我孝敬好就行了，在这里老子说了算。”尽管其他的犯人十分贪婪地望着充满诱惑的香烟，但都迫于他的淫威，敢怒而不敢言。要知道，狱头就是牢房里的老大，有绝对的权威，如果有的犯人他看不上眼，或者哪个犯人得罪了他，那就有罪受了！他不但让你吃不饱、睡不安，脏活累活都支使你干，而且还经常无故打骂你，想方设法折磨你，让你求生不得、求死不能。所以牢房里的犯人都不敢得罪他，对他毕恭毕敬，唯命是从。

由于任武很懂规矩，说话办事小心谨慎，特别是对钱亚民十分恭敬，所以钱亚民也没有找他的麻烦，还破例地免除了例行的见面礼。同时因为他们住的铺挨铺，交往的比其他人多，时间一长，两人的关系也处得比别人亲近。

北方的深秋，夜色阴沉，寒气逼人。犯人们卷曲着身子缩在冰凉的被窝里一时难以入睡。“喂，还有烟吗？再给我来一根。”钱亚民从被窝里轻轻踢了任武一下。

“有，就剩这两根了，都给你吧。”任武顺手递过一个压得发瘪的烟盒。

“这天可真他妈的冷！简直能冻死人，这地方真不是人呆的。”钱亚民一边点烟一边忿恨地骂着。

“唉！有啥办法，谁叫咱们犯法啦，慢慢熬吧。”任武无奈地说。

“犯法，哼！啥叫法？这年头撑死胆大的，饿死胆小的。有多少杀人放火的没事，就赶上咱们倒霉了。哎，你是因为啥进来的？就你这小体格还整个伤害罪。你说说，是不是被人冤枉啦？”钱亚民大大咧咧地说。

“唉，冤倒是不冤，就是有些点儿背。早不出事晚不出事偏赶上我考上大学，同学们给我饯行的时候，你说倒霉不倒霉？都怪那个小子太能得瑟，喝点酒调戏我的女同学。也怪我那天喝多了酒，下手太重，把那小子肋巴骨打折了好几根。判我3年也不冤。可是时间不对，否则再过半年大学都毕业了！这下好，不但大学没上成，什么前途、理想通通没了不说，还蹲了3年监狱。”任武有些追悔莫及地说。

“嗳，你也别后悔，就顶算你上了3年监狱大学。”有的犯人笑着嘲弄他。

“那可不咋的，监狱大学有啥不好？别的大学哪能学到这么多社会知识。”有人在一旁跟着起哄。并招来其他犯人的讪笑声。

“你们他妈的少拿人家取笑，瞅你们那熊样，还不如他呐。”钱亚民有些生气地骂道。他之所以这么说，一是任武对他比较恭敬，二来觉得他俩对脾气。待众人吓得不再作声后，他又接着说道：“有啥后悔的，干啥还不是一辈子，不上大学也照样吃香喝辣的。人活在世上，第一要讲义气，为朋友两肋插刀。第二要敢做敢为，不能软的欺负硬的怕。谁要是招惹咱哥们儿，就往死里干他。你没听人说吗？这年头硬的怕横的，横的怕不要命的。你把他肋巴骨打折就对啦！不瞒你们说，我这次进来是把人干残废了。他妈的，竟敢打我相好的主意，简直活腻歪了。我他妈的不是吹，你们将来到甘河地区打听打听，老子往东头一走，连西头都乱颤，一提起你‘黑哥’来没有不知道的。任武，你别惯着他们，有黑哥给你做主，看谁敢欺负你。来，黑哥给你出出气。刚才都谁跟着瞎起哄，赶紧滚过来。”刚才那两个说话的，吓得赶紧站了过来。“你们大伙说，怎么罚他俩？”钱亚民看着他俩问其他人。“开飞机”、“开摩托”。其他犯人幸灾乐祸的纷纷提议。

“黑哥，算了吧，他们也没说什么。”任武有些不忍地为他们讲情。

“不行！这些王八犊子，要不严点，都得翻天。”钱亚民一摆手打断了他的话，然后又冷笑着说道：“既然有人讲情，你们俩就先‘开摩托’吧，记住啦，谁也不许耍赖，开始吧。”

诸位可能有所不知，所谓的“开摩托”、“开飞机”，还有“开火车”等说法，都是体罚和折磨人的活动，在监狱的犯人之间广为流行。这里简单介绍一下，开摩托就是犯人身子半蹲，两脚向外撇，两腿弯至罗圈型，上身弯曲前倾，胳膊肘朝外弯曲、两手握拳形成骑摩托姿势，旁边有专门的人指挥。这种姿势本来就很难受，再加上不停地跑动，用不了多长时间，便会被折磨得倒地不起。

所谓的“开飞机”有点类似“文革”时期开批斗会时所用的“喷气式飞机”样式。所不同的是，那是站在台上不动，监狱里却必须跑动。你想一想，如果一个人身体向前弯曲90度，胳膊从背后张开上扬，下身半蹲向前跑动，嘴里还得学飞机轰鸣声，时间稍长一点，“开飞机”的人便会头晕脑胀，稍不留神便会栽倒在地，跌得头破血流。

至于“开火车”，动作就相对简单一些，但参与的人数较多。被罚的人身体弯曲90度以上，将头插在前边人的裤裆里，以此类推，连成一串，两臂似蒸汽机火车摇臂状摆动，嘴里还要模仿火车的走动声。由于身体弯曲较大，头又插在别人的裤裆里，连憋带累，一会儿就受不了，有时还有用膝盖着地的作法，人更受不了。另外还有“嫦娥奔月”，就是命令新犯人单脚立在凳子上，身体前倾，也叫作“金鸡独立”；还有“落地音箱”，即令犯人双手撑在茅厕两边，再叫另外的犯人向上提起其双脚，让他的头冲着茅厕高声学唱狱霸指定的“狱歌”（多为黄色猥亵曲调）；还有“开心对打”、“看电视”等诸多折磨犯人的方法。至于那些行为偏激、心理变态的犯人所用的方法，更是残忍狠毒、猥亵下流，这里就不再一一赘述。

且说那两个开摩托的犯人，按照指挥跑了不长时间，就累得满头大汗，但是钱亚民没发话，他们不敢擅自停下，只有咬牙继续坚持。直到钱亚民感到满意了，他才开恩地喊了一声：“撞车”。两个犯人如同特赦般地碰头倒地，半天才爬起来。

钱亚民意犹未尽，又叫起了几个看不上眼的犯人，连在一起“开火车”，一直闹腾了大半夜，他才满意地上床睡觉。

时光在枯燥而又冗长的生活中缓缓流过。初冬的两场大雪，已将北方变成银装素裹的冰雪世界。这几天，有几个狱友相继刑满释放，这在犯人中引起了些许骚动，但面对无情的现实，他们又恢复了应有的平静。

这天中午，又住进来三个犯人，在管教的指使下，犯人们为其安顿了住处。待管教走后，这三个身强体壮的犯人，一边掏出夹藏的香烟相互点火吸着，一边旁若无人地说着话，根本不把其他犯人放在眼里。钱亚民看在眼里，有心想发作，但又觉得底气不足，生怕自己不是他们的对手，万一栽了怎么办？再说一旦惊动了管教，麻烦就大啦。看来只有晚上想办法，让犯人们来收拾他们。他心中盘算着，表面却闭目养神，佯装无所用心。

月明星稀，夜深人静，牢房里传出了此起彼伏的打鼾声，仿佛犯人们都已进入了沉睡的梦乡。随着钱亚民的一声咳嗽，鼾声却戛然而止。透过铁窗射进来的一缕月光，只见从床上下来十多个人，其中三个手扯棉被，蹑手蹑脚地向新来的三个犯人头上摸去。蓦然，忽闻一阵突如其来的冷笑声。随着笑声，三个人已翻身下床，只听为首的低沉说道："跟我扯这个，真是瞎了眼！也不买二两棉花纺（访）纺（访），我们'三虎一豹'怕过谁？有本事跟老子明来，咱们拳头上见个高低。搞这种偷鸡摸狗的勾当，算什么好汉！"

这突如其来的变故，不仅让那些犯人不知所措，钱亚民也大吃一惊。"三虎一豹"的名声，他曾有所耳闻，在鹤城是赫赫有名的地痞流氓，为首的老大姓鲍，手下有三个磕头兄弟，其中有个名讳虎字，为此人送绰号"三虎一豹"。今天他们当中有一个侥幸漏网，少了一个，可他们都是江湖上的成名人物，有着多次"进宫"的经历，熟知狱中的规矩，他们以前也曾当过狱头，岂能把这些犯人放在眼里。钱亚民心里暗自懊恼，以前只听说三虎一豹十分厉害，没想到今天自己却在这里碰上了，真是冤家路窄！但事已至此，也只有硬着头皮撑到底。于是，他威严地喝道："你们还愣着干啥？给我上！"这帮犯人虽然有些害怕，但摄于他的淫威也只好拼命扑上前去，只听一阵砰、啪、扑嗵、哎哟的碰撞声和叫声，十几个犯人被打得东倒西歪，抱头鼠窜。

由于夜里声音传的较远，叫声惊动了值班的管教。他拿着手电跑过来，大声询问发生了什么事。任武忙回答说有人上便所时不小心摔倒了。管教用手电照了照，又大声训斥了几句，然后转身离去。

原来犯人们都有一套对付管教的办法，刚才听到管教的脚步声时，离自己床铺近的就急忙钻进被窝，如果离得远的则就近钻进别人的被窝。管教于仓促之间又如何能分得清。

“咋的，害怕啦？想当缩头乌龟？那好，只要你跪地磕三个响头，老子就饶了你们。”“三虎一豹”为首的鲍老大咄咄逼人地说道。

“你们别欺人太甚好不好？我是洞庭湖的麻雀，见过大风浪，不是吓唬大的，咱们谁给谁磕头还不一定呢！”钱亚民不甘示弱地反驳道。尽管他心里没底，知道自己绝对不是他们的对手，但此时箭在弦上，不得不发，不得不说几句装门面的话，但又不敢把话说得太硬，以免动起手来落个身败名裂的下场。

“小子，别装了！我看你是煮熟的鸭子——肉烂嘴不烂，有本事咱们单独比试比试。”鲍老大不依不饶，他已看出对方心虚了。

“各位，咱们都是在江湖上混的人，能聚在一起也是前世有缘。有道是不打不相识，咱们过往不咎，交个朋友如何？”钱亚民试探着想和好，以便保全自己的面子。

“哈哈，想的到美！就你这德行，也不搬块豆饼照照？跟我们交朋友，你还不够格。”钱亚民被逼得没有退路，陷入左右为难的困境。

“俗话说，得饶人处且饶人。既然黑哥已不再计较，各位又何必得理不饶人呢？我看各位还是消消气，彼此交个朋友算了。”任武见钱亚民为难，便站出来为其解围。

“谁的裤裆没拉住，把他露出来了，你他妈的算老几！敢在我们面前装大瓣蒜。”三人之中个头稍高，被称之为大虎的生气地骂道，他根本没把身单力薄的任武放在眼里。

“哥们儿，请你说话放尊重些！这里不是你们撒野的地方。”任武有些动气。

“我今天就撒野啦！你管得着嘛？不服你过来试试。”个头稍矮的二虎更是蛮横不讲理。

"试就试，你当我怕你不成？"任武语气冰冷地回敬道，同时弯腰将鞋带系好。

"各位朋友，对不起！我这位兄弟不会说话，请你们不必跟他计较。"钱亚民心里十分感激任武能在这关键时候挺身而出帮他的忙，可又担心他会吃亏，所以出来为他打圆场。

"操你妈的，你他妈的少装好人，老子先收拾完这个多嘴的，然后再收拾你！大虎二虎给我上。"鲍老大十分恼怒地骂着，并指挥两个人一起上。按理说对付这样一个个头只有170公分，身体又有些单薄的年轻人，实在没有这个必要，可他江湖经验老到，深知监狱乃鱼龙混杂之地，什么厉害的角色都有可能遇上。别看他貌不惊人、语不出众，但既然敢出头，就绝非平庸之辈！万一碰上个高手就麻烦啦，还是稳妥一点为好。

说时迟，那时快，鲍老大话音刚落，大虎、二虎便一左一右向任武扑去。钱亚民见势不妙，心中焦急，再次逼迫众人一起上，自己也硬着头皮站起来想上前帮忙。可那些手下败将心有余悸，他们口中答应着，脚下却不肯挪步，他们已看清了眼下的形势，知道钱亚民遇上了克星，将来谁是这里的老大还说不准，谁还肯真心为他卖命？他们只是暗中替任武捏一把汗，可令人没有想到的是，结果却完全出乎他们的意料之外。

尽管黑暗中看不清交手的招数，可伴随着短促的博击声和惨叫声，大虎、二虎已相继败下阵来，而任武则气定神闲、抱臂而立，显出神圣不可侵犯的气势，让人望而生畏。鲍老大见状不由大吃一惊。他顾不得多想，急忙上前询问伤势。只见大虎抱着左胳膊，疼得呲牙咧嘴，二虎手托着下巴，疼得说不出话来。鲍老大又急又恨，心说："大江大海都过去了，没想到小河沟里翻了船。今天栽了个大跟头，真是人不可貌相，想不到他弱不禁风的样儿，竟是深藏不露的高手，难怪人都说监狱里藏龙卧虎，什么能人都有，今天自己看走眼了，看来再斗下去也只有自取其辱。有道是光棍不吃眼前亏，男子汉大丈夫能屈能伸，先躲过这一劫再说。"想到此；他便双手一抱拳，一改以往专横跋扈的神情，毕恭毕敬地说道："鲍某人有眼不识泰山，今日对各位多有冒犯，在下给各位兄弟赔罪了！还望各位兄弟海涵！"

钱亚民做梦也没有想到，会有这种戏剧性的变化发生。倘若刚才不是任武挺身而出，自己早已威风扫地、颜面无存。此时一见鲍老大赔礼道歉，心中暗叫"惭愧"，但他表面却十分圆滑地说道："鲍老大，这下你知道我们兄弟的厉害了吧！告诉你，为人处事不要太狂妄了，难道你不知道人外有人、天外有天吗？刚才我就说过，谁给谁磕头还不一定呢。怎么样，现在知道了吧？"他这番话说的真可谓滴水不漏，一句我们兄弟，既保全了自己的面子，又抬高了任武的身价。他对任武佩服的是五体投地，更是感激不尽，现在就是让他下跪都认可。

鲍老大被他这番话说得无言以对，他十分清楚目前的处境，自己唯有装熊，多说拜年话，才能求得对方的宽恕。他连忙说："各位兄弟，千错万错都是我们的错。希望你们大人不记小人过，看在江湖同道的份上高抬贵手，放我们兄弟一马。此恩此德，在下没齿难忘。"鲍老大此时已经不顾忌身份，言词恳切地赔礼道歉，目的就是不能磕头下跪。像他这种成名人物，如果真的给人磕头下跪，那真是奇耻大辱，今后他们还有什么脸面在社会上混？

若依钱亚民的本意，今天非让他下跪磕头不可，以报刚才羞辱之仇。可他知道功劳是任武的，自己岂能贪天之功，那样反倒不美，索性将人情送给任武。于是，他拉着任武的手，十分亲热地说："兄弟，你真给咱们哥们儿争气，大哥谢谢你！今天如何处置他们，你说了算。"任武不好意思地笑了笑说道："黑哥，你我兄弟之间有啥说的，能为大哥效力是小弟的荣幸，你说咋办都行，小弟听你的。"这几句话让钱亚民十分受用，对任武除了感激、又增添几分敬重。但他一再征求任武的意见，任武推辞不过，便建议说："大哥，既然他们一再赔礼道歉，咱们就不跟他们计较了，有道是冤仇宜解不宜结嘛。"

"好，既然我兄弟说了，今天就放过你们，以后说话办事记着点，别太狂了。"钱亚民板着面孔训斥道，鲍老大唯有点头称谢而已。任武走到大虎跟前，抓住胳膊用力一拉一送，只听咯哒一声，大虎的胳膊便活动自如。接着他又来到二虎跟前，手托下巴用力往上一端，只听咯噔一声，二虎的疼痛感也顿时消失。任武刚才使用擒拿功夫，将他俩的胳膊和下巴脱臼，致使他俩疼痛难忍、动弹不得的部位，现在业已复位，疼痛顿时停止，完好如初。

任武亮出这手功夫，不但钱亚民等人惊叹不已，更看得鲍老大三人瞠目结舌，他们对任武的功夫佩服得五体投地。鲍老大不愧是江湖上的成名人物，他大度地站起身来，双手抱拳施礼说道："感谢黑哥的宽宏大量和这位兄弟手下留情，我们兄弟将铭记于心！俗话说四海之内皆兄弟，希望咱们今后重新打鼓另开张，以朋友相处。今后有用得着兄弟的地方，尽管吱声，即使赴汤蹈火，在下也万死不辞。"然后他又拿出夹藏的香烟，给每个人敬上一支。如此一来，既消除了彼此间的敌意，又缓解了尴尬的局面。

对于鲍老大的建议，钱亚民当然是求之不得。他借坡下驴，说了几句冠冕堂皇的场面话，把任武的功劳据为己有，这样一来，他不仅保住了面子，还巩固了自己地位，真是两全其美。好在鲍老大此时无心与他计较，任武更不想争功，于是双方握手言和。在香烟缭绕之中，钱亚民心里塌实地重新进入了梦乡。

* * *

大兴安岭的冬天，景色非常壮观。漫天飞舞的大雪为崇山峻岭披上洁白的冬装。白雪皑皑的密林深处，留下了一串串野兽觅食的足迹，空旷的山林里，鸟儿在自由地觅食、飞翔。往日奔腾的河流变成了洁白的哈达，碧波荡漾的湖泊变成了晶莹剔透的镜子。孩子们尽情地在冰面打闹、嬉笑，充满童真的的欢歌笑语，在群山峻岭中久久回荡。

村民们在这农闲季节，除了联系人卖粮食和山货，就是走东串西的到处找地方喝酒、耍钱、打麻将。高老大这几天手气挺好，从前天晚上来到相好家，就一直没下牌桌，现在已赢了4000多元钱。昨天后半夜他困得直迷糊，多亏相好的及时送给他两个冻梨，吃了冻梨后，他打起精神继续鏖战。直到早上高德富打发人来叫他，他才不情愿地离开牌桌。相好的留他吃饭，他因惧怕父亲而没答应。两人在无人处亲热了一番，他一高兴，又塞给相好的2000元钱，然后才晃晃悠悠地哼着小曲往家走。

没想到刚一进家门，便遭到父亲劈头盖脸一顿臭骂："操你妈的，你瞅瞅你那完犊子样，成天就知道喝酒、耍钱。一混就是好几天，连影都抓不着，不找你都不知道回来。你他妈的都娶妻生子的人了，啥时候才能有点正事？"

"咋的啦？生这么大气呀！人寻思没啥事多玩一会。"别看高老大长的五大三粗，性格暴躁，在外面横行霸道，动辄就对人大打出手，在这一带无人敢惹。可对父亲却百依百顺，高德富脾气大，对子女的管教十分严厉，在家中有绝对的威信，向来说一不二。别看高老大的孩子都3岁了，他生起气来照样打骂，故此高老大从不敢惹他生气。

"没事，你就知道没事！一玩起来啥都不寻思，真是没心没肺。"高德富又哭笑不得的数落了他一番，然后又郑重地告诉他："你二弟从城里稍回话来，说今天领人来看货，如果价钱合适就出手，不合适咱们再联系。你做好准备，到时候看我的眼色行事，千万大意不得。他妈的，这个张大伟一死，咱们还真有些棘手。"

"爹，你放心吧，保证差不了事。"高老大信心十足地说道。

"你先到村西二大爷家去一趟，把小四小五叫来，他俩也有点货要出手，再说咱们人少了也不中。"高德富对他吩咐道。

"行，我现在就去找他俩。"高老大痛快地答应着，转身走出房门。

十点多钟，随着一阵由远而近的马达声，一辆越野吉普车开进了高德富的院子里。高老大和他的两个叔伯兄弟高四、高五迎上前去。只见高老二领着三个衣着讲究、举止不凡的年轻人从车上下来。为首的那个矮胖子自称姓童，和高氏父子曾经谋过面；另外一个中等身材，戴着眼镜；还有一个高个留着长头发，手里拎个精致的密码箱。他们客气地与高氏兄弟握手寒暄，彼此谦让着走进屋里。

高德富在炕边站起身，亲热地与来人打招呼，客气地为来者让座。童胖子指着跟他一起来的人对高德富说："高爷们，这两位是外地来的朋友，双方都不是外人，我只给你们牵线搭桥，买卖上的事我不参与，能否成交就看你们双方的诚意啦。”

“大侄子，这死冷寒天的你也不易，大叔谢谢你啦！买卖的事好说，我看咱们还是先吃饭吧，你们坐车颠簸了一大早晨，早就饿了吧？”高德富亲热地拉着胖子的手说。

“高爷们，谢啥呀，都是为了朋友嘛，我看你们还是先谈正事，谈妥了再吃，要不我这酒也喝得不尽兴。”胖子十分豪爽地提议道。

“那好，恭敬不如从命！我们听你的。”高德富痛快地接受他的提议。

“这两位朋友，你们能出什么价？”高德富试探着问道。

“价钱好说，不过得看你的货怎么样。”戴眼镜的十分老练。

“货绝对没问题，保证让你满意，看货也可以，不过是否让我们也看一眼货款。”高德富眼睛看着童胖子，当仁不让地说。

胖子用手指了指眼镜手里的密码箱，笑着说：“高爷们，钱绝对没问题，早晨我亲自和他们到银行取的款。你老就放心吧！再说他们有几个胆子，敢到高家岗来整事，除非是不想活了。”高德富笑了笑，点头表示认同，心说：“有道理，在我这一亩三分地怕啥，难道他能长翅膀飞了不成？再说我是不见兔子不撒鹰，看看货又何妨。”于是，他转头对高老二说：“你领他们去看看货。”

“爹，我看咱们还是按江湖规矩办，先看看他的款再说。”高老二有些不放心地说。高德富虽然觉得心里有底，但儿子说的也有道理，于是他点了点头，望着胖子没言语。

“喂，你把箱子打开，让他们看一下，省着他们不放心。”胖子对同来的两个人说道。眼镜顺从地打开密码箱，展现在高氏父子眼前的是一沓沓崭新的百元大钞。眼镜待众人看清后，马上关上箱子，又交到长头发手里。

“好吧，请跟我来。”高老二痛快地领着眼镜走出屋门。

几分钟工夫，高老大和眼镜转了回来。“怎么样，还满意吧？”高德富看着眼镜问道。“成色还可以，不知你出什么价？”眼镜想让他先报价，以便掌握主动权。有经验的生意人都知道，生意场上谁先报价谁被动，一旦报价就无法讨价还价。高德富在社会上混了大半辈子，社会经验十分丰富，岂能不明白这层道理？只见他端起茶杯喝口茶，又弹了弹烟灰，才不紧不慢地笑着说："既然你们已经看中了货，又是胖子的朋友，我想你们也清楚外边的行情。咱们真人面前不说假话，你们若诚心想要，就出个合适价。如果能核上咱们就成交，核不上就算交个朋友，买卖不成仁义在嘛。"

眼镜也是久经沙场，见高德富深谙此道，但他为了做成这笔买卖，只好不情愿地伸出7根手指，说："这个数怎么样？"高德富狡黠的一笑说："老弟，你不是开玩笑吧。如果诚心要，你就再出个实在价，外头的行情涨得多厉害呀！你没听人说现在黑货比黄货还值钱吗？"

"这个价你连糙垃货都买不到。"高老大在一旁抢白道。高德富横了他一眼，说："你少插嘴。"高老二也扒拉一下高老大，示意他少插嘴。他便知趣地退到旁边。

眼镜虽然急于做成这笔买卖，但表面上却不急不躁地说："我出的价基本合理，你这是在家中出手，怎么能和外边的行情相比呢？你这多保险，你知道我们的风险有多大？万一在道上出事，连人带货一起都得赔进去。"

"你说的话不假，我也知道你们担风险。可话又说回来，干咱们这行，哪能不担风险？！就凭我这货，你最少也得给这个数。"高德富伸出9个手指头。

"这价太高。爷们，咱们第一次做买卖，我们也不想挣钱，只想交个朋友，彼此建立个信任程度，图个长期合作。可我们也不能赔钱呐！"眼镜委屈地说。

"老弟，我给的价绝对不高，这叫一分钱一分货，我这也是朋友价，否则还不止这个数呢。"高德富咬住价格不肯松口。

接下来，双方又讨价还价地争执了半个多小时，各自又让了500元，便再也不肯让价。童胖子见双方僵持不下，便出面调解道："既然你们都是我的朋友，我来说句公道话，你们争来争去，不就差1000元钱嘛。我看二一添作五，一劈两半得了，这样都不吃亏。你们说行不？"高德富对这个提议很高兴，他心里本来已经认可对方的价格，何况又增加这么多呢？但他怕对方不同意，故此没有急于表态。

“今天冲着童大哥的面子，吃亏我也认了。高爷们，姜还是老的辣呀，我甘败下风。”眼镜有些不情愿地点头认可。

“既然如此，老夫也只好委曲求全，真是后生可畏呀，佩服！佩服！”高德富哈哈一笑说道，笑声中透着几分掩饰不住的得意之情，受他的感染，其他人也跟着笑了起来。

“高爷们儿，姜还是老的辣，在下领教了。”眼镜也抱拳施礼回敬。

随着高德富一声吩咐，酒菜马上摆到桌上，菜肴准备得很丰盛，有飞龙、野鸡、山兔、细鳞鱼、狍子肉等各种野味，猴头、木耳、桦树蘑、榛蘑等各色山珍也很齐全。因为在价格上占了便宜，又是坐在自家炕头上，心里有底。高氏父子陪着胖子喝得不亦乐乎。而那两位年轻人只是象征性的吃喝了一些酒菜，显然是心存戒心。高老二见此，也没敢贪杯。他为人狡诈、处事冷静、颇有城府，虽然是在家中交易，但事关重大，他也不敢掉以轻心。

酒足饭饱之后，双方开始交易。在经过仔细的检验、称重量，并按重量换算货款数额后，眼镜便放心地从密码箱里取出钱来付款。这百元面额的人民币刚发行不长时间，流通的比较少。不少人到手后舍不得花，当稀罕物保存起来，有个别人甚至把它误认为国库券。高氏父子经手的数额也不多，一下子见到这么多，尽管他们家中富有，心中也抑制不住激动，高氏兄弟点钱时手都有点发抖。点清后，高德富把钱放进了一只带锁的木箱里。

双方交易清楚后，童胖子便起身告辞。在一片再见声中，小车驶出了高家大院，一会儿工夫，便从人们的视野中消失了。

且说高氏父子回到屋里，一边喝水吸烟，一边饶有兴致地谈论今天的话题。原来他们不但在价钱上占了便宜，而且在货的成色上也做了手脚。他们给人看的样品质量虽然好，但在交易时却将质量差的掺在一起卖了出去，对方居然没有察觉，岂不让人庆幸。

“三叔，你说他们这趟买卖是不是赔得啥也不是？”高五得便宜卖乖。

“那还用说，咱们的货里边有三分之一是大烟秆子熬的糙垃货，不值钱，好许能卖到5000元左右。要不我咋不让老大插话呢，就怕他们听出毛病来。”高德富道出实情。

“这帮人可真有意思，啥也不懂就敢出来做买卖，这不是拿钱打水漂吗？”高老大乐得合不拢嘴。他性情鲁莽、头脑简单，想啥就说啥，与老二的性格迥然不同。俗话说，知子莫若父，高德富对两个儿子在使用上也不同，只让老大干些跑腿学舌、动力气的差事，而老二则适合干比较机密、难办的大事。

“这些人真有点奇怪，按理说他们应该发觉货的成色不同啊？可为什么不说呢？难道这里面有什么猫腻？”高老二有些疑惑。

“你说的也有点道理，不过重量和钱数都相符，能有什么猫腻呢？”高德富有些不解。

“可也是啊，真让人有些琢磨不透！”高老二皱着眉头说道。

“好啦，别瞎琢磨了，把钱给小四和小五分了吧。”高德富打开箱子取去两沓钱递给高老二。高老二用手舔了一下唾沫，便一五一十地数了起来。突然，他停了下来，并拿出一张翻来覆去看着。“这钱好像有点不对劲。”

“咋不对劲？”高德富急忙追问。

“你看，这里面的头像有点模糊，水纹也不太清晰。爹，你把咱们原来的钱拿来，我比较一下。”高老二有些着急地说。高德富急忙拿出一张相同的百元钞票递给他。

“不好，这是假钱！”高老二冲着阳光反复比较后得出结论。

“怎么会是假钱呢？”高德富有些不相信的问道。急忙凑上前来仔细查看。

“这钱绝对是假的，你看，不但头像和水纹不对劲，而且手感也不一样。”高老二将两张钱放在一起，指点着假钞的不同之处。

高德富急忙将货款全部拿出来，十分仔细地检验一遍，结果都是一样。望着一堆假钞，高氏父子全傻眼了，一时间都怔在那里不言语。

“爹呀，咱们别傻站着了，赶紧去追吧。”高老大气急败坏地喊道。

“追个屁，人家开车早跑没影了。唉，没想到打了一辈子的雁，到头来却让雁鸽瞎了眼。”高德富沮丧到了极点。

“爹，我看大哥说的有道理，咱们开车是追不上，如果骑马穿山抄近路，说不定能截住他们。再说山道上他们的车速也不会快。”高老二冷静地分析道。

高德富沉思了片刻，便点头说道：“行，你们赶紧分头准备，再叫上几个知近的人一起去，越快越好，时间长了就截不到他们了。”

一会儿工夫，便凑集了十来个人。高家兄弟带了一杆猎枪和一支火铳，其他人也都拿着应手的家伙，在高德富的带领下，骑着马呼啸而去。

* * *

大兴安岭的地形比较复杂，山的形状都基本相似，山与山之间布满河流和沼泽。沼泽地里长满数不清的漂筏，人一踏上去就会往下沉，这就是当地人俗称的沟塘子。沟塘子面积都比较大，一般宽度在几百米或上千米不等，长度却顺着蜿蜒起伏的山势长达几十公里开外。由于沼泽地里无法通行，人们就沿着山脚开出了简易的山道，但是这种山道既难走，又绕远。如果穿山而行，路程可以缩短好几倍，但山势陡峭，根本没有路，车辆难以通行，只适合骑马或步行，不熟悉地形的人却不敢如此冒险，因为地形复杂，极容易迷路。但对于长期居住在这里的人们来说，却无迷路之虞，他们常年生活在山里，对周边的地形了如指掌，就如同熟悉自己的家门口一样，闭着眼睛都能摸回去。

高德富心急火燎地领着人，快马加鞭翻越了两个山头，在崎岖的山岭上疾驰了半个多小时，终于抄近道赶到出山的山口前。谢天谢地！尽管人和马都累得浑身是汗，但总算抢到了汽车的前头。还没等他们将气喘匀，就看见汽车远远地一路颠簸着开了过来。

高氏父子横枪立马站在路中间，死死地盯着愈来愈近的汽车，就像野兽一样，瞪着血红的眼睛，随时准备将猎物撕成碎片。

可没想到猎物却颇难对付，汽车来到跟前后不但没有停下，反而加大油门直冲过来。他们没防备对方会来这么一手，吓得惊慌失色地急忙往路边躲闪。在人们的惊叫和怒骂声中，汽车疾驶而过，冲破了高氏父子的堵截。

“快，快点追，千万不能让他们再跑了。”高德富气急败坏地喊着，自己则一马当先向前追去。其他人紧随其后，打马拼命追赶。

由于刚才马的体力消耗过大，又加上前面的道路趋于平坦，眼看着只有20多米的距离，可就是追不上。高老二奋力打马追上高德富，气喘嘘嘘地说道：“爹，这样追不行。前面的道越来越好，再跑一阵儿就到防火公路啦，那就更别想追上了。不行就开枪打吧！”

“行，这帮狗日的太可恶，打死活该！”高德富愤恨地骂道。

只听“砰”、“砰”两声枪响，打得车后积雪飞扬。高老二由于骑在马背上颠簸不稳，又没计算好提前量，汽车只是颤动了两下，仍然不顾一切地向前冲。

“闪开，看我的。”高老大一边喊着，一边举起火铳瞄准汽车，“嗵”的一声震耳的枪响，汽车的后风挡玻璃“哗”的一声碎了，车身也猛烈地颤抖一下，便一头栽到路边的雪坑里，发动机使劲地轰鸣着，汽车却停在原地纹丝不动。其实汽车并没有故障，只是刚才风挡玻璃被打碎时，长头发因为心慌，没有把住方向，汽车栽到了路沟里。别看高老大玩心眼儿不行，要论打架斗殴、舞刀弄枪，高老二只能甘拜下风。

开车的长头发见事不妙，便惊慌地跳下车来，企图弃车而逃。却被眼镜从后面一把拽住，他挥舞着自制的手枪怒骂道：“操你妈的，两条腿能跑过四条腿，给我顶住。”童胖子也端着双筒猎枪，对准了渐渐逼近的人群。长头发只好拔出匕首，惊慌地注视着对方。

“都给我站住！再往前走我就开枪了！”眼镜举着手枪高声喊道。

双方形成了对峙的局面。眼看一场火拼在所难免。望着对方黑黝黝的枪口，高氏父子被迫停了下来。有几个胆子小的，直往人群后边躲藏。高老大见状非常生气，由于手上的火铳需要重新填装火药，他便一把抢过高老二手中的猎枪。生气地骂道：“怕个鸟，他们有枪，咱们这也不是烧火棍，老子今天跟他们拼了。”他嘴里骂着，手里端着枪就要往上冲。

“大哥，先等一下。”高老二一把将他拉住。

“兄弟，难道你也被他们那两支破枪吓住了？”高老大有些不解地质问。

“老大，别胡来，听你兄弟的。”高德富喝住了高老大。

“大哥，你听我说，他们现在已经走投无路，咱们犯不上和他们拼个你死我活。再说枪子不长眼睛，万一弄出人命来，公安局岂有不追查之理？一旦查明真相，咱们的麻烦可就大啦。你别着急，看我怎么对付他。”高老二胸有成竹地劝住鲁莽的大哥。高老大知道弟弟的鬼点子多，便信服地点头默许。

只见高老二往前一带马，走出人群高声说道：“胖子，你们已经无路可逃了，我劝你们还是把枪放下，硬拼是不会有好结果的。”

“我们也不想这样，但你们逼得我们不得不如此。”眼镜接过话头说道。

“你们还好意思说我们逼你，你也不想想自己办的叫什么事？真是太不讲江湖义气了！我都替你们感到害羞。”高老二得理不让人。

“兄弟，今天是我们不对，我向你们赔罪。请你看在咱们往日的交情上，放兄弟们一马。”胖子向他赔礼道歉，并乞求原谅。

“放你们一马也可以，不过你们得答应我们两个条件。”高老二大度地说道。

“兄弟，不能太便宜了他们。”高老大有点不甘心的阻止。

“大哥，你听我的，他不仁咱们不能不义。”高老二回头使个眼色，故意高声说道。

“好，你说吧，什么条件？”胖子向他问道。

“第一，把我们的货全部退回来。第二，交出枪支，停止反抗。”高老二真是阴险毒辣，这两个条件对于对方而言等于无条件投降。胖子等人岂能轻易答应，于是，童胖子面露难色地说道：“我自己也做不了主，你给我们点时间，让我们商量一下好吧？”

“行，给你们五分钟时间，如果到时候不能给我们一个满意的答复，休怪我们不讲义气。”高老二向对方他们下了最后通牒。

趁对方商量的工夫，高老二把高四叫到身边，向他低声吩咐了几句。高四接过填好火药的火铳，领着几个人，骑马向他们来时的山坡跑去。尽管胖子他们觉得有些不对劲，却无力阻止，只好眼睁睁的看着他们跑进山坡的树林中。

在等待中，五分钟很快就过去了。高老二连续追问，胖子推说还没商量好，不肯给予正面答复。高老高声二冷笑着说道："姓童的，我的忍耐是有限度的，既然你不肯答应我的条件，那就对不起啦。"胖子等人此时只好端枪严阵以待。没想到身后传来马蹄声，他们忙回头望去；只见刚才钻进树林的高四等人，已从背后呈扇状包抄过来。原来他们刚才按着高老二的吩咐，从山坡上绕到他们的后面，形成了两面夹击之势。

这一招果然厉害，胖子这边本来人就少，如今前后这么一分散，更是捉襟见肘，难以应付。随着人群逐渐逼近，胖子的心里倍感焦急。他有心想再次求情，知道对方在占有绝对优势的情况下，任何话语都无济于事，如果答应对方的条件，结果将会更惨。他好几次想开枪，但又心有余悸，知道非但于事无补，还会给自己带来灭顶之灾！

深知自己一旦开枪，不管是否伤人，都会更加刺激对方的仇恨情绪。对方便会不顾一切地冲上来，不将他们几个撕碎了才怪呢。形势紧张得让人感到窒息，胖子等人仿佛看见死神向他们招手。

蓦然，远处传来一阵急促的警报声，打破了剑拔弩张的紧张气氛。双方都不由自主地朝警报声望去，只见一辆白色的警车闪着红灯、鸣着警笛从远处疾驶而来。

这突如其来的变故，令高氏父子大吃一惊，他们下意识的停下脚步，忐忑不安地观望着事态的发展。

须臾，警车停在了他们的面前。车上下来四个身着警服的年轻人，两男两女，两个男的英俊潇洒，两个女的亭亭玉立。一套笔挺的警服穿在他们的身上，既漂亮、又得体，让人觉得有些不像警官，更像电影演员。只见为首的是一位高个儿的年轻警官，戴着眼镜，气派的走到他们跟前，十分威严地说道："都别动，我们是公安局的。”然后又转头对三个同伴下命令：“去，把他们的凶器都收缴上来。如果有人胆敢顽抗命令，立刻给我扣起来。”“是。”三个警官答应着走上前去执行命令。一位女警官来到胖子面前，麻利地将他们的枪支和匕首收缴下来。然后又喝令三个人双手抱头，蹲在地上。

高氏父子见对方已乖乖缴械，自己岂敢不服从命令，便纷纷交出手中的枪支和器械，并按照指令，双手抱头蹲在一起。高德富心里这个窝火，心说：“警察来的可真不是时候，唉，煮熟的鸭子又飞啦，今天可真是倒了八辈子大霉。”

“说说吧，为什么聚众闹事？”为首的警官厉声向众人问道。

空旷的山野中一片寂静，双方都没有回答。

“为什么不说话，难道都哑巴了吗？”为首的警官有些生气地提高了声音。同时又对几个同伴说：“如果他们再不说，就单独审问几个带枪的，我就不信他们不说实话。”

高德富此时也顾不得窝火了，大脑在飞快地盘算着：“千万不能让他们单独审问，万一有人泄露了实情，麻烦可就大啦！编个什么理由才能骗过警察呢？哎，有了，就这么办！”于是，他抬起头来，向为首的警官说道：“警察同志，其实也没什么大事，都是他们耍钱使鬼惹的祸。”

“耍钱，那也不至于拿着刀枪跑到荒山野外来拼杀吧？”为首的警官有些不相信。

“同志，你听我说，是这么回事，我叫高德富，是高家岗的村长。那几个是我儿子的朋友，没事的时候，总去我们家喝酒、打麻将。今天大家多喝了几杯，玩麻将时说他们抽老千，并动手打了起来，被我劝住了。可没想到这些败家子，又骑马追来和人家打架，我不放心，便领人随后追来。幸亏没出什么大事，不好意思，给各位警官添麻烦了。”

“他说的是事实吗？”为首的警官向胖子等人核实。

“警察同志，他说得对，不过我们没使鬼，是他们输红眼了，才诬赖我们。”

“行啦，别说了，你们简直是乱弹琴！赌博本身就违法，你们还动刀动枪地打架，真是一群法盲。”为首的警官气愤地训斥。

“科长，既然是赌博这样的小事，又没有造成什么严重的后果，我看从轻发落得了。再说任务在身，时间有限，别耽误了正事。”一位女警官向为首的警官提议。虽然她的声音不高，但在场的人都听得很清楚，他们不由宽下心来。

为首的警官点头称是，然后又放缓口气说道：“赌博是违法行为，按条例要拘留罚款，而你们又为此聚众闹事，还动用了枪支，情节是非常严重的。所幸没有造成严重后果，今天我们有任务在身，就不予追究了。将他们的姓名和住址都登记下来，以便日后统一处理。”

几名警官对双方逐一进行了登记，并让高氏父子等人，帮着将汽车从雪坑里推出来。高氏父子尽管心里不情愿，但又不敢违抗命令。待一切都处理完毕之后，为首的警官又教训了他们几句，然后才喝令他们离开。高氏父子像接到特赦令一般，纷纷上马离去。

高氏父子怀着侥幸的心理，急匆匆地扬鞭催马攒行。翻过了一道山岭之后，高德富放慢了速度。回头望了一眼垂头丧气的儿子，心里很不是滋味，但事已至此，便自我安慰地说道：“今天总算万幸，躲过了一场劫难。你们也别上火，就当破财免灾了。”

“只是便宜了那几个王八犊子，再让我碰上非把他们整死不可。”高老大愤恨地骂道。

“今天这事可真邪门！那帮警察为什么早不来、晚不来，偏赶上这时候来呢？真是冤家路窄，简直倒霉透了。”高老二蹙着眉头说道。

“人要倒霉喝凉水都塞牙，放屁都轧脚后跟，咱们的点儿太背。”高老大丧气地说道。

“别说丧气话了，钱财是身外之物，赔了还可以再赚，只要人平安比啥都强。咱们回去以后，谁也不许乱说，以免招来不必要的麻烦。”高德富强忍火气告诫众人。其实他这是打掉牙往肚子里咽，心里是王八钻灶坑——憋气又窝火。

望着高氏父子远去的背影，几位警察和童胖子等人的脸上，心照不宣地露出了会心的微笑。他们彼此没有说话，只是相互点头示意，然后在为首警察示意下，由警车在前边开道，童胖子驾车紧随其后，两辆车一前一后，快速地朝着山外疾驶而去。

空旷的山野中又恢复了应有的平静，仿佛刚才剑拔弩张的打斗场面未曾发生过似的。

俗话说："好事不出门，坏事传千里。"尽管高家父子刻意隐瞒事情的真相，生怕招来不必要的麻烦。可是他们被人用假钞骗走大烟的消息，就像长了翅膀一样，传遍了周围的十里八乡，在群众中传的沸沸扬扬，也传到了库尔乡派出所所长雷鸣的耳朵里。他在第一时间就向上级作了汇报，立刻引起了上级领导的重视。局长扬威立马下令调查，并向周边的兄弟市县公安局查证，均证实没有警力参与此事，再加上高氏父子矢口否认，无法立案，只好暂时搁浅。但有一点足以证明，使用假钞骗大烟和相遇的警察同属一伙，肯定是贩毒团伙成员假冒警察，前去接应他们的同伙。这帮贩毒分子真是胆大妄为，竟敢使用警车，动用警具，冒充警察，使用假钞进行毒品诈骗犯罪活动，真是是可忍，孰不可忍！

扬威把情报及时汇报给上级相关领导，并请求尽快采取有力措施，遏制贩毒团伙的猖狂犯罪活动。上级主管领导根据他的建议，决定尽快实施对贩毒团伙的侦破行动。

* * *

自从任武制服了"三虎一豹"之后，钱亚民对他的感情与日俱增，很快就成了无话不谈的知己朋友。其他犯人也对任武刮目相看，鲍老大这伙人也对他钦佩有加。任武却毫不张扬，仍然一如继往地干着自己份内的事，不给别人找麻烦，并时常规劝钱亚民不要难为其他犯人。钱亚民经过这场变故后，也仿佛变了个人似的，不仅利用特权对任武给予最大程度的关顾，而且对其他犯人也一改专横跋扈、唯我独尊的做法。以前他稍有不顺，就拿新来或不顺眼的犯人出气。如今他不顺心或有人惹他生气，也顶多骂上几句了事。以前那些所谓的"开飞机"、

“开火车”、“开摩托”等折磨人的惩罚也取消了。这让那些饱受欺辱的犯人松了一口气。可见世上作恶的人，即使是十恶不赦的罪人，也有他善良、亲和的一面。只不过因其罪恶所掩盖，不被世人发现而已。这是因为每个人都具有双重甚至多重性格所致。

这天，为了欢迎上级领导来监狱检查工作，管教通知每个牢房留两名犯人打扫卫生。钱亚民便将自己和任武留下，活儿挺轻闲，又没有人看管，两人一边干活，一边唠嗑。

“兄弟，你这么好的功夫，是跟谁学的？”钱亚民好奇地问道。他这话已经憋在心里很长时间了，只是以前没有机会而已。

“说来话长，我这点功夫是跟爷爷学的，他老人家年轻时曾当过拳师，武功很好，最善长使用大擒拿手和少林拳。我从8岁时就开始跟爷爷学习扎马步、站桩，练习武术的基本功。12岁正式学功夫，爷爷是个正直善良的老人，虽然武功很好，但他从不欺软凌弱，也从不向外人显露，故此，知道他会武功的人很少。他也一再教导我不许向外界张扬，并说学习武功是为了强身健体，不是为了和人好勇斗狠。可我却辜负了他老人家的遗愿，同时也害了自己。如果老人家泉下有知，也不会原谅我的！”任武显得非常愧疚。

“既然已经到了这一步，你就别后悔了！再说人死如灯灭，去世的人原谅不原谅有啥用？关键是活着的人怎么看你。”钱亚民劝解说。

“要说活人那就更惨了，自打我出事以后，我父亲一气之下，便和我断绝了父子关系。我蹲监狱这么长时间，他们没一个人来看我。我现在已经是有家难投，将来出狱了还不知何处安身呢！”任武十分伤感地说。

“兄弟，你别伤心，车到山前必有路。人到啥时说啥话，人活着就难免受苦遭罪，你得往宽处想。我实话跟你说吧，我在这里也不会时间太长，外边的朋友正想办法为我活动呢，你要是信得过我，等我出去以后，咱们兄弟一起干，我保证你吃喝玩乐，要啥有啥。”钱亚民非常自信地说道。

“黑哥，你说的是真事吗？你是不是在给我吃宽心丸呀！”任武有点不相信地问道。

“咱们之间是什么关系，我岂能骗你！”钱亚民动情回答道。

“黑哥，我知道你不会骗我，可我还是有点不相信，我听说现在林区都不景气，下海经商的人又多。想挣大钱不容易。”任武有些忧虑地说。

“兄弟，你说的没错，我们那里是不太景气，买卖也难做，一般的买卖根本挣不到大钱，可我们的买卖却能赚大钱。”钱亚民拍着胸脯说道。

“到底是什么买卖这么挣钱？我去能干啥呀？我一无手艺，二无特长，吃白食我可不干。”任武有些患得患失的说。

“兄弟，若不是看你是个人才，又如此讲义气，够朋友，我才不会上赶着找你呢。我实话对你说吧，我们、我们倒腾黑货。”他最后一句话是压低声音、对着任武的耳边说的。

“黑货，什么是黑货？”任武同样压低声音，不解地问道。

“呵呵，你怎么连黑货都不知道啊。黑货就是大烟，这回知道了吧。”

“大烟？哦，知道，知道。嗳，倒腾大烟不是犯法吗？让人抓住了可不得了。”任武有些意外，又有些吃惊地说道。

“兄弟，一听你说这话就太年轻，我不是早就跟你说过吗？这年头撑死胆大的，饿死胆小的。你说现在那些发大财的，有几个是不违法的？如今这些共产党的干部，有几个是真心为老百姓办事的？你没听人说吗，把科级以上的党员干部排成队，都枪毙了有冤枉的，如果隔一个枪毙一个，还有漏网的。如今这年头有钱能使鬼推磨，就是天大的事，只要肯花钱，就能大事化小、小事化了。你就跟我放心大胆地去干吧，保证出不了事，即使有事也有人兜着。咱们哥们在那里黑白两道全好使。”钱亚民尽情地发泄着对社会的不满。

“黑哥，谢谢你这么看得起我，到时候别嫌弃我没用就行。”任武感激地说。

“兄弟，你就别谦虚啦！如果你干我们这行，那才是英雄有用武之地呢。不过你可千万要保密，对任何人都不能说！”钱亚民郑重地叮嘱。

“黑哥，你放心吧，我心里有数。”任武表情严肃地用力点了点头，。

两人边说边干着，将牢房从里到外、从上到下彻底地清扫了一遍，清理出许多生活垃圾。正当两人准备往外倒垃圾时，却传来了管教的喊声：“258号，有人探视。”钱亚民听到后急忙扔下垃圾，连声答应着快步出去。

你不会知道，在这枯燥乏味、自由缺失的生活空间里，在这被亲情友情和爱情遗忘的角落，人们是多么渴望得到一份来自外界的关爱呀！它好像甘露一样，滋润着那些被人性扭曲的心田。能得到来自外界亲人的探视和关爱，对一个服刑改造的犯人来说，是多么渴望和期盼的大事啊！

钱亚民在管教的监视下，来到了监狱接待室。只见一个身高1米78，体形标准的年轻人，他椭圆型脸庞，俊目淡眉、鼻梁直挺、耳轮下垂、唇薄口方、嘴角微微上翘，身穿米色羽绒服和蓝色毛料西裤，脚下穿着棕色皮鞋，正在接待室里等他。他急忙上前激动地说道：“江群，原来是你呀！谢谢你这么老远来看我。”

“咱们兄弟之间还客气啥？这都是应该的，来，你先吃点东西。”那个叫江群的把一个装食品的大塑料袋递给他。他高兴地从里面掏出一根香肠，大口地吃了起来。

“怎么样，在里面还好吧？”趁他吃东西的时候，江群关切地问他。

钱亚民瞥了一眼管教，见管教正忙于安排其他犯人家属的接待事宜，就放低声音说：“江兄弟，你是没进来过，不知道蹲监狱是啥滋味，这里简直就不是人呆的地方！”

“你别着急，老大在想办法救你出去。”江群也压低声音对他说。

“用什么办法？是花钱疏通关系为我减刑吗？”钱亚民急忙停住咀嚼，高兴地问道。

“不是，是保外就医。”

“真的，那可太好了，你们可要抓紧点，说实话，这里我是一天都不想呆了。”钱亚民惊喜地抓着江群的手。

“你放心吧，我们比你还着急呐，听老大说元旦前后就差不多，你就耐心等待吧。”江群几乎是贴着他的耳边压低声音告诉他。

“你们这么关心我，真是太够意思了，你替我转告老大，我终生难忘他的大恩大德！”钱亚民激动地抓着江群的手说。

“行了，这些感谢话留着出去以后再当面跟老大说吧，你如果没什么事，我就先走了，晚了赶不上返程的火车。你要记住，这些日子你在里面千万不要惹事，以免耽误了大事。”江群临行时又特意嘱咐他几句。然后就匆忙地离去。

钱亚民抱着一兜食品，面带笑容地回到了监狱，一进门他就高声叫道：“兄弟，快来看呐，有这么多吃的！”任武抬眼望去，只见兜里装满了烧鸡、火腿肠、水果、糕点等营养品。钱亚民伸手抄起一个烧鸡，撕下一个大腿，塞到任武的手上，高兴地对他说：“兄弟，趁着没人，赶紧造个够。”

“黑哥，是谁给你送这么多好吃的？”任武一边大口地吃着，一边顺口问道。

“是我的一个铁哥们儿，叫江群，他跟你一样，贼讲究。”钱亚民不无炫耀地说道。

“江群，他也是和你们一起做买卖的吗？”任武好奇地向他追问。

“他是我们的铁哥们儿，不但讲义气、重感情，而且还是个路见不平、拔刀相助、侠肝义胆、义薄云天的好朋友。我给你讲一讲他的经历和为人，保证你也会佩服的五体投地。”

钱亚民一提起江群，情绪显得十分高涨，他用炫耀的口吻，饶有兴致地讲述有关他与江群相识的过程：

“小孩三岁没娘，说来话长，还是我们刚起步做买卖的时候，由于出道时间短，在江湖上还没什么名声，不但那些江湖成名的人物不给面子，就连有些小混子也不拿我们当回事。

记得有一年冬天，我和大伟，还有长毛到山里去取货。在回来的路上遇到了一伙蓄谋已久的王八蛋，他们想黑吃黑，就把我们从半道截住，硬逼着我们把货交出来，我们当然不肯，双方便交起手来。由于对方人多势众，又是有备而来，我们根本不是人家对手，无奈之下，我们只好且战且退。对方却挥舞着棍棒，在后面穷追不舍。没想到落在后面的大伟，被树枝拌了个趔趄，脚下稍慢一步，便被对方追上，并被打倒在地。听到他的惨叫声，我们急忙回身相救，没成想人没救出，反而陷入了包围之中。眼看无法脱身，我们只好孤注一掷，拼死相斗。可双拳难敌四手，好虎架不住群狼。我们虽然使出浑身解数，也只有招架之功，毫无还手之力。对方却毫不手软，棍棒一次次无情地落在我们的身上！我心里明白，用不了多久，我和长毛也会落个张大伟同样的下场！没想到天无绝人之路！就在这万分紧急的时刻！只听有人高声大喊‘住手’。随着喊声，只见从路旁的大树后面，纵身跃出一个身材修长的年轻人，他一个箭步便跃到打斗的人群当中。对于他的突然出现：双方都颇感意外，便不由自主的同时停住，疑惑地打量着这位不速之客，并在心中揣摸他是敌是友?

只见他在众人惊愕的目光下，不慌不忙地双手抱拳说道：‘诸位请息怒，在下有一言相劝，有什么事好商量，何必以死相拼呢?’

对于他的提议，我们当然是求之不得，便满怀感激的连忙点头称是。可对方却不以为然，只见那个为首的，穿着黑皮夹克的胖子抱拳说道：‘请问阁下是哪路朋友？为什么要多管闲事?’尽管他十分反感这个半路杀出的程咬金，但他是个老江湖，在没弄清对方的来意之前，他还不想与之为敌，因此他的口气比较婉转。

‘在下只是路过而已，并非多管闲事，只是不忍心看你们如此拼杀，故此斗胆相劝，俗话说；冤仇宜解不宜结。有什么事可以商量解决，何必非要拼个你死我活呢？’那个年轻人依然双手抱拳，表情谦恭地说。

‘既然你是过路的，我劝你还是识相点，不要趟浑水，以免迸上一身血。’胖子半相劝半威胁地说.。

‘我也不想参与你们之间的恩怨，只是觉得没必要如此拼杀，我只求你们放他们一马，我保证马上离开这里。’年轻人十分诚恳地说。

‘如果我们不答应呢？’胖子恶狠狠地逼问道，他觉得没必要再和这个貌不惊人，语不出众的年轻人继续纠缠。

‘路不平、有人踩，理不直、有人摆。江湖上讲的是义气！像你们这样以强凌弱，以多欺寡的做法，实在让人不齿，我今天既然碰上了，岂能视而不见、袖手旁观？’年轻人不卑不亢地反驳。

‘大哥，我看他是屎壳郎进粪坑——找屎（死），跟他罗嗦啥？索性一起收拾算了。’对方一个五大三粗的汉子不耐烦地说道。

‘嘿嘿，天堂有路你不走，地狱无门自来投，有道是“良言难劝该死鬼”。既然你要强出头，休怪我们心狠手辣，反正一个羊也是赶，两个羊也是放。弟兄们，给我上，先把他收拾了，然后再和这帮废物算账。’胖子充满杀气地对手下命令道。

他的话音刚落，那个五大三粗的汉子举着棍子冲了过来，只听棍子带着风声，向他劈头盖脑打来，来势十分凶猛,，倘若被打中，定然会头破血流，非死即伤。我心里明白，今天能否脱困，唯一的指望就是这个打抱不平的年轻人，我心里暗自为他捏了一把汗。

说时迟，那时快，就在棍子飞临头上之际，只见他身体轻巧地一闪，便躲过了致命一击，并顺势用左手抓住下落的棍子，用力往后一拽，那个壮汉由于用力过猛，身体失去平衡，脚下不由自主地扑了过来。对方乘势侧身，右掌推出、正中前胸。这一招虽然看似简单，但却非常奏效，那个壮汉的棍子不但脱手而飞，身子也被迫蹬、蹬、蹬倒退好几步，重重地摔倒在地。

那个胖子见此情形，倒吸了一口冷气。他甚至连对方的招数都没看清，眨眼之间自己的同伙便被打倒在地。他知道今天碰上了高手，但事已至此，又岂能半途而废。目前唯一的办法只能是靠人多取胜。于是，在他的示意下，又有两个亡命徒挥舞器械冲了上来。那个拿棍子的抢先向他拦腰横扫，只见这个年轻人就势下蹲，他这一招使得恰到好处，只听棍子带着一股劲风擦着头皮而过，同时使出一个‘扫堂腿’，将其踢倒在地。这一招真是非同一般，对方疼得双手抱着腿疼的直叫。

那个拿菜刀的人稍慢一步，看到同伙竟在瞬间受伤倒地，他被对方的气势所震慑，心存忌惮，不敢贸然上前打斗。此时箭在弦上、不得不发。他在情急之下，只好用力飞刀向对方砍去。此时，年轻人的招式尚未收回，便见一道寒光迎面而来。不容他多想，身子本能地向后一仰，顺势一个平地铁板桥，那把菜刀也贴着面颊疾飞而过。这一招真是惊险到了极点！假如他的应变能力稍差一点，后果不堪设想！

对方见他仰身后倒，便急忙一拥而上，企图趁机将其制服。没想到他竟然一个鲤鱼打挺，从地上一跃而起，双脚同时飞出，将抢先的两个人踢倒。一个踢在脸上，另一个踢中软肋。两个人分别倒在地上，疼得哎哟、哎哟直叫唤，显然受伤不轻。

他这几招用的真是太精彩了，不但时间和力度拿捏得恰到好处，而且干净利落、一气呵成，其动作之快，反应之灵敏，真是令人匪夷所思！

当时我们几个人都看惊呆了，心里别提有多痛快了。可对方却傻眼了，那个领头的也是个老江湖，他知道今天再打下去也不会有什么好果子吃，便采取了光棍不吃眼前亏的策略，态度谦卑地拱手说道：‘在下有眼无珠，今日多有冒犯，还望海涵。然后话锋一转，对我们几个说道：‘今天看在这位朋友的面子，我们不再和你们计较，咱们的帐以后再算。’说完，他便命人搀扶受伤的同伴准备离去。

尽管他的话有些刺耳，但此时此刻我们也无力反驳，因为今天能够化险为夷，已是不幸中之万幸，又岂能为几句气话而计较。

临行时，那个领头的又施礼说道：‘朋友，在下邵柏，很想和你交个朋友，如果你不介意的话，可否能告知你的尊姓大名？’

那个年轻人沉思片刻，朗声说道：‘在下江群，乃无名之辈，今日莽撞出手，多有得罪，还请各位见谅！’

‘好！你这个朋友我交定了，青山不改，绿水长流，咱们后会有期！’那个领头的抱拳施礼，然后就带领同伴灰溜溜地去了。

我们几个怀着无限的感激之情，一再向江群道谢，并询问他的详细身份，以便日后报答他的救命之恩，江群却反而有点不好意思，连声说不算什么，然后便挥手告别而去。

望着他那渐渐远去的背影，我心中充满了苦涩的失落感，带着恋恋不舍的感激之情，扶着受伤的同伴急匆匆地离开.。

后来，经过我们多方寻找，终于把在林场做临时工的江群接到城里，以最高的档次盛情款待他。而且他还赢得了梅大姐的赏识，她不但破格设家宴招待，还破例将他留住在家中居住。从此，江群就走了鸿运，梅大姐神通广大，不但解决了他的农转非问题，还给他安排了正式工作，后来还提了干，提升为甘河市粮油经贸公司的保卫科长。他能有今天，虽然多亏了梅大姐关照，也是他做事讲良心，心眼好使，好心有好报。梅大姐是谁，那可是呼风唤雨，神通广大的人物！等以后有工夫我再细说。

咱们还是先说江群吧，他可是个知恩图报，千载难逢的好人。

他不但武功了得，头脑灵活，更兼为人豪爽、义薄云天，故此黑白两道的朋友都给他面子。他最大的优点是不贪财，虽然生意上他没少出力，可他却始终以朋友的身份帮忙，不肯接受任何报酬。有时我们觉得不忍心，劝他不必如此。他说为朋友帮忙是应该的，如果接受报酬就显得不仗义，还说他做人有自己的道德底线。真是人各有志，不能勉强。如今像他这样的好人可真是不多见。而我们麻烦他的事情太多，许多事情都离不开他，特别是官场纠葛和江湖恩怨，都是他出面帮助摆平。又加上他为人重承诺，讲信用，真是一诺千金，凡是朋友托付和求助的事，就是再难办的事，他也会头拱地去办。真是为朋友卖掉黄骠马，两肋插刀不嫌疼。贼拉够意思！你看他今天不但给我带来了这么多好吃的，而且还给我带来一个好消息。你猜一猜，是什么消息？”钱亚民故意向他卖关子。

“什么好消息？难道给你减刑了？”任武猜测地问道。

“不对，比减刑还让人高兴呢。你再往好处猜！”钱亚民笑着直摇头。

“既然不是减刑，难道是提前释放？”任武往最好处猜，说实在话，连他自己都不相信能有这天上掉馅饼的好事。

“还真让你猜着啦，虽然不是提前释放，但也差不多，保外就医！江群说我的保外就医已经有眉目了，估计阳历年前后就能办妥。”钱亚民拍着任武的肩膀，十分得意地告诉他。

“黑哥，恭喜你！你可真有门路，这事不是谁想办就能办成的。”

“这都是江群和梅大姐的功劳，他们为了我的事，已经张罗了好几个月。尤其是江群，跑前跑后的为我请客送礼，疏通各方面关系，他是拜完山神拜土地，少一个庙门都不行，你说现在办事多不易！哪不浇油哪不滑溜，如今公检法太黑，没听人说大盖帽两头翘，吃完原告吃被告。咱不说这些了，谢天谢地，总算是快要熬到头啦！我说的没有错吧，是不是有钱能使鬼推磨？”钱亚民尽情地发泄心中的感慨。

* * *

江群快步走出监狱的大门，径直来到了一辆出租车跟前。这是他来时打的车，说好了坐往返。监狱离火车站足有三十公里，返回用了一个多小时，这是因为路面不好所致。当他赶到车站时，还差十几分钟火车就要进站了。他连跑带颠地进剪票进入站台，刚好火车进站。由于这趟列车是路过车，车票比较紧张，不但卧铺票无法买到，就连硬座票也很紧张，好在他有先见之明，下车时就到售票处排队，才买了一张硬座票。

他随着拥挤的人流，登上了返程的列车。车厢里乱哄哄的挤满了查找座号的旅客，江群穿过拥挤的人群，在自己的座位上坐了下来。

列车开动之后，车厢里面渐渐安静下来。江群从提包里拿出一本武侠小说入迷地看了起来。看书是他的嗜好。从少年时代开始，他就特别喜欢看书，尤其喜欢看一些历史演义和打打杀杀的古代武侠小说，如《七侠五义》、《明英烈》、《包公案》等。而且不是一般的喜欢，简直嗜书如命，如果得到一本好书，便会不顾一切将书读完为止。他读书时几乎是全身心地投入，全部注意力都被吸引故事情节之中，对古典文学中所描写的英雄人物和江湖好汉推崇备至，特别那些忠心耿耿、大义凛然的民族英雄，以及杀富济贫、侠肝义胆的江湖豪杰，都成了他崇拜的偶像。由于受到侠义思想的熏陶，他的思想意识，在潜移默化中发生了改变。尽管他的志向远大，幻想干一番轰轰烈烈的大事。但他清楚地知道，像岳飞、文天祥、郑成功那样的民族英雄离他太遥远，而作个诸如梁山好汉、瓦岗寨的英雄却相对容易。他觉得一个人活在世上，就应该像那些绿林好汉，江湖豪杰一样，讲情义、重感情，路见不平、拔刀相助、纵横江湖、快意恩仇。说来可笑，他十三岁时，竟因为崇拜《隋唐演义》里的秦琼秦叔宝，竟差点改名叫江琼，终因父亲反对而作罢，但他的思想深处，却留下了封建社会侠义精神的烙印。步入社会以后，虽然经历了种种磨难，饱尝了人生的酸甜苦辣，以至人生观发生了质的变化，变得玩世不恭和冷酷无情，但那种根深蒂固的侠义思想却丝毫没有改变，反而表现的愈发强烈，并以此为准绳来指导自己的为人处事，所以才拥有了现在黑白两道朋友均认可的社会交际圈。

他看的书是金庸先生写的武侠小说《射雕英雄传》。这是他特意从朋友手中借来的，书中刻画的武侠人物栩栩如生、个性鲜明，武打场面惊险刺激，故事情节跌宕起伏、悬念丛生、高潮迭起、扣人心弦。江群读得十分着迷，被书中引人入胜的故事情节所吸引，此时此刻，他早已忘记了身在何处，全部注意力都被故事情节吸引。

“同志，请把你的车票打开，查验客票。”他耳边恍惚听到一声呼唤，他下意识地点点头，眼睛依旧盯在书上，此时，他的注意力还沉浸在书中的故事情节之中，至于对方跟他说了些什么，他根本就没听清。

“喂，请把你的车票拿出来，查验车票啦。”女列车员有些动气，声音提高了好几个分贝，说话的语气也变得有些生硬，同时还用手扒拉一下他的肩膀。

一惊之下，才把他的思维从书中解脱出来，当他弄明白当前的事情时，急忙放下书，一边客气地赔礼道歉，一边快速地从上衣口袋里掏出车票，递给了列车员。列车员仔细地看了一下，然后才放心地还给他，脸上的表情也由阴转晴，恢复了服务行业应有的笑容。

车上的旅客较多，过道上都站满了旅客，列车员还是不厌其烦地认真地履行自己的职责。她查过江群的车票后，又将目光投向对面一位留着披肩发，学生打扮的姑娘。此时，那位年轻的姑娘也正在专心致志地看书。听到查票的声音，她赶忙放下手中的书，站起身来取下挂在衣帽钩上的外衣。当她将手伸进上衣口袋时，神色不由突然一变，失声说道："哎呀，我的车票和钱包怎么都没了。"她的叫声，吸引了周围旅客关切的目光。

"别着急，你再好好找一找，是否放在了别的口袋里？"列车员也关切地说。

当她焦急地将所有的衣物都翻了一遍，最终也没有找到时，她才无可奈何地低头说道："对不起，实在找不到，可能丢了。"

"丢了，谁能证明丢了？为什么早不报案？"列车员有些不相信地反问道。

"没有人能证明，再说我也是刚刚发现，怎么能早报案呢。"她红着脸解释着说。

"既然没有人能够为你证明车票确实丢失，那只好按无票乘车处理，对不起，请补票吧。"列车员用一付公事公办的态度。

"列车员同志，实在对不起，我的钱包和车票都一起丢失了。"

"这可真奇怪啊，你早不丢、晚不丢，偏赶验票时才说丢失，我真怀疑你是否买了车票？"可能因为职业习惯，列车员的语言表达能力都很强，再加上怀疑对方是无票乘车，所以说起话来既刁钻，又苛刻，说得那位姑娘脸色羞得通红，头上沁出了一层汗珠，眼睛里也饱含着委屈的泪水。

"既然她的钱和车票都丢失了，你们列车上就不能通融一下？"江群有些看不惯地为那位姑娘打抱不平。

"通融啥？我劝你还是少管闲事。"女列车员也没好气地顶了他一句。

"我不是多管闲事，而是觉得你们办事欠妥，你想她的钱和车票都丢失了，拿什么补票？她本来就很着急，你们不但不帮着想办法查找，反而苦苦相逼，请问你们的同情心到哪儿去了？还讲不讲职业道德？”江群有点生气地质问。周围的旅客也纷纷帮他说话。

“你少在这里说风凉话，坐火车买票是天经地义的事，查验车票是我们的工作！你也别挑好听的说，你既然有同情心，那就拿出点实际行动来，掏钱帮他把车票补了，你的钱包不会也丢失了吧。”对这个半路杀出来的程咬金，列车员感到很恼火，便故意拿话挤兑他。

“我跟她不认识，怎么好帮她补票？”江群感到为难。他没想到这个列车员竟会如此不讲道理，便生气地没言语。而列车员要的就是这种效果，于是她得理不让人地说道：“这年头装好人谁都会，一动真格的就不行了吧？我劝你还是少管闲事，老老实实坐你的车得了。”说完，她又转头对那个姑娘生气地说：“拿上你的东西跟我走，咱们到餐车再说，到时候若是从你身上翻出钱来，我加倍罚你。”

那位姑娘尽管满腹委屈，但此时却有口难辨，只好含泪拿起随身携带的物品，准备和她走。“先等一下，不就是几十元钱嘛！我替她补交，出门在外，谁都难免碰到难处，何必欺人太甚呢？”江群叫住了那个列车员，掏出钱来，准备帮那位姑娘补票，他这是出于义愤，女列车员的话让他感到无法接受。

“不行，我不同意。”那位姑娘态度非常坚决地阻拦。

姑娘的举动完全出乎江群的意外，自己明明是在帮她，她为什么会如此反对呢？江群手托着钱僵在那里，表情显得很尴尬，有些疑惑地望着对方。此时，坐在周围的旅客包括那位列车员在内，也都有些不可思议地望着丢失钱包的姑娘。

那位姑娘似乎也觉察自己的举动有些不妥，便不好意思地解释：“大哥，你的好意我心领了。可这钱我不能用，咱们素昧平生，我怎么能花你的钱呢？”

“姑娘，你听我说一句话如何？”坐在江群旁边的一位50多岁，知识分子模样的中年旅客忍不住开口说话，见姑娘点头表示认可，那位中年旅客又接着说：“既然这位同志诚心诚意帮你，而你现在又需要帮助，我看你就别再坚持了。如果你觉得有什么不妥，就让他把通讯地址留给你，就算他借给你的，你回去再把钱寄还给他不就行了吗？”

中年旅客这番话说的入情入理，那位姑娘十分感激地接受了江群的帮助。女列车员对江群的行为也很佩服，办完补票手续后，还特意向江群说声对不起，然后才快步离去。

一场风波过去了，车厢里又恢复了平静。在那位姑娘的要求下，江群将自己的姓名，工作单位和通讯地址留给了她，其实他根本没打算让她还钱，但又怕伤了她的自尊，才不得不满足她的要求。那位姑娘怀着感激的心情，将自己的情况向江群作了介绍，她叫李可欣，是省城某大学历史系的大四学生，同时也热心地将自己的家庭住址和联系方式写给他。本来李可欣想跟他多聊聊，可江群却无心和她多谈，而是一头钻进了小说里，聚精会神地看着，仿佛刚才那不痛快的一幕未曾发生过似的。

在省城忙碌了几天，办完了相关事宜之后，江群返回了单位。每日忙于工作和朋友的应酬，早把与李可欣相遇的事给忘了，至于区区几十元钱，他根本就没放在心上。

谁知事隔不久，江群就接到了李可欣的汇款和来信，信中表示了感谢之情。江群也出于礼貌给她写了回信。在当年的元旦，他还收到了李可欣寄来的一张贺年卡，记得那张精美贺年卡上写着“江大哥，新年好，值此新年来临之际，我衷心祝愿你身体健康，事业有成！江大哥，虽然我们各自拥有不同的天空，却同样拥有一颗年轻的心，共同拥有美好的未来，愿友谊地久天长，祝新年快乐，好梦成真！”这张贺年卡是有奖销售的，没想到这张卡竟中了个二等奖，奖品是本精美的影集。他给李可欣写信，告诉她中奖的消息，并把影集也一并寄去，李可欣收到奖品后，当天就给他写了回信，信的内容很广泛，足足用了五页稿纸，字里行间洋溢着温馨的气氛。江群见她如此热情，便抽空给她写了回信，两人从此开始了书信往来，在信中他们谈论人生，探讨理想。通过书信的交流，他们增加了彼此的感情，成了无话不谈的好朋友。

*　　　*　　　*

自从江群探监之后，钱亚民收敛了很多，整天除了吃饭、睡觉和劳动之外，其余的时间都是掐着指头算日子，心心念念地算计着离元旦还有多长时间。真是盼星星、盼月亮，在元旦前夕，钱亚民终于如愿以偿地盼来了保外就医的通知。他欣喜若狂地将物品统统送人，尽管听说任武的刑期快满了，他还是挑出两件好的衣物相送，然后又把他叫到旁边动情地说："兄弟，能够结识你，是大哥的荣幸，你在这里千万保重！别忘了咱们说过的话，出去以后到甘河去找我，大哥等着你。"

"黑哥，感谢你这么看得起小弟，小弟我铭记在心，一定不辜负你的厚爱。"

"好，兄弟，咱们出去见！"钱亚民说完又转身向众人抱拳施礼道："各位朋友，钱某有对不住的地方，还请多多包涵！咱们出去见。"因为监狱中忌讳"再见"这个词，认为在这里说再见不吉利，如果在监狱中见面，有出去后再犯事被抓回来的嫌疑，所以犯人在分手时都不说再见，而是改说出去见。钱亚民在一片"出去见"声中，在众人的羡慕和嫉妒的目光下，满怀喜悦地走出了监狱的大门。

尊敬的各位读者，请你们不要相信书中所描写的部分情节，以为有钱或有人就可以践踏法律的尊严，就可以如此轻松地逃避法律的制裁。或对司法部门产生怀疑和误解，而影响司法部门的形象，其实书中所交代的情节既不是司法人员渎职，也不是法律上有漏洞，而是有着诸多复杂的因素，只要读者朋友耐心地读下去，便会熟知其中隐情。为避免产生不必要的负面影响，在此特作声明，以正视听。

* * *

甘河市公安局局长扬威，今年45岁，身高1米80，体魄强壮，走路虎虎生风，生得四方大脸、剑眉虎目、鼻直口方、声音洪亮、思维缜密、作风严厉、处事果断。他从部队特务连转业到地方，在公安战线已干了20多年，从一个普通的刑警，到刑警队长，再到公安局主管刑侦的副局长，直至前两年老局长离休，他接任了局长职务。他始终战斗在打击犯罪分子的最前线，具有丰富的斗争经验，破获了无数的大案要案，擒获了数不清的犯罪分子。犯罪分子对他是闻风丧胆，同时也对他恨之入骨，可广大的人民群众对他是交口称赞、信任有加。

由于他对犯罪分子毫不手软，犯罪分子对他是又怕又恨，总想找机会对他进行报复，有的写恐吓信威胁他，有的公开扬言要他的命，有的竟拿他家人的生命相威胁。可他却毫不畏惧，依然我行我素，毫不动摇地和犯罪分子进行殊死斗争。

在第一次严打期间，他当时是刑侦队长，有一天晚上，因为办案，直到10点才下班，当他骑着自行车路经一座桥上时，被三个有备而来的亡命徒截住，他们挥舞着凶器，叫嚣着要整死他。由于事发突然，他来不及掏枪，便赤手空拳与之搏斗。三个亡命徒手持凶器，一拥而上，出手十分狠毒。扬威的身上先后受了几处伤，可他临危不惧，施展出在部队练就的擒拿功夫，沉着应战。他瞅准一个机会，飞起一脚将一个拿刀的踢倒在地，紧接着又把一个手持铁棍的制服，剩下的那个见事不好，扭头就跑。他趁此机会，快速掏出手枪，甩手就是一枪，那个歹徒一声惨叫，摔倒在地。他不顾自己的伤痛，用手铐将两人铐在一起，让他俩轮流背着腿上受伤的同伙，到附近的医院去救治。等到战友们闻讯赶来时，他已经押着他们到了医院，他向战友们交代清楚之后，才被送进急救室去救治。由于他的伤势较重，加上失血过多，他在医院治疗了近一个月，才康复出院。

扬威的爱人苏娟，聪慧贤淑、性格内向，是一名中学教师，她虽然在工作上从不拖丈夫的后腿，但却非常牵挂他的安全，也担心会给家人带来伤害，整日替他担惊受怕。她和女儿每天回家后，总是将门紧锁，从不给陌生人开门，晚上没特殊事情，她们母女很少出门。即使如此，还是无法避免歹徒对她们的骚扰，

有一年除夕，他们刚煮好饺子，一家人正高高兴兴地准备吃年夜饭，没想到突然从外面飞进来两块砖头，将窗户上的两块玻璃砸碎，砖头正好掉在饭桌上，打翻了两个菜盘，碎玻璃落进了饺子和菜盘里，好端端的一顿年夜饭，就这样被破坏了。扬威气愤地拎着枪冲出门外，哪里还有人影儿，歹徒们早就跑的无影无踪了。

苏娟看见桌上一片狼藉，生气地流着泪说道：“这是过的什么年啊，这年夜饭还怎么吃呀！”扬威尽管心中特别气愤，但见苏娟伤心流泪，便强压着怒火，笑着劝慰道：“你平时挺聪明的，怎么现在犯糊涂呢？他们这么干，目的就是让咱们过不好年，你这样生气，岂不是正中他们的奸计，咱们今天偏不生气。来，把桌子先收拾干净，我今天给你们露一手，做几个好菜让你们尝尝。”女儿听说他要做菜，在一旁高兴地拍着手说：“太好啦！太好啦！我就喜欢吃老爸做的菜。”在他们父女的乐观情绪感染下，苏娟终于破涕为笑。扬威先找来棉絮，将窗户上的窟窿堵住，然后又亲自下厨，重新做了几道菜。待他们吃饭时，已是凌晨两点多钟，扬威一边为苏娟和女儿夹菜，一边风趣地说：“咱们这叫点灯包饺子，好饭不怕晚。我敬你们一杯，祝你们新年快乐！万事如意！”接着他又给妻子和女儿讲了两段小笑话，苏娟和女儿被他逗得哈哈大笑，笑声中他们忘掉了刚才的不愉快，笑声中迎来了新的一年。

由于扬威铁面无私，执法如山，不但坏人怕他恨他，就连那些托他办事、为他人讲情的人，对他的做法也不理解，觉得他太不近人情，甚至有个别领导对他产生了看法，对他的工作说二道四，横加指责，并扬言要把他调离公安队伍。可广大群众的眼睛是雪亮的，对他的成绩是有目共睹的，就拿领导班子调整这件事来说吧，就足以说明问题。在民主评议和投票选举中，他的选票率占九成以上，在广大干警的热烈的掌声中，他挑起了公安局长的重担。他不负众望，领导广大的干警艰苦努力，不怕流血牺牲，坚持不懈地和犯罪分子进行斗争，有力地保障了人民群众的生命财产安全，赢来了良好的社会治安环境。

这次毒品案件，引起了扬威的高度重视，他根据缉毒斗争的需要，及时调整了战略部署，并报请上级主管部门批准，组建了专项的缉毒队伍，他和党委成员反复开会商量，经过周密筹备和认真筛选，成立了以安航为首的缉毒大队，并抽调巴日虎为副大队长，其他成员也是从各部门抽调的精兵强将，干警老张和小敖也名列其中。局党委召开了缉毒大队成立暨缉毒动员会，为了使缉毒队员尽快掌握毒品的有关知识，增加对毒品的识别能力，局党委特意邀请缉毒专家周行知教授，以及他的学生吴菁华，前来协助破案。吴菁华是个秀外慧中的姑娘，中国警察大学毕业的高材生，她于两年前师从周教授，攻读硕士学位。此次为了破案的需要，经省公安厅协调，借调到甘河市公安局协助缉毒工作。在会上，周教授就有关罂粟的属性和生长周期，以及鸦片的毒害性，向与会干警们作了详细介绍：

“罂粟，异名：罂子粟、御米、象谷、米囊、囊子、莺粟。基原：罂粟科植物罂粟的种子。罂粟为一年生或两年生草本植物，茎直立，高60~150厘米。叶互生，茎下部的叶具短柄。上部叶无柄，叶片长卵形或狭长椭圆形，长6~30厘米，宽3.5~20厘米，先端急尖，基部圆形或近心形而抱茎，边缘具不规则粗齿，或为羽状浅裂，两面均被白粉成灰绿色。花顶生具长梗，花茎长12~14厘米；萼片2片，长椭圆形，早落；花瓣4片，有鸦片，俗称大烟。鸦片，异名：底野迦、阿片、阿芙蓉、亚片。基原为罂粟科植物罂粟果实中的液汁凝固而成鸦片时为重瓣，圆形或广卵形，长与宽均为5~7厘米，颜色为白色、粉红色或紫红色；雄蕊多数，花药长圆形，黄色；雌蕊1株，子房长方卵圆形，无花拄，柱头7~15枚，放射状排列。蒴果卵状球形或椭圆形，熟时黄褐色，孔裂。种子多数，略呈肾形，表面网纹明显，棕褐色。花期4~6月，果期6~8月。原产欧洲。本植物的嫩苗（罂粟嫩苗）、果实的乳汁（鸦片）、果壳（罂粟壳）等亦供药用。

罂粟种子细如沙粒，呈棕黄色，含少量罂粟碱、吗啡及痕迹那可汀；发芽种子含相当多的那可因，还含有吗啡、可待因及蒂巴因。主治反胃、腹痛、泻痢、脱肛等症。

罂粟壳，即罂粟的干燥果壳。异名：御米壳、粟壳、烟斗斗、鸦片烟果果。成分含吗啡、可待因、蒂巴因，那可汀、罂粟碱及罂粟壳碱等生物碱。另含景天庚糖、甘露庚酮糖、内消旋肌醇及赤藓醇等。功用：敛肺止咳、涩肠、定痛。主治久咳、久泻、久痢、脱肛、便血、心腹筋骨诸痛、滑精、多尿、白带。

罂粟嫩苗：含那可因、可待因、吗啡和罂粟碱。主治除热润燥，开胃厚肠。

以上诸类皆性甘（酸）平，无毒。可一旦采集成鸦片，其药味则苦、温，有毒。

鸦片：俗称大烟。制作过程比较复杂，通常于果实充分成长而尚未成熟且果皮仍为绿色或稍现黄色时（此时乳汁中吗啡含量最高），用利刃或特制的锯齿切割器，于晴天傍晚，浅割果皮（直割或斜割）将散布于果皮组织中的乳汁管切断，白色乳汁即自割缝中渗出成滴状，于空气中渐由微红色变成棕色，并逐渐凝固成粘稠状物，翌晨用涂油的竹蓖或竹刀刮取，每一果实可刮取鸦片3~4次。刮得的鸦片，以罂粟叶包裹，置暗处阴干。

鸦片形状不一，有成圆球形、饼形、砖块或不规则形，棕色或黑色，带蜡质。外部往往附有罂粟叶或纸片。新鲜时质软，贮藏日久，则渐变坚硬。臭特异，带麻醉性，味极苦而特异。功用：敛肺、止咳、涩肠、止痛。主治久咳、久泻、久痢、脱肛、心腹筋骨诸痛。

鸦片的成分中含20多种生物碱，但临床常用的只有吗啡、可待因、罂粟碱和那可汀四种，其他生物碱皆含量低微，对鸦片的作用无所影响。鸦片在药理应用上有显著的镇痛作用、催眠作用、呼吸抑制和镇咳作用，以及对心血管系统的作用，对消化道及其他平滑肌器官的作用。如反复应用吗啡，或采取其他方法吸食鸦片后可产生耐受性，对只有中枢抑制作用有耐受性，如镇痛、催眠、抑制呼吸等，其兴奋作用以及其他对瞳孔、平滑肌等作用则无耐受性，故有服用吗啡上瘾的人经常便秘和瞳孔缩小。一般连续服用2~3星期后即产生耐受性。停药后耐受性于数天至两个星期以内消失，如再用，则耐受性产生更快。获得耐受性的瘾者，剂量可用到普通治疗量之20~200倍甚至有1日用至5克而不中毒者。耐受性的产生大概由于某些神经组织对吗啡的敏感性降低所至。

吸食和服用毒品分急性和慢性中毒，急性中毒有三大特征，即昏睡、瞳孔缩小及呼吸抑制。不良反应有头痛、头晕、恶心、呕吐、便秘、尿急而又排尿困难、出汗、胆绞痛等，但最危险者为呼吸抑制。急性中毒一般是因为用药不慎、或生理机能起变化所至。

慢性中毒即属于吸毒者。凡连续服用吗啡两周以上，或吸食鸦片数日即可成瘾。成瘾后，吸毒者于每次服用后即出现欣快症（欣快症为一种情绪上的变化，吸毒者处在一种特殊的‘愉快’状态中，导致吸毒者成瘾，沉醉于幻想之中）。如到时得不到毒品，则5~8小时后即呈现严重戒断症状。瘾者非常萎靡，有兴奋状态，其程度可达到阵发性的哭泣与叫喊，不断乞求给予毒品，连打呵欠与喷嚏，涕泪交流，冷汗淋漓，也可发生呕吐与腹泻，不能睡眠。如此持续2~3天后，大部分症状始可消退，有时亦有循环虚脱与意识丧失。如给以足量毒品，则所有戒断现象立即消失。毒品成瘾者的戒断治疗比较困难，而且容易复发。毒品对人的身体损害极大，吸毒者的食欲、性欲、记忆力以及其它生理机能都逐渐减退，思想意识也发生质的变化，为满足吸毒的需求，他们不惜丧失做人的尊严，不顾廉耻的去干伤天害理的事，他们坑蒙拐骗、偷盗抢劫、出卖色相，甚至图财害命。不但使吸毒者的身心受到伤害，也给他们的家庭和亲人带来痛苦和不幸，同时也给社会带来诸多的不安定因素。

罂粟适应在海拔800~1200米的高寒山区种植。地处大兴安岭南麓，鄂莫三角洲的甘河地区土地肥沃、地形复杂，据查这里的海拔高度和气候条件与有名的毒品产地，印缅金三角的地理条件基本相同。这里适应罂粟的种植条件和生长周期，为犯罪分子提供了犯罪的温床，我们必须采取有效的措施予以打击，否则，后果不堪设想。”

周行知渊博的知识和精辟的见解，赢得了干警们一阵热烈的掌声。

接下来，安航代表缉毒队员发言，他表示无论遇到什么艰难险阻，即使流血牺牲，也一定与毒贩斗争到底，不获全胜，决不收兵！

最后，扬威代表局党委作总结讲话：

“毒品对社会的危害极大，可以说给整个人类都带来了巨大的威胁。中国人民对此更是深恶痛绝！早在上个世纪，中华民族就深受其害，英国侵略者怀着不可告人的目的将鸦片大量输入中国，以此来毒害中国人民。100多年以来，无数仁人志士抛头颅、洒热血，进行了艰苦卓绝的斗争。183八年，民族英雄林则徐在虎门销烟，销毁了鸦片230万斤，极大地鼓舞了中国人民的斗志，后来因清政府腐败无能，导致了禁烟失败，并与之签署了丧权辱国的《南京条约》，使中国逐步沦为半殖民地半封建社会。

新中国成立之初，党和人民政府便采取果断措施，一举关闭了所有的烟馆和妓院，彻底铲除了吸毒和卖淫这两大毒瘤，将那些受害者改造成自食其力的正常人。近年来，随着改革开放的深入，我国敞开国门引进西方先进文化和科学技术的同时，西方的一些丑恶现象如：性解放、资产阶级自由化，以及吸毒贩毒，嫖娼卖淫等也随之流入进来。在中国已经绝迹30多年的嫖娼、卖淫、吸毒贩毒的犯罪活动又死灰复燃。这些丑恶现象已引起了我国政府的高度重视，并采取了一系列有效的打击措施。有人说毒品的危害程度不亚于洪水猛兽，我看这种说法一点都不过分，吸食毒品不仅严重地损害了人们的身心健康，更对我国的四个现代化建设，以及社会的安定团结带来极为不利的影响和隐患。这些年来，丧心病狂的毒贩们为了牟取暴利，和境外的毒枭毒贩相勾结，猖狂地走私和贩卖毒品。在走私的同时，国内一些发财心切的不法之徒，在金钱的诱惑下铤而走险地在一些地理位置偏僻但适应罂粟生长的山区，秘密种植罂粟，提取鸦片。正如周教授所说，由于我们地区符合罂粟的生长条件，又加上我们的防范意识不强，给犯罪分子造成了可乘之机。这次高卫东所交代的'贩毒杀人案'，与目前群众举报的'假钞骗毒案'，都为我们的缉毒工作敲响了警钟！根据我们掌握的情况来看，目前犯罪分子十分猖獗，已基本形成了有组织的贩毒团伙，他们竟敢在光天化日之下，公开冒充执法人员进行贩毒活动。真是可忍，孰不可忍！

日愈严重的毒品犯罪活动，已引起了国际社会的高度重视，在我国政府的积极参与和推动下，联合国于1987年2月通过决议，将每年的6月26日定为国际缉毒日。我国政府也酝酿出台了缉毒法，把缉毒工作提高到法律程序，以加大打击毒品犯罪的力度。我们要以此为契机，展开声势浩大的毒品犯罪打击活动，依靠上级的正确领导，充分发动广大人民群众的积极性，本着除恶务尽的原则，不惜动用一切人力物力，与毒品犯罪分子进行坚决有效的斗争，一定要将贩毒分子绳之以法，坚决彻底地铲除毒品的危害。这是关系到国泰民安的大事，也是我们广大公安干警义不容辞的责任，我们决不辜负党和人民赋予的责任和厚望！”

扬威的讲话，激起了一阵热烈的掌声。

会后，安航又按着上级的指示和部署，根据干警们的特长，进行了具体的分工。干警们满怀信心地奔赴各自的战斗岗位，准备与贩毒分子展开一场殊死的较量。

* * *

初春的大兴安岭，乍暖还寒。一夜飘飘洒洒的雪花儿，又将山城带回到银装素裹的冰雪世界。雪后初霁，在阳光的照射下，皑皑白雪闪着刺眼的金光，灼得人睁不开眼睛。街道两旁的树上结满了晶莹剔透的树挂，真像古人所形容的那样"忽如一夜春风来，千树万树梨花开"。匆匆的脚步踏在积雪上，发出吱吱的响声。司空见惯的山城人，无暇欣赏这美丽的自然景观，尤其是街道两旁的业主们，更是视而不见地各自低头清扫门前的积雪，打点着开门营业的相关事宜。

自从改革开放以来，甘河地区也同全国各地一样，掀起了下海经商的浪潮。昔日比较冷清的街道两旁，雨后春笋般地出现了数不清的商家店铺。琳琅满目的商品让人目不暇接，一些店主为了招徕顾客，用高分贝音箱播放着各种流行歌曲，与此起彼伏的叫卖声交织在一起，街道上车水马龙，人来人往，穿梭不息，处处呈现出一片前所未有的繁荣景象。

甘河市百货大楼，坐落在商业区的中心地段，是一座建筑面积3000平方米的四层大楼，也是甘河市最大最豪华的商场。每日来此逛商场的顾客熙熙攘攘、络绎不绝。上午十点多，正是营业的高峰期，商店的进出口显得有些拥挤。这时，有一个身穿米黄色羽绒服、灰色条纹筒裤，脚穿棕色皮鞋，留着寸发，长相清秀的小伙子，迈着平稳的脚步走进商店，没想到迎面过来三个打扮流里流气的小伙子，他们满嘴酒气，步履散乱，旁若无人地在人流中乱晃，其中一个留着长头发的高个儿，在经过小伙子身边时，手上的半截烟头恰巧碰到了小伙子的衣袖，灼热的烟火立刻将羽绒服烧出个圆洞。高个子青年佯装不知，继续望门外走去。若是遇到胆小怕事的人，面对这几个流里流气的小混子，一定会采取忍让的态度，不敢与之计较，可这个小伙子却上前一把抓住高个子的肩头，用力将他拽了回来。

“你拽我干什么吗？”高个子斜着眼睛，嘴里喷着酒气质问对方。

“哥们儿，你的烟头把我的衣服烧坏了。”小伙子生气地抬起烧坏衣服袖子让他看。

“这么多人你怎么就认定是我烫了你的衣服？你是不是搞错了？”高个子身子摇晃着，故意要赖皮。

“我亲眼看见你用烟头烧的，怎么会错呢？！”小伙子十分肯定地回答。

“既然你说是我烧的，就算是我吧，你说咋地吧。”高个子满不在乎地回答。

“你必须给我赔礼道歉！”小伙子的口气不容置疑。

那个高个子打量了他几眼，被他的气势所震慑，便用轻蔑的口气说道：“实在对不起了，我喝多了。”

“滚吧！老子没工夫搭理你。”小伙子说完，便头也不回地走进了商场，融入了稠密的人流中。他的举动让三个流里流气的小伙子颇感意外，他们几个在本地也小有名气，平常没人敢招惹，没想到今天碰到个吃生米的，根本没把他们几个放在眼里，看来这个人肯定不是寻常人物。别看他们这三个人平时瞎咋呼，其实也是欺软怕硬的主。如今他们被对方的气势所震慑，担心不是对手，害怕当场吃亏丢丑，所以忍住没敢发作。等对方离开后，他们忙凑在一起低声商量对策，长头发指使同伴去召集人，一个矮个子答应着匆忙而去。他则和另外一个同伴不远不近地跟在小伙子身后，监视他的行踪。

小伙子在百货大楼里转悠了一圈，仿佛对身后的人视而不见，径直朝着铁路文化宫走去。跟在他身后的人逐渐多了，大约有十几个，可小伙子却毫不在意，在文化宫门前停下脚步，背靠着墙，悠闲地吸着烟，似乎根本没把眼前的这帮人放在眼里。那帮人见他如此，心存疑虑，躲在一旁窃窃私语，不敢贸然上前动手。那个高个子则神情焦急地一个劲地往远处看，好像在等什么人。双方就这样僵持住了。

坐落在十字街口的粮贸大厦，是一座建筑面积2000平方米的四层楼房，距火车站仅500米，交通十分方便，是市粮油贸易公司下属劳动服务公司所经营的集商贸、饭店、住宿于一体的综合服务场所。高大宽敞的楼门上方悬挂着“粮贸大厦”几个镏金大字，字迹遒劲有力，气势不凡。

底楼是餐饮，大厅里井然有序地摆放着20多张餐桌，大厅两边各有3间装饰高雅的包厢。靠里面与正门相对的是摆放酒水的吧台，吧台左边是洗手间，右边是一座精致的屏风，屏风后面是通往后厨的通道。整个大厅的布局既规范又合理。

二楼是办公场所，除几间办公室外，还有会客室、小餐厅、小型舞厅等。三楼和四楼则是住宿的客房，不但20多间客房全是清一色的标准间，装潢得非常有档次，就连楼梯和过道也铺着猩红色的地毯，给人一种豪华舒适又与众不同的感觉。

钱亚民保外就医后，便一直住在大厦里，他虽然担任大厦的保安经理，但却没什么大事，那些看车把门的琐事，保安们根本不用他操心，除非有什么大事，如客人酒后闹事、打架或饭菜质量所引发的纠纷，他才出面平息。由于他们在社会上有一定的知名度，所以很少有人来闹事。他每天吃饱喝足后，便打麻将赌博，日子过得非常消闲自在。

今天，他的手气不顺，打麻将老也不和，还总给人点炮，气得他怨天尤人的骂个不停。就在这时，有个保安上来对他说：“黑哥，楼下有人找你。”

“瞎扎呼啥，没看我正忙着吗？谁找我？”钱亚民抬起头没好气地问道。

“是个矮个小伙子，他说是你的朋友。”保安向他解释说。

“我的朋友，他没说叫啥名？”钱亚民抬起头来，看着保安问道。

“没说，只说是你的朋友，要见你。”

“会是谁呢？你把他领到这里来吧。”他思忖着向保安吩咐道。

保安答应着转身下楼。一会儿工夫，就领着一个矮个子走上来，钱亚民认识这个小地痞子，便没好气地问道：“你他妈的，找我干啥？”

“黑哥，杜三哥遇到了麻烦，他让你赶紧去一趟。”小个子恭敬地对他说。

“遇到什么麻烦了，非得我去不可？”钱亚民看着他问道。

“他和一个小子吵了起来，那个小子挺狂的，杜哥没敢动手，让你去帮忙。”

“他怎么个狂法，你说给我听听？”钱亚民似乎有些不相信地问他。矮个子立即把事情的经过，添枝加叶地讲了一遍。钱亚民听后，生气地说道：“杜三这小子，就他妈的能请神不能送神，他单独一人有啥可怕的？走，弟兄们，跟我去会会他，看他有多大本事，竟敢到咱们这里来撒野。”说完，他把麻将一推，站起身来，大步向门外走去，屋里的其他人也紧随其后，下楼朝铁路文化宫奔去。

高个子离老远就看到了钱亚民领人来了，他急忙迎了上去。

“你以前见过他吗？”钱亚民向他问道。

“没有，不是本地人，好像挺有来头。”

“既然不是本地人，我估计他不是老便，就是会武功，一会儿动起手来，一定要麻利点，千万不能给他还手的机会，以免咱们吃亏。”钱亚民向他嘱咐。

钱亚民在众人的簇拥下，来到年轻人的跟前，仔细地打量着对方，突然，他不由惊喜地叫道：“兄弟，原来是你呀！你啥时候来的？可真想死我啦！”他一边说着，一边迎上前去，十分亲热地上前抓着对方的手直晃动。

“黑哥，怎么会是你呢？我已经来两天了，我也想你呀！”来人也动情地说。

“都来两天啦？你怎么不去找我呢？”钱亚民埋怨他。

“黑哥，我把你给我详细地址弄丢了，如果再找不到你，我就准备到别处去了。”小伙子歉意地说道。

“我说的呢，难怪你没有去找我？你是什么时候出来的，我一点信儿都不知道，要不说啥也得去接你。过春节时我本打算去看你，可他们说我目前不宜到那种地方去抛头露面，以免引起不必要的麻烦，所以就没去成。真是觉得过意不去。”钱亚民拉着他的手抱歉地说道。

“黑哥，感谢你对我的牵挂！小弟心领了。”

“喂，你们还傻楞着干啥，快点过来，我给你们介绍一下，这就是任武，我的患难兄弟，刚从局子里出来。这真是大水冲了龙王庙，一家人不认一家人了。”钱亚民高兴地对手下的人作介绍。

“各位弟兄，在下有眼不识泰山，刚才多有得罪，请多多包涵！”任武抱拳作揖向众人表示歉意。钱亚民随后又把那个长头发高个子叫到跟前，对任武说道：“兄弟，你们认识一下，他叫杜立志，绰号叫长毛。你俩这也是不打不相识，既然你俩都是我的朋友，希望你们以后要好好相处，千万别记仇啊。”

“任老弟，在下刚才有所冒犯，你是宰相肚子里种白菜，大人不见小人怪。请多多包涵！”杜立志抱拳一本正经向任武道歉。他的这番不伦不类的话，惹来众人一片笑声。

另外两个小伙子也急忙上前赔礼道歉，任武自然是回礼致歉，气氛显得十分友好，仿佛刚才那种剑拔弩张的场面根本就不曾发生似的。社会上的人交往与平常人不一样，假如是平常人刚从监狱里释放出来，亲朋好友都会帮着隐瞒，以免对方难为情。可在社会上混的人却不以为耻，反以为荣，把进监狱的经历当资本来炫耀，借此来提高自己的地位。

“我说你们几个真是走运，幸亏刚才没动手，否则我这兄弟非把你们整残废了不可，我可见识过任老弟的功夫，实在是太厉害了。好啦，不说这些了，走，咱们陪我兄弟喝酒去。”钱亚民说完，便与任武手拉手，转身就走。先前跟他来的几个人，还有几个和他关系好的，跟在他的身后，其余的人则各自散去。

钱亚民把任武直接领到粮贸大厦，跟着来的那几个人，都是钱亚民的朋友，平时经常在一起混，也曾听钱亚民经常提到任武。当然他在讲任武时，采取的方法是隐恶扬善，只是称赞任武的功夫和为人，至于有损自己面子的相关情节，他却只字不提。故此这些朋友在没见到任武时就心存好感，又加上刚才的插曲，他们对任武更加恭敬，同时也是为了给钱亚民捧场。他们和钱亚民一道簇拥着任武，把他带到楼下的豪华包厢里。

随着钱亚民一声吩咐，各种美味佳肴如流水般地摆上桌面。众人在钱亚民的带动下，轮番为任武把盏敬酒。尽管任武一再声称自己酒量有限，但盛情难却，只好舍命相陪。酒至半酣，钱亚民见任武确实不胜酒力，便让他改用啤酒相陪。由于钱亚民心情好，酒量又大，他们猜拳行令地开怀畅饮，各个喝得东倒西晃，尽兴而散。

当天晚上，钱亚民便安排任武与自己同住。钱亚民本打算好好在一起叙叙旧，但由于喝酒太多的缘故，上床没几分钟便打起鼾来。

第二天，他们俩一直睡到上午十点多钟才起床。尽管宿醒未醒，早餐时，钱亚民却一再向任武劝酒，在无法推辞的情况下，任武提出饮啤酒，钱亚民虽然嫌啤酒度数低，但是他为了陪任武，也只好以啤酒相陪。饭后，钱亚民打发手下的弟兄，到任武居住的旅店，把他的随身物品，拿到钱亚民的住处，和他一起同住。那个旅店老板，听说是钱亚民的朋友，吓的连欠账都没敢要。任武就在钱亚民这里住了下来。

为了表示对任武的器重，也为了显示自己在黑道上的地位，钱亚民又邀请三教九流的朋友为任武接风洗尘。这些社会上的朋友，都非常讲义气，纷纷前来为钱亚民捧场。酒宴设在二楼的小餐厅。随着应邀的各位朋友陆续来到，钱亚民领着任武逐个予以介绍。由于是初次见面，任武不善于应酬，只是彼此互通姓名，握手寒暄而已。

这时，门口出现了一位身着黑色呢大衣，头戴旱獭帽，脚穿黑色短皮靴的高个年轻人。他长得眉目清秀，留着自由式的发型，戴着一付黑边眼镜，透出几分书生气，与那些缺少文化教养，说话粗俗，性情鲁莽的社会朋友相比，更显得风度翩翩，与众不同。他的到来，立刻吸引了人们的视线，众人纷纷上前与他寒暄、打招呼。只见他一边笑着和众人打招呼、握手，一边径自来到任武的面前，亲热地伸出手来说道：“兄弟，如果我没猜错的话，你就是任武吧？”任武虽然不认识对方，但也猜出了几分，于是他非常有礼貌地与之握手。钱亚民赶紧上前为其介绍：“兄弟，这就是江群，江大哥！”任武忙接过话头说道：“江大哥，黑哥以前曾多次赞赏你的为人，小弟神交已久，今日有缘相见，深感荣幸，还望江大哥多多关照！”

江群仔细地端详着任武，觉得有些面熟，有一种似曾相识的感觉。但无论大脑如何运转，却始终想不起来，这些只是他的心理活动，表面却丝毫不露痕迹。他听了任武的话，不由哈哈一笑说道：“兄弟，你别听他们瞎说，其实我也没做什么大事，再说大家彼此都是兄弟，相互帮忙都是应该的。就拿兄弟你来说吧，既然你是钱兄弟的朋友，那也就是我的朋友，既然是朋友，那还有啥好客气的，以后如果有用得着我的地方，你尽管吱声，只要是我能办到的，我一定尽力而为、在所不辞。”他这几句话说得虽然很轻松，但却感人至深，不但任武频频点头表示感谢，就连在座的其他人也纷纷叫好。

下午六点整，酒宴正式开始，20多个人坐两张大餐桌，稍微有些拥挤，但气氛却非常热烈。虽然任武酒量小，钱亚民也曾劝他喝啤酒，但他知道这些人都是当地有名的人物，再说整个酒桌上都喝白酒，如果自己不喝，那岂不让众人瞧不起？于是，他抖擞精神，与众人接二连三地干杯。因为钱亚民已一再声称，说任武酒量小，但如今众人见他如此豪爽，都酒兴陡增，轮番举杯向他敬酒，他是来者不拒，举杯就干。虽然钱亚民和江群都替他捏一把汗，此时此刻他们又不便出面劝阻，以免扫了大家的酒兴。

众所周知，生活在北方的人，尤其是东北人，不但大多数都有饮酒的嗜好，而且擅长饮烈性酒。平日亲朋好友相聚，总是以喝酒为乐。如果感情好、对脾气的朋友聚会，主人一定会使出浑身解数劝酒，不醉不罢休。仿佛只有这样才算对朋友讲义气。否则就是对不起朋友似的。好像不喝醉就不够朋友，不讲义气似的，而且还振振有词，说些诸如“酒逢知己千杯少”、“舍命陪君子”等诸多的劝酒词。又因他们性格豪爽，喝酒畅快。有人调侃说：“一过山海关，举杯就得干。”在他们生活中，喝酒已成为不可或缺的组成部分，也是彼此交流感情的一种方式和衡量朋友感情深浅的标准。钱亚民对任武心存感激，岂有不殷勤奉陪之理。任武虽然豪气干云，毕竟是心有余而力不足，渐渐地露出朦胧的醉态。钱亚民生怕任武喝醉了，便劝他适可而止。任武见众人酒兴正酣，便强打精神，再次举杯说道："承蒙诸位朋友厚爱，小弟万分感激，虽然我的酒量有限，但我是宁伤身体、不伤感情。中国有句古话，叫做'酒逢知己千杯少'，今天我只有'舍命陪君子'，喝个一醉方休。"在一片叫好声中，又掀起了新的高潮，众人又一连干了三杯。任武再也支撑不住了，幸亏江群及时出面制止，众人才停止向任武劝酒。他们余兴未尽地又喝了一阵，酒席才告一段落。

钱亚民本打算喝完酒后，到舞厅去玩玩，见任武已经酩酊大醉，只好扶他回去休息。尽管如此，任武在酒桌上的豪爽和诚实，却赢得了朋友们的好感和钦佩。

接下来的日子，任武过得十分惬意，整天除了喝酒就是打麻将，钱亚民的朋友还经常宴请他们到外面去喝酒，然后便到娱乐场所去潇洒。让任武感到不可思议的是，钱亚民和他的朋友们，不管到什么地方喝酒玩乐，基本上都不结账，而且老板还毕恭毕敬地陪着笑脸，生怕招待不周。任武对这种白吃白喝的做法很不理解，曾私下问过钱亚民，钱亚民却满不在乎地回答："他妈的，老子吃他们的，是瞧得起他们，我不是吹，在这一亩三分地，老子从东边跺跺脚，西边都得乱颤，如果他们不把老子孝敬好，他们的饭店还想开消停。早就给砸'黄铺'了，兄弟，你别想那么多，只管跟着吃喝玩乐就是了。"于是，任武安下心来，每日与他们在肉山酒海中流连忘返、不醉不归。时间一久，任武对这种花天酒地的生活有些厌倦了，情绪有点低迷。钱亚民发现后，纳闷地问他："兄弟，我发现这两天你有点不乐呵，是不是有啥不舒心的事呀？"

"黑哥，你这里的条件这么优越，你和朋友们对我又这么好，我还有啥不舒心的。我只是觉得整天无所事事，有些过意不去。这也不是长久之计，你还是给我找点事情做吧。"任武直截了当地说出了自己的想法。

"兄弟，你别着急，先安心住一段时间再说，难道怕我养活不起你呀？"钱亚民笑着向他劝慰道，

"黑哥，你对我的一片真情，小弟永生难忘，我只怕你的朋友们对我不了

解，怕他们对我不信任，更怕你夹在当中左右为难，咱俩是无话不谈的患难弟兄，你如果有什么难处，或者他们不信任我，觉得我不适合干你们这种买卖，千万跟我明说，我决不强求，也决不能让你为难。别看我现在是落魄之人，决不干赖以乞食的事，我就不信，天下这么大，竟会没有我的立足之地！”任武自信地说道。

“兄弟，你想的太多了，我的朋友都对你赞不绝口，岂有不信任之理，他们早就想让你做点事情，是我寻思你刚出来，身体有些透支、加上心情也不太好，所以才让这些朋友陪你开心地玩玩，一来补充补充营养，二来也散散心。你就放心吧，像你这样精明强干，又忠实可信的人，我的朋友们是求之不得，你还愁没有事情做吗？”钱亚民拍着胸脯劝慰道。任武见钱亚民如此说，也只好安下心来，继续过着安逸自在的生活。

别看钱亚民给他吃定心丸，其实他也有苦衷，当他怀着欣喜的心情，把有关任武的情况向老大汇报，并求他准许任武入伙时，没想到却招来一顿训斥：“黑子，不是我说你，你办事也太鲁莽，你怎么能私自做主收留他呢？你也不好好想想，干咱们这种掉脑袋的买卖，必须绝对可靠才行，一定要死心塌地，百分之百信得过。只要有一点可疑之处，都坚决不能用。光凭你和他在一个号里蹲了两个月，就对他如此信任？我问你，你对他的历史以及家庭背景都了解吗？万一他另有所图，对咱们的买卖形成威胁怎么办？”

“老大，我敢用脑袋担保，任武绝对不会有问题，他不但为人忠厚老实，对朋友讲义气、重感情，而且功夫好，像这样的人咱们不用，岂不是可惜？”钱亚民信誓旦旦地替任武辩白。

“既然你如此相信他，就留他在你那里暂住，我立即着手派人前往省城摸清他的身份，在没有彻底查清他的身份以前，你不得让他和咱们的人正面接触，更不能让他插手买卖上的事情，以免耽误了大事，既然是朋友，人家又是投奔你来的，你一定要招待好了，切莫慢待了他，至于任武的去留问题，待彻底查明他的真实身份再作定夺也不迟。”

对于老大的话，钱亚民只有点头服从，唯一能做到的只是尽其所能，每日好酒好菜招待任武。此时面对任武的疑问，他又不能明说，只能好言相劝，以便打消他的顾虑，让他在此安心居住。他现在唯一盼望的就是前去调查任武的人早日归来，并带来对任武有利的消息，早日打消老大对任武的怀疑。

* * *

由于江群办事稳妥，深得老大的信任，调查任武身份的重任，就落到他的头上，江群对朋友之托，一向是有求必应。他把日常工作向副手作了交代，然后回到宿舍，简单地收拾一下行装，就赶到车站，登上了开往省城的列车。

列车在林区内行进了两个多小时，沿途呈现出起伏的丘陵地带。随着列车的快速行驶，眼前的地势变得平坦，列车已经进入了松嫩辽阔的平原。江群凝视着窗外那一望无际的田野上，拖拉机在一眼望不到头的农田里奔跑；辛勤的人们在田间忙碌着，他们在这万物复苏的春天里，满怀希望地播种着丰收的种子。望着眼前这熟悉的景色，江群倍感亲切，他的故乡蒿城就坐落在松嫩平原上。屈指算来，算上今年，已经是他第八个年头没回故乡了。如今列车行驶在故乡的土地上，勾起了他的思乡之情，他不由回想起自己坎坷不平的经历，颇有几分戏剧性的际遇，情绪未免有些伤感，脑海中自然而然地浮现出亲人们熟悉的面孔，同时也勾起了他对往事的遐想和回忆……

江群的故乡蒿城，是个蒙古族自治县，地处松嫩平原的腹部，境内水草丰美、景色秀丽，也是一个历史悠久的鱼米之乡。蒿城早在宋、辽时期就已形成，金朝时属蒲与路，明代时属福余卫，清初时单独设旗并敕封为蒙古王爷的领地。随着历史的演变和时间的推移，这里的规模也在不断扩大，人口也逐渐增多。中华人民共和国成立时，这里居住着蒙、汉、回、满、朝鲜、达斡尔、鄂温克等10多个民族，人口在30万以上。

境内地势平坦，土地肥沃，辽阔无垠的草原上放牧着成群的牛羊。素有少女温柔之称的乌诺尔河在这里变成伏流而消失，乌诺尔是蒙古语，译成汉语是低洼地、涝洼地的意思。由于乌诺尔河的原因，又将海拔较低的部分平原，变成了一片没有污染的天然湿地。湿地内布满茂密的芦苇荡，沟汊河流纵横交错，大小湖泊星罗棋布。种类繁多的鱼儿在水中尽情地游耍，各种水鸟在水面上自由地飞翔。这里也是丹顶鹤的故乡，每年春天丹顶鹤从遥远的南方飞回到这里繁衍生息。目前世界仅存20多种不同种类的丹顶鹤，这里就多达6种，这有赖于得天独厚的地理条件，也得益于良好的自然生态环境。

江群出身于农民家庭，父亲忠厚朴实，母亲聪慧精明，由于子女较多，家庭收入又少，生活比较艰难。多亏母亲勤劳能干，善于精打细算，生活还能勉强维持。家庭成分高，让他们饱受歧视之苦，在那个以阶级斗争为纲的年代里，家庭成分压得他们几乎喘不过气来，就连他们的子女也都统统被打入另册。

上学伊始，江群就处处受歧视，令他最头疼、最害怕的就是提及成分问题，尤其害怕老师在课堂上，在众目睽睽之下，要求学生自报家庭出身。每当这个时候，他便会恐慌得无地自容，恨不得找条地缝钻进去。至于其他什么光荣、露脸的好事，更是连做梦都不敢想。在羡慕和嫉妒别人的同时，他也抱怨过命运的不公，自己为什么不出生在成分好的家庭呢？由于心理负担过重，长期无法排泄，压抑的情绪使他变得郁郁寡欢，心中时常产生一种莫名其妙的恐慌，久而久之，他的心里便形成了一种强烈的自卑感，觉得自己处处比人矮一头，使他丧失了追求美好生活的信心，并陷入痛苦和烦恼中难以自拔。

人们常说童年的时光是最美好的，家境的贫寒和政治上的歧视，却让江群过早地承受了不该承受的心理压力。在苦恼和困惑中，他与书籍接下了不解之缘，在书中找到了无穷的乐趣，也使他能暂时忘却掉痛苦和烦恼，读书的快乐伴随他度过了灰色的童年。

他想方设法地搜寻各种书籍，废寝忘食地阅读，尽情地在知识的海洋里遨游，如饥似渴地汲取着丰富的精神食粮，读书使他开拓了视野，增长了知识，了解了许多中外名人的传奇经历，知晓了无数的中外历史大事。他敬仰“三十功名尘与土，八千里路云和月”的豪情，信奉“将相本无种，男儿当自强”的毅力，理解了“人有悲欢离合，月有阴晴圆缺”的遗憾，向往着“书中自有黄金屋，书中自有颜如玉”的美好愿望，他在知识的营养中成熟起来。

随着年龄的增长，他学会了在逆境中抗争和自我保护的意识。他有一个表哥，曾在部队里当过几年侦察兵，学过擒拿功夫和拳击，转业后在体校当教练。有一次，江群无故受人欺负，恰好被他碰上，他没费吹灰之力，三拳两脚便打得几个地痞跪地求饶。江群在心里把表哥奉为英雄，如果自己有表哥的功夫，就再也没人敢欺负他了，于是他便缠着表哥，非要和他学功夫不可，表哥没办法，只好答应教他。表哥教他功夫的同时，也一再告诫他切莫惹事生非，不可打架斗殴，以免失手伤人。他遵从表哥的教诲，每日勤学苦练，如是三年，学有所成，但他从不对外张扬，故此知者甚少。

在那黑白颠倒、是非混淆的动乱年代，流行“读书无用论”和“知识越多越反动”的说法。上学只是一种形式而已，没有人在学习上费工夫，因为读书已没有任何出路。那年头实行工农兵大学生，既不需要考试，也不需要什么文化，只要家庭出身好，劳动表现突出，政治可靠，没有海外关系，就有机会保送上大学。像江群这种家庭出身不好的人，只配回乡去修理地球，什么招工、当兵、上大学的好事，根本就没有指望。所以他对学习早就失去信心，因为命运早已注定，他也要像父辈那样，面朝黄土背朝天的在农村干一辈子，他虽然有点不甘心。可除此之外，他别无选择，只有接受命运的安排。

然而，一场意想不到的横祸，打乱了他的生活轨道，彻底改变了他的命运，他也为此付出了惨痛的代价。

蒿城车站虽然只是“滨州线”上的一个二等站，由于相邻的两个县城不通铁路，各种物资都需要由蒿城来转运，蒿城火车站的货运业务非常繁忙。货场上的钢材、木材、煤炭、粮油等各种物资堆积如山，这里每日车水马龙、川流不息。

江群家住火车站附近，步行只需几分钟。为了减轻家庭的经济负担，江群经常和弟弟去车站打扫煤渣，剥树皮来解决烧饭、取暖之需。当时生活条件普遍比较低，车站周围的许多家庭都是这样做。

江群18岁那年秋天，记得是一个星期日的下午，听说车站正从车皮上卸原木，便和弟弟一起拿起树皮铲子和麻袋，急忙赶到车站货场。已有十几个半大小伙子在争抢着，这种事年龄太小的孩子干不了，因为既需要体力又有危险。当时车站还没有龙门吊，装卸车只能靠人工搬运，卸下来的原木横竖不齐的占了一大片地方，剥树皮的人则利用卸车的空隙，挑一些比较容易剥树皮的木头，将其骨碌到安全的地方，占为己有。那时有一条不成文的规矩就是谁占住就归谁，其他人的就不来争抢。江群和弟弟的力气比较小，滚不动粗大的木头，只好挑细一点的木头来剥。当有一堆木头被卸下来后，江群占住了一根直径20多公分的椴木，因为椴木不但树皮厚，而且还好剥皮，只要剥个开头，用力一拽就能剥下一大块树皮，对剥树皮的人来说，椴木是最理想的选择。江群和弟弟用力把原木骨碌到一边，高兴地从头开始剥。没想到这时却有两个小伙子围了上来，他们和江群同一个学校，高他一年级，平时就很霸道，经常干一些蛮横不讲理欺负人的坏事，是这一片有名的小地痞。他们不容分说地上前就剥。江群急忙上前制止，声称这是他们骨碌过来的，对方根本就不听解释，一边蛮不讲理地剥着，一边十分霸道地骂道："他妈的，啥是你的？你把它叫答应了我就让给你！告诉你，这都是公家的，谁剥就是谁的，你们这两个地富反坏右的狗崽子还想翻天呐！"江群一听他这句话，立刻就心虚了，他虽然非常生气，但又不敢和他们争执。12岁的弟弟却初生牛犊不怕虎，不顾一切地趴在木头上，双手抱住不让他们剥，生气地和他们争辩："你们怎么不讲理呀，这木头本来就是我们骨碌过来的，你们凭什么抢啊？这不是欺负人吗？"他毕竟年纪还小，对政治歧视领教不深，说起话来没有那么多顾忌。

"小狗崽子，你竟敢和我们犟嘴，我看你是'张三不吃死孩子，活人惯的'。你到底让不让开？"他们其中一个高个的用手指着弟弟骂道。另一个则凶狠的上前抓住弟弟的后背，用力提起扔出两米多远，由于弟弟面部先着地，鼻子和嘴都磕破出血。一见弟弟受伤，江群特别心疼，他极力压抑着心头的怒火，一边用纸为弟弟揩拭鼻血，一边忍不住生气和他们理论："你们也太欺负人了，凭什么把我弟弟打成这样？""哎呀，你小子今天胆大了，竟敢和我们过不去，你说我们凭什么？就凭我们是贫下中农子女！”那个高个的没等说完，手已伸出，照着江群的脸上啪啪就是两个耳光。弟弟脾气很倔犟，一见哥哥被打，便不顾一切地扑上来帮忙，没想到却被人一脚踢倒在地，痛得他哎哟哎哟直叫。江群心疼地失去了理智，长期压抑在心中的怒火像火山一样喷发而出。他一边扶起弟弟，一边气愤地大声说道：“你们也太过分了，难道成分好就可以胡作非为吗？我今天豁出去了，让你们也尝尝被人欺负的滋味！”此时，他怒火中烧，早以将表哥的嘱咐忘到一边，使出了所学的功夫。只见他挥手就是一拳，将高个打倒在地，另一个见同伴挨打，急忙举起拳头朝他打来。江群往旁边一闪，灵巧地躲过了对方的拳头，左手顺势一把抓住他的手腕，猛地往上一翻，便将他的胳臂扭到背后，用力往怀里一带，紧接着又使力往外一推，那人在惯力的作用下，身体失去平衡，一个跟头摔了个狗抢屎。这时高个已站起身来，他没想到江群竟会如此厉害，心知自己绝非对手，他眼睛一瞥，发现了地上的树皮铲子，便伸手抄了起来。这个树皮铲子是用80多公分长，大拇指粗细的钢筋打制而成的，前端有一个三角型的铲刀，打磨得非常锋利，一旦打到身上，就会造成严重的伤害。此时他已打红了眼，顾不上考虑后果，抡起树皮铲子，带着风声从背后向江群的头上砸去。没想到江群脑后好似长了眼睛，他急忙闪身躲避，侥幸地躲过了致命一击，那人击打落空，身体失去重心，向前倾斜。江群乘势从侧面飞身一脚，正中那人后心，将其踢倒在地。没想到对方的脑袋恰好碰到铲刀上，又加上江群这一脚踢得力重，那锋利的三角形铲刀刺伤了脑袋，那人顿时倒在地上血流满面，失去知觉。周围看热闹的人群中发出惊呼：“不好啦，打死人啦！”江群根本没想到会出现如此严重后果，他一听见喊声，顿时就吓懵了，急忙拉起不知所措的弟弟，没命似的逃离了人群。

江群拉着弟弟惊慌失色地跑到野外，藏身在庄稼地里。为了弄清伤者的情况，他让弟弟回家去打探，并一再告诫不要对任何人说出他的藏身之处。弟弟走后，他在惊恐中度过了漫长的一个多小时，心里不住地念佛祈祷，保佑那个人平安无事，自己也能够化险为夷。然而，让他感到绝望的是，远处出现了父亲和弟弟还有警察的身影。他此时已成惊弓之鸟，一看到警察，他顾不得多想，便不顾一切地仓皇而逃。他知道闯下大祸，非常清楚事情的严重性，一想到自己将会被抓进监狱，甚至会被枪毙时，对死神的恐惧笼罩上他的心头，这几乎摧毁了他的意志，但强烈的求生欲望和侥幸心理，促使他最终选择了逃亡之路。

他慌不择路地在庄稼地里穿行，警惕地观察着四周的动静，内心充满了极度的紧张和恐惧。由于精神高度集中，使他的神经过敏，心理承受能力非常脆弱，就连偶尔吹过的风声，发出的沙沙声响，都会把他吓一跳，以为有人来了，真是风声鹤唳、草木皆兵。他一直捱到天黑，才离开藏身之地，趁着夜色来到了铁路附近，向远处的火车站摸去。

他平时本来胆子小，一个人不敢走夜道，现在也顾不得害怕，在漆黑的夜色中惊慌逃窜，由于慌不择路，他竟走到了一片坟地前，这片坟地的面积比较大，坟地的周围长满了高大的白杨树，他以前曾路过此地，那是在白天，又与人结伴而行，没觉得太害怕。此时他孤身一人，又是在深夜里，风吹树林传来了阵阵林涛声，传到他的耳朵里，就好似鬼哭狼嚎一般，令人毛骨悚然，仿佛前面就是鬼门关。他对此时的恐惧程度是可想而知的，他吓得头上冒汗，腿脚发软，不敢往前迈步，可一想到自己的处境已是无路可退，再说以后逃亡的路上，还不知会遇到什么样的艰难险阻呢，自己如此胆小，岂能逃脱出去？想到此，他仿佛一下子长大了许多，壮着胆子向前走去。刚走出几十米，他猛然发现前边飘忽不定的火光，“鬼火！”江群心里一声惊叫，吓得差一点晕过去，只觉得头皮发麻，头发也瞬间竖立了起来，惊出了一身冷汗，手心冰凉，身子就像被施了魔法，定在原地迈不动脚步。他的大脑闪现出大人们讲的有关鬼的故事，以及对付鬼的办法，人们常说小鬼怕恶人，我今天豁出去了，看看这鬼火到底有多厉害。想到此，他用手摩挲几下头发，镇定了一下神经，然后鼓起勇气，走到了鬼火跟前，一脚踢了过去，只觉得脚上触到一个物体，鬼火也随之四散飘落，他借着稀疏的星光，弯腰看去，脚下竟是一个腐朽的树桩，这让他想起曾学过的有关木头经过长期风化，产生磷的化学反应，磷在黑暗中会发出磷火，这就是人们常说的鬼火。一想到这层道理，他的神经不再紧张，心里也不那么感到害怕了。他迈着轻松的步伐，走过了坟地。通过那次有关磷火的发现，江群的胆量变得大了起来，再也不相信世上有什么鬼神。所谓的鬼神都是人们杜撰的，是由于古代人不懂科学，把一些无法解释的自然现象，统统归纳为神灵和鬼怪，再加上一些愚昧无知的人，以讹传讹的重复和讲述，形成了根深蒂固的传统观念，在人们的心目中流传了几千年。由此所造成的毒害是难以言表的，这不能不说是人间的一大悲剧！

在午夜时分，他逃到一个小火车站，在庄稼地里躲藏了近两个小时，终于等来了一列临时停靠的货车，他见四下无人，便偷偷地爬上北去的列车，开始了漫长而又充满苦难的荆棘之路。

江群忍饥挨饿，担惊受怕，昼伏夜行，饱受了炼狱般的逃亡之苦。几经辗转，他来到了大兴安岭林区，在好心人的帮助下，在山上找到了一份临时工作，隐瞒了自己的身世，在深山老林里藏匿下来，过着隐姓埋名、担惊受怕的逃亡生活。为了逃避法律的制裁，他藏匿在大兴安岭林区，曾下井挖过煤，烧过砖，修公路架桥，栽树采伐，什么苦活累活都干过。每当夜深人静，或过年过节的时候，他格外思念家乡的亲人，可他却不敢给家中写信，怕引起公安机关的注意，暴露自己的行踪。他把辛苦挣来的钱，小心翼翼地藏好，每到年节，他便坐火车到几百里外的地方，给家里寄钱，而且经常变换地点，以免被人发现藏身之地。

他在惶恐不安中，艰难地熬过了近三年的逃亡生涯。直到有一天，他在山上意外地邂逅了一位同乡，由于他隐姓埋名，对方根本不知道他的真实身份。通过对同乡的侧面了解。他才得知自己所担惊受怕的，只不过是一场虚惊！原来当初伤者只是一时昏厥，被送到医院救治后，就清醒过来，额头上的伤口也缝了针，出院后并没有留下后遗症。警察到他家去了几次，在没有抓到他的情况下，便做出了相关的处理意见，由江群家承担了全部医疗费，又对被害人的营养费给予了相应的补偿，并决定不再追究他的法律责任。

父母为了告诉他结果，没少费心思，父亲根据他寄钱的地址，曾数次去找他，最终无果而返。可叹江群却始终被蒙在鼓里，一直在外逃亡，过着担惊受怕的艰苦生活。当得知一切真相后，江群喜极而泣，但也懊悔不已，他敞开喉咙对大山放声大喊，以发泄心中压抑以久的郁闷！3年，整整3年时间啊！他过的是什么日子啊！整日担惊受怕，寝食难安，精神上饱受着折磨和摧残，在情绪极度沮丧时，他几乎想自杀寻短见。更让人痛心的是，他不仅白白浪费了大好的青春时光，并为此荒废了学业，甚至改变了他的人生轨迹。唉！现在说什么都晚了，自己命该如此，只能认命啦。如今他只剩下无奈的悔恨和悲哀。

* * *

经过10多个小时的旅途劳顿，列车于清晨抵达了省城。江群走出车站，就近找了个旅店住下来。他简单地用过早餐，便不顾旅途疲劳，起身离开旅店，前去了解任武的有关情况。

江群根据任武提供的家庭住址，乘车来到建设街复兴路，开始寻找28号楼的准确位置。可他找了一大圈，也没找到28号楼。经过询问，他才得知此楼已经动迁，原来的居民已不知迁往何处。江群感到很沮丧，在这座拥有几百万人口的城市里，即使知道详细地址寻找起来都比较困难，更不用说失去了地址，那岂不是大海捞针。难道就此罢休不成？受人之托、忠人之事，自己又怎么能失信于朋友呢？他站在原地沉思着，在去留之间徘徊，最终决定要想尽办法去调查清楚，对朋友有所交代，说什么也不能愧对朋友的嘱托。

于是，他不厌其烦地继续向路人打听有关动迁的具体去向，有一位好心人向他提供了一个重要信息，让他到动迁办公室去咨询，因为那里掌握着所有动迁户的名单。这个信息让他看到了希望，他谢过那个好心人之后，急忙打车来到动迁办公室，可没想到却碰了钉子。主管动迁档案的是个年轻人，他死活不肯为江群查询动迁户的信息。江群陪着笑脸，好话说了一大堆，那个人还是无动于衷，江群无奈之下，只好怏怏离去。

江群在外面转了一圈，在一家商场里买了一条红塔山香烟，用报纸将香烟包好，然后又转身返回动迁办公室。这次他没有贸然行事，而是在一旁观察了一会儿，待到中午临下班时，屋内只剩下他一个人，江群推门走了进去。那个年轻人一见还是他，刚想开口说话，江群却将香烟送到他面前，微笑着说道：“兄弟，实在不好意思，给你添麻烦啦。”那个年轻人见他如此，马上就明白了他的用意，他毫不忌讳地当面打开报纸，看了一下牌子，并顺手将香烟放进抽屉里，然后满意地点头说道：“我不是不帮忙，而是事情太多，忙不过来，再说我们这也有规定，不对外查询。既然你如此客气，我也只好破例啦。”说完，他又详细地问清楚被查询人的姓名和原住址，找出档案帮他查找，他哗啦哗啦地翻了好一会儿，终于找到了任武父母的现住址。江群记下地址之后，见已到午饭时间，便邀那个年轻人去吃午餐，那个年轻人声称有事而拒绝，并客气地将他送到门口，握手而别。

下午两点刚过，江群来到了复兴路派出所，找到了负责同志，将自己的工作证和通过公安局开具的介绍信给他看过之后，提出了解任武的有关情况。那位负责同志给予了积极的配合，他不但向江群介绍了有关情况，而且还通过查找相关资料，证实了任武的身份和酒后伤人以及被判刑的事实。江群又提出他与家庭断绝关系的事，那位负责同志也称以前曾经听说过，但具体细节不是很清楚。江群满意地走出派出所，心中很高兴，他没想到事情竟会进展得如此顺利，自己总算是不辱使命，对得起朋友了。剩下的事情比较好办，他只需要再到任武的家中去核实一下他与家庭断绝关系的情况，就算万事大吉啦。

下午四点多，江群按照动迁办公室提供的地址，来到了位于松花江边一片新开发的住宅小区前。只见小区内楼房林立，环境幽雅，整个小区的楼房无论是造型，还是颜色都基本一致，找起来比较费事。江群在小区内找了好一阵儿，才找到了所需要的门牌号。

为了慎重起见，江群又仔细地对照一遍，确认无误后，才摁响了门铃。随着开门的响声，防盗门被打开一道缝，从门缝中探出一个头发花白的中年妇女，她用眼睛上下打量着江群问道：“同志，请问你有什么事？”江群一见这位妇女，心中不由一怔，他简直有点不敢相信自己的眼睛，他又仔细地看了一眼，“没错，正是她老人家！”他在心里惊喜地说道。

“同志，你到底有什么事？”那位老人见他不说话，再次提高声音问道。

“包阿姨，您老不认识我了？我是江群呐！”江群心情激动地说道。

“你是谁？”老人以为听错了，有点不相信地反问，同时又用手擦了擦眼睛，非常仔细地端详着这位不速之客。当她确信自己的眼睛没有看错时，不由得上前一把抓住江群的手，欣喜地说道：“江群，真的是你呀！你是怎么找到这里的？快、快，赶紧进屋。”包阿姨一把将江群拉进屋里，她把江群让到沙发上，望着他关切地问道：“孩子，这些年你还好吧？你的身体没落下什么后遗症吧？”

“阿姨，您看我现在身体多棒，啥毛病都没有。当年多亏您和任叔叔对我的关心和照顾，否则我的身体也不会恢复得那么快。阿姨，您和叔叔的身体都好吧？”提及往事，江群的心情分外激动，他的眼睛有些湿润了。

“好，都好，你叔叔身体可硬实了，等一会儿就下班了。他见到你还不知有多高兴呢！每次任杰回来，他总是打听你的消息。唉，时间过得可真快，一晃都快十年没见面啦！”包阿姨十分感慨地说。

是啊，十年啦，时间过得太快了，包阿姨的话打开了江群尘封的记忆，以往那不堪回首却又难以忘怀的往事又清晰地浮现在他的脑海里。

他与包阿姨一家的感情，还得从江群逃亡到大兴安岭的第二年冬天说起。那年他在山上当临时工，结识了老人的儿子任杰，那时任杰是林场的采伐工，他比江群大一岁，彼此间的兴趣和爱好相同，所以两人很谈得来，关系处得也比较好。

任杰是一名出色的油锯手，这个工种在山场上很受重视，能否完成采伐任务油锯手是关键，而其助手必须头脑灵活、手脚麻利，与油锯手配合默契，所以在助手的配备上，一般都由油锯手来挑选。由于这个工种的工资比较高，活儿又相对比较轻松，基本上都由正式职工担任，像江群这样的临时工，只配干一些装车、归楞等重体力活。可在任杰的一再要求下，领导为了保证完成木材生产任务，破例同意江群给他当助手，这对江群来说，简直就是一种殊荣。江群对他心存感激，在工作中积极肯干，吃苦耐劳，任杰对他也是处处关心照顾，时间一久，他俩便成了亲密的好朋友。

山场的冬夜枯燥而乏味，那些精力过剩的男子汉们，除了喝酒、玩牌，就是躺在床上侃大山。谈论的主题就是女人，他们用毫无顾忌的语言，把男女之间的性爱描述得淋漓尽致、入木三分，有些污言秽语简直不堪入耳。在这清一色的雄性王国里，需要的就是这种刺激和满足，不但讲的人眉飞色舞，听的人也是兴致勃勃、津津有味，讲到热闹处，还不时地爆发出哄堂大笑，在笑声中，他们消遣着寂寞无聊的时光。

然而，江群和任杰却从不参与这种无聊的热闹，他们躲在角落里，守在自制的油灯旁看书学习，为了不受外界干扰，他们经常用棉花将耳朵塞住，以免分散注意力。江群总是寻找一些文学作品来读，而任杰则苦心复习高考课本，尽管已恢复了高考制度，但去年由于他基础较差，参加高考落了榜，他却毫不气馁，孜孜不倦地刻苦学习，争取来年继续参加高考。

任杰少年老成，严谨认真，江群精明灵活，勤劳能干，工作上配合得非常默契，人们都说他俩是黄金搭档。众所周知，采伐工作有一定的风险，一次意外的事故就差点断送了江群的性命。

由于无休止的逐年采伐，致使森林面积减少，资源匮乏，作业条件也愈来愈艰难，经常要到陡峭的山上去采伐树木，在林区称之为“摘山帽”。“摘山帽”时的危险系数比较大，所以采伐工都格外小心。这天，任杰他们在一个地势陡峭的山上“摘山帽”，由于任杰的采伐技术好，又加上他与江群配合默契，工作进展得很顺利。当采伐一棵直径40多公分的大松树时，他们碰上了麻烦，这棵松树长在沟坎上，树身周围坡度较大，跟本无法站人，任杰几乎是双手举着油锯作业，费了很大的劲，才将其放倒。伴着树木倒下的呼啸声和倒地时发出的巨响声，积雪被气浪冲击得四散飞溅，断树枝夹杂着积雪腾空而起、四处飞窜。粗大的树干横在山沟上，如同一条扁担似的上下颤动着，发出了低沉的呻吟声。他俩相视一笑，轻松的舒了一口气。倏然，不知从何处飞过来一根“回头棒子”，一下子就打在江群的头上，“回头棒子”的力量很大，将江群头上戴的安全帽都打落了，只听江群哎哟一声，便猛地仰身摔倒在山坡上，顿时失去了知觉。

任杰见江群受伤倒地，便急忙上前救护，江群却毫无知觉。任杰情急之下，背起江群就往山下跑。由于他心里着急，又加上身体较弱，他背着江群没跑出100多米，便心慌气短、浑身是汗、两脚发软、举步维艰，任杰只好停下来定定神，歇口气再走，从山场到住地，足有1000多米，任杰硬是坚持着把江群背回到帐篷里，身上的棉衣都被汗水湿透了。山场上的老采伐工有经验，他们解开江群的腰带，拉胳膊抻腿外加掐人中，谢天谢地，江群总算苏醒过来，可他却头晕呕吐，腰部疼痛。山场领导一看江群的伤势比较严重，便急忙命令任杰护送江群下山到医院治疗。

医院诊断江群是中度脑震荡，另外腰椎骨损伤，这是晕倒时受的伤，并不严重，并说当初多亏头上戴着安全帽，否则他就不会如此幸运了，即使不死也得变成植物人，是那顶安全帽救了江群的一条命，这真是不幸之中的万幸。

江群在住院治疗期间，任杰的父母每天都为他做些可口的饭菜，有时任杰回去取，有时他弟弟任武给送来。那时任武才10岁，长得机灵可爱，性格有些内向，不太爱说话，当时家里人都叫他的乳名二宝，江群不知道他的名字，难怪后来再见到他时，只觉得面熟而对不上号呢？当时林区的生活条件比较艰苦，物资供应紧张，包阿姨和任叔叔总是想方设法搞些鸡、鱼为他补养身体。他病愈出院后，包阿姨又将他接到家中将养了一段时间，直到他的身体彻底康复后，他才无限感激地返回山场。

任叔叔原来是省直机关的干部，由于在文革中受到冲击，下放到林区来劳动改造。直到文化大革命结束后，他的冤案才得以平反，他们全家也因落实政策而搬回省城。任杰也在恢复高考的第二年，考入了中央民族学院。开始时他们还经常通信，后来由于江群的通讯地址不固定，时间一久也就断了联系。没想到今天竟阴差阳错，非常意外地见到了包阿姨，这怎么能不让江群感到无比的激动！回想起往事，江群的心情更是心潮起伏、难以平静。

傍晚时分，任叔叔下班回到家中。见到江群，分外高兴。他关切地询问了江群这些年的情况，听完了江群的介绍，他连夸江群有出息。任叔叔今年虽然已经50岁出头，但精神状态却非常好，看上去比十年前还年轻。他高兴的问江群："你是怎么找到家里来的？我们这十年由于工作调动，已经搬了好几回家了。"江群此时无法说出此行的目的，只好违心地说道："我因到省城出差，由于想念您二老，经过多方打听，才找到这里。"

"你现在成没成家呢？"任叔叔关心地问道。

"还没有呢，不着急。"江群不好意思地笑着回答。

"你今年28岁了吧？也该成家啦，一个人在外边不容易，成家后能彼此有个照应，生活也能有点规律。你看任杰比你大两岁，也是去年才成家的。"任叔叔说着，又找出任杰的结婚照给江群看，照片上的任杰戴着一副眼镜，显得书生气十足，他的妻子漂亮，文雅，两人站在一起，显得十分般配。

"任杰大哥现在还在北京吗？做什么工作呢？"江群边看照片边问道。

"他大学毕业后，被分配到北京人民文学出版社工作，前几年又功读了研究生学位，现在任编辑。他的爱人是他的大学同学，在民族学院当讲师呢。"任叔叔指着照片向他介绍说。脸上充满了欣慰的笑容。江群把任杰的通讯地址记了下来，以便日后和他联系，同时有心询问任武的情况，却欲言又止，深怕引起老人们伤心，同时也在心里为任武今天的处境感到惋惜，他在心里暗暗发誓：自己回去之后，一定要尽最大的努力去关心和照顾任武，以报答这两位老人对自己的一片厚爱。

趁着他们说话的工夫，包阿姨准备了一桌丰盛的饭菜。尽管任叔叔患有高血压，但他由于高兴，竟也不顾包阿姨的反对，陪着江群喝了几杯酒。江群担心影响任叔叔的身体，佯称自己不胜酒力，任叔叔才不再相劝。他们边吃边唠嗑，这顿饭一直吃到九点多钟才结束。两位老人十分热情地挽留住在家里，江群却找借口而谢绝。江群在告辞时，掏出500元钱，声称自己来的仓促，没给老人带什么东西，留点钱买点营养品，两位老人却执意不收，推让了半天，江群最终将钱丢在沙发上，自己转身跑下楼去，老人才被迫收下。

两位老人恋恋不舍地将他送到小区门口，临别时，包阿姨抹着眼泪，一再叮嘱他回去后要尽快找对象成家，生活上好有个照顾，还嘱咐他以后要经常来。江群一一点头答应，一种难以割舍的亲情油然而生，他的心头不由一酸，眼泪也差点流出来，但他却竭力控制住自己的感情，转身快步离去。

江群自从离家出走那天起，他的性格就变得非常坚强，也从未流过眼泪，他认为一个真正的男子汉，应当做到流血不流泪，因为流泪是女人和弱者的专利。同时，他也最瞧不起那些一遇到难事就哭天抹泪的男人，他将自己的忧愁和软弱深深藏在心底。他以前曾是一个多愁善感、富有同情心的弱者，如今却演变成一个性格刚强、敢做敢为的铁汉。这种变化来自经历的坎坷和磨砺，同时还有环境的影响和熏陶，但主要还是他的人生坐标出现了偏差，导致他迷失了善良本性，失去了人生理想和奋斗的目标。

江群回到旅店之后，躺在床上心情久久不能平静，这出人意料、富有戏剧性的巧遇，过早地结束了他此行的计划。他万万没有想到任武竟会是任杰的弟弟，而自己与任杰又情同手足，对自己又有救命之恩，更难得的是两位老人对自己的关爱。俗话说“有恩不报非君子，见死不救是小人”。既然命运把自己与任武牵到一起，自己就要尽最大努力，保护任武不受任何伤害，这也是自己义不容辞的责任！

*　　　*　　　*

第二天早上，江群来到了车站售票处，提前预定了返程的火车票。然后又来到新华书店大楼，由于今天是星期日，前来购书的人比较多。他有个习惯，无论到哪里，都喜欢到书店去看看，如果看到中意的新书，他就会高兴地买下来。正当他在书柜前细心浏览时，突然听到有人在喊他，“江群，江大哥。”他忙抬头寻声望去，只见一位身材苗条，留着披肩发的姑娘正用惊喜的眼神看着他。“江大哥，真的是你呀！这个世界真是太小了，怎么会在这里碰见你呢？”

“李可欣，怎么会是你呢？真是人生何处不相逢！”江群也颇感意外。

“在这里看到我有什么奇怪，我不是在这里读书吗？江大哥，你到省城出差？什么时候到的？”李可欣兴奋地问道。

“是出差，前天来的，你也到书店来买书吗？”

“今天是周日，我想到书店来买点资料，没想到竟会碰见你！咱们真是有缘，事情办的还顺利吧？你怎么不到学校去找我呢？”李可欣嗔怪地说。

“事情已基本办妥，我、我怕影响你学习，就没有去打扰你。”

“一个人多寂寞啊，正好今天我放假，就尽一下地主之谊，陪你浏览一下省城的风光，给你免费当导游。”说完，她兴冲冲地拉着江群的胳膊就走。

江群没想到事隔半年，他们竟又在省城不期而遇，这颇有几分戏剧性，由于事情已办完，再加上自己虽然来过几次省城，但都因为比较匆忙，还没有好好地游玩，如今与李可欣相遇，她还主动为自己当向导，索性就此游玩一番。

李可欣对于再次相逢，除了感到意外，也有着一种说不出的喜悦，她通过江群在火车上的慷慨解囊，而心存好感外，还有一种复杂的少女情怀在里面。自从与江群在火车上邂逅，并得到他的帮助，就觉得他们之间似乎有着某种不解之缘，作为一个豆蔻年华，情窦初开的怀春少女，也时常想象未来的白马王子究竟会是谁，并在心里把自己认为中意的人选，进行反复比较，还是觉得他们各有所长，也各有所短，难以选出理想的人选。她委决不下，竟采用了近似古代抛彩球的游戏，在元旦时特意买了许多有奖的贺年卡，分别给心中的人选寄去了贺年卡，心里暗暗祈祷，如果哪位有幸中奖，他就是自己的梦中情人。可没有想到，恰好江群的贺卡中了奖，她虽然不迷信，但她却有些相信命运，虽然这只是一种赌博性的游戏，可她却认为这一切都是命运在冥冥之中的安排。在心里认定了江群就是她的如意郎君，从此对江群多了一分思念和牵挂。出于少女的羞涩，她在信里没有向江群大胆表白，没想到天赐良机，两人竟又巧遇到一起，这就是人们常说的“有缘千里来相会”吧。所以她显得异常兴奋，并准备寻找适当的机会向江群吐露自己的心声。

李可欣和江群乘车来到了江边，他们伴着和煦的春风，漫步在春暖花开的林荫道上，伫立于坚固的堤岸上，极目远眺，只见江水如蓝、碧波荡漾、水天一色、蔚为壮观。江面上船儿穿梭、水鸟飞翔。江群被眼前的大自然风光所陶醉，脑海里闪现出白居易的诗句——“江南好，风景旧曾谙。日出江花红胜火，春来江水绿如蓝。能不忆江南？”虽然眼前的景色与江南迥然不同，却有异曲同工之处。想到此，江群的心情豁然开朗。人们常把江南的景色描绘成美丽温柔的少女，而面对这质朴、粗犷、天然无饰的北方原野风光，会让人觉得这景色就像热情奔放的男子汉，让人耳目一新、心旷神怡！

他们饱览完风景如画江岸，又兴致勃勃地登上观光的游船，前往著名的风景区江心岛，江心岛原本只是一个由江水夹带泥沙堆积而成的荒凉小岛，岛上只是住着一些零星的渔民。随着时间的变迁和岁月的推移，江心岛的面积不断扩大，岛上的居民也逐渐增多，江心岛也由一个荒芜的小岛，演变成了消夏避暑的场所，特别是新中国成立以来，党和人民政府投入了大量的人力物力，把一个昔日的荒岛，建设成为著名的旅游景点。岛上碧水环绕、芳草萋萋、绿叶盈枝，构成了一幅春意盎然的画卷具。此时恰逢春季，正是人们踏青游玩的季节，故此上岛的游人络绎不绝。江面上游船往来穿梭，传来的阵阵欢声笑语不绝于耳。江群和李可欣受到游人的感染，他们上岛后，也租了一条小船，在碧波荡漾的江面上荡桨泛舟，无拘无束地说笑着，宛如一对情投意合的恋人，沉浸在久别重逢的喜悦中。

中午，他们来到一家活鱼馆，吃了一顿以鲜鱼为主的，味道鲜美的，具有乡村风味的午餐，然后他们乘车返回了市内。李可欣领着江群逛了两家大型商场，又游览了市内的公园和索非亚大教堂。一直到傍晚时分，他们才来到一家装潢漂亮的餐馆，年轻漂亮的服务员热情地迎了上来，见他们是一对青年男女，便会意地将他们带到了灯光较暗的卡座前，也就是人们常说的情侣座。

“先生，小姐，请问哪位点菜？”服务员将菜谱递了过来，一边倒茶一边问道。

“你喜欢吃什么，尽管点，上学也挺清苦的。”江群将菜谱递了过去，让李可欣点菜。

“你是远道而来的客人，还是你来点吧，我今天的任务就是把你招待好。”李可欣又将菜谱推给江群，她是诚心实意地想好好款待江群，以表达自己的谢意。

两人相互谦让了一番，最终在服务员的推荐下，点了几个有本店特色的菜肴。由于李可欣不会喝白酒，江群只好点了几瓶啤酒。

酒菜很快就上来了，李可欣抢先斟满了酒，举着杯对江群热情地说：“来，为了我们的友谊，也为了我们的重逢，干杯！”

“好，为了友谊和重逢干杯！”江群豪爽地与李可欣碰杯，并同时一饮而尽。李可欣心存感激，江群出于礼貌和敬重，两个人彼此劝酒夹菜，气氛十分融洽。

“你学的是历史专业？还有几年毕业？”江群向李可欣问道。

“我们本科是四年，还有两个月就毕业，历史是冷门，学的人不多。”李可欣答道。

“学历史好，读史使人明智，个人若不了解历史，那就是对祖宗的背叛。如今有些人历史知识甚少，甚至连唐、宋、元、明、清都搞颠倒了。我们单位有个同事，特别喜欢听刘兰芳讲的岳飞传，可却说不清楚岳飞是哪个朝代的人，你说有多可笑。”江群有一部范文澜主编的《中国通史》，对中国历史比较熟悉。

“你说的很对，历史就好像一面镜子，你没听说吗？人以铜作镜，可以正衣冠，以史作镜，可以见兴亡；以人作镜，可以知得失。后代人可以从历史中看清历代兴衰成败的规律，是非常值得后人去深思和借鉴的。”李可欣不愧是学历史的，对历史的见解很有哲理性。

“总结前人的经验教训，借鉴历代王朝的兴衰，是每个开明君主的必修课，如果当年李世民不总结隋朝灭亡的教训，就不会悟出‘水能载舟，亦能覆舟’的道理和知人善任、直言纳谏的肚量，就不会有贞观之治的大唐盛世。据说毛泽东就善于总结历史，尤其是对明史，对李自成失败的教训研究的更为透彻，在建国前夕，就号召全党的同志学习郭沫若的《甲申三百年祭》，以免重蹈李自成失败的覆辙。前几年有句十分流行的口号叫做‘深挖洞，广积粮，不称霸’就是从当年朱元璋的‘高垒墙，广积粮，缓称王’中借鉴而来的。”江群借着酒性，饶有兴致地侃侃而谈。

“江大哥，没想到你对历史这么有研究。”李可欣颇感意外地说。

“你过奖了，我只知道个一知半解而已，与你这个历史系的大学生相比，我岂不是班门弄斧，小巫见大巫？”江群不好意思地自嘲道。

“不，你的见解很有哲理，世上借鉴的东西很多，历史如此，文学更是如此。你没听说天下文章一大抄吗？指的就是借鉴和汲取他人的精华为己用，例如郁达夫的那首脍炙人口的诗：生命诚可贵，爱情价更高。若为自由故，二者皆可抛！就是从匈牙利著名的爱国诗人裴多菲的那首《自由与爱情》中演变而来的。”李可欣也来了兴致。

“你说的没错，记得裴多菲原诗是这样的：‘自由，爱情！我要的就是这两样。为了爱情，我牺牲我的生命；为了自由，我又将爱情牺牲。’我记的不错吧？”江群接过话头背诵着。

“真想不到，你对诗词也如此有研究？”李可欣十分惊喜地说。

“我对诗词只不过是爱好而已，因为作诗不但要有较高的文化修养，而且要具备身临起境的真情实感，否则就写不出好的作品。就拿李煜李后主来说吧，假如他不经历亡国之痛，从一个至高无上的帝王，变成亡国之君。他又怎么能写出《虞美人》、《乌夜啼》、《望江南》等千古绝唱呢？”江群非常喜欢李后主的词，谈起来也是层出不穷。

“李煜确实是很杰出的历史人物，是南唐最后一位皇帝，世称李后主。尽管他在治国上没有大的作为，无力与北宋抵御抗衡，做了十五年皇帝，苟安度日。在宋开宣八年，南唐为宋所灭，李煜肉袒出降，被送至汴京软禁为阶下囚，受封‘违命侯’。三年后，被宋太宗毒死。可李煜却具有多方面文艺才能，音乐绘画、诗词文章无不善长，而词的成就尤高，是我国历史上最杰出的词人之一。他的词以亡国为界，前期的词多描写宫廷豪华生活和男女欢爱之情，风格柔靡；后期的词大多抒发亡国之痛和怀旧伤今之情，风格沉郁。他的词不用典，不雕饰，直抒胸臆，善用白描和比喻，语言朴素自然，个性鲜明，艺术技巧极高。开拓了词的领域，创造了新的表现手法，堪称宋词的开山鼻祖，对后世词人晏珠、欧阳修、苏轼、李清照等有较大的影响。现存词三十余首，与父亲（中主）的作品，合刻为《南唐二主词》。我对其历史比较了解，对他的词却记得不是很多，只能背诵其中的《虞美人》：‘春花秋月何时了？往事知多少。小楼昨日又东风，故国不堪回首月明中。雕栏玉砌应犹在，只是朱颜改。问君能有几多愁？恰似一江春水向东流。’我背得也不差吧？至于其他的什么人生长恨水长东的，就记不太清楚了。”李可欣一口气把李煜的历史做了概括性的介绍。

“你对李后主的历史了如指掌，对他的词却不太上心，你前一首背的不错，后边说的那首词我知道，是《乌夜啼》中的词句：‘林花谢了春红，太匆匆。无奈朝来寒雨、晚来风。胭脂泪，留人醉。几时重？自是人生长恨、水长东。’李煜的词让人感触颇深，流露出对故国的无限怀念之情。”江群自信地顺口而出。这几首词都是他平日最喜欢的，所以记得非常熟。至于其他的诗词记不这么准确。无奈之下，他只好采取跳跃式的交谈方式，不在一个话题上深层探讨。他从唐诗、宋词、元曲，到古今中外名著，不断地变换着熟悉的话题来交谈。李可欣不知底细，心中赞叹他的知识渊博，无形中又对他增添了几分敬重。

“你瞧，咱们光顾着说话，这么多菜还没吃几口呢，来，喝酒吃菜。”李可欣举杯向江群相劝，两人干杯后，她又将各自的酒杯斟满。

“江大哥，我心中有个秘密，你想不想知道？”李可欣望着江群说道。不知是何缘故，她的脸颊上浮起了两朵红晕，显得格外娇媚和楚楚动人。

“什么秘密？你说来听听。”江群好奇地问道。

“我在当初寄贺年卡时，曾许下个心愿，如果谁有幸中奖，我就和他处朋友，最后是你有幸中奖，你说这是不是咱们的缘分？”李可欣鼓足勇气，一口气把心里话说完，然后就羞涩地低下头，不好意思看江群。

“这、这怎么可能呢？”江群一点心理准备都没有，一时间不知说什么好。

“怎么不可能？难道我配不上你？”李可欣索性把话挑明，以表明自己的心迹。

“不，我不是那个意思，是、是我配不上你。”江群有些费力地推托着

“我不管你是咋想的，反正我相信命运，既然命运让我们走到了一起，我就会义无反顾地走到底，绝不后悔。”李可欣的态度非常坚决。

“可欣，你是个好姑娘，应该得到属于你的幸福，我们是不可能走到一起的，你不了解我的情况，我也不想欺骗你的感情，更不想伤害你。谢谢你的厚爱，我们就永远做好朋友吧。”江群态度坚决地拒绝了她的求爱。

“为什么？这到底是为什么？”李可欣没有想到自己的满腔热情，却被无情地浇上一盆冷水，她倍感失落、一再追问原因。江群却无言以对，他的心在饱受煎熬，那难以启齿的耻辱，让他感到自卑和难堪，他的情绪也低落了下来。

因为情绪受到影响，酒桌上失去了快乐的气氛，他们也好像一下子生分了许多，两人用完餐后。李可欣抢着去结账，因为今天所有的游玩费用都是江群花销的，她心里有些过意不去，江群却说她是没有经济来源的学生，死活不肯让她花钱，李可欣只好作罢。尽管对江群的拒绝，李可欣感到很沮丧，也想不明白其中的原委。她却没有灰心，抱着精诚所至，金石为开的信念，故此，李可欣像什么也不曾发生似的，仍然兴致勃勃地邀请江群去看电影。江群声称身体劳累而推辞，他本来想告诉李可欣，自己明天返程，可一想到她对自己的爱情表白，就临时改变了主意，决定不告诉她，来个不辞而别，以便打消她的激情，让她对自己死心。于是，他把李可欣送到学校门口，然后返回旅馆去休息。

清晨，江群起床后，收拾好随身携带的物品，又到服务台结算了宿费。然后直奔车站。在候车室内等了一会儿，广播通知旅客剪票，江群随着拥挤的旅客涌入站台。列车停稳后，江群按着车票上指定的车厢，登上了列车，找到了自己的位置，将物品放在了行李架上。列车开始启动了，它由慢到快，逐渐加速，很快就把整座城市丢在身后。

从省城返回途中，恰好途经家乡，每当提及家乡，他的心情就像汹涌的潮水一般久久无法平静。许多童年的往事，一齐涌上心头，脑海里浮现出白发苍苍的父母和亲人们熟悉的面孔，想像着年迈的父母倚门而望，盼望自己归来的情形！他再也无法控制强烈的思乡之情！他决定中途下车回家探望年迈的父母和亲人。说来惭愧，自从他当年仓皇出逃，亡命他乡，到迄今为止，中途只回家一次，那是他得知自己的事情是一场虚惊之后，怀着无比轻松的心情光明正大地回到了家乡，而且还见到了日思夜想的初恋情人。如果不是后来发生了意想不到的变数，他可以完全按着自己的意志在正确的人生轨道上走下去，更不会做出亲者恨、仇者快的龌龊事。不但失去了追求美好爱情的权力，也使他的人生坐标发生了180度的偏差。亲手葬送了自己的幸福和爱情之后，他无法面对自己的恋人，只好采取逃避的办法，将自己彻底封闭起来，忍痛与家人断绝任何联系，并独自承受了难以忍受的痛苦。给家中寄钱还是老办法，坐车到几百里外去办理。八年的生离死别，让他饱尝了思念和离别之苦，人们常说时间是治疗痛苦的最好良方，江群却恰好相反，随着时间的流失，痛苦不但没有丝毫的减轻，而是愈来愈强烈，他怀着无法原谅自己的负罪感，陷入了悔恨的泥淖中难以自拔。

近乡情更怯，一路上他的心情一直处于亢奋之中。当列车即将抵达家乡时，他心情更是异常激动，高兴的手足无措、坐立不安，只恨列车行驶的太慢，恨不得插翅飞进家门。列车终于到达了蒿城车站，他在售票处改签了车次，然后迈着急促的脚步，三步并两步地赶到家中。当他声音哽咽地突现在父母的面前时，父母和家中的亲人都惊喜万分。回到了阔别已久的家乡，见到了日思夜想的父母和亲人，他的心情更是感慨万千，难以平静！回首往事，已成过眼烟云，当家乡父老得知他有了令人羡慕的工作，而且还当上了保卫科长时，人们那纷纷投来得羡慕的目光，使江群暂时忘记了心中上的痛苦，有一种飘飘然衣锦还乡的感觉。自己总算没有给家乡丢脸，同时也给家族赢得了荣誉。

父母感到十分欣慰，觉得他很有出息，没有在外面白混，唯一让他们牵挂的就是江群的婚姻大事。江群的弟弟比他还小两岁，如今早已娶妻生子，而他年届

30，却依然孑身一人。在临别的前天晚上，父亲关心地问到他的婚姻情况，听说目前还没有眉目，便劝说道："你独身在外也不容易，早日成个家，也好有个照应，我们做老人的也就放心了，按道理说你在外边做事，你的婚姻大事，我不应该参与，可我又放心不下，你是不是心里还想着兰鸽？她不但经常来信打听你的消息，还亲自来过两次，询问你的情况，我真弄不明白，你们之间到底发生了什么事情，当初你为什么要拒绝她，刻意躲避她呢？她是个多么好的姑娘啊！你要是能娶她做媳妇，真是你的福分！听说她至今仍然独身一人，我有她的地址，你不妨给她写封信，说不定还有机会再续前缘。"

江群得知兰鸽尚未成家的消息，不由心潮起伏、无比激动，勾起了他对往事的美好回忆，可是，一想起他们分手的原因，情绪立刻就低落下来，不堪回首的往事，将他再次坠入了痛苦的深渊。尽管他的心在流血，表面上故意装出一付轻松的神情，满不在乎地对父亲说："你们就不必为我的婚事操心啦，我和兰鸽根本就不可能走到一起，你们尽管放心，我将来一定会领回来一个让你们满意的儿媳妇。"

江群说完后，赶紧转移了话题，他不想让亲人窥探到自己的内心世界，他要把自己最风光的一面展现给亲人，以免他们为自己担忧，尽管这种风光背后饱含着不为人知的酸甜苦辣，但他宁愿接受眼前的吹捧和荣耀，他在亲朋好友面前，采取报喜不报忧的作法，一是为了满足自己的虚荣心，二来也免去亲友的担心和牵挂。至于内心的痛苦和耻辱，他已深埋在心底，并以超乎常人的承受力，直面这缤纷复杂得犹如万花筒般的世界。

夜深人静，人们早已进入了梦乡，江群躺在床上，翻来覆去，久久不能入眠。这些年来，他凭借武功好、讲义气、重承诺，对朋友的相托，他从不爽约，在社会上闯出了名声。黑白两道的朋友都对他推崇备至，身边经常有朋友前呼后拥，在酒桌上开怀畅饮，醉生梦死，或是在牌桌上逞强赌胜，玩起来就是通宵达旦。在外人眼里，他的生活无忧无虑、风光无限，可他心里的痛苦又有谁知道呢？他是在人生坐标偏离了轨道，为了掩饰精神的空虚和麻痹痛苦的神经，而故意为之，只有在醉生梦死、麻木不仁的状态下，他才能忘掉心中的痛苦，才能浑然入梦。

一石激起千层浪，父母的话再次勾起了江群的痛苦回忆，随着岁月的流逝，许多童年的记忆已经模糊不清。可是，与兰鸽交往的幸福时光和刻骨铭心的初恋却依旧历历在目、记忆犹新，让他难以忘怀。

在那个特殊的年代里，家庭出身注定了他的厄运。他无缘享受童年的快乐时光，而是被打入另册，陷入政治歧视的阴影里无法自拔。家境的贫寒和政治上受歧视，致使他产生了强烈的自卑感，他的幼小的心灵受到了无情的摧残，性格也发生了很大的变化，他变得沉默寡言、胆小怕事，从不与人争吵。即便如此，也无法逃避别人的欺凌和伤害。

记得有一次，他在课间休息时，一个人躲在一旁看连环画，书名叫《红军吹号了》。有一个调皮的同学看到后，便问他看什么书，他告诉说是《红军吹号了》，可那个同学却偏说他说的是“红军吃耗子”，并在课堂上报告给老师，这是非常严重的反动言论。老师马上严肃地向他质问，并让他交代出于什么动机，尽管他一再辩解，老师却不依不饶，发动全班同学对他进行批判。他吓得失声痛哭，就在这关键时刻，兰鸽挺身而出，勇敢地站了起来，为他作证，说他根本就没说“红军吃耗子”这句话，而是那个同学听错了。由于她是班长，在老师和同学们的眼里比较有威信，对她的话也就深信不疑，便不再追究江群的责任。她的寥寥数语，竟为他化解了一场政治危机。江群对她的仗义执言十分感动，同时也对她产生了前所未有的好感。

江群和兰鸽住的比较近，兰鸽的父亲兰哲夫是部队转业军官，江群家却是地道的农民家庭。尽管两家的地位相差悬殊，却没有影响两家的正常交往。这里受蒙古族人民生活习惯的影响和熏陶，邻里之间基本都是和睦相处，很少吵架或闹意见。特别是天真无邪的孩子们，相处的都很融洽，他们经常成帮结伙的在一起打闹、玩耍。每当夜晚降临的时候，他们便凑到一起玩捉迷藏、抓特务，玩打仗等游戏，远远的就能听到他们的嬉笑喊叫声。江群却只有在过年或节假日时偶尔玩玩，平时难得和小朋友在一起玩耍。他每天除了干一些力所能及的家务活，就是安静地躲在角落里看书，也特别喜欢听大人说书讲古，他的记忆力比较好，凡是看过的书或听过的故事，他几乎都能记住，并且一字不落地讲给其他人听。

兰鸽的母亲王阿姨出身于书香门第，与兰叔叔曾是幼年的伙伴，兰叔叔由于幼年丧母，继母又经常虐待他，不但吃不饱、穿不暖，还时常挨打受骂，童年生活十分可怜。王阿姨出于同情，对他给予了力所能及的帮助和安慰。兰叔叔不堪忍受继母的虐待，15岁那年就毅然决然地参加了东北联军，部队首长见他年纪小，起初不肯同意，后来见铁心跟着部队，只好批准他入伍。他随着部队一路往南打，参加了著名的辽沈战役和平津战役，后来还参加了广西剿匪，从黑龙江一直打到海南岛，曾数次负伤，并多次立功授奖。1955年受衔时，他已是少校营长。在那个崇拜英雄的年代，王阿姨性格开朗，对爱情充满了浪漫和憧憬，她得知兰叔叔的情况后，竟不顾家人的反对，只身从家乡来到海南岛，找到了兰叔叔并向他表白了爱情。兰叔叔本身就对她怀有感激之情，又见她出落的如此美丽漂亮，而且与自己真心相爱，就欣然接纳了王阿姨。两人在部队结婚，王阿姨也随军参加了工作，两年后兰鸽的出生，更为他们的幸福生活增添了无穷的乐趣。然而，一场突如其来的变故，却断送了他的政治前途。由于兰叔叔性格耿直、仗义执言，他曾在酒后对彭德怀所谓反党集团鸣不平而被小人告发，组织上让他停职认识错误。他固执己见，死活不肯认错，组织上认为他不可救药，又加上他的家庭出身有问题，组织上把他定为阶级异己分子，并让他转业离开了部队，被发配到蒿城工作。由于他们家与江群家是邻居，江群有幸和兰鸽成为童年的伙伴，并随着年龄的增长，结下了深厚的友谊。

王阿姨是个中学教师，性格开朗、处事大方、乐于助人、知识面广。在闲暇时，她经常给孩子们讲一些寓言故事，以及民间神话传说，孩子们听得如醉如痴、津津乐道。江群是她的忠实听众。那些歌颂真、善、美的故事，让他幼小的心灵受到了良好的熏陶，受益匪浅，他的好奇心也获得了极大的满足，也填补了他内心的空虚和知识的匮乏。

在红色风暴席卷全国的年代里，学生们基本没什么书可读。江群上学伊始，每天除了开批斗会就是学习毛主席语录和最高指示，而且还必须准时到场，否则就会被扣上对毛主席不忠或对文化大革命不满的帽子。在那个黑白颠倒的年代，这两项罪名就足以制人于死地，所以人人都很谨慎，每次开会都非常守时，唯恐惹火烧身，招来横祸。

记得有一次学校召开“毛泽东思想讲用大会”，江群突患肚子痛，中途上厕所而耽误了时间，没能及时赶到开会现场，在会前点名时，兰鸽见江群没来，心里不由得暗自替他着急，当台上点到江群名字时，她灵机一动，压低了嗓音，替江群答应了一声，由于开会的人多，点名的人离得较远，竟让她给蒙混过去，帮着江群躲过了劫难。过后有好心人把这件事告诉了江群，他虽然没有当面向她道谢，却把兰鸽的情义牢牢地记在了心里。

在那个以阶级斗争为纲的年代，一切都按阶级斗争的标准来衡量，动不动就上纲上线，吓得人人自危，即使是最好的朋友彼此也不敢讲实话，说不定哪天就会被人出卖。那些自以为是的革命造反派们，他们不但对大人们进行打击迫害，有时甚至连不懂事的孩子也不放过！江群对此有过切身经历，记得那是一个秋天的上午，江群在教室里学习《老三篇》，突然被老师叫了出来，并严肃地告诉他“工宣队”的代表找他淡话，让他一定要实话实说。当他怀着忐忑不安的心情被带进办公室时，见到了两位神情严肃的“工宣队”代表。一位20多岁的年轻人作记录，另外一个30多岁戴着近视镜的人负责问话，他板着面孔对江群发问：“我们找你来了解一个重要情况，你一定要事实求是的回答，不许撒谎，更不许故意包庇他人，否则你要承担一切严重后果，听明白了吗？”

“听明白啦，我一定说实话。”江群神情紧张地连连点头答道。

“我问你，你晚上经常去兰哲夫家吗？”

“经常去。”江群老实地回答。

“还有谁跟你一起去，你们去他家都干什么？”近视镜不动声色地问道。

“我们那一片儿的小孩基本都去，听王阿姨给我们讲故事。”江群谨慎地回答。

“她都跟你们讲什么故事？”他耐着性子追问。

“她经常给我们讲红军长征，讲八路军打鬼子，讲解放军的战斗故事。”江群很有分寸地回答着，他知道说这些有关革命题材的故事，是不会出什么问题的。他的话让对方挺失望，于是近视眼便直截了当地问道：“她给没给你们讲过什么反动的故事，比如打倒谁，反对谁？”

“没有，我从来没听她讲过这些话。”江群尽管心慌害怕，但他清楚事关重大，自己如有不慎，便会给兰鸽家带来灭顶之灾，他横下心一口咬定地说。

“没讲过，好吧，那我问你，她家的孩子讲没讲过？”近视眼盯着他咄咄逼人地追问。这句话让江群心头一震，莫非兰鸽妹妹喊错口号的事被举报了？江群清楚事情的经过，兰鸽的小妹只有4岁，她见外面大人们开会喊口号挺好玩儿，便和几个一般大的孩子们跟着学，她们也煞有介事地排着队，举着稚嫩的小胳膊，高呼革命口号。可没想到喊颠倒了，在喊打倒刘少奇时，她喊打倒毛主席，恰巧被路过的江群和高三儿听到了，当时王阿姨的脸都吓白了，她忙把小妹拉到里屋严厉训斥了几句，由于是小孩子，当时他们也没多想，难道是高三儿说出去啦？如果是那样，麻烦就大了！自己绝不能乱说话，否则兰鸽她家就会倒大霉啦，江群在心里暗自告诫自己。江群当时不知道，正是高三儿把这事跟他爸爸讲了，他爸爸和兰哲夫在同一单位，是个造反派的小头目，由于兰哲夫敢讲真话，对他的那一套看不惯，经常在公共场合让他难堪。兰哲夫是革命军人出身，造反派们对他也无可奈何。高三儿的爸爸逮着这个千载难逢的机会，岂有不借机报复之理？他脑海里立即闪出小妹喊错口号时的情景，但他在关键时刻，却表现出了少有的冷静，他非常肯定地答道：“不知道，我没听说过。”他对自己的回答十分满意，事后他自己都觉得很纳闷，当时他的表现竟会如此镇定。

“你可想清楚了，包庇坏人是没有好下场的。”近视眼用威胁的口吻警告他。

“我向毛主席他老人家保证，我没有说假话。”江群信誓旦旦地说，他的回答简直无懈可击。对方对他的回答也颇感意外，两个人低声商量了几句，然后那个近视眼又对他说："好，咱们就暂时谈到这里，你回去后再仔细想想，如果想起什么，马上找我们汇报。"

"行，只要我想起来了，我一定主动向你们汇报。"江群痛快地答道。

江群逃也似地离开了办公室，刚才他紧张得背后的衣服都被汗湿透了，但他的心里却感到欣慰，这毕竟是他有生以来做的最引以为豪的一件事，他仰望着碧蓝如洗的天空，如释重负地出了一口长气。

在文革时期，文化领域受到了最严重的摧残，在"破四旧，立四新"的口号下，所有的文艺曲目和文化作品，几乎一夜之间统统被打成大毒草，舞台上只有八个样板戏，允许公开阅读的只有马列著作和毛泽东选集，其他文学作品少得可怜。江群想尽一切办法，四处去和别人调换，还是常常断档，经常为没有书读而感到苦恼和发愁。兰鸽的一次意外发现，竟让他的奢望获得满足。

这天傍晚，江群吃罢晚饭，正对着天边的晚霞发呆，突然，有一双手从背后将他的眼睛蒙住。"谁呀？别闹，快撒手。"江群一边说着一边伸手将其手腕拉开。只听身后传来了兰鸽那银铃般的笑声。

"兰鸽，我一猜就是你。"江群也笑着回头说道。"小书迷，你不去看书，在这儿发什么呆？"兰鸽用揶揄的口气笑着问道。

"你别取笑我了，那有什么书看呐。"江群一脸惆怅地说。

"要想看书还不容易？你尽管找我呀。"兰鸽神气十足地笑着说道。

"找你有什么用，难道你是孙悟空，会七十二变不成？"江群故意拿话气她。

"你别小看人，我告诉你，我的书现在多得看不过来。"兰鸽得意地说道。

"真的？你别骗人。"江群将信将疑地一把拉住兰鸽的手问道。

"骗你干什么，好心不得好报，不看就算啦！"兰鸽似乎有些生气，转身欲走。

"哎，别走啊，我信，我信还不成吗？快告诉我，你是从哪儿弄到的？都是什么书？”江群拽住她的胳臂，陪着笑脸地追问着。

“这回你相信啦？”兰鸽调皮地用手指点着江群的脑门笑问道。

“相信，绝对相信！你快点告诉我怎么搞来的？”江群大喜过望地哀求着。兰鸽把江群拉到一个僻静的地方，颇为得意地向江群讲述了事情的经过。

“好吧，我现在就把在这个秘密告诉你，你可千万替我保密，万一让我爸爸知道就完啦！你记得我家有一对樟木箱吧？就是放在我父母的床下边，总是锁着的那个，从来也没见他们打开过。我以前也曾数次问过他们里面装的是什么东西。他们说是一些不常用的衣物，可我总觉得纳闷，衣物怎么会那么重呢？我用力都推不动。今天早上，父母上班后，我收拾室内卫生，在擦拭毛主席铜像时，见底座里面塞满了纸，就好奇地掏了出来，没想到废纸里竟包了两把钥匙。这两把钥匙我小时依稀见过，这不正是打开箱子的钥匙吗？难怪这几年看不到，原来被父母藏在了这里。那个箱子里到底装着什么宝贝？在好奇心的驱使下，我打开了两个箱子，没想到里面除了以前摆放的唐三彩马、蓝色花瓶和笔筒、砚台等古董，剩下的全是清一色的书，而且基本都是小说、诗歌、散文等方面的文学作品，这些书和文物都是我父母非常喜欢的，文化大革命开始后，我就再没有见过。我曾问过父母，他们骗我说这些东西在破四旧时毁掉了，当时我还觉得挺可惜，可没想到被他们巧妙地藏了起来。我怕他们回来发现，便急忙挑出两本书，把箱子重新锁好。你猜我拿出来的书叫啥名？猜不着吧！你看这是什么？”兰鸽边说边从军用书包里拿一本书，递给了江群。

“哎呀，《钢铁是怎样炼成的》，真是太好啦！”江群如获至宝，激动地跳脚叫好。

“嘘，小点声，别让外人听见。另外一本是精装版的《水浒传》，等你看完这本咱们再换，我为了以后拿书方便，下午我特意配了两把钥匙，又把旧钥匙放回了原处，以免被父母发现，咱们以后就不用担心没有书看啦！”兰鸽手里晃动着两片崭新的钥匙，冲着江群洋洋得意地说道，美丽的笑脸就像绽放的牡丹花。

“万岁！你简直太伟大了。”江群兴奋地抓住她的胳臂直摇晃。

从此之后，兰鸽便趁父母不在家，抽空从箱子里面取书，同时再把看过的书放回去，每次只拿两本，两人相互交换着阅读，有些字不认识，他们就借助字典，看完后再如法炮制，周而复始。由于这些书都是被列为大毒草的禁书，兰鸽的父母冒着坐牢的危险，不惜代价将其珍藏起来，倘若被发现，其后果的严重性是可想而知的，江群和兰鸽也深知其中利害，在看书时格外加小心，由于他们看书太投入，无暇顾及周边的动静，有两次险些被人发现。为了防止被人发现，后来江群竟想出了个瞒天过海的办法，用毛泽东选集的红塑料书皮，把书包装起来，这个办法果然奏效，即使有人走到跟前，一看到红塑料书皮，谁还敢怀疑书有问题？兰鸽对江群的做法推崇备至，并戏谑地称之谓“曲线读书”。他们那时年龄太小，没有充分认识到事情的严重性，在那个对毛泽东极度崇拜的年代里，竟敢冒天下之大不韪，用封、资、修的大毒草来冒充毛泽东选集，那可是十恶不赦的大罪。说来实属万幸，他们如此胆大妄为，竟然会一直平安无事，真是谢天谢地！如此一来，他们之间的交往更加频繁，他们在知识的海洋里尽情地遨游着，共同的爱好不仅满足对知识的渴望，同时也开拓了人生的视野，汲取了丰富的精神食粮，更重要的是增加了彼此的友谊，奠定了相互信任的感情基础。

文化大革命后期，随着邓小平的复出，国内的动荡局势得到遏制和改善。在抓纲治国、全面整顿的号召下，荒废了多年的学生终于回到了久违的课堂。在那个特殊的年代，校园里流行着两个特别的名词，“开卷考试”，“全班抬”。“开卷考试”的含义和闭卷考试正相反，就是考试时可以随便抄书。“全班抬”就更好理解了，就是丌学率百分之百。有这两条规定，你想教学质量能高吗？江群就是在这种背景下，迈进了中学的大门，让他感到欣慰的是，他和兰鸽又分到了一个班级。那时的学生可以堂而皇之地逃学，在课堂上可以随便打闹。江群的同桌特别霸道，他见江群的出身不好，便经常找碴欺负他，江群对此是敢怒而不敢言！他则得意忘形，变本加厉。

有一天，在上课时，他的同桌底下故意用大头针扎江群的大腿，江群猝不及防，疼得“哎哟”叫了一声。

“江群，你给我站起来，你喊什么？”班主任陈老师厉声问道。

“老师，不怨我，是他用针扎我。”江群用手指着同桌低声分辨。全班同学的目光瞬间都向他扫来，目光中有关切的，也有兴灾乐祸看热闹的。江群本以为自己受了委屈，老师会批评他的同桌。可没想到陈老师是造反派出身，竟不分青红皂白便满脸阶级斗争地厉声训斥道：

“江群，你还敢狡辩？你也不看看你是个什么东西？一个地富反坏右的狗崽子，竟敢在光天化日下如此猖狂！你这是在向革命师生挑衅，这与你那个反动家庭的教育是有直接关系的。你这是对无产阶级专政不满，和地富反坏右是一丘之貉，你和他们穿一条裤子都嫌肥，你对共产党和劳苦大众却有着刻骨的仇恨，时刻梦想恢复昔日的天堂，盼望着蒋介石国民党早日打回来，你们再重新骑在劳动人民的头上作威作福，让广大劳动人民再吃二遍苦，再受二茬罪。你这是痴心妄想，白日做梦。我警告你，在毛主席的英明领导下，在强大的无产阶级专政面前，你只有老老实实接受改造，不许乱说乱动，这才是你的唯一的出路，否则，你只有死路一条，将变成不齿于人类的狗屎堆，遗臭万年，永世不得翻身！”

这一串串尖利刻薄的语言，犹如一把把锋利的匕首，刺向江群的心灵深处，留下了难忘的创伤。在那一瞬间，江群的脑海中一片空白，难以承受的羞辱，让他觉得仿佛天都塌下来了，仿佛坠入了无底的深渊。

“同学们，对江群的反动行为，我们决不能等闲视之，我们要对他进行坚决的斗争，要深挖他的思想根源，彻底把他批倒、批臭，不获全胜，决不收兵。”陈老师站在讲台前，挥舞着手臂，大声地向学生们宣布开江群的批斗会。

望着痛苦万分并饱受耻辱的江群，兰鸽的心中感到十分痛惜，她那来自于父亲的遗传基因和刚正不阿、仗义执言的耿直性格，再次在她身上发挥得淋漓尽致，她腾地一下站了起来，不顾一切地大声说道：

“老师，我觉得看问题要一分为二，江群的家庭出身虽然不好，但他还是可以教育好的子女嘛，你不能用对待阶级敌人的方式对待他！毛主席教导我们说：‘有成分论，不唯成分论，重在表现。’一个人的出身无法选择，但走什么道路却是可以选择的。苏联的赫鲁晓夫还是工人出身呢，可他却背叛了马克思列宁主义，而我们有许多革命同志，就是背叛了自己的剥削阶级家庭，成为了无产阶级的革命者。这就是马克思列宁的辩证唯物主义。再说今天江群根本就没有错，错在有的人不该在课堂上故意用针扎人，既然他没有错，我们没必要对他上纲上线，也更没必要开批斗会。”

陈老师本以为同学们会一呼百应，响应他的号召，没想到兰鸽却带头站出来为江群辩护，而且这番话说得既大义凛然，又无懈可击，再加上兰鸽根红苗正，父亲是敢做敢为的革命军人，他根本惹不起。更让他气愤的是，学生们在兰鸽的煽动下，也都无动于衷、缄口不言。这种局面让他感到很尴尬，就在他进退两难的时候，下课的铃声响了，他如同抓住了一根救命稻草，借机灰溜溜地离开了教室。

由于兰鸽仗义执言，事态才没有进一步恶化，这件事在江群的心里留下了深深的烙印。在很长一段时间里，他都无法从这个阴影里解脱出来。直至若干年以后，他还对此耿耿于怀。可以想象这件事对他的伤害是多么严重！为人师表的老师们，在感谢你们教授文化知识之余，我还想奉劝你们要多一份宽容和爱心，这是关系到孩子们能否健康成长的大事，你们切莫辜负家长的信任和期望。

随着年龄的增长和交往的频繁，有些好事的人便在背后嚼舌头，说他们的关系暧昧，还有人说江群自不量力，癞蛤蟆想吃天鹅肉。江群听后感到很苦恼，尽量和兰鸽保持距离，有时甚至故意疏远她。由于自己家庭出身原因，他不敢有非分之想，只能把情感藏在心底，对兰鸽也敬而远之。可兰鸽却我行我素，根本不把这些议论放在心上，依然和江群保持着纯洁的友谊，并随着年龄的增长而与日俱增，在心中产生了爱情的萌芽。

冬去春来，花开花落，在时间老人的脚步声中，他们迈进了高中的教室。开学伊始，同学们经过假期的短暂的分别，彼此再见面时，他们仿佛一夜之间都长大了。男生们长出了喉结，嘴唇上冒出了胡须，声音也变得粗重浑厚；女生的变化也很明显，她们生理的第二特征已充分显露，身上的衣服已裹不住日渐丰满的前胸，心理上也愈发成熟，情窦初开的少女们，脸上绽放着抚媚迷人的笑容，犹如含苞待放的花蕾。

公元1975年初春的夜晚，春意料峭，乍暖还寒。晚上吃完饭，江群正趴在桌子上看书，忽然听到兰鸽在门外叫他，他忙起身开门迎了出去。只见兰鸽推着自行车，车货架坐着一个四五岁的小女孩儿。

“江群，你帮帮我，和我一起把我姑家的这个妹妹送回去。”兰鸽指着小女孩对江群说。

“行，你稍等一下。”说完，江群转身回到屋里，戴上帽子和手套走出门来，从兰鸽手中接过自行车，两人便上路了。

兰鸽的姑姑家住在铁道西边，两家相距有3公里。在路上兰鸽告诉他，自己白天到姑姑家去送东西，小妹妹非要跟她来玩儿，可到了晚上竟又哭又闹找妈妈，兰鸽没有办法，只好将她送回去。两个人边走边谈，不知不觉便到了姑姑家。兰鸽的姑姑对江群也比较熟悉，她亲热地拉着江群的手，歉意地说：“真不好意思，这么晚还麻烦你受累跑一趟。”

“没事儿，我不累。”江群有些拘束地说。

“孩子，你到姑姑家还客气啥，快坐下喝杯茶，几个月不见，你又长高了，也越长越英俊了，怪不得我们兰鸽总夸你呢。你们俩长得可真般配，简直就是天造地设的一对金童玉女！”姑姑笑着夸奖道。她的夸奖不无道理，江群虽然才17岁，但个头已达175公分，再加上眉清目秀，鼻直口方，长得真是挺拔英俊，玉树临风。兰鸽16岁，长得也是亭亭玉立，妩媚动人，处处洋溢着少女特有的青春气息，犹如一朵盛开的海棠花。

“姑姑，你瞧你，又乱说话。”兰鸽不好意思地拉了拉姑姑的衣角说道。

“怎么是乱说呢？你们俩青梅竹马、两小无猜，而且又志趣相同，将来说不定会成为一家人呢！”姑姑继续笑着反驳道。

“姑姑！你再瞎说我就不理你啦。”兰鸽红着脸，嗔怪地笑着用小拳头在姑姑背上敲打。

"瞧，脸都红了，一定是被我说中了心事，不好意思啦。好啦，好啦，不说还不行吗？"姑姑求饶着向一边躲闪。江群的脸上腾起了红云，不好意思地低下头。

在回来的路上，两个人推着自行车慢慢地走着，好一会儿没有说话，兰鸽轻轻地捅了一下江群，低声地问道："你在想什么呢，怎么不说话呀？"

"没、没想什么。"此时的江群早已心猿意马，思绪难平。

"江群，你跟我说实话，你对姑姑的话有什么感想？"兰鸽停下来，神情凝重地看着江群，一本正经地问道。

"兰鸽，说句心里话，你是个好姑娘，这辈子能够得到你关爱，是我的荣幸，但是姑姑说的话是不可能的，因为、因为我配不上你。"江群有些伤感地说。

"江群，你不要自卑，我觉得两个人只有心心相印，志同道合才是最主要的，至于家庭条件和社会地位都是次要的。"兰鸽语重心长地对江群劝慰。

"如果真是那样，岂不是太委屈你了，再说你的父母也会反对的！别人又会怎么看？人言可畏呀！我们毕竟不是生活在真空里。"江群此时的心情沉重、忧心忡忡。

"你说的虽然有道理，但我却不在乎。你也知道我的性格，只要是我认准的事情，不管遇到任何艰难险阻，我都绝对不会反悔的，请你相信我！"兰鸽一把拉住江群的手，毅然决然地向他表白。

"兰鸽，能得到你的这份梦寐以求的感情，真是三生有幸，人生得一知己足已，我绝不辜负你的一片真情，我发誓：为了我们这纯洁的爱情，我即使赴汤蹈火，也在所不辞。"江群激动不已，信誓旦旦地说道。

"江群，虽然我们现在年龄还太小，但你必须记住我们今天说过的话，不管将来发生什么事情，我们都要遵守诺言，不离不弃，终生不悔！"兰鸽的这番意味深长的话，赢得了江群的赞同和肯定。兰鸽含情脉脉地望着激动万分的江群，情不自禁地投入了江群的怀抱，两个人紧紧地拥抱在一起，陶醉在初恋的甜蜜和幸福之中。

然而，天有不测风云。若不是当年那场飞来横祸，以及后来发生的一系列变故，他们本可以顺理成章地走到一起的。在出事的当天，他顾不上与兰鸽告别，就只身逃离他乡，无情的现实，击碎了他们的美好愿望，也让他们饱受了离别之苦。直到三年后，命运出现了转机，江群经历了无数的磨难和坎坷之后，当他得知竟是一场虚惊，方才结束了逃亡的噩梦。

当他怀着轻松的心情，以最快的速度赶回家乡，父母和所有的亲人自然是喜出望外。可他却没有见到日思夜想的兰鸽，让他倍感失望。原来兰鸽已于去年考上了大学，此时正在学校学习呢。她的父母也因落实政策，举家搬到了省城。江群本不想打扰她，可听父母说兰鸽这几年十分惦记他，上学走的时候还特意到家里来打听他的消息，并一再嘱咐一旦有消息就马上通知她。江群深受感动，他忙到邮局发了一封加急电报，电文比较简单：

“兰鸽，我已返乡，一切均好，勿念！江群。”

兰鸽接到电报后，便立即请假从学校赶来。久别重逢的喜悦，驱散了昔日的痛苦和烦恼，他们几乎每天形影不离，缱绻缠绵在一起，相互倾诉着相思之苦，爱恋之情，尽情地享受着爱情的甜蜜。

欢乐的时光总是短暂，转眼间，一个星期倏忽而过，兰鸽该返回学校了。分别在即，两人是难舍难分，兰鸽再三嘱咐他不要灰心，一定要努力复习功课，争取明年参加高考，并告诉他自己可以利用放假期间帮助他复习。江群对未来充满了新的希望，仿佛看见美好的明天正向他招手呢！

然而，世事难料，造物弄人。就在那年的春节前夕，江群给父母寄回一封信，信中告诉父母在大兴安岭林区找到了工作，让父母不要惦记他，并说他们的单位在野外作业，流动性较大，地址无法固定，以后就不能和家里经常联系。让他们不必挂念。

与此同时，兰鸽却收到了江群一封绝情信；

亲爱的兰鸽：

请允许我最后一次这样称呼你，由于我已大错铸成，致使我再也无颜面对你，更无法面对我们之间的感情，是我背叛了我们当初的誓言，我已经没有权力再接受你的爱情，我请求你把我从心里忘掉吧，我这辈子亏欠你太多，看来只有来世再报答了。

兰鸽，你是一位难得的好姑娘，你的生活应该是幸福美满的，失去你是我的终生遗憾，我也衷心地祝福你，早日找到属于你的幸福生活，只有如此，才能减轻我内心的痛苦，我的良心也许会得到安宁。兰鸽，再见啦！祝你永远幸福！

江群

某年某月

从此以后，江群就再也没有和兰鸽联系，对家里也采取了保密措施，始终没有告知自己的工作单位和住址，在给家里寄钱时，他仍然采取不固定的方式，利用出差或其他办法到外地去汇款。自己也从此再没回过家，他用心良苦，就是为了不让兰鸽找到自己，他天真地以为，时间会冲淡一切痛苦的，兰鸽说不定也会逐渐把他忘掉的。他的办法果然奏效，兰鸽一直没能和他取得联系。直到如今，他才放心地把自己的联系地址告知父母。他已对爱情不抱任何希望，之所以每日醉生梦死，只是寄期望在麻醉中忘掉所有的痛苦，如今回忆起痛苦的往事，他心灵的伤疤又在开始流血。

分别八年，江群以为兰鸽早就把自己忘记了，说不定已结婚生子，没想到她依然挂念自己，这令江群深受感动。他自己也说不清，不知是什么因素驱使，他鬼使神差地来到了兰鸽姑妈家房前，情不自禁地驻足观望，望着熟悉的院落和街道。一瞬间，他的脑海里又浮现当年与兰鸽私定终身的情景，初恋的幸福历历在目，山盟海誓言犹在耳，一切仿佛就发生在昨天。如今是景色依旧，物是人非，由于自己的所作所为，大错已经铸成，丧失了追求幸福的权力，不但辜负了兰鸽的一片真情，更给她带来了无限的痛苦和伤害，让他的良心备受谴责，但事已至此，无力回天。如今自己唯一能做的就是为兰鸽祈祷，祈祷她尽快忘记自己，重新寻找属于自己的真正幸福。至于自己亏欠兰鸽的恩情，今生今世难以报答，只有盼望来生来世再加倍偿还。

* * *

相逢的喜悦无法替代离别的痛苦。江群洒泪告别了父母和亲人，带着满腹惆怅、黯然神伤地登上了返程的列车。

列车在松嫩平原上行驶了近7个小时，黎明时分，进入了大兴安岭林区。列车到达甘河车站时。江群走出了检票口，站在站前广场的台阶上，准备打车回宿舍。

就在这时，耳边却隐约听到了哭泣声，他忙侧身望去，只见一个30多岁的妇女，在低声哭泣，她拉着一个五六岁的小男孩，身边放着一个灰色的旅行袋。江群见她哭得伤心，动了恻隐之心，他忙走上前去，关切地问道："大姐，你怎么啦？"

那个妇女上下打量他一番，十分警觉地把孩子和旅行袋往身边拉了一下，没有答话。

"大姐，你不用害怕，这是我的工作证，你有什么难处尽管说，我会尽最大努力帮助你的。"江群知道她害怕遇到坏人，便将工作证递给她，以打消她的顾虑。那个妇女仔细地看着他的工作证，因为工作证上是穿制服的相片，她才放心地把工作证还给他，止住了哭声，对他说道："大兄弟，我是甘河农场的。我带着孩子从他姥姥家回来，刚下火车，钱包就被人偷了，我们母子身无分文，在市里又举目无亲，连买汽车票的钱都没有，你说我心里能不急吗？"那个妇女说完，忍不住又哭了起来。

"大姐，你别着急，汽车票多少钱一张？"江群边劝边问她。

"8元钱。"那个妇女对票价记得很清楚。

“大姐，这是20元钱，你收好了，去买张车票，再给孩子买点吃的。”江群从口袋里掏出钱来，送到了她的手上。

“大兄弟，咱们不认不识的，我怎么好要你的钱呢？”那个妇女不好意思地推辞。

“大姐，你就别推辞了，出门在外难免遇到困难，你就收下吧。”江群真诚地劝道。

“大兄弟，你真是个好人，来，儿子，给叔叔磕个头，谢谢叔叔。”那个妇女赶紧去拉孩子，孩子怯生生地望着江群，站着没动。

“大姐，你就别难为孩子啦，你赶紧带他去汽车站买票吧。”江群说完，便转身快步走开，身后又传来了那个妇女的感激声：“大兄弟，太感谢你啦，你真是个活雷锋啊！”

江群听到她如此赞扬自己，想到自己平时的所作所为，心里叫了声“惭愧”，红着脸急忙打车离去。

回到单位后，江群将此行调查的情况，有所保留地向乔经理作了汇报，所谓的保留，就是故意隐瞒了他与任武家庭的渊源，因为他不想让外人知道这层关系，以免招来不必要的麻烦。至于其他的经过都如实作了汇报，并肯定地保证任武没问题。由于他做事一向稳妥，又加上所得到的情况没有任何破绽，乔经理便排除了对任武的怀疑。

江群怀着报恩的心理，找了一个适当的机会，向任武告知所有详情，并一再告诫他千万保密，切不可让其他人知道这层关系，以免招来不必要的麻烦。同时还关切地叮嘱任武，让他以后抽时间回去看望老人，以免去老人的牵挂，还说他孤身一人在外不容易，以后遇到什么困难尽管找他，他一定竭尽全力帮忙的，任武对江群的关心自然是感激不尽，因为有了这层特殊关系，彼此都有一种相见恨晚的感觉，两人的关系自然比其他人亲近。

回到山城没几天，江群就接到了李可欣的来信，她在信里抱怨江群不应该不辞而别，并向他再次表明自己的爱慕之情。说实在话，江群心里也很喜欢李可欣，但诸多因素，注定他不可能接受这份感情。经过慎重考虑，他态度坚决地回了一封信，再次拒绝了她，并把他们的关系定调于兄妹，这样做虽然对李可欣未免有些残酷，但站在江群的角度，他别无选择，既然不能给她幸福，又何必伤害她的感情呢，自己已经伤害了兰鸽，决不能再做对不起李可欣的事，长痛不如短痛，他实在不忍心伤害善良纯真的李可欣，才不得不出此下策。

* * *

这天下午，钱亚民破例没有带任武去玩麻将，而是让他好好休息，虽然任武觉得有点奇怪，仍然顺从地躺在床上。他俩一直睡到五点多钟才起来，钱亚民没有到酒店吃饭，而是让服务员将饭菜送到房间里。两人破例没有喝酒，吃饭时钱亚民告诉任武，晚上要出去打猎。“晚上打猎，能看到猎物吗？”任武觉得十分好奇。

“这你就外行了，现在跟你说不明白，到时候你就知道了。”钱亚民笑着回答。

吃罢晚饭，钱亚民找出一件军大衣和一双军用皮鞋，递给了任武，说：“你把这两样穿上，省着晚上冷。”两人收拾好东西，背着一个军用背包来到大门口。门口停着两辆挂公安牌照的越野吉普车，江群与一个英俊潇洒的年轻警官，另外还有一位留着短发，身着裘皮大衣，脚穿长筒皮靴，长相美丽漂亮的妙龄女郎，三人共坐一个车。为任武和钱亚民开车是那个与任武在百货大楼门前发生过争执，留着长头发的杜立志，他俩再次见面，都觉得有些不好意思，彼此没有说话，只是相互点头握手，然后一起上车，驱车朝着郊外快速驶去。

杜立志驾驶着小车，顺着防火公路向西北方向急行了近两个小时。公路两边的山越来越陡，树木也逐渐稠密。于是，杜立志将车停在路边，拿出来一个事先准备好的汽车大灯，将电源接在电瓶的连接线上，然后又打开后备箱，将后备箱盖用铁链固定平稳。钱亚民端着一支半自动步枪站在上面，并把任武也叫上来，将大灯交给他，告诉他如何使用，同时也告诉他注意安全和其他事项。江群开车紧随其后，那个身着警服的年轻人也端着枪向车外观察。

汽车在盘山道上缓慢而平稳地向前行驶着，任武举着大灯，按照钱亚民的指点，向两边的群山照去。那雪亮的光柱，如同一把利剑，刺破了漆黑的夜空。耀眼的灯光，惊醒了密林深处的动物。那些受惊的飞禽走兽们，有的惊慌失色乱飞乱跑，有的则犹豫不定的驻足观望，大概它们是在睡梦中被惊醒，不知道发生了什么事，想观望一下，以便采取有效的逃生方法。可它们万万没想到，正是它们那双引以为傲的眼睛，为它们招来了灭顶之灾。动物的眼睛在黑夜中发出的幽绿色的光亮，难以逃脱猎人锐利的目光，就在它们观望的瞬间，厄运便降临到它们的头上。

随着山坡上那幽绿色光点的出现，钱亚民赶紧喊司机停车，并告诉任武如何锁定绿光。因为是初次打猎，任武感到既新鲜又好奇，他按着钱亚民的吩咐，一动不动地将灯光射向猎物。耳畔传来几声震耳欲聋的枪声，枪声的回音在空旷的山林中回荡。随着远处幽绿的光点消失，山野中又恢复了平静。

钱亚民兴奋地喊道："打中了，长毛，快点去取回来。"

"黑哥，我也去？"任武觉得特别刺激，想体验一下其中的乐趣。

"也行，你把大灯给我，把手电和匕首带上。"钱亚民接过大灯，依旧向原来的方向照射，并将手电和一把锋利的匕首递给他。

任武紧跟在杜立志的身后，顺着灯光所指的方向，深一脚、浅一脚的向前摸去。山坡上生长着茂密的灌木丛。他俩在灌木丛中费力地钻来钻去，尖硬的树枝刮得皮肤火辣辣地疼。走着走着，前边突然传来一阵哗啦哗啦的树枝碰撞声。他俩急忙用手电照去，只见不远处有一只受伤的狍子，在那里不停地挣扎。他俩急忙奔到跟前，将其死死摁住。杜立志从腰里拔出匕首，对准要害部位噗噗就是两刀。那只狍子拼命地蹬了几下腿，身体又猛烈抽搐几下，便一命呜呼。他们经过仔细寻找，又在不远处发现了一只狍子，直到确信没有猎物遗漏后，才各自扛着猎物返回。

"打着几只？"钱亚民远远地就向他们高声问道。

"两只。"他俩答应着来到车前，将狍子扔在了地上。钱亚民将狍子拽到车灯前，用匕首将狍子开膛破肚。他十分麻利地将肠胃从体内掏出，弃于地下，又从胸腔内取出肾脏，招呼众人说："来，赶紧趁热吃了。"杜立志从车内取出一瓶白酒，一小塑料袋精盐，放在发动机盖子上。他们各自割下来一小块狍子肾，沾着盐面，喝着白酒，竟然生吃起来。那狍子肾冒着热气，滴着鲜红的血，弄得手上和嘴巴上都是鲜血，让人觉得很血腥，可他们的神情，竟如同吃山珍海味一般，任武觉得有些不可思议。

"哎，兄弟，你怎么不吃呢？啊，你以前没吃过！来，你尝一口，挺好吃的。"钱亚民边说边割下一片狍子肾，为他沾上盐面，连同酒瓶一起送到他的手上。任武接过后，犹豫了一下，闭着眼睛咬了一口，嚼了几下，只觉得有一股血腥味直冲肺腑，恶心得真想一口吐出去，但一看他们吃得津津有味，就连那位随同的女士也和他们一同生吃，自己若是吐了，显得不礼貌。于是，他仰脖喝了一大口酒，用酒顺着，才费力地咽了下去。

"怎么样？味道不错吧。你没听说吃啥补啥吗？这东西趁热吃能滋阴壮阳，延年益寿。"钱亚民笑着向他说。任武笑着点了点头。"这种吃法对身体有好处，就是有点土腥味，多吃两回就习惯了。"江群也关切地告诉他。然后，他又指着那位年轻的警官为他们相互介绍："这位是纪远纪科长，你就叫他纪大哥吧。他是任武，任老弟。"任武亲热地上前与之握手，并且有礼貌地说道："纪大哥，小弟初来乍到，以后请大哥多多关照。"纪远则用一种居高临下的口吻回道："好说，好说，都是自家兄弟，不必客气。"然后，他又指着站在纪科长身边的那位美女介绍道："这位是许芳小姐，这位是——"

"你不用介绍了，我知道他叫任武？听黑子说你挺厉害，我还以为你也和他一样，长的傻大黑粗呢？没想到竟是一位漂亮的小帅哥。"许芳打断了江群的话头，一边用话故意气钱亚民，一边和任武开玩笑。钱亚民不以为忤，反而笑着说道："你这张八哥嘴，啥时候能积点德呐？"他嘴上说着，趁许芳不备冷不丁的刮了一下她的鼻子。许芳气得举手就打，钱亚民早有防备，轻巧地躲到江群的身后，惹得众人一片开心的笑声。任武主动地伸出手来，与许芳握手寒暄，说的无非是初次见面，请多关照之类的客套话。许芳热情地割下一块狍肾递给任武，尽管任武不习惯这种吃法，又恐拂了她的一番好意，于是便效仿刚才的吃法，沾着盐面喝酒吃了下去。

他们将猎物收拾就绪后，汽车继续前行。任武一边照灯，一边饶有兴致地对钱亚民说道："黑哥，这样打猎可真过瘾，太刺激了！"

"咱们打猎就是为了开心和寻找刺激，前些年打猎更刺激，那时候猎物多得满山跑。如今猎物愈来愈少，也越来越难打。今天咱们运气不错，刚转了一个多小时，就打了两个狍子。我们以前曾有空手而归的时候呢。"钱亚民感到很满意。

"如果真是啥也打不着，那该有多扫兴。"任武有些担忧地说道。

"其实打猎跟耍钱差不多，手气好就多打几个，手气不好就兴许打不着。"钱亚民不以为然地说道。蓦然，远处闪出几点发绿的光亮，任武忙用灯光照过去，钱亚民也急忙举枪瞄准，可不知为什么，目标却消失了，钱亚民只好悻悻地将枪收回。

大兴安岭的春夜，仍然是寒气逼人，他们在山里一直转了几个小时，虽然彼此轮换着站在车外，时间久了也冻得人手脚发麻，而且运气不佳，除了那两只狍子，再也没有猎物进帐。于是，他们决定停止打猎，杜立志将电线摘掉，重新把后备箱关上，按着钱亚民的吩咐，快速朝附近的一个山村驶去。

时至午夜，村民们早已进入梦乡之中。伴随着阵阵急促的犬吠声，汽车在一座院落前停了下来。在一阵敲门声和狗吠声中，窗户上映射出了灯光。

门开处，只见一个精壮的汉子打着手电走了出来，他证实了来人的身份后，便急忙打开大门，将汽车直接开到院子里，把客人热情地让到屋中。

这是非常典型的东北农村住宅，三间房中间开门，厨房就设在中间，东西两间住人兼待客。典型的农村火炕，比较笨重的家具，墙上贴着已经有些发黄的年画，处处都散发着浓郁的东北特色。主人35岁左右，中等身材，眉目清秀，显得精明能干。他的媳妇身材高挑，模样俊俏，颇有几分姿色，此时正背对着客人穿外衣。钱亚民快步来到炕边，冷不防将手伸进她的怀里，由于手比较凉，那女人猝不及防，“哎哟”惊叫一声，回头一巴掌将他的手打开，嗔怪地笑骂道：“死黑子，你想作死呀！”钱亚民也笑着回应道：“嫂子，我是想死，不是作死而是想你想的要死。”“死黑子，你没正形，你没听说老嫂比母吗？你想老娘干啥，想吃咂呀？”那女人绕弯占他的便宜。众人听后，忍不住齐声大笑。钱亚民也不示弱：“行，我现在就吃，有你这样年轻的小妈，我连媳妇都省了。”说完，他便上前欲拥抱。那个女人却灵巧的闪身躲开，“我没工夫哄你玩了，老娘做饭去了。”她话音未落，已带着笑声夺门而出。

“马大哥，你也不好好管教管教你媳妇，就这样你能放心？”钱亚民拿她男人出气。

“兄弟，如今实行开放搞活，我又怎能管得了，我是想开了，只要不碰倒我的酒壶，她咋的都行。”男主人也笑着和他逗趣。

“瞅你那没出息样，我看早晚得当王八。”钱亚民故意气他。

“嘿嘿，当王八有啥不好？当王八有酒喝！”他男人毫不生气地说道。

他们彼此之间很熟悉，钱亚民等人都很随便地坐到炕上，男主人一边热情地点烟倒茶，一边很有礼貌地向坐在炕沿边上的任武问道：“这位兄弟有点面生，请问怎么称呼？”

“我刚才忘给你们介绍了，这是我的患难兄弟任武。”钱亚民指着任武向他作介绍，然后又对任武说：“这位是马有才，马大哥。”任武和马有才亲热地握手问候。

厨房里传来几声鸡叫，紧接着又响起了当当的切菜声。钱亚民让杜立志把狍子扛进屋，割下狍子下水交给马有才的媳妇，让她做下酒菜。

任武在灯光下，发现纪科长年约30岁，相貌端正、浓眉大眼、仪表堂堂，此时正和许芳亲热地说笑着，那位纪科长说有些累，拉着许芳的手要休息一下。马有才立刻心领神会，安排他们到另一间屋子里休息，他亲热地搂着许芳，毫不避讳地跟着马有才走进了那间屋子，马有才出来时，特意将门关严，可室内仍不时传出许芳撒娇的声音。

他们似乎对此习以为常，根本没有人理会他们的勾当，各自忙着自己的事情。

“马大哥，货都准备好了吧？”钱亚民向马有才低声问道。

“你放心吧，早就准备好了。”马有才非常肯定地答道。

“成色怎么样？别让人用糙垃货糊弄了。”钱亚民有些担心地问。

“我这眼里可不揉沙子，想糊弄我的人恐怕还没生出来呢。”马有才十分自信。

马有才的媳妇干活很麻利，不到半个小时时间，酒菜便陆续端上了桌子。酒菜虽然只是一些常见的鸡鸭鱼肉而已，但做的却让人很有食欲。马有才叫了两次，才把纪远他们叫起来，在山里转了大半夜，早就有点饿了，再加上没有外人，就连马有才的媳妇也上桌陪酒，酒桌上的气氛很热烈。许芳偎在纪远的怀里，亲热地陪着他喝酒，还不时地为他夹菜，其他的人则轮番向他们敬酒，还不时地和他俩开着粗俗的玩笑，他们却毫不在乎，故意做出许多猥亵的动作，惹来了众人一阵阵开心大笑。再加上马有才的媳妇能说会道，又有些酒量，一边陪他们喝酒，一边和他们打情骂俏，陪得他们一个个酒足饭饱，尽兴而散。

临行时，马有才将钱亚民叫到西屋，钱亚民特意叫上任武。马有才将一个包裹严实的塑料袋交给他。钱亚民打开包装，呈现在任武眼前的是几块拳头大小、形状各异、呈棕黑色，就跟沥青的颜色差不多，散发出一种说不出来的，特异的味道。钱亚民拿起了一块仔细的看了一下，接着又用鼻子嗅了嗅，用舌头舔了两下，然后才点头说道：“好货，确实是好货。”

“货是没得说，就是太少，不好收。”马有才向他诉苦说。

钱亚民趁着酒兴感慨地说：“他妈的，都怪那帮人胆子太小，你说咱们这里山高皇帝远的，多种点怕啥？谁能找得到，这玩意多值钱呐，种一百亩黄豆也不如种一亩大烟值钱。这帮傻蛋，真是没有发财的命！”说完，钱亚民又将货物包好，从随身携带的背包里拿出钱来，付清了货款。由于和任武的关系特殊，钱亚民不但对任武毫不防范，而且还让他目睹了交易的全部过程，显然是把他当作心腹，还特意教他识别毒品的质量和成色。然后他又指挥任武，拖过一只个头大的狍子，将货物藏入狍子的胸腔内，这个方法很巧妙，从外表上根本看不出丝毫的痕迹。然后，他们将两只狍子放进后备箱，并用锁锁好。待一切就绪后，他才转身招呼同伴上车启程。

江群则一直置身事外，陪着纪科长和许芳说着一些无关紧要的话，对于交易不闻不问，好像是毫不相干的局外人。

汽车驶离了村庄，在崎岖不平的山路上缓行了一段路程，便驶上了比较平坦的防火公路，由于是夜里，路上过往的车辆很少，汽车便加快了行驶的速度，凌晨五点多，他们来到了设在郊区的甘河大桥检查站。这个检查站距市区约10公里，检查站里长年驻守着森警战士，他们的主要任务是检查安全防火工作，从去年春天开始，他们又增加了缉毒任务，对每日的过往车辆和行人进行检查，协助公安局履行缉毒工作。

检查站站长章建华是个年轻的中尉军官，长得是英俊挺拔、一表人才。他从18岁入伍，当兵已有八个年头了。他头脑灵活，为人热情开朗，已经在检查站工作两年，在这里不同于军营，结交和认识了很多朋友，江群就是其中之一，而且还是关系非常密切的好朋友。当他听到汽车喇叭声，带着一名战士走出门外时，江群和纪远已开门走下车来。

“纪科长，江大哥，你们回来了，今天收获咋样？”章建华热情地问道。

“还行，打了两个狍子。黑子，把狍子卸下来一只，给兄弟们吃。”江群一边和章建华的说话，一边向钱亚民吩咐。钱亚民答应着来到了车后面，打开了后备箱，将放在外边的那只个头稍小的狍子卸了下来，然后又将后备箱锁上。

“江大哥，算了吧，你们也没打多少。”章建华有点不好意思地谢绝。

“咱们兄弟之间还有啥不好意思的，你就留下得了。”江群诚心诚意地说。

“那好，谢谢江大哥啦！”

“兄弟，谢啥呀，咱们之间还用客气吗？”江群用手拍着章建华的肩膀。

"站长，还检查吗？"森警战士向章建华请示。

"开什么玩笑，纪科长和江大哥的车还用检查？我跟你说，他们就是倒腾军火，在我这照样放行。"他一边回答战士的问话，一边高兴地开着玩笑。

"兄弟，我们先走了，哪天有时间咱们再好好喝一顿。"江群开着车门说道。

"行，我有时间一定去。"章建华一边回答着，一边放开栏杆为他们放行。

汽车鸣了几声喇叭，缓缓地通过检查站，然后加快速度向市内驶去，车上的人都露出了轻松的微笑。

钱亚民和任武回到了住处，谁也没吃早饭，连衣服都没脱，便扑到床上倒头大睡。他们一直睡到黄昏，才爬起床来。他们简单地洗漱之后，又坐车来到粮贸大厦，找了个小包厢，点了几个可口的下酒菜，又从外面带了点水饺和白酒。酒菜上来后，两个人边喝边聊。因为任武初次打猎，觉得十分新鲜，所以，他们也就始终围绕着打猎这个话题，任武饶有兴致地向他问这问那，钱亚民也不厌其烦地为他解答。任武又好奇地打听许芳和纪远的关系，并称赞纪远年轻有为，一表人才。钱亚民却不屑一顾地说道：

"老弟，你这回可看走眼了，你别看他穿着一身警服，挎个'膀体'，牛皮烘烘，人五人六的，其实他狗屁不是，纯粹'虎屄'一个。除了搞娘们儿没有别的本事，他穿这身'老虎皮'只是'点儿'正罢了。他的历史我最清楚，当年我们曾在一个单位呆过，刚接触时觉得他还行，可时间一长，就发现他有点二虎吧唧的，我们就给他起了个外号，管他叫'纪狗牛子'。后来他们家托人让他当了兵。他在部队干了不到半年，就因为在部队喝酒打架，偷吃老百姓家的狗和鸡，最严重的是在拉练时，住在老百姓家里，酒后竟拿着刺刀逼着房东家的小姑娘要流氓，被人及时发现，他才没有得逞，后来被部队提前遣送回来。可他回来后，不知在哪里搞了一身部队的干部服装，那时候部队还没有实行军衔制，干部和战士的区别就体现在衣服上，战士的只有两个上衣口袋，而干部的上衣有四个口袋。纪远整天穿着干部服装，到处晃悠，逢人就说自己在部队立功提干，部队特批他回来探家。当初大伙不明白真相，还说人不可貌相，想不到他在部队竟提干了。可是，纸里包不住火，后来人们知道了真相，见面就故意逗他，说你提干了怎么还不回部队呢？可他却大言不惭地说在部队干没啥意思，自己托人向部队申请，提前复员了。你说可笑不可笑？

后来不知道是托什么人，找到梅大姐帮忙，竟然把他分配到公安局工作。他先是在刑警队工作，可他‘狗改不了吃屎’，没过几个月，就把一个‘小马子’的肚子搞大了，他又想把人给甩了，人家的父母却找上门来，向公安局的领导讨说法，他最后被逼无奈，只好答应和人家结婚，他也被调离刑警队，调到派出所工作，事情才算平息下来。

没想到傻人有傻福，有一次出差，在火车站意外地看到了一个通缉犯，他上前一把将那个通缉犯抱住，嘴里高喊着抓通缉犯，那个通缉犯拼命挣扎，想逃脱出去，可他却紧紧抱住，死活不肯撒手。两个人从站台上一直滚到铁道上，眼看着列车从远处向他们逼近，没想到那个通缉犯身上有枪，那个通缉犯心里着急，从怀里掏出枪来，从侧面对他的腰部开了一枪，可他双手仍然死死抱住，这时铁路警察跑过来，帮他制服了通缉犯，当把他们拖出道轨时，火车距离他们不足10米远，你说有多险？

这下子他立了大功，在医院养伤期间，就连市长和市委书记都到医院去看他，至于其他部门的领导就更不用说了，电视台、报社的记者更是蜂拥而至，他的英雄事迹在电视、广播、报纸上频繁出现，他一下子成了人们心目中的英雄。他自己也洋洋得意，以英雄自居，晕晕忽忽的有点找不着北了。

他的伤本来不算重，再加上医院的精心治疗和护理，个把月就好了，可他却赖在医院里不走，原来是舍不得离开护理他的小护士。那个小护士刚参加工作不久，非常单纯，对什么事情都很好奇，对人生和爱情充满幻想，对这位人们崇拜的英雄，更是敬佩的五体投地。纪远是个玩弄女性的老手，使出招数，终于赢得了少女的芳心，当了他的俘虏，他们整日泡在病房里，卿卿我我地谈情说爱。医院为了避免影响，想把小护士调换一下，他听说后，跑到了院长室，把50多岁的院长骂了一顿。医院找到了公安局的领导，说出了他的所作所为，婉转地说他已经伤愈，要求单位领导出面劝其出院。单位领导考虑到他的特殊身份，不好直接劝他出院，而是侧面做工作，可他却仍然坚持身体不舒服，还要再住些日子，单位领导没办法，只好出面和医院领导协商，让他再住几天，他们一定想办法让他尽早出院，医院领导也只好答应他们的要求。

由于那个通缉犯原来就命案在身，加上这次开枪拒捕，并打伤了警察，很快就被判处了死刑。在执行的头天晚上，那个通缉犯不知出于什么考虑，提出一个要求，想见见抓他的警察。当领导征求他的意见时，他痛快地答应下来。他俩见面后，他竟对着即将行刑的死囚，做起了政治工作，并和死刑犯喝酒，而且自己还喝醉了，最后被干警搀扶着送回了医院。

由于他不顾一切抓捕了通缉犯，不仅荣立了二等功，又被提升为治保科副科长。单位领导假借急需他上任工作，将他劝离出院。他出院的第一件事，就是要和老婆离婚，可他的老婆也不是个省油灯，不但死活不同意离婚，而且还跑到公安局大吵大闹，再加上那个护士渐渐地了解了他的德行，对他的态度也逐渐降温，最后干脆一纸调令，离开了此地，他才放弃了离婚的念头。但他狗改不了吃屎，经常夜不归宿，在外面和一些女人鬼混。你说他办的这些事虎不虎？”钱亚民像说评书似的，讲了一遍纪远的历史。任武觉得十分可笑，从此改变了对纪远的看法。

“兄弟，这么半天光听我白话了，你看菜都快凉了，是不是叫服务员给咱们热一下？”钱亚民指着桌上的菜向任武问道。任武尝了一口说：“还行，不算凉，就这样吃吧。”

于是，他们又谈论着江湖上的话题，白酒很快就喝完了，他们意犹未尽，每人又喝了几瓶啤酒，才摇摇晃晃地回到住处休息。

在接下来的十几天里，他们又用同样的方法，外出打了两次夜猎，而且每次的路线都不相同，接触的人也不一样，收上来的货有多有少，成色也是有好有坏。任武通过几次打猎，增长了许多见识，也对所接触的人有了初步的了解。

* * *

随着改革开放的不断深入，市场经济也不断向前发展，各种紧俏物资如钢材、木材、粮油等，也逐步放开了市场。一时间，倒腾钢材、木材、粮油的人多了起来，也有不少人从中得到实惠，发了大财，有钱的人也多了起来。当时社会上流传着“一万元钱不算富，十万元钱刚起步，一百万元才算富”的说法。这充满诱惑的话，让许多人心动和眼红，他们利用各种有利条件发财致富、下海淘金。

甘河地区盛产木材和粮食，尤其是黄豆的高产区，这两年外地来甘河做木材和粮食生意的人也多了起来。出于安全考虑，他们选择了吃住方便，离车站近，条件又好的粮贸大厦住宿。这些被称之为各种经理的人，他们大多都腰缠万贯、财大气粗。他们每日除了谈生意以外，便是吃喝玩乐，甚至把养姘头、找情人当成一种时尚，仿佛出门在外如果没有女人陪着，就做不成买卖似的。你看，从河北省某地来的鲁经理，就带着一个20多岁的漂亮女人，住进了粮贸大厦。他们住在一个房间里，并自称是夫妻。

当天下午，钱亚民便带着任武前去登门拜访。钱亚民以前曾和鲁经理打过几次交道，彼此也算是熟人，为了欢迎他们的到来，钱亚民当晚便设宴为他们接风洗尘。酒桌上的气氛十分热烈，双方你敬我劝，觥筹交错，喝得不亦乐乎。酒足饭饱之后，钱亚民又让杜立志开车，将他们拉到当地有名的夜总会“夜巴黎”去潇洒。鲁经理带来的那个女人，不但有酒量，而且唱歌跳舞样样在行。他们连唱带跳的一直闹哄了大半夜，然后又去吃夜宵，直到一点多钟，才回住处休息。

几天以来，钱亚民和任武一直陪着鲁经理吃喝玩乐。有事外出则由杜立志负责接送，招待得十分周到。当然，他们也没耽误正事，通过双方屡次洽谈和磋商，一笔毒品交易最终敲定。交易之后，鲁经理便打点行装，准备返回。钱亚民则通过车站的朋友，为他们买好了返程的软卧车票，并设宴为其饯行。

为了确保安全，钱亚民和任武亲自将鲁经理送往车站，他们没有通过检票口进站，而是由杜立志开车直接来到铁路员工专用通道。见时间还早，他们又在车里坐了几分钟，直到火车即将进站时，他们才下车来到通道口。江群早已等候在那里，他事先已经和看守通道口的朋友打过招呼，说是送朋友在这里直接进站，这是一件举手之劳的小事，通道口的朋友岂有不答应之理？于是，他们顺利的通过通道口，快步来到站台上，列车也刚好进站。钱亚民将他们携带的东西送上车，他们相互珍重道别。钱亚民一直目送着列车驶出车站，悬在心头的一块石头才落了地。

列车逐渐地驶出市区，由旅客上车所引起的骚动也归于平静，鲁经理的心情也随之趋于平静。这是一趟长途特快列车，他们中途不用倒车，只要在车上不出意外，再过十几个小时他们便可安全达到目的地。类似今天的行动路线，他已经跑了两趟，每次都是安全到家。因为只要躲过进站时的检查，列车上和出站时没有人检查。能把这样一本万利的买卖做得如此顺利，鲁经理心中也颇有几分自豪。列车飞快地向前行驶着，发出有节奏的声响，只有他们两个人的软卧包厢里，十分安静。心情放松的鲁经理，又把目光转向坐在身边的漂亮女人，而此时那个女人也正含情脉脉地看着他。鲁经理情不自禁地一把将她拥抱在怀里，那个女人也紧紧地与之拥抱，两人便肆无忌惮地亲吻在一起，尽情地享受着偷情的愉悦。

笃、笃、笃， 一阵突如其来的敲门声，将二人从甜蜜中惊醒。他们慌忙分开，表情十分复杂地望着两名开门而进的乘警，心中也不由一阵紧张。

“对不起，请配合一下，我们检查三品。”为首一名中等身材的乘警客气地说道。

“啊，好、好，我们是正经八百的买卖人，你们尽管检查好啦。”鲁经理沉着地说道。并且非常配合地打开携带的箱包，让他们进行检查，里面只是一些衣物和日用品。

“请把这个塑料袋也打开。”为首的乘警指着放在卧铺下面的一个大塑料袋说道。

“这里装的是路上吃的水果，有啥好检查的。”那个女人阻拦着说道。

“不，还是检查一下吧，我们必须对全体旅客的生命安全负责。”那个为首的乘警一边说着，一边动手打开塑料袋，里面果然装着一个西瓜和一些香蕉、苹果、橘子等水果。

“怎么样，我们没说谎吧，这下你们可以放心了吧？”那个女人眼睛看着水果说。

“你少说几句，警察同志也是为了工作吗，咱们得尽量配合好。”鲁经理通情达理地说。为首的乘警没言语，而是仔细地端详着这几样水果，并用手指弹了两下西瓜，又用手拍了两下，西瓜发出了比较空洞的声音。只见他不动声色地转过身来，向同伴使了个眼色，没等鲁经理二人反应过来，他和同伴已经迅雷不及掩耳地将二人戴上手铐。“你凭什么抓我，你侵犯了我的公民合法权益，我要控告你们！”鲁经理气急败坏地喊道。为首的警官威严地宣布道：“你们二人涉嫌贩卖毒品，已经被逮捕啦！”

“你这是诬陷，请你拿出证据来？”鲁经理态度很强硬地说。

为首的警官听后微微一笑，指着那个西瓜说道：“这就是证据！”说完，他将西瓜上的三角形创口用刀撬开，原来里面根本没有瓤儿，西瓜里装的竟是用塑料袋密封，分割成小块的鸦片，四周用棉花塞满。鲁经理一见，好像泄了气的皮球一样无力地瘫坐在卧铺上。

“安队长，这只是一个很普通的西瓜呀，你是如何判断出里面藏有毒品呢？”原来这两个乘警是安航和小敖装扮的。因为他们早已得到可靠的情报，并掌握了这两个犯罪分子的行踪，才临时装扮成乘警来实施抓捕行动。安航听到小敖的问话，便指着那个西瓜说道：“不错，这确实是一个普通的西瓜，外表上也没什么不同，就连瓜皮上的那个三角形创口，也很正常，通常买西瓜时叫开检查一下质量。只不过这个三角形比较大，而且创口的边缘有磨损痕迹，这很不正常，正常的创口不可能有这种人为的磨损，这是他们在镂空西瓜瓤儿和往里面装毒品时留下的。而真正让人怀疑的是西瓜的声音不正常，发出的声音空而不实，西瓜壳也显得发软发暗，没有光泽，这是缺少水分所造成的，与正常的西瓜迥然不同。根据以上种种疑点，我断定毒品一定藏在西瓜里面。”

听完安航的推理，在场的干警们纷纷表示信服，而两名犯罪分子也只好低头认罪。干警们押着罪犯在前方停车站下车，然后又坐上早已等候的警车，押解着毒贩返回到甘河市。

尽管警方严密封锁消息，但是，粮贸公司的经理乔铎还是得到了鲁经理人赃俱获的消息，这让他倍感吃惊，因为这条行动路线，一向都很安全，从未出过事。他弄不明白，公安机关是怎么了解到鲁经理的行踪，并将其抓获的呢？难道是他们行动不慎露出了马脚，还是内部有人走漏了风声？看来有必要对内部的知情者进行审查。可知道情况的仅有江群、钱亚民、杜立志和任武四个人，江群和钱亚民基本可以排除，绝对不可能有问题。杜立志虽然胆小，但他也没有理由那样做，再说他也知道这样做的结果和下场。可任武也不应该有什么问题，你想一个蹲过监狱，而且又是走投无路的人，又有什么道理向公安机关报信呢？真是令人百思不得其解！但为了安全起见，他当即决定，一是将与鲁经理正面接触的钱亚民、杜立志、任武立即送到山上去种大烟，暂避风头，严防鲁经理将他们供出来，同时也可以多收获一些大烟，这岂不是一箭双雕的妙计。二是停止一切与毒品有关的行动，看看动静再说。

当天晚上，江群奉老大之命，来到钱亚民的住处，向他告之鲁经理被抓的事以及老大让他们上山避风的决定。尽管知道上山非常遭罪，但他也没有办法，再说咋的也比进监狱自由。于是，他一边和任武收拾东西，一边生气地骂鲁经理是个倒霉蛋，还骂他犯事是因为领个臊娘们，连累他们也跟着倒霉。当天深夜，江群亲自开车将他们三个送到马有才家，让他们先在这里暂住两天，等他将东西准备好了之后再安排他们上山。

马有才家的西北方向，行走约15公里，有一条长40多公里，宽3公里的沼泽地，这就是令人望而生畏的陷马沟。沼泽地里面长满茂密的水草，这些水草春生秋枯，年复一年，愈长愈大，形成了数不清的漂筏，这些漂筏在两米多深的淤泥上漂浮，被当地人俗称为塔头墩子。漂筏表面上似乎与正常的草地没啥两样，可一旦人或其它动物踏上去，便会站立不稳，失去重心，陷进泥浆中难以自拔，如不及时救援，将会危及性命。因此，这片被人们称为死亡之海的沼泽地，在封冻前很少有人问津，只有野兽的身影在这里出没。

然而，毒品犯罪分子却把这里当成风水宝地。他们在解冻之前，将柴米油盐和其他生活必需品运到山上，在离水源较近的山坡上搭起简易的窝棚居住下来。待到春风送暖、万物复苏的时候，这里便完全与外界隔绝。他们便如同原始人一样，用原始的工具，开垦出一片片小面积的土地，并按着季节开始种植罂粟。经过春风秋雨，花开花落的漫长等待，便会迎来忙碌的收获季节。当他们收获完鸦片之后，还要耐心等待冬天的来临，等待冰雪将沼泽地封住，他们才能神不知鬼不觉的悄然离去。

两天以后，江群开着一辆货车来到马有才家，车上装满了粮米、油盐以及烟酒、罐头等生活用品。马有才准备了一桌可口的饭菜，为他们置酒饯行。尽管饭菜比较丰盛，马有才夫妻又殷勤相劝，钱亚民等人却喝得郁郁寡欢、情绪索然，马有才夫妻知道他们心情不好，便很知趣的不再相劝。他们在沉闷的气氛中，草草地吃喝完毕。

夜幕降临之后，江群在马有才的指引下，沿着荒芜的山野颠簸而行，十分艰难地将他们送到沼泽地边上。虽然沼泽地尚未解冻，但沼泽地里根本没有路，那密密麻麻、冻得十分坚硬的塔头墩子，使车辆寸步难行。马有才对此早有准备，他已安排两个马爬犁在此等候。于是，他们将一部分食品装在马爬犁上，剩余的则堆在地上，由马爬犁慢慢往里倒。江群调头准备返回，临行时，他从驾驶室里拿出一支双筒猎枪和一包子弹，还有一包罂粟种子，交给了钱亚民，又嘱咐了任武几句，并与其他人握手道别，然后才驾车返回。

马爬犁在沼泽地里吃力地行走着，马有才格外小心地牵着马，尽量选择平坦一点的地面前行，但仍不时地被个头较大的塔头卡住，随行的人只好用杠子撬起爬犁，躲开塔头，爬犁才能继续前行。沼泽地中间有一条河流，此时尚未解冻，马爬犁必须选择河床平缓的地方经过，以免把爬犁卡住。经过反复折腾，才穿过沼泽地。他们将东西卸下来，又马不停蹄地返回。他们一共往返了三次，整整折腾了一夜，才将东西搬完。

次日，他们顾不得又累又困，简单的吃完早饭后，马有才领着钱亚民去找住处。他们背着猎枪在深山密林里转了一圈，选中了一处有泉水的阳坡来安营扎寨。他们在马有才的帮助下，在山坡上砍伐树木，清理石头和杂草，整理出一个小平台，在上边支起几个“人”字架，“人”字架上面并排钉上比较光滑的木杆儿，顶上蒙了一层帐篷布，前面再钉上房门和窗户，窗户上钉着透明的塑料，一座简易的，也就是当地人俗称为窝棚的住房便宣告落成。然后又支起了几个简易的木床，用石头垒起锅灶，并将山下的东西全部搬到住地。待一切收拾利落后，马有才这才放心离去。

尽管大兴安岭的春天总是姗姗来迟，但随着微微暖风和蒙蒙细雨，北国之春终于降临在这片素有高寒禁区之称的群山峻岭之中。山上的积雪在阳光的照耀下消失得无影无踪，沟塘的淤泥开始融化，沼泽地脱去了坚硬的铠甲，死亡之海笼罩着神秘的面纱，这条无法逾越的鸿沟彻底断绝了与外界的联系。

钱亚民他们在这片与世隔绝的山林里，每日与飞禽走兽为伍，与清风明月做伴，过着原始野人般的生活，在寂寞无聊中打发无情的岁月。对他们来说，时间已变得毫无意义，甚至连生命也变得不重要了，在漫长的等待中消耗着激情和欲望。他们似乎已被世人遗忘。

* * *

五月中旬的大兴安岭，阳光明媚、残雪消融，远处的群山已由青变绿，近处的草地上已冒出嫩芽，中间偶尔点缀着几朵紫色的、黄色的不知名的野花。清澈的泉水汩汩地流淌着，沿着山沟流向远方。美丽的鸟儿在森林中穿行啼唱，可爱的小松鼠在树上轻巧地攀援、跳跃。在这万物复苏的季节，森林里到处都呈现出一派生机勃勃的景象。

钱亚民带着任武和长毛，在窝棚附近的山坡上选了几处比较平坦且树木稀少的朝阳坡，用最原始的劳作方式，开垦出几片大小不等的罂粟地。他们在山上过着刀耕火种、茹毛饮血般的原始人生活。每天除了吃饭睡觉，就是看日出日落，若不是任武戴着一块语音报时、带日历的电子表，恐怕他们早就忘了时间观念，不知今夕是何年了。

因为闲着没事，任武喜欢扛着猎枪到山上去转游，不但可以采集到山货，偶尔还能打到野味改善伙食，同时还在这方圆几十里地内发现了一些与他们目的相同的人，他们彼此心照不宣地打着招呼，用敌对的目光互相戒备。任武将这一情况告诉钱亚民，钱亚民笑着说道："这些情况我早就清楚，每年这里都有人种大烟，若不然咱们到哪里去收呢？"

任武点头表示认可，然后又有些不解地说："那边有现成的熟地你不用，何必费劲巴力地开荒呢？"因为他们以前曾一起看到过现成的熟地，故此向他问道。

"那是别人废弃的大烟地，养分不足了，你没看土质疏散得呈沙粒状吗？你再看看咱们新开出来的地，土质多肥沃！用手一攥一个团。大烟这玩意吸收养分太厉害，地没劲不行，所以大烟地最好是用新开垦出来的土地，否则会影响产量和成色，你想咱们冒这么大的风险，遭这么大的罪，不就是图个高产量和好成色吗？"钱亚民经验老到地向他解释说。

任武听后，非常好奇地蹲在地上，抓起一把土仔细地观察起来。这里的土质呈黑褐色，属于未开垦的腐殖性土壤，含有动植物残体经微生物分解转化又重新合成的有机胶体，含有多种养料成分，具有适度的粘结性，能使粘土疏松，沙土粘结，形成团粒状，有较强的吸收性和保肥保水的性能。这种土壤十分有利于罂粟的生长。于是，他笑着说道："这里的土质确实肥沃，怪不得人们选中这里来种大烟呢，原来还有这么多讲究。"

"你以前没种过大烟，不知道其中的说道，别看这玩意挣钱，但不了解它的习性和特点也不行。种大烟不但土地要有劲，种子还必须纯，而且必须精心伺弄，等罂粟苗长出来后，又要时刻防备野兽的糟蹋。尤其是到了"割浆"的时候，那更不能疏忽大意，否则一年的辛苦就白费啦！"钱亚民感叹地向他俩说道。

土地开垦出来后，他们按照节气，将种子播种到地里。然后又是漫长而无聊的等待。

为了消遣寂寞单调的日子，也为了改善伙食，任武经常背着枪在山里面转，而且活动范围也越来越广。由于这里人迹罕至，交通闭塞，所以山货和动物较多，他不但可以经常采集到木耳、猴头、榛树蘑、桦树蘑等山珍，碰到运气好时，还能打到山兔、乌鸡等野味。回来后，将野味和山珍在一起炖上，那真是难得的美味佳肴。他们几个围坐在一起，高兴地喝着酒，趁着酒兴，毫无顾忌地吹牛皮、侃大山，这是他们觉得最开心的时刻。可好景不长，他们带来的酒愈喝愈少，喝酒的方式也被迫有所改变，由刚开始的每日两顿改为一顿，而且还有数量限制。以前喝酒划拳是谁输谁喝酒，现在是反其道而行之，赢家喝酒，如此一来，他们划拳的技巧还真有长进，谁要想赢一拳都不容易。同时也因数量上受限制，不敢开怀畅饮，只是适量而止，任武由于不太喜欢喝酒，所以还不觉得怎样，钱亚民和长毛每次都喝得舔嘴咂舌。他们都是过惯了花天酒地生活的人，平时不知道什么叫节省，可现在他们对酒特别珍惜，有时倒酒不慎洒出几滴，钱亚民和长毛都会贪婪地用舌头舔干净，那劲头真好像苍蝇见了血一般。

今天任武的运气不错，不但采到了一些木耳和两个猴头蘑，而且还打了一只肥大的山兔，这足够他们饱餐一顿。他们现在的伙食已降低了很多，上山时带来的熟食早已吃光，生肉虽然还有一些，但由于存放时间长，天气逐渐变热，难以保鲜，被他们用盐腌制成咸肉存储起来，预备日后食用。对于任武的收获，他们俩人大喜过望，他们都是贪图享受的人，何曾过过如此清苦的生活。当下，钱亚民一边高兴地拿出匕首剥皮，一边指使长毛赶紧生火做饭，长毛生火后，便提起塑料捅去提水。可没过多长时间，他却神色慌张地空手跑了回来。

“咋的啦？”钱亚民停下手来，眼睛向四外望着问道。

“黑哥，不好了，高家兄弟找到这里来了。”长毛惊惶地说。

“高家兄弟？哪个高家兄弟把你吓成这样？”

“就是上次我们用假钱骗大烟的高家兄弟。”

“他们怎么会找到这里来呢？可能他们也在这里种大烟吧？”钱亚民猜测着说道。

就在他们说话这工夫，只见高家兄弟一行四人从树林里钻出来，高老二手拿猎枪，其他人分别拿着板斧和棍棒，气势汹汹地来到他们的面前。任武曾经在山上看到过他们，但不知道和他们有过节，故此也没往心里去。钱亚民他俩又不愿意往远处溜达，所以不知道高家兄弟也在山上。钱亚民虽然和他们不认识，但对高家兄弟的凶狠霸道早有所闻，知道对方此番是来者不善，善者不来。以他们兄弟的为人，吃了这么大的亏，岂有不报复之理，看来今天的麻烦大了，他的心里不免有些恐慌。有道是仇人相见，分外眼红，高老二他们是有备而来，成竹在胸，根本就没把他们几个放在眼里。只见他轻视地指着长毛笑骂道：“哈哈，真是冤家路窄，想不到又和你这个狗男女见面啦。”

“兄弟，消消气，有事好商量。”钱亚民强自镇定地赔笑说道。

“跟你们这些骗子有什么好商量的。”高老二不屑一顾地说。

“兄弟，以前是他对不起各位，今天我向各位赔礼道歉，望各位高抬贵手，放他一马。”钱亚民赔着笑脸向他们求情。长毛此时由于理亏，极不自然地躲在钱亚民的身后，任凭对方辱骂，只好装聋作哑，不敢反驳，以免激怒对方而招致更严重的后果。任武则冷静地端着猎枪站在一旁，静观事态的发展。

“放他一马？想的倒美！当初骗人时想啥啦？实话告诉你吧，今天你这个王八犊子就是跪在地上磕头，管我叫爷爷，也难解我们心头之恨！”高老二蛮横不讲理地说道。

“老二，不必跟他们多废话，先把那个狗男女废了再说，如果他们谁不服，咱们就一起收拾了，也让他们领教一下咱们的厉害。”高老大在一旁不耐烦地说道。同他们一起前来的高四、高五等三人，也纷纷举起了手中的棍棒，怒目相向，跃跃欲试。

眼看厄运即将临头，长毛绝望地拿起了劈柴的板斧欲做防身之用，但由于心中充满恐惧，又加上胆小怕事，致使他脸色发白，手脚发抖，表情极为狼狈。钱亚民也握紧了手中的匕首，他虽然有点气馁，但事已至此，也只好硬着头皮准备应战，再说自己还有任武这张王牌呢，以他的性格和为人，绝不会袖手旁观，置朋友的生死于不顾，想到此，他心底稍宽。而任武果真没有让他失望，就在这剑拔弩张之际，只见任武一个箭步纵身来到众人面前，从容说道："诸位朋友，请息怒，恕在下斗胆相劝，既然咱们能在这深山密林里相聚，也是前世有缘。俗话说冤仇宜解不宜结，望诸位朋友网开一面，捐弃前嫌，在下感激不尽，来日定当结草衔环相报。"说完，他为了表示诚意，转身把枪交给了身后的钱亚民。

高老二听后，仔细地打量了他一眼，根本没把这个貌不惊人的年轻人放在眼里，他们几年来一直在这片领地里称王称霸，凭着心狠手辣、人多势众，将那些外地来的人单势孤的偷种者治得老老实实，使他们无不俯首称臣，到秋天还压价收购他们的鸦片，如有不服，便大打出手，轻者鼻青脸肿，重者伤筋断骨。在这与外界隔绝，山高皇帝远，王法管不着的地方，就是把人打死，埋在这深山密林里，也很难被人发觉。强者生存、适者生存的自然发展规律，在这里体现的淋漓尽致。他们早就知道又来了一伙种大烟的，由于前些天忙于开荒种地，直到今天才腾出时间来找茬示威，没想到竟会如此巧合，碰上了他们一直耿耿于怀的仇人，这真是踏破铁鞋无觅处，得来全不费工夫。高家兄弟从来没有吃过这么大的亏，故此一见面便毫不留情，以报昔日受骗的一箭之仇。高老二的目的很明确，他知道现在就是把他们三个都打死，也得不到一分钱，他主要就是想借机先收拾长毛一顿，将他们制服，以便逼他们答应到秋天时拿大烟还债。高家兄弟是有预谋而来，岂能听进任武的劝说，于是，高老二揶揄地说道："这位兄弟说的很在理，勇气非常可嘉，按道理应该给你面子，可我们之间的仇恨却不是三两句好话就能摆平的。俗话说冤有头，债有主，我们做事一向恩怨分明，我劝你还是有点自知之明，不要跟着趟浑水，以免你身上见血。"

"朋友，我谢谢你的好意，可我们兄弟之间一向以义气为重，我虽然有点自不量力，但绝非贪生怕死之辈，今天这趟浑水我是趟定了。"任武正义凛然地说。

“好，算你有种！既然你如此狂妄，今天就让你尝尝我们的厉害，省着你不知天高地厚。”高老大被任武的话激怒了，他一边忍不住生气地说着，一边举着棍子就要往上冲。

“大哥，先别急。”高老二上前将他拦住，然后又对任武说道，“既然你不服气，那咱们就在拳脚上见个高低。如果你们赢了，那咱们之间的恩怨就一笔勾销；如果你们输了，你们秋天用大烟赔偿我们的损失。”

“请先等一下，我们商量商量再答复你。”任武知道事关重大，自己不敢擅自作主。

“行，你们商量吧，反正时间有的是。”高老二非常痛快地答应了他们的要求，他根本没把这几个人放在眼里。

钱亚民和任武低头商量了一下，虽然觉得对方条件有些苛刻，人数上也占优势，但此时也别无选择，只好拼力和他们斗一场，以任武的功夫，还有一定的胜算。于是，任武便双手抱拳说道：“恭敬不如从命，就按你们说的办，如果你们赢了，我们认凭你们处置。假如侥幸我们赢了，希望能够就此化解咱们之间的恩怨，你们切不可食言。”

“放心吧，我们高家兄弟也是响当当的男子汉，吐个唾沫都是钉，我还怕你们不讲信用呢！”高老二觉得稳操胜券，所以才把话说得这么满。

“那好，你们是单个上，还是一起来？今天我奉陪到底！”任武豪气干云的说。他知道如果各个单打独斗，钱亚民和长毛未必是他们的对手，还不如由自己单独对付他们把握大一些，他这话听起来似乎吃亏，实则是占便宜。

“你人不大，口气倒不小。来，我先会会你，看你有多大本事。”高老大头脑简单，打架不要命，他根本没把身体单薄的任武放在眼里，以为他是在说大话吓唬人，所以才提出和他单独比试。高老大心想：就你这小体格，不用三拳两脚就能把你打倒，然后再当众羞辱你一番，煞一煞你的狂妄劲。于是，他把手中的大斧随手交给了身边的高五，走上前去，对准任武挥手就是一拳。高老大身强体壮，劲大力猛，拳头带着呼呼的风声朝他脸上打来，任武若是被击中，脸上非得开花不可。可没想到任武只是往旁边一闪身，便轻松躲了过去。高老大一击不中，又一拳紧跟而出，但任武却仍然灵巧闪过。高老大见出拳连续落空，便恼羞成怒地拳脚相加，恨不得一下就把他翻在地，可无论他如何用力，却连任武的衣边都没沾上，气得他是哇哇乱叫，任武却不慌不忙的从容应对，就如同猫儿戏老鼠一般。

高老二看在眼里，急在心上，他十分清楚眼下的形势，此时只要对方出手还击，高老大便会一败涂地，看来今天的事情有点棘手，没想到这个貌不惊人的小白脸竟是一个深藏不露的高手，真是人不可貌相，海水不可斗量。都怪自己过于托大，对他们的实力估计不足，看走眼了！眼下之计，只有趁其不备，让他们三个一拥而上，先把这个小子打趴下再说，反正在这里也不必讲什么江湖规矩。于是，他低声对高五等人吩咐了一声，哥仨便手持棍棒和大斧冲了上去。钱亚民见形势危急，有心想上去帮忙，可他需要端着猎枪和高老二对峙，分身不得，便急忙喝令长毛上去帮忙。长毛虽然胆小，此时由于受任武的感染，再说任武为了给他帮忙，竟然不顾安危挺身而出，与人拼死相斗，自己如果再畏缩不前，那还算是个人吗？想到此，他的底气顿时壮了许多，鼓起勇气奋力上前助战。只听他嘴里嗷嗷叫喊着冲进人群，玩命似的用大斧一阵乱砍，尽管毫无章法，但对方必须躲避他的斧头，以免受伤，他这个办法在短时间内足以自保。

任武这边以一敌二，毫无惧色，只见他不慌不忙，从容应对。高五首先抡起木棒向他兜脑就打，任武敏捷地侧身躲过，左手顺势一把抓住下落的木棒。右手一拳打在高老大的胸上，高老大被打得踉踉跄跄倒退好几步。就在任武用力想夺下高五的木棒时，高四的木棒又从背后打来，此时，任武正与高五抢夺棍棒，无法分神，就在这时，任武只觉脑后生风，他心念电转，急忙躲闪，幸亏他躲闪及时，棍棒带着呼啸声从他的头上划过，重重地打在他的肩上，他的身子不由一晃，一个趔趄差点跌倒。情急之下，任武大喊一声，用力将手里的木棒往后一拽，右脚趁机踢出，正中高五的小腹。高五痛得“哎哟”一声，双手撒开木棒，捂着肚子蹲在地上直叫唤，棍棒也被任武夺到手里。这边的高四见一击得手，就急忙挥棒再次朝他的头上打来，此时，任武再想躲闪已经来不及，他只好身子就势马步下蹲，双手用力向上，用木棒挡住了对方的致命一击。钱亚民在一旁看得惊心动魄，惊险的场面让他感到心惊肉跳，紧张的沁出一身冷汗，暗自为任武的处境担忧。

高四见棒子被挡住，心中十分焦躁，再次举着棒子冲了上来。任武一个旱地拔葱，飞身跃起，以迅雷不及掩耳之势，箭步抢到高四的身前，没等他反应过来，任武已伸手将棒子抓住。同时飞起一脚，踢中高四的软肋，高四只觉得顿时胸闷气短、呼吸困难，棒子脱手而飞，呲牙咧嘴地蹲在地上，再也无力站起来。此时长毛已是险象环生，他刚开始还能勉强抵挡，工夫一长，抡动斧子的速度慢了下来，其实长毛无论是从体能还是功夫，他都不是高老大的对手，他之所以能抵挡住高老大，有助于他刚才不顾一切的拼命打法，此时，他的气力不济，面对高老大的凌厉攻势，他被逼的步步后退，只有招架之功，毫无还手之力，眼看就要被打倒。任武眼观六路、耳听八方，只见他木棒虚晃，嗖、嗖两个空翻，身体在空中划了两道弧线，落在了长毛的跟前，用少林六十四路棍法，敌住高老大的攻势。别看高老大平时扎扎呼呼，动不动就喊打喊杀的，其实他只是凭胳膊粗力气大，使的是蛮力，根本不会武功，此时，面对如此精妙的功夫，他有生以来从未见过，更别说出手应对了，他只好毫无章法地胡乱抡着手里的斧子，以图自保，然而，他们的功夫根本就不是一个档次。任武寻个空当，一招“蟒蛇出动，轻易就击中对方的手腕，只听高老大痛叫一声，手中的板斧应声落地，面容失色地托着手腕败下阵来。饶是如此，还是任武不想与高家兄弟结怨太深，故此手下留情，否则高老大的手腕非断不可。

高老二见对方如此神勇，知道大势已去，尽管他手中有枪，但在双方对峙的情况下，如果开枪，也只能落个两败俱伤的下场，心中想着好汉不吃眼前亏，男子大丈夫能屈能伸，于是，他急忙劝住高老大，然后改换态度，心灰意冷地说道：“在下有眼无珠，竟然没看出来这位兄弟身怀绝技。今天我们兄弟认栽，刚才多有冒犯，还请各位多多原谅！承蒙这位朋友手下留情，高某感激不尽！”

任武见高老二主动赔礼认输，便大度地双手抱拳说道：“今天对诸位兄弟多有不敬，还望诸位海涵，希望你们能言而有信，大家冰释前嫌，以后当朋友相处，不知诸位意下如何？”

高老二当下也抱拳说道：“兄弟，痛快！我就愿意和你这样的讲究人交朋友，有道是不打不相识，多个朋友多条路，多个冤家多道墙。我们今后就以知己朋友相处，高某如有对不起各位朋友的地方，天理不容！”

接下来，他们双方相互做了介绍，任武又替那个手腕受伤的小伙子进行处置。他的手腕骨劈裂，伤得较重，这还多亏任武手下留情，否则早就骨折了。

高老二临别时，拉着任武的手说道；“兄弟，改日我设酒相谢，请各位务必赏光。”然后才领着手下的残兵败将，沿着山间小道垂头丧气地往回走，消失在远处的密林里。

高家兄弟离去后，钱亚民拍着任武的肩膀感慨地说：“兄弟，你这功夫可真厉害，大哥我算是服你了。长毛儿，赶快准备酒菜，好好犒劳一下咱们的有功之臣。”

任武谦虚地说：“黑哥，今天打败了他们，咱们兄弟都尽力了，岂能把功劳都算到我的头上？再说，咱们兄弟之间还客气什么，我们是换命的弟兄，兄弟我理当如此。”

“兄弟，话不是这么说，说实话，今天多亏你啦，否则咱们就倒大霉了，高家兄弟如果赢了，他们绝对不会轻饶了咱们，非把咱们弄个半死不可。对了，你肩上的伤不要紧吧？”

“你放心吧，没事，学过功夫的人，一般抗击打能力都很强。”

“任武兄弟，大恩不言谢，哥哥我今生今世都不会忘记你大恩大德，以后如果有用得着哥哥的地方，你尽管吩咐，即使肝脑涂地，我也在所不辞！”长毛更是对任武佩服的五体投地，就差没烧香磕头，顶礼膜拜了。

人逢喜事精神爽，为了庆贺任武的壮举，钱亚民决定开怀畅饮，好好庆祝一番。他让长毛炖上兔子肉，又倾尽所有凑了几个像样的下酒菜，然后取出锁在大木箱里的酒桶，原来酒桶放在外边，但是长毛老是偷着喝酒，钱亚民不得不对他实行控制。今天由于高兴，再加上多日没有放开量痛饮，故此他俩在酒桌上轮番向任武敬酒，重复着感激和赞美之词。任武因酒量有限，只是象征地表示几杯，他俩却高兴得如同穷人家的孩子过年一般，一杯接一杯地狂饮，仿佛喝的不是普通白酒，而是玉液琼浆一般。两人杯不释手，喝的立足不稳，醉卧在床，睡梦中兀自呼喊“酒香”。

*　　　　*　　　　*

却说高家兄弟回去以后，高老大和高四躺在床上生闷气，高五叫他俩吃饭，他俩也没好气地说不吃。高老二见他们不肯起来，便领着高五等人先吃，他和高五倒上酒，像没事似的喝着。高老大生气地翻身坐起来说道：“你的心可真大，让人家给收拾得这么惨，你还有闲心喝酒？”高老二看了他一眼，举杯喝了一口酒，又吃了一口菜，然后才平静地说道：“男子汉大丈夫能屈能伸，你们连这点肚量都没有，还想干大事？今天咱们是吃了点亏，但也和他们套上了关系。”

“跟他们套关系有啥好的，你就不怕他们再骗你？”高老大没好气地打断他的话。高老二没有理会他的不满，而是继续接着说道：“有啥好？这你就欠考虑了，你说是种大烟风险大，还是贩卖风险大？”

“当然是贩卖的时候风险大啦。”高老大几乎都没用思考，便脱口答道。

“既然是贩卖时风险大，那如果咱们光负责种，有人直接来收，而且价钱还合理，你愿意不愿意？”高老二向他大哥问道。高老大似乎听出点门道，语气和缓地说：“这是好事，还有啥不愿意的？”

“他们这些人神通广大，而且专做大烟买卖，如果咱们和他们搞好关系，以后只要把行情摸准就行，再说那个任武这么讲究，咱们如果和他交上朋友，他绝对不会骗咱们的。以后咱们岂不是一劳永逸，再也不用为卖货而发愁了。”高老二得意地说。

“你说的办法到是好办法，可就是不知道靠不靠得住，别像上次似的，再让人给骗了。”高老大有些担忧地说。

“你就放心吧，人可以犯错，但不能犯相同的错误，再好的骗术，也只能使用一次，再使就不灵了，咱们吃一堑，长一智，岂能再犯同样的低级错误？”

“说来说去，这只是你的一厢情愿，还不知道人家愿意不愿意呢。”

“他们是专门干这行的，当然是收得越多越好，怎么能不愿意呢？”高老二十分自信地说道。高老大被他说得茅塞顿开，拉着高四坐到饭桌旁，转怒为喜的喝起酒来。

两天以后，按照高老二的安排，他们做了精心的准备，并由高老二亲自登门邀请，将任武他们三位请到住处，另外还找来和他们关系相处较好，也是在山上种大烟的人来陪客。其中有一对长得很相像的亲兄弟，自称姓李；另外还有一对自称是夫妻的男女，男的自称姓张，人们都管他叫张三秃子。因为干他们这一行的，都很忌讳报真名实姓，所以大家都是彼此心照不宣，任你怎么报，人们就怎么称呼。那个男的长得鹞眼鹰鼻，脑门光秃发亮，长相酷似电影《林海雪原》中的匪首“坐山雕”，给人一种阴险狡猾的感觉，由于秃顶的缘故，让人很难判断出他的实际年龄。那个女的30岁左右，人们都叫她窦大姐，她长相虽然不算漂亮，但却乳大臀肥，丰满性感，与那个秃子很不般配，让人觉得他们不像夫妻，却像父女。即使长相一般，在这与世隔绝的深山密林里，物以稀为贵，她的地位不亚于女皇。在那些性饥渴的男人眼里，她就是西施、貂婵、杨贵妃。因为高老大和她有一腿，所以把她找来陪酒，同时高老二也为了调节酒场上的气氛，俗话说：“跑腿子三年，老母猪赛貂婵”。你看在酒桌上，这些光棍男人们争相向她献殷勤，并不时地与她开着下流的玩笑，有的还乘机与她打情骂俏，以排遣心理上的寂寞和对异性的渴望。再加上高家兄弟的酒菜准备得很丰盛，不但有肉类和水果罐头，还有瓶装白酒，而且还有山上难得一见的啤酒，所以酒场的气氛十分热烈。同时也让任武有些疑惑，你想都解冻这么长时间了，他们的吃喝为什么还如此充足呢？

由于高老二事先已向他的哥哥们作了交代，所以他们都显得特别热情，但钱亚民和任武却不敢贪杯，因为他们对高家兄弟还存有戒心，害怕他们摆的是“鸿门宴”。临来时，他们就已做了相应的安排和应对措施。然而，高家兄弟在酒桌上对他们毕恭毕敬，自始至终对他们都非常尊重，这让他们多少有些意料。酒桌上他们相互谈论着社会上流行的奇闻逸事，不但场面热烈，而且气氛非常融洽，就像多年未见的老朋友似的。虽然他们对高家兄弟前倨后恭的表现有些不理解，但见他们确无恶意，也就放下心来。

酒足饭饱之后，他们又玩起了牌九。直到金乌坠地，玉兔初升，天色已晚，钱亚民起身告辞，高家兄弟一直将他们送上林间小道，互道珍重而别。

钱亚民他们与高家兄弟的关系缓和以后，相互间的来往逐渐频繁起来。高家兄弟不但经常邀请他们去喝酒，而且还隔三差五的给他们送酒送肉，相处得非常融洽，就好像他们之间从未发生过不愉快似的。这种皆大欢喜的结局，免去了钱亚民等人的后顾之忧。

经过几番和风细雨的吹拂和洗礼，群山披上了翠绿的新装，绿草如茵的山坡上，五颜六色的野花竟相开放，清凉的山风带来了阵阵浓郁的花香。远望青山巍峨，郁郁葱葱，近闻鸟语花香，泉水叮咚，这神奇自然的北国风光，宛如一幅美丽的山水画，展现在天地间。

在光合作用和雨露滋润下，在这万物生长的季节里，在充足的养分中，罪恶的种子也生根发芽，罂粟破土而出。这里的土地果然肥沃，既不用撒药又不用施肥，罂粟却长势喜人，绿油油的罂粟苗长得特别茁壮。

他们几乎每天都到地里去察看一下秧苗的长势，同时也顺便拔拔草、松松土，细心的侍弄一番，然后便各自行动。长毛性情懒惰，没事就躺在床上睡懒觉；任武还是一如既往的满山转；钱亚民则抽空就往张家窝棚跑。在山上他们都按着当地的称呼，管住地叫窝棚，如高家兄弟的住处叫高家窝棚，张三秃子的住处就叫张家窝棚，钱亚民他们的住处就称钱家窝棚，以此类推。钱亚民到张家窝棚去，是想勾引那个窦大姐。那对男女见高家兄弟都对他们如此恭敬，岂有不怕之理？再说那个女的本身就不是什么好货，张三秃子又因惧怕钱亚民，只能睁只眼闭只眼，有时甚至是故意躲出去，为他们提供方便条件。时间一久，他们便打的火热，只是由于高老大不时前来打扰，苦于没机会上床。

任武是个有心人，他对高家兄弟的食物来源有所怀疑，怀疑他们有通过沼泽地的办法，可能有不为人知的秘密通道，否则他们的食品不会如此充足。他明白如果直接向他们打听，是不会有任何结果的。由于这个秘密至关重要，他决心下大工夫查个水落石出。于是，他便围绕高家兄弟住地对通往各处的山道展开了调查。由于他经常在山里面转，对方圆几十里的地形已基本熟悉，对各家的住地以及大烟地的方位也都很清楚，对各条山间小路的去向也都比较了解，所以他觉得调查起来并不是什么难事，可找了两天之后，才觉得事情并非像他想象的那么简单。几天来，他找遍了高家窝棚通向各处的路径，也曾数次到沼泽地去查看地形，甚至连高家上厕所的小道都没放过，可却连一点有用的线索都没发现。面对着令人望而生畏的沼泽地，他也只有扫兴而回。

这天晚上，他躺在床上，翻来覆去的无法入睡，心里一直思考着这个问题，难道是自己的判断有误，根本就不存在什么通道？这个连动物都难以逾越的沼泽地怎么会有通道呢？看来这只不过是自己的胡乱猜测而已。他推翻了自己原来的想法，索性不再思考这个问题。可高家兄弟那充足的食品和阔绰大方的出手又作何解释呢？难道他们会腾云驾雾的法术不成？想到此，任武也禁不住为自己这荒唐的想法而哑然失笑。他是个办事执着，从不轻言放弃的人，他决定明天再接着去查找，俗话说“鸟飞有影，雁过有声”，他们做的再隐蔽，也一定会留下蛛丝马迹，只要自己细致耐心地去寻找，总会有所发现，也一定能查个水落石出。拿定主意后，他才安然入睡。

第二天，他起了个大早，背起枪，没有惊动任何人，悄悄地走出了窝棚，趁着茫茫的晨雾，沿着蜿蜒曲折的山间小路，向高家兄弟的住处奔去。清新的空气中带着淡淡的花香，山路两旁的树枝上挂满了晶莹的露珠，树枝不时地碰在他的身上，撒落的露水打湿他的衣服，他也毫不在意。几公里的山路，他走了一个多小时，才赶到高家窝棚。此时，太阳从东方绽开了笑脸，晨雾正在逐渐消散，周围的景物变得清晰起来。蓦然，从远处那虚无飘渺的云端上，惊现出一座云雾缭绕的山峰。任武顿时惊呆了，他以为是幻觉，急忙用手揉揉眼睛，可景象却依然如故。难道是海市蜃楼？还是真的碰上了传说中的仙境？难道世上真有“精卫填海”中所描述的“神山”吗？任武有些疑惑不解地想着，目不转睛地凝神观望，想仔细看个究竟，生怕错过了这次难得的奇遇。随着时间一分一秒的流逝，远处的景物也愈来愈清晰，面积也逐渐扩大，那浑圆的山峰和高大的树木也分辨得非常清楚，而且距离也越来越近，直至和周围的群山联成了一片。任武这才恍然大悟，同时也感到有点失望和遗憾。原来这一切都是大雾捣的鬼，因为太阳升起时，大雾先从上面消散，他看到的只不过是附近最高的山头而已，由于那时较矮的山峰和群山仍然笼罩在大雾之中，故此，才致使他产生了错觉。

此时，山林里仍然静悄悄的，窝棚里传出了高家兄弟的打鼾声，任武放心大胆地围着住处仔细地查看一圈。住地周围有几条小路向不同方向延伸，任武将通向各个窝棚住地的排除，然后逐条检查起来。高家兄弟的大烟地有六块之多，而且每块地的面积也比较大，最大的有半亩左右，小的也有二三分地。任武很快来到了第一块地，在四周仔细观察一番，就连地边周围倒放的树干和堆放的枝干也统统查看了一遍，生怕因疏忽而漏掉线索。当确信没有任何异常后，他才按原路返回，对下一个目标重新开始查找。

太阳渐渐地升高了，森林里密不透风，显得很闷热，任武身上的衣服刚刚干了不久，很快又被汗水浸湿了。他不住脚地接连查看了好几块地，仍然毫无发现，正当他准备动身前往下一块地时，突然听到远处传来说话声，他急忙闪身躲在一棵枝繁叶茂的大树后面，顺着枝叶的缝隙循声细看。来人渐渐地走近了，原来是高家兄弟前来看地，他们丝毫也没注意到任武的行踪，哥几个一边说着闲话，一边走到地里简单地看了看，然后朝其他地块走去。

任武目送着高家兄弟离去后，才从树后走出来，他略微思考了一下，便顺着山坡来到了山沟里，在一处泉眼旁停下来，他从清晨忙到现在，觉得有些疲劳，同时也为了错开与高家兄弟看地的时间。于是，他掐了根中间有空隙的植物秸秆来当吸管，俯下身来尽情地喝个够。清凉甘醇的泉水沁入肺腑，冲走了他身上的汗水和疲劳，他坐在一块石头上，拿出干粮和咸菜，就着泉水开始吃早餐。小憩之后，他估计高家兄弟已返回住处，便又起身前往其他地块去继续查找。

中午时分，树林里闷热得几乎让人喘不过气来，任武热得将外衣脱下搭在肩上，喘着粗气爬上位于半山腰上的一块罂粟地。他围绕着地的四周仔细地查找起来，当他来到一堆摆放得比较松散的树枝后面时，眼前不由一亮，他透过一些折断的树枝，依稀看到了一条人行小道。这条路显然很少有人行走，几乎被青草和茂密的枝叶所遮掩，但踩踏的痕迹却很明显，远处不容易发现，只有到跟前才能辨认出来。他急忙顺路前行，想一探究竟，可让他感到纳闷的是，这条路却顺着山腰一路倾斜地通向山顶。任武奋力地登上山顶，已累得气喘吁吁，汗流浃背。然而，脚下的路却依然向远处的山峰延伸。他找块石头坐下来稍事休息，山顶上树木稀少，山风不断地从远处的山口吹来，让人感到格外凉爽，身上的汗水也随着消失了。任武心想，这条路到底是干什么用的，为什么直通山顶呢？这不是与出山的路背道而驰吗？会不会是他们打猎时留下的足迹呢？如果真是那样，自己岂不是白忙活一场？他心中有些疑惑，可转念一想，既然事已至此，多想也无用，还是先把它探明白再说。于是，他站起身来，顺着山路，继续向远处的山峰爬去。

脚下的路越来越高，山峰也越来越陡，任武顺着山顶前行了10多公里，山路把他引到了一座陡峭的悬崖上，悬崖上生长着茂密挺拔的落叶松。他来到悬崖边上，手扶着树干向悬崖底下望去，不仅倒吸了一口冷气，只见陡峭的山崖离地面足有50米深，笔直的削壁上长满了苔藓，让人有一种望而生畏的恐惧感。山底下是一条弯曲的河流，本来河流是在沼泽地中间流过，可不知道什么原因，流到悬崖附近拐个弯，恰好在悬崖底下流过，然后又顺着沼泽地中间向远方流去。任武似乎受到某种启示，他想如果有办法从悬崖上下去，就可以避开沼泽地而直接下到河流里，沼泽地再长，也长不过河流，假如坐船顺着河流一直往下游走，那不就可以绕开沼泽地出去吗？可回来时怎么办？又如何往山上运东西呢？他一边思索着，一边在悬崖上十分认真地观察着，结果在悬崖边上比较突出的部位，发现有两棵松树的树干上有几处磨损的痕迹。他暗自为这一发现而高兴，如果把滑车之类的东西固定在树上，那不就可以轻松地运送东西吗？可东西又是怎么运送到悬崖底下的呢？看样子也是用船从河流里运过来的，下游肯定不行，看来只有从上游想办法。必须将船和东西同时运到上游才行，再将东西放到船上，就可以顺流而下，将东西送到悬崖底下。他们一定事先约定好时间，到时候去接应，并将东西从上面取回。难怪高家兄弟的食品如此充裕，原来他们有条秘密的运输线。高家兄弟的能力切不可小觑，这种办法不是一般人能想出来的，以后和他们打交道必须小心谨慎才行，否则会吃亏上当，像他们这么阴险狡猾的人没有什么事情干不出来！

任武又在悬崖周围找了一遍，没有找到他想象中的滑车之类的东西，他虽然有些不甘心，但见天色已晚，怕钱亚民他们着急，便顺着原路返回。

当任武回到窝棚时，天色已黑，钱亚民与长毛焦急地在房前张望，一见到他的身影，便急忙迎上前去，关切地问长问短。原来他们见任武天晚不归，以为他迷路了，要知道在这深山密林里，一旦迷路，将会十分危险，所以他们非常担忧，连晚饭也没心思吃。此时正准备前去高家求他们兄弟帮忙找人，见他安然无恙归来，顿时大喜过望。长毛赶紧从锅里端出热乎的饭菜，招呼他俩吃饭。任武还是上午吃的干粮，此时早已饿得饥肠辘辘，一见饭菜，便狼吞虎咽地吃起来。望着他这贪婪的吃相，钱亚民笑着问道："兄弟，饿坏了吧？你可把我们俩急得够戗，误以为你迷山了。"

"黑哥，谢谢你们的牵挂，这方圆几十里的山道我已跑熟了，怎么会迷山呢，我今天是为了解个谜，才回来晚的。"任武边吃边说道。

"解谜，解什么谜？"钱亚民不解地望着他问道。

"黑哥，你们说高家兄弟的吃喝为什么那么充裕？"

"为什么充裕？我也弄不明白，可能是上山时准备的充足呗。"

"黑哥，你没猜对。他们可能有一条秘密通道，用来补充食物。"

“秘密通道？你快点告诉我，到底是怎么回事？”钱亚民急忙好奇地问道。

任武赶紧扒拉几口，吃完了饭，又喝水漱漱口，然后才坐下来，把今天的经过一五一十向他俩讲述了一遍。

“怪不得他们的吃喝那么冲，原来这帮王八犊子还有这么一手，真没看出来，兄弟，你可真行，大哥我算服你了！明天你带我一起去，咱们想办法给他弄明白了，这可是一个大秘密。”钱亚民一听来了精神，当即决定明天和任武一同到实地去查看。

翌日清晨，他们天没亮起床，简单地吃过早饭，并带好中午用的干粮，钱亚民又嘱咐了长毛几句，然后便跟着任武向目的地进发。由于任武熟悉道路，他们沿途没有耽误时间，上午九点多就赶到了悬崖边上。任武将他领到悬崖边上的那几棵松树旁，指着悬崖底下的河流向他介绍说：“你看这条河流，正好从沼泽地中间穿行，到这里却拐了个弯，正好从悬崖底下流过，假如从上游用船将东西运到悬崖底下。上边再有人接应，用滑车之类的东西将物品吊上来，不就可以了吗？你看这几棵大树上还有磨损的痕迹呢，这是用来固定滑车所留下的。然后再顺流而下游，直到船只驶出沼泽地为止，岂不就可以绕过沼泽地吗？”

“你分析的有道理，高老二的脑袋可真不白给，这个招想的太绝了，虽然外面来回运送船只和物品比较麻烦，但这一来可是解决大问题了，我估计他们放滑车的地方也不会太远，来，咱俩再好好找一找。”钱亚民十分赞同任武的观点，也对这个发现非常感兴趣，他不顾一路上翻山越岭的劳累，很有信心地同任武在悬崖周围仔细地寻找起来。

他们顺着山路两边以及附近的树林里仔细寻找着，随着时间的延长，找寻的面积也不断扩大。两个人马不停蹄地一直找到中午，也没有发现可疑的线索。他们简单地吃了些干粮，又坐在悬崖边上休息了一阵，他俩不甘心，又接着找了两个多小时，不用说滑车之类的东西，就连绳索也没找到一寸。无奈之下，他们只好作罢，怀着几分美中不足的沮丧，带着一种失望的感觉，怏怏不乐地返回了住地。

几天以来，为了能够从高家兄弟口中探听到消息，钱亚民和任武与高家兄弟的接触频繁起来，经常找机会与他们喝酒、打牌，彼此之间的关系也日渐亲密。对于他们这种友好的态度，高家兄弟自然是求之不得，高老二认为时机已经成熟，便着手筹备有关合作计划。

这天上午，他领着高老大及高五前来拜访，手里拎着白酒、午餐肉罐头、红烧肉罐头、水果罐头，还特意给任武带了几瓶啤酒。钱亚民等人自然是热情相待，并倾其所有添了一些饭菜，钱亚民有心想把张三秃子和窦大姐叫来，可一想到高老大在场，便心存醋意，打消了这个念头。他们利用长毛准备饭菜的工夫，钱亚民和高家兄弟又推开了牌九，虽然山上无法赌钱，他们又是罚站，又是顶枕头的，玩得热热闹闹，十分尽兴。

由于几样罐头是现成的，长毛又用咸肉做了几个菜，饭菜很快就安排妥当。钱亚民见屋里有些闷热，便把那个笨重的桌子抬到外边，又搬来几个烧火用的，已被锯成四十公分左右的原木当凳子，用饭碗当酒杯，众人围坐在一起，高高兴兴地开始喝酒。尽管条件很简陋，菜肴也不丰盛，但由于双方都各有所图，彼此的表现都非常友好。只见钱亚民率先端起酒碗说道："欢迎各位兄弟光临寒舍，真是，蓬——蓬——蓬什么生辉？"他不好意思地向任武问道。"蓬荜生辉。"任武告诉他说。"对、对，是蓬荜生辉，我记不太清。总之我就是非常感谢，今天我借花献佛，敬各位兄弟一杯，来，整一口！"众人纷纷举碗响应。高老二喝完后，忙伸手抢过酒瓶，依次为每个人倒上酒。站起身来说道："黑哥，你太客气了，能和你们这些江湖上赫赫有名的人物交朋友，兄弟我真是三生有幸，以后还望各位多关照，来，我敬各位一杯！"说完，他举碗一饮而尽，其他人也纷纷效仿，把碗里的酒喝干。他们盛酒的碗虽然大，但每次斟酒却掌握分寸，也就是一两左右，故此他们在干杯时，基本上都能一口喝下去。

"兄弟，你过奖了，我们只不过是图有虚名而已，哪能比得上你们高家兄弟人才济济，真称得上是武有关、张，文有诸葛孔明。就凭你们兄弟的文韬武略，将来必成大业。"钱亚民在向高家兄弟的脸上贴金。

“黑哥，我们在这山沟里混，能有多大出息，那如你们朋友多，路子广，真可谓是手眼通天，呼风唤雨，黑白两道全通，相比之下，我们岂不是小巫见大巫，以后生意上的事还得靠你们多帮忙。”高老二谦恭地举杯说道。

“兄弟，你放心，咱们哥们之间还客气什么，你们的事就是我们的事，以后有用得我们兄弟的地方，你尽管吱声，我就是头拱地，也给你办。”钱亚民拍着胸脯，信誓旦旦地说。

“黑哥，既然咱们哥们如此投缘，我到有个想法，这是对咱们大家都有利的好事，不知你是否同意？”高老二一本正经地说，

“什么想法？你说出来听听，如果大家都有利，我岂能不同意。”钱亚民望着他问道。

“我的想法是这样的，以后咱们建立业务关系，我们负责种大烟，以及本地的零星收购，你们专门负责向外销售，实行产、供、销一条龙，既解决了你们的货源问题，又解决了我们的卖货难的问题。这岂不是一举两得，互惠互利的好事？”高老二道出了他的真正意图。

“这是好事呀，咱们好好核计一下。”钱亚民脱口说道。没想到任武却用脚轻轻碰了他一下，又接着他的话头说道：“这个建议确实可行，可我觉得时机还不成熟，像咱们这种买卖，如果想合作，双方必须有一定的信任程度，要开诚布公，以诚相待，而且还要同舟共济，患难与共，如果达不到这种程度，再好的建议也只是空话。”任武故意拿话挤兑他，以便逼他说出通道的秘密。

“兄弟，难道你还信不过我吗？只要咱们能合作，诚信问题你不用考虑，我敢保证，我们高家一定全力以赴维护双方的利益，如果有对不起你们的地方，或故意欺骗你们，我高老二不得好死。”高老二拍着胸脯向他们表白。

“高二哥，你言重了，不是我们不相信你，我只是觉得事关重大，不得不慎重考虑。我现在请教个秘密，如果你回答得让人满意，咱们就合作，否则就只能交个朋友而已。”任武面带笑容地望着他说道。

“兄弟，你有什么事情尽管问，我都会直言相告，在二哥这没有什么秘密可

言。”

“既然二哥如此爽快，恕兄弟不恭，我想请教一下悬崖下边的秘密，还望二哥直言相告。”任武单刀直入地切入主题。

高老二闻听心中不由一惊，心说：“他们是如何知道这个秘密的呢？这个任武可真厉害！既然他们已经知道了，那就只好送个顺水人情给他。”于是，他哈哈一阵大笑说道：“兄弟，我算服你了，什么事也瞒不过你的眼睛，真是高人一筹，我只有甘拜下风！其实这也不算什么秘密，就是你今天不问，我也准备告诉你们的。这事说起来挺麻烦，我看不如过两天你跟着我们下山走一趟，也顺便带回来些食品来改善改善生活，兄弟，我的回答你是否满意？”

“满意！你可真够朋友，来，为了合作成功干一杯！”钱亚民由于听得心里高兴，便忍不住抢先表态，并再次举杯劝酒，众人自然是举杯响应。

“来，兄弟，我敬你一杯，我现在才知道什么叫人外有人，天外有天！以后还请兄弟多关照。”高老二站起身来，向任武邀请道。

“二哥，你过奖了，兄弟实在是受之有愧，以后还望二哥多多指教，来，干杯！”任武谦虚地起身与之碰杯。把酒一口喝干后，他又先给高老二斟上酒，也给自己倒上半碗白酒，然后端起酒对众人说道：“诸位大哥，你们都知道我不能喝酒，但今天高兴，中国有句古话叫做‘度尽劫波兄弟在，相逢一笑泯恩仇。’咱们兄弟如今化干戈为玉帛，真是可喜可贺，俗话说‘酒逢知己千杯少’。我今天舍命陪君子，敬各位朋友一杯，首先感谢高家兄弟的信任和厚爱，我为有这样诚挚的知己朋友而自豪！并预祝今后合作愉快，买卖兴隆，财源广进！祝愿咱们之间的友谊常地久天长！祝各位身体健康，心想事成，万事如意！来，我先干为敬。”说完，他便带头把酒喝干。

“好！好样的！”众人一边赞不绝口地夸他，一边起身举碗相随。任武的举动把酒桌的气氛推向高潮，特别是高老大和高五两兄弟，情绪更是高涨。他们先后起身单独向任武敬酒，但此时任武已经有些支撑不住了，钱亚民担心他受不了，忙出面替他讲情，高家兄弟也知道他确实不善饮酒，也就不再相劝。可任武为了不让高家兄弟扫兴，又各自陪了一杯，终因坚持不住而被扶到床上休息。由于钱亚民的酒量大，而又作为东道主，便和长毛频频举杯向高家兄弟劝酒。高家兄弟各个都颇有酒量，更兼今天心情好，便来者不拒地与之斗酒逞能。他们相互恭维着轮番劝酒，然后又猜拳行令，掷色子，猜火柴棍儿，喝得是不亦乐乎，高潮迭起，直到酒足饭饱，才相互搀扶离去。

高家兄弟果然言而有信，第二天晚上就派高五来送信，说让他们准备准备，明天就下山。他们三个商量了一下，决定留长毛看家，钱亚民和任武一同下山，他们简单的准备了一下，然后便早早地上床休息。

第二天早晨，他们就来到了高家窝棚，高老二将他们俩让进屋内，寒暄了几句之后，便问他俩谁跟着去，当得知他们都想去时，便有些为难地说："黑哥，你们最好去一个人，因为咱们的船小，载重量有限，去的人越少越好，回来时能多带些东西，你们再商量商量，看谁去合适。"

"有什么好商量的，我看就让任兄弟去得了，光体重就能轻好几十斤。"高老大在一旁插嘴说。钱亚民虽然有心下山去逛一圈，但他知道高家兄弟与任武相处的比较融洽，既然高老大主动点名让他去，自己还怎么好意思去争，再说自己还有些晕船怕水，更主要的是他看高老大也下山，自己正好趁此机会和那个女的成就好事。于是，他便对任武说道；"兄弟，你跟他们去吧。" "不，黑哥，还是你去。"任武推辞着说。

"兄弟，你听我的，你去比我合适，我有点晕水，你就别推辞了。"他这么一说，任武只好点头同意，他又把任武 旁，低声嘱咐了几句，然后就起身上路。钱亚民想跟着去送他们，却被高老二把他拦住了，说没有必要，来回走山路太累。他就没再坚持，望着他们的背影消失在密林里后，他才转身离开，但他并没有回住处，而是直奔张家窝棚，找窦大姐去调情。

任武跟着高家兄弟一路说着话，来到了悬崖边上。高四和高五在距悬崖200米左右时，便踩着路边的几块大石头朝一个山坳走去，石头上面光溜溜的，人踩上去毫无痕迹。时间不长，高四高五抬着一个铁制的辘轳走了回来，辘轳上缠着小手指粗的钢丝绳。任武虽然表面上未动声色，但心里却不由暗自佩服他们想的办法巧妙，合理地利用天然石头作掩护，让外人根本无法辨别行走过的痕迹，难怪自己和钱亚民没有找到呢。

他们将镳铲抬到那几棵有磨损痕迹的大松树下，熟练地用铁卡子将镳铲固定好。高老大从背包里拿出一个用粗尼龙绳结成的大网兜，将它系在钢丝绳上。然后走到岩石边上，打开网兜钻了进去，高四和高五用力把住镳铲把，将他慢慢地往下放，高老大到山底下后，用力抻了两下钢丝绳，上边就开始往回收钢丝绳。任武模仿刚才高老大的动作，第二个下到了悬崖底下。脚下是岩石堆积的河滩，河滩上生长着一片柳树林，此时高老大已浑身水淋淋地推过来一条小船。高老大告诉他，这条船就藏在河边的浅水中，并用大石头压住，再用缆绳将船牢牢地系在岸边的柳树上，就确保万无一失了。

等高老二下来后，他们便一同登上小船，由高老大驾着小船，在风平浪静的河面上，平稳地顺流而下，朝着远方漂泊而去。

*　　　　*　　　　*

这天傍晚，雷鸣接到了扬局长的一个电话，他撂下电话后，便穿上便装，独自驾车向野外驶去。雷鸣是警官学校毕业的高材生，他身体修长、体魄健美、长相英俊、性格豪爽，举手投足间透出精明干练。在一个比较隐蔽的密林里，他见到了一位戴着墨镜，帽子压的很低，几乎看不清面孔的神秘人物。经过简短的交谈后，来人交给他一份重要情报，然后他俩紧紧握手，互道珍重而别。

虽然大兴安岭被人称为高寒禁区，每年的冰冻期长达半年多。但在盛夏时节，气温也能高达摄氏30多度，尤其是在烈日炎炎的晴天，火辣辣的太阳灼得柏油路面都发软烫人。然而，在甘河市公安局的小会议室内，却门窗紧闭，尽管头上的两个吊扇不停地旋转，但室内的温度仍然很高，所有与会的同志都热得直淌汗。

会议由局长扬威亲自主持，参加会议的有安航、巴日虎、雷鸣等相关负责同志。另外还有列席会议的森警支队的负责同志，以及某部队飞行中队的负责同志，首先由扬威将两位负责同志向与会的同志作介绍：他指着那位身着武警的中年人介绍道："这位是森警支队的高政委，前来协同破案工作，大家欢迎！"待掌声停息后，他又指着那位身着空军服装，长得英俊威武的年轻人介绍道："这位是39军直升飞机中队的王伟中队长，部队的领导同志特派一架直升飞机前来协助我们破案，大家欢迎！"会议室内再次响起欢迎的掌声。

然后，他又指着安航说道："下边由缉毒大队的安航同志介绍案情。"于是，与会所有人的目光都转向安航，只见他沉稳地从公文包里拿出资料，清了清嗓子，开门见山地说道：

"根据我们的深入侦察和群众的举报，目前在我地区的库尔乡陷马沟一带，红花尔基乡的小二沟，以及诺敏乡的黑瞎子沟一带，分别发现了不同程度的非法种植罂粟的犯罪活动。这些犯罪分子利用复杂的地理条件，躲在人迹罕至的深山密林里，偷偷地种植罂粟，以牟取暴利。由于地理条件复杂，给我们的侦破工作带来了诸多的不利因素。但我们无论如何也要抢在犯罪分子提取鸦片前破案，以免造成毒品外流。因此，这就需要飞行中队的同志，还有森警支队的同志给予帮助和配合，以便能够尽早抓获毒犯和铲除毒品。"接着，他又把情报的一些细节，向与会的同志们作了详细的介绍。

待安航介绍完之后，飞行中队的王中队长便站起来表决心说："我们一定尽最大努力完成空中侦察和运送人员，以及搜寻罪犯等方面的任务，坚决完成破案工作的各项任务。"

森警支队的副支队长高健表态说："缉毒工作是造福人类的大事，是我们武警部队义不容辞的责任，我们一定全力以赴做好各方面的配合工作，抽调人员和设备与公安干警共同作战，确保缉毒工作的圆满完成。"

接下来，由扬威向与会的同志宣读了一项上级决定："为了更好的完成缉毒工作，便于各部门的统一协调指挥，经省公安厅和市委领导同志批准决定此次缉毒行动代号为'斩蛇行动'，并成立联合行动指挥部，由扬威担任总指挥，安航、高健任副总指挥，巴日虎、雷鸣、王伟为指挥部成员。"宣读完决定后，与会的同志们又针对行动的需要，具体地讨论和安排了行动计划，由于此次行动规模较大，光靠警力难以应付，所以上级决定由森警支队派两个中队协同作战，并配备一定数量的水、陆两栖装甲运兵车，由指挥部统一协调指挥，由雷鸣同志和王中队长负责空中侦察，进一步观察了解罂粟的种植情况。由安航具体负责整个行动的前期筹备工作，并对行动时间、兵力使用和配备等一系列问题都作了详细的安排，对整个行动方案都进行了周密的部署。

最后，扬威又特别强调说："同志们，缉毒工作是关系到国家安定和人民群众生命健康的大事，是一场没有硝烟的战争，党和人民政府对缉毒工作非常重视，中国人民也曾饱受其害。我们要本着除恶务尽，力求全胜，彻底铲除毒源的原则，打一场声势浩大的人民战争，要与毒贩进行坚决彻底的斗争，要有英勇顽强，不怕流血牺牲的精神，因为我们面对的是阴险狡猾、凶狠毒辣的毒犯。他们手中拥有武器，有的是作案在逃犯，还有的是罪大恶极的亡命徒。开始时他们只是零星地种植罂粟，这两年却有蔓延的趋势，有些毒贩甚至相互勾结在一起，逐步形成了有组织、有计划的贩毒团伙，这给我们的缉毒工作带来了极大的困难。所以，我们必须采取果断行动，加大打击力度，采取打、防结合的战略战术，大力宣传毒品的危害性，提高广大人民群众的思想觉悟和对毒品的认识，在全社会形成对毒品人人喊打、深恶痛绝的良好局面，对毒品犯罪分子的判决要从快从严，形成对犯罪分子的心理上的强大震慑力，要依靠先进的技术侦察和知情人的举报，彻底地查清犯罪分子的藏身之处和种植地点，力争从根本上铲除罂粟原植物，把毒品犯罪消灭在萌芽中，彻底打破他们的淘金梦，才能更加有效地遏制和打击毒品犯罪活动。同志们，我们的工作任重道远，要树立长期作战的思想准备，认真履行自己的职责，与毒品犯罪分子进行艰苦卓绝的斗争，不辜负党和人民的期望，把缉毒工作坚决进行到底！"

会议结束后，与会的同志们按着指挥部的统一部署，积极地投入到各项筹备工作之中，拉开了"斩蛇行动"的序幕。

* * *

由于高家兄弟诚心想和任武合作，同时也非常看好他的为人，有心结交他，所以他在高家受到了盛情款待。他们先领着任武到镇上理发洗澡，又到饭店饱餐一顿，晚上还留他住在高家。高德富的小女儿今年19岁，长得很漂亮，高德富特意嘱咐女儿照顾任武的起居饮食。小女儿也十分乖巧，她对任武十分热情，不但端茶倒水，铺床叠被，而且还经常找机会单独陪他说话唠嗑，并不时的向他撒娇献媚。当然，高家父子如此安排，是他们父子均看好了任武的为人，有意把女儿许配给他，故此，他们尽量为二人提供方便，希望任武能成为他们的乘龙快婿。但是，落花有意，流水无情，任武却不为所动，只是彬彬有礼地敬而远之。高家父子见他为人笃厚淳朴，对送上门的美色不动心，对他的人品更加敬重。高家除了尽情地陪他吃喝玩乐，又在高老二的提议下，让任武与高老二磕头结拜为兄弟，如此一来，他和高家兄弟的关系又加深了一层。

第三天，他们坐车来到了库尔乡，马有才早已等候在商店门口。本来高家兄弟想出资为他购买食品，可在任武的一再坚持下，只好按着任武的要求，给马有才送信，约定今天到这里送钱并购买食品。任武把马有才叫到一边，把与高家的关系向他简单地作了介绍，又向他询问了一些情况。然后便开始购买山上的紧缺食物。

中午，任武让马有才在一个较大的饭店，叫了一桌好菜，回敬了高家兄弟一顿，以答谢他们对自己的款待和帮助。马有才和高家兄弟喝得非常尽兴，他们知道任武的酒量有限，也就没人向他劝酒，他趁空闲时间，独自到集市上转了一圈，并顺便购买了一些药品。任武回来后，酒桌上已接近尾声。任武又用啤酒陪了他们两杯，这顿酒才算结束。

第四天清晨，高老二开车拉着船和食物，一直把任武和高老大送到百公里外的上游河口，找了一个平缓的河滩，将船放在水中，又将食物装在船上。高老二告诉任武说自己有事，先不回山上去，并嘱咐高老大要与任武他们搞好关系，有事要与任武多商量，高老大一边答应着，一边上船划桨而行，直到小船顺流渐渐远去，高老二才驾车返回。

这天早上，钱亚民和长毛早早就起床，简单地吃过早饭，便动身前往高家窝棚。他们与高四、高五碰头后，便一同朝悬崖赶去。

上午十点多钟，他们一行来到了悬崖顶上，高四高五将辘轳固定好后，便坐在树阴下等候。高家兄弟已习以为常，背靠大树安心等待。钱亚民虽然心里有点着急，但表面上还能沉住气，长毛却显得有点坐立不安，他手扶着大树，眼睛死死地盯着悬崖下边的河流，生怕漏过去。一直等到中午时分，高五站在悬崖边上回头对身后大声喊道："起来吧，他们回来了。"

"在哪呢，我怎么没看见呐？"长毛仍然看着悬崖下边着急地问道。

"你往远处看，那不是。"高五用手指着远处的河流说。长毛顺着他指的方向望去，只见远处那条细如飘带的河面上，有一个黑点在移动，随着黑点的快速前移，船的轮廓越来越清晰，同时还看见任武站在船头向他们挥手致意。他们急忙放下钢丝绳，小船恰好也到了崖底，待底下把东西装好后，上边的人开始用力往上摇，如此往返了数次，才把东西全部运上来。高老大和任武把船安置好之后，才放心地坐进网兜，先后被吊到悬崖顶上。虽然只分开短短的四天时间，彼此都觉得好像分别了很长时间，故此见面后都显得十分亲热，钱亚民兴奋地与任武热烈拥抱。这种真情实感的流露，让在场的人都为之感动和羡慕。

任武他们往返了数次，直到晚上九点多，才将全部食物搬运到窝棚里。他们累得筋疲力尽，无力地倒在床上不愿意动弹。钱亚民和长毛抵不住酒肉的诱惑，不顾劳累地爬起来，将任武带回来的熟食整治好，从床上硬把任武拖起来，他们围坐在桌子旁开心地吃喝起来。钱亚民和长毛面对着久违的烧鸡、肘子、酱牛肉等熟食，狼吞虎咽地吃着，直到他们把肚子填饱之后，钱亚民才向任武问起下山的有关情况。

"兄弟，这趟山下的还算顺利吧？见到马有才没有？"

"挺顺利的，马有才也见到了，这些东西就是他拿钱帮着买的。"

"他说没说山下的风声如何，公安局找没找麻烦？"

"我问他啦，他说一切都正常，好像没什么问题。"

“那可太好了！咱们割完大烟就能下山了。高家兄弟找的这条道好走不？究竟怎样走法，上下游的距离到底有多远？”钱亚民听说风声不紧，便高兴地问起下山的有关情况。

“这条路还行，就是有点费事。我们坐船到下游的距离能有70多公里，上游大约100多公里，他们事先开车到下游等候，将人和船接走，等到回来时，再用车将东西和船一起送到上游河口，便可顺流来到悬崖底下，他们把船沉入河里，再用缆绳系在大树上，以备下次再用。唯一困难的就是两头的山路不太好，车速比较慢，通行还是没啥问题。”

“兄弟，有了这条路咱们可方便多了，可以少遭好几个月罪，高家兄弟对咱们还真挺够意思。嗳，对了，这次下山他们没领你开开荤，找个妞儿玩玩。”钱亚民笑着逗任武。

“他们倒是有心，而且还想把他的妹妹介绍给我，让我给拒绝了。”任武如实地说道。

“兄弟，其实你也不必太认真，人生在世不就图个吃喝玩乐吗？酒色财气人人所好，男人找女人是天经地义的事。”钱亚民笑着开导任武。谈起女人，他自己也好像受到传染，想起了和女人偷情的细节，使他生理上也产生了难以抑制的冲动，并立刻想找窦大姐去发泄情欲，这两天他和窦大姐已成就好事，此时正在兴头上，再加上酒精对大脑皮层的刺激作用，他按捺不住生理上的需求和渴望。便起身穿好衣服，拿起两瓶酒，又包上两样熟食。长毛见钱亚民带东西要走，知道他是去讨好窦大姐，便心疼地说：“好不容易弄回来点好吃的，你又拿去填和那个骚娘们儿，真是重色轻友。”

“你少管闲事，老子愿意，你管得着吗？”钱亚民有些不高兴地说道。

“我是管不了你，可你也得讲道理呀，上次我偷喝了一回酒，让你给骂个狗血喷头，如今临到自己头上，就蛮横不讲理，真是只许州官放火，不许百姓点灯。”长毛平时不太敢和他顶嘴，今天有几分酒劲，便忿忿不平地反唇相讥。

“你他妈的反天了，竟管到老子头上来了，真是不知天高地厚。”钱亚民脸红脖子粗地指着他骂道。

任武一见他俩急眼了，便笑着劝道："都是同生死、共患难的兄弟，何必为一点小事生气呢！黑哥，你消消气，省着一会儿影响情绪。杜大哥，你也别上火，你没听说君子成人之美嘛，你是不是看黑哥有艳遇你嫉妒啊？"他的一席话，说得既诙谐又幽默，两人都忍不住的笑了起来，火气也消了，不再继续争吵。任武见钱亚民站着没动，便善解人意地推着他说："黑哥，你别不好意思，酒色财气各有所好吗，你快去吧，要不我陪杜大哥去啦，哈哈。"钱亚民借高下驴地笑着走出门。经过他从中间的调节，刚才的那点不愉快，仿佛已随着阵阵晚风吹得无影无踪了。

盛夏季节，山里的温差仍然很明显，早晚的温度较低，太阳升起后，森林里显得十分闷热，中午时的气温高达摄氏30多度。在阳光的照射下，在雨露的滋润中，罂粟已长到半人多高，枝头上那洁白的罂粟花，散发着浓郁的花香，引来了无数的彩蝶在花间翩翩起舞，招来了成群的蜜蜂在花蕊中穿梭奔忙。

上午九点多钟，钱亚民站在地边上，手指着眼前的罂粟花，满怀喜悦地对任武说："兄弟，你看咱们的大烟花，开得多带劲，今年这大烟收成一定好。"

"黑哥，什么时候开始割大烟呐？"任武向他问道。

"快了，你没听人说，七月开花，八月结果吗？再有半个来月的，就可以割大烟了，大烟这玩意既不能太早，又不能过晚，必须得掌握好火候。"

"如何才能掌握好火候呢？"

"其实也没什么大不了的，花要落的时候，大烟葫芦也就长成了。就可以割大烟葫芦了，割的时候比较费事，深浅要适度，割得太深或太浅都会影响收成。"

"没想到这里面还有这么多说道。"任武颇有感慨地说。

"其实也没啥难的，到时候我一教你就会了。嗳，兄弟，你听是什么声音。"钱亚民望着天空问任武。任武也听到了空中传来一阵轰鸣声。

"好像是飞机的声音。"任武猜测着说道。

“是飞机，你看在那边呢。”钱亚民手指着天空说道。

“我看见了，是架直升飞机。”任武仰头望着天空答道。

直升飞机在他们头顶上盘旋着，钱亚民忙拉着任武躲在树后，仔细观察着飞机的动向，心里有些疑惑地说：“奇怪呀，为什么会有飞机到这里来呢？”

“可能是防火飞机吧。”任武向他提醒说。

“不像，这个季节不对，还没到防火期呢？怎么会是防火飞机呢？”钱亚民否定地说。

飞机在他们的头上盘旋了两圈后，便顺着山谷飞走了。眼看着飞机远去，钱亚民有些担心地说：“可千万别是公安局查大烟的飞机，那样咱们可就惨了。”

“你别担心，公安局不会知道这里的秘密的。”任武有些不以为然地说。

“这地方都种了好几年大烟了，说不定公安局早就掌握这里的情况了，再说不管是不是公安局的飞机，只要他们发现了大烟地，就没咱们的好日子过，我总觉得这飞机来的不是什么好兆头，咱们还是多留点神，小心没大错，发现事不好，咱们就脚底抹油——开溜。反正有高家兄弟的通道可以利用，常言说的好，留得青山在，不怕没柴烧。”钱亚民患得患失地说。飞机的意外出现，在他们的心头留下了挥之不去的阴影，也打消了他们刚才心中的那份喜悦。他们草草地看完另外两块地，便神情索然地回到窝棚里。

接下来的几天里，飞机又出现了两次，他们每次都吓得躲进树林里，直到看着飞机飞走后，他们才敢回到窝棚里。着实让他们担惊受怕了好几天。可随着时间的推移，飞机再也没有出现过，他们的心情逐渐地安定下来，一切又都恢复了正常。

这天早上，任武和钱亚民商量，决定请高家兄弟喝一顿，以感谢他们的帮助。同时也为了笼络人心，决定连张三秃子以及李姓哥俩也一起请来。

吃过早饭后，任武便挨个窝棚去通知，山上的人都知道钱亚民他们的实力强、靠山硬，日后有求于他们，无不欣然从命。尤其是李姓兄弟俩，平日想巴结都苦于无门，见任武今天亲自上门相请，他们受宠若惊地将任武送出挺远，然后带上他们平常没舍得吃的两只腌制山兔，早早来到钱亚民住的窝棚。

由于山上没什么事做，他们每天都吃两顿饭。等人们陆续到来时，已是时过中午，张三秃子和窦大姐来的最晚。窦大姐今天特意梳洗打扮了一番，她的体型本来就难看，可却偏偏穿了一件粉色的、袒胸露背的连衣裙；她的长相也不漂亮，再加上化妆的功夫不到家，脸上施的化妆品薄厚不均匀，口红又抹得太多，最可笑的是她的眉毛，画的粗细不一、长短不齐不说，而且还高低不平。她这付不伦不类的装饰打扮，引来了众人的一片嬉笑声。

众人到齐后，钱亚民等人一边推牌九，一边和窦大姐开着粗鄙不堪的玩笑，而窦大姐更是毫不避讳地和众人打情骂俏，甚至动手动脚的又搂又抱，张三秃子则熟视无睹地从容面对，毫无嗔怪之意。他们本来就是逢场作戏的露水夫妻，哪有什么真情实感，把她带到山上来，无非是想让她陪着自己打发无聊的岁月，同时也想让她为自己换点实惠，再加上窦大姐的性欲旺盛，自己难以招架，有人帮助照顾一下，也算减轻了他的负担，所以他只是睁只眼、闭只眼地做个顺水人情。

由于有所准备，又有任武、高五跟着打下手，长毛很快就将酒菜准备妥当。于是他们又像上次一样，坐在窝棚外边吃喝起来。因为有窦大姐在场，酒桌上的气氛很活跃，众人是你一杯、他一杯的轮番敬酒，喝得是高潮迭起，不亦乐乎。

酒至半酣，众人更是以酒遮羞，和窦大姐肆无忌惮地开玩笑，同时也为了在她面前炫耀自己，他们便海阔天空地吹嘘各自的光荣历史，其实也无非是一些江湖上打打杀杀的争斗而已。可经他们酒后不着边际的胡吹乱侃，仿佛各个都是杀富济贫的好汉，人人都是顶天立地的英雄似的。可没想到窦大姐听得不耐烦，只见她把嘴一撇，调侃地说道："我就烦你们老爷们这德行，喝几两牛皮散，就不服政府管了，吹得都快不知道自己姓什么了。"

"操，就你这老娘们好，除了和男人睡觉没别的本事。"高老大已经知道她和钱亚民的关系，便故意拿话气她。

"和男人睡觉有啥不好？你妈要是不和男人睡觉能有你？"窦大姐毫不饶人

地笑骂道。

“你这臊娘们，真是狗嘴里吐不出象牙来，我撕烂你的破嘴。”高老大在语言上不是她的对手，气得伸手就往她的脸上抓。

“我的嘴不好，没法吐出象牙，你吐出一个我看看？”窦大姐一边躲闪着，一边继续气他，惹来众人一片笑声。

“来，老大，别跟她一般见识，哥哥陪你喝一杯。”张三秃子生怕高老大下不来台，忙出面替他打着圆场。

“对，对，咱们兄弟共同干一杯。”钱亚民也举杯相劝。高老大虽然心里觉得别扭，但对窦大姐的所作所为并没放在心上，他知道这个女人水性扬花，再者说她只不过是自己发泄性欲的工具，只是为了暂时满足生理上的需要而已，犯不上和她叫真，更不愿意为此事和钱亚民结怨。刚才也是一时生气，才拿话敲打了她俩句，至于吃亏占便宜他根本就没放在心上，当下哈哈一笑，举起酒杯与钱亚民碰杯，并一口喝干。

在阵阵说笑声中，时间飞快地流逝着，不知不觉中，天色渐渐地暗了下来。长毛取出马灯来照明，却招来蚊虫的叮咬，任武忙领着人在上风头点起了一堆篝火，并不时地添加一些树枝和青草，随着浓烟的升起，蚊虫被驱赶得不见了踪影。

“各位朋友，我听说古代同船过渡都是缘分，何况咱们相聚在一起喝酒，更是彼此有缘，今天咱们一定要喝个尽兴，我看不如换个喝酒方式，行个酒令，我提议咱们每人轮流做庄，轮到谁，谁就提一杯，同时还要表演个节目，形式不限，唱歌、讲笑话都行。只要大家满意就行，否则就喝一大碗凉水，你们说行不行？”任武站起来向众人提议道。

“行，行，好！好！”由于任武在他们心中比较有威信，所以对他的提议一致通过。

众人公推酒令从钱亚民开始，以示对他的尊重。当下钱亚民大咧咧地站起身抱拳说道：“各位哥们儿，我是个粗人，要说喝酒耍钱我谁都不惧，唱歌却不行，不但跑调，还记不住歌词，但为了助酒兴，我只好光屁股撵狼——胆大不害羞，给大家唱上一首‘美酒加咖啡’，请大家千万不要见笑。”说完，他便扯开喉咙唱了起来，他虽然唱得不太好，中间还有忘歌词和跑调的地方，多亏任武在一旁及时给他提示歌词和纠正，他才勉强坚持着把整首歌唱完。可由于他的声音比较洪亮，唱得又很卖力气，所以众人一齐为他鼓掌，并相互监督着将各自的酒一律喝干。

按着顺序往下推，第二个便轮到了张三秃子，只见他摩挲着没有几根头发的秃顶说道；“感谢钱老弟的盛情款待，同时也感谢各位对我们夫妻的厚爱，我这个人生下来就五音不全，唱歌就跑调，我真害怕给狼招来，但为了不让大家扫兴，我给你们来一段‘打牙牌’，给大伙儿取个乐子。”说完，他咳嗽两声，清了清嗓子，用沙哑的声音唱了起来：“天牌呀，地牌呀，统统地都不爱，偏把哪壬寅牌搂在怀，越搂越自在。自在呀，自呀在，真呀么真自在啊，浑身发麻骨头节开，浪水流出来……”

“好，好，唱得好。”高老大带头鼓掌叫好。他在农村长大，从小就听惯了这种乱七八糟的东西，觉得很合他的口味，其他的人也跟着鼓掌通过。

当轮到高老大的时候，却卡壳了，他憋得脸红脖子粗，也没唱出两句完整的歌词来，他有心给大家讲个笑话、猜个谜语什么的，可搜肠刮肚的想了老半天，也没想出个像样的笑料来，最后只好无奈地喝下一大碗凉水认罚了事。

酒令轮到任武，他站起身来说道：“各位哥们，由于我的酒量有限，不能陪大家喝个尽兴，我深感抱歉，听人说只要感情有，喝啥都是酒。我只好以水代酒，敬各位一杯！其实我也挺喜欢唱歌的，而且歌词记得也比较熟，可就是嗓音不正，唱歌太难听，我看不如给你们讲个笑话，以助酒兴，不知各位意下如何？”

“任老弟，你既不能喝酒，又不想唱歌，那岂不是又娶媳妇又过年，好事全让你一个人占了？你既然主动提出来为大家讲笑话，我看你就干脆先唱个歌，然后再讲个笑话得了，你们说行不行？”窦大姐笑着提出反对意见，众人在她的煽动下，也笑着帮她起哄。

“窦大姐，我唱歌真的很难听，你这就难为我了。”

“你有啥抹不开的，谁唱得好啊，都差不多，要是真唱得好，不都成歌唱家了，谁还有工夫扯这个闲篇。”窦大姐不依不饶地说。

“既然你们非逼着要我难堪，我只好献丑了，我给大家唱一首‘草原上升起不落的太阳’请大家不要见笑。”任武说完，便有些羞涩地低声唱了起来。他的嗓音虽然不太好，最后的高音符也没唱上去，可他的歌词却一字不差，而且也没跑调，唱得还算说得过去。若依窦大姐的意思，还想让他再唱一首，可众人见任武确实不擅长唱歌，便一致同意他讲笑话。于是，任武便微笑着讲道：“话说城里有个小伙子，在单位处了个对象，他俩处得非常隐秘，直到他们处到谈婚论嫁的时候，小伙子才把这件事告诉父母，并提出了结婚的要求。他父母详细地向儿子了解了女方的情况后，父亲竟坚决反对这门亲事，并趁母亲不在跟前时，十分不情愿地告诉儿子说，我本不想把真相告诉你，可事到如今，我只有以实相告，你哪个女朋友正是你的同父异母的妹妹。儿子听后，非常伤心，躺在床上不吃不喝。没想到他的母亲知道了事情的真相后，竟宽慰地对儿子说，你的女朋友有可能是你父亲的女儿，但我可以向你保证，你绝对不是你父亲的儿子。”

众人没想到他平时沉默寡言的，竟会讲出如此幽默有趣的笑话，众人各个捧腹大笑，均感余兴未尽，纷纷要求他再讲一个。任武推辞不过，又说了个谜语：“你们都知道唐代大诗人李白有一首脍炙人口的五言绝句——《夜思》：床前明月光，疑是地上霜。举头望明月，低头思故乡。你们说他这个床前明月光的床，指的是什么床？”

“不是窗前明月光吗？”不知谁在旁边问了一句。

“不是窗前，是床前！有的人经常把这个字混淆。”任武纠正着说。

“这还不好猜，睡觉的床呗。”高老大醉眼朦胧地抢着答道。

“不对，你再猜。”任武笑着说道。

见高老大没有猜中，众人虽然都喝得醉醺醺的，但在好奇心的驱使下，纷纷开口跟着胡乱猜，有人说木床，有人喊铁床，甚至有人说沙发床，席梦思。但均被任武微笑着一一否决。最后众人只好服输地向他请教答案，可他却笑着说道："答案以后再告诉你们，你们接着往下进行吧，我去给火堆上加点树枝，你看蚊子和小咬又多了。"说完他就起身去往火堆上添树枝，以驱赶蚊虫。

酒令继续进行，轮到了长毛，他说我一不会唱歌，二不会讲笑话，更不会出谜语，干脆痛快地直接喝凉水得了。他喝完凉水后，又喝了一杯酒，就有些坐不稳了，身子直往桌子底下出溜，任武只好将他搀到床上去睡觉。刚把他安顿好，张三秃子也因酒量不济，醉的栽倒在地。任武又急忙把他也拖到床上去休息。

轮到了窦大姐，由于张三秃子醉酒卧床，酒桌上的气氛显得更加热烈，她嗲声嗲气地唱了一段"送情郎"。可这帮人却不肯罢休，她也因为张三秃子不在跟前，又加上酒精刺激大脑神经，显得异常兴奋，行为也更加放荡形骸，她一会儿应邀和这个喝交杯酒，一会儿又跟哪个搂抱跳舞，甚至还做出各种淫秽下流的性感动作，并主动与人亲嘴、摸乳房，就差没跳裸体舞和发生性关系了。

高老大由于嗜酒如命，又加上和窦大姐赌气，喝得是一佛出世、二佛升天，醉得一塌糊涂，嘴里不住声地骂窦大姐骚货，是母狗，还说要和她算账。总算高五神志比较清醒，担心高老大酒后失去理智，为窦大姐的事与钱亚民吵架，因为高老二临走时曾一再叮嘱他们，一定要和钱亚民他们搞好关系，千万不能闹僵了，便赶紧连拉带拽拖着神志不清的高老大，踉踉跄跄地告辞而去，李家兄弟也稀里糊涂地跟着不辞而别。

这几个人一走，场面顿时安静下来，剩下钱亚民和窦大姐也难以支撑。此时张三秃子已烂醉如泥，任凭窦大姐如何喊叫，他仍然沉睡不醒。钱亚民见有机可乘，便放心大胆地上前抱住窦大姐就亲，还用手直往她的下身摸，尽管窦大姐此时淫心大发，但见任武在旁，便急忙推开他往外走，嘴里嚷嚷着要回家。钱亚民从后面追上去，声称要送她回去。窦大姐对他的用意，自然是心领神会，便痛快地答应下来。于是，他俩便勾肩搭背地钻进了树林。紧接着就传来了一阵发泄兽欲的呻吟声，在空旷寂静的山谷中飘散着。

*　　*　　*

清晨，在薄雾的笼罩下，仿佛群山披上了一层神秘的面纱，若隐若现的山峰缥缈在云海中。林中的山泉在静静地流淌，树上的鸟儿也停止了歌唱，整个森林好似静止了一般。随着时间的推移，太阳渐渐地露出了笑脸，薄雾也随之逐渐消失，群山的轮廓也变得清晰起来，山间的花草上挂满了晶莹的露珠，在绚丽的朝阳下闪闪发光，清新的空气中弥漫着鸟语花香，美丽的大自然又恢复了一派生机勃勃的景象。

突然，远处传来了一阵机器的轰鸣声，打破了山谷的平静。任武此时正在山坡上练功，他急忙寻声望去，只见空中有一架直升飞机在盘旋，他急忙转身奔回屋内，将长毛用力从沉睡中叫醒，并把他拉到门外，用手指着飞机让他看。

“可能还是防火巡逻的飞机吧?”长毛醉眼惺忪的问道。

“防火飞机不可能这么早出来，再说你看它越飞越低，好像要降落似的。”任武摇着头说。

“你说的有道理，真是要降落，真的落了。你看，好像还有人下来啦。”长毛手指着远处已经停落在山脚下的飞机，惊慌失措地说.。

“是有人下来了，哎呀，不好！是警察，赶快跑。”任武已看清楚了，从飞机上下来的是一队全副武装的警察，他急忙拉起长毛快步跑进屋内，任武快速从床底下拖出一捆绳索，这是他上次下山带回来的。长毛惊慌地冲着床上喊道：“黑哥，快、快起来,警察来了。”床上的人应声坐了起来，没想到竟然是张三秃子，长毛方才回想起来，原来张三秃子昨天晚上喝醉酒，压根就没回去，而钱亚民去送窦大姐也一夜未归。张三秃子一骨碌从床上爬起来，惊恐地问：“警察！哪来的警察？”长毛气愤地瞪了他一眼，没有吭声。任武更是二话没说，背起绳索，拉着长毛出门就往山里面跑，他现在唯一的想法就是尽快找到钱亚民，好一起逃走，至于其他人，只有听天由命了！

任武和长毛顾不得山路崎岖，荆棘挡道，以最快的速度，跑到张三秃子住处。两个人急忙推门而入，没想到钱亚民和窦大姐竟然还赤身裸体地搂抱在一起，兀自酣睡未醒。任武此时也顾不得许多，急忙上前将钱亚民从温柔乡里拉起来，双手用力摇晃着，十分焦急地喊道："黑哥，快醒醒，警察来了。"任武的话不啻于晴天霹雳，把钱亚民从睡梦中惊醒，他一边手忙脚乱地穿衣服，一边颤声问道：

"兄、兄弟，哪、哪儿来的警察呀?"

"是从直升飞机上下来的，看样子是专门冲咱们来的。"任武忧心忡忡地告诉他。

"姓钱的，你他妈的这个畜生，竟敢睡我的女人！我今天和你没完。"张三秃子从门外气急败坏地扑了进来，扭住钱亚民伸手就打。钱亚民自知理亏，只是尽量地躲闪着不肯还手。任武上前一把将张三秃子的手腕攥住，非常气愤地骂道："他妈的，眼看连命都快保不住了，你们还有闲心争风吃醋。"张三秃子被任武用力推到旁边，他忌惮任武的功夫了得，不敢再继续打闹。此时窦大姐已经醒了，尽管她淫荡不羁，此时也满面通红，急忙扯过一条被子披在身上。张三秃子一见窦大姐的丑态，更是气不打一处来，奋力从任武手中挣出手来，一把抓住她头发就打，嘴里还不停地骂着："你这个不要脸的骚货，竟敢把野汉子领到家里来，我今天非得打死你不可。"

趁他俩打骂的工夫，钱亚民已手忙脚乱地穿上衣服，任武赶紧拉着他往外就走，长毛紧随其后，快步朝大山深处奔去，转眼就消失在茫茫的林海之中。

张三秃子虽然被气昏了头，一见三个人没了影，他马上清醒地意识到，必须跟住他们，自己才有机会逃出去。他早就有所耳闻，有关下山通道的事。于是，他撇下窦大姐，急忙转身往外走，窦大姐却一把抓住他的衣服，带着哭腔哀求道："三哥，你不能丢下我不管呀。"张三秃子回身使劲掰开她的手，生气地将其推倒在床上，忿恨地骂道："你这个骚货，臭婊子，以后有机会我再跟你算账。"然后便头也不回地朝任武他们追去。

窦大姐披着被，光着脚，连哭带喊的跑出房门。张三秃子早已不见踪影，窦大姐无奈之下，只好返回屋中，战战兢兢地将衣服穿好。当她再次跑出门时，面对她的是几张威严的面孔和乌黑的枪口，她立刻就像一堆泥似的瘫倒在地上。

由于高老大昨天夜里喝了一大碗凉水，加上所吃的食物贮存时间较长。他睡到后半夜就开始闹肚子，不到两个小时，就跑了好几趟厕所。直到黎明时才感觉好了一点儿，可刚睡不长时间，就再次被肚子弄醒。当他再次蹲到屋后的矮树丛时，天色已经大亮。由于肚子痛得厉害，他蹲了足有10分钟。突然，他似乎听到远处有人在走动，他忙侧耳细听，果然从远处传来了轻微的脚步声，听动静不止一人，而且还愈来愈近。“这么早会是谁呢?”他好奇地从树缝隙间寻声望去，可茂密的树林却遮挡住了视线，什么也没看见，然而脚步声却愈来愈清晰，好像就在附近。他不甘心地再次仔细搜索，终于发现了目标，令他做梦也没有想到的是，出现在他眼前的，竟然会是荷枪实弹的警察！而且已经逼近他们的住处。这一发现把他吓得半死！他顾不得多想，甚至都没揩屁股，提着裤子，朝山上惊慌而逃。哪还顾得上通知他的那两个叔伯兄弟。由于事发突然，再加上山深林密和复杂的地形致使高老大侥幸地逃脱了。正在睡梦中的高四、高五，却没有他那么幸运，被干警迅雷不及掩耳地堵在床上，在梦中就稀里糊涂地束手就擒了。

高老大趺趺撞撞，气喘嘘嘘地逃到悬崖边上。身上的衣服以被汗水湿透了，而且被树枝划得破烂不堪。令他感到意外的是，任武等人已捷足先登，并将自己带来的绳索，系在悬崖边上的树根上，正顺着绳索依次而下。此时，钱亚民已经到了悬崖底下,长毛也在任武的帮助下，已下到了半山腰。高老大自知人单势孤，自己的那套下山设备已经无用，目前若想逃命，唯一的办法就是借助任武的帮助。于是他赶紧上前讨好，用力帮忙拉绳索往下放人，以期打动任武，让他先下。可让他万万没想到的是，就在长毛接近谷底的瞬间，任武却麻利地抓住绳索腾身而下，只见他身体灵巧的如同猿猴一般，手脚并用如履平地。高老大站在崖上，看得目瞪口呆。他有心效仿任武的作法，可又没有那份胆量，因为他以往上下悬崖都是坐着网兜，稳稳当当地由上面的人，用滑轮把他提上去。从来没有像今天这么冒险，他低头一看这深五十多米，怪石嶙峋的悬崖，便觉得脊骨发凉、心慌腿软。就在他犹豫不决、进退两难之际，冷不防从身旁的一棵大树后跳出一个人，把他吓了一跳。待他看清来人是张三秃子时，马上急忙转忧为喜的说道：

“张三哥，原来是你呀，快过来帮我一把，我不敢捋着绳子往下爬。”

其实张三秃子一直躲在树后观察，并反复盘算着逃离的方案。他清楚在此危难时刻，靠别人帮忙是绝对不可能的，任武单独下山的办法，让他看到了希望。因此他从藏身的树后跳出来。听到高老大的哀求声，他心里不由一阵冷笑，三角眼狡黠地转了几转，便忙不迭地连声答应着，脸上挂着几分微笑，来到悬崖边上。他手扶大树探着身子往下看了看，见任武已下到半山腰，便下定决心。他忙转过身子，用手一指说道：“你看那是谁来啦？”高老大忙顺着他的手势看去，当他什么也没看到而转过头时。悬崖上已不见了张三秃子的身影，原来张三秃子在故意骗他，以此来转移他的注意力。他趁机抓住绳子探身而下，蹬着参差不齐的岩壁，双手交替用力抓紧绳子向下挪动。

高老大没想到张三秃子也会来这一手，气得咬牙切齿、怒骂连声，但却无济于事，眼见他们各个逃生而去，警察又随时可能赶到，再说他们到底下把船一开走，自己插翅难逃，万一被警察抓住，来个新帐老账一块儿算，自己后半生就算交代啦！想到此，他心里十分焦急，再也顾不得害怕，抓起绳子冒险而下。这根绳子虽然很结实，但经过尖利的岩石磨损，伤痕累累的绳子已不堪重负。当高老大笨拙地下到距离崖底二十几米的时候，便随同断裂的绳子一起抛向谷底。

任武由于行动敏捷，下滑的速度比较快，当绳子断裂时，他距离地面仅剩三米多，虽然也被摔在地上，但却有惊无险，可处在10多米高的张三秃子却没有那么幸运，他被重重地摔在了河边的浅水里，河水中立即激起巨大的水花，尽管他身上受了伤，但求生的欲望驱使他在水中拼命挣扎着，艰难地向岸边爬去，河水里泛起几缕鲜红的血丝。

高老大绝望地在空中双手胡乱划拉着，随着惨叫声落入水中，刹那间便失去了知觉，仅凭着本能在水中挣扎了几下，便被湍急的河水卷走了。

望着眼前这惊险的一幕，任武等人倒吸了一口凉气，心有余悸地对望了几眼，暗自庆幸自己安然无恙。

在任武的带领下，他们涉水来到了藏匿船只的柳树旁。由于时逢雨季，河水上涨，以前很浅的水，此时已将近两米。他们费了好大的力气，才把压在船上的石头搬开，将小船抬出水面，并从支流拉到河岸边。

张三秃子虽然身上受伤，头脑却十分清醒，看见船被拉过来，强忍着伤痛，连滚带爬地来到跟前，一把抓住船帮，哀求他们带他一起走。钱亚民等人急于逃走，径自将船驶离岸边。张三秃子则牢牢抓着船帮，一直被拖到河中心也不肯撒手。钱亚民站起身来，伸出手对他说道："来，三哥，我拉你上来，救人一命，胜造七级浮屠，我也积点阴德。"张三秃子大喜过望，连声道谢地伸出手来，没想到钱亚民却突然飞起一脚，正中了他的脑袋。随着一声惨叫，张三秃子落入了水中。钱亚民望着在水中拼命挣扎的张三秃子，冷冷地说道："修桥补路双瞎眼，杀人放火儿女全。老子不信那个邪，让他去跟高老大做伴吧！"小船在水中激烈地晃动了几下，便又平稳地顺流而下。张三秃子拼命挣扎了几下，便淹没在滚滚的波涛之中。

*　　　*　　　*

太阳渐渐地升高了，迷雾已荡然无存，山林里的景色显得格外清晰，这片昔日毒枭们眼中被视为与世隔绝的屏障的世外桃源，有着得天独厚的地理优势的原始森林，在现代化交通工具面前，其地理优势已荡然无存，并为他们发财美梦和犯罪生涯划上了终止号。

按着指挥部的统一部署，并根据山上的具体情况，参战人员分成若干行动小组。明确了各自的任务后，各个行动小组犹如出鞘的利剑，向毒贩们的头上刺去！

随着时间的推移，各种战况不断传来：第一行动小组扑空，正在向纵深追击。第二行动小组抓捕到女毒犯一名，经审问有一名毒贩逃脱。第三行动小组抓捕到两名毒犯，并根据交代，有一名毒贩在逃，同时还供出悬崖上有一条秘密通道。第四行动小组抓捕到一名毒犯。第五行动小组落空，两名毒贩持枪逃脱。

根据抓捕情况，指挥部再次调整了行动部署，由巴日虎带领一个行动小组，前往悬崖边上秘密潜伏，以防犯罪分子逃跑；由雷鸣带领一个小组，由护林队长巴特尔作向导，继续向纵深搜索，以便抓捕漏网的犯罪分子。安航指挥其他参战的干警，对山上所有罂粟地进行彻底的铲除并销毁。

巴日虎带领着五名干警，在悬崖边上发现了拴在树根上的断绳，判断出已经有人从悬崖上逃走，为了防止再有漏网的犯罪分子逃跑，更为了抓捕企图从这里逃跑的罪犯，他们便在悬崖边上潜伏下来。

时值盛夏，烈日炎炎，气温非常高。潜伏在密林深处的干警们，忍受着闷热的空气和灼灼逼人的骄阳，身上的衣服早已被汗水湿透。尽管事先准备了充裕的食品，但每人只带一个军用水壶，难以满足身体的需求。他们为了节省水，甚至不惜饿肚子，担心一吃干粮，会更加口渴。有的干警为了省水，嚼树叶解渴，那苦涩的树叶分外苦涩和令人作呕。只有到了令人难以忍受的程度时，才舍得喝上一小口，以缓解一下口渴的煎熬。

时间在缓慢地流逝，太阳渐渐地偏西了，温度有所下降。晚风吹来，天气凉爽了许多。摆脱了高温困扰的干警们，刚刚松了一口气，便又陷入了蚊虫的叮咬。虽然事先做了一些必要的准备，但那些无孔不入的蚊虫，肆虐地向他们的脸、脖子和手上发起进攻，咬得皮肤红肿，痛痒不堪，但他们却以超常的毅力，默默地忍受着。

指挥部考虑潜伏的同志已长达十多个小时，加上高温和蚊虫叮咬等不利因素，身体已严重透支。通过对讲机与巴日虎联系，决定派人将他们替换下来。可巴日虎却提出不同意见：一是临阵不换将，现有的同志对周边的地形比较熟悉，有利于抓捕工作。二是避免打草惊蛇，担心在换防时被暗藏的罪犯发现，那岂不是前功尽弃。巴日虎代表执行潜伏任务的干警们表达了决心：一定要克服一切困难，坚决完成指挥部交给的任务，绝不辜负党和人民的重托！指挥部经过慎重考虑，最终同意了他们的请求。

时间一分一秒地缓慢流逝，在朦胧的夜色下，远处的群山隐现出黝黑的轮廓。夜色笼罩的森林中，只有风儿吹过的阵阵松涛声，以及猫头鹰之类的夜行动物偶尔发出的叫声。静谧的夜色中，几乎能听到彼此的心跳，巴日虎和潜伏的同志们一动不动地潜伏在潮湿的地上。直到月上中天，突然从远处的树林中，传来一阵异常的树枝相互撞击声，潜伏的干警们不由精神大振，急忙全神贯注地朝响声望去，只听声音急速地在林中穿过，很快就消失了。可能是狍子之类的野生动物在林中跑过，竟是一场虚惊，让干警们感到有几分沮丧。巴日虎甚至怀疑这种守株待兔的办法是否有效，但是多年与犯罪分子打交道的经验告诉他，对付那些狡猾的罪犯，不光要斗智斗勇，而且还要有超常的耐力，谁能坚持到最后，谁就是胜利者！想到此，他不由信心倍增，充满豪情。他们怀着对事业的无比忠诚和无私的奉献精神，克服了饥渴、疲劳、蚊虫叮咬、以及瞌睡的侵袭，顽强地坚守在这特殊的岗位上，继续警惕地观察着四周的动静。

此次漏网的李家兄弟，说来实属偶然，哥哥李大勇，为人比较精明，不但平时睡眠少，而且又有早起的习惯。早上经常背着小口径步枪满山转悠，碰到运气好时，能打到诸如野兔、乌鸡、松鼠之类的小猎物，用来改善一下单调的伙食。本来昨天晚上他们喝得云天雾地，宿醉未醒，可习惯成自然，身体的生物钟按时将他叫醒。他起来撒了一泡尿，转身回来想再睡个“回笼觉”，却意外地听到了飞机的轰鸣声，他心中一惊，忙跑到外边爬到树上观看，当发现飞机降落在山脚下，并下来大批警察时，当时就吓出一身冷汗，醉意顿消。他慌忙从树上出溜下来，三步并作两步，奔到窝棚内，将弟弟李二勇从床上一把拉起来，随手抄起床边上的枪和匕首，拉着睡眼蒙胧的弟弟，惊慌地朝密林深处跑去。

他们在深山里担惊受怕地躲藏了大半天，望着惊魂未定的李二勇，李大勇感到懊悔莫及。他们的父母早逝，他和弟弟从小相依为命，感情特别深。他宁可自己吃苦受罪，却从来不让弟弟受委屈，他曾发誓要让弟弟过上好日子。这次上山本打算独自来，他不想让弟弟参与这种拿性命作赌注的勾当，万一犯事，弄不好就会掉脑袋。李二勇却执意吵着要来，他一想这地方天高皇帝远，有着得天独厚的地理条件，外人根本就无法进来，所以才把弟弟带到了山上。没想到百密一疏，警察竟会坐飞机找到这里，是他把弟弟给毁了。唉！早知如此，何必当初？

现在说什么都晚了，眼下只有想办法逃命才是正事。

李大勇对通道的秘密也略知一二，曾秘密跟踪高老大到过悬崖附近，但他出于对高家兄弟的畏惧，没敢打这条通道的主意。更不了解悬崖下边的具体情况。如今是爹死娘嫁人，顾不了那么许多了，只有冒险一试，俗话说车到山前必有路，无论如何也不能在山上坐以待毙。因为山林里的生存条件太恶劣，在这里如果断了粮食，是根本无法长期生存下去的，即使能够侥幸逃脱警察的追捕，也会被困死在森林里。

于是，他便领着弟弟小心翼翼地朝悬崖的方向摸去。当他们躲躲藏藏地来到悬崖附近时，已是傍晚时分。若依着弟弟的意思，想马上就到悬崖边上去一探究竟，李大勇却多了个心眼，没有直接去悬崖边，而是拉住弟弟，找了一个长满蒿草和矮树的巨石缝中藏下身来。

他俩藏身的地方距悬崖边有百步之遥，地形十分隐蔽，从外边很难发现他们的踪迹，他们却可以透过缝隙清楚地观察到外面的动静。他们的目的就是为了查清悬崖上是否有人蹲坑，同时也希望看到高老大、任武等人利用通道逃跑，一旦有警察蹲坑守候，自己就可及时逃脱，如果没有警察，他们便可一举两得，坐收渔人之利。尽管他们一天来已是滴水未进，此时早已饥肠辘辘，在白天仓惶逃跑时，还感觉不出来，此时一停下来，饥饿感便显得非常强烈。但在没弄清情况和没有绝对把握的情况下，李大勇不敢轻举妄动，因为此举事关他们后半生的命运，他必须加十二万分小心谨慎行事，以确保万无一失。

黎明时分，启明星挂上了天空。李大勇经过了漫长的等待和观察后并没有发现任何异常情况，才放心地松了一口气。确信悬崖上根本没有警察守候，否则他们早就会换班或走动，别说喝水吃饭，就是这些令人讨厌的瞎蠓和小咬也让人受不了，绝不至于一点动静都没有，看来是自己多虑了。于是，他拉了一下弟弟，悄声告诉他准备行动。为了预防万一，决定自己先到悬崖边上去探探虚实。他把枪交给弟弟，并一再叮嘱弟弟，如果有什么意外，千万别管我，赶紧逃命！跑出一个算一个，以免让人一网打尽。直到弟弟答应后，他才站起身来，活动了一下发麻的手脚，趁着月色向悬崖边上摸去。

李大勇虽然尽量放轻脚步，但还是惊动了栖息在树上的飞鸟。他躲在一棵大树后边，仔细观察了一会儿动静，待一切趋于平静后，才小心翼翼地来到悬崖边上，借着微弱的月光，他很快就发现了那根系在树上的绳子。不由大喜过望，高兴得差点没叫出声来。他将手指放在嘴里，打了一个响亮的呼哨，这是他们事先约定好的代表平安无事的信号。李二勇听到后，兴奋地从远处跑了过来。

巴日虎和战友们终于等到目标出现，心中不由暗自庆幸，顷刻之间，一切疲劳都消失得无影无踪。此时他们就像富有经验的猎手一样，屏声静气地密切注视着步步靠近的猎物，做好了随时出击的心理准备。巴日虎性格沉稳、经验丰富，眼见着猎物来到了悬崖边上，他却沉住气没有出击。他在选择最佳时机，同时也为了观察是否有同伙，以便一网打尽。事情的发展果然如他所料，望着从远处奔跑过来的人影和前者会合到一起，巴日虎这才果断地发出了行动的指令。早已憋足了劲的干警们，随着巴日虎的一声令下，他们犹如离弦的利箭，向两名罪犯扑去。

这一突如其来的变故，吓得他俩魂飞魄散、六神无主，情急之下，李大勇不顾一切地对弟弟喊道："兄弟，快跑。"可在神勇的干警面前，他们哪还有逃跑的机会。尽管他们还想负隅顽抗，可在干警们迅雷不及掩耳的攻击下，他们手中的刀枪已失去作用，经过短暂的拼死挣扎后，他们便被双双摁倒在地上。面对着冰凉的手铐，李大勇痛苦万分地流着泪对李二勇说道："兄弟，是哥哥害了你呀！"说完，便如同泄了气的皮球瘫倒在地上。

东方露出了黎明的曙光，早起的鸟儿又开始了欢快的啼唱，美丽的大森林又恢复了生机勃勃的景象。干警们迎着初升的朝阳，精神抖擞地开始了新的战斗。

在指挥部的统一指挥下，在现代化通讯设备和交通工具的配合下，根据直升飞机的反复侦察和广大群众的举报。安航率领着干警们押着高四、高五以及窦大姐等几名落网的毒贩，前去铲除他们种植的罂粟地。在高四的指认下，他们穿过茂密的树林，爬上陡削的山坡，来到了一块比较平稳的半山腰上，直到走到跟前，他们才在茂密的树林中间，找到了一块长约三十米的罂粟地，只见成片的罂粟长势十分茂盛，足有一米多高，而且已经结出一个个硕大厚实的罂粟果，罂粟果大的有如鸡卵，小的犹如核桃，业已到了即将收获的季节。有些罂粟果上，已经有了一道道新切割的痕迹，幸亏这次行动及时，一旦被丧心病狂的毒贩制成毒品而流入社会，将会对社会造成多么大的危害啊！前来跟踪采访的记者，用皮尺在现场量了几个较大的罂粟果，直径竟达五公分，这么大的罂粟果实属少见，主要是由于这里土壤肥沃所致。这些毒贩们，在比较平坦的山坡上，将大树锯倒，把粗大的树干拖走，把小树和杂草清除干净，然后在这片被开垦的处女地上，撒下罪恶的罂粟种子，以便收获毒品，牟取暴利。此时，罂粟地中间，还立着几十个粗细不等的高约五十公分的树桩，罂粟地的周边，还横七竖八地躺卧着一些粗大的树干。现场的记者们，把这一切都拍摄下来，安航则指挥干警们，用镰刀全部割倒，然后再集中到一处，浇上汽油，进行焚烧。成堆的罂粟果，在熊熊的烈火中化为灰烬，随着阵阵山风袭来，空气中散发的浓郁香味，很快就消失得无影无踪。

由于广大干警的艰苦努力，加上飞机事先进行过多次空中侦察，以及毒贩们的指认，给查找清除罂粟地的工作提供了先决条件，使得铲除罂粟的工作进行得十分顺利。他们对境内进行了拉网式的反复查找，一共找到十多块大小不等的罂粟地，并一一地给予彻底铲除，无有遗漏。望着成堆的罂粟果在熊熊烈火中化为灰烬，干警们的脸上露出了胜利的微笑。

广大参战的干警及武警官兵不怕流血牺牲，发扬连续作战、不怕疲劳的工作作风，分别对库尔乡的陷马沟，红花尔基乡的小二沟，诺敏乡的黑瞎子沟等地区的犯罪分子进行了强有力的打击。这些狡猾的毒贩们，为了逃避公安干警的打击，他们不但在无人问津的山沟里种植罂粟，有的还在高大的树洞中种植罂粟，由于距离地面较高，不容易引起人们的注意，甚至有的人竟采取嫁接技术，把罂粟苗与西葫芦进行嫁接，公开种在地里，以掩人耳目，据说这种方法产量还挺高。总之，他们想方设法地采取各种手段，费尽心机地企图逃避公安干警的打击。而广大干警通过细致耐心的摸底排查，充分调动广大人民群众的积极性，在人民群众的大力支持和配合下，公安干警历时一个多月，彻底查清了种植罂粟的黑窝点，铲除了所有种植的罂粟原植物，抓捕了多名种植罂粟的罪犯。同时也在偏僻的山区加大宣传力度，充分发动广大人民群众的积极性，对一些零星种植罂粟的犯罪活动进行严厉打击，将其所种植的罂粟原植物彻底铲除，并委派记者进行现场追踪采访，通过广播电台、电视台进行特别报道，在全市乃至甘河地区进行有关毒品危害的教育，以便让广大人民群众认清毒品的危害性，以及铲除毒品的重要性。在全地区掀起了一场声势浩大的、彻底铲除毒品的人民战争。在广大干警和武警官兵的艰苦努力下，在广大人民群众和社会各界的大力支持下，历时20天的‘斩蛇行动’宣告胜利结束！

初战告捷的胜利，给广大富有责任心的干警们带来的并不是轻松和喜悦，相反更让他们感到了缉毒工作的严重性和紧迫感。他们清楚地认识到，这仅仅是缉毒工作的开始，在错综复杂的条件下，光凭一次声势浩大的打击是远远不够的，要有充分的思想准备，缉毒工作不是一朝一夕，也不是一年两年所能完成的。即使在未来十年二十年，甚至更长远的时间，也难以根除毒品的泛滥。尤其是这里有滋生毒品的土壤和条件，再加上改革开放，国门向境外敞开的环境下，境外那些毒枭们，一定会觊觎这片得天独厚的风水宝地，他们一定会和国内的毒贩相互勾结，在暴利的驱使下，那些利欲熏心，抱着侥幸心理的不法之徒，一定会铤而走险的，那些漏网的犯罪分子也会重操旧业，如果松懈就有可能死灰复燃。而且目前对贩毒团伙的侦破工作，已经到了最关键时刻，为了能尽快破案，将这伙丧心病狂的贩毒团伙一网打尽，也为了应对这项长久而又艰巨复杂的缉毒工作，经过公安局党委慎重考虑，并请示上级批准同意，抽调了精兵强将，充实了缉毒大队的力量，进一步加大打击毒贩的力度。

安航与战友们来得及清除征尘，便又怀着高度的责任心和使命感，义无反顾地再次投身到缉毒工作的艰巨斗争中。

* * *

这天早上，江群刚上班，就接到乔经理的电话，告知他钱亚民和任武在山上遇到了难处，让他赶紧去接应。他撂下电话，急忙起身往外走，在门口却遇到了门卫老张，老张把手里一封信递给了江群。说：“江科长，你的信。”江群接过来说声：“谢谢！”便顺手塞进衣袋里。

江群驱车驶出市区，沿着崎岖的山路，朝百里之外的马家点儿赶去。当他一路颠簸地来到马有才家时，已是中午时分。钱亚民他们正躲在马有才家喝酒呢，才几个月没见面，钱亚民他们三个都显得很憔悴，各个面黄肌瘦，蓬头垢面，显然在山上吃了不少苦头。由于是久别重逢，而且是才脱离险境，彼此都有劫后余生的感觉，他们激动地相互亲热拥抱。江群望着他们消瘦的面孔，十分关切地问道：“你们在山上一定吃了不少苦吧？听说这次挺危险。”

“你想想，山上的那种日子能不苦吗？”钱亚民苦笑着摇了摇头，然后又心有余悸地接着说道：“要说危险那可真是太可怕啦，多亏任老弟机灵，发现了通道的秘密，而且又及时发现了警察的行动，我们方能顺利逃出来，否则咱们兄弟只能在大狱里见面啦。”

“我们这次能逃出来，实属侥幸，说来真让人感到后怕呀！”任武吐了一下舌头说道。

“你们这次平安脱险，真是不幸中之万幸，俗话说得好，吉人自有天相，你们几个大难不死，必有后福，理应高兴才对。好啦，咱们先不说这些了，你们赶紧跟我上车，有话咱们车上再接着唠。”江群说完，便招呼他们几个上车，又把马有才叫到一边，低声嘱咐了几句，然后才放心地开车离去。

他们一路畅通无阻地回到山城，江群把他们径直拉到了迎宾楼，开了两个房间，让他们在洗手间里彻底洗浴一番。然后又开车出去，叫了一个比较熟悉的理发师，带上理发工具，到房间里为他们理发。他则开车来到商场，按着他们几个的身材，从头到脚、从里地外，就连袜子和短裤都没落下，通通将各自的衣物买全。

真是人靠衣服马靠鞍，他们几个经过洗浴、理发，再换上新的服装，脸上的晦气一扫而光，顿时觉得容光焕发，与先前判若两人。晚上，江群又约了几个知己朋友，在宾馆的小餐厅里，为他们几个压惊洗尘。由于久别重逢，又加上他们化险为夷，实在是可喜可贺，他们推杯换盏，猜拳行令，喝得不亦乐乎，尽欢而散。

江群把他们安顿妥当后，才回到寝室，他独自住在20多平米的房间里，房间的条件很好，有淋浴设备的卫生间，席梦思的双人床，壁橱和办公桌，外带电话和电视机，屋内最显眼的是几个大书橱和随处可见的书，书的种类以武侠小说和各种演义为主。他从小就喜欢看侠义小说，十分羡慕那些行侠仗义，杀富济贫的英雄好汉，步入社会之后，由于工作和社交活动增多，看书的时间也相应少了许多，但他只要有闲暇时间，特别是在睡觉前，总要看一会儿书才能入睡，这已经形成了习惯。看完后就随手乱丢在床头和桌子上。以图再次看时方便，故此，书室内显得有些杂乱，他对此已习以为常。

他简单的洗漱一下，然后便脱衣准备上床休息，当他的手无意间触到上衣口袋时，才猛然想起有封信还没来得及看呢。他急忙掏出信来，令他万万没有想到，映入他眼帘的笔迹竟是那么熟悉，这分明就是兰鸽那隽秀的字体，面对这意外的惊喜，一种久违的幸福感油然而升。他尽量抑制着心头的狂跳，用微微颤抖的手，打开了魂牵梦绕的来信。

想念的江群：

光阴荏苒，岁月无情，自从家乡短暂相聚之后，我们已经苦熬了八个春秋。在这漫长的三千个日夜里，忧愁伴我度过了痛苦的时光，你的无情给我留下了无尽的伤感与彷徨。八年来，我一直努力寻觅你的信息，但你却像人间蒸发了一样，杳无音信。幸喜回乡探亲，从姑妈处得知你的近况。我怀着复杂的心情，提笔给你写信。我不知道当年到底发生了什么变故，导致你如此绝情！但我坚信，这决不是你的初衷，你是怕伤害我们的情感，才出此下策，独自一人去承受莫大的痛苦和打击。江群，我们既是青梅竹马的童年伙伴，也曾是心心相印的恋人，难道就不能敞开心扉，倾诉一下内心的痛苦，我相信爱情的力量是伟大的，是足以填平情感的鸿沟。有人说爱情是自私的，但我觉得真正的爱情应该是无私的，爱一个人，不但要长处和优点，同时更要包容他的缺点和过错，试问人生谁能无过错？伟人尚且三七开，何况平常百姓乎。我考虑再三，决定前去与你相见，当面促膝详谈，无论有何恩怨，我们都要勇敢面对，逃避现实只能增加我们的痛苦和遗憾。不管将来结局如何，我都决不后悔，即使我们不能成为爱人，也应该是最好的朋友！夤夜疾书，心绪难平，赋诗一首，以表其情。

八年离别苦不堪，三千日夜对愁眠。

海誓山盟成泡影，情深意长枉空谈。

觅得佳讯喜泪弹，欲寄长怀尺牍间。

鸿雁传书叙宿愿，相逢一笑释前嫌。

下笔千言，相思无限，情长笔短，难诉思念，相见在即，笔不前驰。

兰鸽

望着这封情真意切、言简意赅的来信，江群简直不敢相信自己的眼睛，神情恍惚如置身梦中。这真是众里寻他千百度，蓦然回首，那人却在灯火阑珊处。尽管自己的所作所为是那么不可饶恕，觉得自己无法面对兰鸽的一片真情，才忍痛割爱而酿成了爱情的悲剧。兰鸽是无辜的受害者，自己才是始作俑者。他以为分离多年，她会逐渐把自己忘掉，说不定早就结婚成家，可万万没想到，她竟会如此痴情，苦苦地等了自己这么多年。是自己伤害了她的感情，这次自己说什么也不能再逃避，要勇于面对现实，主动向兰鸽坦白一切，请求她的宽恕和原谅，即使她了解真相后不肯原谅自己的罪过，自己也决不后悔。

江群怀着喜忧参半的心情，惴惴不安地等来了兰鸽到达的日子，他按耐不住激动的心情，早早地来到了车站，焦急地等待着幸福时刻的来临。

列车宛如一条巨龙，缓缓地停在站台上，江群怀着激动的心情，在川流不息的人流中仔细地寻找着，突然，他的眼前一亮，一身戎装的兰鸽终于出现在他的视野里。他脚步疾速地奔了过去，声音颤抖地喊着兰鸽的名字。兰鸽眼圈发红地望着江群，江群贪婪地凝视着日思梦想的初恋情人，兰鸽的模样没有什么改变，只是面色略显苍白，神情有几分憔悴。他们的双手激动地紧握在一起，久久不肯分开。这久别重逢的再次握手，凝聚了他们的深情厚意，饱含着他们的相思之苦，江群只觉得一股幸福的暖流涌上心头，有如大海的波涛在心中起伏荡漾。兰鸽更是激动万分，热泪盈眶，胸脯剧烈起伏地对江群无限深情问道："江群，你还好吧！"兰鸽始终用力攥住江群的手不肯松开，好像一松手他就会突然从视野中消失似的。

"好，好，你也好吧！"江群用力地摇晃着她的手，异常兴奋地答道。兰鸽的眼泪情不自禁地流了下来，她极力控制着自己的情绪，用力地点头表示回答。

站台上的旅客所剩无几，江群抑制住内心的激动，弯腰提起兰鸽的提包，两人并肩挽手走出了车站。

江群驾车把兰鸽径直拉到山城宾馆门前，这是甘河市唯一的一家三星级宾馆。江群事先已经开了两个房间。

江群和兰鸽进了房间后，把兰鸽让到沙发上休息，自己则忙着沏茶倒水。望着一身戎装的兰鸽，江群忍不住问道："你当年不是上大学吗？怎么又穿上了军装了呢？"

兰鸽接过茶杯，呷了一口，微笑着说："我学的专业是高能物理，大学毕业后，被安排到导弹基地工作，顺理成章地加入了部队的行列。在茫茫的戈壁滩上，我一干就是五年，前几年，我国的导弹研制有严格的保密制度，我们和家人通信都要经过严格审查，更不允许和外人联系。现在导弹基地的秘密已公开，不受保密条例的限制。我却始终无法打听到你的消息，这次由于一次意外的事故中，我的身体受到辐射，通过治疗后，被告知身体已不适合在导弹基地工作，就把我调到国防科工委下属的研究所工作。这下好啦，我们不但可以自由通信，而且还可以带随军家属，怎么样，想不想跟我随军啊？"兰鸽虽然成熟了许多，但仍不失其风趣幽默的开朗性格。她的话既是玩笑，也是在试探江群有什么打算。

江群岂能听不出话中的含义，此时此刻，他却有些心虚，觉得对不起兰鸽，这件事虽然难以启齿，但他还是决定不再隐瞒，对她实话实说。把真相告诉她，对自己不但是一种解脱，他的良心也能得到忏悔！他能否原谅自己，对他来说并不重要，重要的是自己在感情上不能再欺骗兰鸽，可又一想兰鸽刚下车，还没来得及吃饭呢，便强装笑颜地打哈哈说："行啊，我这辈子没有当兵的命，能当个军人家属也不错嘛。好啦，不开玩笑了，咱们先吃饭去，我请你品尝大兴安岭的美味佳肴，保证让你大开眼界。"

江群领着兰鸽来到了一家高档酒店，餐厅经理和他比较熟悉，笑容可掬上前问候，此时正是午饭时分，餐厅里有几个和他熟悉的客人，也亲热地和他打招呼，显然他是这里的常客。为了避免外人打扰，江群让餐厅经理给找了个小包厢，点了几道大兴安岭的山珍野味，有飞龙、乌鸡、细鳞鱼等特色菜，又要了瓶金奖白兰地，江群一边为她介绍菜肴，一边陪她细斟慢酌。兰鸽一是见到江群心里高兴，二是第一次吃到这些特色菜，她吃得津津有味。而江群却只是象征性地吃了几口菜，陪兰鸽喝了几杯酒。他的心情很沉重，他不敢想象兰鸽听到实情时，会做出什么样的反应，她是个追求完美，敢爱敢恨的人，她能否接受这么残酷的现实，她会原谅自己的罪过吗？他在心中反复追问自己，却难以自答。他徘徊在痛苦中，他心虚地佯装笑脸，味同嚼蜡般地陪着兰鸽吃完饭。

两人回到宾馆后，兰鸽向他询问当年他写绝情信的原因何在，到底是为了什么。江群踟蹰再三，最后鼓起勇气，把埋藏在心中的耻辱和不幸，含泪向兰鸽如实诉说。

就在当年江群与兰鸽在家乡分别后，江群踌躇满志地返回林区，准备一边干临时工，一边抽空备战高考。可世事难料，时间没过多久，就路遇钱亚民与人拼杀，自己出手相救的事情。事后他依然把精力放在复习上，没把这件事放在心上。

江群回到山上没几天，钱亚民就多方打听到了他的下落，并开车将他接到市内，好一番盛情款待，还邀请了黑、白两道的朋友轮番作陪，他的武功和人品都让人赞不绝口。事后还惊动了一位举足轻重的人物，她就是赫赫有名的梅大姐！

梅大姐在山城可谓是呼风唤雨般的人物，她叫梅岚，是甘河市民政局副局长，手里掌管着复员转业军人的安置大权，她的丈夫是市公安局副局长。梅大姐特意邀请江群到家中做客，江群盛情难却，只好如约而至，那天恰好梅大姐的丈夫去省城开会未归，梅大姐独自一人在家。当他走进这座装饰富丽堂皇，摆设高贵典雅的豪宅时，他有一种自惭形秽、诚惶诚恐的感觉，就好像刘姥姥初进荣国府，显得有些局促不安、无所适从。望着眼前的梅大姐，更让他感到惊讶。三十多岁的梅大姐特别漂亮，那真是花容月貌、倾国倾城，比兰鸽有过之而无不及，而且比兰鸽多了几分女性成熟诱人的魅力，显得落落大方、雍容华贵。她对江群格外热情，详细地了解了江群的身世，并答应帮他解决户口和工作，这两件事是江群梦寐以求，但可望不可及的人生大事，听后不由心中大喜，连连称谢。

在酒桌上，梅岚对前来陪客的人介绍说江群是她的表弟，并让他坐在自己的身边，亲热地为他劝酒夹菜。酒菜安排的非常丰盛，酒有茅台、五粮液、人头马，红葡萄酒和啤酒，菜是山珍海味样样俱全，而且做工精致，色香味俱佳。由于自己是初次拜访，又是头一次接触高贵人物。江群在饭前就暗自告诫自己注意形象，但还是由于心情紧张，致使夹菜时手发抖，一哆嗦，菜掉在了桌子上。他感到很尴尬。好在梅大姐却不在意，热情地对他劝酒夹菜，他集中精力谨慎相陪。几杯酒下肚之后，江群的紧张情绪才有所缓解，逐渐适应了场合，尽管作陪的人都有一定的身份和地位，但他们看在梅岚的面子，对江群很热情，轮流向他敬酒，江群盛情难却，只好来者不拒，然后又一一回敬。尽管喝了很多酒，但酒场的气氛却很文明，直到众人酒足饭饱，酒宴才在欢快亲热的气氛中结束。

当客人们纷纷起身告辞时，江群也想一同离去，梅大姐却执意留住他，并安排到客厅旁边的一个房间休息。江群虽然以有几分醉意，但头脑却很清醒，见梅大姐如此盛情挽留，自己也只有恭敬不如从命。他此时心中以把梅大姐奉为救苦救难的观世音菩萨，自己真是太幸运了，竟能遇上了梅大姐这样的有权有势的好心人。梅大姐在众人走后，亲自为他铺好被褥，端来热水让他洗脚。这让江群感到受宠若惊，他急忙起身道谢，梅大姐温柔地拍了拍他的肩头，笑着说；“跟大姐还客气什么，我这个人你处长就知道了，就是心肠太软，见不得别人有难处，你一个人出门在外也不容易，今后你就把我当成亲姐姐，就把这里当成你的家，这也是咱们姐弟有缘分，你的户口和工作就包在姐身上了，你就放心吧。”江群有些腼腆地一边洗脚，一边点头答应。梅大姐待他洗完后，又抢着将洗脚水倒掉，然后又端来一杯冲好的咖啡，说是让他醒醒酒，直到看着他喝完后，梅大姐才放心地离开房间。

由于喝醉酒的缘故，江群喝完那杯咖啡后，便进入了梦乡。朦胧中，他只觉得浑身燥热，身体中莫名其妙地产生了原始的冲动。这时他看到“兰鸽”来到了跟前，他便不顾一切地将她搂在怀里，两人在床上拥抱、亲吻，以前他也经常做这种风流梦，可现在“兰鸽”却用身体在满足他生理上的要求，这在以前可是从未有过的，可他处在极度亢奋中，无暇顾及这些，他兴奋地搂抱在一起，在“兰鸽”的指引下，颠鸾倒凤，鱼水和谐，翻云覆雨地达到了幸福的高潮。当他的激情从巅峰跌入低谷时，随着高潮如溃堤的洪水一泄如注，他的神志一下清醒过来。江群猛然发现，此时和他睡在一起的竟是梅大姐，哪里还有兰鸽的影子，刚才的一切都是幻觉，与他做爱的竟是梅大姐。见他醒了过来，梅大姐满意地在他的额头上亲了一口，柔声说道：“大姐陪的舒服吧？你可真棒，我从来没见过床上功夫这么好的男人。”然后她又意犹未尽地上前来抱他。没想到江群竟用力将她一把推开，一种被强奸的耻辱痛苦地吞噬着他的灵魂，他失去理智地躺在床上失声大哭，觉得天旋地转，脑袋如同斗大，大脑中一片空白。饶是梅大姐见多识广，也被江群这反常的举动惊呆了，她瞪大双眼怔怔地望着江群，不知如何是好。她想不明白，凭借她的美貌和地位，多少男人对她垂涎三尺、想入非非；又有多少男人为她卑躬屈膝，拜倒在她的石榴裙下。能跟她上床做爱的人更是欣喜若狂，把她奉为天仙神女，她还从未见过哪个男人竟然因为和她做爱而感到悲痛欲绝？他真是个与众不同的人呐。

江群足足哭了一个多小时，才渐渐平息下来，梅大姐见他安静了，忙讨好地上前来劝他，“兄弟，大姐能理解你的心情，大姐也不想这么做，我是听到你的喊叫声，以为你有什么事呢，才过来看你，没想到你竟发疯般地把我按在床上，你的力气那么大，大姐又怎么能逃脱出去呢？大姐也是可怜你，是这么多年缺少关爱的缘故！所以大姐才怜爱地顺从了你，这也是咱们姐弟两前生的缘分，既然你和我有了这种关系，我以后会更加疼你，你的事就是我的事，我保证会让你称心如意的，你以后有了好处，可千万莫忘了大姐哟！”可没想到她的话，竟如同泥牛入海。江群只是静静地躺在床上，两眼发直瞪着天花板，竟然毫无反应，就像傻子一般，梅大姐只好悻悻地离开了房间。

哭过之后，江群的心情才趋于平静，他万万没想到竟会发生这种不可饶恕的罪过，自己这么做，又怎么对得起兰鸽深情厚意呢？这是对感情的背叛！以后自己又有什么颜面去面对兰鸽呢？一失足变成千古恨，再回首已是百年身。我真是个混蛋，兰鸽我对不起你，是我辜负了你的一片真情，是我亲手毁掉我们的爱情，我真是千古罪人呐！江群悔恨交加，心在滴血，良心的谴责让他无地自容，既然已经大错铸成，他已别无选择，唯一的办法就是逃避，忍痛割爱，远离兰鸽，只有这样自己的良心才能得到解脱。兰鸽，你忘了我吧，我们只有来世再相爱啦！江群在心中绝望地呐喊着。

其实他不知道，这一切梅大姐早有预谋，她事先在咖啡里放了产生幻觉的性药，致使江群在梦中产生了冲动和幻觉，错把梅大姐当成兰鸽，在梦中酿成大错，坠入了事先安排好的陷阱，以便达到长期占有和利用他的目的。

江群由于大错铸成，心情郁闷，情绪低落，只好借酒浇愁，以此麻醉自己的神经，在醉生梦死的状态下，他暂时忘记自己的痛苦和悔恨。钱亚民等人也投其所好，每日通宵达旦地陪他饮酒作乐。

梅大姐果然神通广大，在短短的十几天里，采用“空中飞人”的办法，为江群办理好了城镇户口和工作关系。她特意把醉醺醺的江群约到宾馆，面带微笑地把相关手续交到江群手上，矜持地对江群说道：“老弟，大姐帮你把手续都办妥了，不过我有个要求，那就是你必须听我的话，否则就休怪大姐不讲情意，我既然能帮你办理这些手续，也就能轻松地毁掉，何去何从，你自己考虑清楚，我绝不勉强你。”

尽管江群醉眼蒙胧，但他却清楚这两样东西的重要性，在这决定命运的关键时刻，他的心里充满了矛盾和犹豫，能拥有城镇户口和正式工作，就能彻底改变他的命运，这是他朝思暮想、梦寐以求的心愿！在这以前，对他来说是可望不可及，连想都不敢想，如今如愿以偿，遇到天上掉馅饼的好事，他又怎么能轻言放弃呢？可如果不放弃，就意味着必须和梅大姐保持这种不正当关系，将失去追求幸福的权利。可话又说回来，如今自己大错铸成，辜负了兰鸽的一片深情，已经无颜面对兰鸽的感情，已然变成了情感的罪人，这一生中还有什么幸福可言呢？一想到失去兰鸽，他就心如刀绞、万念俱灰。看来人的命，天注定，既然冥冥之中早以安排好了，自己命该如此，那就顺其自然吧，人生如梦，自己也别太较真啦，稀里糊涂混春秋吧！

江群徘徊在人生的十字路口上，面临着无法抗拒的诱惑，在酒精的麻醉下，他的思想理念开始倾斜，私欲的膨胀使他迷失了善良的本性；情感的背叛，丧失了追求爱情的权力，他对任何美好的事物已不抱幻想。在万念俱灰的绝望中，促使他作出了悔恨终生的抉择。盲目地答应了梅大姐的要求，陪她住在宾馆里。此后，他的生活轨道发生了一系列的变化，人生价值观也发生了质的蜕变。

兰鸽的性格善良正直，嫉恶如仇，对爱情更是忠贞不渝，追求完美。自从上大学到参加工作，她的身边一直不乏追求者，各种优秀的人选都有，有的甚至还是高干子女，但她却从未动心，而是一心一意地遵守着爱情的诺言。尽管她早有心理准备，准备承受爱情的伤害和打击，但此时她却感到极大的失望和震惊！她万万没有想到江群的遭遇竟会如此坎坷，更没想到世间竟会有如此龌龊的丑行！江群所扮演的角色是多么不光彩，让她感到恶心和难以忍受，这不仅是对爱情的背叛，更是对圣洁爱情的亵渎！这是她平生最不齿，也最痛恨的事。这残酷无情的现实，远远地超出了她的心理承受能力，她再也无发控制自己的情绪，不由失声痛哭，泪流满面。

见兰鸽如此痛苦，江群的心都碎了，一种强烈的负罪感，无情地吞噬着他的心，使他痛苦万分，羞愧难当，更对对自己的丑行感到无地自容，他的大脑出现真空，六神无主，神经麻木，无所适从，只是黯然地坐在一旁，暗自伤心流泪。

兰鸽伤心地躺在床上，任凭委屈的泪水尽情流淌，直到深夜时分，她的情绪才有所缓和。江群仍然陪在身旁不住流泪，兰鸽强忍痛苦，收起眼泪，劝他到隔壁房间去休息。江群虽然不放心，但又不好违拗，只得起身到隔壁房间。由于放心不下，他没有上床休息，而是拿过一把椅子，坐在兰鸽的门口，一边默默流泪，一边侧耳细听兰鸽的动静。

此时兰鸽伤心欲绝，她万万没有料到，自己苦苦企盼了这么多年，等来的却是如此残忍的结果，若不是江群亲口讲述，她真不敢相信世上竟会有如此龌龊的事情，自己到底该怎么办？她心乱如麻，无法理出个头绪，委屈的泪水，像开了闸的水不停地流淌。

直到凌晨，兰鸽的哭声停止了，室内逐渐安静下来，江群一直悬着的心，也略微放了下来。可他不敢掉以轻心，一直守在门外，直到天色大亮，才回到房间。

兰鸽连早饭也没吃，只是毫无表情地收拾自己的东西，并告知江群，她准备回去。面对伤心欲绝的兰鸽，此时江群羞愧难当，无言以对，只有顺从她的安排。

江群心里十分清楚，兰鸽一去将不再回返，他们的缘分也就此终结。虽然他不愿意失去兰鸽，但自己大错铸成，这样的结局是意料之中的事，一个人犯了错，就要对自己的行为负责，就应当受到惩罚，自己罪有应得，理应如此。

但他还是忍痛为兰鸽买好车票，送她进站候车，在站台上，望着面容憔悴，痛苦不堪的兰鸽，江群倍感痛心，他知道自己罪不可赦，既无权乞求兰鸽的原谅，更不敢奢望与她重归于好，从此一别，不知何时相见，即使有幸再见，也是物是人非，形同路人。

想到此，江群不由泪流满面，心如刀绞。

望着痛苦万分的江群，兰鸽的心都碎了，只有神经麻木地陪着他伤心落泪，过度的痛苦和伤心，使江群的大脑一片空白，他们就这样流着泪，默默无语地等来了列车，江群机械地将兰鸽送上车，直到列车驶出车站，江群兀自麻木地站在那里，望着渐行渐远的列车出神，直到列车从视线中消失，站务工作人员清场时，才把他从麻木中唤醒。

没想到短暂的相聚，竟是永远的离别，江群此时心如死灰，欲哭无泪，带着满腹惆怅和悲伤，回到宿舍，一头倒在床上，兰鸽的离去，让他万念俱灰，一连好几天不吃不喝，好像得了一场大病似的。整个人都瘦变了形。

几天后，收发室老张来敲门，说是有一封信，他才从床上支撑着爬起来，他无力地打开门，接过信来，漫不经意地看了一眼，心头不由一阵惊喜，从字迹上他就肯定的兰鸽的来信，虽然他已不抱任何奢望，但心头仍然狂跳不止，他双手颤抖着打开信封，只见信中写道：

"江群：

我考虑再三，决定给你写信，我苦等这么多年，万万没想到换来的竟是如此沉重的打击，乍一听到事情真相，我深感震惊，甚至怀疑自己做了一场恶梦，但现实就是这么残酷，让人难以忍受，无法面对。我只有选择逃避，尽早离开伤心之地。

说句良心话，这么多年来，我身边不乏追求者，而且各方面条件都很优越，可我一直遵守誓言，不为所动，每日工作之余，我就会对着你的相片，回忆我们的甜蜜往事，这么多年来，我就是靠着坚定的信念，在甜美的思念中走过来的，当初接到了你的绝情信，我虽然很伤心，但我始终坚信你一定不会背叛我们的誓言，一定不会移情别恋，我们是青梅竹马，两小无猜的恋人，我了解你的为人，你一定有什么难言之隐，或者遇到什么麻烦，为了不拖累我，才不得不出此下策，直到了解了你的近况，我真是欣喜若狂，怀着无比激动的心情，前来与你相会，让我始料不及的是，我的满腔热情，换来的竟是一盆冷水！我失望痛苦极了，你说我除了离开，还能有其他的选择吗？

可是，在我离开前，尤其是站台上送别的那一幕，看到你如此痛苦，我的心都碎了，俗话说‘男儿有泪不轻弹，只因未到伤心处’。我知道你是一个性格坚强的人，在我的记忆里，你无论遇到什么难事，都没有流过泪，你能为了我，为了我们的爱情而恸哭流泪，让我感到震惊，让我深受感动，在离开的那一瞬间，我动摇了，我甚至想留下来，可最终我还是在矛盾中离开了。

在归途中，我的脑海里一直没有停歇，反复思考着到底是放弃还是原谅，思想斗争十分激烈，我知道你这么多年，一个人漂泊在外，经历了许多艰难曲折，遭受了很多苦难。你能坚强地挺过来，实数不易。虽然这件事，你做得有悖道德伦理，让人无法接受，更让我感到龌龊和恶心！但事情的起因并非出于你的本意，你也是受害者，你的良心一直受到谴责，当初你给我写绝情信，就是害怕伤害我，才忍痛割爱，出此下策，毅然斩断情丝，并想方设法隐瞒自己的行踪，真可谓用心良苦！如今你能够有勇气对我坦诚相告，说明你的良心未泯，说明你的内心深处依然深爱着我。否则你就不会如此痛苦。我怎么能在你的伤口上撒盐呢？爱情虽然是自私的，但也要有包容心，爱一个人不但要爱他的优点和长处，同时也要包容他的缺点和过失。人非圣贤，孰能无过。我想通了，我要抛开世俗的偏见和狭隘的想法，与你一起来分担痛苦，一起来挽救濒临破碎的爱情，过去的就让他永远过去吧，我理解你的苦衷，更珍惜咱们的情分，过去的就让它永远过去吧，你要重新振作起来，切莫自暴自弃，要彻底摆脱不幸的阴影，重新鼓起生活的勇气，我一定尽最大努力帮助你远离是非之地，我要想方设法帮你联系工作单位，尽早把你调离那里，彻底摆脱梅大姐的纠缠，把你从噩梦中拯救出来，不过你要牢记，从今以后，一定要把握自己，千万不能重蹈覆辙，否则不但会毁掉咱们的幸福，也会毁掉你的一生。我了解你，也相信你，你不会让我失望的，我等着你，等你摆脱一切苦难，等到幸福来临的那一刻！

‘人有悲欢离合，月有阴晴圆缺，此事古难全。但愿人长久，千里共婵娟！’这是苏东坡的名句，让我们一起共勉吧！”

兰鸽

兰鸽的信，仿佛是一支兴奋剂，让江群兴奋异常，他手舞足蹈，就像一个被判了死刑的人，在临刑的那一刻，突然遇到大赦一般。他万万没有想到，兰鸽竟然如此宽宏大度，忍受着常人无法忍受的痛苦，以常人无法理解的胸襟和肚量饶恕了自己犯下的弥天大罪，自己一定不能辜负她的期望，一定要和梅大姐一刀两断，彻底划清界线，不管付出多大代价，自己都要义无反顾，坚定不移地走下去，要和命运抗争到底，做一个生活的强者，重新获得做人的尊严，绝不辜负兰鸽对自己信任。”

于是，江群急忙找出纸笔，怀着无比激动和感激之情，给兰鸽写了一封信誓旦旦的回信，在信中，他除了感激之外，还坚定地表明了立场，决心不惜一切代价，哪怕是身败名裂，也在所不惜。一定不会再让兰鸽失望，更不能让她再受到感情的伤害。

江群把信寄出后，如释重负地长出了一口气，这时，他才感到饥饿，他急忙找到一家饭店，要了几样可口的饭菜，狼吞虎咽地饱餐一顿。这么多年来，他一直生活在自责的阴影里，从来没有像今天这么开心，这么扬眉吐气，这一切都是拜兰鸽所赐，是她那无私的爱，超乎常人的宽宏大度，她的理解和支持，让江群重新振作起来，并让他增添了生活的勇气和信心，对未来也充满了期待和渴望。

* * *

根据犯罪分子高四、高五的交代和侦查员掌握的情况，缉毒大队获取了高氏父子种植，贩卖毒品的第一手材料。指挥部决定对高氏父子采取抓捕行动，安航为了准确掌握犯罪分子的行踪，事先已派出侦查员，化装成收购山货的商人，前往高家点儿侦察，在确认高氏父子和同伙均在家中后，安航率领行动小组连夜出发。警车在崎岖的山道上，一路颠簸地向高家点儿驶去。

凌晨三点多钟，警车在高家点儿外的山坳处停下来，安航为了避免打草惊蛇，指挥行动小组下车步行，乘着稀疏的星光向高家点儿扑去。

在当地派出所的同志配合下，他们兵分三路，分别由安航、雷鸣、巴日虎带领，同时对毒贩实施抓捕。安航亲自率领一队干警直奔高家父子的住处，他们快速地来到高家的围墙外。尽管他们屏息静气，尽量放轻脚步，但还是引起了院内两条狼狗的警觉，随着这两只狼狗的叫声，引起了连锁反应，犬吠声霎时连成一片。

安航见事不宜迟，便果断地开始行动，命人翻墙而入，将高家前后包围，然后用力地敲开房门。前来开门的是高德富的老婆，安航将她拉到一边，其他干警则按事先预定的方案，分别持枪迅速冲进屋内，高家住的是四间砖房，房门设在东边第二间，这间屋内设有厨房和卫生间。房间在农村讲究东大西小，高德富理所当然地住在东边第一间，第三间由一道间壁墙一分为二，前面是客厅，后面是高老二、高老三的住处，因高老三在市里上中学，不常回来，平时只有高老二自己住，紧西边是高老大的住房。干警们打开手电，喝令睡在炕上的人不许动，可经过仔细辨认，却让人大失所望，炕上睡的全是妇女和儿童，根本没有高氏父子。安航指挥干警们对屋内可能藏身之处，又进行了仔细地搜查，他亲自检查了室内的壁橱，大衣柜，又打开屋中央的地窖门，用手电反复照了几遍，地窖里面空无一物，什么也没有。搜查结果令人失望，屋内既没有高氏父子，也没发现毒品。

“你的丈夫和儿子藏在什么地方？”安航向高德富的老婆问道。

“不知道！”那个老妇人态度极不友好地答道。

“他们是什么时候离开家的，你总该知道吧？”安航耐着性子继续问道。

“记不太清楚，大概有半个多月了吧。”老妇人搪塞地说。

“你撒谎，白天还有人看到他们呢。”安航严厉地揭穿了她的谎言。

“谁看到你就找谁问去好啦，反正我没看见。”老妇人一副死猪不怕开水烫的摸样。

安航见她如此，知道再问下去也不会有什么结果，便无功而返，带队撤离了高家。

话说雷鸣领着行动小组，快速来到一个毒贩的住房前，先将房子前后包围，然后从前面开始行动。屋内的毒贩在睡梦中听到狗叫声，便警觉地跳下炕，趴在窗户上向外面看，当听到前面有动静时，急忙向后窗户奔去，推开窗户就要往外跳，可他没想到，刚露出半截身子，就被埋伏的干警将他死死摁住，他慌忙奋力向后挣扎，想挣脱出去，这时雷鸣已带人冲进屋内，从身后将其制服，并从室内的隐蔽处，搜出了少量的毒品。

巴日虎负责的行动小组，相对来说比较顺利，他们在后面设好埋伏后，便从前面直接破门而入，将正在搂着老婆睡觉的毒贩，堵在被窝里。毒贩还没来得及穿衣服，就在老婆的哭叫声中，被戴上手铐押出家门。

当三个行动小组陆续赶到村委会时，天光已经大亮，山村的景象清晰可见，村子的上空飘起了缕缕的炊烟。

干警们虽然彻夜未眠，但却毫无倦意。安航将巴日虎及老张、小敖等侦查人员召集到一起，对案情进行分析，商讨下一步行动计划。在会上，巴日虎首先发表了自己的看法：

“根据各方面的情况分析，我判断高氏父子根本没有外逃，因为前些天他们父子刚把受伤的高老大接回来，据说高老大这次受伤较重，一直在家中养伤，直至昨天我们的侦查员还见他们露过面，可以肯定地说他们就藏在村子里，确切地说，他们就藏在他们自己的家里。可为什么在抓捕现场没发现呢？难道他们会隐身术不成？难道内部有人走漏了消息？根据各方面掌握的情况，他们还不具备这种实力。我看他们是藏在更隐蔽的地方，我建议对他们要昼夜监视，即使他们躲藏的再隐秘，时间长了也难免露出蛛丝马迹。到时候我们就可以顺藤摸瓜，将他们一网打尽。”

“我看巴队长分析的有道理，可以肯定他们还没有外逃，我建议继续审问高四、高五及其这两个同伙，或许他们中有人知道高家父子的藏身之处，对他们要交代政策，采取攻心战术，迫使他们供出高家父子的藏身之处，同时还要发动群众，加大外围的走访调查。” 雷鸣接过巴日虎的话头补充道。其他的干警们也纷纷赞同他俩的意见。

安航综合他们的意见，作了如下的布置：同意巴日虎及同志们的意见，第一，派人24小时对高家监控，严密他们的动静，这项工作由小敖负责；第二，加大对同伙的审讯力度，争取从他们嘴里挖出有价值的线索；第三，巴日虎负责展开外围侦察和调查走访工作，要充分调动广大群众的积极性；第四，加派警力，在下山的各个路口和检查站加强盘查，严防他们向外地逃窜。散会后，干警们顾不得休息，各自按着分工，积极地投入到了侦破工作当中。

在山村里设监控点有很大的难度，不比在城市里那么容易找，不但监控的位置要理想，而且还要隐蔽，不能引起村民的怀疑。安航思来想去，终于想到了一个理想的人选，那就是郑义老人的家，就是那位大义灭亲的老共产党员，他不但可靠，而且住地也理想，他家的后窗户正对着高德富家的前门。于是，安航没有惊动他人，独自来到了郑义老人的家，郑义的家是三间土房，院落很大，但却十分规整干净，此时他正在院内手拿木棍敲打晾晒的榛子，因为榛子从山上采回来后，必须经过晾晒，才能去掉外皮。他一见安航走进来，赶忙停下手里的活计，迎了上去。安航亲热地与之握手，并关切问候道：

“郑叔，忙着呢？您老的身体好吧？”

“好、好，安队长，你也好吧？快，屋里请。”郑义老人一边高兴的回答，一边热情地请安航进屋，郑大妈也从房门迎了出来，把他请到屋内，老人热情为他让座，郑大妈忙着沏水倒茶，安航拿出香烟，抽出一支递给老人，说道：“郑叔，请吸支烟。”老人摆了摆手，笑着说：“你那个烟没劲，我抽不习惯，我还是抽我的老旱烟吧。”老人从炕上拿过烟笸箩，熟练地卷了一支纸烟，他边吸烟边问道：“安队长，你来有事吧？高家父子还没抓到？”

“没抓到，我就是为了这件事来的，我想在你家设个监控点儿，你看行吗？”安航向老人说明了来意。

“行，没问题，啥时来都行，有用得着我的地方你尽管说。”老人毫不犹豫地满口答应。

“郑叔，你说高家父子究竟会藏在哪里呢？他家会不会有地道或者地下室？”安航向老人征求意见。老人沉思了一下，然后才开口说道：“具体藏在什么地方说不准，不过经你这么一说，我还真想起了一件可疑的事，前几年我曾看到他家运来好多红砖、沙子、石头、水泥等建筑材料，可没见到他们怎么使用，没过几天就莫名其妙地消失了，你说怪不怪？现在联想起来觉得特别可疑。昨天白天我明明看到他们父子在家，晚上你们来抓捕时，他们却神秘地消失了，我猜想他们一定事先准备了藏身的地方，否则，他们是无法逃脱的。”

“郑叔，你说的线索很重要，给你添麻烦了，谢谢你！”

“安队长，你跟我还客气啥，别看我上了年纪，可你别忘了，我也是一名共产党员！高家父子在这里胡作非为，早已是人声鼎沸，天怒人怨。他们父子种大烟，倒卖毒品早已是公开的秘密，只是苦无证据，否则我早就向你们举报了，但愿这次能把他们绳之以法，彻底铲除毒源，省着他们再用毒品去坑害人。”老人忿忿不平地说。

听了老人这番肺腑之言，安航深受感动，他望着这位饱经沧桑，正直忠诚的老共产党员，他的心里充满了由衷的敬佩。

这天中午，郑义老人的家住进了一对青年男女，郑义说是他的外甥和外甥媳妇，特意从外地来看他，亲属串门是很正常的事，村民们谁也没在意。

在接下来的两天里，案情基本没有什么进展，负责监控的干警也没有发现什么异常情况，雷鸣虽然想尽了各种办法，但几名罪犯起誓发愿地说确实不知道，假如他们知道不说，即使枪毙他们也没怨言。巴日虎的外围调查走访工作进行得也很不顺利，村民们慑于高氏父子的淫威，大多数村民都采取回避的态度，不肯和调查的干警讲实话。案情陷入了僵局，干警们的心情都很焦急，情绪也有些低落。安航面对进退维谷的局面，决定改变策略，暂时停止对高家父子的侦查工作，除了安排人员秘密监视外，其他的干警一律撤出了高家点儿。

连日来，高德富一直处在惶恐和焦虑之中，这些天烦心事一个接一个，先是大烟地被毁，两个侄子在山上被抓，接着就是高老大遇险，要说高老大这次真是拣回一条命。也多亏高老二料事得当，当他得知缉毒人员乘直升飞机进山后，就预感到大事不妙，担心自己不在山上，他的弟兄们无法应付。再说任武他们已知道通道的秘密，他们岂有不用之理，万一被他们抢了先机，自己的弟兄就难以逃脱，以自己那帮弟兄的智商，根本就不是任武等人的对手。于是，他马上派人到下游去等候，自己则带人开车到上游，坐船从水路前去接应。

当他来到悬崖下边时，恰好碰到了受伤的张三秃子，并从他的嘴中得知钱亚民等人抢船逃走，以及高老大受伤被水冲走的消息。他闻听此信，心急如焚，急忙带着张三秃子驾船沿岸寻觅。一直寻找到黄昏时分，才在一个浅滩上发现了已经奄奄一息的高老大。高老二流着泪，急忙对其进行救治，经过一番简单的救治，高老大总算醒了过来。于是，他们马不停蹄地连夜行船赶往下游，直到子夜时分，才在下游找到了接应他们的汽车，然后在夜色的掩护下，神不知、鬼不觉地把高老大救回了家中。

由于外面的风声越来越紧，再加上高四、高五被抓，高老二心里特别担心他们把自己供出来。他经过深思熟虑，决定到外地去避风头。当他把自己的想法告诉父亲时，父亲一开始不同意，说事情还没严重到那一步，再说即使有什么麻烦，藏在自己家里也非常安全。高老二坚持己见，费尽口舌将父亲说服，并一再叮嘱父亲："你们在家一定要多加小心，切莫麻痹大意。看来这回公安局是动真格的了，你们在家要多保重，尽量少抛头露面，凡事忍让，俗话说，心宽行得万里船。留得青山在，不怕没柴烧。先避避这个风头再说。"待一切安排妥当之后，在一个夜深人静的夜晚，父子互道珍重，洒泪分别。高老二伙同张三秃子，借着夜色的掩护，悄悄地逃离了家门。

高德富自打儿子走后，果然如儿子所说，每天深居简出，只有在不得已的时候，才偶尔在人前露面，大部分时间都和大儿子躲进秘密的藏身之所，晚上更是整夜不出，并跟家里的人交代清楚，如何对付公安人员的盘查，所以那天才侥幸躲过了公安局的搜捕。从此以后，他们父子俩更是惶惶不可终日，整天提心吊胆地躲在里面不敢出来。

仲秋时节，是山里人最忙碌的季节。他们不但要抢收地里的庄稼，而且还要抽时间去赶山，到山上采集成熟的榛子，桦树菇，黑木耳，猴头菇等山货，这些山货近几年在市场上特别走俏，价格也逐年上涨，利润非常可观。

在经济利益的推动下，每当秋收季节，总有一些经商者到山里来收购山货，当地的人俗称他们为“老客儿”，这些“老客儿”颇受山民们的欢迎，因为他们可以足不出户，就能使自己的劳动成果换成金钱。尽管这些精明的“老客儿”工于心计，把收购的价格压得比较低，可有句经商的行话说得好，叫做上赶着不是买卖。山民们把山货卡在手里，任凭“老客儿”说得天花乱坠，他们却稳坐钓鱼台，派人了解好行情，家家串通好，不达到理想的价格不出手，这下害得“老客儿”们叫苦不迭，只好乖乖就范，忍痛高价收购。因为行情水涨船高，他们到外面转手也能卖个好价钱，所以前来收购山货的“老客儿”仍然络绎不绝。

住在村头的胡老汉，一辈子没生儿子，有几个姑娘也早已嫁人，他的三女儿就是高老大的媳妇，家里如今只剩下他们老两口。在农村生活，没有儿子是个丢面子的事，在人前抬不起头。尽管这两年有高德富的照应，村民们不敢像以前那么歧视他，可他的心里仍觉得不平衡，也就不怎么和村里的人来往，平时家里挺冷清的。当郑义引荐两位收山货的“老客儿”向他借宿时，他高兴地满口答应。郑义告诉他，这两个“老客儿”本来是投奔他来的，可不巧他家来了亲戚，吃住不方便，所以就领到了他家。胡老汉之所以答应，因为他知道“老客儿”都很有钱，能和他们拉上关系，是很有面子的事。因为在交通比较闭塞的山区，至今还保持古朴淳厚的民风，热情好客是他们的传统美德，也是这里衡量人好坏的道德标准。再说那些“老客儿”出手都很大方，也绝对不会亏待他。

于是，胡老汉自愿放下手里的农活，热心地领着这两位“老客儿”走东家、串西家，满村子乱转，帮助联系货源，忙得不亦乐乎。

他们一连跑了两天，不但跑遍了村里的家家户户，而且还到邻近的村子里去打听，可结果却不尽人意，首先是山货的数量无法满足他们的需求，其次价格也偏高。出现这种情况，不但两位“老客儿”灰心，就连胡老汉也觉得脸上无光。

晚上，他们回到家后，胡老汉特意让老伴准备了几个下酒菜，无非是农村常见的鸡蛋、蘑菇等家常菜。为了答谢老人的盛情，那个30多岁的吴经理，特意吩咐手下的年轻小伙子，跑到小卖店买了几瓶酒，几样罐头，另外还买了几样点心和营养品。老两口虽然嘴上直埋怨他们太见外，不该如此破费，心里却很得意。

胡老汉平时爱喝几口，只要几杯酒下肚，他就特别兴奋，你看他端起酒杯‘哧喽’一口把酒喝干，然后一抹嘴巴说道："你看这瓶酒就是和散酒不一样，不但酒味纯正，而且劲大，不像散酒那么难喝，这散酒本来就劲小，再让卖酒的兑上水，还有个喝吗？你没听说吗，卖酒的不兑水，死了对不起鬼。我说的是这个理吧？"

"对，对，是这个理。"两位客人点头迎合。胡老汉得意地笑了。

"哎，你们俩怎么没干呢，来，快点干了，这就对啦，来，我再给你们倒上。"胡老汉手掐着酒瓶对他俩相劝。几个人聊得投机，不知不觉这瓶白酒就见底了，胡老汉此时已有几分醉意，他的老伴劝他少喝点，可他不听，又执意打开了一瓶。

"来，爷、爷们，咱、咱们爷仨儿再、再走一个。"胡老汉喝多了酒，说话也有些不太连贯，话也逐渐多了起来。他们天南地北地聊着，话题又转到了生意上来。

"大叔，我记得前几年山货挺多的，现在怎么越来越少了呢？"吴经理忧心地问道。

"现在，毁林开荒的太多，林子少了，山货就少，再加上有些山货没长成，就被人抢先采了。采山货不但辛苦，而且还挣不了几个钱，也只有没能耐的人还去赶山，人家脑瓜活泛的都想法去挣大钱去了！"胡老汉颇有感触地说。

"挣大钱？咋能挣到大钱呢？"吴经理有些不解地问。

"你别小看我们这里，来钱道可多了，有开荒卖地的，有地多吃地租的，有农机具出租的，还有开车跑运输的，最挣钱的就属种大烟的。"胡老汉掐着指头算计着。

"你说的有道理，种大烟真是暴利，可就是太担风险，我听说你们村子前几天还被抓走两个，可有此事？”吴经理信服地说。

“是有这么回事，这年头，撑死胆大的，饿死胆小的，要想发财就得冒险，还要脑袋好使，你没听人说吗？家家卖烧酒，不漏是好手。他俩出事谁也不怨，只怨自己脑瓜不够用，一点防备都没有，让人给堵在被窝里了。你看 我们高亲家就没事，他们父子可真有算计，水不来先叠坝，早就安排好后路，有事往壁橱底下一钻，别说是公安，就是神仙也难找到。”胡老汉在酒精的作用下，不管不顾地说着。

“老头子，别喝点酒就没把门的，你瞎白话啥呀。”胡老太太使劲扒拉他一下，瞪了他一眼，打断了他的话头。胡老汉被老伴一提醒，也意识到自己酒后失言，便赶紧抄起酒瓶，再次给两位客人倒满酒，然后自我解嘲地说：“其实那些话我也是听别人瞎说的，你们可别乱说，传出去对谁都没好处，再说跟咱们也没啥瓜葛，何必看三国掉眼泪，替古人担忧呢？来，咱爷们继续喝酒。”

两位客人听了他的话，相视会心地一笑，便知趣地转换了话题。胡老汉由于年纪大了，又加上多贪了几杯，没等客人离桌，就已支持不住，一头倒在炕上，打起了呼噜。

翌日，早饭之后，吴经理向胡老汉告别，说准备到别的地方再碰碰运气。胡老汉宿醉未醒，兀自睡在炕上，听说他俩要走，挣扎着要爬起来，被吴经理制止住了，他们拉着手，说了几句告别的客套话，然后吴经理他们便离开了胡老汉的家。

连日来，负责监控的干警，利用郑义家的有利地形，用红外线高倍望远镜，对高德富家实行全天候监控，他们发现了几处疑点：一是他们家的大门，即使在白天，也始终关闭。二是家中虽然没有男人，却经常买鱼、肉和烟酒。三是晚上不开灯，偶尔有手电的亮光。四是有几次半夜烟囱冒烟，好似在烧火做饭。

安航把侦查员从胡老汉那里所了解的情况，以及监控所发现的疑点，及时地向局长扬威作了汇报，扬威马上召集有关人员开会，研究分析案情，商讨下一步的具体行动方案。与会的同志根据目前掌握的情况畅所欲言、各抒己见、献计献策，一致认为这次应该在白天采取行动，因为罪犯以为白天比较安全，会戒备松懈，这样才能攻其不备，打他一个措手不及，扬威综合各自的意见，最终确定了具体的行动方案。

高德富的家坐落在一个小山坡上，房后紧靠着一个几十米高的小山包，山包上长着许多高大的杨树、桦树，还有粗大的柞树。据说这是当年盖房子时，特意请阴阳先生给看的风水宝地。高家父子对这些树木爱护有加，即使个别的枯树也原样保留，不但原来的树木长势良好，他们又在四周种了不少的小树。远远望去，只见树木枝繁叶茂、郁郁葱葱。

高德富的住房比村委会还气派，房顶是红色的铁皮瓦，四周墙壁镶嵌着白色的瓷砖，铁皮门，钢窗户，那可真是门楣高大，窗户明亮。两米多高的红砖围墙，两扇漆黑的铁大门，在众多低矮的房屋当中，更是鹤立鸡群，与众不同。

室内的装饰和布局也很合理，基本是按城市的住宅模式设计的，装有卫生间和壁橱，室内的家具和摆设也比较高档，尤其是客厅的装潢更是奢侈豪华。可让人感到别扭的是，雪白的墙壁上贴着几张发黄的年画，漂亮的屋门上贴着财神，门框上挂着“抬头见喜”、“恭喜发财”的字幅，新潮的家具上贴着“福”字。这套农村生活习俗，与装饰新颖的住宅显得很不协调，让人有一种不伦不类的感觉。

当年建房挖地基时，他们发现有一条深沟可以直通到后面的山上，阴阳先生说这条沟不好，影响风水，高家父子便用土和石头给填平了。前几年，由于种植和倒卖毒品，他们害怕出事，想找个保险的藏身之地。于是，高老二突发奇想，便领着父兄把那条深沟重新挖开，在山包下边凿了个10多平方米的地下室，利用这条天然通道，就可以从房屋内直通到外面的地下室。上面用预制板盖好，再用土回填，上面很快长满了杂草，外人根本就看不出来。地下室的上方有一棵直径40多公分的、已经枯空的柞树，可能与土壤和气候有关系，这里的柞树长成后，空心的比较多。但它质地坚硬，当地有很多人建房时，把这空心的树干立在房后当烟筒用。这种树的生命力很强，别看树干枯空，它的枝干上却仍然长满绿叶。

高老二巧妙地利用这个树洞，把它修成通气孔，又利用光线折射的原理，土法设计了一个潜望镜，通过树洞就可以观察到外面的动静。同时光线也可以折射进来，另外还留了一个应急的出口，以防万一。有这么保险的地方，难怪高德富不愿意高老二离家外逃呢。

这几天，高德富和大儿子就躲在地下室里，逃避着公安局的抓捕。高老大的身体已基本复原，他是个头脑简单，没心没肺的人，每天除了吃就是睡，耐不住寂寞时，就抽冷子上去和媳妇亲热一番，其他的啥也不想。高德富却愁眉不展，长吁短叹，寝食难安。他为自己的处境担忧，更为全家人的处境上火，虽然他呆在这里暂时没啥危险，可躲得了一时，躲不了一世，这总不是个长久之计。再说世上哪有不透风的墙，以后自己万一被抓，自己这一大家子人怎么办？自己这么多年辛辛苦苦打下的家业怎么办？岂不是竹篮打水一场空？他向来都是以胆大心细，工于心计而著称，可此时此刻他绞尽脑汁，却一筹莫展、无计可施。这使他陷入了一种从未有过的绝望和恐惧之中。

大兴安岭的秋天，秋风萧瑟，枝枯草干，是护林防火工作的关键时刻。各部门的护林防火检查工作也随之展开，由于年年如此，村民也都司空见惯，习以为常。

安航亲自带领由巴日虎、张景辉、敖英子等五名同志组成的行动小组，前去执行抓捕高氏父子的行动。由于正赶上张景辉这两天感冒，安航本不想让他参加抓捕行动，可他事事不甘落后，他急忙找到安航，一再要求参加抓捕行动，并拍着胸脯说自己的身体不要紧。张景辉从警20多年来，对自己一向严格要求，工作上一丝不苟、严肃认真，工作一直被他当成首要任务。在他的一再坚持下，安航只好同意他参加抓捕行动。巴日虎率领行动小组乔装改扮成护林防火检查人员，在巴特尔的配合下，出其不意地冲进高德富家里，采取了突击的抓捕行动。与此同时，雷鸣带领着干警们在外围做好了准备，在高家的四周设伏，以防他们逃窜。

安航进门之后，将他们的家人控制起来，逐个进行询问，以便从他们的嘴里得知高氏父子的藏身之处。由于巴日虎曾经来过高家，对情况比较熟悉，便带人直接来到了高老二的住室内，一把拉开了壁橱的门，仔细地检查起来。他发现这个壁橱也没什么特别之处，只是尺寸略大一些，里面基本没放东西，他首先对底部进行了仔细的研究，并把底部拆卸了下来，但也没有发现任何异常。难道是胡老汉提供的情报有误？还是根本没有什么藏身的地下室，一切都是胡老汉道听途说，酒后胡言乱语呢？安航心里不由迷惑起来。可他是个做事缜密，善于思考的人，尤其是在办案时，更是不放过任何蛛丝马迹。跟在他身后的张景辉，见他沉思不语，也上前对着壁橱捉摸起来，他用手在壁橱的后身和两边的挡板敲了几下，似乎觉得声音有异，还没等他想明白是怎么回事。只见巴日虎眉毛一扬，伸手又敲了几下两边的挡板，发现两边的声音有些不同，左边挡板的声音显得厚实，右边挡板的声音却显得有些空洞。他忙打开手电，对两边的挡板认真细致地检查，他仔细对照了一下，发现两边挡板的样式相同，唯一不同的就是右边的多了一个挂钩，他用手扳了一下，见没什么反应，就用力转动了一下，没想到挡板竟自动开始下降，他急忙又转了几下，挡板一直降到挂钩的位置才停止。出现在巴日虎眼前的是，一道砖砌的、高约两米的地道口，他急忙对身后的几名战友说了声：“快，跟我来。”然后就抢先冲进了地道内。

巴日虎借着手电的光亮，顺着狭窄的地道尽量放轻脚步，小心翼翼地前行，生怕惊动了里边的罪犯，他顺着斜坡往下走了10多步，然后又上坡走了近20步，却突然听到前边不远处，骤然响起一阵急促的门铃声。尽管安航和他的战友们早就作好了应付各种突变的心理准备，但面对这突如其来的铃声，还是立即停下了脚步。并关闭手电，贴身在两边的石壁旁，在黑暗中警惕地观察着前边的动静。

这个铃声是高家父子安装的报警信号，开关就安装在高德富老婆住的炕沿下边，高德富曾吩咐过她，不到危急时刻，不许动这个开关。他老婆刚才见安航发现了地道的秘密，便急忙转身打开开关报警，躲在地下室里的高德富，被这报警的铃声吓了一跳，他心头猛然一惊，急忙用有些沙哑的声音，叫唤躺在身边的高老大：“武举，快起来，可能出事了。”

“咋地，出啥事啦？”高老大慌忙地坐起身来问道。

“可能是公安局的人发现了咱们的秘密，要不你妈是不会开警报的，快去看看，到底发生了什么事，实在不行咱们就从出口逃走。”高德富对儿子催促道。

“爹，你先别着急，我去看看到底出了什么事。”高老大拎着双筒猎枪打开了地下室的门。想出去看个究竟。

高家父子的对话，被安航等人听的清清楚楚，他马上当机立断，决定改偷袭为强攻，毅然带头向前冲去。就在此时，高老大也从地下室里开门而出，随着门缝泄出一道灯光，原来他们的地下室里竟然还装有电灯。地道里闪出微弱的亮光，还没等高老大看清楚发生了什么事，迎面就射来了一道刺眼的手电光，照得他有些睁不开眼睛。他在惊诧之中，惊恐万分地向高德富大声喊道：“爹，不好了，地道里有人。”同时不顾一切地举起猎枪就射，此时巴日虎和他相距五六米远，见情况危急，他便对战友大声提醒；“危险，快闪开！”同时起身向前冲去，想尽快制服罪犯，他的话音未落，却被人冷不防从身后用力一拽，他一个趔趄，身体一歪，倒向一边的石壁。与此同时，只见张景辉从身后一个箭步冲上前去，用身体挡住身后的战友，没想到高老大情急之下，慌忙勾动了扳机，随着枪管里喷出一道火光，地道里传出一声沉闷的枪响。巴日虎只觉得左脸颊发麻，一股液体从嘴角边流下。同时也听到张景辉低声叫了一声，人也随之瘫倒在地。此时不容巴日虎多想，急忙飞身跃起，扑到高老大跟前，一把抓住兀自发烫的枪管，用力往下夺枪。高老大一边拼命往回夺枪，一边充满绝望地喊道：“爹，你不要管我，赶快走。”那知话音未落，巴日虎挥起握着手枪的右手，用枪托猛击他的太阳穴，高老大一声惨叫，身体往下便倒，双手也不由自主地松开。巴日虎夺下猎枪，与此同时，敖英子已迅速冲到高老大身边，麻利地将他制服，

高德富听到儿子那充满恐怖的叫声，就预感到末日来临，他利用儿子开枪并挡住门口的机会，出于求生的本能，奔到了地下室的出口，打算趁机从出口逃走。就在这关键时刻，却传来了儿子的惨叫声，他的心不由一阵颤抖，双脚如同灌了铅似的抬不起来，俗话说的好，打仗亲兄弟，上阵父子兵。毕竟是父子天

性，即使平时他做事阴险歹毒，可在这生死攸关的时候，他又怎能忍心撇下亲生儿子不管，自己独自逃生呢？就在他心如刀割，难以抉择之际，逃生的机会就已失去，巴日虎已经冲到高德富面前，高德富此时已失去了逃走的绝佳机会，面对着黝黑的枪口，高德富此时就像一条断了脊梁骨的癞皮狗，瘫在地上爬不起来。

制服了高家父子之后，巴日虎急忙转身察看张景辉的伤势，张景辉的伤势比较严重，此时他的脸色煞白，胸前渗出一大片血迹。张景辉在危急时刻，挺身而上，面对致命的枪口，他没有躲闪和退却，而是毅然绝然地冲上前去，用身体挡住了罪恶的子弹，把安全留给战友，把危险留给自己，体现了人民警察奋不顾身的献身精神。巴日虎顾不得自己的伤痛，怀着急迫的心情，指挥战友押着高家父子，背起受伤的张景辉，快步离开了地下室

安航闻听张景辉和巴日虎受伤，急忙命令随队医生进行紧急救治，由于张景辉流血过多，已出现了休克症状。经过一番抢救后，他们的伤势得到了控制，安航马上命令将受伤的张景辉和巴日虎送回医院抢救，巴日虎声称伤势不重，要求继续留下来，可安航却非常坚决地将他劝上车。战友们含着热泪，默默地把受伤的战友送上车，司机以最快的速度，一路鸣着让人揪心的警笛，风驰电掣般地朝市内驶去。

送走了伤员以后，安航又带领战友们对高家进行彻底的搜查，在地下室里，他们一共搜出了两支猎枪，几十发猎枪子弹，一公斤鸦片，还有十几万元的现金。在大量的罪证面前，高家父子失去了往日专横跋扈的威风，神情萎靡，面容憔悴地低着头，只是偶尔用神情复杂的目光偷看一眼家人。在押走高家父子时，高德富的老婆和高老大的媳妇，像疯了似的又哭又闹，拦着干警不让把人带走，安航已确认刚才的警报系高德富老婆所为，就命人以包庇罪将她一并带走，高老大的媳妇才吓得停止了哭闹。

夕阳西下，残阳如血，在傍晚的时候。干警们怀着喜忧参半的心情，押着罪犯和收缴的罪证，登上了返程的汽车。他们因为心里牵挂着受伤战友的安危，谁也高兴不起来，一路上默默无语，情绪索然地回到了局里。直到此时，抓捕高家

父子的工作才暂时告一段落。

安航和战友们处理完相关的事宜，连饭也顾不上吃，就急忙赶往医院，前去看望受伤的战友，当他们心急火燎地赶到医院时，竟得到了张景辉同志因流血过多、抢救无效而牺牲的噩耗。这不啻于晴天霹雳，战友们陷入了极度的悲愤之中，他们悲痛欲绝地守在战友的遗体旁，含着热泪默默地陪他度过这最后的时刻。

几天以后，在一个秋风瑟瑟，淫雨绵绵的日子，山城的人民怀着无比悲痛的心情，为张景辉烈士举行了隆重的追悼会。前来参加追悼会的有市委书记、市长、市直属各部门的负责人，以及所属各单位的工作人员，还有许多群众自发前来为英勇牺牲的缉毒英雄送行。巴日虎的伤虽然没有痊愈，但他还是面部缠着绷带，前来送亲爱的战友最后一程。葬礼的场面庄严肃穆，张景辉的遗体静静地躺在鲜花丛中，神色安详地如同睡着了一般，身上盖着鲜红的党旗，张景辉的妻子和女儿忍受着失去亲人的巨痛，神情悲戚地守在烈士的身旁，他的女儿手捧着父亲的遗像，紧咬着嘴唇，极力控制着自己的情绪，悲愤中透出几分刚毅和坚强。干警们排着整齐的行列，脱帽为烈士致哀，低沉的哭泣声响成一片。在低回缠绵的哀乐声中，公安局长扬威为烈士致悼词：

“各位领导，同志们，战友们：

今天我们怀着无比沉痛的心情，为英勇牺牲的缉毒英雄张景辉同志送行，他是我市开展缉毒斗争以来，牺牲的第一位烈士，张景辉同志的牺牲，使我们永远失去了一位模范的共产党员，我们公安战线失去了一位优秀的人民警察。他从事警察工作20余年，始终以共产党员的模范标准来严格要求自己，不图名、不图利，哪里艰苦哪里去，哪里危险哪里就有他的身影，始终站在斗争的最前线。他工作中兢兢业业、任劳任怨，从不计较个人得失，体现了一个共产党员的高风亮节，和人民警察为人民的道德风范。他在危急时刻，不顾个人安危，为了掩护战友的安全，挺身而上，把安全留给战友，把危险留给自己，献出了自己宝贵的生命。我们为他的英年早逝而痛惜，也为他的英勇献身精神而骄傲！我们要向张景辉同志学习，向英雄致敬，张景辉同志的英雄事迹将永载史册，千古留名。

同志们，战友们，张景辉同志的牺牲为我们再次敲响了警钟！使我们充分认识到了缉毒斗争的复杂性和残酷性，要充分认识到毒品的危害性，看清毒贩们的狡猾和凶狠。我们要有充分的思想准备，打一场旷日持久、艰苦卓绝的缉毒战争。发扬吃苦耐劳，勇于牺牲的大无畏革命精神！我们要继承烈士的遗志，化悲痛为力量，坚定不移地把缉毒工作进行到底！直到彻底铲除毒患为止，这是我们义不容辞的责任，也是党和人民赋予我们的神圣使命！不达目的，绝不罢休！并以此来告慰烈士的在天英灵。如果烈士地下有知，相信他一定会含笑九泉。我们将永远铭记烈士的壮举，缅怀烈士的英灵，你的英名将与山河同在，与日月同辉！安息吧，亲爱的战友，您一路走好！”

扬威含泪致悼词后，开始了遗体告别仪式，人们缓缓地走向前去，依次向烈士鞠躬告别。就在这时，发生了一个十分感人的插曲，张景辉烈士的女儿，一个外表文弱的女孩，今年刚满18岁，高中尚未毕业，但内心却非常坚强，她手捧着父亲的遗像，步伐坚定地走到了扬威的跟前，大声地请求道：“叔叔，我要继承父亲的遗志，当一名光荣的人民警察，为我爸爸报仇，请你收下我吧！”望着这感人至深的一幕，在场的所有人都为之动容。扬威忙拉住女孩的手，激动地说道：“孩子，好样的，你放心吧，叔叔一定满足你的要求。”

“叔叔，谢谢你，我保证不会给爸爸丢脸的，更不会给警察的形象抹黑。”说完后，她抬起右手，敬了个不规范的军礼，转身回到了母亲的身边。

完成了遗体告别仪式后，两排武警战士鸣枪致哀，震耳的枪声在广场上空回荡。警察们抬起烈士的遗体，缓步走上灵车。目送着灵车载着昔日的战友渐渐地远去，安航和战友们心如刀割，潸然泪下，沉浸在痛失战友的巨大悲伤之中。

* * *

自打从山上逃回城里之后，钱亚民和任武几人，便被安置在一所比较隐密的住宅里，并被告知他们不许在公共场合抛头露面，以防暴露身份。这是因为现在对毒品的打击非常严厉，公安局不但在各个交通要道设卡检查过往的车辆和行人，而且还利用广播电台、电视台、报纸等新闻媒体大张旗鼓地宣传报道、揭露毒品的危害性，就连各单位和街道两旁的宣传栏里，都贴满了有关缉毒的宣传画，大街小巷都挂上了打击毒品犯罪的标语，形成了一种对毒品深恶痛绝、人人喊打的局面。自动参与揭发和检举毒品犯罪的群众越来越多，致使一部分毒贩相继落网。

乔铎深感形势严峻，为了预防不测，他限令钱亚民等人不得擅自外出活动，同时还深感担忧，这半年多来，他们事事不顺，先是鲁经理被抓，后又是山上的大烟地被毁，虽然钱亚民等人侥幸逃脱，但随着与他们接触的毒贩相继落网，他们的身份早晚必定要暴露，公安局岂能放过他们？如果他们一旦被抓，势必影响到整个团伙的安危。让他想不明白的是，他们每次重大行动，似乎都在公安局的掌控之中，难道自己的团伙中有人通风报信？若果真如此，那么整个团伙将面临灭顶之灾！他越想越害怕，越来越焦虑，这个卧底的人会是谁？他在心里反复琢磨，把团伙中的每个人都仔细地过滤了一遍，觉得任武的疑点最大，一是他入伙时间短，二是他来了之后，接二连三出事，难道这仅仅是巧合吗？再说他的来历不明，万一他是公安局的卧底就彻底完蛋了，他不能仅凭钱亚民的举荐，更不能完全相信江群的调查结果。事关重大，有必要对他进行重新考查，彻底查清他的真实身份。

于是，他先后单独找钱亚民、杜立志对任武的疑点进行详细了解，结果二人拍着胸脯为他打保票，说当初如果不是任武机警，他们焉能逃脱公安局的追捕？此时怕是早就进入牢狱之中。说他是卧底？我们打死都不信！尽管没有从他俩的嘴里得到想要的证据，乔铎仍不死心。他又指使杜立志在任武睡觉时，将他的电子表偷出来。他找了个修表的，假借修表为名，对手表进行了一番检查，却被告知只是一块功能比较全的电子表而已。他只好让杜立志将手表偷送回去。然后他派遣心腹林秀（就是用假钞骗大烟时的那个眼镜先生，现任公司办公室主任）再次前去任武的家乡，进一步核实任武的具体情况，同时又派出美女前去试探，因为他知道公安局有铁的纪律，决不允许犯作风问题。这办法想的可真够绝的，假如任武真是卧底，他就会极力回避与女色接近，不敢动真格的，那样就会露出马脚。只有如此方能辨别他的真实身份。

由于钱亚民他们在山上生活了好几个月，再加上逃跑时担惊受怕，两天两夜无心吃饭睡觉，几乎每个人都瘦了一圈儿，体力已严重透支。如今吃喝不愁的呆在屋里，每日大鱼大肉供养着，那真是饿了就吃、困了就睡，吃饱喝足了就玩扑克赌钱，江群也时常来陪他们玩，日子过得无忧无虑、清闲自在，他们心里感到很满足。

时间一久，他们觉睡足了，酒肉吃喝腻了，体力也迅速得到了恢复，他们再也不满足这种近似软禁的生活。俗话说，饱暖思淫欲，此话一点不假。钱亚民耐不住寂寞，有两天晚上偷着溜了出去，跟不三不四的女人鬼混，结果被负责送饮食的童胖子发现，并遭到了童胖子的严厉训斥，吓得他一连好几天没敢往外跑。

这天上午，他们正在用扑克玩“同花顺”，也就是人们常说的“骗三张儿”。他们玩的正起劲，许芳带着一位美女推门而进。钱亚民不由眼前一亮，忙丢掉手里的扑克，站起身来笑着说：“不知今天是刮什么风，把两位美女给吹来了？”

“今天闲着没事，我们姐俩儿特意来看看你们，怎么的，不欢迎啊？”许芳口齿伶俐，能言善辩，她在故意拿钱亚民寻开心。

“欢迎，热烈欢迎！你们这两位美女光临，岂有不欢迎之理。”钱亚民油腔滑调地说道。任武趁他们说笑的工夫儿，起身为她们让座，并为她们沏了两杯茶水。看样子他们是老相识，故此纷纷起身与之打招呼。

任武用眼仔细打量许芳领来的不速之客，只见她身材高挑，皮肤白皙且不施粉黛，留着瀑布般的披肩发，身着貂皮毛领筒式棕色短皮衣，棕色皮裤，就连脚下穿的长筒皮靴也是棕色的。她举止端方，性格娴静，显示出一付大家闺秀的典雅大方，美丽漂亮绝不亚于电影明星。许芳特意把她领到任武的跟前，正经八百地介绍道：“这位是刘丽，你就叫她刘姐吧。”然后，她又对刘丽说：“他就是任武，性格和你差不多，也是属于外冷里热，心中有数的人。”刘丽矜持地上前与任武握手，嘴角带笑地说道："久仰你的大名，今日一见，果然不同凡响，真是一表人才。"

"刘姐，你过奖了，小弟能结识你这位美女姐姐，真是三生有幸。"任武被她的美貌和气质所折服，由衷地称赞。

"哎呀，今天真是破天荒了，没想到我们的小帅哥见到美女，嘴巴也变的这么甜，怎么你这个真童子也思凡了？我看你们俩是金童玉女，天造地设的一对，怎么样？用不用我给你们当红娘？"许芳拍着任武的肩膀，放肆地开着玩笑。把刘丽和任武说的满脸通红，不好意思地低下头。许芳却不依不饶，继续逗任武："小帅哥，我警告你可注意点，我这个妹妹可是一朵带刺的玫瑰，小心刺伤你的手。"任武不善开这种玩笑，红着脸没有出声。站在一旁的钱亚民看不下眼，站出来替任武抱不平，他笑着对许芳说道："芳芳，你光知道刘丽妹妹是带刺的玫瑰，可你并不知道任武兄弟是有毒的蜜蜂，我担心他会刺伤刘丽妹妹的心。"

"你这个死胖子，是不是没刷牙，说出话来怎么这么臭。"许芳没好气地瞪眼骂道。

可钱亚民却丝毫不生气，他笑着对许芳说道："你说谁的嘴臭，我看你的嘴也不香！不信你让我闻闻？"钱亚民边说边往前凑，冷不防在她的脸上亲了一口，许芳扬手就打，怎奈他早就有防备，非常灵巧地躲开，惹来了其他人的一片哄笑，就连刘丽也忍不住笑出声来。许芳气得在后面追打，钱亚民边逃边招架，一个劲地往后躲，屋子里被闹的乱成一团。

"你们别犯贫了，一见面就瞎闹，没一点正形儿，你看人家任老弟，多文明。"刘丽用手指着任武对钱亚民和许芳正色说道。

"我们怎么没正形啦？你当着帅哥的面这么埋汰我，你看你和小帅哥多有正形，多般配！你是不是看上他了？"许芳口无遮拦地和刘丽开玩笑。

"许芳，你们在一起瞎闹，千万别刮拉我，若不然我真生气了。"刘丽登时板起面孔生气地瞪着她。

"好，好，我不说行了吧，你还真生气啦？"许芳见她变了脸，忙陪着笑脸认错。她也有几分惧怕这位出名的“冷艳美人”。

对于她俩的到来，他们都很高兴，尤其是钱亚民更显得异常兴奋。刚十点多，他就张罗炒菜做饭，由于有现成的熟食，他很快就搞出了一桌像样的菜肴。在酒桌上，他十分殷勤地为她俩劝酒夹菜，并和许芳接二连三地干杯，酒桌上的气氛十分热烈。

酒足饭饱之后，他们就开始打麻将赌钱。任武见人多，便主动撤出来，一个人回到卧室，躺在床上看杂志。看着看着，他觉得眼皮有些打架，他便丢下刊物，迷迷糊糊地进入了梦乡。不知睡了多久，他被开门声惊醒，急忙睁开眼睛，看见刘丽正站在他的床前。他赶紧翻身从床上坐起，一边让座一边问道：“刘姐，你怎么不玩啦？”

“没意思，正好童胖子来了，我就让给他了。”刘丽坐在床边上答道，并顺手拿起他放在床头的书问道，“你看的是什么书？”

“没什么书，只是普通的刊物。”任武随口答道。

“你和江大哥差不多，都喜欢看书。我看你不象在黑道上混的人，却像个大学生。”

“何以见得？”任武笑着问她。

“你看你文质彬彬的，不像大学生像什么？哪像老钱和胖子，一个个长得五大三粗，还满口脏话，好像土匪似的。”刘丽不屑一顾地说道。

“刘姐，你怎么也以貌取人呢？”任武望着她的脸问道。

“我并不是以貌取人，而是你们的气质根本不同。”刘丽翻看着手里的刊物，顺口说道。

“人在江湖，身不由己，已经走到了这一步，还讲什么气质？我看都一样。”任武不以为然地答道。

“那可不一样，你们办事知道用脑子，他们就知道蛮干，就拿这次从山上脱险来说吧，若不是你发现了通道的秘密，岂不是都会被公安局抓住？这就是你和他们的不同之处。”刘丽一改往日的冷漠，面带微笑地夸他。

“其实那也是偶然发现的，现在想起来还真有点后怕，这次没被抓住实属万幸。”

“你是吉人自有天相，凭你的聪明才智，将来必成大器。”刘丽的眉毛一挑，美丽的双眸中射出赞许的目光。

“刘姐，你过奖了，我乃落魄之人，只求吃碗安稳饭，日后还望刘姐多关照。”任武非常谦虚地说。

“关照倒谈不上，以后有事尽管说，我一定尽力而为。”刘丽十分仗义的说。

“刘姐，谢谢！你是巾帼不让须眉，小弟自愧弗如，以后有用得着我的地方，小弟万死不辞。”任武早就听说她是个言而有信的人，故此对她投桃报李，以表诚意。

“谢谢你，我们以后就当铁哥儿们相处，你今年多大啦？”刘丽亲切地拍了一下他的肩膀，关心地询问他的年龄。

“25岁。”任武据实回答。

“哎，咱们俩同岁呀，你是哪月生的？”刘丽颇感意外地追问。

“我是农历五月初八生日，你呢？”

“哎呀，真是太巧啦，咱俩是同一个生日，你是几点钟出生的？”刘丽倍感惊喜。

“几点钟生的？我说不太清楚，不过这没什么关系，你还是继续当我的姐姐吧！”任武也显得十分高兴，并亲切地喊了她一声大姐，刘丽也痛快地答应着，两个人不由自主地开心大笑，笑声惊动了客厅打麻将的人，许芳笑嘻嘻地隔着门高声问道：“你们俩有什么好事？笑的这么开心，说出来也让我们分享一下。”

刘丽拉着任武的胳膊，来到了客厅，面带笑容地向他们几个说道：“你们说巧不巧？我和任武竟然是同年同月同日生！”

“你说的是真的？那可太巧了，我们应该好好庆贺一番。”钱亚民将麻将一推，站起身来。许芳一把将他拽住，没好气地说：“哎，你先别走，我坐庄的钱你还没给呐。”

钱亚民甩开她的手，笑着用话气她：“最后一把谁还算账？你就认倒霉吧。”

“碰上你这个耍赖鬼，真是倒霉。”许芳一边数着钱，一边生气地抱怨着。

钱亚民很快就安排好了酒菜，他们围绕着刘丽和任武生日的话题，一再举杯表示庆贺，同时也穿插几句不伤大雅的笑话，因为他们几位男士都忌惮刘丽的性情刚烈，不敢轻易和她开玩笑。唯有许芳敢在刘丽高兴时说几句笑话，若是往日，刘丽准会不高兴。可今天她却一反常态，由阴转晴，昔日冷若冰霜的脸上，绽放出温柔的笑容，为酒桌上增添了欢乐的气氛，他们嬉笑调侃，开怀畅饮，尽欢而散。

此后，刘丽成了这里的常客，经常找借口往这里跑，而且来了之后，就和任武呆在卧室里，连说带笑地聊个没完没了，连吃饭都得叫好几遍。她刚开始时总拉着许芳一起来，拿她当挡箭牌，以免他人说三道四，后来许芳看出她是醉翁之意不在酒，就不再甘心当她的电灯泡。刘丽无奈，就只好放下以往的矜持，独自一人来和任武约会。她和任武的关系也日愈升温，不再忌讳别人的玩笑和议论。

随着交往的频繁，他们的感情也在逐步加深，有一次，刘丽在任武的住处呆到深夜，刘丽鼓足勇气，向任武敞开了心扉，表达了自己的爱慕之情，并含着心酸的眼泪，向任武诉说了自己的痛苦身世和坎坷经历：

刘丽的父母以前住在省城，两人是大学同学，毕业后，父亲分配到机关工作，母亲是中学教师，两人结婚后，生活本来很幸福。可天有不测风云，她的父亲因为在反右时，说了几句不合适宜的话，就被上纲上线，打成了右派，被发配到林区劳动改造。她的母亲由于不肯和父亲划清界线，而受到了牵连，随着父亲一起来到了林区。尽管他们身上背负着沉重的政治包袱，林区的生活条件又非常艰苦，使他们的情绪非常低落。但刘丽的出生，却给他们带来了莫大的安慰，他们的生活充满了喜悦和乐趣。

在父母的精心呵护下，刘丽度过了无忧无虑、天真快乐的童年时代。

告别了童年时代，刘丽背着书包、迈进了学校的大门。刘丽聪明伶俐、勤奋好学，是一名品学兼优的好学生。没想到一场惨痛的变故，打碎了她的幸福生活，也彻底改变她的人生轨迹。在她12岁那年，母亲在一次意外的车祸中，被无情地夺去了年轻的生命。面对这突如其来的横祸，刘丽悲痛欲绝，简直不敢相信这残酷的事实，她的神经变得麻木，大脑一片空白，在大人的支配下，机械地跟着父亲，埋葬了可爱的母亲。

由于母亲的突然逝世，她的生活也从此失去了欢乐，性格也变得沉默寡言，但让她感到庆幸的是，她虽然丧失了母爱，但父亲对她更加关爱，父爱如山，在她那残缺的心灵中，父爱给她带来了莫大的安慰，也在很大程度上弥补了缺失的母爱。

两年之后，继母走进了家门，她的噩梦也从此降临！继母是农村人，她的姐姐和父亲是同事，见父亲人品好，又有学问，就把自己的妹妹嫁给了比她年长十几岁的父亲。继母刚进家门时，对她还说得过去。可时间一久，她便露出了暴戾的本性，经常背着父亲虐待她，不但时常吃不饱饭，而且身上还被打的青一块紫一块的。尽管疼痛难忍，但刘丽性格倔强，从不向继母求饶，更不向父亲哭诉，以求换取家庭的安宁，因为父亲的性格比较软弱，他为了维持这个组合的家庭，对继母也一再忍让，处处迁就。

每当夜深人静的时候，刘丽躺在床上，一边回忆母亲生前的快乐时光，一边暗自伤心流泪。她有时真想一死了之，到地下去寻找那失去的母爱，这种生不如死的生活又有什么可留恋的？可当她一想到可怜的父亲时，她的心又软了下来，因为在这个世界上，父亲是她唯一的亲人。她不敢想象，假如父亲一旦失去她，将会伤心到什么程度，及有可能将会失去继续生活的勇气。为此，她只好打消这种绝望的念头。她唯一的希望就是自己快点长大，找份工作，搬到单位去住宿，彻底脱离这个没有温暖的家庭。

然而，世事难料，造物弄人，她没有盼到自己向往的哪一天，就被迫提前离开了家门。

在她16岁的那年夏天，当再次无故受到继母的打骂时，她仍然和以前一样咬牙忍受着，可没想到继母竟用锥子扎她的隐秘处，嘴里还不停地骂着不堪入耳的脏话。人的忍耐是有限度的，她可以忍受皮肉之苦，但却难以忍受对她人格的诬蔑！她的自尊心受到了极大的伤害，那压抑在心头以久的仇恨，犹如火山爆发的岩浆一样，喷涌而出。她怒不可遏地挥手打了继母一记响亮的耳光，然后毅然决然地走出了家门。

当时她的想法十分简单，天下这么大，岂能没有我的立身之地？我要自食其力，找回属于自己的尊严和自由。然而，事实证明，她的想法是多么天真可笑。

她在社会上流浪了几天，饱尝了流离之苦，身上的钱也即将花光，她面临着露宿街头、伸手讨饭的困境。她在昏暗的灯光下，漫无目的地在马路上徘徊着，脑海里不时闪现出父亲那慈祥的面容，回想起母亲健在时他们一家三口其乐融融的情形。她此时多么渴望家庭的温暖啊！可一想到继母对她的种种虐待，她就不寒而栗，她实在没有勇气再回到那个伤心欲绝的家，如果再让她在那样的环境下生活，她的精神非得崩溃不可。

“哎，这不是刘丽吗？你在这里干啥呢？”正当刘丽走投无路的时候，耳边突然传来了熟悉的声音，她忙抬头望去，原来是她以前的同学许芳。许芳在去年就已经辍学，她们上学时关系很好，彼此已有很长时间没有见面了，此时她的穿着打扮十分漂亮。

由于是同学关系，许芳对刘丽的家庭背景比较了解，再加上刘丽处于有家难回，缺少关爱的时候，能够碰到昔日要好的同学，自然倍感亲切。于是，她便毫无保留地将自己的遭遇直言相告。许芳对于她的处境深表同情，十分仗义地劝她说：“刘丽，你不必发愁，你先住到我那里，以后我再帮你想办法，你放心，就凭咱们姐妹的魅力，一定会有出头之日，怎么样，跟我走吧。”

由于刘丽当时年纪太小，毫无社会经验，再加上自己有家难回，居无定所，便欣然同意，和许芳走到了一起。但也因刘丽这一念之差，致使她误入歧途，偏离了正确的人生轨道。

原来许芳辍学后，就和社会上的一些不三不四的人鬼混在一起，整天出入歌厅、酒吧，过着花天酒地的糜烂生活。刘丽当时并没有认清事情的严重性，她是怀着好奇的心理，随着许芳频繁地出入娱乐场所，无忧无虑地吃喝玩乐，觉得很开心。

由于刘丽天生丽质，修长而早熟的身材，细腻如象牙般的肤色，一双清澈明亮的大眼睛，长长的眼睫毛，挺直的鼻梁，红润的嘴唇，洁白如玉的牙齿，微微上翘的嘴角，是那么和谐完美、清纯靓丽，处处散发着少女诱人的青春气息。她的花容月貌招来了无数羡慕的目光，也引来了那些不安分男人的非分之想。可她却如同骄傲的公主，对那些垂涎美色的混账男人，更是横眉冷对，不予理睬，就好像出污泥而不染的芙蓉，又好像带刺的玫瑰。

当地有个恶少，名叫邵柏，他的老子是市政府的领导，他狗仗人势，飞扬跋扈，横行乡里，无恶不作。他手下有一帮臭味相投、如狼似虎的弟兄，甘心受他驱使，动辄对人大打出手，不但在市区内无人敢惹，就在整个甘河地区也是赫赫有名。

邵柏在一次朋友的生日宴会上，见到了刘丽，他被刘丽的美貌所倾倒，在酒桌上就大献殷勤，可没想到竟碰了一鼻子灰，刘丽根本就不理睬他。这让他感到很丢面子，可他却破天荒没有发火，而是很有绅士风度地一笑了之。

从此以后，他便对刘丽念念不忘，每日茶饭不思、神魂颠倒，连做梦都想把刘丽搞到手。鉴于上次的教训，他没有像有些人那样表现的十分露骨，而是含而不露地从外围入手，想方设法地去接近许芳，并经常借故请她吃饭，而许芳总是拉上刘丽一起去，邵柏也沐猴而冠，装得一本正经，对刘丽彬彬有礼。刘丽由于涉世不深，又被他的伪装所迷惑，根本就没看出他的险恶用心，不但对他没有戒心，反而还有几分好感。可令她万万没有想到是：这个衣冠禽兽竟在一次朋友聚会时，骗她喝下了兑了麻醉药的啤酒，并趁她昏迷不醒之际，把她带到宾馆，无情地夺走了她的少女贞操，然后竟撇下她扬长而去。

刘丽清醒后，发觉自己已经失身，她痛恨地大哭了一场，并在心里暗暗发誓：一定要报仇雪恨，不报此仇，誓不罢休。但是她表面上却没有声张，而是暗中做着报复的准备。

邵柏见她事后没有声张，自以为得计，心想她也和那些肤浅的女孩一样，因为怕羞，只能牙掉了往肚子里咽，干吃哑巴亏，不敢对人声张。所以，刘丽邀他单独见面时，他心中不由一阵窃喜，以为刘丽会跟他谈条件，或许还能和他重温旧梦呢？当他满怀欣喜，一厢情愿如约而至，他做梦也没想到，迎接他的竟是迎面劈来的板斧，饶是躲闪及时，保住了脑壳，躲过了这致命的一击，但却付出了断臂的代价，

邵柏仗着老子的权势，向来说一不二，无人敢惹，没想到竟会栽在刘丽的手里，他岂能善罢甘休。众人暗自替刘丽捏一把汗，许芳劝她到外地去躲躲，或找人讲情、求他原谅，可刘丽不以为然，竟像个没事的人似的，不为所动。

数月后，刘丽听到邵柏伤愈出院的消息，便怀揣匕首，只身找到了邵柏。真是一朝被蛇咬，十年怕井绳。邵柏一见到她，心里竟产生一种莫名其妙的畏惧感，尽管他表面上虚张声势，色厉内荏地要和刘丽算账，可没曾想刘丽比他还强横。刘丽神色坦然，毫无惧色地说道："我今天来，就是要和你作个彻底的了断，实话告诉你，我今天既然来了，就没打算活着回去，今天不是你死，就是我亡，你说吧，咱们怎么玩法，是单打独斗，还是你找人帮忙，我都奉陪到底。不过你要记住，只要你给我留一口气，你就别想过安生日子。"望着刘丽怒目而视，一付拼命的架势，邵柏心有余悸，脸色煞白，头上直冒冷汗。别看他平时瞎咋呼，可真到了真正拼命的时候，他却草鸡了，吓得半天没言语，最后竟灰溜溜地离开了。

事后，邵柏通过许芳，设宴请刘丽吃饭，想借此机会与她和解。他见刘丽前来赴宴。便觉得很有面子，于是，邵柏在酒桌上主动向刘丽承认错误，并请求她原谅，并说刘丽无论提出什么条件，他都可以满足。刘丽当着众人的面，竟提出了意想不到的条件，说如果想得到她的原谅，除非邵柏把自己阉割了，否则休想得到她的谅解。这个条件提的真是匪夷所思，邵柏被推到了十分尴尬的境地。他

呆坐在椅子上，面色苍白，无言以对，他怎么舍得割掉自己的命根子呢？可自己又把话说的太满，此时连个回旋的余地都没有。刘丽见他如此，便站起身来，将杯中酒用力泼到邵柏的脸上，接着又把酒杯摔碎在地，然后摔门扬长而去。

从此，邵柏的名声扫地，一落千丈，再也嚣张不起来了。而刘丽却因而名声鹊起，她制服了号称甘河地区排行第二的黑道人物，并让这个昔日这个威风八面的太岁丢尽了脸面。那些曾对她有非分之想的男人，都吓得退避三舍，敬而远之，再也无人敢去招惹这个女罗刹。刘丽经过这番变故，对生活彻底失去了信心，并产生了一种逆反心理，认为男人没一个好东西，久而久之，她便落下了“冷艳美人”的绰号。”

刘丽泪流满面地讲述完痛苦经历，才如释重负地长长地吐了一口气，怀着无限的伤感说道：“既然我们是真心相爱，我就不该对你有丝毫的保留，也不希望你对我有所隐瞒，我知道，我在一些所谓的正人君子的眼里，是个坏女人，不但和一些社会朋友混在一起，而且还失过身，今天我把一切的都告诉你，就是让你了解事情的真相，我可以坦白地告诉你，在没认识你之前，我对爱情不抱任何奢望。你如果不嫌弃我是个失身的女人，咱们就继续相处下去，如果你在意我的过失，我也决不强求，咱们只当好朋友相处。你也不必为难，不管你如何选择，我都毫无怨言，对我来说，一切都无所谓。”

听完刘丽的真情告白，任武感到非常震惊，十分同情刘丽的遭遇和不幸，也更加敬佩她的勇气和胆量，觉得自己有责任帮助刘丽走出生活的误区，使她走向新的生活。于是，他坚定地对刘丽表白道：“刘丽，我感谢你对我的信任，也十分同情你的痛苦和不幸，我为能遇到你这样一位红颜知己而感到幸福和自豪！你不必为失身的事而耿耿于怀，也不必有负罪感，因为责任不在你，你也是无辜的受害者，要怪就怪那些道德败坏的害人者，应该由他们来承担这份罪责。至于所谓的贞节观，属于封建社会遗留下来的糟粕，是封建社会的统治者用来残害女性的歪理邪说，在封建社会里，男人可以三妻四妾、狎妓宿娼、花天酒地、为所欲为，而女性就必须保持贞节，恪守妇道，遵从三从四德，从一而终，不管遇到什么特殊原因，只要女人一旦失身，就视为不守贞节，败坏家风，背负淫女荡妇的骂名，落个人人不齿，遗臭万年的下场。如今是新社会，提倡的是男女平等，男人能作的事女人也同样能做到，妇女的地位有了很大的提高，我们的思想观念也应该从封建礼教的桎梏中解脱出来，其实所谓的贞节观，说白了就是男人与女人生理上的不同，根本就不能说明什么问题，更不能代表一个人心灵的美与丑。一个人的美丽与丑恶，只能用他的行动来表达，而不是用她的身体是否完美来衡量，一个人并不是因为美丽而可爱，而是因为可爱而美丽。爱一个人就要用全身心无私地去爱！不但要爱她的优点和长处，更要包容她的缺点和过失。因为爱是奉献而不是索取！”听完任武这番真情表白，刘丽激动的热泪盈眶，她情不自禁投入到任武怀抱中，陶醉在甜蜜的幸福之中，久久不忍分开。

通过这次敞开心扉的交谈，任武和刘丽的关系更加密切，他对刘丽也更加关心和体贴，两人的感情也不断加深。刘丽在甜蜜的爱情滋润下，性格也逐渐变得开朗起来，脸上经常洋溢着幸福的微笑，与从前相比好像换了个人似的。爱情的力量真是太伟大了！

* * *

林秀今年30多岁，个头不高，长的眉目清秀，戴着一付眼镜显得文质彬彬。林秀的父亲粗通文墨，他当初给儿子起名字时候，取“木秀于林”之意，寓意他的儿子将来能成为栋梁之材。结果他的儿子不但没有成材，相反却走上了歪道，这可能与他忽略了后面的一句话有关，“木秀于林，风必摧之”。众所周知，其实一个人是否有成就，根本与他的名字无关，只不过是老人望子成龙的一种美好愿望罢了。

乔铎委派林秀前去省城再次调查任武的身份，他独自一人，悄悄地登上开往省城的列车，在卧铺上他自斟自饮，吃饱就睡，旅途逍遥自在。到达省城后，他背着挎包走出车站，迎面就遇到一位接站的中年妇女问他：“兄弟，住店不？”林秀本来就打算在车站附近找个旅店住下，听见问话，就停下脚步，打量了接站的妇女一眼，按着自己的要求问道：“旅店离车站近不？住宿条件怎么样？什么价位？”那个中年妇女急忙笑着答道：“不远，不到200米，条件非常好，都是单间，价位只有20元，而且服务到位，包你满意！”“服务到位？你都有什么服务啊？”林秀笑着问道。“你想要什么服务，就有什么服务，而且绝对安全，你就放心跟我走吧。”林秀早就听说省城很开放，经常会碰到艳遇，他早就想亲身体验一番，此时见她说的暧昧，正中下怀，便跃跃欲试地答应下来，跟在接站妇女身后，向车站广场外边走去。

林秀随着中年妇女，穿过了两条小巷，走出了300多米，林秀便有些疑惑地问道：“怎么还不到地方？你不是说不到200米吗？”“小伙子，我说的是直径距离200米，前边正修路，故此咱们就绕点远，多走了几步，你别着急，马上就到啦。”中年妇女一边解释，一边又领着他穿过一条街道，足足走了500多米，来到了一栋居民楼前，林秀抬头望去，只见一栋楼里分别挂着几个名称不等的旅店招牌，中年妇女径直领他走进一个挂着“佳美”招牌的旅店。“老板娘，来客了。”接站的妇女进门就高声喊道。“好，来啦，来啦！”随着答应声，从接待室里走出一位40多岁，打扮妖艳的妇女，她的衣着打扮与年纪很不相称，她满脸堆笑地和林秀打着招呼，连他的证件都没看，就让一个涂脂抹粉的年轻的服务员亲热地领他上楼看房间，房间比较整洁，不但有卫生间，还有电视，电话，而且房价也很便宜，只有50元钱。林秀决定就住在这里，服务员告诉他如果有什么需要，随时可以打电话叫她。他放下提包，脱掉鞋子，躺在床上想休息一下，这时服务员再次返回为他送开水，并主动亲热地和他搭讪，她的衣服穿的比较露，丰满的前胸好似两座小山峰，颤巍巍的在他眼前乱晃，把林秀撩拨得心里麻酥酥的，有心拿话来挑逗她，但初来乍到，人地生疏，他不敢造次，强忍着邪念，躺在床上闭目养神，心绪才趋于平静。

在宾馆餐厅用过午餐后，他方才想起自己此行的目的，他有些不情愿地走出宾馆的大门，打了一辆出租车，按着江群曾经提供的地址，找到了任武父母的住址。他以单位的名义来到社区了解情况，由于是新开发的住宅小区，社区干部对任武的情况也不甚了解，他只好来到社区所辖派出所。凭借纪远为他开的公安局介绍信，派出所的干警热情接待了他，对于他的要求，也表示尽全力给予配合，但因任武的父母属于动迁户，任武的案情当时发生在其他辖区，故此他们所里没有卷宗，所以不能提供案件的详情。派出所只提供了任武因犯伤害罪获刑，刑满后没有申报户口，由于父亲一气之下与之断绝父子关系，并拒绝为他落户，他一气之下弃户口不顾，人也不知去向。

林秀见情况基本相同，就起身告辞，他又找到任武父母的住处，想进一步证实一下情况。于是，他敲开任武父母的房门，自称是任武的朋友，到此地出差，受任武的委托，前来看望二位老人。没想到任武的父亲听了他的来意，竟不容他进门，而是隔着门对他大声吼道："我没有这个不争气的儿子，更不认识他的什么狐朋狗友！他给我们的老脸都丢尽了，我一辈子都不想看到他。"然后就重重地关上房门。

林秀碰了一鼻子灰，只好悻悻地离开。他闲着无聊，乘车来到闹市区闲逛了一圈。天色将晚时，他在附近的一家酒店，点了几个可口的菜，一个人兴趣索然地喝着闷酒。他喝了半斤白酒，两瓶啤酒，直到晚上八点，才带着几分醉意，摇摇晃晃地回到旅店。

房间里有些闷热，他起身想去冲凉，房间的电话却突然响了。"会是谁呢？我在省城也没有熟人啊？"林秀边想边拿起话筒，还没等他问话，话筒里就传来嗲声嗲气声音："先生，请问您需要特殊服务吗？"林秀一听女性充满诱惑的声音，不由心里发痒，浑身舒服的汗毛孔都张开了，他急忙不怀好意地笑着问道："小姐，请问你的特殊服务都包括什么？"

"先生，您需要什么服务，我都能满足您。"

林秀被对方挑逗的六神无主，心神荡漾，庆幸自己交了桃花运。于是，他便放心大胆地对着话筒露骨地说："既然如此，你能满足我生理上的需求吗？"

"当然可以，只要您愿意，我愿意为您提供任何服务。"

"那你的服务费是多少？"林秀担心被宰，故此向她打听行情。

"先生，看来您是行家，我们讲信用，各项服务都是明码标价，童叟无欺，您就放心享受吧。”林秀对她的话感到很满意，便当即同意接受特殊服务。放下电话后，林秀高兴的抓耳挠腮，养精蓄锐，跃跃欲试，就在他得意忘形之际，传来了敲门声，他快速打开房门，出现在他眼前的是一位打扮妖艳的妙龄女郎，林秀高兴的心花怒放，他们简单地交流了几句，林秀就不顾一切将其按倒在床上，在她的脸上胡乱地亲着，那个女郎半推半就地假意躲闪着，嘴里发出性感的撒娇声，挑逗得林秀性欲大发，他胡乱扒光了对方的衣服，又忙不迭地褪下自己的裤子，就在他即将成就好事时，没想到房门却被人撞开，出现在他们面前的是几个男子，那个女郎惊叫一声，急忙从林秀的身体下挣脱出来，并披上外衣遮住赤裸的身体。这一惊非同小可，把林秀吓的出了一身冷汗，酒也顿时醒了。还没等他反应过来，其中两个膀大腰圆的汉子，上前将林秀的胳膊拧过身后，另一个瘦子则上前一把将女郎从床上拖起来，伸手就是一记耳光，嘴里凶狠地骂着："好你个臭娘们儿，竟敢背了我偷人，我今天非打死你不可。"

"老公，我没有偷人，是他想强奸我，你可要给我做主啊！"那个女郎哭着辩白。

那个瘦子听后，撇下女郎，转过身来，指着林秀愤恨地骂道："好你个小白脸，竟敢调戏良家妇女，看我怎么收拾你。"此时林秀早已吓的浑身哆嗦，闻听女郎诬他强奸，赶紧为自己开脱，他颤声说："大哥，不是我强奸，是她打电话勾引我的。"

"你他妈的，我眼见你把她按在床上，你还不认账，真是欠揍。"他在骂的同时，挥拳向林秀打去，正好打在林秀的左眼眶上，他只觉得眼前直冒金星，另外两个帮手也对他拳脚相加。林秀此时顾不上狡辩，只是连声求饶："各位大哥，是我错了，请高抬贵手，饶了我吧。"

"天下那有怎么便宜事，你强奸了我的老婆，还让我饶你，我实在咽不下这口气，我看只有送你去派出所，交给警察去处理。"瘦子依然怒气冲天地骂道。

"大哥，我求求你，千万不要送我去派出所。"林秀知道一旦去派出所，那就麻烦了，即使告他强奸未遂，也要判个三五年不可，那岂不是全完了。他急忙跪地求饶。

“不上派出所也行，但你必须答应我的条件。”瘦子厉声喝道。

“行，行，只要不上派出所，我什么条件都答应。”林秀闻听答应不送派出所，急忙满口应承，生怕对方变卦。

“那好，你写个认罪书，另外还要赔偿我老婆的青春损失费。”瘦子怒气未消地向他提出了条件，这两个条件可是够狠毒的，林秀如果答应，不但会被洗劫一空，同时又有把柄攥在对方手上，事后想反悔都不成。如果他不答应，对方一定还会以送派出所相要挟。

“这，这——”林秀深知这两个条件太苛刻，故此面露难色，犹豫不决。

“你他妈的还磨叽啥，不同意就拉倒，干脆送派出所算了。”瘦子气的上前踢了他一脚，不耐烦地骂着。

“别、别、别送派出所，我同意、同意你的条件。”林秀情急之下，顾不得那么许多，当下满口答应。

于是，瘦子掏出纸笔，逼迫林秀违心地写下了强奸未遂的认罪书，并签字画押。然后对方强行搜出身上所带的钱款，共计2000多元钱，他好说歹说，对方才开恩给他留下零头，作为他回去的路费。

待对方领着那个女的离开后，林秀才反应过来，知道自己中了对方早已安排好的陷阱，但此时他是哑巴吃黄连，有苦说不出，只好自认倒霉。

他是好事没得到，反招来一顿殴打，又被勒索了2000元钱，真是既憋气又窝火，他躺在床上翻来覆去的一夜未合眼。

第二天早上，他悄然离开了佳美旅店这个伤心地，按说他今天应该到当初受理任武案情的派出所，再详细调查一下有关任武的案情，但经过昨天的这场变故，他早已没有心情再去作调查，他有心想返回，但自己昨天刚到，回去没法交差，又加上自己脸上有伤，回去没法对人解释，于是，他找了个一宿10元的小旅店住了下来，每日只吃面条和馒头度日，过了几天苦行僧的生活，苦熬几天之后，他眼睛上的淤血逐渐消退，他才到车站购买了车票，无精打采地乘车返回。

他是乘兴而来，败兴而归，心情沮丧到了极点。

回到甘河市之后，他按着自己早已编好的谎话，向乔铎作了汇报。说他全是谎话，也有点冤枉他，他第一天到任武家被骂出来，以及到派出所的经过还是实情，至于其他的情况，都是他根据所掌握的，江群以前调查的结果所杜撰的，故此与江群的调查大致相同。乔铎见他与江群的调查基本一致，同时也因为他的美人计进展顺利，据说目前二人的关系密切，感情发展神速，所以他对任武的真实身份也就不再怀疑。他甚至有些后悔，自己是不是多此一举，白白地把自己垂涎的美女拱手送人。但事已至此，他也只好牙掉了往肚子里咽。待他静下心来，仔细地思考之后，他还是无法排除任武的疑点，决定再对他观察一段时间。于是，他再三叮嘱刘丽："千万要把握住自己，控制住感情，切莫陷入爱情的漩涡而有辱使命。一定要用自身的美丽和温柔，牢牢地控制住对方，近距离接触和监视他的举动。一个投入爱河的人，难免会得意忘形，面对自己最亲近的人，话语间必定没有那么多顾忌，正所谓言多必失，他若是有什么隐瞒和企图，时间一长，难免在言语间露出马脚。"

然而，他的内心还是宁愿相信任武的忠诚，但愿一切只是巧合和误会，只是自己神经过敏和多疑。如果任武对自己忠心不二，确实是件求之不得的好事。他知道任武毕竟是个不可多得的人才，若论文韬武略，估计与江群不相上下。至于如何了结情感纠葛，视事态的发展而定，反正他们难逃自己的手掌心，想什么时候拆散他们，只要略施小计，就可以摆平。如果有必要就做个顺水人情，索性成全了他们，这样就可以笼络住人心，使他俩死心塌地、感恩戴德地为自己卖命。乔铎自鸣得意地想着，脸上露出诡秘的笑容，心情也随之轻松下来。

* * *

这天上午，江群收到了李可欣的来信，她在信中告诉江群，她已经毕业并分配在省城工作，工作单位很不理想，是一家电子仪器厂，与她所学的专业根本不对口。她在信中的情绪很低落，说现在正托人帮助调换工作，急需一笔人情费，有2000元就可办妥。她的父母为了供她上大学，早已是债台高筑，目前再也无力承担这笔费用。她思来想去，只好向他求援，暂借2000元钱，日后她用工资偿还。在信的末尾，她附上了工作单位和详细地址。江群由于多种原因，拒绝了李可欣的感情，但在心里还是很喜欢这个小妹妹，对她的求助，自然是慷慨解囊，鼎力相助。他从小过惯了贫困的日子，生活一直很节俭，这么些年来，他的工资除去寄给父母，以及日常的开销，他还积攒了一笔数量不菲的积蓄。

看完信后，心里感到很欣慰，因为自从信中拒绝她之后，李可欣的来信明显减少，而且在信中也很消沉，江群虽然很内疚，觉得很对不起她，但也只有狠下心来，才能彻底浇灭李可欣的爱情之火。让他感到欣慰的是，李可欣遇到困难，能开口向他借钱，这说明了她对自己的信任程度，看来她并没有生自己的气，而是把他当成了值得信赖的好朋友。既然自己在感情上亏欠了她，现在有机会能够在经济上帮助她，也算是对她的一点补偿吧。他觉得有必要把自己与兰鸽的关系告知李可欣，以便让她彻底打消念头，他知道这样对待李可欣未免有些残忍，但长痛不如短痛，这样拖下去对李可欣也是个伤害，何况她是个通情达理的人，相信她会理解和原谅自己的选择，理智地处理好他们之间的关系。于是，江群马上撂下手头的工作，伏案给李可欣写了一封语词婉转的回信，把自己与兰鸽的感情经历如实地告诉给她。写完信后，他又急忙开车来到了储蓄所，取出2000元钱，按着李可欣的地址，把钱款和信一并寄去。他这才如释重负地长出了一口气。

自从兰鸽走后，江群每天除了上班或偶尔到钱亚民他们的住处看望一下之外，其他的大部分时间都躲在宿舍里看书，对于朋友的邀请也一律谢绝，很少在公共场合露面。他决心脱离这种醉生梦死的生活环境，彻底断绝和梅大姐的不正当关系，以洗刷自己的污垢，找回自己做人的尊严。他觉得唯有如此，自己的良心才会得到安宁，才有资格去接受属于自己的真正爱情。

这天晚上，江群正躺在床上看书，桌上的电话响了起来，他忙伸手拿起话筒，话筒里传来了梅大姐的声音："老弟，忙什么呢？都这么长时间啦，也不来看看大姐，你是不是把大姐给忘了？大姐想你啦，我在老地方等你。"听到梅大姐亲昵的话语，江群的心头不由一阵慌乱，似乎有一种犯罪感，他有心当场拒绝，可一想到躲避也不是长久之计，该来的总也躲不掉，这件事总得有个了断，他必须当面与她说明自己的立场，让她死了这份心，免得以后再纠缠自己。于是，他便答应了梅大姐的要求。

他开车赶到了山城宾馆，走到了他们以往幽会的房间门口，他的心里十分矛盾，也感到很痛苦，为自己以往的行为感到羞耻和后悔，一想到和梅大姐在床上苟合的情景，他便觉得非常恶心，更觉得愧对兰鸽。他实在不想再以这种关系去面对梅大姐，可为了兰鸽，同时也是为了自己，他最终还是鼓起了勇气，硬着头皮敲开了房间的门。

梅大姐虽然年届40，但由于保养的好，仍然皮肤细腻白嫩，光彩照人。她刚刚洗浴完毕，身着米色的睡衣，一头瀑布般的披肩发，湿润地披散着，散发着一股淡淡的清香。茶几上摆放着几样精制的菜肴和两套漂亮的餐具，还有一瓶红酒和几听啤酒。梅大姐一见到江群，忙笑容可掬地迎上前来，亲热地上前去拥抱他，江群本能地躲闪了一下，有些机械地应付着，梅大姐却毫不介意，又撒娇地拉着他的手说道："老弟，这么长时间没在一起，大姐想死你了，你先去洗洗，好好陪大姐喝两杯。"梅大姐有个习惯，每次做爱前都要喝几杯酒，培养一下情调，以提高做爱的质量。江群非常熟悉她的习惯，每次都是先洗浴，然后再陪她喝酒，可这次他却没有洗浴，甚至连拖鞋都没换，而是坐在了茶几旁的沙发上，神色凝重地把酒杯斟满，然后举起酒杯对梅大姐说："大姐，你先坐下，咱们先喝杯酒，我有几句话要对你说。"梅大姐略感诧异，但她还是顺从地陪他坐下，并亲昵地笑着说："老弟，有什么话你就随便说好了，跟我还用这么一本正经的。"江群没有回答她的话，而是举杯与她相碰，把酒一口喝干，又重新将两只酒杯斟满，然后才郑重其事地说道：

"梅大姐，我今天有几句话，必须当面跟你说清楚，感谢你多年来对我的关照，如果没有你的帮助，就没有我现在的一切，你的大恩大德我终生难忘！可我不想再继续咱们之间这种不正常的关系，我只想把你当成亲姐姐，你能答应我的要求吗？"

“为什么？难道就是为了那个叫兰鸽的女军人吗？”梅大姐生气地质问他。江群听她提起兰鸽的名字，心中不由一怔，她真是神通广大，什么事都瞒不住她，既然她已经知道，自己也就不必瞒她，索性把话说明白。想到此，他便点着头说：“你说的对，是为了兰鸽，但也不完全是为了她，即使没有她的出现，我也会中断这种不正常的关系。”

“你真是身在福中不知福，我真是不明白，那个兰鸽有什么好，值得你如此动心，试问天下有哪个女人能有我对你这么好？难道我不美吗？不漂亮吗？”梅大姐的脸色由红变白，神情激动地数落道。

“梅大姐，凭心而论，你对我真是恩重如山，长的也貌美如仙，但我不能一辈子这样苟且偷情地活着，我也是有血有肉、堂堂七尺之躯的热血男儿！我也有追求幸福的权利，也有男人的自尊。”江群把压抑以久的心里话，痛快淋漓地发泄出来。

“老弟，大姐真是离不开你，我们家那个老不死的，是个中看不中用的人，当年他用卑鄙的手段娶了我，他只能给予我物质上的享受，却不能给我渴望的性爱和快乐，自从认识你以后，我才品尝到了爱情的滋味，才觉得自己没有枉做一回女人，我求求你，不要离开我，你有什么要求我都答应你，只要你同意和我保持这种关系，哪怕你和兰鸽结婚我都不计较，我不能没有你，更不能失去你的爱呀！”梅大姐一把抱住他，声泪俱下地哀求着。

让江群感到始料不及的是，梅大姐竟会如此多情，他有些心软，他面对的毕竟是对他有恩，又有长达八年性爱的女人。一时间，他几乎想放弃自己的想法，就这样委曲求全一辈子得了，可他的眼前又浮现出兰鸽的身影，仿佛她正用深情的目光注视着自己，自己怎么能够如此不负责任？！怎么能违背自己的诺言，辜负兰鸽的一片深情呢？！自己这次说什么也不能再犹豫不定、优柔寡断，否则真如兰鸽所说，会葬送自己的一生，永远生活在阴暗的角落里，一辈子都见不得阳光，更不用说挺起腰板做人啦！自己绝不能做那种首鼠两端、言而无信的人，更不能一错再错、功亏一篑。想到此，他如梦初醒，再次狠下心来，用力将梅大姐推开，语气坚决地说道：“梅大姐，尽管我理解你的心情，也十分同情你的处境，但天下没有不散的宴席，我也希望你能理解我的苦衷，我不能再这样寡廉鲜耻地活着，我意已决，我们的关系到此为止。我只能把你当成亲姐姐，希望以后你能自重自爱，同时也尊重我的选择，小弟就此告辞，望姐姐多保重！”说完，他毅然决然地站起身来，撇下伤心流泪的梅大姐，步履坚定有力地迈出房门。

梅大姐见他如此绝情，心中倍感失落，当情欲之火逐渐消退时，她又恢复了平时的骄矜和霸道，她为人的性格有点酷似《红楼梦》里的王熙凤，是个贪婪狠毒、狂妄自负、以我为尊的人。她信奉曹操的那句“宁可我负天下人，不可天下人负我”的信条，无论做什么事，都以自己的意志为转移，从不考虑他人的利益和感受，即使是对最亲近的人也是如此，是个极端自私自利、唯我独尊的人。对江群也是因爱生恨。她岂能容忍江群对自己如此无礼？于是，她抄起电话，拨通了表兄乔铎的电话，让他赶紧到山城宾馆来，乔铎在电话里连什么事都没问，就十分痛快地答应了。

放下电话后，梅大姐又到卫生间去补了妆，等乔铎到来时，她已恢复了常态。她本想叫乔铎来商量对付江群的办法，可她又临时改变了主意，她对江群的事只字未提，只说要他来陪自己喝酒散心，乔铎对此是求之不得，自然是不敢怠慢，并殷勤服侍。两个人推杯换盏，相互敬酒，喝的十分尽兴。在酒精的作用下，梅大姐欲火中烧，在她的暗示下，乔铎陪她在床上翻云覆雨，她虽然对乔铎的床上功夫不甚满意，但“蜀中无大将，廖化做先锋”，只能是秃子当和尚——将就材料，乔铎虽然功夫不济，却竭尽全力，变换各种招式和姿势，费尽九牛二虎之力，才勉强满足了梅大姐生理上的需求。

* * *

兰鸽回到了单位之后，江群的所作所为让她深感痛心，这并不是出于女人的嫉妒，更不是因为所谓的道德伦理和贞节观念。她痛苦的，是自己忠贞不渝深爱的江群，竟会做出让人如此伤心的事情。她的心地善良纯洁，做事追求完美。可是现实竟如此残酷无情，将她的一切美好愿望击得粉碎。她忍受着心灵上的巨大伤害，努力劝说自己原谅江群的过错，因为她知道江群不是有意伤害自己，“人非圣贤，孰能无过”。再说他也是个受害者，更主要的是自己深爱江群！她现在唯一的企盼就是江群能够尽早脱离那种环境，结束不正当的关系，早日回到自己的身边，忘掉以前的噩梦，开始新的生活。

事情并非想像的那么简单，若想把江群调入北京，却谈何容易，难度简直太大了，她几乎找遍了所有的关系，江群调转的事却毫无进展。让她感到很失望，可接踵而来所发生的事情，再次把她的情绪推到了低谷。

这天上午，兰鸽正在试验室里忙碌着，突然接到了保卫科的电话，保卫科长在电话里请她去一趟，说有要事与她相谈。兰鸽满腹狐疑地来到了保卫科长的办公室，发现室内除了科长，还有两男一女三位陌生的年轻人。科长站起身来、热情地为她让座，然后又分别为他们作介绍：“这就是兰鸽同志。”“兰鸽，这位是安航同志，吴菁华同志，他们是甘河市公安局的，这位是市刑侦处的彭处，他们找你来了解点情况，你们先谈吧。”兰鸽听说来人是甘河市公安局的，心头不由一惊：莫非江群出了什么事？双方礼节性地握手后，安航态度友好地向兰鸽说道：“兰鸽同志，给你添麻烦了，我们今天请你来，是想了解一下有关江群的情况，请你给予配合。”

“这没问题，我会尽力配合的。江群出什么事啦？难道他犯了性质很严重的错误？”兰鸽有些着急地问道。

“兰鸽同志，请你别着急，等一下我会把有关情况告诉你，现在我们想知道你和江群是什么关系。”安航向她问道，吴菁华打开笔录本，准备记录。

“他是我的男朋友。”兰鸽如实地回答。

“那么你对他了解吗？”安航进一步问道。

兰鸽听后，稍微迟疑了一下，然后说道：“按道理讲，我对他是比较了解的，因为我们是青梅竹马、两小无猜的朋友，又是从小学到中学的同学，而且又是我的初恋情人，对他那个时期的为人我是相当了解的。但是，他高中没毕业，就因为意外而被迫分开。两年后，我们又见了一面，后来就断了联系，整整八年没有音信。两个月前，我才从他的父母处得到他的详细地址。至于他这么多年的情况，我是知之甚少，他到底出了什么事，请你们直言相告，我作为一名共产党员，决不会丧失组织原则，请你们相信我！”

安航听完她的话，不由得赞许地点了点头，然后用十分信任的口吻说道：“兰鸽同志，通过我们对你的调查了解，知道你是一位值得信赖的好同志，既然咱们都是共产党员，我就开诚布公地告诉你，根据我们目前掌握的情况，江群与一个贩毒团伙有牵连。”

“什么？江群参与了贩毒活动？”兰鸽非常吃惊地问道。

“是的，他是参与了贩毒活动，但从我们掌握的情况来看，他并不是贩毒团伙的主要成员，他是为了讲义气，从侧面帮忙协助贩毒活动。他对非法所得分文不取，可以说是间接参与贩毒活动，但是，他与那些贩毒分子关系非常密切，并掌握着一些主要成员的情况，也很了解犯罪团伙的内幕，这些情况对侦破此案至关重要。我们请你来，就是希望通过你，去做江群的思想工作，帮助他认清贩毒的严重性，和贩毒分子划清界线，配合我们将贩毒团伙一网打尽，这也是鉴于他多年来没有直接犯罪，只是同流合污，为虎作伥，所以说他的本质还是好的，只要耐心做通他的思想工作，是可以把他从犯罪的边缘拉回来。”安航把有关情况向兰鸽大致说了一下。

“既然如此，你说我应该怎么做？”兰鸽直截了当地问道。

“你现在要尽快找到他，要晓之以理，动之以情，帮他提高思想认识，认清贩卖毒品的严重性和危害性，想办法让他与贩毒团伙彻底决裂，检举揭发犯罪事实，协助我们侦破此案，争取戴罪立功，获得重新做人的机会。不过此事不宜操之过急，要给他一个思想转变过程，我们相信你能坚持原则，积极配合我们的工作，遇到什么情况要及时和我们取得联系，这是我的秘密联系方式，请你收好。”安航将一张写着电话号码的纸条递给了兰鸽。

“行，我一定全力以赴配合你们的工作，帮助他清认贩毒的严重性，想尽一切办法做通他的思想工作，争取让他戴罪立功，但是，你们必须保证江群的人身安全。”兰鸽虽然态度坚决地表示同意，但心里对江群的人身安全还是放心不下。

“我们会竭尽全力保证他的安全，你就放心吧，我们一定说到做到。”安航语气坚定地向她保证。

得到了安航的承诺，兰鸽才彻底打消了顾虑。接下来，他们又针对一些具体情况进行了细致的商谈，然后才郑重地握手告别。

这突如其来的打击，对兰鸽来说无疑是雪上加霜，她深知参与毒品犯罪将会意味着什么，后果的严重性是可想而知的。因为江群此时正处于危险的犯罪边缘，能否做通他的思想转变工作，至关重要！这不仅关系到公安局能否及时破案，同时也能改变江群的人生道路，更牵扯到他们后半生的幸福，无论从哪个角度来讲，她都有责任作好江群的思想转变工作，想到此，兰鸽的心头沉甸甸的，自己作为一名共产党员，又是受党和人民培养教育多年的科技工作者，同时又是他的挚友和恋人，无论于公于私，于情于理，自己都有不可推卸的责任和义务，去帮助他走出生活的误区，重新获得新生。她深感自己的责任重大。她生气地在心中呐喊：“江群啊，江群，你好糊涂啊！你这么多年都干的什么事情，太叫人失望了！这次我一定要让你悬崖勒马，把你彻底挽救回来，重新做个好人！”

可能有的读者会感到奇怪，安航怎么会找到兰鸽呢？原来公安局有关同志，早已从侦查员提供的情报中，掌握了犯罪分子的相关情况，为了把整个贩毒团伙一网打尽，他们采取了欲擒故纵的计策。为了不打草惊蛇，对其团伙成员一个也不抓捕，否则他们怎么会如此幸运，屡次逃脱公安局的打击呢？对浮出水面的团伙成员一律实行严密监视，掌握着他们的日常活动，江群自然也在其监视之内。兰鸽的突然来访，引起了公安局高层的注意，并派人对其跟踪和调查。调查的结果自然是毫无问题，鉴于他们的特殊关系，扬威决定正面出击，派安航去找兰鸽，由兰鸽出面去做江群的工作。因为种种迹象表明，江群了解团伙的内幕，如果江群能够转变，有助于深入了解贩毒团伙的内幕犯罪，揪出幕后的指使者，一举粉碎这个根深蒂固且隐蔽极深的贩毒团伙，彻底铲除毒品的毒害。

兰鸽自从答应安航的要求后，心里就反复进行思考：究竟采取什么方式去做江群的思想工作呢？写信的办法显然行不通，万一信件落到那伙人的手里就坏事了，如果自己前去找他，又怕引起贩毒团伙的怀疑，唯有打电话把他约来，这个办法最稳妥。于是，她在晚上拨通了江群的电话，让他尽快来北京一趟，说有重要的事情需要当面和他相商，江群在电话里爽快地答应了，并说近日就动身，然后又把自己和梅大姐摊牌，以及断绝了与她的不正常关系的经过，简单地告诉给她，兰鸽在电话里鼓励了几句，又郑重地叮嘱了一番，才放心地挂断了电话。

江群自从断然拒绝了梅大姐，心里觉得轻松了许多，暗自庆幸自己终于解脱了。虽然知道事情不会这么轻而易举了结，他却非常自信，与八年前相比，自己此时虽说不是呼风唤雨，但也不是吴下阿蒙，不管将来梅大姐如何威逼利诱，他都不会像以前那样轻易上当，毕竟一切都时过境迁，岂可同日而语？

就在江群觉得无事一身轻时，又接到了李可欣的来信。李可欣在信中对他和兰鸽的爱情表示理解，同时也祝福他们有情人早成眷属，在信中她还说工作调转尚无眉目，她的身体又出现了毛病，患上了贫血病，急需治疗，但单位的效益不好，无力支付她的医疗费，无奈之下，她只好再次向他求助，以解治病之需。信中言辞缠绵悱恻，凄楚可怜，江群读完信后十分心酸，没想到她的生活竟然如此不顺利，工作没调成，身体又出了毛病，这无疑是雪上加霜。他是个热心肠，对朋友讲义气、重感情，平时就助人为乐，如今李可欣有困难，他岂能袖手旁观？他最初本打算再给李可欣多寄点钱，可一想到她孤身一人漂泊他乡，又处在病中，身边无人照顾。她既然如此信任自己，自己正好要到兰鸽那里去，莫不如顺道去探望一下李可欣的病情，免去她的后顾之忧，让她安心养病，争取早日康复，然后自己再去兰鸽那里也不迟。

于是，他先找乔铎请假，又到银行取款，简单收拾了一下随身携带的物品，匆忙赶到火车站，乘车前往省城。

列车到达省城时，已是晚上九点多钟，江群本打算先找个旅馆住下，由于心里惦记李可欣的病情，走出车站后，直接打车来到李可欣的单位。这是一家大型的电器工厂，江群向值班室的保安说明来意，并出示工作证进行常规登记，保安人员见他的身份是保卫科长，便热心地为他带路，将他一直送到李可欣的宿舍楼下，又告诉了李可欣住的房间，才转身离去。

江群按着保安人员的指点，来到了李可欣的宿舍门口。宿舍里亮着灯光，他刚欲举手敲门，耳边却听到室内有人在争吵，他不明就里，不敢冒失敲门，室内传来了男人发火的声音：“你今天推明天，明天推后天，已经拖欠我好几次了，你到底有没有钱还呐？”

江群在门外心头一紧：“可欣怎么会困难到这种地步？债主都逼上门讨债了？”只听李可欣在室内低三下四地哀求道：“大哥，我求求你，再赊给我一次吧！我过两天一定全部还给你。”她的话音刚落，就听那个男的说道：“你说的好听，你拿什么还？我劝你别死心眼，就凭你这么年轻漂亮，还愁没有钱花吗？”

江群在门外边越听越生气，这个人是干什么的？怎么用这种口气和李可欣说话呢？这哪是讨帐，简直是要流氓。他气愤地用力敲门。室内的争吵声立即停了下来。

“谁敲门呀？”李可欣开门探头问道。当她发现来人竟是江群时，不由惊喜地喊道：“江大哥，怎么会是你呢？你是什么时候来的？快进屋。”

“我刚下火车。”江群随李可欣走进屋里，只见李可欣面色苍白，神情憔悴，看来病情确实很严重，他的目光射向那个男人，只见对方30多岁，长得尖嘴猴腮，一看就不是良善之辈。他一见江群进门，便心虚地低头想溜走。

“你先别走，我有话问你，李可欣到底欠你多少钱？”江群忿忿不平地向他问道。那个男人神情一怔，有些慌张地偷看了江群一眼，然后又用求救的目光看着李可欣，没敢回答江群的话。李可欣见状，急忙掩饰地对江群说：“江大哥，这事你别管，我自己会想办法解决的。”接着她又转头对那个男人说：“你先回去吧，咱们的事明天再说。”

“行，行。”瘦猴子口中答应着，转身向门口走去。

“你等一下，李可欣到底欠你多少钱？我今天全部还给你。”

“真的？”瘦猴子贪婪地问了一句，然后又数着指头说道：“加上这次一共四次，共计800元。”

江群转头问李可欣：“他说的对吗？”李可欣显得有几分尴尬，没好意思说话，只是下意识地点了点头。江群见状，二话没说，就从口袋里掏出一沓钱，飞快地数出800元，然后又问那个瘦猴子：“你们之间有借据吗？”

“没有，没有，不信你问她。”那个瘦猴子指着李可欣说道。

江群没再搭理他，只是用力把钱塞到他的手上：“你数好了，这是800元钱，我希望以后不要再见到你。”那个男人用舌头舔着手指头，一边谨慎地数着钱，一边连连点头称是，数完后说了声“谢谢”，然后便逃也似的离去了。

“他是干什么的？你怎么会向这种人借钱呢？”江群余怒未息的问李可欣。

“他、他是我一个同事的哥哥，你别误会，其实你替我还的都是买药钱。”李可欣依然低着头答道。

“啊——是这样？对了，你的病情怎么样？医院的大夫怎么说？”江群听她说是还买药钱，便没有再往下问，而是关心地问起她的病情。

“医院的大夫说目前没有什么特效药，只有靠中药提高身体免疫力，我的同事说他哥哥有祖传秘方，我吃了几次，疗效还可以，就是药价太贵，有点吃不起。”李可欣可能想起了刚才那一幕，不由脸色泛红，显得有些不好意思。

“只要能治好病，药价贵点也行，这个人真是的，既然好心治病，又怎么能像黄世仁逼债似的？真是让人不可思议。”江群感到有些不理解。

“其实这也不怪他，他是见我数次拖欠不还，有些着急。”李可欣解释着说。

“这药叫什么名？给我看一下，为何这么贵？”江群觉得好奇地问道。李可欣停顿了片刻，又笑着说：“一个药有什么好看的，再说你对药性也不懂，看了也没用。对了，你还没吃晚饭吧？走，我陪你到外边去吃点饭。”李可欣话题一转，关切地问他。

江群坐了长时间的火车，只是中午简单地吃了个盒饭，经她这么一提醒，还真感觉有些饿。于是，他便点头同意，李可欣忙穿上外衣，拉着他的手就往外走。江群担心她的身体吃不消，李可欣连说不要紧，并开玩笑说："江大哥，见到了你，我的病就好了一半。"江群此时无心和她开玩笑，他隐约感到李可欣的表情有些不自然，似乎有意掩饰什么。

他们刚走到楼下，江群觉得李可欣有点发抖，便关心地问她是否吃药？李可欣似乎突然想起什么，说自己忘了吃药，还说有点冷，想回去把药吃了，再顺便添件衣服。让江群在楼下等她一会儿，说完就急忙返回宿舍。

等了几分钟，李可欣穿着一件浅粉色的风衣从楼上走了出来，两人并肩走出了工厂的大门，李可欣有些奇怪地问他："江大哥，你怎么事先连招呼都没打，就突然来了呢？你是如何找到我的宿舍的？"

"我接到你的信后，担心你的病情，又考虑你孤身一人，身边连个照顾的人都没有，就急忙请假赶来了，你在信上不是写地址了吗？出租车直接把我拉到你们单位的大门口，好心的保安又把我送到楼下，还告诉了房间号码，我岂能找不到你？"江群如实地告诉她。

"江大哥，你对我太好了，我真不知道该如何报答你！"李可欣动情地说道。

"报答什么？当大哥的照顾小妹妹是天经地义的事，你别想的太多。"江群宽慰着李可欣，同时也有意阐明他们之间的关系。

他们边走边谈，在附近找了一家酒店，他们找了个僻静的角落，点了几样可口的饭菜，李可欣又点了几瓶啤酒。江群惊奇地发现，此时的李可欣与在宿舍时的神态截然不同，刚才的病容已荡然无存，如果不是刚才看到李可欣的病态，根本想象不出她竟是个病人。现在她的兴致蛮高，和江群谈笑风生的说笑着，并问了一些有关兰鸽的情况，对他们的感情表示由衷的祝贺。江群见她的情绪这么好，心里也感到欣慰，李可欣提出要陪江群喝酒。江群担心她的病情，劝她别喝，她却说不碍事，江群只好让步。江群的心里却充满疑惑：她到底得的是什么病？为什么服了药就好像什么病都没有呢？她到底服的是什么药？竟会产生如此神奇的疗效呢！他凭着自己的直觉，猜想李可欣一定有什么事情瞒着他，从那个瘦猴子的态度上，李可欣可能有什么短处落在他的手里，否则他是不敢如此放肆的。相反，李可欣也绝对不会低三下四、委曲求全，她根本就不是那种软弱可欺的人。江群的脑海里闪现出他们初次见面的那一幕，她是一个个性鲜明、自尊心极强的人。此时她的心里说不定有多么痛苦呢？自己既然赶上了，就决不能视而不见，更不能袖手旁观，一定要为她做主，替她讨回公道！现在即使问李可欣，她也不会说实话，唯有自己设法找到那个卖药的瘦猴子，逼他说出真相，把事情弄个水落石出，彻底帮助李可欣摆脱内心的痛苦。

于是，江群不动声色地陪着李可欣吃完晚餐，又把有些不忍分手的李可欣送回宿舍，在附近找了个旅店住下来。

翌日，江群为李可欣送去了早餐，并提出要陪她到医院去检查。李可欣却固执己见，死活不同意。说自己服了这种特效药，病情已基本好转，可以正常上班工作，根本不必到医院去。江群也就没有再坚持。江群告诉李可欣有几个业务单位需要他去沟通，白天没时间陪她。李可欣提出陪他同去，江群则以她的身体状况为由而谢绝。临离开前，江群又给了她1000多元钱，以备买药之需。李可欣眼含热泪地说："江大哥，都是我不好，让你费心了，我对不起你，我……"她似乎想说什么，却欲言又止，而是把话头一转："江大哥，这些钱算是我借你的，我以后一定还。"

江群劝慰地拍着她的肩头说："既然咱们是兄妹，还说那些客气话干啥，只要你生活的开心，哥哥就心满意足了。"

李可欣听完他这番肺腑之言，激动得热泪盈眶，心事重重地低头不语。江群看在眼里，更加坚信了自己的猜测。

两天来，江群以联系业务为名，只是在每天的下班时间，看望李可欣并陪她吃晚饭，其他时间都去查找那个买药的瘦猴子。他白天围着附近的街头巷口转悠，夜里则到李可欣的宿舍附近去蹲坑守候，直到凌晨才回旅店休息。他想那个瘦猴子既然欲敲诈李可欣，就不会轻易罢手，他一定还会再次来找她的。可是江群感到很失望，尽管他不分昼夜地查找、守候了两天，却没有见到瘦猴子的踪迹。其实这并不奇怪，你想在几百万人口的大都市，在没有任何线索的情况下，若想找到一个人，无疑于大海捞针。但江群却没有气馁，他性格倔强，做事执著，只要他认准的事，九头牛都休想拉回来，无论遇到多大阻力，他都会一竿子插到底，不达目的绝不轻言放弃。

由于李可欣的事耽搁了时间，江群怕兰鸽着急，便在第三天上午给她挂了个电话，把李可欣的病症及疑点告知。兰鸽牵挂着江群涉嫌贩毒的事，内心非常焦急，在电话里又不便多说，她是个处事果断、不拘小节的人，当即决定前去省城去和他见面。江群听后非常高兴，便把自己住宿的地点告诉给她，并让她买好车票后，再打电话告诉车次和到站时间，自己到时候好去车站接她.。

江群与兰鸽联系之后，又到工厂附近的街道去找寻。一直到傍晚时分，仍然没有发现任何踪迹。江群随着下班的人流，来到了李可欣的宿舍。李可欣恰好刚回来，此时正疲惫地躺在床上。听到江群的叫门声，她嘴里答应着从床上爬起来，对着墙上的镜子，用手捋了捋有些凌乱的头发，开门把江群迎进屋里。江群发现李可欣的面色苍白，精神不振，一付病怏怏的神态。

“江大哥，你的业务联系的怎么样？”李可欣一边为他让座，一边问道。

“还可以，你的病情是不是又加重了？精神状态不太好，不如再到医院去复查一下？”江群望着她，关切地问道。

“不用，可能是上班有些累，休息一会儿就没事啦。”李可欣不以为然的向他解释。

“真的吗？你可别把病情耽误了。”江群仍旧不放心地追问。

“江大哥，真的没事。我还能不了解自己的病情，你就放心吧。”李可欣轻松地说道。

“既然如此，咱们出去吃饭吧。”

“江大哥，总让你这么破费，真有点不好意思。”

“你别考虑太多，我的费用单位实报实销，这公款不花白不花，有啥心疼的。”见江群如此说，李可欣再没有客气，简单收拾了一下，便随着江群到饭店去用餐。

在饭桌上，李可欣显得无精打采，食欲不振，江群本想把兰鸽要来的事告诉她，可见她的情绪低落，欲言又止。他们索然无味地吃过饭后，江群将她送回了宿舍。江群担心她的身体，劝她赶紧服药，李可欣却说不碍事，休息一下就会好的，江群虽然有些不放心，自己又不便在此护理，只好关照她早点休息，然后才带着满腹狐疑和牵挂离开了宿舍。

深秋的夜晚，凉气袭人，江群感到一丝凉意，他下意识地裹紧身上的外衣，他抬腕看表，见时间还早。由于天气比较冷，到户外活动的人明显减少了，但有一伙下棋的人却兴致不减，在棋盘上调兵遣将，厮杀得难解难分。而且身旁还围着几个棋迷，为博弈者观敌料阵，呐喊助威。江群为了掩人耳目，几天来，他一直是这里的铁杆棋迷，他选了一个视线好的位置，仔细观察着过往的行人。

时间在循规蹈矩地向前进行，一个小时很快就过去了，江群的目光突然一亮，只见远处一个瘦削的身影，进入了他的视线。目标渐渐地走近了，他看清了来人就是那个瘦猴子，“谢天谢地，真是工夫不负有心人。”江群在心里暗自感叹。确认目标后，江群此时就像一个经验丰富的猎手，以一种即将成功的喜悦，密切地观察着猎物的举动。只见那个瘦猴子在距宿舍十几米处的树下停下了脚步，警惕地观看周围的动静，见没有什么异常情况，便拔腿向宿舍门口走去。江群悄然离开了下棋的人群，借着夜色的掩护，快步向目标奔去。就在那个瘦猴子接近门口时，江群已逼近到他的身旁。那个瘦猴子听到身后有脚步声，忙停下来想回头看个究竟，没想到自己的一只手腕已被一只铁钳般的手握住，只觉得一阵钻心地疼痛，他的整条胳臂都感到酸麻，疼得他呲牙咧嘴地哎哟、哎哟直叫唤。与此同时，耳边传来一个低沉而威严的声音：“不许出声，乖乖地跟我走。”那个瘦猴子已无力反抗，只好顺从地随着江群、来到了一个隐蔽的角落。

“你听好了，今天必须说实话，否则后果不堪设想。”江群首先向他发出警告。

“大哥，我一定实、实话实说，有什么事你尽、尽管问。”瘦猴子吓的声音发抖。

“好，那么我问你，你为什么敲诈李可欣？”江群厉声问道。

“敲诈李可欣？大哥，你，你是……？瘦猴子在暗中仔细地打量着江群，发现他竟是为李可欣支付药钱的人，他的心理反而镇定下来。似乎很委屈地说：“大哥，原来是你呀？天地良心，我可没敲诈她，我们是公平交易，两厢情愿，不信你可以去问她。”

“你说的好听，为什么你的药价那么高？”江群向他追问道。

“大哥，你真是冤枉我了，你去了解一下行情就知道价格了。”

“你说谎，你的药不是祖传的特效药吗？我上那里去了解行情？”

“祖传？啊、啊，是祖传的，大哥，对不起，我的药价是高了点，可它的疗效好啊。”

“疗效好，那为什么李可欣的病时好时坏呢？”

“那是因为他服药不及时，否则就不会出现这种症状。”

“你把药拿出来，我看看到底是什么灵丹妙药这么值钱？”

“大哥，不好意思，我今天没带来。”那个瘦猴摊着双手说。

“你没带药？那你到李可欣这里来干什么？不会是又来威胁她或者和她逼债的吧？”江群不信任地盯着他问道。

“大哥，我哪儿敢呐，她现在还有药，我来就是想看看她的疗效，如果你嫌价格高，我可以再便宜点卖给她，以前都是我的错，不应该卖高价，更不应该逼她还钱，还说侮辱她的话，我真该死，下次再也不敢了。”瘦猴子点头哈腰地向他陪不是。

“我今天姑且信你一回，如果以后再敢如此，我绝不放过你。”江群说着，把手放开了。那个瘦猴子用手揉着有些红肿的手腕，以便减轻疼痛，嘴里讨好地说：“大哥，你就放心吧，我一定言而有信，如果再有冒犯，我不得好死。大哥如果没什么别的事，我就先行告辞了。”

“先等一等，我最后再问你一次，你和她到底有没有别的事情？”江群不放心地问他。

“大哥，你让我怎么说你才肯相信呢？我若是骗你天打五雷轰。”瘦猴子起誓发愿地诅咒。

江群见他如此，便停止了追问，挥手示意他可以离去。那个瘦猴子如同特赦的犯人一样，急忙快步离去，很快就消失在黑暗中。

江群望着瘦猴子远去的背影，心里反而增加了一种失落感，没想到自己伤神费力地忙活了好几天，最终竟于事无补，既然不是被人敲诈，她是不是患上了什么不治之症？无力承担医药费用，而故意隐瞒自己的病情呢？看来目前唯一的办法，还是劝她到医院去做全面复查，只有如此，才能事半功倍，彻底揭开心中的疑团。

凌晨三点多钟，江群赶到了车站，接到了兰鸽，虽然他们分别还不到一个月，但江群的心情特别激动，觉得比以往分别八年时间还漫长，因为那时他是在心里想努力忘掉她，现在是时刻想念她，正所谓一日不见如隔三秋，他已经饱受相思之苦了。

走出车站后，他们拦了辆出租车，兰鸽将父母的住址告诉给司机，江群本来已在旅店给她预定了房间，见她要回家去住，只好顺从她的安排，来到了兰鸽的父母家，兰鸽让他也住在家里，江群觉得自己已经十年没和两位老人见面，此时骤然相间，未免有些唐突，何况自己现在又是准女婿的身份，岂有两手空空拜见之理！于是，江群拒绝了她的建议，推说时间太晚，不便打扰老人休息，等到白天再来拜见，然后便独自乘车返回旅店。

回到旅店之后，他简单洗漱了一下，赶紧上床休息，可是，由于大脑神经中枢兴奋过度，又因为错过睡眠时间，人体生物钟出现紊乱，导致他失眠了，他的脑海里像走马灯似的，不断闪现出童年的许多往事。直到东方露出晨曦，才勉强进入梦乡。

笃、笃、笃，一阵敲门声，将江群睡梦中的惊醒，他忙翻身下床，打开房门，只见兰鸽手托着早餐站在门口，他赶忙把她让进屋里，并快速地穿好外衣。

“不好意思，一觉睡到现在，几点了？”江群打着哈欠问她。

“已经九点多了，夜里接站累了吧？睡的又太晚，你赶紧洗漱一下，把早餐吃了。”兰鸽关切地对他说。

江群用最快的速度洗漱完毕，向兰鸽问道：“你吃了吗？”

“我已经吃过了，你快点吃吧，一会儿该凉了。”兰鸽在一边催促着他。

吃过早餐后，江群向兰鸽询问父母的身体和近况，兰鸽简单地作了介绍。江群又把李可欣的病情和疑问告诉给她，她也赞同去医院复查，并说抽时间去看望李可欣，并劝说她去医院就诊看病。江群见她如此通情达理，心里感到很宽慰，觉得非常满足。他深情地望着兰鸽，心里充满了甜蜜和幸福。

“你不是说有重要的事情要和我商量吗？是什么事啊？”江群突然想起了兰鸽在电话里说的话，故此向她问道。兰鸽听了他的话后，表情变得异常凝重，她沉思了片刻，然后才神情严肃地对江群说道：“江群，咱们从小在一起长大，既是青梅竹马的好朋友，又是海誓山盟的恋人，尽管我们走了许多弯路，饱受了八年离别之苦，最终我们还是走到了一起。我非常珍惜这份来之不易的感情，人生有多少个八年哪？我们再也经不起离别和相思之苦！但是，现在我们的爱情又面临着巨大的挑战，如果我们把握不好，我们的爱情就有可能彻底毁灭，留下终生的遗憾。为了我们的爱情和幸福，也为了你的前途和命运。我今天必须把话说明白了，希望你跟我讲实话，我是个爱憎分明、追求完美的人，最恨，也最怕别人欺骗我，尤其是深深相爱的恋人。”

“兰鸽，这话从何说起？难道我对你还不够坦诚吗？你有什么话尽管明说。”江群一头雾水，有些不知所措地问道。

“那好，我问你，你的那些朋友到底做什么买卖？”兰鸽瞪大眼睛盯着他问道。

“我的那些朋友做什么买卖，难道和我们的爱情有利害关系吗？”江群不解地问。

“当然有关系了，而且关系还非常大，因为他们在从事非法的贩毒活动，你也涉嫌参与，这是事实吧？”兰鸽索性把话挑明了。

“你说的没错，他们是贩毒，这事我开始并不知情，他们对我说是收山货，因为钱额较大，怕路上不安全，让我帮忙接应一下，后来时间长了，我才得知他们在倒卖大烟。我用良心向你保证，我没直接参与，只是从侧面帮忙而已，朋友们对我那么够意思，我帮他们点忙难道还不应该吗？”江群一边替自己辩解，心里也感到奇怪，兰鸽是怎么知道的呢?

“帮忙？你这是帮什么忙啊？你怎么这么不懂法呀？我们国家对贩毒的打击力度多么大呀！这种事情一旦败露，将会受到法律的严惩，你考虑过后果的严重性吗？”兰鸽的情绪有些激动。

“我也知道贩毒的严重性，但清者自清，浊者自浊，我既没有直接参与贩毒，更没有收取任何报酬，我是清白的。”江群振振有词地辩解。

“江群，你可真糊涂啊！你好好想一想，贩毒是多么严重的违法行为！你没有直接参与，间接也是犯罪，只是主犯和同谋的区别，最后只不过是量刑轻重的问题，你现在就是同谋，同样会受到法律的制裁。”兰鸽痛心疾首地说道，江群被说的哑口无言，她稍微停顿了一下，然后又语重心长地劝说道：“江群，在我的印象里，你是一个恩怨分明的人，你仔细想想，他们为什么对你那么好，天下怎么会有免费的午餐？他们分明是在利用你，他们是有预谋的，他们设了个陷阱，引诱你步入罪恶的深渊，你这是同流合污，共同参与贩毒活动，这是害人害己，也是国法难容的犯罪行径。你这是聪明一世，糊涂一时，枉自看书读史，在中国的近代史上中华民族深受毒品毒害，沦为殖民地和半殖民地。人民更是饱受其苦，轻者倾家荡产，重者横尸街头，这都是毒品惹的祸，而你却直迷不悟，为虎作伥，还美其名曰‘帮忙’，这种不可饶恕的罪恶，岂能用帮忙二字来解释。从广义上讲，帮忙是没错的，如果是出于同情心、去帮助弱者，你是助人为乐。如果是出于正义感去和坏人坏事做斗争，那是见义勇为，不但没错反而有功，理应受到人们的尊敬和爱戴；若反其道而行之，帮助坏人去干坏事，那就是是非不分、颠倒黑白、助纣为虐。如果帮助侵略者残害自己的同胞，那就是汉奸卖国贼，是遗臭万年的千古罪人！”

兰鸽的这番话，说的铿锵有力且义正词严。江群听的如雷贯耳、无地自容，他十分惭愧地对兰鸽说：“你说的话有道理，我是不应该和他们同流合污。你放心，我回去以后，就疏远他们，再也不帮他们贩毒了，这样总行了吧？”

“你以后不再帮他们贩毒是对的，但却不能洗刷以前的罪恶，你现在要勇敢地站出来，大胆地揭发检举他们的罪行，积极配合公安局破案，争取戴罪立功，获得宽大处理，否则，你难逃罪责。”兰鸽为他指点迷津。江群听完她的话，半天没言语，他紧锁着眉头考虑再三，为难地说：“如果你让我和他们脱离关系，那倒好办，可你让我揭发检举他们，我却做不到。你想，他们曾经对我有恩，在我最困难的时候帮助过我，我现在所拥有的一切，都是他们给的，如果我现在恩将仇报，那也太不够朋友了，我一生恩怨分明，决不干出卖朋友的事。”

“江群，到现在你怎么还黑白颠倒、是非不分。你那些所谓的朋友，做的都是危害国家利益，损害人民身心健康的罪恶勾当，你还跟他们讲什么江湖义气，你不要以为他们神通广大，做的坏事天衣无缝。俗话说，若要人不知，除非己莫为。天网恢恢，疏而不漏。其实公安局早就掌握了大量的犯罪事实，你的情况也被公安局所掌握，知道你和贩毒团伙的其他人有本质上的区别，是为了挽救你，才让我做你的工作，目的就是给你一个悔过自新、重新做人的机会，你千万要三思而行，一定要莫失良机！一失足变成千古恨，再回首已是百年身。你若一意孤行，不思悔改，不但毁了你的后半生，也会葬送我们来之不易的幸福和爱情！我已经苦苦地等了你八年时间，难道你还忍心让我再等上十年吗？！”兰鸽说到最后，声音哽咽，伤心地说不下去。

“兰鸽，你不要太伤心，都是我不好，是我辜负了你的厚爱。人非草木，孰能无情，我怎么能不理解你的良苦用心呢？可是，事关重大，我不能轻率答应你，你让我好好考虑一下好吗？不过请你放心，我会尽最大的努力，去妥善解决这件事的，请你相信我。”江群眼圈发红，满含愧疚地对她解释着。

兰鸽虽然对他的话感到不满意，但考虑到他在社会上混迹多年，身上的江湖义气太重，此时如果硬逼他，可能会适得其反，欲速则不达。要给他一个思想转变的时间和过程，因为此事的关键还取决于他本人，自己只能起促进和推动作用。他既然已经承诺和那帮所谓的朋友断绝关系，这就是一个可喜的转变，也是非常关键的第一步，只要自己假以时日，争取他彻底转变还是有希望的。想到此，她语重心长地说道：

“人生一世一定要活的有意义，要把握自己的命运，要对得起天理良心，对得起父母的养育之恩，无愧党和人民的教育和培养，决不能做危害社会、害人害己的事！要体现人生的价值观，回报社会的关爱，做一个对社会有用、对人民有益、对人类有贡献的人，要用有限的生命，去为人类创造无限的价值！只有这样，才能在我们生命终结的时候，不至于因虚度年华、碌碌无为而懊悔，才能不受良心的谴责，才无愧于美好而绚丽的生命之旅。人生不求轰轰烈烈，只求作到问心无愧，就能获得世人的尊敬和爱戴！你要切记，一个人即使不能流芳千古，但也决不能遗臭万年！

江群，我相信你是一个言出必践的诚信之人，你回去之后，一定要和他们彻底地划清界限，不再染指他们的犯罪活动。希望你能戴罪立功，帮助公安局早日破案，用自己的实际行动来洗刷自己的罪名。我相信你一定会认识到自己的罪行，看清目前的形势，望你三思而行，切莫一错再错，以免身败名裂，最后悔之晚矣！”

“兰鸽，你就放心吧，大丈夫一言九鼎，我既然答应你不再参与贩毒活动，就决不反悔，至于戴罪立功，我虽然现在不能承诺，但我接受你的建议，一定认真思考，量力而行，决不让你失望！兰鸽，我对不起你，由于我的过错，给你造成了诸多的伤害，我深感愧疚！”

江群的表态和歉意。让兰鸽感到十分欣慰，她怀着激动的心情对他劝慰道：“江群，咱们之间的感情是经得起推敲和考验的，你不必自责，你并没有故意伤害我，让我们忘掉以前所有的不愉快吧。人生的道路充满曲折和坎坷，无论任何事情都不会一帆风顺的，爱情更是如此，不经过相思和离别之苦，哪能品尝到爱情的甜蜜和幸福，不经过风雨，哪能见到彩虹，我们要勇敢去面对命运的挑战，争取做一个生活的强者。你还记得普希金的那首诗吗？”兰鸽向江群问道。“记得，不就是咱们小时候就特别喜欢的那首《假如生活欺骗了你》的诗吗？”江群几乎不假思索地回答道。兰鸽见他脱口而出，心中感到很欣慰，便顺口背诵起来：

“假如生活欺骗了你，
不要悲伤，不要心急！
忧郁的日子里须要镇定，
相信吧，快乐的日子将会来临。
心永远向往着未来，现在却常是忧郁，
一切都是瞬间、一切都将会过去，
而那过去了的，就将成为亲切的怀念。”

兰鸽背诵的同时，江群也低声和诵，他们相互深情地注视着，仿佛在传递着坚定的信息，他们的双手紧紧地握在一起，久久不肯分开。

临近中午，兰鸽笑着对江群说：“走吧，到我们家去吃午饭，两位老人已经为你准备了丰盛的午餐，人家都说丑媳妇难免见公婆。你这个傻姑爷怕不怕见未来的岳父、岳母大人啊？”兰鸽调皮地和他开玩笑。

“我又不是没见过他们二老，有什么可怕的，再说还有你给我壮胆呢，我这叫有恃无恐。”江群笑着回敬。

“你想的美！我才不管呢，如果你表现不好，若他们生气，我就和你拜拜啦。”兰鸽一边故意气他，一边站起身来走出房间，江群紧随其后追了上来。

两个人挽着手走出了旅店，来到了一家大型超市，江群精心挑选了一些高档烟、酒和营养品，作为见面礼，以表示对老人的敬重。

对于江群的到来，两位老人自然十分高兴，这么多年来，他们一直惦记女儿的婚事，眼看近30岁的人，婚事一直没有着落，心里能不着急吗？直到上个月，兰鸽从江群那里回来，老人才知道他俩的事，当他们听说江群的工作单位很好，还当上了保卫科长，觉得他很有出息。而且江群至今尚未成家，两位老人都以为是他们俩在相互等待，哪知其中的种种隐情。兰鸽当然也不能把江群做的错事告诉他们，所以两位老人对女儿的选择十分认可。王阿姨由于身体不太好，已经提前退休，得知江群要来，她从早上起来就开始张罗饭菜，生怕招待不好这个未来的女婿。当女儿陪着江群出现在她的面前时，王阿姨的脸上露出慈祥的笑容，仔细地打量着眼前这个高大英俊的小伙子，依稀还能看出他以前的模样。老人先是埋怨他不应该住旅店，自家人还外道什么？后来又亲热地和江群聊起了往事，又关心地打听他父母的近况，心里对这个未来的女婿相当满意。

兰叔叔下班后，江群礼数周到地起身问好，兰叔叔说自家人不必客气，并坐下来跟他轻松地交谈着。在餐桌上，由于彼此都熟悉，江群在也没感到拘束，江群陪着兰叔叔喝了几杯啤酒，兰鸽和王阿姨喝饮料作陪，两位老人亲热地为他劝酒夹菜，酒桌上始终洋溢着热烈的气氛，欢声笑语中散发着浓浓的亲情。

下午三点多，江群和兰鸽前去宿舍看望李可欣，可他俩却扑了空，从门卫值班室得知李可欣正在上班，按规定上班时间是不允许会客的。他们在宿舍附近一边溜达，一边等待李可欣下班。处在热恋之中的人，仿佛总有说不完的知心话，时间也似乎过的特别快，他俩在不知不觉中，时间就倏忽而过。下班时间到了，家属区内的行人多了起来。他俩赶忙回到宿舍门口，等了不到两分钟，就看见李可欣低着头缓步从远处走来。江群和兰鸽迎了上去，直到来到她的面前，李可欣才发现他们，并立刻猜到了他身边女军人的身份。

“江大哥，你来多长时间了？我如果没猜错，这位就是兰鸽兰大姐吧？”她望着兰鸽问道。她的脸上露出真诚的笑容，心里却有一股酸酸的感觉。

“可欣妹妹果然冰雪聪明，不用介绍就知道我的名字，真是幸会。”兰鸽由衷地赞叹道，并亲热地与她握手。

“兰姐，你过奖了，江大哥经常提起你，故此被我猜中，兰姐，你是什么时间来的？”李可欣有些不好意思地解释着。

“今天凌晨三点，可欣妹妹，你的身体怎么样？”兰鸽关切地问起她的身体情况。

“还行吧，兰姐，咱们别在外边站着，到我屋里坐吧。”李可欣拉起兰鸽的手，带着她朝宿舍走去。江群从见面就没有插上话，好像他成了局外人，此时跟在她俩的身后，见她们这么亲热，心里感到很高兴，此前他真怕李可欣出于女人的妒忌心理，两人见面时会出现什么尴尬的场面。这种完满的结果，正是他所企盼的。

李可欣平时对自己的形象很自负，一见到兰鸽，她就有一种自惭形秽的感觉。觉得自己与兰鸽相比，那真是相形见绌，兰鸽和江群才是天造地设的一对儿。兰鸽心里对李可欣也是非常欣赏，她人不但长得漂亮，而且聪明伶俐，个性鲜明。虽然因病而面容憔悴，身体消瘦，就像病西施一样，有一种难以形容的病态美。她们都在心里暗自佩服对方，她们的性格都比较开朗大方，并没有像一些心胸狭窄的女人那样，为感情的纠葛而心存芥蒂，相反却有一种相见恨晚的感觉。

他们在宿舍短暂逗留后，李可欣就提出要请兰鸽吃饭，兰鸽推辞说不用她破费，李可欣说她必须尽到地主之谊。然后，她不由分说地拉起兰鸽就走。兰鸽盛情难却，况且又到了用饭的时间，她心中有数地对江群使了一个眼色，江群会意地点头一笑，便随着李可欣走出了宿舍。

李可欣把他们带到了市内一家比较高档的酒店，点了几道上档次的菜肴，还有一瓶王朝干红葡萄酒。她把精致的高脚杯里斟满酒，殷勤地向兰鸽和江群劝酒。兰鸽在部队里工作这么多年，每逢过年过节，部队举行会餐，战友们相互敬酒，她的性格豪爽，又有父亲饮酒的遗传基因，故此有几分酒量。江群在社会上混了这么久，酒量自不必说。李可欣虽说酒量不大，可作为东道主，但也觉得自己必须奉陪到位，又与兰鸽初次见面，江群又对自己有恩，正好借此机会，表达一下自己的谢意，同时又因为心里有一种压抑的失落感，让她觉得苦闷，此时正好借酒浇愁来发泄，酒精的作用让她感觉很亢奋。兰鸽本来就性格豪爽、不拘小节，又受到充满阳刚之气的部队的长期熏陶，喝起酒来自然十分豪爽。李可欣殷勤相劝并频频举杯，她是来者不拒，竭力奉陪，很快一瓶红酒就见了底。江群和兰鸽考虑到李可欣身体有病，怕影响她的病情，劝她少喝点。李可欣却意犹未尽，固执地又点了一瓶，二人见她兴致这么高，也不好扫她的兴，只好继续陪她接着喝。江群担心她身体受不了，故意抢着多喝一些，尽量让李可欣少喝，以免饮酒过量加重她的病情。尽管如此，李可欣最终还是喝醉了。虽然江群已提前把钱押到吧台，兰鸽也说应该男士埋单，李可欣却情绪激动，说什么也不答应，还哭着说他俩瞧不起她。兰鸽灵机一动，便用李可欣的钱去结账，然后又偷偷地把钱放回她的包里。李可欣在浑然不觉的情况下，以为达到了自己的心愿，才平息了自己的情绪。李可欣心情郁闷，醉得一塌糊涂，在兰鸽的搀扶下，步履踉跄地离开了酒店。

为了便于照顾喝醉酒的李可欣，江群和兰鸽没有将她送回宿舍，而是直接把她拉到了旅店。幸好前一天江群为兰鸽预定了房间，此时正好让兰鸽陪着李可欣同住，以便照看她。李可欣闹腾了一阵儿，又呕吐了两回，才逐渐消停下来，最终和衣倒在床上进入梦乡。

由于昨天晚上没有休息好，江群待李可欣安静下来之后，便回到房间休息，躺在床上没多久，鼾声就响了起来。

黎明时分，一阵急促的叫门声，把江群从酣睡中惊醒，他听出是兰鸽的声音，急忙答应着把门打开。只见兰鸽披着外衣，神色焦急地对他说："你快去看看，可欣病的很厉害。"江群急忙返身穿好衣服，跟兰鸽来到隔壁的房间。只见李可欣浑身抽搐地倒在地上，脸色煞白，流着鼻涕和眼泪，精神萎靡，头上直冒冷汗，手脚冰凉，嘴里发出痛苦的哀叫声。

"快，赶紧去医院。"江群见病情危急，一边对兰鸽说着，一边背起李可欣往外就跑。兰鸽急忙拿起他们的挎包，锁上了房门，紧随其后。他们来到了大街上，拦了一辆出租车，让司机以最快的速度，将他们送到了附近的一家医院。

他们将李可欣送进了急救室，按照医生的吩咐，楼上楼下跑了好几趟，交完了各项检查费用，然后忐忑不安地等待在急救室门口，不时地向进出的医生们询问病情。医生们板着面孔，告诉他们检查结果还没有出来，让他们安心等待。

他们焦急地等了一个多小时，主治医生才把他们叫进办公室，他的手里拿着几张检验报告单，神情严肃地对他们说："病人的检查结果出来了，根据各项化验结果表明，她的血常规和尿检都呈阳性，她的体内含有大量的麻醉药物成分，并对麻醉药物产生了依赖性，初步诊断她是一个吸毒者。"

"医生，你们搞错了吧，她怎么会吸毒呢？"这个消息来得太意外了，江群简直不敢相信自己的耳朵，急忙向医生追问道。

"绝对不会搞错的，你们的心情可以理解，但是，我们的医疗设备都非常先进，你们要相信科学。"医生用不容置疑的口气向他解释。

"医生，像她这种情况，有什么好的治疗办法吗？"兰鸽理智地向医生询问。

"根据化验结果来看，病人吸毒史比较短，中毒不深，如果她有决心，再加上药物的治疗，是有希望戒掉毒品的，主要还是看病人有没有戒毒的决心，肯不肯配合治疗，这是问题的关键。"医生很有经验地说出了自己见解。

"医生，请问咱们医院能帮她戒毒吗？"江群急不可耐地问道。

"我们这里也行，不过你们最好去省公安厅医院，那里有专业的医务人员和正规的戒毒设施。"医生富有责任心地告诉他。

通过医生的药物治疗，李可欣的毒瘾得到了暂时的缓解。望着极度沮丧和疲倦的李可欣，江群既心疼又痛恨，忍不住责问道："李可欣，你怎么这么糊涂，为什么要吸毒呢？"

李可欣听到他的责问，低着头没有回答，失声痛哭起来。兰鸽赶忙瞅了江群一眼，示意不要再责怪，以免再惹她伤心，她拉着李可欣的手劝道："可欣妹妹，你不要太伤心，江大哥是心疼你，你别往心里去。"

李可欣连续抽泣了几声，强忍住泪水说道："兰姐，我不是生江大哥的气，我是恨自己不争气，江大哥，是我对不起你，我不应该欺骗你！都怪我心胸太狭隘，把生活看的太容易，不敢面对困难和挫折，以至产生了悲观和逃避的思想，染上了可恨的毒瘾，掉进万劫不复的深渊。既然你和兰姐拿我当亲妹妹，我也就不瞒你们，今天我就一吐为快，把心里话说出来，希望你们能理解我的苦衷。你们别看我受过高等教育，可我却是个比较传统的人，无论做什么事都追求完美，对爱情更是如此，总幻想能有奇迹发生，碰到一见钟情的白马王子，得到甜蜜的爱情和幸福。自从在火车上与江大哥邂逅，我就对他产生了好感，尤其可笑的是，我竟用原始的抛彩球的方式，买了一些兑奖的贺年卡，分别寄给了有好感的男生，并暗自祈祷，倘若哪位有幸中奖，哪个就是我的意中人，可偏巧江大哥中奖了。我觉得这是命运在冥冥之中的有意安排，便频繁地给他写信，除了在信中含蓄地流露爱慕之情，还有意同他探讨一些生活方面的话题，使他不得不给我回信，同时我还很自信，觉得这是天命。没想到江大哥竟会断然拒绝了我的求爱，提出要以兄妹相处，这让我大失所望，不过我当时还抱有一线希望，认为这只不过是个插曲。直到后来他来信告诉了你们的感情经历，我才彻底绝望，陷入了痛苦的泥淖里难以自拔。又偏巧那时大学毕业，工作单位不理想，专业不对口，托人办调转又遇到个人面兽心的禽兽，他竟无耻地提出让我以肉体为代价，我岂能答应他的条件。接二连三的打击，使我的情绪陷入了低谷，感到前途渺茫，失去了积极向上的信心和勇气。哀莫大于心死，我晚上泡在酒吧里借酒浇愁，后来又在同事的诱惑下，吸食了毒品，那种如梦如幻、飘飘欲仙的欣慰感，让我的痛苦得到了解脱。我觉得找到了治疗痛苦的良药，我便开始吸食毒品，而且一发不可收拾。由于无法承担吸毒费用，我只好向亲友借钱，其中也包括江大哥，没想到第二次他竟亲自带钱来看望，又碰上了那个毒贩逼债，江大哥不但为我付清了欠债，还给我留下1000元钱，我心里十分愧疚，几次想告知吸毒的真相，却又难以启齿。我曾多次下狠心想要戒掉毒瘾，但毒瘾一发作，就什么都顾不得了。我真是恨死那帮丧尽天良的毒贩们，他们毁掉了我的一生，使我失去了做人的尊严。我对不起父母的养育之恩，也愧对你们的关爱，我恨不得把那些毒贩千刀万剐，以解心头之恨，我这辈子算是彻底毁了。”李可欣一口气把话说完后，忍不住又失声痛哭起来。

“可欣妹妹，你不要太悲观，要振作精神，勇敢面对现实，积极配合医务人员，想办法把毒瘾戒掉，你这么年轻，生活的道路才刚刚开始，绝不能自暴自弃，一个人做事要有恒心，理智要控制住感情，不能让感情去支配自己的理智，我相信你一定能戒掉毒瘾，重新开始新的生活。”兰鸽一边用纸巾替她擦拭眼泪，一边鼓励她。

李可欣的真情道白，使江群的心灵受到了强烈的震撼，那番痛心疾首的话语，犹如一把利剑刺进他的胸膛！他觉得李可欣今天的结果与自己有不可分割的责任，她的这番话，仿佛就是在责骂他，他为自己以前的所作所为感到懊悔不已，兰鸽说的有道理，贩卖毒品真是害人害己，自己一定要悬崖勒马，并劝告朋友们也洗手不干，不能昧着良心去赚黑心钱，否则天理难容！

他们经过和李可欣协商，决定把她送到省公安厅医院去戒毒。兰鸽为了李可欣的声誉，故意对李可欣的单位隐瞒了病情真相，只是谎称她去外地治病，以免她今后在单位受歧视。然后，他俩又帮她收拾好物品，将她送进了省公安厅医院，办理了相关手续，并代交了戒毒的费用，把一切都安置好之后，兰鸽又劝慰了李可欣一番，他们才满腹忧虑地离去。

接下来的几天里，江群的情绪始终很低落，他每天除了去医院看望李可欣，或偶尔陪着兰鸽到商场去转转之外，其他的时间就躲在房间里看电视。兰鸽理解他内心的痛苦，知道李可欣的事情对他的触动很大，觉得有必要让他静心反思一下，这样有助于他的思想转变，所以没有过多的去打扰他，只是劝他注意身体，不要过分自责。

一星期之后，李可欣凭着顽强的毅力，战胜了戒毒给她带来的常人难以想象的痛苦和煎熬，终于度过了戒毒的第一阶段。她在医务人员的精心护理下，在药物的帮助下，她的毒瘾发作次数逐渐减少，间隔的时间也愈来愈长，戒毒取得了初步的效果。

兰鸽考虑到江群还有重要的事情要办，便劝他先回去，决定自己暂时留下，继续看护和观察李可欣一段时间。江群此时也为参与贩毒的事而寝食难安，他是个说到做到的急性子，此事已成了他的心病，好似如鲠在喉。他恨不得立即就返回去，对此事作个彻底的了断，所以他毫不犹豫地采纳了兰鸽的建议。

临行前，江群和兰鸽前去与李可欣告别，尽管李可欣的身体还很虚弱，但她的精神状态却明显好了许多。这让江群减去了几分牵挂，再说有兰鸽在此照看，更觉得稳妥和放心。于是，他又语重心长地叮嘱了李可欣一番，李可欣流泪点头答应，江群含着眼泪走出了病房。

江群又到兰鸽的家中，向两位老人道别，老人张罗着为他饯行，兰鸽为他购买了水果和食品，把他一直送上火车，又郑重地嘱咐了他几句话，江群坚定地用力点头答应，直到开车的铃声响起，两人互道珍重、洒泪而别，兰鸽站在站台上，一直目送着列车驶离了视线，在维护站台次序人员的催促下，神情黯淡地走出了站台，带着满腹牵挂回到家中。

兰鸽对父母刻意隐瞒了事情的真相，以免老人担心牵挂，她趁父母不在家时，拨通了安航的电话，向他告知了江群的有关情况。安航对江群即将采取的与贩毒团伙断绝关系的做法，感到有些不妥，担心会适得其反。贩毒团伙绝对不会容忍他的反叛行为，弄不好会采取极端手段对付他。但是，如果现在制止他，江群不可能听从劝告，若要他配合行动，时机尚不成熟。目前只有密切关注他的行动，对他采取一定的保护措施，以确保其人身安全。兰鸽听了他的想法，心里十分着急，一再请求安航要确保江群的人身安全，出现什么意外情况，要及时通知她。安航劝她放心，并再次承诺，一定尽最大的努力，保障江群的人身安全。安航的承诺，如同一支镇定剂，致使兰鸽的焦虑情绪有所缓解。

* * *

江群向来以敢作敢为、坚决果断而著称，做事一诺千金、从不食言。他一路上就踌躇满志，在心里打好腹稿，作好了与乔铎摊牌的思想准备。

回到甘河市的当天下午，江群就急忙找到乔铎，向他阐明了自己的观点，语气坚决地表示，以后自己绝不插手买卖上的事。乔铎颇感意外，向江群追问其原因，江群回答是为了对得起自己的良心，同时还劝说他以后也不要再干这伤天害理的买卖。然后，他头也不回地离开了乔铎的办公室。乔铎呆坐在办公桌旁，茫然地望着江群远去的背影，心里反复思索，他出门才短短的十几天，为什么会发生如此大的变故？他这么做的目的何在呢？

乔铎不死心，晚上又邀江群共进晚餐。在酒桌上，乔铎不厌其烦地对他一再相劝，可江群却固执己见，不改初衷，最后只好不欢而散。

江群的反常举动，引起了梅大姐的关注，本来她就对江群的背叛行为而耿耿于怀，如今竟又与乔铎断然决裂，觉得事情绝非偶然，她权衡再三，决定亲自出马与江群推心置腹地谈谈，凭着自己曾经有恩于他，对他晓之以理、动之以情，但愿他能够回心转意，继续与自己保持情人关系。若不奏效，只好退而求其次，对他恩威并施，用工作和前程相威胁，迫使他知难而退，继续与乔铎合作。

这次梅大姐没有单独约他，而是堂而皇之地来到乔铎的办公室，正大光明地和江群见面。尽管江群心里厌恶她，一见到她，就会不自觉地想起他们之间那不堪入目的淫秽场面，就好像吃了个苍蝇一样让他感到十分恶心。可又一想她毕竟是帮过自己的大忙，对自己有恩，如果当初没有她的帮助，就没有他今天所拥有的一切。再说自己已经断绝了和她的不正常关系，她也没对自己采取什么报复措施，自己不能把事情做绝了，不能让人骂自己忘恩负义，以后还怎么在社会上立足？男子汉大丈夫，应当光明磊落，恩怨分明，堂堂正正地做人。于是，他耐着性子，坐在梅大姐的面前，想听听她如何说服自己。乔铎则知趣地退了出去。

“老弟，时间过得真快，一转眼咱们相识快十年了吧？”梅大姐没有直接去劝说他，而是亲热地和他聊起了家常。

“八年多了。”江群感到有些意外地答道。

“老弟，你自己凭良心说，这么多年，大姐对你怎样？”梅大姐眼睛望着窗外，似乎漫不经心地问道。

“大姐，我明白你的意思，你对我的好处，我当然不会忘记。”江群不卑不亢地答道。

“老弟，你明白就好，我知道你不是那种忘恩负义的人，所以这么多年来，大姐对你是疼爱有加，处处顺着你，就拿你这次和大姐闹别扭来说吧，大姐都没有和你计较，大姐是过来人，感情经历比你丰富，感情这东西，是两厢情愿的事，如果你不愿意，大姐决不勉强你，再说天下没有不散的筵席，咱们可以好聚好散嘛。即使不是情人，也决不能变成仇人，我们还可以做好朋友嘛，大姐说的有道理吧？”梅大姐说的话合情合理，让江群感到无懈可击。

“大姐，你说的有道理，我也感谢你的理解和宽容，我以后会把你当亲姐姐看待的。”

“既然你把我当亲姐姐，那么我就以姐姐的身份，劝说你几句。我听乔大哥说你不想再为他们帮忙了，你们在一起共事多年，平时合作得都很愉快，关系也很融洽，怎么一下子就闹僵了呢？我劝你还是和他搞好关系，听从他的安排，否则我在当中也难说话。”梅大姐态度和蔼可亲地劝说他。

“大姐，难道你不知道他们做的是什么买卖吗？我不能再帮他们去干那种伤天害理的事了，一个人活在世上，不能光为自己着想。”江群情绪有些激动地对她说。

“我也知道他们做的买卖离谱，也曾劝说他们放弃，可你们的公司效益不好，全靠这个买卖赢利呢，再说现在改革开放，搞活经济，一切都向钱看，他们干点牟取暴利的事也情有可原。你又不是国家主席，干嘛这么忧国忧民的？这年头撑死胆大的，饿死胆小的，你怕什么？别说出不了什么大事，即使有什么事，也找不到你的头上，再说我还可以找人帮他们摆平，我可以大言不惭地说，在甘河地区，还没有我摆不平的事呢！”梅大姐十分自负地说。

“大姐，我不怀疑你的能力，也不是胆小怕事，我就是不想再干这害人的买卖，你也不必再劝我，我这个人认死理，我不想做的事，刀按在脖子上也不会改变！假如他们非强迫我去做，休怪我不讲江湖义气。大姐，如果你没有别的事，我就先告辞啦。”江群说完后，便立起身来，准备离去，可没想到梅大姐却笑容可掬地把他叫住。

“老弟，你急什么？听大姐把话跟你说完。既然你主意已定，大姐我也决不强人所难，不过你要听我的话，千万不要意气用事，都是相处多年的好朋友，一旦弄僵了，大家都没好处。兄弟阋于墙，自家人窝里斗，传出去也让外人笑话，你说对不？”

“大姐，你说的没错，我会尽量和他们搞好关系的，只要他们同意我的想法，我还会一如既往地配合乔经理的工作，也会和朋友们诚心相处，绝对不会让外人看笑话。”江群向她作保证，这也是他的真心话，既然他们不听劝，那也没办法，好在他们答应自己不再参与贩毒活动，也没必要和他们翻脸，只求自己心理平衡就行了。

梅大姐对江群的表态似乎很满意，她留住江群，并把乔铎也叫了进来，当着江群的面，嘱咐他以后不要难为江群，彼此要搞好团结，工作上要相互配合。江群没想到梅大姐竟然如此通情达理，心里对她又增加了几分敬重。对她的话也连连点头称是，然后，梅大姐又带着他俩来到山城宾馆，共进午餐。在酒桌上，他们谈笑风生，频频举杯，感情显得十分融洽，就好像他们之间不曾发生什么矛盾似的。

这样的结果出乎江群的意外，没想到他们竟轻而易举地就答应了他的请求，他心里的一块石头终于落了地。他急忙把这个消息告诉给兰鸽，兰鸽也颇感意外，事情过于顺利，反而让她心里有些不安，虽然她说不出担忧的理由，但是她却高兴不起来。于是，她在电话里一再叮嘱江群，一定要小心谨慎行事，以免他们要什么花样。江群虽然满口答应，心里却不以为然，他对朋友的为人处事还是蛮信任的。

三天后，让他没想到的事发生了，他意外地接到了一纸任命书，他被提升为公司的副经理，主管办公室、后勤，还有安全保卫。其实他们是个人承包单位，干部实行聘用制，承包者有充分的自主权。如果承包者想用谁，只要上报组织部门，基本都能批准，所以江群的任命书来的如此快。时下领导干部中间流行一句话叫做提职、加薪、死老婆。江群从农村走出来，有一份正式工作，就足以让家乡父老们感到羡慕，当上保卫科长时，就觉得很有成就感，如今又当上了副经理，岂不让家乡人更加刮目相看，人生这一辈子，不就图个出人头地，荣华富贵吗？以后再过年回家，就坐公司的小车回去，在父老乡亲和同学面前炫耀一番，那岂不是光宗耀祖、衣锦还乡吗？在这意外惊喜面前，他有点飘飘然了。

大兴安岭的冬天，似乎来得特别早，刚到国庆节，西伯利亚的寒流就吹了过来，随着凛冽的寒风呼啸而过，气温也骤然下降，大地上呈现出一片萧瑟的景象，远处的群山峻岭一片苍茫，这一切都仿佛在预示人们，寒冷的冬天即将来临。

生活在素有高寒禁区的大兴安岭，人们对抵御寒冷有丰富的经验，他们利用国庆节放假的期间，忙着运送煤炭、储存秋菜，封闭窗户，准备着越冬的各项事宜。

江群由于独身，住集体宿舍，单位也有食堂，吃住不用愁，犯不着为这些生活的琐事操心。怪不得他时常开玩笑说，这就是没成家的好处。他本打算利用这几天假期，去省城看望兰鸽和李可欣，兰鸽却不同意，一是李可欣的毒瘾目前已基本得到控制，不用他担心；二是假期太短，除去来回乘车的时间，在省城呆的时间还不足一天，所以劝他不要来。他觉得兰鸽说的有道理，就打消了这个念头。在电话里，他把提升当副经理的事一并告诉她，兰鸽本来就觉得事情过于顺利，提职的事也来的更加突然，江群却一再保证没有问题，兰鸽也找不出有力的理由来反驳，只好听之任之，但是，她还是特别嘱咐江群，不要盲目乐观，以免吃亏上当，要经常和她保持联系，以免她为此牵挂。

国庆节放假的第一天早晨，江群从睡梦中醒来，由于天气突然变化，室内还没有供暖，所以温度有些低，他因无事可做，就没有急于起床，而是顺手拿过枕边的刊物，躺在被窝里饶有兴致地看了起来。

叮玲玲……一阵电话铃声打断了他的注意力，把他从书本里拉回到现实中。他伸手抄起话筒，只听话筒里传来了钱亚民的声音：“兄弟，你忙什么呢？”

“啊，是钱大哥呀，没忙什么，这么早就来电话，有啥事？”江群接着他的话音问道。

“你怎么这么长时间不来看我们，是不是因为当官了？就把我们哥儿几个给忘了？”钱亚民对他抱怨说。

“没有，我怎么能忘了你们呢，我前两天不是到外地去了吗，回来这几天又赶上单位有事，所以没抽出时间去看你们，哥儿几个千万别见怪。”江群向他解释。

“我们知道你是个大忙人，今天‘十一’你总该有时间吧？快点到我们这里来，咱们哥儿几个好好庆贺一番，你不会驳我的面子吧？”钱亚民向他发出邀请。

“行，没有问题，我马上就去。”江群爽快地答应下来，然后翻身下床，快速洗漱完毕，穿好外衣，走出门来。一股寒风扑面而来，他感到身上有些冷，便赶紧立起大衣领来抵挡风寒，加快脚步来到车库前，将车从车库里开出来，直奔钱亚民的住处驶去。

由于根据内部相关人士透漏，目前缉毒形势已趋于平静，钱亚民他们并没有引起公安局的注意。他们躲藏了一个多月后，接到了危险已经解除的通知，可以自由活动，但又限定他们保持低调，不要到歌厅、酒吧和赌场去惹事生非，以免引来不必要的麻烦。钱亚民他们不敢抗命，只好在小范围内活动，不敢去公开场合抛头露面。

钱亚民的住处显得很热闹，钱亚民不光约了江群，而且还有许芳和刘丽两位美女，就连一向不大露面的童邦宪也在场，他是乔铎的司机，日常的事情比较多，平时难得与他们相聚，如今利用假期，可以放心地玩几天。他们见到江群，便纷纷上前打招呼，许芳嘻笑着问江群：“江哥，不，应该叫江经理，听说你前几天出门是和未来的嫂子重温旧梦？一定很幸福吧？”

“我们是正常约会，不像你想的那么复杂。”江群有些不好意思地答道。

“人家幸福不幸福，关你什么事？你羡慕还是嫉妒？”钱亚民在一旁笑着气她。

“我是既羡慕又嫉妒，你有什么感冒吗？”许芳用尖刻的话语把他顶了回去，然后又转头问江群：“哎，江哥，我听说你们是青梅竹马的恋人，她铁心等了你八年，真是难得，是什么劲头让你们如此痴情，她一定长的很漂亮吧？你能否把她的倩影拿出来让我们欣赏一下？”许芳伸着手向他说道。其他的人也跟着起哄，要求他拿出相片来。

江群被逼无奈，只好掏出钱包，从里面拿出一张兰鸽的照片，照片上的兰鸽身着戎装，美丽端庄，他们几个争抢着观看，钱亚民看着照片，由衷地感叹道：“盘儿可真靓，简直就是电影明星，真是盖了帽。”

“长的太漂亮了，咱们和人家相比，好像是个丑八怪，太伤自尊了。”许芳自惭自惭形秽地说着，并夸张地向众人作了个鬼脸。

“什么叫好像？你本来就是个丑八怪！”钱亚民故意气她。

“我是个丑八怪，那也要分跟谁比，若是跟你比，那我就变成美丽的白天鹅。”

“白天鹅？你这个丑八怪怎么会变成白天鹅呢？”钱亚民撇着嘴说道。

“黑哥，她在绕弯骂你是癞蛤蟆。”任武向他提醒。

“啊，原来如此，我这个癞蛤蟆今天就想吃你这个天鹅肉。”钱亚民恍然大悟，他一边自我解嘲地说着，一边乘其不备，一把将许芳搂在怀里，在她的脸上使劲地亲了一下。许芳被钱亚民紧紧抱住，身体无法动弹，她却以其人之道，还制其人之身，仰脸在钱亚民的脸上狠狠地咬了一口，他的脸上登时就显出两道清晰的牙印，钱亚民疼得“哎呀”一声，忙撒开手去摸脸颊，许芳乘势脱离了他的搂抱，躲闪到了江群等人的身后，开心地大笑起来，钱亚民被她气的跺脚直骂。他们的恶作剧，惹来了众人的一片哄笑声。

接下来，他们就投其所好地进入了各自的角色，江群和童邦宪，以及许芳、钱亚民他们几个坐在一起搓麻将。刘丽和任武躲到房间里去谈情说爱，杜立志却被安排去准备酒菜，他心里有点不情愿，嘴上叨咕了几句牢骚话，却惹来了钱亚民的一顿臭骂，杜立志敢怒而不敢言，只好顺从地去张罗酒菜。

俗话说，人逢喜事精神爽。江群今天的手气特别顺，刚打了几圈麻将，就赢了2000多元。其他人不服气，苦苦恋战，牌点儿却没有什么起色，以至午饭一拖再拖，直到下午两点，童邦宪才赌气地把牌一推，生气地说："今天这手气太臭了，两圈都没和一把，先不玩了，吃完饭再捞吧。"

"你小子昨天晚上准没干好事？怪不得点子这么骚呢。"钱亚民故意拿话气他。

"你他妈的别五十步笑百步，你也没照我少输多少，我没干好事？我看你是摸姑子屄了？"童邦宪没好气地回敬他。

由于今天过节，酒菜比往日的丰盛。待众人落座之后，童邦宪劝大家把酒杯斟满，然后举杯说道："今天是国庆节，我首先祝各位兄弟姐妹节日快乐！心想事成，要啥有啥，人人发大财！来，咱们共同干一杯。"众人齐声附和着举杯喝干。

紧接着，他又督促大家再把酒杯倒满，继续说道："这第二杯酒是祝贺江老弟荣升副经理，我们在座的兄弟姐妹当中，除了任老弟时间短些，其他的都是多年的患难弟兄。江老弟的为人和能力我们是有目共睹的，他之所以有今天的业绩，既是他对朋友讲义气，重感情的回报，也是他多年努力工作的结果，我们衷心的替他高兴，也真心地祝他前程远大，步步高升！"说完，他首先站起身来，与江群碰杯，众人也纷纷起身效仿，共同把酒喝干。

众人重新落座后，童邦宪又亲自为江群把酒杯斟满，再次举杯说道："这第三杯酒是为了庆贺江老弟的爱情，他和女朋友竟然分别了八年，却痴心不改，再续良缘，真是太难得了，现在这个社会，别说等八年，就是八个月也没有几个，光凭这一点，就让我们佩服的五体投地，这真是苍天不负有心人，好心有好报。我提议，为了江老弟生活幸福，爱情甜蜜，干杯！"童邦宪说完，再次与江群碰杯，众人也齐声响应，共同干杯。

江群在众人的恭维下，心中感到很得意。于是，他拿过酒瓶，站起身来，亲自为每个人斟满了，心情激动地说：“童大哥及各位兄弟姐妹，我今天的心情特别激动，你们这么抬举我，我深感受之有愧，感谢你们这么多年对我的关照和支持，我为能结交你们这些朋友而感到骄傲和自豪，正是有了你们的帮助，才有我江群的今天，此恩此情，我终生难忘！我希望各位朋友都平安幸福，作为知己朋友，我斗胆相劝你们几句，今后咱们要走正道，不能再捣腾黑货了，不但被公安局抓住没好，而且还太坑人，干这种事都对不起自己的良心，我今后是死活不干了，我劝你们也不要再干了，否则不会有好下场。这是我的肺腑之言，请各位三思。俗话说，人生得一知己足矣，我能结识这么多知己朋友，真乃三生有幸。愿我们的友谊像雄伟的兴安岭一样，地久天长，牢不可破，像奔腾的甘河水一样，川流不息、源远流长。值此国庆佳节之际，我祝各位节日快乐、身体健康、心想事成、万事如意！”说完之后，江群和各位逐次碰杯，然后十分潇洒地一饮而尽，众人也陪着他将杯中酒喝干。

江群的这番话，让在座的人感到惊诧不已，他们用奇怪的目光看着他，每个人的心理反应也不尽相同，有的人觉得他的话有道理，有的人则认为他的话大逆不道，由于这个话题过于敏感，所以在座的人都没敢表态。酒桌上的气氛也显得有点沉闷，

童邦宪看了江群一眼，笑着打破了冷场：“江老弟，今天主要是庆祝你双喜临门，咱们闲言少叙，书归正传，来，为了我们的友谊，也为了江老弟的双喜临门，干杯！”在童邦宪的带动下，其他人也以此为话题，分别向江群敬酒。江群盛情难却，只好举杯奉陪。他的性格豪爽，来者不拒，开怀畅饮，酒桌上再次掀起了高潮，欢歌笑语不绝于耳，觥筹交错，高潮迭起。一直喝到太阳下山，方才告一段落。

撤下残羹剩菜后，他们又接着搓麻将。江群尽管多喝了几杯，已有些醉意，有心休息一下。可一想到自己是赢家，如果现在不玩，岂不让人笑话不仗义。只好强打精神，陪他们在牌桌上继续鏖战。

由于江群今天酒喝的比较多，而他又有酒后睡觉的习惯，所以玩了一会儿，

就觉得眼皮发硬，坐在那里直打瞌睡。童邦宪见他如此，便从口袋里掏出一支雪茄烟，笑着递给他："老弟，这是南方老客儿送给我的，你抽几口试试，特提神。"说完，又亲自为他点着。江群吸了两口，觉得有一股浓郁的香味，直冲五脏六腑，顿时觉得精神一爽，口中连称好烟，又接连吸了几口，瞌睡便消失了，头脑也感到清醒了许多，重振精神投入搏杀。他断断续续地把那支雪茄吸完，精神再也没感到困倦，到吃晚饭时，他又赢了不少钱。童邦宪输的最惨，钱亚民和许芳输的相对少一些，江群把自己的本钱拿出来，把那些赢来的钱放在桌面上，对他们几个说道："你们都输了多少？各自把钱拿回去吧。"

"江老弟，你这不是埋汰我们吗？咱们哥儿们凑在一起，就是图个乐和，谁还在乎那几个钱，你赶紧收起来，咱们一会儿再接着玩儿，否则再玩儿就没意思了。"童邦宪不以为然地说着，并把桌上的钱强行塞进江群的口袋里。

晚饭准备的还是很丰盛，都是杜立志开车到山城宾馆取回来的。在酒桌上，童邦宪仍然是旧话重提，祝贺江群的双喜临门，江群豪情依旧，与各位轮番把盏，喝的是酣畅淋漓。任武怕他喝多了，好心地劝他少喝点，他却不以为然，连称没事，众人也夸他的酒量好，他听了心里觉得很自豪，又与人连干了几杯，直到醉意蒙胧，有些坐立不稳，众人才作罢。

"江老弟，我就不信，你的点儿还会那么兴？还敢不敢再和我们打几圈？"童邦宪不服气地拿话激他。

"有什么不敢的，我江群怕过谁？来，咱们接着干，看来今天不把你们的钱赢干，你们不会消停。"江群也故意气他，并率先在牌桌旁坐下。童邦宪紧跟其后，钱亚民和许芳也不甘示弱，几个人互不服气地接着在牌桌上继续比试。

他们玩到半夜时，江群又有些困倦，童邦宪又给了他一支雪茄提神，浓郁的香味刺激着他的大脑皮层，他的中枢神经显得异常兴奋，一直玩到凌晨3点多钟，他也没感到疲倦。他们见时间太晚了，又因为是假期，所以就都没有回去，而是各自找地方休息。江群躺在沙发上，心情仍然处在亢奋之中，一闭上眼睛，各种麻将牌就在他的脑海里直转，变幻出各种好牌，交替出现，继续刺激他的神经，他虽然很想睡觉，但一切努力都徒劳无益，耳边听着他人传来的此起彼伏的鼾声，自己却久久不能入眠。无奈之下，他只好爬起来，在角落里找了本旧刊物，看了很长时间，直到天色放亮，他才勉强入睡。

他一直睡到上午九点多，才被童邦宪从睡梦中叫醒，他揉着眼睛坐了起来，感觉有些头晕脑涨、口干舌燥，他抓起茶壶，一连喝了几杯凉茶，然后，又到卫生间洗漱，并用凉水洗头，才觉得舒服一些。

他们吃早饭时，已接近中午，童邦宪张罗着让大家喝酒，却没有人响应，江群也退避三舍，不肯相陪。只有钱亚民独自陪他喝了两杯，童邦宪觉得索然无味，就自动停下杯，乏味地喝了一碗粥，草草地结束了早餐。

这天是10月2日，既是国庆节假期，又碰巧赶上农历八月十五，中华民族传统的中秋节。童邦宪吩咐杜立志去买水果和月饼，准备晚上赏月。然后，他们几个一边打着嘴仗，一边又坐到麻将桌前，互不服气地继续赌博。

金乌坠地，玉兔东升，天色尚且明亮，天边上早已升起一轮皎洁的明月，柔和的月光撒满天宇，大地上的景物清晰可辨，亮如白昼。

尽管天气比较寒冷，童邦宪还是力主将桌子放到屋外，美酒佳肴和水果、月饼摆满了一大桌，众人围坐的一起饮酒赏月。童邦宪首先说道："今天是个好日子，既是国庆节假期又是中秋节，两个节日赶到一起了，古代人都讲究吟诗赏月，我们今天效仿一下古人，每人朗诵一首诗，否则就罚酒三杯，江老弟，你喜欢诗书，今天又是三喜临门，你就带个头吧。"

江群点头表示同意，他稍微思索了一下，便站起身来，朗声说道："各位兄弟姐妹，今天是八月中秋团圆佳节，我们虽然不是亲兄妹，却胜似亲兄妹，能和你们相聚在一起共庆中秋佳节，我感到非常荣幸，特献上一首苏东坡的，《水调歌头·中秋月》祝各位身体健康，咱们的友谊天长地久，永远年轻快乐！

明月几时有，把酒问青天。不知天上宫阙，今夕是何年？我欲乘风归去，唯恐琼楼玉宇，高处不胜寒。起舞弄清影，何似在人间。

转朱阁，低绮户，照无眠。不应有恨，何时长向别时圆？人有悲欢离合，月有阴晴圆缺，此事古难全。但愿人长久，千里共婵娟。”

他的声音甫落，便引来了一片叫好声，众人纷纷举杯祝贺。接下来轮到任武，他站起身来双手抱拳，对众人施礼说道：“各位哥哥姐姐，在此中秋佳节之际，我向各位表示衷心的祝贺，祝各位哥哥姐姐节日快乐、身体健康、万事如意！承蒙你们的关照，对小弟如此厚爱，小弟铭记于心，终生难忘。大恩大德，容当后报。俗话说，每逢佳节倍思亲，我就朗诵一首王维的《九月九日忆山东兄弟》以祝酒兴。

‘独在异乡为异客，每逢佳节倍思亲。遥知兄弟登高处，遍插茱萸少一人。’”任武也赢得了众人的喝彩声。

紧接着是刘丽，她受任武这首诗的影响，心里有些伤感，这首诗勾起了她的思念之情，便也站起身来，举杯说道：“今天是中秋佳节，也是阖家团圆之日，而我们这些离家游子，却有家不能回，有亲不能投，愧对老人的养育之恩，我也背诵一首李商隐的《嫦娥》以表达我的歉意，‘云母屏风烛影深，长河渐落晓星沉。嫦娥应悔偷灵药，碧海青天夜夜心。’”

这首诗虽然有些伤感，与喜庆的气氛不相符，可在座的人却似懂非懂，对诗中的含义也理解不透，正所谓知其然，不知其所以然，只是盲目地鼓掌叫好。

轮到童邦宪时，他是这里的老大，又见他们几个先后背诵诗词，赢得了大家的喝彩，自然也不甘落后，他早有准备，不假思索地张口说道：“既然各位兄弟姐妹都吟诗赏月，大哥我又岂能甘落牛后，我也有一首诗送给大家，以祝酒兴：花间一壶酒，独酌无相亲。举杯邀明月，对影成三人。月——月——”他只记住了开头这几句，下边的诗句却想不起来了，他有些尴尬地站在那里，众人按规定对他罚酒三杯，他在心里暗骂自己愚蠢，本想借此机会露露脸，没想到画虎不成反类犬，自己真是猪脑子，本来自己会这首诗，可一着急却想不起来了，真是丢人现眼。他闷坐着吸烟，情绪显得有些低落。

按顺序轮到了钱亚民，他到干净利索，站起身来笑着说：“我没有文化，斗大的字不识两麻袋，什么诗呀词的？我是一窍不通，我只知道今天有酒今天醉，不管明日是和非。我自愿罚酒，这样行吧？”说完，他主动抓过酒瓶，自斟自饮了三杯。

至于许芳和杜立志，他们搜肠刮肚，也没想出一首完整的诗词，只能记得其中的一两句，害怕像童邦宪那样献丑，只好也学着钱亚民的样子，乖乖地喝酒认罚。经过这么一折腾，场面反倒显得有些冷清，再加上外面天气寒冷，饭菜很快就凉了，冻的大家直打哆嗦，很快就失去了赏月的雅兴。

他们只好把酒桌搬回屋里，将菜肴又热了一遍，重新开始喝起。由于屋内暖和，又免去了赏月和背诗的约束，心里感到特别轻松，他们无拘无束地肆意笑骂打闹，又找到了以往把酒论英雄的感觉。童邦宪的心情也缓和过来了，他觉得自己只适合这样的场合，才能找回自己的尊严和价值。于是，他再次以国庆节和中秋节为话题，以江群的提职和爱情为由，频频向江群敬酒，钱亚民和杜立志以及许芳等人，也轮番向他劝酒，江群盛情难却，只有舍命相陪，喝的淋漓尽致，豪兴勃发，直至醉眼惺忪，立身不牢，才被劝止结束。

饭后，他们又回到了麻将桌前，互不相让地继续搏杀。任武和刘丽也饶有兴致地坐在旁边观战，刘丽自动替江群管账，负责收入和支出。因为江群喝的比较多，神智有点迷糊不清。他接连打了几个哈欠，突然想起了童邦宪的雪茄烟，便对童邦宪说道：“童大哥，把你的烟再给我一支，我提提神。”童邦宪连声说好，赶忙掏出一支雪茄烟，并亲自为他点着。江群欣喜地接过来，深深地吸了几口，心里感到十分舒坦，头脑也觉得很清醒，高兴的连声称谢。

“童大哥，这是什么烟？味道这么香，给我也品尝一支。”任武有些好奇地说。

“任老弟，不是我舍不得，这烟太冲，你抽不了。”童邦宪摆着手，拒绝了任武的要求。任武见他如此，便知趣地放弃了要求。他和刘丽饶有兴致地观看他们打牌。一直陪到散场为止，然后，他俩又共同把凌乱不堪的房间收拾干净，才安心地去休息。

第二天早上，江群发现昨天晚上抽剩下的小半截雪茄烟不见了，他记得清清楚楚，睡觉前就放在了桌子上，怎么会不见呢？可能是谁不经意给丢掉了吧，他虽然感到有点可惜，但又觉得并非什么贵重东西，没必要声张。

童邦宪领着江群等人，又痛快地吃喝玩乐一整天，因为明天要上班，他们决定不再熬夜，他们一直喝到晚上十点多钟，酒足饭饱之后，便相继告别离去。

由于江群晚上喝的比较多，童邦宪怕江群酒后开车不安全，坚持着要送他回去，尽管江群一再说自己能开车，童邦宪还是把自己的车交给了许芳，自己则强行拿过来江群的车钥匙，开车将他送回宿舍。他把江群一直送进宿舍里面，又为他沏好茶水，临出门时，他又从口袋里掏出个发瘪的雪茄烟盒，把剩下的半包烟留给他。江群十分感谢地把他送到门口，一直目送着他开车不见了踪影，才关上房门，上床休息，室内很快就响起了均匀的鼾声。

那丢失的半截雪茄烟，几经辗转送到了安航的手上，他丝毫没敢耽搁，马上把相关情况向扬威作了汇报，扬威立刻交给化验员吴菁华，让其对烟的成分进行化验，这一切都是在高度保密情况下进行的。吴菁华的化验结果很快就出来了，结果表明，雪茄烟里含有鸦片的成分，是人为加工掺进烟里的，吸这种烟，就等于变相吸毒，几次以后就可导致吸食人员上瘾，变成吸毒者。鉴于事态的严重性，扬威和安航等人经过紧急磋商，决定由安航立即把情况向兰鸽通报，以便得到她的配合，采取有效的保护措施，确保江群的人身安全，免遭毒品的伤害。

几天以来，兰鸽曾数次给江群打电话，却始终无人接听。兰鸽心系他的安危，每日寝食难安，坐卧不宁，就在她焦急万分的时候，恰好接到安航的电话。闻听江群有可能染上毒瘾，她犹如五雷轰顶，脑海里立刻闪现出李可欣那饱受煎熬的痛苦表情。她忧心如焚，当即决定起身前往甘河市，去看望和帮助江群，帮他摆脱困境，指点迷津。

在电话里，他们商定兰鸽到达后，不要直接去找江群，以免引起贩毒团伙的怀疑，同时也是考虑到她的人身安全，她在甘河市的一切行动，均由公安局安排和部署。

通过查询列车时刻表，最早的一趟列车是在午夜发出。在动身前，她抱着侥幸的心理，再次拨打江群的电话，电话铃声响了半天，仍然无人接听，就在她倍感失望、想放下话筒时，却听到了江群刚从睡梦醒来的说话声。处在半睡眠状态下的江群，一听到兰鸽的声音，神智马上就清醒过来，忙问她有什么事，兰鸽没敢在电话里多说话，害怕有人窃听，她婉转地警告江群：吸烟有害健康，从现在开始，绝不能再吸烟，赶紧戒掉烟瘾，否则，就会患上与李可欣相同的病症，难以治愈。切记！切记！并告诉他明天下班后，在宿舍里等她的电话。

江群放下电话后，心里反复琢磨兰鸽的话意，吸烟有害健康谁不知道？难道还用她半夜打电话嘱咐吗？赶紧戒烟？与李可欣的病症相同？那不是吸毒吗？想到此，他不由心头一惊，下意识地看了一眼童邦宪留下的雪茄烟，那种特殊的香味，又袭上自己的心头，仿佛有一种不可抗拒的魔力，让他产生一种强烈的渴望，他不由自主地拿起一支雪茄烟，几乎控制不住自己的欲望，想点火吸烟。就在这时，他的耳边又响起了兰鸽的嘱咐，眼前又浮现出李可欣那痛不欲生的表情。为什么这种雪茄烟对自己有这么大的诱惑力呢？难道他们从中做了什么手脚？自己一定要理智，控制住自己的欲望，绝不能重蹈李可欣的覆辙，他为了彻底打消自己的念头，决心毁掉这半包雪茄烟，于是，他找了几张废纸，把烟揉碎后放在一起，来到卫生间，点火将其燃烧，随着火苗的升腾，那股香味又沁入他的肺腑，他贪婪地吸了两口，甚至有些后悔自己不该将其烧毁。江群具有敢作敢当、坚决果断的性格，这次他的性格帮了他的大忙，他这种破釜沉舟的做法，避免了自己将遭受的厄运，改变了自己的人生轨迹。

梅大姐是个眼里揉不得沙子，做事独断专行、唯我独尊的人，而且城府较深、工于心计。对于江群的情感背叛，她早已恨之入骨，可她权衡利弊得失，决定采取欲擒故纵的策略。她经过周密思考，不但没有为难江群，反而对江群一再忍让，还特意授意表哥乔铎，破格提拔江群当上副经理，希望他能感恩戴德，回心转意，继续听命于己，恢复往日的情人关系。

可是，江群却不领情，毫无悔改之意，反而在其他人面前发表言论，公开反对贩卖毒品。因为他对其内幕了如指掌，对他们形成了潜在的威胁。如果他这里出现问题，将会面临着全军覆灭的危险。此事若是换成别人，乔铎早就采取极端手段来对付他，必要时不惜杀人灭口，免除后患。因为他与梅大姐的特殊关系让乔铎投鼠忌器，不敢把事情做的太绝。又加上他念江群能文能武，是个不可多得的人才，这么多年来可谓是忠心耿耿，曾立下过汗马功劳，所以决定对他网开一面，采取迂回的手段，诱惑他吸毒，迫使他就范，继续听命于己，这也是无奈之举，是个没有办法的办法。他们深知吸毒不但摧残身体的健康，丧失人的斗志，而且费用巨大，所以他严令手下人，一律不许沾染毒品，否则将受到严厉的惩罚。现在是非常时期，江群又是个特殊的人物，他们才不得不出此下策，先度过这个非常时期再说。他们先以朋友聚会的形式，利用他喝酒豪爽的个性，将他置于半麻醉状态，然后再采取疲劳战术，趁他精力分散，头脑麻木时，把事先准备好的浸有少量鸦片成分的雪茄烟，让他吸食，以便他在不知不觉中染上毒瘾。到时候他就会乖乖的俯首称臣。好在他们在配制时，怕他有所察觉，掺入的毒品成分相对比较少，吸食对身体无太大妨碍，只有吸食一包左右才能染上毒瘾。他们这招可真是够损的，既可以恢复他和梅大姐的关系，又可以继续为他们卖命，真乃是一箭双雕。江群对朋友讲感情，重义气，对朋友坦诚相待，从不设防，岂能想到他们竟会用这种“下三烂”的手段来坑害他。因此，童邦宪几乎没费什么事儿，就轻易得手，江群当时却被蒙在鼓里，毫无知觉。

童邦宪眼见大功告成，心里十分得意，从江群的宿舍出来后，便径直开车来到乔铎的住处，把这两天的经过，向他详细地作了汇报，乔铎对此结果十分满意，连声夸他干的漂亮，并让他早点回去休息。童邦宪离去后，乔铎马上拨通了梅大姐的电话，向她告诉了事情的结果，而梅大姐的态度却显得很平静，告诉他不要盲目乐观，一定要落实到实处，要想办法对江群进行当面测试，证实他确实中毒上瘾，切莫掉以轻心，耽误了大事，然后便“啪”的一声，挂断了电话。

乔铎苦笑着放下话筒，轻轻地叹了一口气，心里感到酸楚和失落，他对这个表妹的感情很复杂，早已超出了正常的兄妹关系，他虽然对表妹爱的刻骨铭心，表妹对他却不以为然，一付拒人千里之外的样子，让他感到很伤心。他为了这种有悖道德伦理的关系，曾付出了沉重的代价，这种畸形的感情纠葛，由来已久，以至追溯到他们的童年时代，尽管事隔多年，可那些难以忘怀的童年往事，却依然历历在目，记忆犹新。

表妹梅岚的身世非常可怜，她原来的名字叫梅兰，12岁时，父母就相继去世，她年纪幼小，孤苦伶仃，无依无靠。乔铎的母亲，是她的姨妈，将她接回家中抚养，她的衣食才有了保障。乔铎比表妹大4岁，对她的不幸十分同情，在生活以及其他各方面都尽最大的努力去关心和帮助她。而年幼的表妹也把他当成靠山和保护神。亲人的关心和呵护，冲淡了表妹失去双亲的痛苦，也逐渐抚平了心灵上的创伤。

然而，天有不测风云，人有旦夕祸福。表妹来到家中一年后，乔铎的母亲突患脑溢血去世。这种丧母之痛，让乔铎痛苦万分，对梅兰来说更是雪上加霜。乔铎母亲在世时，父亲对梅兰很好，对待她和自己的孩子没什么两样，自从姨妈去世后，他对梅兰就改变了态度，不但对她很冷淡，还时常恶语相加，这不但让梅兰感到痛苦和意外，就连乔铎也对父亲的做法感到不理解。但他却不敢当面质问父亲，只是劝慰表妹不要伤心，这一定不是父亲的本意，可能是悲痛心烦所致，过一段时间就会好的，梅兰此时也只好含泪点头答应。直到父亲请来了两个大仙跳神，乔铎才明白父亲对表妹反感的真正原因。

他们居住的是个偏僻的农业县城，不但没有铁路，就连公路交通也不发达，信息传播的也比较慢，这导致了此处的居民思想僵化，固执已见，对外界的新生事物接受能力差，文化素质普遍低下，封建迷信思想根深蒂固，相面、算卦、跳神的封建迷信活动十分盛行。他们在封建迷信思想支配下，愚昧地把那些骗钱财、骗吃喝的巫婆神汉奉为神仙，心甘情愿地去上当受骗。他们不但婚丧嫁娶要请人定日子、看时辰、找风水，就连盖房、搬家也是如此，甚至有人出门办事也要挑选个好日子。至于被盗、丢东西也要找人掐算一下，为其指点迷津。平时患病就更离不开大仙了，时常请人跳神、求仙讨药，如果碰巧得了感冒发烧的小病，靠自身的免疫力即可痊愈，或刚用过药，药效还没起作用，又找大仙去治病，碰巧药效刚好有疗效，病情好转了，人们便到处吹嘘他如何神通广大，简直灵验到了起死回生的程度。更有甚者，一些神汉和巫婆利用人们渴望长寿的心理，声称能为人买寿，有些儿女出于孝心，不惜花几百，甚至数千元钱，为其老年人买寿。至于灵验与否，那就要看个人的造化了，如果身体强健，没什么大毛病，活个十年八年的很正常，就被吹嘘是买寿的结果。假如在短期内就去世了，就又被解释说他前世罪孽深重，被鬼神强行索命。总之是怎么说都有理，对错都没有人去追究。这么说吧，封建迷信已经渗透了他们的每个角落，成了他们日常生活中不可或缺的一部分。人们常说父母是孩子的启蒙老师，父母的言行举止和思想意识，直接影响到孩子的心理健康，大人们的封建迷信思想，潜移默化地灌输给孩子们，在他们的幼小心灵上，蒙上了一层神秘的阴影，这些封建迷信思想使孩子们对此深信不疑，长大成人后又周而复始，继续灌输传给下一代，形成了恶性循环，严重地影响了儿童的身心健康，使他们的心理产生了畸形，偏离了正常的人生轨道，人为地改变了人生的命运，沦为封建迷信的殉葬品。梅兰的悲惨经历，就为我们提供了有力的佐证。

原来在梅兰父母去世时，就有人为梅兰算过命，说她命硬，克父母和长辈。她的姨妈不信邪，把她接到家中抚养，当初乔铎的父亲就有想法，可他拗不过乔铎的母亲，只好同意收养梅兰。没想到真应了算命的谶语，才过了一年多，她就把姨妈克死了，下一个说不定就会轮到自己，万一自己真死了，扔下这几个没成年的孩子可怎么办？乔铎的父亲性格懦弱，而且又笃信迷信，他感到十分恐惧，惶惶不可终日，总觉得要有大祸临头。在这种心理的支配下，他对梅兰产生了极大的反感，不但自己对梅兰疏远，而且也不让孩子们和她亲近，甚至不让自己的女儿和梅兰住在一个房间里，以免与她相克。乔铎却不听他的话，依旧和她保持亲密关系，他只有乔铎一个男孩，担心被她克死，自己岂不是绝后了？说什么也不能断了乔家的香火！想到此处，他更加心急如焚，他又不忍心把梅兰撵走，无奈之下，他只好祈求神灵保佑，为了能够避灾驱邪，保障人口平安，他不惜花高价请来大仙作法。

请来的巫婆是个40多岁的农村妇女，她的徒弟是个30多岁的青年男子。他们逼着梅兰跪在佛龛前，那个巫婆披头散发，先是跪拜焚香，口中念念有词，然后手持一把桃木剑，煞有介事的又唱又跳，那个徒弟在旁边用手敲打着羊皮鼓，为她伴奏。只见她浑身一阵颤抖，然后就瞪大眼睛，声称自己是天神下界，用桃木剑指着梅兰，厉声逼她承认是恶鬼转世。梅兰从未经过这种场面，心里十分惧怕，她天真地想，自己如果承认是恶鬼，就会真的克死姨夫家的人，如果不承认，姨夫家就会平安无事，所以，她不管对方如何威逼利诱，就是死活不肯承认自己是什么恶鬼转世。那个巫婆见威逼不成，心中暗自着急，心说今天如果不将她制服，以后还怎么在江湖上行骗，岂不毁了自己的名声，也断了自己的财路。于是，便下令对她动刑法，那个徒弟用香火烫梅兰的前胸，用锥子扎她的手指，最后竟用几根筷子夹住她的手指缝，两头同时用力，类似古代的拶刑。梅兰惨叫连声，直到疼晕过去，又被巫婆用水浇醒，仍然不肯承认。乔铎在门外听到表妹的惨叫声，心如刀绞，泪流满面，几次想冲进屋里去，将表妹救出来，可由于惧怕父亲，不敢贸然上前。

那个巫婆见招数不灵，恼羞成怒，便说这个恶鬼的道行太深，必须给她破了身，方能将其制服，否则乔家就会大祸临头。那个徒弟闻听此言，高兴得手舞足蹈、跃跃欲试。乔铎的父亲虽然迷信，但却不情愿坑害梅兰，他面带难色地直摇头。这个巫婆与徒弟有一腿，见他如此得意，心里本来就有点吃醋。如今见乔铎的父亲不同意，为了下台阶，便心生一计，她便将乔铎的父亲叫到一旁，如此这般地说了一番，然后，向他收取了钱财，又吃喝了一顿，才心满意足地走了。

驱鬼辟邪的闹剧结束之后，乔铎和梅兰都以为平安无事了，可没想到，他们的厄梦才刚刚开始。因为那个巫婆没有把恶鬼制服，乔铎的父亲总觉得是块心病，再加上一些好事者说三道四、大肆宣扬，说如果不及早想办法，他们全家都要遭殃。乔铎的父亲整日担惊受怕，唯恐再有祸事降临。偏赶事有凑巧，有一天，乔铎的妹妹因为不小心着了凉，晚上发高烧，直说胡话，乔铎的父亲惶恐万分，以为大祸临头了。他把乔铎叫到一边，婉转地告诉他，去和梅兰发生关系，乔铎当年已经18岁，对男女之间的事也知道一些，他羞得满脸通红，说什么也不肯同意。父亲劝他说这样做也是出于无奈，否则全家就会被她克死，再说他们是表兄妹，将来可以亲上加亲，长大后可以娶她为妻，现在就算给他们定亲了，这岂不是两全其美的好事？乔铎对表妹很有感情，曾幻想过将来娶表妹为妻，经父亲这么一劝说，他觉得有道理，就默许了。父亲当初没有答应巫婆的要求，是不忍心坑害梅兰，如今这样做，也是考虑再三，才想出这个自认为两全其美的办法。因为在那个年代，人们对近亲结婚的说法还不以为然，也没有认识到它的危害性，许多思想陈旧的人，还热衷于亲上加亲的婚姻。乔铎的父亲产生这种想法，也在情理之中，可他却没有考虑这件事对尚未成年的梅兰来说，将会对她的身心造成多么大的伤害！

乔铎的父亲作通了儿子的工作，就悄悄地来到梅兰的房间，先是心疼地看了她尚且红肿的双手，又关切地劝她吃药，并把事先准备好的安眠药，谎称是消炎药，骗她吃了两片。待到夜深人静，趁梅兰熟睡之机，把乔铎拉到梅兰的床上，然后转身离去。乔铎正处在青春期，心里对异性充满了神秘感，尽管表妹的身体尚未发育成熟，但女性的特征已很明显。抚摸着表妹这光洁如玉的胴体，他感到一阵莫名其妙的燥热，一种原始的冲动使他变得兽性十足，他不顾一切地爬到表妹的身上，凭着动物的本能，无师自通地交媾起来，他的欲望获得了前所未有的满足。当表妹从剧烈的疼痛中醒来时，她简直不敢相信眼前所发生的一切，没想到平日关心和爱护自己的表哥，竟会做出如此猪狗不如的事情。她用力将乔铎推下身去，悲愤地失声痛哭起来。乔铎在她的哭声中清醒过来，他羞得满面通红，胡乱地抓起自己的衣服，满怀愧疚地跑出房间。

表妹躺在床上，连续两天不吃不喝，乔铎看在眼里。疼在心上，他在外边急得如同热锅上的蚂蚁，来回直转圈，就是不敢到屋里去劝她。他实在没有勇气去面对表妹那双怨恨的眼睛，也痛悔自己太鲁莽，更不该听信父亲的话，以至酿成这种不可收拾的局面。父亲害怕表妹想不开，担心她寻短见，便苦口婆心地相劝，他把巫婆说的有关相克和破解的话，以及他让乔铎这么做的目的，还有他将来为两人成家的打算，都说给她听。可表妹任凭父亲怎么说，她始终闭着眼睛不发一言，就像没听见一般。父亲无奈之下，只好和孩子们昼夜看护，生怕她出现什么意外。

第三天早上，表妹竟出人意料地起床了，她平静地吃完早饭，便收拾书包去上学，见她如此，全家人都松了一口气。父亲仍不放心，一直跟在表妹的身后，眼看着她走进教室，才放心地去上班，悬在心里的一块石头终于落了地。

中午放学时，却迟迟没有看到她的身影，他们一家人连中午饭都没吃，分别到亲戚、同学、朋友、邻居家寻找，根本没有看见她的人影。下午到学校去打听，她的班主任老师说，她上午只上了两节课，请假说身体不舒服，就背着书包离开了学校。乔铎的父亲闻听此信，心里更加焦急，急忙发动亲友四处去寻找。一直找到深夜，也没有发现她的踪迹。

第二天，他们到客运站去寻找时，有一位好心的女乘务员告诉他们，昨天中午，她曾看见一个背着书包的小姑娘搀扶着一位农村老太太，上了通往省城的客车。她本想让小孩补票，可见她的个头矮小，又是跟着老人一起出门，觉得这一老一小挺可怜的，就发了善心，让她们用一张车票上了车。

根据女乘务员的描述，那个小姑娘的体貌特征，基本上与梅兰相符。乔铎的父亲急忙乘车赶到省城，苦苦寻找了一个星期，却没有任何消息。在偌大的城市里，既无线索，又无目标，再加上人生地不熟，想找一个人，无疑于大海捞针。最终，他只好失望地返回家中。

寒来暑往，花开花落，转眼间两年过去了，梅兰如同石沉大海，杳无音信。生活在小城的人们，依旧打发着枯燥乏味的日子，对于梅兰的失踪，早已变成了他们茶余饭后的谈资，平时很少有人提及她，就连家里人也对她不抱什么希望，偶尔提起时，也只有发出几声叹惜而已。唯有乔铎不死心，他日夜牵挂着表妹，整日无精打采，好像变了个人似的。父亲劝他想开点，说梅兰可能早就不在人世了。乔铎却坚信表妹一定还活着，并发誓要不惜一切代价找到她。随着年龄的增长，他的这种想法变得更加强烈。两年来，他省吃俭用，又用课余时间去捡废品换钱，积攒下一笔钱。于是，他利用暑假，只身来到省城，开始艰难的地寻找梅兰。他白天到大街小巷去寻找，晚上则到候车室去过夜，饿了就啃两口凉馒头，渴了就喝自来水，心中只有一个信念，无论吃多大的苦，也要把表妹找到！

可是，事与愿违，在这茫茫的人海中，这样漫无目的的寻找，又谈何容易。一个月的时间很快就过去了，他却没有发现任何线索，由于整日不脱衣服，身上生满虱子，头发凌乱，衣服肮脏不堪，好似个乞丐儿。但他痴心不改，专心致志地继续寻找，可没曾想，他的这付尊容，竟为他招惹来了麻烦，他被公安机关当成流浪人员给收留起来。在了解了他的详细情况后，公安人员对他的举动十分同情，并积极协助他多方查找，结果却依然让人失望，在暑假结束时，他只好无奈地无功而返。

接下来这几年，乔铎每年都要抽出一两个月的时间，到省城或周边的城镇去寻找，可每次都是乘兴而去，失望而归。

截止到60年代末，他随着上山下乡的大军，到农村去插队落户，才被迫中止了对表妹的寻找。但他始终坚信，表妹一定还活在人世间。

乔铎在农村的艰苦环境中，一干就是二年，只有在过年时，才有机会回到家中团聚。他每次回来，都要到母亲的坟前去祭奠，同时也到梅兰的父母坟前去烧纸上香，一是替梅兰尽孝道，二是祈求他们在冥冥之中显灵，让他早日找到梅兰，他是年年如此，从未间断过。

农历腊月二十三，是北方传统风俗中的小年，北方素有“腊月二十三，灶王爷上天”的习俗，可在南方有些省份和地区，却是农历二十四过小年，各地的风俗习惯不同，日期相差一天，但基本的礼数却大致相同，无非是上坟烧纸，送灶王爷上天而已。

这天早上，乔铎带着香烛纸钱等一应祭品，骑着自行车赶到郊外的坟地。他先到母亲的坟前祭奠了一番，然后，又来到了梅兰的父母坟前，摆上供品，点着纸钱，口中念念有词，祷告梅兰的父母，保佑女儿平安，保佑他们兄妹早日相见。就在这时，他隐约听到背后有哭声，他心里一惊，急忙回头看去，只见在他身后几步远，站着一个身穿军大衣，戴着军帽和口罩，脚穿军用皮鞋的女人，她的手里拿着上坟的物品，正在那里伤心流泪呢。

“你、你是……？”乔铎觉得有些面熟，便试探着问道。来人见他没认出来自己，就摘下口罩，哽咽着说道：“表哥，我是梅兰，感谢你这么多年来为我父母上坟烧纸。”

“梅兰，真的是你吗？！”乔铎惊喜地喊道，他真有点不相信眼前这一切是真的。其实梅兰本打算上坟后就悄然离开，并不想见到乔家的人，可没想到在父母的坟前意外地碰到了乔铎，而且他是为自己的父母上坟，还虔诚地祈求父母保佑自己平安，她岂能不受感动？再说，此时的她历经了种种磨练，对男女之间的事情，已经看的很平常，真是曾经沧海难为水，除却巫山不是云，正可谓阅人无数，岂可与往日那个青涩懵懂的少女同日而语。

“表哥，是我，我是梅兰。”她神情激动，声音哽咽。

“表妹，真的是你！这么多年你上哪去了？让我找的好苦！”乔铎大喜过望，这真是踏破铁鞋无觅处，得来全不费功夫。他快步向表妹奔去，可刚迈了两步，潜伏在心里的负罪感，又让他不由自主地停住了脚步，他怕过于亲密的动作引起梅兰的反感。梅兰却没在意他的举动，而是走上前去，摘下皮手套，举止大方地与他握手，乔铎握着表妹的手，心里感到一阵轻松，看来表妹已经原谅了自己的过错，真是万幸！他仔细打量着表妹，心里不由一阵赞叹，眼前的梅兰，已出落得美艳绝伦、雍容华贵、楚楚动人，与以前那个黄毛丫头相比，真乃天壤之别，判若两人。

他们一起为梅兰的父母上坟后，乔铎邀请她一起回家，梅兰稍微沉思了一下，便点头答应了。乔铎想用自行车带她，她却指着路边的一辆小车，说自己有车，并让他把自行车搭放在车的后备箱上，然后，他们一同坐车来到了乔铎的家。

梅兰的突然降临，实在是出乎乔家人的意料，他们怀着愧疚、惊喜而又复杂的心情，小心翼翼地接待着这位不速之客。梅兰告诉他们，自己在大兴安岭林区工作，并已成家，还把自己的详细地址留下，又简单地询问了他们的各自的情况，连饭也没吃，就起身告辞而去。

表妹在春节过后，给乔铎来了一封信，信中说她可以帮乔铎调出农村，安排到大兴安岭林区工作，问他愿不愿意。乔铎在农村已呆了三年，早就过够了那种苦日子，做梦都想调出来，岂有不同意之理？再说他的心里一直惦记着表妹，虽然听说她已经结婚成家，让他感到很失望，但只要自己经常看到她，就会感到心满意足。他几乎想都没想，就马上给表妹写了回信，同意调到她那里去工作。

那时候知青的调转手续很简单，只要到当地的“知青办”开个介绍信，再把档案取出来，交到接收地的知青办，就算办好了调转，乔铎以最快的速度办好了相关手续，只身来到表妹工作的地方。再次见面后，他才知道表妹已是甘河市民政局的科长。并已改名为梅岚，她的丈夫比她大十几岁，在公安局任副局长，他们在甘河市活动能力很强，不但给他安排了正式的工作，又把他转为国家干部，走上了领导岗位。他对表妹感激万分，言听计从，而且表妹还以怨报德，不念旧恶，在一次醉酒后，两人再次睡到一张床上，他们由兄妹关系，彻底变成了情人的关系。虽然他们在一起相处的时间不多，但乔铎却感到很满足，并为此终身未娶，心甘情愿地做她的情人，无怨无悔地听她指使。梅岚对他却忽冷忽热，根本就不拿他们的感情当回事，对待他的态度是招之即来，挥之则去，这让他有时感到很伤心！他是真心爱她，根本离不开她，这真是前世欠下的孽债啊！

* * *

在列车上度过了漫长的十几个小时之后，兰鸽终于到达了甘河车站。此时已是下午一点多钟，她随着下车的人流走出车厢，在站台上，她见到了前来接站的吴菁华，吴菁华身着便装，微笑着向她点头示意，走到她的身边时，低声对她说：“一路辛苦了，请跟我来。”兰鸽顺从地跟在她的身后，从贵宾检票口走出车站，来到了一辆黑色的轿车前。吴菁华打开车门，将兰鸽让进车里，她亲自驾驶着轿车，驶离了车站。

车里只有兰鸽和吴菁华两人，兰鸽有些焦急地问道；“吴警官，现在江群的情况怎么样？我什么时候能见到他？”

吴菁华目视着前方，放慢了车速，答道：“从表面上看，他目前的情况一切正常，但为了避免不必要的麻烦，你不能公开和他见面，等咱们到了住地后，你再打电话把他约出来，问清情况后，以便商谈下一步的具体措施。”

兰鸽觉得这个办法很稳妥，便点头同意了她的安排。吴菁华把她拉到了军分区招待所，领着她来到了事先安排好的房间。吴菁华陪着兰鸽到餐厅去用餐，兰鸽因心里有事，没有胃口，简单地吃了一些饭菜就搁下筷子。

回到房间以后，已是下午两点多，吴菁华让兰鸽拨通江群的电话，电话刚一接通，话筒里立刻就传来了江群的声音，原来他从下午就一直守在电话机旁。兰鸽在电话里告诉他，自己已来到甘河市，并约定在商场门口见面。

江群闻听此信，大喜过望，忙开车来到了约会的地点。兰鸽早已在那里等候。兰鸽上车后，让他把车直接开到军分区招待所。为了不影响他俩谈话，吴菁华先行告辞，他俩在房间里，兰鸽向江群详细地询问了有关情况。江群自然是毫不保留的把整个过程都告诉她，兰鸽关切地问他的身体状况，江群说虽然有不适的感觉，也有染上毒瘾的迹象，但他一定会控制住自己，决不会重蹈李可欣的覆辙。并将他昨天夜里焚毁雪茄烟的经过也告之，以此表示自己的决心和毅力。兰鸽听完后，心中倍感欣慰，决定趁热打铁，让他彻底转变立场，把他从危险的边缘挽救回来，争取戴罪立功，重新做人。于是，她语重心长地说道：

“江群，通过这件事，你总算看清了那些朋友的真面目了吧？其实所谓的江湖义气，只不过是虚幻的海市蜃楼而已，是他们迷惑和利用你为他们卖命的遮羞布，别看他们平时和你称兄道弟、歃血结盟，满口江湖道义，还投你所好，用小恩小惠来笼络你。但天下哪有免费的午餐？当你一旦触及到他们的利益，违背了他们的意志，或到了危急的关头，他们就会不惜伤害和牺牲你以保证他们自己的利益不受侵害。你这么多年来竟沉湎于此，执迷不悟，现在是你该醒悟的时候了，否则，就会彻底葬送你一生的前途和幸福，孰轻孰重，请你三思。”

“兰鸽，你别说了，我现在彻底明白了，这么多年来，我在社会上胡混，结交了一些所谓的朋友，帮他们打打杀杀，出生入死，可没想到，他们竟用这种狠毒的方法对待我，真是让人心寒，没想到我对朋友满腔热血，换来了的竟是一盆冰水。我现在彻底认清了他们嘴脸，他们满口仁义道德，满肚子男盗女娼，是一群卑鄙无耻的小人，是社会的渣滓，我竟和他们沆瀣一气，狼狈为奸，去干那些伤天害理的事，最终落了个害人害己的下场，真让人痛心疾首，追悔莫及！我决心已定，和他们彻底决裂。”江群痛恨不已地对兰鸽表态。

兰鸽见他主意已定，又接着继续做他的工作：“江群，我相信你，可你如果公然决裂，他们是不会轻易放过你的，会采取更加残忍的手段去害你，你必须和公安局配合，大胆地揭发检举他们的罪行，只有在公安局的保护下，你的人身安全才能有保障。”

江群听完她的话，虽然觉得有道理，仍然有些犹豫不定，说：“尽管我对他们的所作所为痛恨不已，但他们其中也有和我一样的人，是被欺骗和受蒙蔽的，我怎么忍心坑害他们，眼睁睁地看着他们被关进铁窗，失去人生的自由呢？”

“江群，事情到了这种地步，你怎么还如此优柔寡断？不是你去坑害他们，而是他们咎由自取，再说公安局在量刑时，也会区分主犯和胁从者的法律责任。如果他们在这条道上继续走下去，才是真正的不归路，只要他们悔过自新，经过劳动改造，一定会获得新生的，你这不是害他们，相反是在拯救他们。现在你即使不去揭发检举，他们也难逃法网，因为公安局早就掌握了他们的犯罪事实，通过你被迫吸毒这件事，就足以证明此言不虚，事已至此，你还有什么可犹豫的？”兰鸽耐着性子，苦口婆心地开导他。

“既然如此，我听从你的安排，一定配合公安局的行动，你说下一步我该怎么办？”江群终于下定决心，口气坚决地表明了自己的态度。

“江群，我没有看错人，你的勇气可嘉，中国有句古话，叫做‘浪子回头金不换’，还有一句叫做‘人非圣贤，孰能无过，有过能改，善莫大焉’。你今天能够浪子回头，迷途知返，让我感到欣慰和自豪，同时我也为你的安危担忧，路途艰险，荆棘丛生，你千万要保重自己，我等待你的胜利消息。”兰鸽敬佩江群这种敢于正视现实的勇气，同时非常担心他的险恶处境。

兰鸽征得了江群的意见后，打电话请来了安航和吴菁华，安航对江群的这种举动，给予了充分的赞扬和肯定，并劝他不要有顾虑，只要他能认识到以前的错误，并积极配合公安局的工作，争取戴罪立功，公安机关对他以前的过错，一定既往不咎。江群把自己所掌握的情况，如实地向他们作了交代。这些情况属于团伙中的核心机密，对破案将起到至关重要的作用。然后，他们又坐在一起，对他们今后的一些具体的行动方案，以及他们之间的联络方法，都进行了周密的安排和部署。安航特意把一只电子表给了他，并告诉他这只表的用途，从外表看，似乎与普通的电子表没有什么区别，也有语音报时和其他的一些功能，只是略显大一点也稍厚些，但它设有密码，只要打开密码，就能在紧急时刻，发出联络信号。如果不知道密码，丝毫也看不出这块电子表与其他电子表有什么不同。江群好像看到过任武也有一块相同的电子表，安航细心地把如何使用以及联络方法都教给江群。江群此时百感交集，如梦初醒，他神情凝重地接受了使命。兰鸽则劝他一定要谨慎行事，切莫掉以轻心，耽误了大事。

为了确保兰鸽的人身安全，安航建议兰鸽尽早离开此地，兰鸽表示同意，为了保守秘密，决定江群先行返回单位，由安航和吴菁华秘密送她上车。临别之际，兰鸽深情地拉着江群的手，对他叮嘱再三，彼此互道珍重，洒泪而别。

连续两天夜里，江群都感到身体有些不适，心心念念想着雪茄烟的味道，就好像雪茄烟有一种魔力在吸引他，他心里明白，这是毒品在作怪。于是，他便采取各种克制的办法，甚至施行自虐的行为，去转移自己的注意力。好在他这种反应的时间比较短，他凭着坚强的意志，硬是咬牙挺了过来。

第三天上午，江群又抽空找到了童邦宪，似乎有些不好意思、拐弯抹角地问他是否还有雪茄烟，童邦宪望着他那因为睡眠不足，而有些憔悴的面容，心里暗自说道："都说江群精明强干，我看也不过如此，乔经理略施小计，他就乖乖地上钩了。"可他表面上却显得很关心地说："江老弟，不、不，江经理，你看我总是改不过嘴。"

“童大哥，咱们哥们儿之间，你还客气啥，叫啥还不一样？”江群拦住了他的话头。

“江老弟，你的为人就是好，当官了还是和从前一样，一点架子都没有，真让人佩服。你刚才说要那种雪茄烟吧？我这里还有两棵，都给你拿去抽吧，以后再想抽就得找乔经理去要了，这种雪茄烟太冲，我劝你还是少抽点为好，抽多了对身体不好。”童邦宪一边恭维他，一边从口袋里拿出两支雪茄烟，递到江群的手上，江群口中连连道谢，如获至宝地拿着烟，匆忙地离去了。童邦宪望着他远去的背影，脸上露出了一阵得意的笑容。

江群回到宿舍后，担心自己经受不住诱惑，便如法炮制，将两支烟再次销毁，以免去后患。他这种坚定不移的作法，收到了事半功倍的效果，随着时间的推移，他那种对雪茄烟的渴望，以及身体不适的感觉都逐渐地消失了。

而乔铎等人却自以为得计，暗自庆幸。他们像凶猛的野兽一样，眼见着猎物一步步走入了自己的嘴边，心中有一种难以抑制的喜悦和兴奋。他们密切地注视着猎物的动向，精心选择动手的最佳时机，准备将其一举捕获。

乔铎屈指掐算着日子，估计江群不出五天时间，就会主动上门，找他要烟，并作好了相应的准备工作。事情果不出乔铎所料，第五天早上，乔铎看见江群在办公室外踱来踱去。乔铎的脸上露出了得意的笑容，他故意不动声色，热情地接待着各方面的人员，有条不紊地处理着相关事宜，屋内剩下他独自一人时，就低头拿笔在纸上胡乱划拉着，假装忙于办公，只是偶尔瞥上几眼，望着江群在窗外抓耳挠腮的表情，心里有一种猫戏老鼠的快感。

江群看室内没有外人，便抓紧时间走进他的办公室，乔铎忙站起来，将他让到沙发上，然后亲热地问道：“江老弟，有事吗？”

江群听他主动问话，便不好意思地挠着头发，局促不安地小声说道：“乔大哥，童邦宪给我的雪茄烟确实好抽，可惜没有了，他说你这里还有，能否给我一盒？”

“啊，你是说别人送给我的雪茄烟哪，行，没问题，我放在家里了，中午不行，我约了客人，晚上下班后，你到我家里去取吧，正好咱们哥儿两再喝两杯。”乔铎爽快地答应了。江群满意地离开了办公室。

晚上下班后，乔铎让童邦宪开车去接江群，同车的还有办公室主任林秀，童邦宪和林秀二人，被人称之为“哼哈二将”，他们是乔铎的心腹，深得乔铎的信任。

他们四人一同坐车来到乔铎的家中。乔铎的住处远离闹市，坐落在一片普通的住宅区内，房子的外表很一般，只是当地常见的那种红砖房。与众不同的是院落比较宽敞，四周的红砖围墙足有两米多高，上面插满了尖利的玻璃茬子。两扇漆黑的铁大门，终日紧闭，只是在进出车辆时才打开，平时走大门上的小角门。从外面根本无法窥视到里面的动静，给人一种森然可怖的神秘感。

别看房屋的外表比较普通，室内的装潢却奢侈豪华。客厅的红木地板上，铺着一块长4米宽3米的红色新疆地毯，摆放着一套龙凤图案的红木家具，电视、音响、影碟机等都是时下最流行的高档进口产品，两边墙壁上是用石膏制作的两幅浮雕，模仿的都是世界名画，分别是圣女和小天使，几乎全裸的美女月浴图，作工精良，人体形象非常逼真，带有几分立体感。正面墙壁上，挂着一幅猛虎图，画面上的下山虎威武凶猛，十分逼真，两边配有条幅，上联是：怒吼群山震，下联是：长啸百兽惊。猛虎图的两边还有几幅发黄的字画，据说也都是真品。墙角和门框两边装着几盏样式精美的壁灯，天棚顶上悬挂着一盏古香古色的，用紫檀木雕刻的宫灯，上面以苏绣的形式镶衬着有名的古代四大美女——西施浣纱、昭君出塞、貂婵拜月和贵妃醉酒，画面上的人物美若天仙、栩栩如生、呼之欲出。这是乔铎花高价从一个祖上曾在清朝做过大官的后人手中购买的，据说这是皇宫里面的东西，此话真伪无法考证，但这种宫灯的样式却极为少见，具有很高的收藏价值。

尽管乔铎连高中都没毕业，但他却总是以文人和学者自居，喜欢摆弄古玩字画，而且说话总爱咬文嚼字，酷爱拿一些通俗的唐诗宋词，以及成语典故来装点门面，但时常出现错别字，如把“刚愎自用”的愎字念成（复）音，把“得陇望蜀”的陇字念成（庞）音，把“审时度势”的度字念成（渡）音等等，至于平时说话更是满嘴错别字，把酗酒闹事说成（汹），把冥字说成（莫），把胄字说成（胃），把谪字说成（嫡）等等。尽管人们听着别扭，但因为他是领导，怕伤了他的自尊，没有人敢当面纠正，可他的这些错别字却张口就来，还自以为很有学问。他的书房里有两个大书橱，里面装满了各种精装书籍，几乎囊括了古今中外的名著，可他却很少翻动，借口是工作太忙，没时间看书。平时他的穿着打扮也刻意显示学者风度，戴着一副金丝边轻度近视镜，眼镜框用两条银链挂在脖子上。据说他的眼睛根本没毛病，戴眼镜纯粹是为了显示自己有学问。除了晚上睡觉，其他时间他是一刻也不肯摘下来，不管穿什么衣服都要系领带，他的上衣口袋里总挂着一支贵重的名牌钢笔。眼镜、领带、钢笔，就像唱戏的行头一样，轻易不肯离身。

许芳是乔铎的情妇，这是人所共知的秘密，她经常到这里和乔铎幽会，人们对此早就习以为常。此时，她已先行到达，正躺在长沙发上看电视，看见他们进来，便坐起身来，笑着和他们打招呼，然后就起身离开了客厅。

乔铎把江群让坐在单人沙发上，他也陪坐在另一个沙发上，两人中间隔着个茶几。茶几上摆放着茶具，几个茶叶筒和一个晶莹透明的人造水晶石烟灰缸。江群以前曾来过这里几次，所以显得很随便，乔铎弯腰从茶几底下拿出了一盒中华烟，乔铎打开烟，递给了江群一支，说："老弟，来，品尝一下这个烟的味道。"

"乔大哥，你还是给我抽雪茄烟吧，这烟我抽着没劲。"江群不感兴趣地摆着手说。

"老弟，这是货真价实的特供烟，别人来我还舍不得拿出来呢，来，点着。"乔铎打着了打火机，伸到了他的面前，江群赶紧用手遮着点着烟，又赶忙掏出打火机为乔铎点烟。

"怎么样，这烟的味道好吧？"乔铎眯着眼睛深吸了一口，仰脸吐出个烟圈儿，得意地对江群炫耀着，然后，他又指着茶叶筒说，"老弟，我知道你不喜欢红茶，来点什么花茶？是信阳毛尖，还是西湖龙井？我这还有洞庭碧螺春。”

“乔大哥，我对茶一向没研究，只要是清淡点的，喝啥茶都行。”江群客气地谦让着。

“既然如此，你就喝西湖龙井吧，毛尖就别喝了，毛尖是清热解暑的，不适合咱们这个地区，特别是不适合这个季节喝。”乔铎一边为他沏茶，一边津津乐道地讲着茶道，以显示自己有学问，他本来是个不苟言笑的人，可是今天的兴致很高，脸上始终挂着微笑。江群和他相比，显得有些无精打采，一脸疲倦。

“来，老弟，你品尝一下这个茶的味道。”乔铎将已经沏好的茶杯递给他，江群赶紧伸双手接过来，客气地说：“乔大哥，谢谢你！”乔铎笑着摇了摇头，端着茶杯，吹了一下漂浮在水上的茶叶，浅浅地呷了一口，然后，才慢条斯理地说道：“都是自家兄弟，何必这么客气呢？说句心里话，大哥我一向敬重你的为人，这次提拔你当副经理，我就是看中了你的能力和才干，希望咱们今后合作愉快啊。”

“乔大哥，感谢你对我的信任，我一定会竭尽全力去配合你的工作，你对我的知遇之恩，小弟没齿难忘。”江群十分感激地说道。

“老弟，你过奖了，大哥能帮你点忙，是我应尽的义务和责任，谁叫咱们是兄弟呢？”乔铎摆着手，显得十分仗义地说。

这时，许芳走了进来，满脸带笑地说：“我的两位好大哥，别坐着干唠了，饭菜送来了，咱们是不是先喝酒？一会儿饭菜就凉了。”

“好，兄弟，喝酒去，咱们边喝边聊。”乔铎站起身来，拽着江群的手、来到了餐厅。

酒菜都是从山城宾馆餐厅送来的，因为山城宾馆是粮贸公司的下属单位，乔铎是他们的顶头上司，所以给他送来的饭菜，都是宾馆最好的厨师，精心制作的，堪称是色、香、味、形具佳。他们用保温食盒送来，饭菜还很热乎。

乔铎拉着江群坐下，又叫许芳、林秀以及童邦宪也坐下一起吃。乔铎待他们都坐好后，手指着酒柜对江群说：“兄弟，今天想喝点什么酒？”他的酒柜里摆放着各种名贵的白酒，洋酒，红酒等。“我随便，喝啥酒都行，你们喝啥我都跟着。”江群无所谓地说。

“那好，咱们今天就喝白的，芳芳，你拿瓶五粮液来。”芳芳是乔铎对许芳的爱称，因为家里没外人，他也不必掩饰二人的暧昧关系。

童邦宪从许芳手中接过酒瓶，熟练地打开瓶盖，将各自的酒杯斟满。乔铎既是东道主，又是领导，所以，他便当仁不让地举起酒杯，说起了开场白：“江老弟，自从你当上副经理，由于我工作太忙，一直没有时间单独和你聚会，今天没有外人，都是自家兄弟姐妹，我也就用不着客气，你们都实实惠惠的，谁也别装假，李白不是说‘人生得意须尽欢，莫使金盅（樽）空对月’吗？来，咱们也别闲着，先干一杯。”乔铎说完后，便和江群等人碰杯，然后，仰脖一口喝干。尽管他错把金樽说成金盅，但江群和林秀都习以为常，童邦宪和许芳又听不明白，所以他们一致叫好，并一同干杯。

乔铎放下酒杯后，童邦宪又赶紧从他开始，依次将酒杯满上。乔铎又举杯对着江群说：

“江老弟，我单独和你碰一杯，说实在的，你是咱们这些兄弟姐妹当中，最出类拔碎（萃）的，以前当保卫科长，真是大材小用了，这回当副经理是人心所向，顺理成章的事，希望你今后大展宏图，为企业多做贡献，也祝我们合作愉快，来，咱俩单独干一杯。”江群的精神有些萎靡不振，像没睡醒似的接连打哈欠，但出于礼貌，他口中连声称谢，与他共同把酒喝干。乔铎见他这种情形，知道他这是犯烟瘾的前兆，便故意问道：“老弟，怎么无精打采的？是不是昨天晚上没休息好？”

“是的，昨天晚上是没睡好觉，大哥，你再给我支雪茄烟，让我提提神吧。”江群再次开口向他索要雪茄烟。他的表情显得很痛苦。

“老弟，我闻不惯那种烟味，等喝完酒再说吧。”乔铎面带微笑地拒绝了他的要求。江群见他这么说，只好顺从地点头同意。

乔铎今天的兴致非常高，他一个劲地向江群劝酒，许芳和林秀以及童邦宪也不失时机地向江群敬酒，江群虽然精神不佳，但也不好驳他们的面子，他只有勉力相陪。乔铎几杯酒下肚，便谈兴大发，讲今说古地卖弄学问，尽管讲的不精彩，而且还错话连篇，但江群等人却无法打断他的雅兴，只能洗耳恭听。

时间在悄悄地流逝，他们一直喝了两个多小时，乔铎依然是连喝带说，兴致不减。江群却精神颓废，哈欠连天，不胜酒力，醉眼蒙胧，坐在那里直打晃。乔铎见他这付表情，便心中暗笑，装出一付关心的样子，让林秀和童邦宪扶他去卧室休息。林秀和童邦宪把江群扶到床上，又在他身上盖了一条毛毯，然后强忍住笑声，捂着嘴走出屋去。

他们安顿好江群之后，便打开录放机，坐在一起看黄色录像。看到画面里的淫秽动作，他们的心里产生了性欲的冲动。若是放在往日，他们早就经不住诱惑，开始上演他们的淫乱节目了，可由于今天情况特殊，乔铎一直克制自己的欲望，生怕耽误了大事，他吩咐林秀和童邦宪，要不时地窥探江群的动静，童邦宪顺着门缝往里偷看了两次，见他没有什么反应，便向乔铎如实的汇报了情况。乔铎心里有些纳闷，难道是在烟里投放的毒品量不够，还是他的抵抗力强而没有让他完全上瘾。想到此，他把林秀和童邦宪叫到跟前，让他们作好实施第二套方案的准备工作，万一江群没有染上毒瘾，就采取强制手段，给他注射毒品，直到他彻底上瘾为止。

就在他们密谋之际，突然从卧室里传出了江群痛苦的哀叫声，他们急忙推门而入，只见江群倒在床下，浑身发抖，手脚抽搐，脸色苍白，冷汗直冒，直流鼻涕眼泪，嘴里发出痛苦的惨叫声。他一看见乔铎等人进来，便不顾一切地爬到乔铎的脚下，抱着他的腿不停地哀求："乔大哥，求求你，快点救救我吧！"

乔铎见状，不由一阵嘿嘿冷笑说道："江群呐，江群，没想到你也有今天！你平时自恃关系特殊，桀骜不驯，根本不把我们放在眼里，以为一辈子也用不着我们呢，可风水轮流转，太阳不能总照在一个地方，今天也轮到你求我们了，你想和我们斗，还是太嫩了点，孙猴子一个跟头十万八千里，也跳不出如来佛的手掌心，你这是聪明反被聪明误，我实话告诉你吧，你已经染上大烟瘾了，想让我救你也可以，但是你必须答应我们的条件。”

“乔大哥，以前是小弟不懂事，请你不要和我一般见识，看在咱们兄弟一场的情分上，你就救救我吧，我什么条件都答应。”江群好像怕他跑了似的，死死地抱着他的腿，根本没考虑是什么条件，就忙不迭地满口答应。

“其实我的条件很简单，你从今往后，必须和我们一起干，乖乖地听从命令，不能三心二意，更不许反悔，否则，就休怪我乔某人无情。”乔铎故作轻松地对他说。

“行，行，行，我答应你，快点给我烟抽吧。”江群急于满足身体的需求，似乎什么都不顾了，几乎不假思索地答应了他的条件。

“你可想清楚了，现在后悔还来得急。”乔铎故意用话激他。

“我想好了，你放心吧，乔大哥，我绝不后悔！”江群迫不及待地表白道。

“那好，你把手撒开，芳芳，你把雪茄烟给他拿来，让他先抽着，都是自家兄弟，咱们怎么忍心看着他受苦呢。”乔铎见他已经就范，便改变了态度，他考虑到江群和梅岚的特殊关系，不想做的太过分，江群接过许芳手中的烟，双手哆嗦着点着，便急不可耐地吸了起来，

“老弟，你说这是何苦呢？早点想明白了多好，何必遭这个洋罪？你说咱们兄弟在一起有多好，整天吃喝玩乐，有多快活，人活着为了啥？不就是为了活着舒服点嘛！人活一世，草木一秋，短短的百十来年，一转眼就过去了，什么理想啊，主义呀，都是骗人的鬼话，及时行乐，活的快活，才不枉人世上走一遭，你说是不是这个理？”乔铎用他的歪理邪说，也是他的人生观，开导着江群。江群贪婪地吸了几口烟后，神情渐渐地平静下来，各种不良的反应也逐渐消失，他吸了一半，精神就转变过来了，他可能是为了节省这来之不易的救命烟，把剩下的半截烟掐灭，小心翼翼地用纸包好，放到贴身的上衣口袋里。

江群很快就恢复了常态，心满意足地仰在床上闭目养神，脸上呈现出一付惬意的笑容，与刚才那歇斯底里、近似疯狂的表情相比，简直判若两人。

“老弟，现在舒服多了吧？刚才喝好没？要不咱们哥儿几个再整几杯？”乔

铎面带微笑，拉着江群的手，关切地向他问道。

“乔大哥，谢谢你，我已经喝好了，求你再给我几支雪茄烟呗？”江群趁热打铁，开口向他讨要，以备日后之需。

“老弟，我可以再送给你几支，不过咱们有言在先，以后你再用就得付钱了，大哥现在手头太紧，希望你能够理解大哥的苦衷。”乔铎显得很无奈地说。

“乔大哥，这么多年来，我没少出力，我是分文未取，才抽你几支烟就要钱，未免有点说不过去吧。”江群神情有些不悦地说。

“老弟，此一时、彼一时，过去的事就不要再提了。俗话说的好，亲兄弟明算账，你我都是在市面上混的人，不会不明白这个道理吧？”乔铎扳着面孔说道。

“乔大哥，你也不用拿话挤兑我，过去的事我也不想多说，咱们今天既然已经把话说到这份上，我心里也明白是咋回事。我江群不是斤斤计较的人，我是明人不做暗事，今天只有两个要求，一是你给我10000元钱，咱们以前的账就一笔勾销。二是今后再做买卖，该给我多少报酬，就给多少，一点都不能少。否则，别怪我不讲情义，俗话说，光脚的不怕穿鞋的，我到了现在这种地步，还有啥可怕的，大不了拼个鱼死网破，谁都别想好。我的话说完了，乔大哥你就斟酌着办吧。”江群也不管不顾地直言说道。

江群说的话有理有据，简直是无懈可击，乔铎听后，半晌低头未语，他虽然心疼钱，有心想不答应他，可又担心江群干出什么出格的事，坏了自己的大事。他和江群打交道这么多年，知道他的脾气。江群是个敢作敢为，说到就能做到的人，再说他这么多年确实没少出力，挣的钱何止区区10000元，可他从未要过一分钱，他不是一个见钱眼开的人，今天若不是自己提出要烟钱，他也有可能不会提出这两个条件。他是个聪明人，岂能不知道吸毒的花销大？他这是在为自己筹集吸毒费用。这样的条件出自一个瘾君子之口，也在情理之中。于是，他狠了狠心，点头答应了他的要求。他显得十分大度地送给了江群几支雪茄烟，又如数给他10000元钱，并勉励他今后要好好干，说自己一定不会亏待他，江群对他的话频频点头称是。他从乔铎手里接过钱后，只是看了一眼，就顺手装到口袋里，然后，他便起身告辞。乔铎忙叫童邦宪开车同他一起回去。

屋里只剩下乔铎、许芳和林秀三人，他们又重新打开录像，随着淫秽画面的出现，他们那压制在心中的欲望，犹如喷涌的岩浆，一发不可收拾。乔铎和许芳两人急不可耐地在沙发上行起了云雨。乔铎是情场高手，经验老到，不断地变换各种姿势，许芳见多识广，久经沙场，床上的功夫可谓是炉火纯青。两人互不示弱，乔铎是全力进攻，不依不饶，许芳使出浑身解数，曲意奉承，淫声秽语叫个不停，撩拨得乔铎愈发兴起，竭尽全力进攻。二人酣斗多时，乔铎毕竟年纪大了，体力不支，首先败下阵来，只觉心头颤抖，眼前一黑，一泄而出，整个人如同泄了气的皮球一样，瘫软在许芳的身上，半天没有反应。

林秀在一旁等候多时，此时早已欲火焚心，顾不得什么畏忌，急忙上前将乔铎推到一边，爬在许芳的身上，趁热上来“刷锅”。这是正常人所不齿的行为，可林秀却毫不知耻。许芳虽然高潮已过，性欲却丝毫不减，重整旗鼓和林秀纠缠在一起，两人年纪相当，精力旺盛，这是一场势均力敌的决战。乔铎在一旁坐山观虎斗，看的是眼馋心热，上前一把将林秀推下床，抖擞起精神，重新参战，可他刚刚过了兴头，此时尽管使出浑身解数，累得是气喘吁吁，浑身冒汗，但还是很快就做了败军之将，无奈之下只好退居二线，充当技术顾问，在一旁为其指点姿势，两人各自放出本事，变换各种姿势，斗得难解难分，直到同时达到高潮，双方才罢手停歇。

乔铎的心理不健康，有点变态。他没事时候，爱看黄色录像，对那些不堪入目的淫秽下流动作，看的是津津有味。还经常让许芳和林秀跟他一起看，三人模仿录像里的各种姿势和动作，在一起肆意寻欢淫乱。他对异性和同性都感兴趣，林秀是他的男宠，他对两人轮番出击，前后进攻，他有时心血来潮，让许芳和林秀放肆交媾，他则在一旁帮助纠正姿势，以满足他的变态心理，另外还有许多无耻下流之举，实在让人难以启齿，恐有传播淫秽之嫌，恕不赘述。

*　　　*　　　*

江群回到宿舍后，如释重负地长出了一口气，紧绷的神经也随之松懈下来。刚才他的心里没底，生怕露出什么破绽而引起乔铎的怀疑。他在乔铎面前表现的所谓烟瘾发作，其实都是装出来的，之所以侥幸成功，是得益于李可欣这个反面教材，他的表情都是模仿李可欣烟瘾发作时的情景，李可欣毒瘾发作时那种惨不忍睹的表情，已深深地刺痛了他的心，像烙印般的印在了他的脑海里。他为了形象逼真，几天来，一直控制自己的睡眠和食量，人为地造成了身体透支和营养不良，并在宿舍里反复演练，获得了由感性到理性的认识。因此，他今天独自在卧室时，故意屏住自己的呼吸，直到憋得大脑缺氧，脑供血不足，面色也由红转白，头上冒冷汗，眼中流泪，身体出现虚脱现象之后才发出痛苦的叫声，所以声音和表情都非常逼真。由于乔铎等人，都没有亲眼见过瘾君子发作时的场面，只是道听途说而已，再加上江群事先有准备，表演的比较逼真，致使他们对江群的表现深信不疑，由此而演绎出了这场瞒天过海的戏剧。

其实江群所做的这一切，都是安航事先周密设计和安排好的行动方案，目的就是要让他们通过对江群的测试，确信江群已吸毒成瘾，并已死心塌地为其卖命，来重新获得他们的信任，这样做有两点好处，一是保证江群的生命安全，以免他们对江群采取进一步的过激行为。二是重新得到信任，积极参与到他们的贩毒活动中去，及时掌握他们的动向，以便在时机成熟时，将他们来个人赃俱获、一网打尽。

第二天上午，江群利用外出办事的机会，利用公用电话，先给兰鸽打电话，告诉了事情的经过，让她不必担心。兰鸽对江群的表现很满意，并一再叮嘱他多保重。然后，他又和安航取得了联系，报告了相关的情况，并请示如何采取下一步行动。安航对事情的进展很满意，并告诉他现在一定要保持低调，小心行事，暂时不要采取行动，有事会及时通知他。江群放下电话后，感觉自己此时有点像电影和小说里描写的，打入敌人内部的地下党，心里颇有几分自豪感，同时，又有几分沉甸甸的使命感。

一直到晚上，江群的心情始终处在兴奋之中，他觉得自己这么多年来，在所谓的江湖义气驱使下，追求个人利益和物质享受，在朋友吹捧和花天酒地的生活诱惑下，沾沾自喜、自以为是，个人膨胀的私欲早已把社会的公德、做人的良知通通忘在脑后，使自己陷入浑浑噩噩，自私自利的泥淖中，难以自拔。直到今天，他终于做了一件让自己感到扬眉吐气，引以自豪，而且对人民有利的事情，这要归功与党和人民政府的宽宥和挽救，同时更要感激兰鸽的关爱和大度。兰鸽不仅是自己的红颜知己，更是良师益友，她胸襟博大，道德高尚，感情专一，宽恕了自己的背叛行为，容忍情感上遭遇的伤害，又以极大的耐心把自己从犯罪的边缘上拉了回来，使自己走上了正确的人生之路，改变了自己后半生的前途和命运。自己的所作所为，与她的高风亮节相比，是多么的狭隘和自私啊！人生得一知己足矣，自己一定要继续努力，积极配合公安局的工作，决不辜负她的厚爱。

然而，梅大姐的电话，把他的情绪再次拉回了低谷，梅大姐在电话里告诉他，到山城宾馆去一趟。江群知道这个电话意味着什么，她这是要重温旧梦，自己好不容易摆脱了她的纠缠，怎么再能重蹈覆辙，把自己拉回痛苦的深渊呢？怎么再忍心去伤害兰鸽的感情呢？可如果不答应她的要求，一切努力将会前功尽弃，直接影响到案件的侦破。他踟蹰再三，仍然举棋不定，他想给兰鸽打电话，告诉她即将发生的事情，可又觉得这样做未免太残忍，这无疑是在她的伤口上洒盐！假如自己不告诉她，又怎么能对得起她的信任和厚爱呢？恋人之间应该坦诚相待，不应该有一丝一毫的欺骗和隐瞒。

于是，他驱车来到了公用电话亭，心情复杂地拨通了兰鸽的电话，当他吞吞吐吐、语言滞涩地说出梅大姐让他到宾馆去，兰鸽立马就明白了他的意思。她在电话里停顿了一下，然后才语重心长地说道："江群，我明白你的意思，也非常理解你的心情，更感谢你的坦诚，说句心里话，我也是有七情六欲而且生理正常的女人，怎么能容忍自己的爱人有伤害自己感情的行为呢？心里的痛苦程度是可想而知的！可在大事大非面前，又怎么能拘泥常理，顾忌个人的荣辱得失呢？自古成大器者，不拘于小节。随着社会的文明发展和进步，我们的思想意识要有新的飞跃，对道德伦理观念要有新的认识，不应该抱残守缺，再去信守封建社会腐朽没落的贞节观，真正的爱情要超越自我，去追求感情的最高境界！而不单单是为了满足生理上的需求。高尚的爱情，要用彼此的心灵去感应，要做到心心相印，荣辱与共，至死不渝，讲究的是心灵美，而不是生理上的完美或缺欠。当年范蠡为了拯救越国的安危，亲自把心上人送给吴王夫差，待到功成名就时，他才和西施重新团聚，泛舟湖上，留下了千古佳话。貂婵为了匡扶汉室，不惜丧失自己的名节，同时去侍奉吕布和董卓，致使二人为了美色，最终反目成仇，杀掉董卓这个泯灭人性的豺狼。你不必感到内疚和不安，你要放下思想包袱，不要有任何顾虑，竭尽全力去完成自己的使命，我理解你的苦衷，支持你的行动，衷心等待你胜利的消息。”

兰鸽的深明大义，既让江群感受到了兰鸽的高尚情操和人格魅力，更让他增添了勇气和力量。他带着一种悲壮的心情，一种对兰鸽的愧疚和负罪感，极不情愿地去和那个让他厌恶，同时也让他感到仇恨的梅岚去会面。

兰鸽放下电话后，怀着十分复杂的心情，和衣躺在床上，心中有一种说不出来的滋味，让她感到痛苦和心酸。她的这种伤感，也在情理之中，她毕竟不是生活在真空里，更不是跳出三界外，不在五行中，超凡脱俗的神仙，她是生活在现实中，生理正常、感情丰富、有血有肉的女人，她也渴望正常的爱情生活，也需要爱人的关爱和蔚籍，她怎么能容忍自己的恋人去和别的女人有染。每当想象江群与那个女人上床的龌龊事，她就感到非常恶心。尽管此时江群是出于正义，为了配合公安局的侦破工作，但她的内心却是极不请愿，可残酷的现实，却迫使她忍痛割爱，不得不作出如此痛苦的抉择，此时她的痛苦心情是可想而知的，她的内心承受着巨大的压力，默默地忍受着情感的煎熬和折磨，她思前想后，辗转反侧，彻夜未眠。

*　　　　*　　　　*

安航将江群的转变和他所提供的情况，及时地向扬威作了汇报。扬威根据案情的变化，进行了缜密的思考，经过深思熟虑，他把安航及相关人员召集来，在极其保密的情况下，召开了案情分析会。在会上，他首先阐明了自己的观点：

“根据我们目前所掌握的情报，破案的时机已愈见成熟，犯罪团伙的所有成员都纳入了我们的掌控之中，可目前缺少的却是他们直接犯罪的证据，因为这个贩毒团伙的头目十分狡诈，一直躲在幕后操纵，从不公开出面，难以抓到他的犯罪事实。再加上他自身的社会地位和政治背景，另外头上还有一定的保护伞，如果抓不到真凭实据，就很难将其绳之以法，鉴于案情的复杂性和特殊性，我们一定要作好保密工作，确保悔过人员的生命安全。我们不应急于破案，而是要采取打草惊蛇和引蛇出洞的办法，逼迫躲在幕后的团伙头目现出原形，力争做到人赃俱获，把贩毒团伙一网打尽。”

“我同意扬局长的意见，目前只有揭开他的庐山真面目，才能使其认罪伏法。作为一线的指挥员，我认为对其核心的犯罪人员，暂时不要采取行动，而是从外围入手，实行步步紧逼，使他们感到危机感，迫使他们采取行动，以便获取他们的犯罪证据。”安航对扬威的意见表示赞同，并说出了自己的想法。

“雷鸣，你的意见如何？发表一下你的看法。”由于巴日虎受伤住院，扬威特意把雷鸣调到缉毒大队，担任副队长，由于他熟悉当地的环境，决定由他带队执行此次抓捕行动，故此向他征求意见。雷鸣是个行动派，不善于言语表达，说出的话比较简练：“我同意扬局长和安队长的意见，对外围的贩毒分子实行坚决的打击，抽丝剥茧、步步紧逼、剪其羽翼，让他们产生恐惧心理而不惜采取孤注一掷的补救手段，这样就能使他们露出马脚，现出原形。”

与会的其他几位干警，一致赞同他们的建议，并分别发表了补充意见。扬威集思广益、取长补短，根据案情的需要，及时调整了行动部署，重新制定了下一步的具体行动方案。

马有才居住的村庄，由于背靠的山峰酷似马鞍，因此得名马鞍山，又因马姓居民多，故此俗称“马家点儿”。他们大多都是本家，相互之间往来密切，做事齐心合力，平时和外村发生矛盾和纠纷时，更是一呼百应，奋勇当先，动辄就大打出手，把人打成伤残，因此方圆几十里内无人敢惹，就连离他们较远的、一向以凶狠著称的高家父子，也对他们礼让三分。他们因处事刁钻凶狠而远近闻名，再加上遇事遥相呼应，人们便模仿电影地道战里的叫法，管高家父子的住地叫“高庄”，而对他们则称为“马家河子”。在这方圆百里之内，一提起高庄和马家河子，那是尽人皆知，恶名远播。

高家父子出事后，马有才未免兔死狐悲，着实害怕了好一阵子，城里的朋友也来信告诉他，现在的风声太紧，让他多加小心。他每日担惊受怕，寝食难安，总有一种要出事的担忧。他深感焦虑和恐惧，晚上经常作恶梦，梦见自己被警察抓走，时常从梦中惊醒并吓出一身冷汗。为了消除心病，他花钱请人烧香跳神，祈求神仙保佑他平安，同时他也深居简出，凡事忍让，尽量不在人多的地方抛头露面。

冬季，正是农闲季节，村民每天无事可做，终日喝酒打牌，以此来消磨时间。马有才却一反常态，不肯去凑热闹。即使村里有红白喜事，他也是偶尔露面应付一下，不肯在别人家长时间逗留。平时有人请他喝酒打牌，他更是一口回绝，生怕给自己招来意外的麻烦。为了给自己作伴壮胆，一旦有事时也有个帮手，他特意让内弟晚上住在他的家里，同时做好了应变的措施，以应付意外情况。

后来，城里的朋友给他送信，告诉他一切正常，不必担心。他总算吃了一棵定心丸，认为风头已经过去了，心里不再担惊受怕。心情也随之轻松下来，又逐步恢复了正常的生活规律，村子里的酒桌上和牌桌上又经常看到他的身影。但他为人狡诈，做事缜密，仍然不敢麻痹大意。他对于到本村走亲访友的陌生人，总要从侧面了解清楚来历，小心提防，生怕是化装的公安人员。这几天他又有些惴惴不安，起因是他的右眼皮老跳，这本是休息不好，眼神经疲劳所致。可他却笃信“左眼跳财，右眼跳灾”的说法。他对这种迷信说法是深信不疑，心情也因此变得沉重起来，特意把眼皮用白纸贴上，以此来消除心中的担忧和恐惧。

这天晚上，马有才从外边喝完酒回来时，已经十点多钟，家里的人早已休息，他趁着酒兴，钻进老婆的被窝，放出手段和她亲热起来，直到累得筋疲力尽，才昏昏入睡。

“有才，你快醒醒，外边的狗怎么叫得这么厉害？”在睡梦中，马有才被老婆用力叫醒，他侧耳仔细一听，村子里的狗叫声已响成一片。他心里一惊，顿时睡意全消，在黑暗中急忙抓起衣服就往身上套。同时，他让老婆去把内弟叫醒，当他把衣服穿好后，自家的狗也狂吠起来，而且他还隐约听到了一阵杂乱的脚步声，他忙把老婆和内弟叫到跟前，低声说道：“你们听这脚步声，肯定是冲咱们来的，说不定是公安局的人。”

“有才，这可咋办呐？”老婆带着哭声说。

“别慌，你们听我的，一会儿我打开门，你们俩出门一个往东，一个奔西，使劲跑，不管身后发生什么事，都不要停下，记住了吗？”马有才对他的老婆和内弟吩咐。他俩惊慌失措地连连点头答应。他老婆不放心地问道：“那你怎么办呐？”

“我自有办法，你们就别管了，按我说的去做就行了。”马有才对他们低声说。

于是，他拿起事先准备好的背包，伸手打开电灯开关，一道雪亮的灯光从窗户一泻而出，照出很远。他带着老婆和内弟来到了房门口，一把将房门打开，低声说道：“你们俩快点跑。”他的话音未落，老婆和内弟就慌忙冲出房门，跑到大门口，打开大门往外就跑。可没想到，几支手电一齐向他们射过来，同时还响起了威严的喊声：“不许动，站住。”他俩记住了马有才的话，不顾一切地分别朝相反的方向跑去。他们的身后立刻传来追赶的脚步声。马有才乘此机会，翻身越墙而出，向相反的方向狼狈逃窜，马有才仗着地形熟悉，借着夜色的掩护，逃之夭夭，不见踪迹。

马有才的老婆跑出20多米远，就感到胸闷气短，两腿发软迈不动脚步，被人从后面追上，将其抓住。马有才的内弟年轻力壮，腿脚灵活，玩命地往前跑，跑出去200多米，直到身后鸣枪，他才吓得摔倒在地上，双手抱头直喊饶命，被人上前摁住，铐上手铐，押回屋内。

雷鸣经过审讯和辨认，很快确认了他们的身份，并对他的住地进行仔细搜查，在他家的一个大花盆底部发现了1000多克鸦片和大量现金。

雷鸣从马有才的老婆和小舅子嘴里，得知马有才乘乱逃脱，心里懊悔不已。他马上组织警力继续搜捕，并把抓捕失利的情况及时向指挥部作了汇报，并请求上级派警力支援，准备展开大规模搜捕行动。本来他们计划得比较周密，事先进行了化装侦察，确认马有才没有外出，才在黎明前采取了突袭行动，尽管他们的行动十分隐蔽，动作也非常迅速，可这该死的狗叫声还是惊动了罪犯，而他又采取了金蝉脱壳的办法，利用他的老婆和内弟做诱饵，吸引了干警的注意力，自己则乘机逃窜而去。

指挥部接到雷鸣的汇报后，立即抽调了大批的干警和武警，对马有才展开了大规模的搜捕行动。干警们通过调查走访，对一些和马有才有特殊关系的人进行严密控制，以及一些可能的落脚点进行仔细盘查，还对周围的村庄实行挨家逐户的搜查，并发动林场护林队及各乡镇民兵协同公安干警，同时还调动了警犬队，对附近的山头实行拉网式抓捕行动，在各个交通要道也设卡堵截，对过往车辆和行人进行仔细盘查，防止他仓皇外逃。

马有才侥幸逃脱之后，如同一只丧家犬，顺着山坡一阵狂奔，一口气跑出了几公里。当他确认身后没有人追赶时，才气喘吁吁地停下脚步，躲在一棵大树后面，仔细地观察着周围的动静。他刚才因为急于逃命，跑出了一身汗，此时经过冷风一吹，他不由自主地打了个冷战。他的头脑也清醒下来，开始考虑下一步的打算。如果藏身在山里面，这满山的大雪，走到哪里都会留下脚印，无疑给抓他的人提供了重要的线索。再说这冰天雪地的恶劣环境，要吃没吃，要住没住，即使自己侥幸不被抓住，也会因冻饿而死，根本无法生存。看来只有躲藏到村子里，才能保住自己的性命。可是，躲到哪里才能安全可靠呢？他的脑海里一连闪出几个与他关系密切的人，还有几家直系的亲属。他们倒是可靠，绝对不会出卖自己的，可他们也一定会成为公安局的重点搜捕对象，说不定什么时候就会被抓住。如果去这些关系密切的人家躲藏，岂不是自投罗网？目前最好找一个既与自己关系可靠，又不会引起别人怀疑的人家去躲藏，那样才能确保万无一失。他思来想去，反复琢磨，突然想到了一个理想的藏身之处，他心中一阵高兴，当即决定前去躲避。于是，他急忙趁着天色未亮，穿山越岭地赶了10多里的山路，在天色微明的时候，来到了一个小山村，敲开了一家住户的房门，神不知鬼不觉地躲藏起来。

雷鸣和战友们沿着马有才逃跑时留下的脚印，进行跟踪追击，他的脚印断断续续，时而模糊、时而清晰，从村子一直延续到山上。干警们还在一处山坡的大树下，发现了半截吸剩下的烟头和脚印，然后这串脚印又翻过山头，顺坡而下，来到了山脚下的一条冰冻的河面上。由于河面上风大，他的脚印被大风吹得一干二净，而且河边上的几处山道，都不同程度地遭到了车辆的碾压和行人的践踏，根本无从辨认，彻底失去了他的踪迹。但干警们并没有丧失信心，继续配合后续部队，连续几天对附近所有的山头和沟壑进行了细致而艰苦的大规模搜捕，结果却令人沮丧，始终没有发现马有才的踪迹。

指挥部考虑到气候等各方面的不利因素，及时调整了行动部署，重新拟定了行动方案，决定暂时停止搜山的行动，全力以赴对周边的村落进行盘查，尤其是那些与马有才关系密切的人员，均被列为重点，进行必要的监控和搜查。详细调查了解与马有才有关系的人，不要漏掉任何疑点，进一步扩大监控范围，查找马有才的藏身之处，务必将其擒拿归案。

安航按着指挥部的指示，亲自坐镇指挥，将参战干警兵分三路，一路由武警支队的高峰负责，在各个交通要道检查车辆和过往行人。另一路则由敖英子带领，在护林队长巴特尔的协助下，对周边的几十个自然村落，展开了全面调查摸底工作，因为巴特尔对周边的地形非常熟悉，有他和手下的护林队员们配合，便于查找与马有才关系密切的亲属和朋友。雷鸣带领一路人马，负责监控与其有关系的人员，对所有相关人员，逐一进行摸底排查，对疑似藏身之处，进行必要的监控和搜捕。

经过深入细致的调查走访，查找出一批与马有才关系密切的人员，经过细致的调查和筛选，锁定了几个重点怀疑对象，对其展开了全面的侦查。

一个是他的岳父家，近几天的行为很反常，他们白天也是大门紧闭，全家人几乎整日不出门，晚上早早就闭灯休息。尤其是他的岳父，面对前来调查的公安人员，表现的惊惶不安，说话结结巴巴，前言不搭后语，好像做了什么亏心事，生怕被人发现似的。

还有一个是他的磕头弟兄，马有才和他的关系非常密切，平时走动的也很频繁，有个什么大事小情都主动上门帮忙，好得跟一个人似的。可自打马有才逃跑后，他却一反常态，不但远离他的家门，而且还主动地找到公安干警，提供有关马有才的线索，积极协助警察破案，似乎有什么不可告人的目的。

另外还有一个是他的堂弟，对公安局的调查工作极不配和，态度非常蛮横，还到处散布流言蜚语，公开为马有才喊冤叫屈，并叫嚣说知道马有才藏在何处，他就是不说，看公安局有什么办法治他，气焰十分嚣张。

在调查中，他们还发现了一个马有才的相好，她是个有夫之妇，马有才对她疼爱有加，在她的身上没少花钱，几乎包揽了她的全部生活费用。她的丈夫性格懦弱，胆小怕事，对他们之间的不正常关系，是睁一只眼闭一只眼，敢怒不敢言。平时只要马有才一来，他就得借故躲出去，给他们腾地方。这几天他又不见了踪影，而且他的女人却在家里买酒买肉，关起门来吃喝，行为极其不正常。

雷鸣带领着战友们，对这几个重点怀疑对象，进行了内查外调，每家都设立了监控点，并设置了监听器，实行全天候监控和监听。可随着侦查的不断深入，疑点也逐步被排除。他的岳父害怕的原因是因为家里帮他藏了毒品和钱款，怕被搜出来连累自己吃官司。他的磕头兄弟以前跟他一起种过罂粟，担心被查出来而牵连到自己，故此假装积极，提供一些没有什么价值的线索，以示自己清白，并借此打探案情的进展情况。他的堂弟的行为更是可笑，他有点缺心眼，说话没有把门的，尤其是酒后，更是满嘴跑舌头，顺嘴胡说。至于他的那个相好的，是因为丈夫的父亲有病住院，他前去医院护理，并从家里拿走了一些钱，他的老婆生气，就赌气在家里买酒买肉吃喝。随着疑点的逐一排除，致使案情陷入了进退维谷的困境，马有才就像人间蒸发了一般，消失得无影无踪。

指挥部鉴于疑点均被排除，案情没有进展，便决定加大搜查范围，扩大调查目标，凡是与他有关系的人都列入调查对象，即使他平时不怎么来往的同学和远房亲戚，以及多年没走动的熟人和朋友，一律都纳入警方的调查范围，不漏掉任何疑点。

干警们又重新投入调查走访工作，他们根据巴特尔提供的线索，对周围的几十个村庄，几百个有关联的人员，进行了耐心细致的调查。在调查走访中，他们又发现了几个重要的怀疑对象，其中一个线索尤为可疑，故此将其列入重点侦破对象。

被干警们纳入视线的可疑人物，是个30多岁的寡妇，和马有才是同学关系，据一些知情人说，他们还是初恋情人。当年是那个女的父母嫌弃马有才家里贫穷，百般不肯答应他们的婚事，硬逼着她嫁给了大队书记的弱智儿子。她结婚后才知道，她的丈夫不但有些弱智，而且还有癫痫病，一发病就抽的人事不醒，满口吐白沫。生了个女儿也遗传了他父亲的基因，比他的父亲还弱智。前几年她的丈夫离奇死去，她一个人带着13岁的女儿过日子。由于他们的住地相距十几公里，平时又没有什么来往，所以在第一次调查时，将她漏掉了。这次重新调查发现了她存在着诸多的疑点：她一个人带着孩子，本来日子过得十分拮据。平时生活很节俭，可这几天她却舍得花钱，经常买酒买肉；平时晚上愿意串门，可现在却天黑就大门紧闭，把自己关在家里，而且还经常从侧面打听马有才的案情进展情况。当调查人员向她了解与马有才的关系时，她的表情显得有些不自然，当问到她是否与马有才搞过对象时，她竟矢口否认。她为什么要对干警们撒谎呢？根据种种反常情况，这个女人有重大嫌疑。雷鸣决定与她进行正面交锋，以试探她的虚实。

夜里十点多钟，雷鸣和干警们在巴特尔的带领下，来到了那个女人的住处，她住的是两间土坯房，周围是用半人多高的板皮，显得有些高低不平，东倒西歪的院落，两扇发黑有缝隙的大门。这种居住条件即使在农村，也是比较困难的家庭。此时屋内虽然亮着灯，却被窗帘遮当得很严实，只是从缝隙中射出几道微弱的光线，外面根本看不到屋内的情况。

巴特尔由于平时检查护林防火工作，认识这个女人，他敲门很长时间，那个女人才把门打开，她的神情显得有些慌乱。雷鸣等人进到屋里，房子的格局很简单。外边的一间房，前半部是厨房，后半部是住人的小屋，中间是带隔扇的间壁墙，里间屋子用于日常居住。南面是一个通常的火炕，地上铺着地板，地板上露出了清晰的木纹，难以分辨出地板的颜色，中间是个地窖口，在农村几乎家家都能看到储藏土豆的地窖。由于室内的温度较高，地窖盖一般都留有一定的缝隙，用来通气，害怕地窖内的土豆生芽，可她家的地窖，却全都盖上。墙边摆放着几样旧家具，饭桌上残留着一些鸡骨、鱼刺，墙角放着半瓶白酒，屋内散发着鱼肉的香味和酒香味，显然有人刚刚用过。地板上零乱地散落着几个烟头。屋内的反常情形，增加了雷鸣心中的疑点，他对其他干警使了个眼色，干警们心领神会，暗自作好了应变的准备。

“大姐，这是公安局的同志，他们是想了解一些事情，你一定要好好配合。”巴特尔首先对那个女人说明来意。

“行，没问题，我指定实话实说，你们就放心吧。”那个女人满口答应。

“大姐，这么晚给你添麻烦，真是不好意思，请吸烟。”雷鸣客气地递给她一支烟说道。

“谢谢，我不会吸烟，你不用客气，有什么事你尽管问吧。”那个女人摆着手拒绝。

雷鸣会心地一笑，将香烟收起，然后不动声色地问道：“那好，我问你，你家最近可来过什么外人吗？”

“外人？什么外人？我一个寡妇家，哪有什么外人？”那个女人似乎有些不悦。

“那么我问你，地上这些烟头是哪儿来的？”雷鸣手指着地上问她。

“这、这、这是村子里有人来串门时抽的。”那个女人有些结巴地搪塞着。

“来人叫什么名字？是什么时间来的？”雷鸣进一步追问道。

“谁来了呐？你瞧我这记性，想不起来了。”那个女人拍着自己的脑袋着急地说道。

“别着急，你好好想一想。”雷鸣不急不躁地说。

“你这个人可真是的，谁上你们家来串门还有啥不敢说的？”巴特尔在一旁有些生气地说。可没想到那个女人听了他的话后，竟出人意料地一屁股坐到地窖口上，撒泼地哭着说道：“你们一帮大男人，深更半夜地跑到我的家里来，硬逼着我交出外人来，这不是欺负我们孤儿寡母吗？我的命怎么这么苦啊，我没法活了。”

雷鸣等人没想到她会来这么一手，只好暂时停止了询问。雷鸣根据她的一系列反常举动，心里产生了一种预感，马有才极有可能就藏在她的家里。可他会藏身何处呢？他打量着屋内的各个角落，都不可能是藏身之所，唯独屋内的地窖，有可能藏身，可他们没有搜查证，没办法公开进行搜查。必须想个充分的理由，把她的地窖打开搜查，看马有才是否藏身在里面。他的大脑飞快地转动着，思考着可行的办法。当他看到炕沿下边，有一个铝盆，盆里有半盆脏水，他心中不由灵机一动，立刻想出了个两全其美的办法。

于是，他站起身来，对她解劝：“大姐，你别上火，想不起来就算啦，我们只是随便问问，你千万别往心里去，快起来吧，地上挺凉的。”

那个女人听了他的话，哭声小了许多，但仍然坐在那里不肯起来。雷鸣对巴特尔说道：“巴队长，你们是熟人，你劝大姐，别气坏了身子。”巴特尔答应着上前来劝说，无奈那个女人不肯听劝，依然坐在地窖口上不肯起来。雷鸣转身走到了水盆旁，脚下似乎不经意地被水盆绊了一下，碰翻了水盆，盆里的水洒到地板上，立刻顺着地板缝隙向四处流淌。雷鸣向战友们使了个眼色，急忙说道：“大姐，真不好意思，我不小心把水盆碰翻了，你快点起来吧，别把衣服弄湿了。”尽管那个女人有些不情愿，但在干警们的用力搀扶下，只好无奈地站起身来。雷鸣又接着对手下的干警吩咐道：“你们快点把水收拾一下，哎呀，水都淌进地窖里面了，快点打开看看，别把里面的东西弄湿了。”他一边说着，一边快速地弯腰将地窖盖打开，那个女人想上前制止，可她已经被干警控制住。雷鸣麻利地打开地窖门，一手握枪，一手用手电向地窖里照看，他的心中不由一阵惊喜，原来地窖里根本没放东西，而是藏了一个人。他立刻用手枪指着那个人，厉声喝道："什么人，赶紧出来。"藏在里面的人蹲在角落里，双手捂着脸不吭声。那个女人见此情形，脸色苍白地呆坐在炕边上，立刻就停止了哭闹。

在干警们威严的呵斥声中，里面的人绝望地站起身来，将双手乖乖地举出了地窖口，雷鸣仔细一瞧，不由心中暗喜，高声说道："马有才，果真是你。"他在说话的同时，已麻利地用手铐将其铐住，由两名干警将他用力拽出来。由于雷鸣以前在这里当过派出所所长，故此认识马有才，这真是踏破铁鞋无觅处，得来全不费工夫。干警们押着这对狗男女临出门时，马有才流着泪对那个女人说："是我害了你们母女两，我对不起你们。"那个女人听后没言语，只是望着自己的女儿默默流泪。而那个弱智女孩，竟浑然不觉，依然在小屋里酣睡未醒。雷鸣在临行前，喊来这个村子的村主任，一再叮嘱村主任要妥善安排好那个弱智女孩的生活。村主任连连点头答应，并让自己的媳妇，把弱智女孩领回自己的家中照看。雷鸣这才放心地押解着两名人犯，高兴地返回了住地。

雷鸣回到住地，立即把情况向指挥部作了汇报，指挥部命令他们将人犯押回局里，并嘱咐他们在押解时，一定要小心看管，以防人犯中途逃跑。指挥部又马上发出了行动解除的命令，通知所有参战人员一律撤回。

雷鸣和战友们押解着人犯，乘车在崎岖的山路上，颠簸了几个小时，黎明时分方才回到局里。他们按着指挥部的指令，将犯人带到了指定的秘密地点，派专人严密地看押起来，并严令看押人员，要确保人犯的安全，不经指挥部允许，任何人也不许接近人犯。

雷鸣将一切事宜安排妥当之后，天色已经放亮，他一身疲倦地回到办公室。连续几天以来，他因为忙于破案，几乎没有睡过一个囫囵觉，没吃过一顿安稳饭，此时早已又饥又渴。他从办公桌里找出一盒方便面，可暖瓶里的水因存放时间太长，早已变凉了。他苦笑着摇摇头，喝了些凉开水，然后就趴在桌子上睡着了。

早上七点多钟，安航的敲门声，将雷鸣从熟睡中惊醒。安航笑着走进屋后，亲热地与他握手说道："辛苦啦，祝贺你圆满完成任务！"

"辛苦啥，这都是咱们应尽的职责。"雷鸣谦虚地答道，然后又有些不解地问他："嗳，你怎么知道我在办公室呢？"安航笑着说："我会猜，我一猜你这个拼命三郎准不能回家，一定会在办公室里睡觉，我果然猜对了吧？"

"没错，算你猜对了，你还猜到啥了？"雷鸣又问道。安航听后，将手里拎着的两个塑料袋，放到雷鸣的面前，然后才不紧不慢地说道："我还猜到你这几天没吃好饭，现在一定是又饿又渴，特别想大吃一顿，所以，我就为你准备了丰盛的早餐，怎么样，我没猜错吧？"

雷鸣此时已是饥肠咕噜，闻听有好吃的，便一把抓了过来，打开就吃，他一边大口地吃着，一边由衷地说道："你这个小诸葛果然名不虚传，我算服了你啦！"

安航见他吃的如此香甜，满意地笑了，他拿起暖瓶为他倒水，发现水已经凉了，便起身去打开水。当他回来时，雷鸣已经风扫残云般地将食物吃完。安航为他倒了一杯水，并关切地问他是否吃饱。雷鸣一边收拾桌子上的食物袋，一边满意地连声说好。安航又丢给了他一支烟，两人各自点着后，一起坐了下来，方才开始进入了正题，就审问马有才的事宜进行了商谈，雷鸣把案情向他作了详细地汇报，然后，他俩又商量了具体的审讯方案，待一切准备就绪后，他们对马有才进行了突击的审讯。

审讯工作是在保密状态下进行的，审讯人员只有他俩，外加吴菁华作笔录。安航按着审讯的程序，对他的身份以及相关情况一一进行了确认，然后便切入正题，让他交代有关种植和贩卖毒品的犯罪经过，马有才先是百般抵赖，死活不肯承认。当雷鸣将搜出毒品的经过，以及他藏匿毒品的地点说出来后，他才不得不承认贩毒的事实，可当进一步问到他的同伙时，他却说没有同伙，对于买走毒品的人，他说根本不认识。当雷鸣再追问下去时，他就装聋作哑，缄口不言，摆出一付死猪不怕开水烫的样子，负隅顽抗。

然而，安航和雷鸣却毫不动怒，只是心平气和的讲解坦白从宽、抗拒从严的政策，并不急于让他交代，因为警方对案情早已了如指掌，至于他是否交代已不重要。审讯他是另有一番目的，这只是他们整体行动方案的一个步骤而已。故此，他们不急不躁，耐心地做他的思想工作，可他却自以为得计，以为公安局没有证据，他死不承认，警察也拿他没有办法。他们就这样一直僵持到中午，安航见他仍然不肯交代，就从吴菁华的手里拿过审讯笔录，让马有才看过后，并签字摁手印，然后，结束了对他的审讯，派人把他押了回去。

下午，扬威在局党委的小会议室里，召开了公安局各科室负责人，以及下属各分局主要领导参加的会议，在会上，雷鸣代表行动小组向与会人员讲述了抓捕马有才的经过。安航则代表专案组向大家公布了有关案情的进展情况："通过我们对马有才的初次审讯，他就承认了伙同他人种植和贩卖毒品的犯罪事实，并承认与一个贩毒团伙有联系，并跟团伙中的一些主要成员都有来往，他主要是为这个团伙联系货源。但因为他目前还有顾虑，害怕交代出来，同伙会对他的家人实行打击报复，只要我们假以时日，加大审讯力度，继续对他展开攻心战术，并承诺保护他的家人安全，彻底打消他心中的顾虑，他就会把同伙交代出来。根据我多年的经验判断，我可以自信地告诉大家，他的交代只是个时间问题。这样我们就可以掌握这个贩毒团伙的犯罪证据，并根据他所提供的情况，将贩毒团伙的成员抓获归案，再根据这些主要成员的交代，来个顺藤摸瓜，就可以揪出贩毒团伙的幕后指使者，将其一网打尽，彻底捣毁这个罪恶的贩毒团伙。"

对于安航的案情分析，与会的同志们都深受鼓舞，纷纷发表了各自的见解，为破案出谋划策。扬威细心地听取了同志们的意见，并对缉毒大队的工作给予了表扬和充分的肯定，并要求他们在最短的时间内，尽快获得马有才的口供，争取早日破案，同时要采取必要的措施，确保人犯以及家人的生命安全，不经专案组同意，任何人不得以任何借口接触或探望人犯。各部门要提前作好协同破案的准备工作，严阵以待。一旦罪犯招供，破案的时机成熟，就立即采取行动，以免走漏消息，致使犯罪分子潜逃，给抓捕工作带来难度。与会的同志一定要严守秘密，任何人不许外泄，否则，将受到党纪国法的制裁。”

散会后，各部门的负责人不敢怠慢，他们按着会议的要求，指挥自己的下属，紧锣密鼓地做好了各项准备工作，只等指挥部一声令下，他们就可全力以赴，协助缉毒大队采取统一行动，缉拿毒贩归案。

*　　　　*　　　　*

早在公安局对马有才进行大规模抓捕行动时，就引起了贩毒团伙的高度重视。他们让内线密切关注事态的发展，随时向他们汇报事态的进展情况。当得知马有才被抓的消息后，他们便如同热锅上的蚂蚁，急的团团转，担心马有才万一抗不住，把他知道的秘密都交代了，就会对他们造成不啻于大地震般的影响。由于马有才和他们合作多年，和他接触的人员较多，他对团伙的内幕也很清楚，其中的一些骨干分子，他基本都熟悉，一旦他把知道的人都给撂出去，那对整个贩毒团伙来说，无疑是灭顶之灾。他们岂能眼睁睁地看着自己苦心经营的事业毁于一旦呢？特别是他们通过各种渠道，得知公安局开会的内容后，便决定要抢在马有才交代之前，将他杀人灭口，彻底消除隐患，尽管他们知道公安局对马有才看管的很严密，等闲人难以接近他，但他们还是严令内线，一定要利用职权之便，不惜一切代价，不管用什么办法，务必将马有才除掉，免除后患。

午夜时分，气温已降至零下20多度，在这寒冷而漫长的冬夜里，喧嚣的城市也仿佛被冻僵了，失去了骚动的活力。马路上的路灯发出了昏暗的灯光，大街上空荡荡的，难以看到过往的行人，只是有几只觅食的野狗在路边游荡，偶尔有车辆带着风声疾驶而过，然后又是一片寂静。劳累了一天的人们，早已进入了甜蜜的梦乡。

在远离闹市区，通往甘河边的一条新修的马路旁，有一座偌大的、戒备森严的院落，这里就是森警支队的驻地。门口站着两名全副武装的武警战士，他们笔直地站在岗哨上，半自动步枪上的刺刀在夜色中闪着寒光。虽然时过午夜，加上天气寒冷，从门口进出的车辆和行人已寥寥无几，站岗的士兵却依然全神贯注，认真地履行着自己的职责，警惕地注视着周围的动静。

在马路的拐弯处，有一辆小车闪着刺眼的灯光，左右摇摆地朝门口疾驶而来，转眼之间驶到门口，一个急刹车就停在了岗哨的面前。车上挂着武警的牌照，车玻璃被摇下一半，章建华从车里探出头来，带着几分醉意和他们打招呼，一看到是自家人，站岗的士兵便打开栏杆放行。章建华按了一声喇叭，便驾车朝院里驶去，门口也随之恢复了平静。

章建华径直把车开到他的宿舍门前，纪远从车上走下来，他俩相互谦让着走进了他的宿舍。他们从晚上六点钟开始，在许芳和刘丽的陪同下，在饭店里喝酒。有美人相陪，他们的情绪分外高涨，连说带笑地一直喝到九点多，然后又到舞厅去消遣，直到舞厅散场，他们才分手离去。临分手时，许芳特意把纪远叫到一边，嘱咐了他一番，然后又执意让纪远开车把章建华送回去，说害怕他酒后开车不安全，章建华也是欣然同意。尽管他晚上喝醉了，可他们在舞厅玩了好几个小时，酒劲已经醒了大半，神志很清醒，再加上夜深人静，过往的车辆和行人都很稀少，所以纪远安然无恙地把车开了回来。

他们都很有酒量，平时喝酒就互不服气，此时借着几分醉意，又各自吹嘘起自己的酒量。纪远自负地对他说："章老弟，你喝酒不行，照我差远了。"

"纪大哥，你吹啥呀？你说哪次喝酒我比你少？"章建华不服气地反驳。

"老弟，你如果不服气，咱们再接着喝，我已提前预备好了酒菜。"纪远说完，他就像变戏法似的，从随身携带的挎包里，拿出一瓶白酒，还有烧鸡、酱牛肉、香肠等熟食。

"哎呀，看来你是诚心想和我比个高低，喝就喝，东风吹，战鼓擂，咱俩喝酒谁怕谁呀！"章建华不甘示弱地说着，并站起身来，找来两个茶杯，纪远又把熟食递给他，让他去切一下，他从衣柜里找出了一把军用匕首，转身去切熟食。纪远则打开酒瓶，把两只杯子倒满，章建华将烧鸡等熟食切完后，从他手里接过酒杯就喝，纪远自然是举杯奉陪，两个人相互调侃着，互不服气地又喝起来。

由于他们晚上就喝了不少酒，此时都已不胜酒力，他们一瓶酒没喝完，就双双喝醉了，两人相互搀扶着走到床前，醉倒在了一个床上，室内很快就响起了熟睡的鼾声。

凌晨时分，夜色深沉，月光西斜，军营中显得十分宁静。就在这时，宿舍的墙角闪出一个人影，看样子他对这里的环境很熟悉，只见他小心谨慎地躲避开了岗哨和值班人员，来到了临时羁押马有才的那栋房子，这里本是森警支队的禁闭室，马有才此时就关押在里面。黑影躲避在暗处，偷偷地观察着禁闭室的情况，只见禁闭室的房门紧闭，门口有一名警察和一名武警战士把守，他们全副武装，戒备森严。黑影见此情形，觉得若想从前门进入禁闭室是不可能的。于是，他又绕到房后，发现禁闭室的后墙上有一个小窗户，窗户的面积很小，高约80厘米，宽约60厘米，距离地面120多厘米。窗户封闭严实，而且还装有手指粗细的钢筋，看来若想从后窗户进去，也是难上加难。但他的心里清楚，这是接近马有才的唯一途径。于是，他戴上事先准备的白手套，从口袋里拿出一个头套套在了头上，接着掏出匕首将窗户撬开一道缝隙，然后又从口袋里掏出一根细铁丝，铁丝前头带着回形钩，可以从窗户缝隙中探进去。他反复鼓捣了足有一刻钟时间，终于把窗挂钩打开，然后，他又用匕首轻轻地撬开了窗户。马有才因为案情重大，心里反复琢磨如何对付公安局的审讯，怎么才能减轻自己的罪行，保住自己的命，所以他根本就没有睡着。由于他的精神极度紧张，对周围的事物十分敏感，当窗户前出现人影时，他就察觉到了。尽管他无法判定来人的意图，但他知道决不会是看守他的人，那么会是谁呢？难道会有人来救自己吗？想到此，他的心里不由一阵兴奋，看来自己的这些朋友还真够意思，没有忘了自己。于是，他悄悄地站起身来，尽量不发出声响，放轻脚步，慢慢地挪到窗下，用戴着手铐的手，从钢筋的缝隙中伸出来，帮助来人从里面推窗户，他们里外一齐用力，随着一声轻微的响声，窗户终于被推开了，马有才借助微弱的星光，看到前来救他的是个蒙面人，不由心跳加快，双手颤抖，以为是自己的救星来了。他忙晃动着双手，意思是让他帮自己先把手铐打开，蒙面人顺势把他的双手拉到跟前，马有才万万没有想到，对准他的不是手铐钥匙，而是一把闪着寒光的匕首。这突如其来的变故，实在出乎他的意料之外，就在他惊愕的瞬间，对方的匕首朝他的胸部刺来。

他惊叫一声，身体本能地向后躲闪，双手用力向外挣脱，身体一下子矮了许多，匕首刺向他的部位也发生了偏差，导致他的肩膀被刺中了一刀。他此时顾不得多想，高声连喊救命。门外的看守人员，听到他的惊叫声，不知道屋里发生了什么事，急忙端枪冲进来。蒙面人见事情败露，心里害怕，顺手丢下匕首，掏出手枪，马有才趁势挣脱了他的控制，躲闪到墙角上，蒙面人心里紧张，慌乱地朝着墙角开了两枪，然后撒腿就跑。当看守人员从屋内再追出来时，蒙面人早已逃的不知去向。

负责看守马有才的战士打开了室内的电灯，只见马有才脸色煞白地蜷缩在房角，肩头上渗出了一片血迹。看守人员急忙把他送到支队医院救治。马有才的伤势不算严重，经过军医的治疗，已没有什么危险。

安航和雷鸣也闻讯赶来，他们对现场进行了勘察，他们从现场上找到两个子弹壳，一把军用匕首，窗户上没有留下任何线索，地上留下了几个模糊的脚印，从脚印的样式也是统一配发的军鞋。他们向看守人员了解了相关情况，得知行刺者是个蒙面人，并且开枪向他射击。安航感到形势很严峻，担心再出现意外，便在病房内外增加了警力，由两名干警守护在病床前，实行高度警戒，确保人犯的生命安全。

安航再次来到病房，向马有才详细了解行刺的经过，马有才经过这次刺杀未遂事件，心里深感绝望，对他的同伙已不抱任何幻想，让他痛恨的是，自己在里面咬牙替他们扛着，没想到这帮没人性的王八蛋，不但不想办法救他出去，反而欲杀人灭口，以保证他们的自身安全。想起来真是让人感到寒心呐！既然你们想让我死，那么你们也别想消停活着。我这个光脚的会害怕你们穿鞋的？大不了咱们一起死，再说我如果把一切都交代了，说不定还会立功，争取到政府的宽大处理呢！兴许还能保住一条活命呢！于是，他不但如实地向安航讲了被刺经过，而且还竹筒倒豆子，把他所知道的贩毒团伙成员和犯罪事实，主动向安航作了坦白交代，并请求政府对他给予宽大处理。

安航根据现场遗留的军用匕首和脚印，觉得有必要在军营中进行搜查，他与支队领导进行了协商，征得同意后。在武警战士的配合下，对军营内再次进行搜查，当他们搜查到章建华的宿舍时，发现纪远和章建华满嘴酒气地睡在一张床上，任凭众人如何用力摇晃和喊叫，他们却仍然沉睡不醒。安航见情况有异，忙把他们送到医院去检查，通过血液化验，医生告诉安航，他俩没有什么危险，只是服用了麻醉药品，已经为他注射了缓解麻醉的药物，但也无法让他马上清醒过来。安航领着人又仔细检查了章建华的宿舍，发现他的鞋与现场的鞋印相同，把他俩的手枪也封存起来，还有他们喝酒的茶杯，另外还在屋外的一个厕所里、找到了丢弃的头套和白色线手套。安航派人把这些物证，以及现场遗留下来的子弹壳和匕首，以及提取的脚印，全部送到技术科去检验鉴定，以便查找到破案的直接证据。

搜查行动一直持续到黎明时分，在没有发现其他有价值的线索的情况下，安航才下令停止搜查行动。他坐在临时的休息室里，一边吸烟，一边在脑海中仔细梳理案情，让他感到困惑的是，当初为了保证马有才的安全，扬威和安航在极其保密的情况下，特意把他安排到武警支队羁押，并且采取了严密的保护措施，可没想到百密一疏，还是让贩毒分子钻了空子，险些让他们杀人灭口的计谋得逞。这帮贩毒分子不仅心狠手辣，而且嚣张已极。

几个小时后，章建华和纪远才从沉睡中醒过来。面对安航和支队领导的盘问，他们都一口咬定自己喝醉酒，一直在屋里睡觉，对外边发生的事，更是一无所知，至于酒里有麻醉药的事，他们也难以说清，虽然觉得他俩都有作案的嫌疑，安航决定暂时限制他们的行动自由。但是，随着对现场遗留的检验结果，许多疑点都证实章建华具有重大作案嫌疑，因为现场所遗留的物证，都与他有直接关联。通过调查已证实那把匕首是他的物品，现场所遗留的脚印尺码和磨损程度，也与他所穿的皮鞋相吻合。遗留在现场的那两个子弹壳，也基本得到了确认，因为我国的枪械管理非常严密，所发放的各种枪械和子弹都有统一编号，对其发放的去向都有详细的纪录，通过纪录表明，这两颗子弹的编号，正是发放给章建华的，而且弹痕和他的手枪弹道相同，进一步证实是他的手枪所发射。另外还在屋外的角落，发现了丢弃的头套，并在头套上意外获得了重要物证，为破案提供了有力的佐证。在掌握了直接证据之后，武警支队根据上述情况，立即配合公安局采取措施，对章建华实行严密看押。

而纪远却被告知可以暂时排除了嫌疑，可以每天正常上班了。纪远把这个好消息告诉了他的朋友，朋友们也为他感到高兴，并设宴为他压惊。至此，纪远那颗一直悬着的心才落了底。

*　　　　*　　　　*

贩毒团伙的老板得知行刺马有才行动失败，并导致马有才彻底交代了罪行后，预感到危险正步步向他们逼近。他们再也无法保持平静，决定要抢在公安局的前头立即采取行动，把手里的存货统统出手，把那些与马有才有联系的成员，安排到外地去进行交易或躲避。在没有人证物证的情况下，即使公安局追查下来，也难以将他们定罪，到时候只要把手下的人推出去顶罪，他们就可以保全自己，轻松地躲过一劫。于是，他们经过周密谋划，决定采取出其不意的方法，改变以往的交易方式，以确保万无一失。

于是，他们急忙通知曾与马有才打过交道的钱亚民、任武、杜立志离开。他们几个用汽车装了满满一车黄豆，由杜立志开车，钱亚民和任武押车，趁着夜色仓皇地驶出了市区。

同时，乔铎还通知江群到外地出差，到晚上临行时，他又让童邦宪把江群接到家里。到家后江群又发现刘丽也等在那里，并被告知他们一起出差。其实乔铎如此安排，并非人手不够，而是经过深思熟虑，含有寓意。乔铎神情凝重地把他们叫到跟前，如此这般地交代了一番。然后，乔铎又拿出了提前预定的卧铺票，让童邦宪开车将他俩送到火车站。他们通过贵宾候车室，登上了南去的列车。

列车徐徐地开动了，江群将随身携带的物品安顿好，望着窗外那渐渐远去的灯火，心情显得很沉重，他知道此行事关重大，自己一定要小心谨慎，切不可掉以轻心而误了大事。相比之下，刘丽显得很轻松，她本来就对江群有好感，十分敬佩他的为人，两人能一起出差，她的心情很愉快。她平时很少出远门，所以觉得很新鲜，她先给江群削了个苹果，一转身又为他起开一听饮料，然后又亲热地坐在江群身旁，兴奋地对他说：

“江大哥，能和你一起出差，我真是很高兴，一开始我还以为是和童胖子呢，那可太没劲了，他磨磨叽叽的太烦人，一点男子汉气魄都没有，和他一起出差还不把人窝囊死！”

“刘老妹，你太夸张了吧？童大哥平时对你不是挺好吗？你怎么这样埋汰他，他知道该有多伤心呐！”江群故意用话逗她。

“江大哥，我说的都是心里话，你说咱们这帮人里面有啥好人？各个吃喝嫖赌，啥事都干，哪有一个像样的！”刘丽很认真地说。

“刘老妹，你这么说未免太笼统了吧？难道任武不是好人？”江群故意拿话激她。

“江大哥，你真是哪壶不开提哪壶，任武当然和他们不一样啦！不过我对他还是有些不托底，他这个人有点工于心计，让人觉得有些深不可测。”

“你们相处的不是很好吗？难道他是在欺骗你的感情？”

“要说欺骗那到没发现，可我和他交往起来，就不如咱们之间这么融洽、坦诚，总觉得有一条看不见、摸不着，无法逾越的鸿沟，让人觉得不踏实，没有起码的信任感，更别说坦诚相待，心心相印，你说这样的爱情又怎么能有什么好的结果呢？”刘丽有些伤感说道。

“你不要想的太多，我看他对你是真心的，他就是那么个性格，再说有可能是你们相处的时间短，他的性格内向，所以你才有这种感觉，你别胡思乱想，他的人品还是很好的，而且为人也很讲义气，我相信他不会辜负你的感情。”江群看她情绪不佳，就正言劝解道。

“江大哥，你说的也有一定的道理，有可能是我多虑了，咱们不谈这个话题了，你吃不吃点东西？”刘丽多云转晴地问他。

“我晚上吃的挺饱，一点也不饿，咱们赶紧洗漱一下休息吧，一会儿就该熄灯了。”江群抬腕看了一下手表，提醒她说。

江群简单地洗漱了一下，并当着刘丽的面，点着了一支雪茄烟，车厢里弥漫着一股特殊的香味，他似乎有觉得在车厢里吸烟不妥，就转身躲进厕所里。刘丽知道这是江群犯瘾了。刘丽轻轻地叹了一口气，在心里暗自为他鸣不平。直到江群吸烟后回到了车厢，刘丽才拿着牙具去洗漱。待她洗漱回来时，江群已脱下外衣躺在卧铺上。他们买的都是下铺，两个铺面对面，刘丽有条不紊地脱下外衣，因怕把衣服压出皱褶，便拿着衣服向江群问道："江大哥，这衣服放在哪儿？"

"靠里边的壁上有挂钩，看见没有？"江群手指着挂钩的位置。

"看是看见了，可这个挂钩太低，衣服会压出褶的，怎么办呐？"刘丽穿着一套红色的紧身内衣，手拎着外套问他。江群站起身来，从行李架上把自己的旅行箱拿下来，打开了夹层，取出来一个带衣架的服装罩，这是他的旅行箱里配套的物件，这是旅游时专门用来携带高档衣服的。他把里面的衣服取出，将衣服罩递给她。刘丽接过来，口中连声称谢，把衣服挂好。刘丽的身材苗条，肤色白皙，体态婀娜多姿，举手投足间都散发着青春的气息，特别是那微微隆起、坚挺丰满的前胸，犹如两座云雾缭绕的小山峰，透过紧身衣服显得如此性感和充满诱惑的魅力。望着如花似玉的刘丽，江群不由得惊呆了！他和刘丽结交这么长时间，还从来没有近距离接触过。此时面对如此性感的美女，他不由心猿意马，想入非非。刘丽似乎感觉到了他的异样目光，下意识地望了他一眼，两人的目光相对的瞬间，霎时间都闪出了碰撞的火花。江群脸色一红，不好意思地赶紧低下头，眼中的火花也象流星一样暗淡下来。他为自己刚才的荒唐举动感到羞愧，不好意思地低着头，心里似乎有一种预感，觉得他们之间似乎会有什么不平常的事情发生！他心头不由悚然一惊，暗自在心里告诫自己："千万不能胡来，这样不但对不起兰鸽和任武，弄不好还会坏了大事。"他为了彻底断绝自己的邪念，在心里暗自发毒誓来约束自己：

"如果自己做出什么越轨的事，就让自己的父母不得善终，更会失去兰鸽的爱情！"尽管江群在社会上混迹多年，也干了许多荒唐事，但他良心未泯，对父母时刻牵挂在心，更是看重失而复得的爱情。他一生最在乎的就是这两件事，其重要性已超过他的生命。他能用最亲的人，最在乎的事来赌咒，可见他是下了最大的决心，在心理上筑起道德防线，目的就是随时提醒自己，以此来遏制自己的邪念。至此，他的心境才停止了骚动，逐渐地安定下来。他强迫自己躺在卧铺上，用自己以往克服失眠的办法，在心中默默地数着数，过了很长时间，他才勉强入睡。刘丽也脸红心跳地躺下来，用被子盖住自己的胸部，望着过道昏暗的灯光想着心事，直到时近午夜，她仍然在不断地翻身，像她这样的妙龄女郎，面对着自己敬仰的人，岂能安心入睡？不失眠才奇怪呢!

第二天早上，当他们从旅客的噪杂声醒来时，已是上午八点多钟。两人不好意思地相视对望点头含羞一笑，显然还没有从昨晚的尴尬中解脱。

俗话说，男女搭配，干活不累。尽管旅途枯燥乏味，可是因为他们彼此有好感，又单独在旅途中，两人都感到很愉快。他们相互关心体贴，彼此开心地吃喝，畅所欲言地说笑，显得既温馨又浪漫，使寂寞难捱的旅途变得欢快起来。

时光在悄然流逝，，不知不觉中，他们已在列车上度过了近30个小时，随着列车播音室的提醒，他们到达了此行的目的地。他们似乎有些意犹未尽地收拾好自己的物品，随着下车的人流，走出了车站。

这里是北方的一座著名的海滨城市，这里依山环海、景色秀丽、气候宜人、冬暖夏凉，是著名的避暑和旅游胜地，每年的春夏秋三季，来这里避暑和旅游的游客络绎不绝，这里有天下第一关之称的山海关，有万里长城入海处的老龙头，这里流传着秦始皇入海求仙的美好传说，留下了三国时期著名的政治家、军事家、文学家曹操的足迹和那首“东临碣石，以观沧海”的不朽诗篇。更有当代伟人毛泽东的那首脍炙人口、气势恢弘的《浪淘沙·北戴河》——“大雨落幽燕，白浪滔天，秦皇岛外打渔船。一片汪洋都不见，知向谁边？往事越千年，魏武挥鞭，东临碣石有遗篇。萧瑟秋风今又是，换了人间。”随着这首诗篇的广泛流传，使这座北方的海滨城市名声遐迩，蜚声海外，备受海内外游客的关注和青睐。

近些年来，随着旅游热的悄然兴起，中央各部委以及全国各省市，纷纷在这里投资兴建了疗养院，这些疗养院的建筑风格迥然不同，但各具特色。这一道道靓丽的风景线，吸引着众多观光者的眼球。这里的人们抓住了这一历史机遇，他们在天下第一关、老龙头等名胜古迹的基础上，又相继开辟了莲峰山、鸽子窝、海滨浴场、秦皇宫、怪楼、黄金海岸等一大批旅游景点。这得天独厚的地理条件和让人耳目一新的旅游环境，每年招揽了数以百万计的中外游客到这里来休假避暑和观光旅游。旅游为这里的经济繁荣奠定了坚实的基础，也为这座古老的城市增添了新的青春活力。

江群对这座城市并不陌生，以前曾数次出差来过此地，故此对城市比较熟悉。由于现在是旅游的淡季，旅客明显减少，车站的广场上也冷清了许多，失去了昔日那热闹的场面。停在站前广场前面的出租车，也排起了长队，出租车司机则走下车来，纷纷走到刚出站的旅客面前去招揽生意。江群和刘丽站在广场边上，仔细地向四周寻找前来接站的人。几位出租车司机见状，急忙赶过来，陪着笑脸揽活，江群连称有人接站，遭到拒绝的司机只好悻悻走开。

就在江群和刘丽等的焦急时，一辆黑色的桑塔纳轿车停在了他们的面前，从车上走下一个中等身材的壮汉，他身着名牌服装，戴着墨镜，手里拿着大哥大，显得派头十足。只见他直接来到了江群的身边，笑着伸手来说道："你好啊，江老弟！"

"冷大哥，您好！"尽管来人戴着墨镜，江群还是一眼认出了他。来人笑着摘下墨镜，说道："江老弟，一路辛苦了，这位是——？"来人指着刘丽问道。

"这位就是冷经理，冷大哥。她叫刘丽，是我们公司销售科的。"江群为他们相互作了介绍，两人握手寒暄了几句。这时，司机走下车来，打开后备箱，把他们的物品放了进去。

上车后，冷经理又把司机小耿介绍给他们，然后又饶有兴致地说道："江老弟，咱们一晃有五六年没见面了吧？"

"三年多了"江群应声答道。

"你看时间过的多快，一晃都三年了，小耿，你不知道，江经理可是讲究人，当初我到江老弟他们那里去，对我招待的你就别提有多热情了，你们东北人喝酒可真是太厉害，我算是服气了。”冷经理指着江群、对他身边的司机介绍。

“东北人喝酒一般都很厉害，冷大哥，既然江大哥对你那么热情，这次咱们也一定要舍命相陪。”司机小耿随着他说道。

“哪是自然的，一会儿你一定要多喝几杯。”冷经理笑着对他说。

“经理，我可不能喝太多，因为我完事还要开车呢。”小耿陪着笑脸说道。

“开车是应该少喝点酒，遇到交警就麻烦了。”江群接过他的话茬说道。

“哪个交警活腻了，敢管冷哥的车，我主要是考虑人身安全。”小耿解释着说道。

“你这个膘子，连大小头都看不出来，尽担心那些没用的事，咱们今天的主要任务，是陪好江经理和刘小姐，实在不行就把车扔在酒店，咱们打车回去，多大个事啊。”冷经理不以为然地说道。

“行、行，经理，只要你发话，我就是喝死了也没怨言。”小耿顺从地答应着。

“嗳，这就对了嘛，这才像我兄弟说的话。”冷经理满意地笑了。

说话间，车子在一个豪华的酒店门前停下来，他们互相谦让着走进了酒店，迎宾小姐把他们带进了一个豪华的包厢。早已等在包厢里的一男一女也急忙站起身来，冷经理指着他们江群向介绍：“这位就是江经理，也是我的好朋友，这位是刘小姐。这几个都是我的手下，梁主任，覃秘书。”江群与他们一一握手，说着应酬的客套话。

他们落座后，服务员为他们倒上了茶水。冷经理把手一挥，吩咐服务员上菜，紧接着，龙虾、螃蟹、对虾、虾耙子以及贝类等海鲜都被陆续地端到了桌子上。冷经理指着桌上的海鲜说：“江老弟，我知道你们那里没有海鲜，所以今天我特意用海鲜为你接风洗尘，来，把酒满上，我说几句。今天能见到远道而来的好朋友，我心里非常高兴，我敬二位一杯，祝我们合作愉快，友谊长存，义气长在，为了我们之间的友谊和义气干杯！”冷经理站起身来，与江群和刘丽碰杯，其他人纷纷起身响应，彼此碰杯后，共同把杯中酒喝干。

“俗话说，好事成双，这第二杯酒，我祝二位在我这里吃好、喝好、玩好，心情更好！来，干杯！”在一片叫好声中，众人又是举杯相陪。

“来、来、来，吃点菜。”冷经理一边让着，一边用备用筷子往他俩的碗里夹菜。这时，那个中等身材，留着平头的梁主任站起身来，他把江群和刘丽的酒杯斟满，然后举杯说道：

“来，我单独敬二位一杯。俗话说，有朋自远方来，不亦乐乎。对你们的光临，我表示热烈的欢迎，有幸结识江经理和漂亮的刘小姐，我感到万分荣幸，祝江经理官运亨通，步步高升，祝刘小姐青春永驻，永远年轻漂亮。”说完，梁主任与江群和刘丽碰杯，几人共同干杯。江群本来就为人豪爽，酒量也比较大，再加上与冷经理是熟人，所以他才毫不戒备地放心吃喝。冷经理原本是中国粮油进出口总公司的业务员，后因斗殴把人致残，被判了三年刑，出狱后，他招集了一帮社会的朋友和狱友和自己下海经商，并成立了弘达粮油贸易公司。他性情暴烈、心狠手辣、胆大妄为，又会些拳脚功夫，在社会上有一定的知名度，黑白两道都给他面子。故此，他在生意场上毫无顾忌，据他自己讲，什么粮油、木材、钢材，倒卖汽车，以至倒买猎枪、贩毒的生意都敢做。手下还有一帮为非作歹的弟兄，在当地几乎没人敢招惹他，他也因此更加肆无忌惮，无恶不作。他曾去过甘河市，江群对他是热情款待，两人的性格都很豪爽，又都会点功夫。两人在一起谈论枪棒，切磋武功，彼此都有一种相见恨晚的感觉，到分别时已经成了无话不谈的好朋友，而且分别后都还保持着联系。

梁主任敬过酒之后，江群起身举杯说道：“冷大哥，请允许我提一杯，首先我感谢冷大哥的盛情款待，我为有这样的朋友而感到骄傲和自豪，同时也为结识在坐的新朋友而高兴，我这个人自己不善于交往，几乎所有的朋友都是通过朋友介绍的，我觉得朋友的朋友，也就是我的朋友，既然你们都是冷大哥的左膀右臂，也就是我江群的朋友，我今天借花献佛，敬诸位一杯，希望我们的友谊地久天长，感情牢不可破，祝冷大哥身体健康，生意兴隆，财源滚滚，日进斗金，也预祝我们合作愉快！干杯！”冷经理口中连称客气，十分惬意地率先干杯，众人也不敢怠慢，紧跟着一饮而进。

“各位兄弟姐妹，你们不知道，我这位江老弟可不是等闲人物，他不但为人豪爽，对朋友讲义气，而且文武全才，他的武功在我之上，说句实在话，在这个世上，能让我冷某人佩服的人没有几个，能和江老弟交朋友，我感到三生有幸！江老弟，小耿、小梁都是我的铁哥们儿，以后你再来如果我不在，你就直接找他俩，保证好使。来，我们再共同敬江老弟和刘小姐一杯！”冷经理再次举杯对他的手下说道。

“冷大哥，你过奖了，小弟受之有愧。耿老弟、梁老弟，以后就给你们添麻烦了。”江群十分谦虚地说。

“江大哥，你不必客气，既然你是冷哥的朋友，也就是我们的朋友，以后有用着我们兄弟的时候，你尽管吱声，我们兄弟一定尽力而为。”梁主任十分仗义地说。

“老弟，你就不必客气啦，我这是实话实说。刘小姐，你说句公道话，我说的是不是事实？”冷经理转头问刘丽。

“我们江经理确实很有能力，对朋友更是以义气为重，但和冷大哥相比，还稍显逊色。”刘丽可谓是冰雪聪明，她说的话既证实了江群的能力，又抬高了冷经理。

“刘小姐不但人长的漂亮，而且说话也滴水不漏，真是强将手下无弱兵，再下佩服，佩服！来，我单独和美女喝 杯，江老弟，你不介意吧？”冷经理对刘丽的美貌垂涎三尺，若不是看江群的面子上，恐怕早就去撩拨她了。此时他终于按捺不住，借机向她献殷勤，同时也是在试探他们之间的关系。

“冷大哥，你我都是心胸开阔之人，岂能拘于小节？是刘丽失礼，她理应先敬大哥一杯，才是正理。”江群了解冷经理的德行，知道他已对刘丽动了心思，便故意不去正面澄清他和刘丽的关系，以此保护刘丽不受到骚扰，因为他深知刘丽的脾气，如果冷经理对她有过分的举动，她会毫不客气与之翻脸，让冷经理下不了台，所以江群急忙接过话头，为双方打圆场，以免节外生枝，误了大事。

他的话果然起到了一定的作用，冷经理在心中误会了他俩的关系。刘丽在社会上混迹了多年，阅人多矣，岂能识不破他的动机，她见江群没正面答复，知道他是在保护自己，自是心存感激。因此，她也不置可否，顺水推舟地说道：“冷大哥，你多心了，既然大家都是好朋友，我们俩又怎么会如此小心眼呢？来，还是小妹敬大哥吧，感谢大哥对我两的热情款待，也预祝咱们的合作成功，共同发财。”

“好，好，既然如此，咱们就共同干杯，大哥礼数不周之处，还望海涵。”冷经理从他俩的言语中，断定他们确实有不同寻常的关系，虽然心中有些沮丧，也只好无奈地放弃邪念，装出一付正经八百的样子说道。

那位年轻貌美的覃秘书，从冷经理身旁站起身，笑容可掬地向他们敬酒。冷经理用手拍着她的肩膀，直言不讳地说覃秘书是自己的情妇，而覃秘书则当着众人的面一口一个老公地叫着，还毫不顾忌地与之亲热，引起了一阵开心的笑声。

司机小耿不甘落后，站起身来向他们敬酒，覃秘书也不时地与他俩开心取乐。江群和刘丽出于礼貌，只好逢场作戏，虚与委蛇，酒桌上的气氛显得十分热烈。

冷经理此时已有几分醉意，他再度举杯对江群说道：“老弟，你知道大哥的酒量有限，但我这个人喝酒是宁伤身体，不伤感情，我今天舍命陪君子来，咱哥儿俩再单独喝个感情酒。”

“大哥，既然你如此盛情，小弟恭敬不如从命，我只有一醉方休，才对得起冷大哥的盛情，咱们就喝个加深感情酒。”江群说完，两人便相互碰杯，把杯中酒喝干。

接下来，众人又轮番敬酒，覃秘书又故意卖弄风情，和冷经理亲热撒娇，和众人插科打诨，开着一些肉麻的玩笑话。酒桌上高潮迭起，欢声笑语不断，这顿酒一直喝了好几个小时，喝得众人醉眼蒙胧，方才步履踉跄地离去。

从酒店出来后，冷经理意犹未尽，非要到歌厅去潇洒。他指挥着小耿，驾车在马路上左右乱晃，连闯红灯外带鸣喇叭，根本不按交通规章行驶。就连执勤站岗的交警他也毫不理会，一路上险象环生，幸亏马路上车辆稀少，对方车辆见他如此野蛮行驶，都提前放慢车速避让，方才避免了交通事故的发生。

小耿径直把车开到一家大型的歌舞厅，一个急刹车停在门口，梁主任也开车紧随其后，几乎同时到达。这时有个保安跑了过来，向他们摆手示意，让他们把车停在泊车位上，没想到被小耿迎面就是一个大嘴巴，嘴里还高声骂道："你他妈的瞎了狗眼，也不看看是谁的车！"闻到吵骂声，从远处跑过来一个带班的保安，他一见冷经理等人，赶紧陪着笑脸道歉："耿哥，实在对不起，他是新来的，不懂事，你别和他一般见识。"那个挨打的保安捂着脸想分辩，却被带班的训斥了几句，然后那个带班的像请神似的，把他们一行请到里面。

他们一走进舞厅，立刻引起了一阵骚动，很多人纷纷上前和他们打招呼，也有几个胆小怕事的悄悄地离开了舞厅。他们被安排到最佳的位置上坐下，服务人员立刻为他们送上果盘、饮料和啤酒。冷经理首先为江群和刘丽点歌，欢迎他们的到来，然后又轮番上去唱歌跳舞，玩得十分开心，直到深夜时分，他们才尽兴而归。

冷经理早已派人在一个三星级宾馆，为他们准备了豪华的套间，同时也为自己和覃秘书开了个房间，他一是陪着江群开心，二来也是为了和覃秘书亲热。他理所当然认为江群和刘丽一定会住在一起。冷经理亲自把他们送到房间，坐了不到一杯茶的工夫，冷经理和江群开着玩笑说："江老弟，春宵一刻值千金，我也该回房间了，否则刘小姐该有意见啦！哈哈。"然后，他就搂着覃秘书离开了房间，其他的人也起身告辞。

当房间里只剩下他们两个人时，他们各自的表情都显得很不自然，两人一直坐在沙发上看电视，好半天没有说话。最终还是刘丽红着脸打破了僵局："江大哥，别看了，时间太晚了，咱们还是早点休息吧。"

"我再看一会儿，你先睡吧。"江群眼睛一直盯着电视答道。

刘丽走进了里屋，一会儿的工夫，就传出了洗浴的流水声。江群眼睛虽然看电视，但大脑里却走了神，心思早就不在电视上了，耳边仔细地捕捉哗——哗——的流水声，想象着刘丽洗浴时的情景，脑海里浮现出刘丽诱人的胴体，他不由得心荡神驰、想入非非。

正当江群心猿意马、想入非非的时候，刘丽已洗浴完毕，只见她身穿睡衣，飘逸的长发随意地散落在肩上，上面兀自挂着零星的水珠，就像出水的芙蓉，又似带露的玫瑰，散发着诱人的青春气息，弥漫着沁人肺腑的芳香，活脱一副贵妃“出浴图”，江群被她的美丽惊呆，他的心中如同海底的火山爆发，掀起了惊天的波涛，把他卷入了感情的旋涡中，难以自拔，他好似中邪一般，目不转睛地看着刘丽，半晌说不出话来。

望着江群如醉如痴的神态，刘丽有些不好意思地低下头，她的脸上泛起两朵红霞，荡漾着娇羞的笑容，心头一阵颤抖，胸膛内如有鹿撞，一种前所未有的幸福感袭上心头。她陶醉在甜蜜的遐想中，等待着幸福时刻的来临。

在刘丽如此美丽而性感的诱惑下，江群的心中产生了原始的冲动。他脸红心跳，呼吸急促，一种强烈的占有欲，让他难以自持，兽性的欲望像个诅咒的魔鬼一样不断地蚕食人性的良知，极力把他拖进罪恶的泥淖，在兽欲的煎熬下，他恨不得马上冲上前去，将她拥入怀中，以满足自己生理上的需求。可人性的天使却理智告诫他千万不能任性胡来，如果那样的话，自己就会变成卑鄙无耻的小人，就会受到道义的谴责，自己的良心一辈子都不得安宁。魔鬼告诉他：“这是千载难逢的好机会，你千万不能错过，机不可失，时不再来，这样打灯笼都难找的好事，你还犹豫什么？”天使则劝阻他：“一个人可以犯错误，但不能犯同样的错误，你以前曾在情感上跌过跟头，岂能一错再错，重蹈覆辙。”魔鬼说：“你真是个天底下头号大傻瓜，现在都什么年代了，西方都提倡性解放了，你还这么想不开，这只不过是逢场作戏，你何必如此认真呢？”天使说：“你千万要把握住自己，不要被美色所迷惑，不能丧失了做人的原则，要对得起天地良心。”可那兽性的魔鬼却像脱缰的野马，让他难以驾驭，迫使他几乎要站起身来，去拥抱那唾手可得的美色。人性的天使再次打消了他的欲望，他的眼前浮现出了兰鸽那般切的神情，闪现出了任武那善良纯洁的面容，他们是多么好的人啊！自己又怎么能只图一时痛快，去干这种伤天害理，人所不齿的龌龊事，再说自己曾立下毒誓，如果和她媾合，不仅会葬送兰鸽的爱情，而且还会带累父母不得善终。这两件事都是他最关切，最不愿意看到的后果。假如真应了誓言，自己一生都会背上沉重的十字架，陷入痛苦的深渊而万劫不复。他的心中经过魔鬼和天使的反复较量，终于天使战胜了魔鬼，他的人性再次得以回归，用理智的堤坝抵御住了情感的潮水。他毅然决然地收回了贪欲的目光，用近似冷酷的口气说道："刘丽，你赶紧到里间去休息，我到外边去找个旅店。"说完，他站起身来，转身欲走。

江群的举动实在出乎刘丽的意料，她几乎连想都没想，就上前一把拉住他的胳膊，用充满哀怨的口吻说道："江大哥，你这是为什么？难道我长的不漂亮吗？"此时，她眼中那欲望的火花已被委屈的泪水熄灭。

"刘丽，这不是漂亮不漂亮的事，我不想用他人痛苦，去换取自己的快乐。"江群经过心理上的搏斗，理智已占据了上风，丝毫不为刘丽的柔情所动。

"江大哥，你说的话固然有道理，江大哥，我也知道你是个正统的人，可我也不是那种随便的人，说句良心话，我一直在心里偷偷地爱着你，我之所以没敢向你表白，是因为怕你瞧不起我，感谢命运的安排，让我有机会向你敞开自己的心扉，我甘愿为你牺牲一切，希望你能理解我的一片苦心。"刘丽流着泪水对江群表白。

"刘丽，谢谢你对我的情感，可我却不能答应你，我一直把你当小妹妹，我要对自己的行为负责，我们在一起是不会有什么结果的。不能只图自己一时痛快，而毁了你的终生幸福。"江群十分理智地对她好言相劝。

"江大哥，像咱们这种人，还能奢望什么终生幸福！我也知道你是怕因此而伤害了与任武的感情，我今天跟你说实话，我和他之间的交往，其实是奉命行事而已，是老大派我试探他的底细。因为自从他来了之后，咱们的买卖就没顺利过，故此咱们的头儿怀疑他的来历，你说我们相处的再好，能有什么结果。我不顾脸面，把自己以往的羞辱都对他坦诚相告，可他却对自己的经历讳莫如深，缄口不言，他的城府之深，让人觉得有些深不可测，他的成熟程度，早已超过的他的年龄，深沉得让人感到有些可怕，我们之间似乎隔着一层有色玻璃，让人无法了解到他的内心世界。再说即使我们真心相爱，我看老大也未必能让我和他结婚成家，他们只是把我当成利用工具，根本不会关心我的婚姻是否幸福！我现在对未来已不报任何幻想，也就是稀里糊涂混日子，快乐一时是一时。俗话说，好花不常开，好景不常在，人生一世，草木一秋，短短几十年转眼就过去了，今天既然咱们有幸相聚在一起，也是咱们的缘分，我也不希望咱们之间有什么结果，只要你不嫌弃我，我今天就把自己交给你，就当了却我的一桩心愿吧，你不必自责，这是我心甘情愿的。眼下只有咱们两个人，何况又是身在异地地乡，只有你知我知，你还有什么可担心的？”刘丽眼睛里闪着灼人的火花，非常大胆地说出了自己的想法。

江群没想到她主动接近任武，却是另有原因，而任武却被蒙在鼓里，对她动了真情，不但对她的的不幸遭遇深表同情，也曾数次表示要与她真心相爱，却不知刘丽是受人指使，是虚情假意，是在欺骗他的感情，以此来达到监视他的目的。江群对乔铎的欺骗手段十分痛恨，同时也对刘丽的处境深表同情，更对她的大胆表白颇感意外。于是，他真心实意地对她说道：

“刘丽，我感谢你对我的信任，但我却不能对你始乱终弃，因为这对你太不公平，虽然现在只有你知我知，但还有天知地知，我们做事要无愧于天地良心，既然你如此相信我，我从今以后就把你当成亲妹妹，我会尽最大的努力去帮助和保护你的。你不要太悲观，据我的观察和了解，任武是个可以信赖的人，只是性格内向，寡言少语，不善于表达情感，由于每个人的性格不同，所以表达感情的方式也各异，他少年老成，办事稳妥，这样的人是可以托付终身的，不管当初是出于什么动机，毕竟现在你们已经产生了感情，我劝你还是要好好珍惜才对。你今年才20多岁，人生的道路还长着呢，你要振作精神，千万不要自暴自弃，以免毁掉来之不易的幸福。”江群说这番话时，情绪十分冷静，好像他是局外人似的。

“江大哥，与君一席话，胜读十年书。你的这番话，使我茅塞顿开，受益匪浅。既然你是个光明坦荡的君子，小妹也决不做卑贱下流的小人，我从今以后就把你当亲哥哥，请你原谅我刚才的荒唐举动，其实这是我真情实感的流露，你知道我不是那种乱来的人，有多少男人垂涎我的美色，对我百般讨好，可我从来就没动过心，唯独对你是个例外。你今天哪里都不要去，以免被冷经理发现而多心，请你相信小妹的为人，我决不会再纠缠你。你尽管放心地睡吧。”刘丽说完后，便毅然转身回到了里间，并把门从里面锁上，熄灯上床休息。在蒙胧中，她又闻到了那种特殊的香烟味，心中不由一阵酸痛，为江群吞下的这个苦果而感到忿忿不平。

江群熄灯躺在床上，辗转反侧，难以入睡，经过了这场急风暴雨的洗涤，他的心灵再次得到了净化，他暗自为战胜心中的邪恶而庆幸。其实善良和邪恶只在一念之差，从兽升华为人需要进化上亿年，可如果从人到兽的堕落却只有一步之遥。人毕竟是有思维和感情的高级动物，无论到什么时候理智一定要控制住感情，决不能让感情放任自流，更不能有贪心和邪念，一旦有了贪心和邪念，就会失去理智，变得兽性大发，不顾一切地去干坏事，就会对别人造成伤害，就会把自己推进罪恶的深渊，待到事过境迁时，却已大错铸成，悔之晚矣。因此，人要时刻把握自己，树立正确的人生观，不断地努力提高自己的素质，对人要相待以诚，要有正义感和无私的奉献精神，要知错必改，在挫折和错误中，不断提高和完善自己的世界观，努力把自己变成对社会和人类有用、有贡献的人。只有如此才能无愧于生养自己的父母，无愧于帮助和教导自己的亲人和朋友，无愧于深爱自己的恋人，更无愧于伟大的祖国和人民，要力争做一个对祖国和人类有贡献的人，只有这样才能赢得人们的尊敬和爱戴，否则就会落下千夫所指的骂名。

自己以前因为年少无知，走了许多弯路，做了那么多错事，幸亏兰鸽的及时开导和帮助，否则自己还会在错误的道路上一直走下去，到时身败名裂，悔之晚矣。不但毁了自己，也愧对父母的养育之恩！想起来真是让人后怕。能够得到兰鸽的关爱，是前生修来的福分，她不仅是自己的恋人，更是自己的良师益友，人生得一知己足矣！江群心潮起伏、思绪万千，直到黎明时分才蒙胧入睡。

江群和刘丽之间发生的感情纠葛，其实早就在乔铎的意料之中，他原本打算如果任武没啥问题，他就顺水推舟，成全了他俩的好事。但是，童邦宪告知江群和任武的关系比较密切，他又改变了主意，作为一个团伙头目，他不愿意看到手下人私交密切，担心他们一旦抱成团，自己就难以驾驭。再说任武的疑点已基本排除，没必要在他身上继续浪费这宝贵资源。刘丽的花容月貌，是他手上的一张牌，也是征服男人的致命武器，不能就这么白白地便宜了任武。于是，他想出了一石二鸟之计来拆散他们的情侣关系。他知道，凭着刘丽的美色，江群有机会单独和她出差，自然是求之不得的好事，你想天下哪有猫儿不吃荤腥的道理，他们俊男靓女得以单独相处，正如干柴烈火，岂有不燃之理？俗话说，朋友妻不可欺，虽说任武和刘丽不是夫妻，但处于热恋中的恋人，其亲密程度不逊于夫妻。假如江群和刘丽一旦发生肉体关系，任武岂能容忍刘丽的出轨和背叛行为，势必与她分道扬镳，同时也会与江群反目成仇。他就这样不显山不露水拆散任武和刘丽的关系，同时又在江群和刘丽的心里背负沉重的包袱，他们三人之间势必产生敌意和仇恨。到时候自己再出面做各自的工作，平衡彼此的关系，就能将他们牢牢掌控在手中，他们也就会乖乖地听命于已，死心塌地地为自己去卖命。他自以为筹划的天衣无缝，可没想到江群和刘丽竟打破常规，以超乎常人的控制力，理智地摆脱了情感的诱惑，致使乔铎精心筹划的计谋最终流产。

“叮铃铃……”一阵电话铃声，把江群从睡梦中惊醒。他伸手拿过话筒，电话里传来了冷经理的声音：“江老弟，睡的怎么样？不是被刘小姐压住了大腿，下不了床了吧？”

“冷大哥，覃秘书也把你累够呛吧？咱们是五十步笑百步，彼此彼此。”江群虽然无意开这种无聊的玩笑，但此时也只好假戏真做，笑着应付他。

“覃秘书哪能跟刘小姐相比呀，兄弟你真是艳福不浅，大哥羡慕死了，你的身体一定透支的很严重吧？快点起床吧，咱们去补充一下营养。”

江群放下电话，急忙起床穿好衣服，此时刘丽早已穿戴整齐。待江群洗漱完毕，他们敲开了冷经理住的房间。四个人乘电梯来到了楼下，小耿早已开车等候在门前。

“冷哥，是在这里吃早餐，还是到外边去吃？”小耿向冷经理请示。

“宾馆的早餐有什么吃头，到外面去喝早茶。”冷经理摆着手说。于是，小耿急忙把车开到门口，他们坐车来到了早茶店。这是一处仿古建筑，高大的门楼庄严气派，装饰古香古色。刘丽心里感到纳闷，他们这是什么习惯，大早晨喝什么茶？当她走进豪华的大厅，看到各种各样的高档食品、风味小吃，以及精美的菜肴，她才恍然大悟，原来所谓的早茶，其实跟早餐也没什么大的区别，只不过高档一些，叫法不同罢了。

用罢早餐，江群在车上提出到他的公司去谈一下具体业务，可冷经理却连连摇头。说：“没必要，咱们都是老朋友，还走哪个形式干啥，你有多少货？我全部都包了，价格就按咱们在电话里谈好的为准，货款我早都准备好了，连交易的地点我都选好了，至于具体时间，咱们等货到再商定，不知你的货什么时候能到？”

“明天，最迟不超过后天。”江群按着里程计算着大概的时间。

“这么说还得两三天的空闲时间，我看你们也二人难得出来一次，我们不如到各处尽情地逛一逛，让我尽到地主之宜。至于交易上的事，你尽管放心，我是万事俱备，只欠东风，等货一到就可进行交易，保证不会出任何问题。”冷经理拍着胸脯说道。

江群听后，沉思了片刻，便点头答道：“冷大哥，咱们之间我还有啥不放心的？小弟只是觉得事关重大，理应慎重行事，既然冷大哥已安排妥当，我就客随主便，听从你的安排。”

“兄弟，这就对了，你说你带着刘小姐一起出来，如果不陪她好好玩玩，岂不是有负她的厚爱？人活着就要及时行乐，人生得意须尽欢嘛！”冷经理拍着他的肩头满意地说道。

两天来，在冷经理亲自陪同下，他们对各个景点逐个游玩，尽管此时不是旅游季节，各个景点的游人寥寥无几，但景色依旧。由于刘丽初次到访，一切都觉得很新鲜，她各处拍照留念，兴致蛮高。刘丽初次面对着波澜壮阔、浩淼无垠的大海，她心情激荡，欣喜若狂，像个淘气顽皮的孩子，蹦跳呼喊着跑到了海滩上，她不顾天冷水凉，将手伸进冰冷的海水里，用力地搅动海水，并偷偷地尝了一下海水，想知道它究竟是什么滋味，结果咸的连吐口水。她还悄悄地问江群："江大哥，海水总这么高吗？会不会涨水？"江群笑着告诉她："海平面基本不变，大海不涨水，除非发生海啸，平时只是涨潮落潮。"刘丽饶有兴趣地向他追问："什么是海啸？啥叫涨潮落潮？"

"海啸是因海底发生大地震、海底火山爆发或强台风所引起的海水波动现象，具有极大的波速，周期约15-60分钟，波长可达数百公里，其高度在外海并不显著，当靠近海岸或岛屿时，因水浅而导致海浪高达十几米，具有极大的破坏力，会给沿海的岛屿和陆地带来巨大灾难，常能造成人畜的伤亡和财产的损失。"江群用书本上学来的知识，向她讲解着。

"既然海啸这么厉害，那么住在海边不是很危险吗？"刘丽不无担忧地问道。

"你大可不必杞人忧天，海啸很少发生，而且根本波及不到内海。至于涨潮落潮，术语叫做海洋潮汐，是由于月球和太阳引潮力的作用，使海洋水面发生周期性涨落的现象。白昼称为潮，夜间称为汐，海洋潮汐有一定的周期性。"江群继续向她解释说。

"啥叫周期性，是不是涨潮的时间呐？"刘丽好奇地继续问道。

"海洋潮汐的平均周期，一般为12时25分，你说的没错，就是海水涨潮和落潮的间隔的时间。每次涨潮时，都会带上来许多海产品，所以沿海地区的居民经常赶海，会在海滩上拣到一些海鲜。"江群根据书本知识，综合自己的所见所闻，向她讲解有关知识。

"江老弟，真是知识渊博，海洋知识比我们还丰富，真是让人佩服！"冷经理竖着大拇指向江群说道。

“哪里，哪里，我这只不过是照本宣科，与你们这些海边长大的人相比，那岂不是班门弄斧，让你们见笑了。”江群有些不好意思地说。

“既然赶海这么好玩，咱们哪天也去赶海呗。”刘丽高兴地向江群说道。

“想赶海还不容易，等哪天天气好，我叫小耿去接你们，咱们连赶海带看日出，岂不是一举两得。”冷经理在一边向她提议道。

“好哇，咱们就这样说定了。”刘丽高兴的拍手叫好。江群本想回绝，可见刘丽如此感兴趣，又想到反正早上也不会耽误什么事情，便点头默许了。

冷经理真是个热情好客的人，每到饭时，他总是找高档酒楼，点上一大桌子海鲜，盛情款待他们，晚上酒足饭饱之后，又陪他们到歌舞厅去潇洒，直到深夜才送他们回宾馆休息。

江群唯恐酒后乱性，万一控制不住自己，做出对不起朋友的荒唐事，遂决定到外面再临时找个住处。待冷经理等人离去后，他就把自己的想法，简单地告知刘丽，然后，就离开了宾馆，在附近找了一个旅店，作为临时睡觉的地方。早饭前，他又赶早回到宾馆，以免被冷经理识破，给他造成可乘之机。

早饭之后，江群拒绝了冷经理的邀请，没有到外面去游玩，而是呆在房间里等候钱亚民的电话，因为按时间推算，他们今天应该到达，为了能够和他们取得联系，江群吩咐刘丽一步不离地守着电话，就连吃中午饭也是他为刘丽打包，把饭菜拿到房间里吃，生怕来电话时无人接听，错过和他们联系的时机。可他们一直等到深夜，也没等到钱亚民的电话，可更为严重的是，乔铎也和他们失去了联系，乔铎也焦急地数次来电话询问他们的消息。

第二天，他们又在焦虑的等待中度过，仍然没有他们的任何消息，他们为什么会中断联系，难道他们在中途出了什么意外？江群的心里产生了一种不祥的预感。

* * *

花开两朵，各表一枝。撂下江群等人焦急等待不说，却说钱亚民他们三人，一路上小心谨慎，乘着夜色驾车疾驰，天色放亮时，已驶出了几百公里。由于怕杜立志一人开车疲劳，他们在路边的一个饭店前停下来，路边饭店就是专门为过往车辆准备的，都是饭店兼旅店。他们在临近窗户前的桌子旁坐下来，以便照看停在窗下的货车。钱亚民点了几个菜，又要了一瓶白酒和几瓶啤酒，和任武喝了起来，杜立志由于开车，不敢饮酒，只是简单地吃了几口饭，便到楼上开个房间去休息。剩下钱亚民和任武则一边喝酒，一边不时地用眼睛瞄着窗外的货车。他们在车上倒班睡觉，此时既是看车，又为了让杜立志多睡点觉，所以他俩边喝边聊。这时，从楼上走下来一个打扮妖艳，袅袅婷婷的三陪小姐，她一步三摇地来到跟前，嗲声嗲气地说道："两位大哥好兴致，一大早晨就喝酒，用不用小妹陪陪你们？"任武抬头瞪了她一眼，没好气地说："不用。"那个小姐依然笑容可掬地说："大哥，一早晨怎么就这么大火气，小妹是看你们跑长途寂寞，好心好意想陪你们解解闷，我陪着你们助助酒兴，也能帮你们撤撤火。"她一边说着话，一边拿起酒瓶为他们把酒杯倒满。钱亚民伸手捏了一下她的乳房笑着说道："你这个小骚货，嘴巴还挺会说话，来，坐我这边，让我希罕希罕你。"

"还是这位大哥知道心疼人，大哥只要你看得起小妹，咋希罕都行，小妹保管让你满意。"那个小姐紧挨着坐在他的身边，撒着娇说道。钱亚民则乘势把她抱住，并在她的脸上亲了一口，那个小姐夸张地叫了一声，身体像个面团似的顺势倒在他的怀里。那个小姐让人拿了一套餐具，她陪着钱亚民干了一杯酒，又自作主张地点了两个价格高的菜，又点了一瓶高档酒，她一边亲热地陪他喝酒，嘴里还不停地撒娇喊老公，而且还对任武陪着笑脸，不停地管他叫小叔子。任武虽然心里对她很反感，但见她和钱亚民打的火热，碍于他的情面，只好放下面孔，与她逢场作戏地喝了两杯酒。那个小姐使出浑身的解数，对他依偎缠绵，百般诱惑，钱亚民被她撩拨得心头发痒，情欲难耐，最终，在那个小姐的暗示下，两人相互搂抱着上了楼，伴随着一阵阵夸张的"叫床"声，他们彼此的欲望都获得了满足。一个小时后，她们依偎着走下楼来，又余兴未尽地继续喝酒，那个小姐的目的已经达到，没必要再和他假意亲热，便借故起身离去。此时已是上午九点多钟，杜立志已睡了近三个小时，已经休息的差不多了，钱亚民喊服务员结账，这顿饭竟消费了500元钱，钱亚民知道被人宰了，但他知道身在异地他乡，强龙压不住地头蛇，只好牙掉了往肚子里咽，有苦没处诉。他没好气地让任武到楼上把杜立志叫醒，赌着气走出了饭店的大门。杜立志睡了一大觉，解除了身上的疲劳，精神头也足了，他熟练地开着车，在平坦的大道上快速行驶着。钱亚民爬到驾驶室的吊铺上，倒头便睡，在鼾声的伴奏下，他一觉睡到下午两点多，醒来后，他把任武调换到吊铺上去休息。他坐在副驾驶位上，拿起保温杯猛喝了几大口，用手摸了嘴唇，又拿起放在驾驶台上的香烟，抽出两支同时点着，递给了杜立志一支。说道："来，兄弟，抽一支，解解乏。"杜立志接过来叼在嘴上，笑着调侃道；"解啥乏呀？我也没出什么大力，不像你一大早上就放了一炮，你可注意点身体，你没听说过早酒、晚茶、黎明色吗？这几种习惯对身体伤害最大。"

"屁话，就凭我这身体，一晚上放个三五炮都没问题，这早上一炮算个啥呀，我这个人没别的爱好，就是喜欢女人和酒，我是一顿不可没酒，一日不可没女人。你没听人说吗？性爱是人类最文明的交流方式，生命的意义在于做爱！"钱亚民自以为得意地说。

"你可别玄了，还一顿不可没酒，一日不可没女人，还生命的意义在于做爱，我说不吹你能死啊？不玩女人你就活不了了？咱们谁不知道谁呀！你在局子里和山上时，也是顿顿有酒，天天有女人吗？"杜立志故意揭他的短。

"去你妈的，你真是没劲，谁还没有走麦城的时候，俗话说，打人不打脸，说话不揭短，那种身不由已的情况例外，你说在其他的时候，我玩的女人，是不是比你多多了？我不是跟你吹，我在14岁时就开始了，你说你行吗？"钱亚民瞪着眼睛质问他。

"14岁？你越吹越离谱了，反正吹牛皮不上税，你就可劲吹吧。"杜立志连连摇头表示不信。钱亚民却和他叫起真来，一本正经地说道："还真不是跟你吹，我说的都是真事，我14岁那年，真和邻居家的小姑娘在地窖里干过那事儿，骗你我是小妈养的，我第一次进劳教所就是因为这件事，你还有啥好怀疑的，"

“真的呀，没看出来，你真够早熟的了？那个小姑娘多大呀？也14岁吗？”杜立志见他说的这么肯定，便引起了他的好奇心。

“那个小姑娘比我还小，那年才13岁。”钱亚民几乎不假思索地答道。

“我真是有点不太相信，你说那么小懂个啥呀？你怎么会想到去干那种事呢？”

“小孩三岁没娘，说来话长，我在这方面启蒙早，其实这事都怨我爸，他一喝酒，不管什么时候，就和我妈干那种事，有时候我还没睡着，他们就操练上了，我虽然不懂他们在干什么，但心里却充满了好奇，并产生了一种强烈的欲望，总想找人试一试，亲自尝尝到底是啥滋味。我踅摸了好长时间，最终想到了邻居家的小姑娘，我怕她不愿意，便以带她玩为借口，把她骗到机关食堂的地窖里，那个小姑娘胆子小，再加上我连哄带骗外带吓唬，被我强行扒下了裤子，硬逼着她干了那种事。记得她当时疼得直叫唤，而且还流了不少血，她连疼带怕一个劲哭，我也吓慌了神，提上裤子就跑了。我知道闯了大祸，吓得没敢回家，在同学家一直躲到半夜，才偷偷摸摸地回到家里，没想到迎接我的是父亲的一顿胖揍。原来那个小姑娘把一切都告诉了她妈，她家也真够缺德的了，不但找了我的家，害的我挨了一顿打，而且还报了案，派出所的人连夜就把我抓了。他们给我定了个强奸罪，因为我的年龄小，属于未成年犯罪，结果我被送进了少年劳教所，接受了三年的劳动教养，我在三年当中，结识了许多社会上的朋友，也增长了许多江湖知识，还学会了抽烟、喝酒、要钱以及其他方面的社会知识。

劳教期满后，父亲对我还算很好，劝我走正道，并提前退休让我接了班，可谓是用心良苦，他不知道，此时我已无可救药，经过三年劳教所的熏陶，好的东西没学会，吃喝嫖赌、坑蒙拐骗这一套却样样精通，我还整天和社会上的朋友混在一起，根本无心思上班，也不常回家。父亲一气之下，举家搬回了山东，把我一个人扔在东北，来个眼不见心不烦，我也乐得落个耳根清静，免去了他的管教。没有了他们的约束，我活的更加快活潇洒，整日和社会上的朋友吃喝玩乐，在社会上打打杀杀。由于咱为人仗义，朋友有难我敢于出头，再加上我打仗敢下死手，无论多大的管道的地癞子，我都不惧。硬的怕横的，横的怕不要命的，我就属于那种不要命的，想当年咱们甘河地区有个号称大兴安岭第三的地癞子，他当时的名头特响，只要是在社会上混的人，一提起他的名，几乎没人敢不给面子。我不信邪，为了朋友的事和他动起手来，没想到竟吃了大亏，让他和同伙把我痛打了一顿，我趴在炕上养了半个多月。把伤养好后，我每天揣着匕首到处找他玩命，我采取死缠烂打的作法，我当时真是豁出去了，公开和他叫号，除非他整死我、否则我就整死他，只要他给我留口气，我就和他没完。我算看透了，别看有的人在没事时牛皮吹的震天响，一旦动真章，没几个不惜命的。那个大地癞子也是如此，别看他平时扎扎呼呼，见我真和他玩命，他就心虚了，见来硬的吓不住我，就开始躲着我，我找不到他，就去威胁他的家人，扬言要拿他的家人开刀。后来他一看实在整不过我这个滚刀肉，就找人和我讲和，并和我交上了朋友，通过这件事，我在江湖上名声鹊起，从此我钱黑子成了甘河地区的一霸。”钱亚民十分得意地炫耀着自己的历史。

“你这些过五关斩六将的陈芝麻、烂谷子，听得我耳朵都出了茧子，你是不是讲点新鲜、刺激的故事让我们听听。”杜立志揶揄着说。

“就你那熊样，还想听新鲜刺激的故事，我怕你受不了刺激。你要是大白天跑马，那不是遭踢人吗？”钱亚民没好气地回敬他。

“你也太小瞧我的定力了，你有什么新鲜的尽管讲，我就不信你讲的有那么大的诱惑力，如果真能把我讲跑马了，那我就彻底服你了。”杜立志不以为然地笑着说道。

“钱哥，你就讲个有意思的让我们听吧，省着咱们路上寂寞。”任武躺在吊床上，一直没有睡着，听他们调侃的热闹，也忍不住求他。

“那好，长毛把车开稳当了，千万别走神，万一出点啥事就麻烦了。我就给你们讲个而已汤的笑话。”钱亚民说完，又伸手点着一支烟，一边吸着烟，一边讲起了笑话。

“话说从前有一家三口，家境富有，小孩子聪明可爱，学习刻苦用功，教书的先生对他很好。他的母亲为了答谢先生，便想请先生吃顿饭，可又不知道先生喜欢吃什么，担心招待不好，就让孩子在邀请先生的同时，问问先生喜欢吃什么，好提前准备。小学生在中午临放学时，找到了先生，说：‘先生，我妈让我请你放学后到我家去吃饭。’先生当即点头同意，小学生问到他喜欢吃什么，先生想了想。说：‘也没什么喜欢的，不过是鸡鸭鱼肉而已。’小学生回到家里，把先生的话告诉给了他妈。他妈说鸡鸭鱼肉倒是好准备，可‘而已’不知道是什么东西？他妈琢磨了好半天，也没想出‘而已’到底是什么东西，有心想不做吧，又是自己让孩子征求先生的意见，显得有些失礼。她想自己是个妇道人，平时不常出门，缺少见识，孤陋寡闻，也许自己的丈夫能知道‘而已’是啥。于是，她就打发孩子去找他爸，孩子一连找了好几个地方，才在一个赌场把他找到，他急忙向他爸问道：‘爸、爸，我妈问你啥是“而已”。’此时他爸要钱输的急头败脸，一肚子火没地方发，便没好气地骂道：‘“而已”、“而已”是你妈了个巴子。’孩子回到家里，把他爸的话如实地学给了他妈。他妈听后，心说这个老师真是不咋地，我好心好意地请你吃饭，你点什么东西不行，偏偏点‘而已’，原来这东西还有个学名，叫‘而已’呀。别说这个先生真有学问！有心想不做吧，又担心先生挑理，以后对孩子不好，影响孩子的学业。她翻来覆去地想了好长时间，终于想到了一个两全其美的办法。于是，她插上房门，烧了半盆热水，褪下裤子，蹲在盆上把下身好一通洗，然后又把水倒进锅里，加上一些调料，熬了好长时间，最后只剩下一大碗。之后又分别用鸡鸭鱼肉做了四个菜，正好是四个菜一个汤。晚上放学后，小学生高兴地把先生领回家。他妈把四个菜和汤端了上来，她还担心先生对汤不满意，可没想到先生对鸡鸭鱼肉吃的不多，把汤全都喝光了。他妈这才放下心来。那个先生边吃边琢磨这个汤是什么原料做的，要说他也算是见过世面的人，可他从来没喝过这种汤，可他又不好意思问，那样显得自己多没学问。

第二天，他把小学生叫到一旁，问他昨天喝的是什么汤，小学生奇怪地说：‘先生，不是你点的吗？’先生说：‘我只是点了鸡鸭鱼肉，没点汤啊。’小学生说：‘你不是说鸡鸭鱼肉而已吗？我妈不知道什么是“而已”，特意让我问的我爸，我爸告诉我是妈了巴子，我妈说没地方去弄，就给做了一个“而已”汤。’先生听后，虽然心里恶心的直想吐，可又有苦说不出。”

钱亚民还没讲完，杜立志和任武早已被逗的捧腹大笑，杜立志怕出事，特意放慢了车速，缓行，他笑过之后，才恢复了正常行驶。杜立志听的入迷，要求钱亚民再接着讲，钱亚民说：“你们俩也别光听我白话，你们俩也一人讲一个笑话，也好消磨一下时间。”

“行，既然钱哥说了，我也讲一个笑话取取乐。”任武此时早已无心睡觉，钱亚民的笑话引起了他的兴致，他躺在吊铺上讲道：“话说古代有一位大官，此人能说会道，左右逢源，深得皇帝的宠信，有一天他上表请奏皇上，说自己的嫂子年轻守寡，不但善良贤德、恪守妇道、尊老爱幼，而且遵守三纲五常、三从四德，深受邻里的敬仰。他想为嫂子立一座贞节牌坊，请求皇帝恩准。皇帝听后当即准奏，并拨白银五千两，并准假三月，让他回家修建贞节牌坊。

那位大官回到家乡之后，命人购置材料，聘请工匠，工程进度很快，当要树立牌坊时，那位大官私下问他的嫂子，说：‘嫂子，今天就要立牌坊了，这立牌坊可马虎不得，你要是有失节的事，牌坊就立不住，万一这牌坊倒了，皇帝怪罪下来，咱们家就是灭门之罪。’他嫂子一听，立刻就吓慌了神，她六神无主地对弟弟说：‘兄弟，你赶紧想办法帮帮嫂子吧，我以前确实有不检点的地方。’那位大官对嫂子劝道：‘嫂子，你不用太害怕，我有一个破解之法，你如果失节一次，就在底座下放一粒黄豆，失节几次，就放几粒，这样牌坊就不会倒了，嫂子，你看咱们该放多少黄豆？’他嫂子听后，叹了一口气说道：‘兄弟呀，实不相瞒，你就别数数了，成把往里抓吧。’他的笑话当然也引起他俩的一阵笑声。

“没想到你平时少言寡语，讲起笑话还真逗乐，兄弟，我再讲一个。”钱亚民意犹未尽，又饶有兴致地接着讲道：

“话说古时候有一个大财主，他家财万贯，良田千顷，房屋百间，妻妾成群。可却偏偏生了一个傻儿子，这个傻儿子可真是傻到家了，整天就知道吃饭睡觉。老财主见别人家六七岁的孩子，都背着书包去上学。可他的儿子已经十多岁了，还是四六不懂，两五不知一十。他心里着急，就托人到处请老师教儿子读书。可一连请了好几个老师，都没有教会傻儿子一个字。老财主一急之下，就求人写了个告示，说只要有人能教会他儿子认识一个字，他就赏纹银百两，俗话说重赏之下，必有勇夫，此话一点不假。有个无赖光棍，见有便宜可占，就自告奋勇找上门来，说他能教会傻儿子字，老财主当然欣喜万分，就立马答应下来。原来这个光棍早就打听好了，知道傻儿子每天吃饱就睡，你想他睡觉时岂能不盖被？于是，他每天只教傻儿子一个'被'字，你别说，三个月后，这个傻儿子居然还真认识了'被'字，而且还认识的很牢靠，不管老师如何翻来倒去的写，他都能一眼认出。老师见大功告成，就找到老财主要兑现承诺。老财主听后心里十分高兴，就派人去把老亲少友都请来，杀猪宰羊摆下宴席，以示庆贺。在酒席之上，老师把傻儿子领过来，胸有成竹地写下个'被'字，可傻儿子一见人多，心里一紧张，又忘记了，他摇晃着脑袋说好像见过，想不起来了，老师急忙提示他，说你每天都干啥呀，他说吃饭，老师又问他吃完饭你干啥，他说睡觉。老师一听有门，赶紧又问他，你在哪里睡觉啊，他回答说是在炕上，老师问他炕上都有啥呀，他说有炕席，老师又问他，炕席上有啥，他说有褥子，老师又接着问褥子上有啥，老师以为这回他该说被了吧，可没曾想他却说褥子上有我妈，老师耐着性子继续问他，你妈的身上有啥呀，他说他妈身上有他爸。当时差点没把老师的鼻子气歪了，他忍不住大声喊到，被子呢？傻儿子说被子让他爸踹脚底下去了……"

他的笑话没等讲完，任武和杜立志已经笑得直喊肚子疼，待他俩笑过之后，钱亚民一再撺掇任武再讲一个笑话，杜立志也在旁边跟着帮腔。任武想了想说道："那好吧，我就再讲一个。话说清朝末年，有一个洋务大臣接见外国公使，在举行宴会时，宾主频频举杯，老外们对中国的美味佳肴赞不绝口，酒过三巡，菜过五味，该上主食了，那天的主食是饺子，老外们面面相嘘，谁也不知道饺子怎么个吃法，那个洋务大臣见状，便率先用筷子夹起了一个饺子，没想到筷子一滑，饺子正好掉在了他的酒杯里，他为了掩饰自己的失态，便把饺子从酒杯里重新夹起来吃了。那些老外一看，急忙纷纷效仿，夹起饺子沾着酒吃起来，洋务大臣强忍着笑，把饭吃完。

第二天，洋务大臣继续陪老外吃饭，当酒喝的差不多时，又照例端上了主食，这回主食不是饺子，而是换成龙须面。当洋务大臣端起面碗时，不由想起了昨天吃饺子时的情景，他扑哧一笑，没想到把嘴里的一根龙须面，从鼻孔里喷了出来。老外一下全看傻眼了，他们连连摆手说道：'呶，呶，大人，你的这种吃法我们可学不来。'”任武的笑话再次逗得他俩大笑。

“任老弟，你这个笑话讲得好，既逗笑又文明，就是不够刺激，没有我讲的来劲。”钱亚民止住笑声评价道。由于杜立志嘴笨，根本讲不出来像样的故事，所以钱亚民没有再勉强他，自己又接着讲起了淫秽下流的荤段子。这些肮脏的笑料，好像为他们注入了兴奋剂一样，赢得了杜立志和任武阵阵哄笑，在笑声中，时间似乎过得特别快，使冗长而沉闷的寂寞之旅变得轻松快活起来。

经过昼夜行驶，汽车已驶出了上千公里的路程，他们先后穿过黑龙江、吉林两个省份，进入了辽宁省的地界。眼看行程过半，他们的心情也随之松懈下来。晚上九点多钟，他们在路边一个比较大的旅店前停了下来，准备在这里过一夜，好好地休息一下，彻底恢复一下体力，以便明天再接着赶路。

这是一家全方位服务的酒店，吃喝玩乐外带修车一条龙服务，故此在这里住宿的司机很多。尽管酒店里有专职的看车人员，他们还是把车停在窗下，便于照看车上的货物，他们认真地锁好车门，又仔细检查了捆车的绳索和苫布，然后才放心地走进酒店。酒店老板娘虽然年纪不小了，长相也一般，但打扮妖艳、举止风骚，她见有人进来，便对手下的服务员喊道：“姐妹们，咱家来客了。”同时她也热情地迎上前来，满脸堆笑地问道：“几位大哥，你们是临时吃饭？还是连吃饭带住店？”钱亚民把手一挥，说：“既然老板娘这么热情，我们就住在你这里了。”老板娘忙吩咐手下的服务员领他们上楼，为他们开了个房间。他们把随身物品放在房间，锁上了房门，又转身来到了楼下的餐厅，仍然挑了一个靠近窗户的桌子，点了几个可口的炒菜和两斤水饺。由于中午他们没有停车吃饭，只是在车上就着榨菜吃了点面包和火腿肠，一路颠簸了十余个小时，此时早已是饥肠辘辘。当炒菜和饺子端上桌子时，他们顾不上喝酒，而是风卷残云般地吃起来，待三个饕餮之徒肚子有底之后，他们才端起酒杯喝酒。此时大厅里没有几桌客人，显得有些冷清，钱亚民举着酒杯，冲着坐在吧台里的老板娘喊道："老板娘，你过来一下，我问你点事儿。"

老板娘爽快地答应着来到跟前，笑着问道："兄弟，有什么事你尽管说。"

"老板娘，你这块有小姐吗？"钱亚民低声问道。

"嗨，兄弟，我当是什么大事呢，我跟你说吧，我们这的小姐各个都漂亮，我先给你们喊几个来看看？"老板娘脸上笑开了花，十分得意地说。

钱亚民十分老道地问道："先别急，你这儿的小姐是坐台还是出台？都什么价？"

"我们的小姐全方位服务，保证满足客人的要求，价格都是明码实价，坐台50，出台100，陪宿300。"老板娘几乎不假思索地脱口而出。

"那好，你先给我们叫三个来。"钱亚民点着头对老板娘说道。老板娘答应着转身欲走，却被任武叫住了。他转头对钱亚民说："钱哥，你少叫一个吧，我不要。"

"兄弟，有女人陪着玩玩有啥不好？你是怕刘丽知道生气吗？你放心，我们哥俩是不会说出去的。"钱亚民有些疑惑地向他问道。

"我不是怕她生气，我嫌她们埋汰，你没听人说小姐是下水道、垃圾桶吗？万一染上病就麻烦了。"任武摇着头说。

"兄弟，咱们这只是逢场作戏，随便玩玩而已，你何必如此认真呢？你没听人说'烟不济强起咕嘟嘴，老婆不济强起跑腿儿'。你说咱们哥仨一起出来，和着我俩玩儿，你在一边看，哪有多不好，你不必担心染病，这方面我有经验，只要戴上避孕套就没事了，再说想不想干咱们自己说了算，如果你不想和她干那事儿，就让她陪你喝花酒，开心取乐，这样总行了吧？"钱亚民劝解着他说，任武见他说到这种程度，也只好点头默认。

随着老板娘的一声吆喝，从餐厅侧门走出来三个浓妆艳抹的小姐，她们分别上前陪坐在他们的身旁。钱亚民轻车熟路地搂着陪他的小姐，做出各种亲昵的动作，那个小姐嘴里虚情假意地喊着老公，就像久别重逢的情人似的，让人感到十分肉麻。钱亚民却兴奋地添酒加菜，频频地举杯相劝，俨然一付财大气粗的派头。

就在他们虚情假意，逢场作戏之际，只见门外有一道耀眼的灯光闪过，随着马达声戛然而止，有两个年轻人推门而入。老板娘春风满面地迎上前去打招呼，两个年轻人边和老板娘答话，边往餐厅里面走。任武听到来人的声音有些耳熟，忙抬头望去，却意外地发现来人竟然是高老二，此时高老二也正向他们这边看，两人四目相对，不由同时叫出声来："任兄弟！""高二哥！"高老二惊喜地奔了过来，与任武紧紧握手。因为都是熟人，钱亚民和杜立志也起身与之握手，尽管他们的关系并不是太融洽，而且从山上逃跑时，他们对高老大见死不救，心里觉得有愧于高家，但见高老二如此热情，也就顺水推舟，表现的很亲热。

"这个世界真是太小了，没想到竟会在这里碰见你们，咱们之间真是有缘哪。"高老二显得异常兴奋地说道。

"真是人生何处不相逢，能在这里见到你，我真是太高兴了。"任武也很高兴地说。

"人都说有缘千里来相会，无缘对面不相逢，此话一点都不假。既然咱们兄弟能在他乡相遇，也是咱们的缘分，来，坐一起喝点。"钱亚民对他相让道。

"钱大哥说的对，咱们之间是有缘，俗话说相请不如偶遇，兄弟我早就有心和你们深交，只是苦于没机会，今天既然机缘巧合，天假其便，咱们更应该好好喝几杯，不过兄弟有个不情之请，今天必须我做东，一来是为了咱们久别重逢，二来是庆贺他乡遇故知，咱们兄弟今天喝他个一醉方休，小柱子，你去告诉老板娘，这顿饭算我请客。"高老二对与他一起来的小伙子吩咐道，并掏出500元钱交到他的手上，向他交代说．"这是500元钱，你先交给吧台，告诉她有什么好菜好酒尽管上，一会儿算帐时咱们多退少补，另外再来两个陪酒的，我要和兄弟们喝个痛快。”

那个叫小柱子的接过钱，嘴里痛快地答应着，快步走向了吧台。

“兄弟，那可不行，怎么好意思让你破费呢？”钱亚民急忙站起来劝止。

“钱大哥，你就别跟我太客气了，就给我一次机会吧。”高老二一把将他拉住，并推他坐到椅子上。钱亚民见他诚心诚意，也就不再坚持。

“钱大哥，你看咱们是否去包厢？包厢里桌子大，环境也比较清静，以免打扰了咱们的酒兴。”高老二向钱亚民征求意见。

“高二哥，一动不如一静，我看咱们就别折腾了。”没等钱亚民表态，任武就抢先说道，同时他还向钱亚民使了个眼色，钱亚民知道他是放心不下车上的货，便会意地点了一下头说：“任武说的有道理，来回一折腾多麻烦，就这么着吧。”

高老二见他们不同意，没有再坚持，这时，小柱子已拎着两瓶古井贡酒回来，与此同时，两个三陪小姐也闻声而至。高老二为小柱子和他们相互作了介绍，然后举杯说道：“三位哥哥兄弟，你们都是干大事的人，我对你们十分敬重，能和你们交朋友，我感到十二万分荣幸，老话说的好，同船过渡都是前世修来的缘分，何况咱们兄弟能够在异地他乡相遇，足见咱们的缘分非浅，来，为了咱们的缘分干一杯。”高老二与在坐的人一一碰杯，众人纷纷站起身来，把各自的酒喝干。

几位三陪小姐见高老二出手大方，出于职业的本能，对高老二曲意奉承，纷纷向他举杯敬酒献殷勤，没想到高老二并不买帐，只见他把脸一板说道：“你们怎么不懂规矩，向我敬什么酒？你们现在是必须陪好各自的老公，只要把我的几位朋友陪高兴了，小费我给双倍，如果你们怠慢了我的朋友，休怪我不给你们面子。”

这些三陪小姐以卖笑为生，哄骗男人高兴是他们的看家本事，而且各个善于察言观色，八面玲珑。经高老二这么一指点，她们自然心领神会，于是便顺着这位财神爷的意思，极力去奉承各自的客人，尤其是陪钱亚民的那个小姐，更是使出浑身解数，极力卖弄风情，她不但淫声秽语，假装亲热，而且还做出各种亲密的动作，两人就差没有上床宽衣解带了。

高老二见任武有些拘谨，便笑着劝说道："兄弟，咱们兄弟聚到一起就是图个乐呵，你不要磨不开，尽管放松的开心玩玩，其实这只不过是逢场作戏，这年头有钱就是大爷，咱们花钱就是为了尽兴，别说和她们亲热，就是和她们上床作爱也很正常，充其量也就是做对露水夫妻罢了，再说咱们花钱买乐也是天经地义的事，有啥想不开的？"

"小帅哥，看来你是刚出道，还不谙风情，不懂得生活的乐趣。虽然咱们萍水相逢，彼此只是有名无实的露水夫妻，但是露水夫妻也是前世修来的缘分，你想在这茫茫人海中，像咱们这样彼此亲热接触的又能有多少人？切莫辜负了如此良辰美景，你没听人说人生得意须尽欢，莫使金樽空对月。哎，小妹，你对帅哥怎么不热情呀？来，亲一个给我们看看。"那个陪钱亚民的小姐在一旁帮衬着。陪任武的小姐，十分大方地亲了任武一口，他的脸上立刻就出现了一个鲜红的唇印，把任武羞的满脸通红，同时也引来了众人的一片起哄的笑声。

在小姐的打情骂俏声中，几位男士频频举杯，酒桌上的气氛十分热烈。在酒精的麻醉和小姐的挑逗和撩拨下，醉意蒙胧的钱亚民和杜立志早已按捺不住心中的欲火，他们搂着小姐到楼上去发泄，高老二也撺掇任武放松一下，任武却婉言拒绝，不为所动。高老二见他如此，也就不再勉强。由于钱亚民和杜立志不在，酒桌上显得冷清了许多，高老二和任武没有继续饮酒，而是一边套着交情，一边等待钱亚民和杜立志回来，他们的话题自然而然地聊起了在山上的一些往事，以及别后的情况。在高老二的问询下，任武简单地向他介绍了自己的情况，并关心地问他为什么会来到这里，高老二听后，神色有些凄凉地叹气说道：

"兄弟，说来真是一言难尽，自从公安局剿山以后，我们家的日子就是横垄地拉磙子，一步一个坎；巴儿狗撵兔子，一步撵不上，是步步撵不上。点儿背到家了，也怪家父和大哥太固执，他们死活不听我的劝告，以致最后落下个双双被抓的下场。由于风声太紧，我不敢在家乡呆，只有远走他乡，以逃避公安局的追捕。幸亏有一位好心的朋友将我收留，我在他家躲了一阵，避过了风头，现在帮他跑运输做买卖，没想到竟会在这里遇见你们哥儿几个，真是有缘千里来相会。我真羡慕你们，买卖做那么大，竟然平安无事，而我们高家却几乎被连窝端，幸亏我见机的早，才侥幸躲过一劫。如今落个流落他乡，有家难回的下场，真是让人感到悲哀。我算看透了，做咱们这种大买卖，没有靠山是绝对不行的，就得像你们这样，不但黑白两道都买帐，而且有靠山，有天大的事都能摆平。兄弟，咱们之间的交情比较深，我求你帮个忙，跟钱大哥说说好话，让我也入伙跟你们干得了。”

“二哥，虽然咱们交往的时间不长，但我却敬佩你的为人，尽管暂时遇到一些坎坷，但像你这样文武兼备、足智多谋、独往独来的人，将来必定能成就一番大事，恐怕你难以甘心屈就于他人。”任武十分真诚地说道。

“兄弟，你太抬举我了，我跟你说句良心话，自从父兄出事之后，我的万丈雄心已化为乌有，此时我不想再去冒险，只想找个安身立命的地方，平平安安地挣点钱，因为我还有一大家子人要养呢？如果我再有什么闪失，我们家就算彻底散了。”高老二有些心灰意冷地说。

“二哥，既然你如此说，那我就帮你问问，不过这事钱大哥也做不了主，得请示老大才行。”任武诚心实意地说。

“兄弟，不管此事结果如何，我先谢谢你！”高老二十分感激地说。

他们又说了一会其他的话，钱亚民和杜立志才陆续回来，他们彼此调侃了一番，高老二又接着张罗喝酒，任武见此时已时近午夜，他站起来说道：“高二哥，感谢你的盛情款待，我们已是酒足饭饱，俗话说天下没有不散的筵席，咱们哥们儿后会有期，我看今天酒就喝到此为止，时间不早了，咱们早点休息吧，明天还要继续赶路呐。”

“兄弟，咱们兄弟好不容易碰到一起，俗话说千里因缘一线牵，不是人缘是天缘，能和你们几位相聚，我深感荣幸，你就再给我点时间，让我陪各位喝个尽兴，你放心，保证耽误不了明天的事。”高老二向他请求着。

“既然高老弟如此盛情，咱们恭敬不如从命，就再喝几杯吧，明天就是晚起来点也没啥大事。”钱亚民表态说道。他已经喝醉了，再加上刚和小姐亲热完，心里的兴奋劲还没过，此时他早已把此行的责任丢在了脑后。高老二为钱亚民斟上酒，又想为任武倒酒，没想到任武用手挡住酒瓶说道：

“高二哥，我的酒量有限，恕小弟不能奉陪。”任武一边推辞着说，一边向杜立志使个眼色，杜立志会意地点了点头，也称自己不胜酒力，不肯再喝。

高老二见他俩推辞不饮，便笑着说道：“咱们兄弟难得相聚，光我们哥两儿喝有啥意思，要不这么着，我和钱大哥喝白酒，你们哥儿两喝啤酒陪着，喝多喝少没关系，主要就是捧个场，就算我求你们了。”说完，他又转头对小柱子吩咐道：“你去车上把朋友送的那箱易拉罐蓝带拿来，让我哥们儿品尝品尝。”小柱子答应着跑了出去，很快就抱回来一箱蓝带啤酒，高老二伸手撕开胶带，分别打开两罐，送到任武和杜立志的面前。然后，他又举杯说道：

“来，各位哥哥弟弟，今天一是为了咱们兄弟相聚，二来兄弟我还有事相求，各位如果能瞧得起我，就请共同干一杯，任兄弟，你不会驳我的面子吧？”任武见他如此相劝，只好举杯响应，其他人见他如此，便纷纷举杯效仿。杜立志第一次喝易拉罐啤酒，感觉很新鲜，所以没有再谦让，而是拿过来咕咚、咕咚连喝了好几口，口中连说好酒。任武在高老二的相劝下，喝了两口，觉得啤酒有一丝淡淡的苦涩味，他便站起身来，说到厕所去方便一下，高老二忙叫小柱子陪他一起去，任武连连摆手说不用，可小柱子却固执地陪他来到卫生间，任武在卫生间蹲下来，打开便池的水龙头，随着哗哗的流水声，他隔着门缝向外偷看，发现小柱子仍然守在门口，他便继续蹲在便池上消磨时间，可没过多长时间，他就觉得眼皮发硬，昏昏欲睡，他心头一惊，暗叫不好，想挣扎着站起来，可没想到却身不由己，只觉得身体发软，四肢无力，身体根本不听使唤，倒在地上无法动弹。随着一阵阵瞌睡袭来，他渐渐地失去了知觉。

不知过了多长时间，任武从昏迷状态中苏醒过来，只觉得头昏脑涨，双臂酸痛，他努力想活动一下双臂，却发现自己双手被反绑着。他的心头不由一惊，大脑彻底恢复了记忆，与高老二相遇并喝酒的场景，像走马灯一样在脑海中浮现出来。他心里明白，他们已被其控制起来，他急忙睁眼四下观察，发现自己正在行驶的汽车上，耳边传来了汽车行驶的马达声。在黑暗中依稀看到钱亚民和杜立志也和自己一样，双手反绑着躺倒在自己的身边，他们兀自昏迷不醒，身体随着车身的颠簸而晃动。他心里清楚已经着了高老二的算计，心中不由暗自叹道："没想到高老二的心肠如此歹毒，看来他早有预谋，所谓的巧遇，只不过是骗人的鬼话而已，都怪钱亚民过于贪恋酒色，见了酒和女人就迈不动步，也怪自己过于轻信他的鬼话，被他的花言巧语所蒙蔽，对他的潜在威胁估计不足，致使着了他的道，真是大意失荆州，让人追悔莫及！他们此行无非是为了车上的货物，在没有达到目的之前，他们不至于伤及我们的性命，只是不知道他们要把我们带到什么地方去，哎！为今之计，也只好走一步看一步，静观其变，虚与委蛇，慢慢地寻找脱身的机会了。"

就在任武懊悔不迭时，他的耳边传来了一个略带沙哑的声音："二兄弟，你可真厉害，没想到你不费吹灰之力，就把他们摆平了，三哥我真是佩服之至。"

这声音怎么这么熟，分明是张三秃子的声音，任武急忙睁眼顺着座椅的缝隙望去，虽然只是看到侧脸，一眼认出此人正是张三秃子。他心头不由一紧，暗自想道："这两个人一个阴险狡猾，一个心狠手辣，真是一丘之貉，他俩混到一起狼狈为奸，什么伤天害理的坏事情都能干出来，看来今天是遇到大麻烦了，他们不达目的绝对不会善罢干休，自己要有心理准备，作最坏的打算。他俩是怎么混到一起的呢？"任武对此有些迷惑不解。

书中暗表，高老二所谓的巧遇，其实都是他事先精心策划好的。他自从和张三秃子逃离家中，先是在甘河市的一个朋友家躲了一段时间，后来听说父兄被抓，就吓的连夜逃出了甘河市，跟随张三秃子逃到了辽宁省一个偏僻的小山村，在张三秃子的一个狱友家里藏下身来。由于张三秃子用的是假名，就连窦大姐也不知道他的真实姓名和准确地址，窦大姐也是被他在车站骗到手的，对他的具体情况一无所知，所以公安局经过多次审讯，也无从查找他的下落。正张三秃子因为的奸诈和狡猾，才使他逃过了一劫。

他们躲藏了一段时间后，见没有什么动静，便放下心来，两人反复核计想做笔大买卖，发一笔大财，然后就远走他乡，隐姓埋名享清福。他们核计来核计去，觉得还是倒卖毒品来钱最快。他们知道钱亚民的团伙中有存货，而且数量还比较大，便决定从他们那里下手。于是，高老二让张三秃子留在原地，做好行动的各种准备工作。他便偷偷地潜回了甘河市，找到了他的铁哥们儿小柱子。小柱子和他关系非同一般，他的家境很富裕，自己有辆货车雇人跑运输。高老二把自己的打算告诉他，并劝他入伙一起干。小柱子从小就好吃懒做，做梦都想发大财，两人臭味相投，自然是一拍即合。高老二和小柱子经过多方查找，终于找到了钱亚民的住处，并让小柱子在他们住处附近租间房子，日夜监视他们的情况，掌握他们的动向，以便他们贩卖毒品时，伺机来个黑吃黑，以便从中渔利。

没想到监视了半个多月，钱亚民等人几乎足不出户，整日呆在家里喝酒打牌，一点行动的迹象都没有。这虽然让他感到十分失望，但他却没有放弃，坚信对方一定不会就此罢休。果然是工夫不负有心人！他们足足监视了近一个月的时间，终于发现他们三个人一齐出门，这种情况很少见，而且是三个人共同负责押运，难道区区的一车黄豆值得他们这么兴师动众吗？再说他们历来都是用铁路运输，汽运根本就得不偿失，他们为什么要做这种赔本的买卖呢？能够让他们如此重视的货物，除了毒品还会有什么呢？他们一定是用黄豆做掩护，夹带毒品到外地去交易。因为各地的检查站对跑运输的大货车几乎从不检查。用这种办法运送毒品无疑最稳妥，也是掩人耳目的最好办法。

根据他们的判断，他们决定采取相应的措施，对其进行跟踪，以便寻找有利的时机，将其全部截获。于是，高老二用电话通知了张三秃子，让他做好行动准备，然后就和小柱子开着货车，连夜进行跟踪追击。因为从大兴安岭通往外地的线路比较少，主干线只有一条，他们顺着公路一路急驶，在第二天早上，他们终于在路边旅馆发现了钱亚民等人的货车，此时他们正在店里喝酒休息。高老二赶到他们的前面，在一家旅店里一边休息，一边用电话通知张三秃子开车前来和他们会合，张三秃子接到他的电话后，便携带事先准备了麻醉药等作案用品，迎面开车前来与他会合。下午五点多钟，他们在约定的地点碰面后，他们一边继续跟踪，一边商量行动方案。因为高老二与他们有过接触，而且还和任武有一定的交情，所以他们决定由高老二出面，以巧遇的名义，请他们吃喝玩乐，并伺机用麻醉药将他们制服，张三秃子则在背后策应。他们跟在钱亚民的车后面，时快时慢地一直跟到他们晚上住店为止。他们不但事先在蓝带啤酒里放了麻醉药，高老二的身上还带了一包麻醉药，以便在酒桌上找机会下手，另外，他们还准备两套应急方案，以应付突发的意外情况。可以说他们筹划的十分周密，但也怪钱亚民等人过于轻信，结果遭到了他们的暗算。

此时，他俩还在自吹自擂，只听高老二自鸣得意地说："三哥，兄弟不是吹，玩他们几个，那还不是小菜一碟，也多亏你的蒙汗药管用，他们喝下去不到十分钟，便人事不省。三哥，你真是老谋深算，兄弟我算服你了。"

"兄弟，你说咱们哥两儿要是早认识几年多好，岂不是早就发大财了。"张三秃子似乎有些惋惜地说。

"三哥，现在也不晚呐，我估计他们这回带的货少不了，最少能弄个三五斤，咱哥两儿岂不是够过了。三哥，你看一下后面，小柱子跟没跟上。"高老二有些担心地说。张三秃子顺从地摇下车玻璃，探头向后面看去。

"兄弟，慢点开吧，他好像有点跟不上趟，兄弟，你是干啥像啥，车也开的这么好，我真服你了！"张三秃子用话恭维他。

"三哥，这叫狼行千里吃肉，狗行千里吃屎。一个人有没有本事，关键在于脑袋好不好使，脑袋好使的人，不管干啥，一看就懂，一学就会；脑袋笨的人，你就是手把手教他，他也学不会。这就是为啥有人喝酒吃肉发大财，有人吃苦受累遭大罪。你没听说出力的不挣钱，挣钱的不出力吗？三哥，你说是不是这么个理？"高老二不无得意地说道。

"兄弟，你说的太对了，就是这么个理。"张三秃子竖起大拇指。

任武在后面听着他俩的对话，心说他们的话虽然言过其实，但细想也有些道理。这两个人的能力决不能小觑，要想从他们手上全身而退，绝非易事。他不由得为他们的处境暗自担忧，他见钱亚民和杜立志依旧喘着粗重的呼吸，尚未苏醒过来，他也不动声色，闭眼假装昏迷，以便从他们的交谈中，多探听一些有用的信息，以确定应付的办法和逃脱的方案。

天色渐渐地亮了，车速在颠簸中明显地慢了下来。任武从车玻璃中向外望去，只见道路的两旁出现了山丘和茂密的树林，偶尔还有村落从车窗外闪过。“他们到底想把我们拉到哪里去？”任武见汽车进入了山区，心里更为他们的处境担忧。

汽车又在山路上颠簸了两个多小时，来到了一个小山村，在村子里拐了两个弯，最终停在了一个院落里。高老二等人下车后，一个矮个子青年从后面的车上跳了下来，他名叫贺立成，人们都管他叫成子。他年近30，身体健壮，是这座房子的主人，他和张三秃子是狱友，张三秃子就躲藏在他的家里，为了这次行动，他特意把老婆和孩子送回了娘家。他从兜里掏出钥匙，打开了锁着的房门。张三秃子和小柱子把车门打开，将他们三个抬进了屋子里，若依张三秃子的主意，直接把他们三个扔在地上，却被高老二制止，而是把他们放到了炕上，任武见到了屋里，觉得没必要再装下去，便起身从炕上坐了起来，竟把抬他的人吓了一跳，高老二闻讯赶了过来，他见了任武，便有些不好意思地挤着笑说道：“兄弟，不好意思，让你们受委屈了。”

“高二哥，你要请我们来串门就明说呗，何必费这么大的周折呢？”任武用话挖苦他。

“兄弟，我是怕请不动你们，所以才出此下策，得罪之处，还望海涵！”高老二继续和他用话周旋。他不想与任武闹翻，也不想太难为他，因为他们之间毕竟有一定的交情。任武听完他的话，冷笑了一声，没有再言语。

就在他们说话的工夫，张三秃子走了过来，他看了任武一眼，皮笑肉不笑地双手抱拳说道：“任老弟，别来无恙啊！多日不见，在下十分想念。”他们在山上时，由于任武的人缘好，跟他们相处的都不错，彼此都有好感，所以都不想为难他。

“张三哥，有劳如此牵挂，小弟没齿难忘。”任武话里有话地反唇相讥。张三秃子被他说的一时语塞，转过头对成子吩咐道：“你去拿瓢凉水来，我把他俩个叫醒。”成子答应着走出了屋子，很快就端着半舀子凉水递到了张三秃子的手上。他接了过后，用嘴含了一大口，对着钱亚民的脸上喷去，只见钱亚民浑身一激灵，人也从昏迷状态中清醒过来。他用迷惑的眼神向四下打量着，没弄明白眼前发生了什么事。小柱子如法炮制，用凉水把杜立志喷醒，他也一脸疑惑地望着屋里的人。当他们发现胳臂被绑，特别是看到高老二和张三秃子在一起时，他们也感到很意外。面对着这种局面，他们的反应也各有不同，钱亚民是怒目而视，杜立志则低头不语，只有任武的表情相对平静一些。

“钱老弟，三十年河东，三十年河西，没想到咱们又见面了，既然咱们都是老朋友，我就打开天窗说亮话，只要你们乖乖地把货交出来，我张三秃子决不为难你们。”张三秃子用手摩挲着他那发亮的秃顶，眯缝着眼睛低沉地说道。此时他不但穿戴整齐，而且说话底气十足，与在山上落魄时相比，简直判若两人。

“你们他妈的算什么东西，用这种下三烂的手段算计人，算什么好汉，有本事咱们明来，在拳脚上见个真章。”钱亚民气愤地骂道。按说他现在的处境，理应服软求饶说好话才对，可他自有他的想法。自从他看到张三秃子，就知道今天遇到了克星，恐怕凶多吉少。即使自己向他求饶，他也不会轻易放过自己，与其说软话当熊包，莫不如当好汉充英雄，其结果都是一样。自己硬气点还多少能保留尊严，如果服软求饶，不但于事无补，只能徒留笑柄，自己今后难以在社会上立足。于是，他抱着听天由命的想法，索性摆出一付豁出去的架势，跟他们来个硬碰硬，什么解恨说什么，似乎根本没把他们几个放在眼里。

“钱老弟，我是看在咱们有一面之交的份上，才对你如此客气，你不要敬酒不吃吃罚酒，把我惹急眼了，休怪我不讲情面。”张三秃子面带愠色地说道。

“张三秃子，你他妈的少给我来这一套，我钱某人是洞庭湖的麻雀，见过大风浪。我是吃大米白面长大的，不是被人用话吓唬大的。”钱亚民满不在乎地高声回敬道。

“钱大哥，这样硬扛对你没啥好处，你这黑土地的蝲蝲蛄，到黄土地不好使，我劝你还是识相点，趁早把货物交出来吧，以免受皮肉之苦。”高老二在一旁假意相劝，

“高老二，你不要老虎戴佛珠，假充善人，你们俩狼狈为奸，没一个好东西。怪老子瞎了眼，没看清你的坏下水。”钱亚民对高老二更是气不打一处来。

“死胖子，你他妈的别给脸不要脸，你还以为是在你那一亩三分地呐，横行霸道惯了。想当初你他妈的见死不救，把老子踢到河里，想把我置于死地，老子今天若不给你点厉害瞧瞧，你也不知道马王爷几只眼。”张三秃子有些气急败坏地骂道。

“高二哥，张三哥，请息怒，咱们远日无冤，近日无愁，今天我们既然落在你们的手上，我们认栽了，你们需要啥东西尽管说，我一定满足你们的需求。”任武见张三秃子动了真气，担心钱亚民吃苦头，忙出来替他解围打圆场。这是他的缓兵之计，此时如果和他们硬顶，只有白找倒霉。有道是光棍不吃眼前亏，此时人为刀俎，我为鱼肉，已经失去了和他们抗争的资格，只有委曲求全，才能少吃苦头，以便拖延时间，寻找机会脱身。

“还是任老弟明白事理，其实我们也不想伤害你们，既然你如此说，那我们也不和钱大哥计较，我们此举只是图财，而不是害命，只要你肯把货物交出来，我保证决不难为你们。”高老二拍着胸脯作保证。

“那我就先谢谢二哥了，我只是闹不明白，如今我们连人带车都被你们劫持了，你们还想得到什么呢？”任武有些不解地问高老二。

“老弟，你是真不知道，还是跟我们装糊涂？难道你们兴师动众，只是为了送一车黄豆吗？”高老二用眼睛盯着他问道。

“是啊，我们就是押运黄豆，没听说有别的货物啊！”任武一本正经地答道。

“老弟，你别拿我们当三岁小孩耍，这么千里迢迢的，只是为了押运黄豆？鬼才相信呢！咱们就别再兜圈子了，你们还是乖乖地把大烟交出来吧。”高老二直截了当地把话挑明。

“大烟？我怎么没听说呢，哎，你们是否知道？”任武摇着头向同伴问道。钱亚民和杜立志一起摇头说不知道。

“二兄弟，你没必要和他们费口舌，我看他们是不见棺材不落泪，我就不信制不服他们。”张三秃子已经恼羞成怒，失去了以往的耐性，他的脸上透出一股煞气，让人感到不寒而栗。

“三哥，这个死胖子是领头的，咱们今天跟他来个老账新账一齐算。”高老二因为对任武有好感，生怕他吃亏，所以用话把注意力往钱亚民身上引。他这句话果然奏效，张三秃子上前一把将钱亚民从炕上拖到地上，薅住他的头发厉声问道：“你说，你们到底把大烟藏在了哪里？”“张三哥，你如果想报以前的仇，我毫无怨言，可你硬要逼我们交出大烟，我却无能为力，因为我们确实没有。”钱亚民见他这付凶相，心里有些害怕，口气也软了下来。张三秃子却不理会这些，而是对准他的脸狠狠地踢了一脚，这一脚正踢在他的眼眶上，钱亚民不由痛苦地惨叫一声。张三秃子还想继续打，却被高老二给拦住了。“三哥，你先消消气。”然后，他又惺惺作态地对钱亚民说：“我劝你还是放聪明点，趁早把大烟交出来算了，也少受点皮肉之苦。”他和张三秃子早就商量好了，他们唱黑脸，一个唱红脸。

“二兄弟，我不是不说，我是真的不知道啊！”钱亚民几乎哀求着说。

“你不知道？谁相信呐！杜立志是个酒鬼，他从不管事，任武入伙时间短，这等机密大事还轮不到他，你是领头的，岂有不知道之理！既然你死扛，我也没什么好说的，三哥，你愿意咋整就咋整吧。”高老二双手一摊对张三秃子说着，意思很明显，就是让他动手。张三秃子早就憋足了劲，上前就是一阵猛踢，嘴里还忿忿地骂个不停：“操你妈的，死胖子，你没想到有今天吧，你他妈的，坏事都让你干绝了，你在山上不但搞我的女人，还他妈的见死不救，一脚把我踢到河里，存心想整死我，若不是我福大命大造化大，早就让你整死了，你他妈的也太缺德了，简直就不是人，是猪是狗是畜生。”他越骂越生气，越生气打的越狠，后来他觉得拳脚打的不解恨，便从腰里抽出一把锋利的匕首，对着钱亚民的脸上一刀刺下去，从脸颊上割下一块铜钱大的肉来，疼得钱亚民一声惨叫，脸上顿时鲜血直流。

“你小子也知道疼啊，看在咱们是老朋友的份上，我给你消消炎。”张三秃子一边说着，一边走进厨房，令人没想到的是，他出来时，手上竟拿着一袋精盐，他脸上挂着阴森的冷笑，抓起一把盐，按在了钱亚民的伤口上，疼得钱亚民发出一声凄惨嚎叫声，身体也不停地来回扭动，脸上的肌肉不停地抽搐，再加上脸已被打的鼻青脸肿，整张脸都变了型，简直是惨不忍睹。此时，他再也硬气不起来，竟来了个180度的转变，连声向张三秃子求饶。

杜立志吓的心惊肉跳，双眼紧闭，浑身颤抖。任武则一脸愤怒，心疼不止，他为了阻止张三秃子的兽行，忙高声向高老二说道：“二哥，我求你们先停一下，我有话说。”高老二闻听，就急忙制止住张三秃子，转头问他：“你想说啥，如果说出藏大烟的地方，你就说，假如是替他求情，就免开尊口，休怪我不给你面子。”

“二哥，我们现在的处境，就是想求情，你也不会听，我要说的当然与大烟有关，你能否单独给我们点时间？让我们商量一下。”任武对高老二请求道。高老二听后，把张三秃子拉到外屋，低声对他说了几句，张三秃子点头表示赞同。他又转身回来，对任武说：“我们可以答应你，不过你们要快点商量，赶紧把大烟交出来，千万别耍花招，我们的忍耐性是有限度的，否则你们都别想活着出去。”说完，他就招呼同伴离开了屋子。

室内只剩下他们三人，任武从炕上蹭到了地下，他隔着门玻璃向外边看了一眼，见没有人监视，便十分心疼地对钱亚民说道：“钱大哥，你要忍住，他们简直是畜生，咱们这么硬挺也不是个办法，按道理说我不应该参与咱们的核心机密，可现在情况紧急，火烧眉毛顾眼前，你跟我说实话，咱们到底带没带大烟？”

“兄、兄弟，实、实话跟你说吧，到底带没带，我也说不、不清。”钱亚民强忍着疼痛，断断续续地说。

“你怎么也说不清呢？难道咱们临行时，没人对你交代咱们此行的目的吗？”任武有些不解地问道。

“兄、兄弟，现、现在这种情况，我又岂、岂能瞒你们，咱，咱们临走时，童、童胖子只、只是说要、要看好车、车上的货，千、千万不、不能出、出差错，其、其他的啥、啥也没说。”钱亚民疼的一个劲吸凉气，说话的语气既焦急又无奈。

“那依你看咱们到底带没带？”任武因事关重大，他必须弄清楚才行，故此向他求证，

“我说、说句实、实话，别、别看他、他没说，十、十有八、八九是带、带了，否、否则他不、不会让咱们仨押、押运的。”钱亚民猜测着说。

“既然如此，那他们为啥不告诉咱们实话呢？”任武一脸迷茫地说。

“兄弟，你干咱们这行时间还短，还不清楚这里面的规矩，咱们的人几乎都是单线联系，每个人都是各负其责，咱们只负责送货，而接货的人才知道藏货的地方，这样就避免遇到今天的情况，而损失了货物。”杜立志在一旁向他解释。

任武听后，心里暗自思忖道：“怪不得钱亚民死活不说呢？原来他是无法说清，我还以为他是忠心耿耿呢？”

“啊，原来如此，那这事我看这么办，一会儿他们再问时，咱们就实话实说，让他们自己找去，找到找不到都与咱们没关系，若不他们还得逼问钱大哥，我实在不忍心看钱大哥挨打受罪。这样咱们回去也好交代，你们说这样行不？”任武向他俩征求意见。

“行、行，不管你们用啥法，只要能让那秃子满意就行，否则，他得祸害死我，你们就好好跟他们说、说吧。”钱亚民像抓住救命稻草似的，说话也利索了不少。此时他已顾不得许多，目前只求保住命。

“我说倒行，就怕他们不相信！任老弟，你和他们的关系还行，你就好好和他们说说吧。”杜立志不无担忧地说。他其实是被吓破了胆。害怕让他出面去说，担心对方不相信，反而会惹火烧身，万一对方迁怒于己，岂不落得和钱亚民同样的下场。再说将来上头追问下来，他也好推脱责任，故此，他才鼓动任武去和他们说。

“行，我说就我说，不过以后若是上面怪罪下来，你们可要替我顶着点，这可是咱们三个人的都同意的，别把责任推给我一个人，那我可是吃不了兜着走。”任武觉得必须把话说明白，以免给自己留下麻烦。钱亚民和杜立志害怕他反悔，赶忙表示同意，说有事大家共同承担，任武才打消了顾虑。

于是，当高老二等人返回屋中，追问他们的商量结果时，任武便如实地说：“几位大哥，我们几个出来时，上边只是吩咐我们看好车上的货物，并没有明确交代是否带有大烟，所以我们也说不准，可能你们以为我欺骗你们，可我说的全是实情。”

“任武，我是看在你比较讲究的份上，才对你网开一面，你若拿假话骗我，休怪我对你不客气。”高老二扳着面孔气愤地说道。

“高二哥，你先别生气，听我把话说完，就眼前的形势而论，我没必要再和你撒谎，我也没必要自找苦吃，咱们都是吃同一碗饭的，想必你们也知道行里的规矩，我们是各有分工，各负其责，我们押运的只管押运，接货的却另有其人，尤其是长途贩卖，各种预想不到的事情都可能发生，为了保证货物的安全起见，这么做也在情理之中。你们今天就是逼死我们也于事无补，再说我们几个也是跑龙套的，也没必要抱着金元宝跳井，舍命不舍财。你看我们现在是连人带车都在你们的掌握之中，我们即使不说实话，也是徒劳无益，与其这么瞎耽误工夫，不如下力气到车上去好好找一找，反正就那么点地方，哪里能藏东西，岂不是一目了然？我们又不能吃到肚子里去。我的话说完了，信不信由你！”任武神色镇定地说道。

任武的话说的是合情合理，高老二听后，觉得很有道理。于是，他把张三秃子拉到一边，说：“三哥，我觉得任武说的也是实情，可能他们真不知道，否则那个姓钱的早就说了，你别看他平常瞎咋呼，其实没啥尿，一到真章就完犊子了。你没看他刚才那个熊样，就差没尿裤子了，他们如果带大烟，只有藏在车上，可车内的驾驶室以及其他表面的地方，我们都翻了好几个来回，就连备胎我也扒开看了，根本就没找到大烟，如果有大烟，极有可能就混藏在车上的黄豆袋子里，咱们再仔细找找，实在不行咱们打开袋挨个找，我就不信找不到。”

“你说的对，就这么办，只不过便宜了那个死胖子。”张三秃子余恨未消地说。

“三哥，咱们眼下当务之急是先把货弄到手，至于报仇的事，等咱们腾出手来再慢慢收拾他们，他们已是煮熟的鸭子，难道还怕他们跑了不成，你着什么急呀？”高老二成竹在胸地开导他。别看高老二年纪轻，做事却十分老练。

于是，张三秃子叫成子去找人借了一个粮探子，他们留下小柱子在屋内看着。他们三人来到车前，先是用粮探子对外面的黄豆袋子一顿乱捅，仍然一无所获。张三秃子又叫成子去借了几条麻袋，打开后车厢板，高老二从车上费力地拖下一个黄豆袋子，用匕首挑断口袋绳。由他和成子抬起黄豆袋子，张三秃子则用空袋子，在下边张口接着，把黄豆倒进空袋子里。见没有发现所要的货物，又接着打开第二个麻袋，结果还是一样，他们只好再搬第三袋。话不絮烦，他们依次如法炮制，一连倒腾了十几袋，就累的满头大汗、气喘吁吁。他们平日游手好闲、吃喝玩乐惯了，此时一干力气活，岂能受得了。他们坐在黄豆袋子上张口直喘粗气。

“这么多袋子，咱们猴年马月才能倒完，实在不行我找几个人来帮忙得了。”成子望着满车的黄豆，发愁地对张三秃子说着自己的想法。

“不行，这事儿决不能让外人知道。”高老二没等张三秃子表态，就断言拒绝了他的提议，张三秃子也随声附和。成子见他们一致反对，便赌气坐在那里，不再做声。张三秃子虽然反对找人帮忙，但他对这么多袋子也发愁，他眼珠一转，便对高老二说道：“二弟，既然不能找外人，我看不如把屋里的那三个人叫出来，让他们帮咱们干，你看行不行？”

“不行，万一他们跑了怎么办，那岂不坏了大事？”高老二仍然一口拒绝。

“二弟，有咱们几个在一旁监视，他们还跑得了？再说即使跑了，他们啥也带不走，又不敢去报案，能坏咱们什么事？”张三秃子依旧坚持己见。

“你说的也有道理，就依你说的办，不过为了保险起见，咱们用绳子分别捆住他们的一只手和一个脚，并把他们串连绑在一起，这样就万无一失了。”高老二点头说道。

“把他们绑在一起，他们怎么干活呀？”成子有些不解地问他。

“你真是榆木脑袋，这还不好办，只要串连的绳子长一点不就行了。”张三秃子猜透了高老二的意思，故此用话训斥他。

“三哥说的不错，我正是此意，不过咱们千万马虎不得，他们三个都不是省油灯，尤其任武那小子，更要格外加小心，他的武功很厉害。”高老二仍然有些不放心地嘱咐着。

“你就放心吧，我张某人大江大浪都过去了，还能在小河沟子里翻船？保证没问题。”张三秃子自鸣得意地说。

经过他们的这番折腾，时间已接近晌午，由于早上就没吃饭，此时已是饥肠辘辘。他们回到了屋里，把事先准备好的熟食摆在桌子上，他们倒上酒，大吃二喝起来，一阵狼吞虎咽之后，他们各个酒足饭饱，张三秃子打着饱嗝说道：“小柱子，你去把那捆绳子取来。”小柱子答应着走出屋子，很快就拿回来一捆小手指头粗细的尼龙绳子。张三秃子来到了他们的跟前，手中挥舞着匕首，凶狠地说道：“你们给我听着，一会儿你们乖乖地去跟我们干活，干好了，我就饶了你们，如果不卖力气，或者耍花招，休怪我张某人心狠手辣，死胖子就是你们的榜样。”说完之后，在他和高老二的监视下，小柱子和成子走上前来，打开绑在他们身上的绳子，重新绑住他们的一只脚和手，钱亚民被打害怕了，此时不敢出声。而杜立志则胆小如鼠，唯恐对方不高兴，而招来他们的毒打，只是一味的逢迎配合。任武虽然觉得眼前是个难得的机会，但见他二人如此顺从软弱，自己孤掌难鸣，只好放弃了眼前的机会，任凭他们的摆布。被他们将每人的一只手、一只脚分别用尼龙绳子绑住，彼此串连在一起，彼此的间距约有两米。高老二的主意想的可真绝，如此一来，他们既能干活，又相互受到牵制，真是一举两得。

当下，他们被押到门外，来到了汽车跟前，张三秃子手握匕首，而高老二从怀里掏出了一把由发令枪改制的手枪，成子在他们的身后，拿把匕首割口袋绳，小柱子在车上往下搬黄豆袋，指挥他们三个串口袋。尽管饥饿难忍，钱亚民和杜立志干的非常卖力气。尤其是钱亚民，虽然伤口钻心般地疼痛，一动仍然流血，可他却投鼠忌器，生怕干不好再挨打，只好咬牙坚持。任武一边干活，心里一边捉摸着脱身的办法，他心里十分清楚，如果现在不想办法逃脱，万一帮他们把货物找出来，那就更没有机会了。张三秃子和高老二他们如此狠毒，岂能轻易放过他们，他们说不定还会杀人灭口呢？想到此，任武的心里不由一阵焦急，手上也不由慢了下来。

“你他妈的，给脸不要脸，故意跟老子磨洋工。”张三秃子在背后猛踢一脚，任武猝不及防，被踢了个趔趄，任武索性借故趴在袋子上不起来。

“你他妈的，跟老子耍熊，看老子怎么收拾你。”张三秃子嘴里骂着，紧跟着又是一脚踢过来，没想到任武却依然趴在麻袋上，既不求饶，也不肯站起身来。张三秃子见状更加生气，想继续对他施以拳脚，却被高老二一把给拽住了，他说：“三哥，你消消气，把他交给我吧。”他劝住张三秃子后，又转过头来对任武说：“兄弟，咱们以前有交情，我不想为难你，我劝你还是起来接着干吧，否则只有枉受皮肉之苦，钱胖子就是你的榜样。”

“高二哥，谢谢你的好心，我不是不想干，只是身体太虚弱，实在干不动。你想我们从昨天早上吃的饭，昨天晚上光顾着喝酒，也没吃饭，眼瞅着又是一小天水米未进，我们哪有力气干活呀？他就是打死我也没用。”任武显得有气无力地对他说。

高老二虽然心里恨不得马上就把大烟找到，但是一想任武说的也有道理，他们这些人养尊处优惯了，本来就不是动体力干活的人，再加上没吃东西，岂能干得动。想到此，他摆手把成子叫过来，对他说道："你去把咱们吃剩下的饭菜热一下，让他们垫补点再接着干活。"成子答应着走进屋里，高老二也示意把他们带进屋内，让他们三个坐在炕沿上等着，并让柱子给他们各自倒了一杯开水，边喝边等饭菜。

一会儿的工夫，成子就把饭菜端了上来，俗话说慌不择路，饥不择食。虽然他们平日吃喝比较讲究，但是此一时、彼一时。如今面对着残羹剩饭，却对他们产生了一定的诱惑力，为了满足生理上的需求，他们已失去了往日的讲究和尊严，在对方的监视下，他们怀着复杂的心情，将就着把肚子填饱。

当他们再次来到门外时，天色已经黑了下来。高老二气愤骂道："这天怎么这么短，说黑就黑了，也看不见干活呀？"

"你没听人说长五月，短十月，不长不短二八月，二十四节气中有冬至天短、夏至天长的说道吗？此时冬至将至，正好是一年中白天最短的时候，不行咱们就拉个电灯吧？"张三秃子富有经验地接着高老二的话头说。高老二点头同意，于是，张三秃子让成子找来了春节挂红灯笼时用电线和灯头，从室内接出电源，在院子里装上了照明灯，借着灯光继续接着干。有好事的村民打听接电灯的原因，张三秃子说他的朋友卖黄豆不合格，他们帮忙给挑选一下。因为黄豆里有杂质的现象很正常，有不少的村民为了多卖钱，他们故意望黄豆袋子里掺杂土、甚至有人往黄豆袋子里掺石头和砖头。故此，村民们对他的解释毫不怀疑。

在高老二等人的看管下，任武不敢偷懒，手上紧忙活，可他的心里却一刻也没闲着，他的大脑在飞快地转着，想像着各种逃脱的办法，尽管想了好几种办法，却又被他一一推翻。因为在他们的严密看管下，一时之间很难找到一个确实可行的好办法。他清楚地知道，在没有绝对的把握下，绝对不能贸然采取行动，因为一旦失败，他们就再也难以脱身，弄不好还会招致杀身之祸。就在他苦思默想，仍然没有想出万全之策时，一个偶然的机会意外降临在他的面前。当他和钱亚民抬起一袋黄豆，往一个空袋子里倒时，黄豆里面掺有一块半截砖头，也随着一起被倒了进去。任武见此情景，眼前不由一亮，大脑中灵光一闪，一个完整的行动方案，瞬间在他的脑海里形成。只听他惊喜地大喊了一声："你看这是什么东西！"与此同时，他在钱亚民的手上狠很地掐了一下，又紧接着弯下腰来，伸手向袋子里抓去。高老二等人听到他的喊声，以为找到了他们梦寐以求的大烟，便一起围了过来。由于张三秃子离他们最近，抢先弯腰低头想看个究竟。可他万万没有想到，任武抓着砖头立起身来，对准迎面而来的秃头用力猛击，张三秃子低声地哼了一声，一头栽倒在地上。

这时，高老二也来到了跟前，高老二何等聪明，他一见张三秃子倒下，就知道大事不好。于是，他急忙举枪就射，任武打倒张三秃子之时，就作好了防备他开枪的准备，没等他的枪响，他已快速蹲下身来，与此同时，他伸出手来向他的手腕抓去，想把他握枪的手往上托，以免他开枪伤着自己的人。就在这时，高老二手中的枪响了，随着一声沉闷的枪声，钱亚民一声惨叫，身体重重地向后便倒。由于他们是被串连绑在一起，任武也险些被带倒，可他握着高老二的手却没有撒开，高老二趁此机会，挥拳向任武的头部击来，由于任武一只手和脚被绑，行动不便，头上被重击了一拳，他只觉眼前直冒金星。这时，成子和小柱子也赶到了跟前，小柱子用刀把杜立志逼住，成子奔过来帮忙。他举刀朝任武的后背就刺，任武急忙望旁边躲闪，由于和高老二纠缠在一起，又加上一只手脚被绑，躲闪不及，他只觉得肩膀一阵冰凉，左肩膀被刺中了一刀，情况岌岌可危。任武清楚地知道，此时如果不把高老二制服，一切都将前功尽弃。他心里一急，顾不得疼痛，用那只没有被绑的脚，侧身奋力向成子小腹踢去，疼得成子双手抱住肚子蹲在地上。高老二趁机上前挥手又是一拳，朝他的脸上打来。任武是会者不难，只见他左手往后一带，高老二的拳头落空，上身不由向前倾斜。任武就势伸出右手，用拇指和食指卡住对方的喉咙，使出了"毒龙锁喉"的招式，将高老二的咽喉锁住，高老二顿时觉得呼吸窒息，手脚无力，四肢无力，身体瘫软，任武以迅雷不及掩耳之势，将其控制住，使其失去了反抗能力，并顺势把他的枪夺了过来。

形势登时发生了逆转，任武握着手枪，喝令小柱子和成子放下刀子，停止反抗，面对着致命的枪口，吓的他俩已失去了反抗的勇气。杜立志一把夺过小柱子的匕首，喝令他们双手抱头蹲在地上。他急忙将自己的绳索割断，又上前替任武割断绳子，并在任武的示意下，将高老二用绳子绑住，然后又把小柱子、成子也挨个绑得结结实实。

直到此时，张三秃子兀自昏迷不醒，杜立志也依样画葫芦，将他绑住。任武此时才感到肩膀上一阵疼痛，但他却顾不上察看，而是扶起钱亚民，借着灯光查看他的伤势，只见他的胸部中弹，鲜血已把棉衣浸湿了一大片，尽管钱亚民神智尚且清醒，但伤势却很重。任武急忙把他搀扶到屋里，撕开棉被为他包扎止血，可血又慢慢地渗透过来。任武让杜立志把高老二等人押进屋里，把他们推到炕上，又用绳子把他们的脚也牢牢绑住。他才费劲地脱下上衣，让杜立志帮他看一下肩膀上的伤口，这一刀虽然扎的很深，但万幸的是，没有伤着骨头，他的胳膊还能活动，这让他放下心来。他一边让杜立志替他包扎，一边向成子盘问附近是否有医院，成子告诉他说附近没有，最近的乡卫生院也离地此有几十公里。任武问明了路线，便让杜立志用棉絮把他们的嘴堵住，以免他们发出喊声将人招来，他们一旦获救，一定会前去追赶，这样会给他们带来更大的麻烦。自己则把钱亚民背到车上，然后又关闭电灯，锁上房门。用匕首把那辆车的轮胎刺破，使之无法行驶。为了赶时间去救治钱亚民，他们弃地上的几十袋黄豆于不顾，而是急忙把关好后车箱，然后开足马力，直奔卫生院的方向疾驶而去。

随这汽车的马达声消失在远方，四周又恢复了宁静，高老二在黑暗中向同伴们望去，只见张三秃子已苏醒过来，但由于他们的手脚被绑，嘴里又塞满了棉絮，没法出声说话，只能扭动一下身体，以此向同伴打招呼，而其他两人却躺在那里一动不动，仿佛睡着了一般，其实他们此时那有心思睡觉，只有在心里暗自憋气上火的份儿。高老二望着眼前这一切，简直不敢相信这一切都是真的。他宁愿这只是作的一场噩梦，可残酷的现实却明白无误地告诉他自己的努力已付之东流，发财的美梦已化为泡影，真是偷鸡不成蚀把米，没打住黄鼠狼，惹了一身骚。悔不该轻信张三秃子的话，让他们串袋子，也怪自己粗心大意，明知任武的心眼儿多，武功又好，却放松了对他的戒备，假如继续绑住他，只是让那两个草包干活，又怎能出现如此致命的变故。这真是应了自己的那句话，煮熟的鸭子真的飞走啦！哎，真是人算不如天算，该着不是自己的财，强求不得。他思来想去，心中追悔莫及，他只盼着天快点亮，企盼着能有人发现他们，好把他们救出去。

他们整夜未眠，好不容易盼到天亮，终于听到了外面有人走动和说话声，然后又听到了有人破门而入，他们不由心头一动，大喜过望，总算盼到有人来解救他们。但是，当他们看清进到屋内的人时，不由全都傻了眼。他们万万没有想到，出现在他们面前的竟是全副武装的警察！他们简直不敢相信自己的眼睛，以为是自己产生了错觉，直到警察将他们身上的绳子打开，为他们戴上手铐，他们才绝望地相信面前的残酷现实。他们由于被绑了一夜，手脚早已麻木的不听使唤，他们是被警察搀扶押上警车的，而他们的大脑也趋于麻木，心里只是反复琢磨一个问题，这些警察到底是怎么来的呢？真是令人百思不得其解。他们当中有些人至死也没想明白自己被抓的真正原因。

对公安干警来说，能够如此兵不血刃地逮住这帮罪大恶极的毒犯，真是意外的收获，有道是踏破铁鞋无觅处，得来全不费工夫。

*　　　　*　　　　*

距约定的时间已超过了两天，依然没有钱亚民他们的消息。江群和刘丽在宾馆里焦急地等待着，他们轮番守在电话机旁，几乎一刻不离，生怕错过了联系的机会。冷经理对他们的热情不减，除了手下的梁主任餐餐作陪，他每日必须抽出时间，或中午、或晚上，来陪江群喝酒，刘丽因为要等电话，要守在房间里，无法和他们一起进餐。冷经理则在用餐前，吩咐小耿提前打包，把热乎可口的饭菜送到房间，照顾的十分周到。

由于没有刘丽在身边，他们酒足饭饱后，冷经理便拉着江群去娱乐场所潇洒。每日除了睡觉休息，冷经理的人几乎形影不离。江群本来想找机会去到冷经理的公司看看，却苦于没有空闲时间，他虽然对冷经理比较相信，但事关重大，他不敢掉以轻心。生意场上就是亲娘老子的话也不能完全相信，必须做到心中有数才行，不亲自去查看一下他们公司的实力，他的心里总觉得没底。再加上冷经理始终不让他去公司，江群的心里也有些疑惑。于是，他决定想办法去暗中考察一下，以确保万无一失。

这天中午，冷经理没有过来陪江群吃午饭，只是由梁主任作陪，饭后，江群提出要到商场去逛逛，梁主任自然是满口答应。于是，他们来到了金三角，海浪花等商场转了一大圈，江群意犹未尽，他们又接着来到了海滨商场。这是本地的一座最大的商场，七层楼建筑，面积上万平米，气势宏大，货物齐全，人流拥挤。江群进门后，对梁主任说道："兄弟，你看人这么多，万一咱们走散了，彼此找起来都比较麻烦，莫不如咱们约个地点和时间，到时候咱们到约定的地方去碰面，你说行不行？"

"行，咱们一个小时后在正门见面，不见不散。"梁主任爽快地说。

"好，就这么说定了，不见不散。"江群也十分痛快地答道。两人分手后，便各自消失在熙熙攘攘的人流中。

江群快步拐了几个弯，停下了脚步，回头仔细看了一下，没看到梁主任的身影，便返身快步走出了商场的大门，他来到了马路边，挥手叫住了一辆出租车，对司机说了冷经理他们公司的地址，司机便答应着疾驶而去。

大约十几分钟，司机便把他拉到了目的地。江群下车后找了个僻静的角落，贴上假胡须，戴上一付黑边的平镜。经过这么一化装，即使是熟人，如果不仔细看，对他也难以辨认。他步履稳健地来到了一座写字楼前，拿出冷经理的名片对照地址。地址写的很明白，就是这里，可他却感到很奇怪，眼前分明是一座写字楼，根本没看到弘达粮油贸易公司的牌子，这到底是怎么回事，难道是他们的地址错了？江群心怀疑虑，来到了门卫室，有一位中年妇女正坐在门卫室看报纸，江群面带笑容地问道："大姐，请问弘达粮油贸易公司是不是在这里？"

那个中年妇女听见问话，便把注意力从报纸中收回来，用眼光上下打量着他问道："你是从那里来的？找弘达公司干什么？"

“大姐，我是从吉林来的，和弘达公司有点业务，请您告诉我弘达公司在哪。”江群随口编了一个地名，依然客气地问道。

“你坐电梯上六楼，往右拐，找610、612房间，门口上牌子有字，就是弘达公司。”中年妇女用手比划着告诉他。

“大姐，我听说弘达公司的生意做的挺大，怎么就只有两个房间？难道这里是他们公司的办事处吗？”江群似乎有些不相信地问道。

“大兄弟，我看你是个实在人，又是从外地来的，我就实话对你说吧，什么生意做的挺大，那是骗人的话，还办事处呢，整个公司也就这两个房间，还时常拖欠房租呢。说白了他们就是一个皮包公司，整天就靠坑蒙拐骗、买空卖空过日子，正经人谁敢和他们做买卖？你和他们打交道，可要多加点小心，千万别上当受骗啊！”那个中年妇女压低声音对他说道，而且一边说一边用眼角不住向四外看着，生怕被别人听见。

“大姐，谢谢你的提醒，我是替单位来清旧帐的，你说我这账能要回来吗？”江群继续用话套她，以便了解到更多的情况。

“你没听人说如今欠钱的是大爷，借钱的是孙子吗？你想找他们要账，真比登天还难，他们整天花天酒地的，就是有钱也不会还你的，你不但要不回来钱，弄不好还要吃亏的。我劝你趁早还是死了这条心吧。”那个中年妇女好心地劝他。

“大姐，我也知道现在的账太难要，说实在的，我这趟也没抱什么希望，只不过是上指下派，走走形式而已，大姐，给你添麻烦了，谢谢你！”江群一边向她道谢，一边快速地离开了门卫室。

他来到了电梯口，乘坐电梯来到了六楼，他低着头来到了610、612室门前，只见一个房间的门关着，另一个房门半掩着，一个穿着红衣服的年轻女郎正坐在椅子上打瞌睡，她身前办公桌上放着一部电话机和一些办公用品，看样子她是在值班听电话。两个房间之间挂着“弘达粮油贸易公司”的招牌，上面落了一层灰尘，看样子好长时间没清扫了。江群怕被人发现，没敢在门口多停留，而是径直走到另一端，顺着步行楼梯来到了五楼，乘电梯下到楼下，快步离开了写字楼。

他看了一下手表，见时间够用，就又来到了旁边的一个香烟厅，他利用买烟的机会，又从侧面了解弘达粮油贸易公司的底细，卖烟的老先生所提供的情况与门卫室的大姐所说的基本相符。江群从香烟厅出来后，见时间已经差不多了，他又躲到一边，摘下眼镜和胡须，打车返回了海滨商场。

他从侧门进入了商场，在里面又转了一圈，并随意买了几样衣物，见已经到了约定的时间，便来到了商场的正门。此时，梁主任正在那里等他，见到江群后他忙上前接过江群手里的物品，然后，他们便一起返回了宾馆。

江群找了空闲时间，把他所了解的情况告诉给刘丽，并利用晚上的时间，用电话向乔铎作了汇报，同时也说了自己的看法，他担心冷经理没有这个实力，更害怕上当受骗。可乔铎在电话里让他放心，说冷经理他们虽然不是什么正经买卖人，但却很讲江湖义气，再说如果是正经的买卖人，又有谁敢做这种买卖，你不必太担心，只要在交易时多加点小心就行了。尽管江群对冷经理的为人在评价上大打折扣，但见乔铎的态度如此坚决，也只好顺从他的安排。

清晨，当江群赶回宾馆时，刘丽告诉他："乔大哥刚才来电话了，说咱们送货的车，明天上午就能到达。"

"太好了，可把人急死了，是什么原因，让他们在路上耽误好几天？"江群向刘丽问道。

"乔大哥没说，只是说他们在路上遇到一些麻烦，故此耽误了到货的时间，他们到达时会打电话和咱们联系，让咱们作好接货和交易的准备。"刘丽向他转达了乔铎的原话。

"他们的麻烦一定小不了，否则不会耽误这么多天，好在明天他们来时自然就会明白，至于交易的事，咱们先不要着急，也不要把明天到货的事告诉冷经理，以免节外生枝。如果他们问起这事，咱们就说还没准信。等咱们明天接到货后，再通知他们进行交易，以确保万无一失。"江群向刘丽叮嘱道。

"江大哥，你的经验多，我听从你的安排。"刘丽点头答应着。

刘丽果然听话，尽管冷经理与梁主任一日数次向她打探消息，她却守口如瓶地推说还没有接到电话，而且还装着和往日一样，坚守在房间里等电话。以此来迷惑他们，由于她做的逼真，故此、冷经理等人依旧陪着江群吃喝玩乐，并不疑心有假。

第二天早上，当梁主任赶来陪江群吃早饭，敲门时却没有反应，他开始时以为是他们贪睡未醒，便知趣地在门外等待。过了一会儿，他又前去敲门，里面依然没有反应，梁主任觉得情况有异，忙叫服务员把门打开，房间里空空如也，那里还有江群和刘丽的人影。梁主任急忙打电话告知冷经理，冷经理闻讯后，心急火燎地驱车赶到宾馆，他在房间里转了一圈，发现他们随身携带的物品都在，便放下心来对梁主任说："先别着急，你看他们的东西还在，不会离开的。他们可能有事出去了，咱们就坐在房间里等他们回来。"

"冷大哥，我看咱们还是派人找找吧，万一有啥变化，岂不坏了咱们的大事。"梁主任有些不放心地向他提议。

"我问你，你这几天是否始终陪着他？他有没有独自外出过？"冷经理没有回答他的话，而是向他问道。

"这几天我和他几乎形影不离，怎么可能单独外出呢？"梁主任打着保票说。

"既然如此，你就乖乖地听我的，安心等待吧，绝对没错。"冷经理胸有成竹地说道。梁主任见他如此有把握，便不在坚持己见，顺从地坐在房间里耐心等待。

* * *

江群和刘丽按照事先的约定，天色刚放亮，就打车来到了进城的必经路口，前来与他们会合，大约等了半个小时，才把他们的车等来。他们见面后，江群只看到任武和杜立志两个人，便有些奇怪地问道："咋就你们俩，钱亚民呢？"

"江大哥，说来真是一言难尽，你们先上车吧，听我详细地跟你说。"任武眼含泪花、面带悲戚地说道，而杜立志却哭了起来。江群和刘丽见他们如此，知道出了大事，此时，刘丽也顾不上和任武叙情说爱，便急忙和江群上了车，江群没等坐稳，就迫不及待地再次问道："你俩快点说，到底发生了什么事，钱亚民咋的了？"

"钱亚民他死了。"杜立志咧着大嘴哭着说道。

"他死了？怎么死的？"江群感到十分震惊地问道。

"他是被高老二用枪打伤，因流血过多，抢救不及时死的。"任武强忍着悲痛说道。

"被高老二用枪打的？你们怎么会和他凑到一起呢？"江群有些奇怪地问。

于是，任武便把他们如何在旅店里与高老二巧遇，如何被他在酒里下麻醉药将他们麻翻并带到他们的住地，张三秃子和高老二如何逼着他们交代货物藏在哪里，张三秃子如何折磨钱亚民，又如何逼他们干活，以及后来他们如何将其制住，钱亚民如何受伤的经过叙说了一遍，然后，又悲痛地说道："由于他们那里比较偏僻，再加上我们对道路不熟，等我们心急火燎地赶到镇卫生院时，钱大哥就已经快不行了，在我们的一再哀求下，医生进行了全力抢救，但最终还是回天乏术，没能把他救活，可怜钱大哥就这样含恨离去。"任武声音哽咽地说不下去了。待他的情绪稍微平静下来之后，江群又向他问道："你的伤势重不？钱亚民的后事是怎么处理的？"

"我的伤势不重，只是皮肉伤而已，经过救治已无大碍。钱大哥的后事我们请示了乔大哥，按着他的指令就地火化。由于我们带的钱都用在抢救钱大哥身上了，于是又等乔大哥给我们汇来钱，我们为他买了寿衣和丧葬用品，就近找了个火葬场，将他火化之后，把他的骨灰放于火葬场暂存，寻思等回去时再取走，把他带回大兴安岭埋了，入土为安，以便到年节时，咱们哥儿几个还能到他坟前去祭奠，也不枉与他相识一场。别看钱大哥活着时呼朋唤友、吃喝玩乐，何等的风光，没想到死后为他送终的只有我们俩，场面十分凄凉，既没有哭声，也没有烧纸钱，就这样草草地把他发送了。人生真是难以预料啊！"任武眼里充满了泪水，十分感慨地叹息道。

“兄弟，你们也别太上火，人死不能复生，作为朋友，你们也尽力了，钱大哥如果泉下有知，他也一定会感激你的。”江群忍痛含悲地向他劝道。由于事出意外，钱亚民突然去世的消息，让江群和刘丽唏嘘不已，

待众人的情绪稳定下来之后，江群惦记着任武的伤势，尽管任武一再声称伤势不重，他还是坚持着驱车赶到一家医院。虽然刘丽提出要陪着任武去检查，却被江群制止住了，他嘱咐刘丽和杜立志看好车上的货物，自己则亲自领着任武，在医院为他做了全面检查伤势。当得知没有伤及骨头，伤口已开始愈合，他这才放下心来。

离开医院后，他们又开车来到了一个郊区的豆制品厂，用低于市场价卖掉了剩余的黄豆。在卸车时，刘丽和江群站在车上点数，当卸到车前半部，最底下一层时，刘丽指着其中的一个黄豆袋子，对保管员说：“把这袋子黄豆留下，我们给一个朋友送礼，等一会儿算账时，把这袋子黄豆钱扣除。”

保管员点头表示同意，刘丽和江群把那袋子拖到一边。江群知道货就藏在这个袋子里，可他却没有发现与其他的袋子有什么不同。他感到好奇，又仔细地看了看，他才恍然大悟，原来它们的区别就在袋子的封口上，整车的黄豆袋子，有用白色尼龙绳封口的，也有用红色尼龙绳封口的，可唯独这袋子是用红白两种颜色尼龙绳封口。不知道内情的人，根本就不会注意这个细节，也就无从发现这个秘密。江群虽然看穿了其中的秘密，但他却假装不觉，只是在心里暗自叹道：“这个办法想的可真是够绝的。”

卖完黄豆之后，他们把车开到一个僻静的地方，刘丽招呼江群和任武上车，帮她打开了黄豆袋子，她弯腰将手用力伸进黄豆袋里，掏出一包东西来，这个包形状有两块砖那么大，外边用黑色塑料袋包装。刘丽急忙将这包东西放进她随身带来的手提箱里。然后，他们丢弃了黄豆袋子，开车找了一个能存车的宾馆住下来。

江群在宾馆里和乔铎通了电话，请示下一步如何行动。乔铎告诉他，具体如何运作，由他和刘丽商量，相关事宜他已向刘丽作了交代。

放下电话后，刘丽把江群叫到一旁，他俩低声商量了一番，为了确保万无一失，最后他们决定由江群带着杜立志前去联系，任武因为身上有伤，则和刘丽留在宾馆里等待消息，待他们把一切安排妥当后，再通知他们前去交易。

待江群和杜立志走后，刘丽不放心任武的伤势，硬是逼着他脱下外衣，揭开绷带仔细察看他的伤口，只见伤口周围的肤色仍然有些红肿，好在没有感染发炎的症状。其实任武伤势不轻，只是他的身体素质好，免疫力强，伤口愈合的快。刘丽才减轻心头忧虑。

尽管此时交易在即，刘丽深感责任重大，巨大的压力使她紧张的有些焦虑不安，又加上钱亚民刚刚去世，他们的情绪未免有些低落。但是对于热恋中的情人来说，真是一日不见如隔三秋，刘丽和任武无法抵御爱情的诱惑，他们情不自禁地拥抱在一起，亲热了一番之后，刘丽在幸福之余，向任武坦诚叙说了冷经理如何误会她和江群的关系，以及江群以示清白在外边住宿的经过。任武对江群的人格表示钦佩，也对刘丽的坦诚感到欣慰。刘丽对他的理解和信任感到由衷的高兴，同时心里又为他们的将来担忧，她心事重重地叹了口气说道："任武，我是感情专一的人，既然咱俩有缘相处在一起，我就准备和你终生相守，虽然你说对我的过去不计较，也对我疼爱有加，可我凭着女人的直觉感到你好像有什么心事在瞒我，让我觉得心里没底。"

"刘丽，你别多虑，我是个不善于用语言表达的人，但你相信，我对你的爱却是真诚的，我有什么必要瞒你呢？今天就咱们俩在一起，你想知道什么尽管问，我是知无不言，言无不尽。"任武笑着对她说。

"那好，我问你，咱们在一起这么长时间了，你为什么对你的家庭情况只字不题？对你的身世也讳莫如深？"刘丽一吐为快地问任武。

"刘丽，我们都是生活在现实生活中而不是生活在真空里，每个人都有自己的烦恼和不幸，我的不幸与你不同，你的不幸是因为家庭不幸而导致的，而我的不幸却是因为我的无知和任性所造成的，我对不起养育我的父母和关爱我的亲人。我现在这种情况，做为人子不能尽孝，为朋友不能尽义，愧对父母的养育之恩！每当我想起这些心酸的往事，就觉得痛苦万分，难以启齿，这也是我的一块心病，希望你能理解我的苦衷，不要在我的伤口上撒盐好吗？人都说‘虎毒不食子’，我想我的父母也会有原谅我的哪一天，等到雨过天晴的时候，我会把一切都会告诉你的。刘丽，我很感谢你，是你在我最落魄的时候，给了我最无私的爱，请你相信我，我是真心爱你的，无论将来发生什么变化，我都会始终如一地爱你，我也希望你能走出生活的误区，咱们共同携手，走向美好幸福的明天。”任武的这番发自内心的肺腑之言，彻底解开了刘丽心中的芥蒂和困惑，也让刘丽特别感动，更加深了她对任武的感情，她忙不迭地连连点头表示理解，她情不自禁地与任武紧紧拥抱，他们尽情地享受着爱情的幸福和甜蜜，彼此间的情感再次得以升华。

* * *

江群领着杜立志，回到宾馆房间，突然出现在冷经理的面前，冷经理的脸上露出了得意的笑容，他半嗔怪、半关切地问道：“江老弟，你一大早跑哪去了，咋不告诉我一声，害得我担忧受怕！”

“冷大哥，真是不好意思，由于突然接到他们的电话，忙于去接他们，走的比较仓促，没来得及告诉你们，让你们牵挂了，请多包涵！”江群抱拳施礼表示歉意。

“他们到了，那可太好了！路上没出什么大事吧？”冷经理关切地问道。

“虽然路上遇到了一些麻烦，但幸运的是货保住了，杜老弟，这是冷大哥，来，你们认识一下。”江群拉着杜立志，挨个为他作了介绍。他们相互握手，说着初次见面的客套话。

“江老弟，刘小姐呢？咱们先吃饭去。”冷经理一边相劝，一边询问刘丽的去向。

“她有点事，暂时来不了，冷大哥，我们已经吃过饭了，我看咱们还是先办正事吧。”江群婉拒了他的邀请，并提出进行交易的建议。

冷经理对他的建议自然是求之不得，他急忙笑着说道：“江老弟真是个痛快人，大哥就依着你，你们把货带来了吗？”

“冷大哥，此处人多眼杂，万一被人发现，岂不坏了大事？我把货放在了一个安全的地方，待你们把货款备好后，我就领你们去提货，你看怎么样？”江群向他说出了自己的想法。

“老弟，我真佩服你，考虑事情就是周密，好，就依你的意见，不过我考虑你们带现款不方便，我看咱们还是用支票交易吧？”冷经理向他提议道。

“支票也可以，不过你要提前把支票开好，咱们必须一手交钱，一手交货。”江群沉思一下对他说道。

“老弟，先开支票没问题，我早已准备好了。”冷经理一边说着，一边从手提包里拿出一本支票，以及公章、印泥等财务用品放在江群的面前。然后，他又话锋一转说道：“不过我们在开支票前，必须得先看到货。”

江群虽然担心货物的安全，但他也清楚，如果对方看不到货，是不会开支票的。于是，他把杜立志叫到一边，对他低声耳语了几句，杜立志答应着走出了房门。

然后，他又回到里间，对冷经理等人说道：“咱们先喝一会儿茶水，货很快就到。”

冷经理点头答应着，他们一边闲聊，一边耐心地等待。

大约过了半个小时，杜立志和任武提着手提箱走进了房间，江群从任武手中接过手提箱，对冷经理说：“现在你们就验一下货。”

冷经理面带笑容，得意地用手捋着头发，起身来到手提箱跟前准备验货，同时又吩咐站在身边的小耿：“你去车里把电子秤拿来，咱们直接称重量。”小耿答应着走出房间。江群对任武使了一个眼色，任武也急忙跟了出去。

“老弟，打开箱子验货吧。”冷经理依然面带笑容地问道。

“等一下，等他们回来再验也不迟。”江群一脸严肃地说。冷经理笑着点点头，又重新回到沙发上坐了下来。

工夫不大，小耿就和任武回来了，小耿打开手里的提包，取出一个精制的电子秤，放在了茶几上。

“老弟，我是万事俱备，你就放心好啦，这回可以验货了吧？”冷经理再次站起身来笑着对江群说道。

江群点头表示同意，任武则机警走到房门口，将门从里面反锁上。又回到里屋，把窗帘拉上，以免有人从窗外偷看。与此同时，江群打开了手提箱子，里面露出了黑色的塑料包，他解开外层包装，里面又是一层塑料包装，再往里面又是牛皮纸包装，牛皮纸已经侵透油渍，一股浓郁诱人的特殊香味扑鼻而来，沁人肺腑。

这种特殊的香味，对冷经理来说并不陌生，他一下子就嗅出是大烟的味道。他的心中不由一阵惊喜，但表面上却不动声色，他一直等到江群把最后一层包装纸打开，见到了两块香味更加浓郁，外形酷似沥青的东西时，他抑制着心头的喜悦心情，暗自叹道：“仅凭这香味，就可以断定是正宗的上等烟土，再看包装纸上浸的油，就知道烟土的纯度。”他心里一边想着，一边走上前来，想进一步仔细查验。没想到江群啪的一声，将手提箱合上，一付公事公办的态度对他说：“冷大哥，咱们是亲兄弟明算账，货你也看了，咱们是否谈谈价格？”冷经理忙点头答道：“兄弟，价格没问题，就按咱们原来说的那个数，你说如何？”

“冷大哥果然讲信用，好，咱们成交。”江群满意地说道。

然后，他又重新打开手提箱，把货物拿出来，又重新包装一下，谨慎地放在了电子秤上，认真地称了重量，并在梁主任的要求下，扣除了包装的重量，双方都感到很满意。冷经理让梁主任按着重量和价钱，换算成钱数，他们双方都用计算机仔细地算了一遍，确认没有误差。冷经理示意梁主任开支票。梁主任就填写好一张大额支票，冷经理拿过来看了一眼，说：“不错，钱数和收款单位都对。”他一边说着，一边把支票递给了江群。江群接过来后，冲着阳光仔细地端详一番，没有发现什么异常，便点头说没错。冷经理刚想去拿装货的手提箱，却被江群伸手拦住了。他一本正经地说道：“冷大哥，虽说咱哥们儿的关系不错，但咱们做事必须先小人后君子。我必须要到银行去确认一下支票，得到验证后，我才能把货交给你。冷大哥，小弟这是不得以而为之，还望冷大哥多多包涵！”

“老弟，我看没有这个必要，咱们都是在江湖上成名立万的人，讲究的是江湖道义，咱们是多年的朋友，我怎么能见利忘义，昧着良心去干那种欺骗朋友的事呢？老弟，你难道不信任大哥的为人吗？”冷经理显得十分仗义地反驳。

“大哥，你别多心，小弟决没有不信任你的意思，咱们虽然是好朋友，但咱们现在谈的是生意，俗话说生意场上无父子，我看还是去确认一下为好。”江群仍然坚持己见。

“江老弟，在我印象中，你是个十分豪爽且不拘小节的人，今天怎么变的有些婆婆妈妈？你说咱们这么多年的交情，你还有啥不放心的？”冷经理面露不悦之色说道。

“冷大哥，话不是这么说，咱们既然是同行，就应该遵守行里的游戏规则，我也希望你不要违背游戏规则。我这是受人之托，忠人之事，万一有什么闪失，我回去也无法交代，希望你能理解。”江群正色对他说道。

冷经理见他执意如此，便苦笑着对江群说道：“江老弟，我可真拿你没办法，既然你如此忠心，那我就成全你，先把交情放到一边，遵守咱们的游戏规则。梁主任，你就陪着走一趟，到银行去验验，省着他不放心。我们几个就不去了，在这里等你们。”

江群见自己的目的已经达到，觉得没必要再和他计较，便心情轻松地起身和他们一起走出了房间，乘电梯来到了楼下，坐上汽车驶离了宾馆。

梁主任开车没有走主要街道，而是在比较偏僻的小巷里穿行，他左拐右绕地走了大约有十分钟时间，汽车驶上一条比较冷清的街道，在一个规模不大的工商银行分理处门前找了一个泊车位停了下来。他们在车里往外观察了一下周边的动静，见一切正常，梁主任便放心地开门下车，江群也从另一侧下车，两人一前一后，快步朝银行门口走去。

没想到他们刚走到门口，就迎面遇到一个身着银行服装的女工作人员，从银行里走了出来，她年约30岁，中等身材，长相端庄大方，她一见梁主任等人，便热情地打着招呼：“哎呀，这不是老同学吗？”

“是你呀，小张，你不是在市行工作吗？怎么会在这里呢？”梁主任颇感意外地笑着向她问道。

“我八月份就调到这里来负责了，老同学，你有什么事尽管说。”小张显得很随便地说。

“老同学，恭喜你呀！我得称呼你张主任吧？张主任，我现在就有事找你，你可别嫌麻烦。”梁主任和她打着哈哈说道。江群仔细看了两眼这位张主任，觉得有些面熟，似乎在什么地方见过，可急切间又想不起来。奇怪，自己在这里人生地不熟的，怎么会看她如此眼熟呢？他在脑海里飞快地回想着是否在哪里见过她。

“有什么事，你就快说吧，我还要外出办事呢。”那个张主任也笑着催促他。

“是这么回事，我的朋友有一张现金支票，他有些不放心，想到银行确认一下真伪，没想到正好碰到你了，就麻烦你给验证一下吧。”梁主任一边说着，一边从江群的手里把支票递到她的手上。

张主任接过支票，反复地看了一下，口气坚决地说道：“没问题，这张支票是真的，你们就放心吧。”

“张主任，既然支票没问题，如果我们直接提现金可以吗？”江群对偶遇的张主任有些怀疑，怎么这么巧，在门口就会遇到同学呢？所以，他故意提出难题来试探她。

“直接提现金？”张主任有些意外地说了一句，眼神中闪出一丝慌乱，她下意识地看了梁主任一眼，梁主任似乎不经意地笑着点了一下头。江群把这一切都看在眼里，心里更加证实了自己的怀疑，但他表面却不动声色继续盯着她的眼睛追问了一句：“对，现在就提现金。”

“老同学，我看提现金没事吧？是不是你们库存的现金不够啊？”梁主任看着她的脸说。

“老同学，还真让你说对了，我跟你说，你的支票想提现金没问题，只是今天没有预备这么多现金。”张主任面露难色地说。

“张主任，他们是我最好的朋友，你就想办法帮帮忙吧！”梁主任在一旁帮着求情。

“老同学，不是我不肯帮忙，因为我们这里不存这么多钱，如果是大额取款，必须事先预约，你们明天上午来吧，我今天就帮你们预约。”张主任语气坚决地说。

“张主任，谢谢你，给你添麻烦了。”江群客气地向她道谢，并顺手接过支票，慎重地放进上衣口袋里，

“老同学，既然你要出门办事，我们就不占用你的时间了，我们先告辞了，改日我请你吃饭。”梁主任拱手向她说道。

“你看多不好，偏赶上我要出去办事，也没让你的朋友到办公室喝杯茶，真是抱歉。”张主任觉得有些过意不去的道歉。

“没说的，没说的，你忙你的，我这个朋友也不是外人。”梁主任一边对着张主任挥手告别，一边转身离去。江群跟在梁主任的身后，细心地留意张主任的去向，只见张主任走到马路边，拦住了一辆出租车，在即将上车前，她回眸一笑，挥手与他们打招呼作别，然后乘车而去。

江群在这瞬间，猛然想起一个人来，这位张主任，怎么和那天自己在冷经理的办公室里看到的值班员如此相像呢？她怎么摇身一变成了银行的主任呢？难道他们早有预谋？可万一是自己弄错了呢？如果她们只是长相相近，根本就不是一个人怎么办？那岂不是耽误了大事，自己一定不能轻举妄动。尽管江群心里起疑，表面上却没有丝毫流露，他一边往车跟前走，一边在心里暗自想办法，用什么办法才能证实她的话呢？这个张主任为什么早不出来，晚不出来，偏偏赶上我们去核实支票时碰上呢？难道真是巧合？还是他们早有预谋？不行，我一定要想办法把事情弄个水落石出。却说梁主任见大功告成，心里高兴，便得意忘形地对江群说道：“江大哥，我们没有骗你吧？你和冷大哥是多年的好朋友，他怎么会

干那种缺德事呢？这回你该放心了吧。”

“真是不好意思，看来是我多心了，请你不要往心里去。一会儿咱们回去好好喝一顿，不过我有言在先，今天必须我作东，一是祝贺咱们合作成功，二来感谢你们多日来的盛情款待，三是向各位赔罪，在下多有得罪，请多多包涵！”江群心里虽然思考对策，却没有影响他们之间的谈话。

“你作东就免了吧，好好喝一顿到是应该的，咱们今天就喝个一醉方休，不醉不归。”梁主任兴奋地说道。他们一边说话，一边朝停车的方向走去，眼看就要走到车跟前了，江群心里非常着急，就在这时，他看到远处有几个人朝他们走来，大脑灵机一动，不由计上心来。只见他用手一拉梁主任的衣袖，故意用惊慌的语气低声说道：“不好，那边有人监视咱们，快跟我来。”说罢，他拉起他的胳膊往回就走。

“在哪呢？”梁主任作贼心虚，听他这么一说，登时被吓的脸色煞白，惊慌失色地问道。

“别出声，也别回头，跟我走。”江群压低声音对他说。

梁主任被这突如其来的变故吓的早已没了主意，像他这种贩毒的罪犯，最怕在作案时遇到警察，此时犹如惊弓之鸟，顺从地跟着江群走进了营业大厅，江群径直走到一个年轻的保安跟前，有些焦急地问道：“请问卫生间在哪里？”

“在二楼，楼梯拐角处。”保安用手向上一指说道。

江群嘴里向他道谢，脚下却丝毫未停，按着保安指点的方向走去。他们进了卫生间后，躲进了一个单间里，江群把门关严，梁主任惊慌未定地向江群问道：“快跟我说，到底出了啥事？”江群用手指挡在嘴上嘘了一声，示意他不要出声，并顺手拉了一下水龙头开关，借着流水声的掩护，江群把嘴对着他的耳边悄声说道：“你小点声，外边有老便跟踪咱们。”

“你看清楚了吗？可别看花眼了。”梁主任声音有些颤抖地低声说。

“绝对没看错，我毕竟也是保卫科出身，平时没少和警察打交道，具有一定的侦察和反侦察常识，请你相信我好了。”江群不容置疑地说。

“咱们现在怎么办呐？”梁主任吓的没了主意。

“咱们先躲在这里，别说话，看看动静再说。”江群说完后，他俩便屏住声息，侧耳细听着外面的声音，约莫过了一支烟的工夫，没有发现什么动静，江群便对梁主任说道：

“你在这里熟人多，容易让人认出来，你呆在这里千万别动，我出去看看什么情况。”梁主任连连点头答应。

江群走出卫生间，直接来到了一个业务窗口，他把支票递给里面的工作人员。接待他的是位年轻姑娘，江群客气地对她说：“同志，麻烦你一下，帮我确认一下这张支票。”

那个姑娘接过支票，说了一声请稍候，便仔细地对着账号核对，然后，她抬起头来，神情严肃地说：“对不起，你这张支票是透支支票，这个账户上根本没有这么多钱。”她在说话的同时，顺手把支票退给了他。

“同志，我再麻烦你一下，请问你们这里的张主任在吗？”江群再次向她问道。

“张主任？我们这里没有姓张的主任，你大概记错了吧？”那个姑娘有些疑惑地问他。

“对不起，可能是我记错了，谢谢，给你添麻烦了。”江群客气地离开了窗口。

江群怀着愤愤不平的心情走到门口外，看来这一切他们早有预谋，幸亏自己警惕性高，才没有上他们的当。他们既然下了这么大的工夫，就绝对不会善罢甘休，甚至会采取极端的手段对付他们，自己眼下应该采取什么办法，才能保证人、货都平安呢？他在心里反复核计着应急的办法。如果和他们硬拼，势必会弄个两败俱伤，如果向他们服软，即使人没啥事，货物也无法保全。看来还是要用老办法，把他们吓跑，自己才能全身而退。想到此，江群急忙拦住了一辆出租车，向宾馆驶去。

当江群独自一人，喘着粗气跑进了房间时，把屋内的都吓了一跳，冷经理颇感意外地急忙上前问道："发生了什么事？梁主任呢？"屋里的其他人也都神情紧张地围了过来。江群喘了一口长气，用近乎绝望的口气说道："坏事了，我们在银行门口被老便盯上了，梁主任还藏在厕所里，我跑回来给你们送信，我看宾馆门口也好像有便衣。"他的话不啻于晴天霹雳，把屋里的所有人都吓得目瞪口呆，

"这可如何是好？"冷经理惊慌失色地搓着手说道。

"冷大哥，事不宜迟，咱们赶紧分头跑，货还由我们带着，这种时候我们不能连累你们，这是支票，你先收好，如果我们能侥幸躲过这一劫，我再想办法和你联系。"江群十分"仗义"地作出了以上安排。冷经理心存感激地说道："老弟，患难见真情，大哥啥也不说了，你们多保重吧。"说完，他和小耿起身就走，

"大哥，不要乘电梯，走楼梯安全。"江群在身后低声提醒他。

"老弟，多谢了，咱们后会有期！"冷经理边走边说，连头都没回，直奔安全通道奔去。

待他们离去后，杜立志着急地对江群说："咱们也赶快走吧，一会儿该来不及了。"江群看了他一眼，没有表态，只是让他俩赶紧把随身东西收拾好，然后，江群领着他们，乘电梯来到楼下，从容不迫地打车离开了宾馆。

看到这里，想必读者早已明白，其实冷经理他们一伙一开始就抱着诈骗的目的，他们所经营的公司，由于经营不善，再加上他们整日花天酒地、吃喝嫖赌，导致花销巨大、入不敷出，目前已濒临倒闭。他们虽然诈骗了一些钱财，却难以满足他们的贪欲和挥霍，他们早就盘算着想骗取一宗大财，正苦于没有机会，没想到乔铎主动找上门来。因为他们口碑不好，这两年已很少有人与他们做生意，现在乔铎愿者上钩，他们岂能错过这难得的机会？因为他们的目的不纯，所以在价格上特别优惠，又对江群和刘丽盛情款待。为了掩盖名声，他们百般阻止江群和刘丽到公司去，以免暴露自己皮包公司的真相，又每日派人相伴左右，使之无法分身，尽管他们的计谋周密，江群却还是利用时间差，了解到了他们的实情。

在交易中，他们早已料到江群一定对支票的真伪有异议，所以，他们事先就布置好了应付的办法，冷经理让小耿的姐姐假扮银行工作人员，在银行门口等候，在江群的面前上演了一场双簧，他们自以为做的天衣无缝，没想到江群技高一筹，他用提取现金的办法，使她露出了破绽，又假借警察的名义，把梁主任吓的在卫生间里不敢出来，使他赢得了时间，了解到了真相，识破了他们的伎两。可话又说回来，江群此时使命在身，即使冷经理的支票是真的，他也会采取必要的措施，把冷经理等人吓跑，使交易被迫中断，然后自己好带人全身而退，去实施下一步行动方案。

江群巧妙地利用冷经理诈骗的机会，既达到了破坏交易的目的，又有借口向老板交代，真是一举两得。江群早就摸透了冷经理这帮坏人的心理，他们最怕的就是警察，所以，江群就对症下药，来个卤水点豆腐，一物降一物，果然收到了预想的效果。

话说梁主任提心吊胆地躲在卫生间里，外边一有脚步声，都让他害怕，尤其是有人到卫生间来方便，他更是吓的不敢大声出气。直到过了十几分钟，也没有见到江群回来，又听外面没有什么反常情况，觉得老在这里躲着也不是办法，便深呼吸了一口长气，稳定了一下情绪，蹑手蹑脚地走出了卫生间，他来到一楼营业大厅，躲在楼梯的拐角初，仔细地观察着大厅的动静，见一切都很正常，便极力保持镇定地快步向门口走去。

出了大门后，他在台阶上停下脚步，看见汽车还停放在那里，四外也没发现什么可疑的人，就壮着胆，装作没事似的，慢慢走到了车跟前。再一次举目四望，确信没有人监视，就急忙掏出车钥匙，手有些颤抖地打开车门，一头钻进车里，有些手忙脚乱地将车启动。此时，他已无暇顾及江群的安危，只是一心想尽快逃离目前的险境。由于他心里着忙，在拐弯时没有减速，再加上路面结冰，他差一点没跟迎面驶过来的车相撞，气得那位司机把车玻璃摇了下来，骂他会不会开车。若是在平时，他早就发火了，可此时他却无心与之理论，甚至连车速都没减，便呼啸而去。

他没有直接回宾馆，而是把车开到一个僻静的电话亭旁，拨通了宾馆房间的电话，可电话却没人接听，他不知道发生了什么事，没敢贸然去宾馆，而是开车赶回了公司，还是没有看到他俩的人影。他又马不停蹄去冷经理和小耿的家找，却依然没能找到。于是，他又接连找了几个冷经理常去的地方，最终，他在覃秘书的住处找到了他俩。

三人见面之后，冷经理问他到底发生了什么事，梁主任便把事情的经过大致讲了一遍。冷经理听后，不由心生疑窦："这么说你根本没有看到警察？只是听江群说的？"

"是，我是没有看到，可他说的挺吓人，又说他在保卫科干了多年，有一定的侦察和反侦察能力。再说这种性命攸关的大事，只能信其有，不可信其无，我岂敢拿性命开玩笑？"梁主任振振有辞地表白。

"这事倒也不怨你，不过我总觉得这件事有些蹊跷，整件事从头到尾，咱们谁也没发现警察，只是听他一个人说。他把你丢下，独自跑回宾馆，对我们说被警察跟踪了，可我们小心翼翼地来到楼底下时，却没有发现什么反常，我看咱们这么办，你俩先去想办法从侧面了解一下公安局的情况，证实一下咱们到底被没被公安局盯住，好在咱们没有留下证据，即使被抓住也不要紧，咱们就给他来个死猪不怕开水烫，死活不承认。记住，在没弄清楚公安局的底细之前，你们俩千万要小心行事，不要回家，也不要和家人联系，以免暴露自己，有什么情况要及时向我汇报，那么快点去吧，我在这里等你们。"冷经理向他俩吩咐道。

梁主任和小耿答应着走出房门，覃秘书端了一杯茶水走到冷经理身边，撒娇地劝他不要生气上火。冷经理见她如此善解人意，心中的火气早就消的无影无踪，他一把将她搂住，覃秘书也顺势倒在他的怀里，两人肆无忌惮地亲热起来。

梁主任和小耿通过朋友多方打听，证实公安局根本不知道此事，他俩放下心来，又到银行和宾馆去侦察了解了一番，结果江群他们连房都没退，只是人去楼空。于是，他们急忙赶回来，把探听的结果向冷经理汇报。

冷经理听到是虚惊一场，气得一拍大腿说道："既然公安局没有掌握咱们的行踪，那他们为什么中途变卦，给咱们演这么一出戏呢？难道是你们在银行时配合得不到位，让他看出了什么破绽，让他们识破了咱们的用意？他为了脱身才故弄玄虚，用警察来吓唬我们？你再好好想想，你们之间是否出现什么纰漏？”冷经理有些疑虑地问梁主任。

“在整个过程中，我和小耿他姐配合得很默契，没有出现什么破绽，你这么一提醒，我倒想起来个细节，就是在江群突然提出要提取现金时，她意外地打了个夯儿，幸亏我及时给她提醒才没漏馅。”梁主任蹙着眉头回忆着说道。

“你别着急，再把当时的情形详细说一遍。”冷经理向他问道。于是，梁主任又把过程叙说了一遍。冷经理听后，神情十分沮丧地说：“没想到咱们费了这么大精力，到头来还是功亏一篑！你也不想想，江群是何等的人物，以他的聪明才智，这个失误岂能逃过他的眼睛，他准是知道和咱们硬拼会吃亏，于是，他就给咱们来个金蝉脱壳之计，他的办法简直太高明了，也怪我太粗心大意，过低估计了他的能力，哎，没想我我玩了一辈子鹰，到头来反被鹰啄了眼，真是气死人了。”

“大哥，留得青山在，不怕没柴烧，你就别上火了，反正咱们也没搭啥。”覃秘书在一旁好言软语相劝。

“我倒是没上火，就是咽不下这口气，我不能就这么便宜了他们，否则以后传出去，我还怎么在江湖上立足？你们俩赶紧带上几个弟兄，到各个旅店和宾馆挨个去查找，务必设法找到他们的行踪，有情况立即向我报告。既然他们有初一，就别怪咱们有十五，你们一旦发现他们，不必跟他们讲什么江湖道义，必要时不惜杀人灭口，也要把货给我劫回来，我要让他们尝尝我冷某人的厉害。”冷经理面色冷峻地命令道。

当下，梁主任和小耿带着几个弟兄，对全市的大小旅店、宾馆，进行了逐一的盘查，他们在一个偏僻的宾馆里发现了线索，宾馆的服务员告诉他们说上午确实有几个黑龙江来的客人，可没想到，他们下午就匆忙退房开车离去，说是事情已办妥，他们要连夜往回返。他们没想到这是江群故意给他们释放的烟幕弹，目的就是给他们造成错觉。梁主任仔细地询问了他们的体貌特征，又查看了住宿登记记录，确信是他们无疑。于是，他把这个情况迅速报告给了冷经理，冷经理急忙派出车辆去追踪，可一直追出几百公里，也没见到他们的踪影，无奈之下，冷经理只好鸣金收兵。

可叹冷经理他们绞尽脑汁，机关算尽，最终还是竹篮打水一场空，这真是强中自有强中手，恶人还须恶人磨。

* * *

根据多方面所取得的情报，扬威召集安航、雷鸣、巴日虎等主要人员开会，经过认真仔细的商讨，决定采取收网行动，把刺杀马有才的凶手逮捕归案，一是切断贩毒分子的情报来源。二是敲山震虎，让犯罪分子感到恐慌，以便达到引蛇出洞的目的，使其铤而走险，以便警方获取他们的犯罪证据，并将贩毒团伙一网打尽。

至于刺杀马有才的凶手，早就在公安局的掌控之中。其实，在案发后不久，随着对案件的深入调查，案情已逐渐明朗。尽管从表面上看，许多疑点都证实章建华有作案嫌疑，因为现场所遗留的匕首和两个子弹壳，都是他的物品，现场所遗留的脚印尺码和磨损程度，也与他所穿的皮鞋相吻合，但这只是表面现象。安航通过进一步深入调查，发现脚印所承受的重量不相符，鞋印的着地面不均匀，重心比较靠后，这是个非常重要的疑点，另外通过再次传讯章建华，对他那天的所有活动时间，以及所接触的人员都进行了详细的盘问并进行了调查核实后，发现了案情的诸多疑点并非如表面上所显示的那么简单，安航对案情进行了反复推敲和认真研究分析，对于真正的罪犯已了然于胸。但是为了配合侦破贩毒团伙的整体部署，指挥部采取了欲擒故纵的方案，故意释放烟幕，将章建华先行收押。根据掌握的情报，章建华与贩毒团伙也有牵连，曾利用职权之便，为贩毒活动大开方便之门，实际上他就是帮凶，把他收押也是罪有应得。如今按着指挥部的步骤，已经到了逼蛇出洞的时候，这个钻进公安战线的蛀虫因为贪恋女色而被犯罪团伙拉下水，不但甘心为其通风报信，而且不惜铤而走险枪杀同伙灭口，如今该是这个恶贯满盈的败类认罪伏法的时候了。于是，安航把纪远请到办公室，理由是让他以证人的身份，前去指证章建华有罪。安航根据对案情的推理和判断，进行了认真的准备工作，他将用不容置疑的、铁一般的事实，与这个败类进行面对面的较量。

由于解除了自己的嫌疑，纪远得以每天正常上班工作，这让他感到十分庆幸，既然所有的罪证都指向了章建华，那就没有自己什么事了，也就可以高枕无忧，放心大胆地继续吃喝玩乐，享受正常人的生活了。面对专案组的传唤，纪远虽然有些疑惑，但也没怎么放在心上，他想无非是让他去作证，指认章建华有罪罢了。因此，他和章建华的表情各不相同，章建华被带进门时神情有些激动，口中连呼冤枉，要求公安局给他做主；纪远则显得很镇定，他不仅笑着和安航等人打招呼，并上前拿过桌上的香烟，不但自己吸了一支，还为章建华点上一支，而且还劝说章建华要主动坦白交代自己的罪行，争取宽大处理。章建华则愤愤不平地为自己辩白，声称有人对他栽赃陷害。安航沉稳地坐在椅子上，一边吸着烟，一边冷眼观察他俩的表现，直到此时才轻轻地摆了一下手，示意他们各自安定下来，然后才用平静的口气对他们说道：

“二位稍安勿躁，请相信我们绝不会冤枉一个好人，但也绝不会放过一个坏人，通过几天的立案侦查和通过科学手段，我们已经找到了真正的罪犯，并掌握了他的基本犯罪事实……”“是谁？”纪远和章建华几乎异口同声地问道。他俩的表情却各异，章建华有些惊喜，纪远却显得有些惊讶。安航没有直接回答他们的提问，而是继续不紧不慢地说道：

“二位不必心急，请听我具体分析一下案情，答案自然会见分晓。整个案情从表面上来看，无论是现场遗留的物证和脚印，还是作案时使用的枪支，章建华都具备作案的条件和时间。他的嫌疑也最大，故此我们对他进行了重点侦查。可随着案情的逐步深入，我们对他的所作所为产生了疑惑，让人感到不可理解的是：他既然有心作案，为什么要喝醉酒？而且还带人回到宿舍，继续喝酒，这样岂不是自找麻烦，既不利自己作案，又容易被人发现，要知道这是人命关天的大事，他怎么会不清楚保密的重要性呢？难道他有必要在作案前把一个不相干的人带回宿舍，再把兑了麻醉药的酒把他麻醉，这样做对他有什么好处？其意义何在？还有一个疑点就是他为什么把自己的匕首丢在现场，因为当时既没有发生打斗，又没有遇到紧急情况，他怎么会把如此重要的证据丢失在现场呢？再一个就是他既然是个有多年军龄的军官，难道连做案后把枪擦干净的道理都不知道吗？这分明是有意在暴露自己，就凭他的智商，不至于干出这种弱智的事情吧？另外还有现场遗留的脚印，更能说明问题，现在外面到处都是雪，脚印在雪地上显得格外清晰，他为什么不换一双鞋去作案呢？难道他连这起码的常识都不懂吗？而且作案后毫不在意，竟摆放在自己的床前，这不是明摆着留下作案的证据吗？这岂不有悖常理，违背正常的犯罪规律吗？既然有这么多的疑点，我们只好逆向思维，反其道而行之，从另一个角度去观察思考案情。那么结论只有一个，就是有人故意制造假象来混淆视听、嫁祸于人，有意对他进行栽赃陷害！那么这个人是谁呢？就是你，纪远纪科长，因为只有你才具备这样的条件和时间……”“我抗议，你这是诬陷我，我要到上级去告你！”纪远气急败坏地站起来大声说道。

“纪科长，请你先别激动，听我把话说完，你再抗议也不迟。当晚，你请章建华去喝酒，酒后又到舞厅去玩，都是有预谋的，目的就是为了利用他的身份，进入武警支队的院内。门口的岗哨对于自己单位的车辆，尤其是领导开车，自然是无意细查，于是，你便顺利地混了进来。你来到他的宿舍后，又用话激他和你喝酒，而且用事先准备好的酒菜。你担心他一时半会醉不倒，耽搁了你的大事，就趁他不注意，把事先预备好的麻醉药偷偷地放进他的酒杯里。他喝下掺了麻醉药的酒后，很快就失去了知觉。于是，你就把他扶到床上，脱下他的衣服和鞋子，穿在了自己的身上。接着，你就带上他的匕首，从他的枪套里取出手枪，并打开弹夹，检查了弹夹里的子弹。因为你经常到武警支队来玩，对这里的地形比较熟悉，所以你轻易地找到了关押马有才的禁闭室。当你发现前门有人严密把守时，你就绕到了房后，戴上了手套，又戴上事先准备好的头套，以防被人认出来，然后你便用工具挑开了窗户的挂钩。马有才认为你是前来救他，过来帮你打开了窗户，并伸手让你帮他打开手铐，没想到你却顺势刺了他一刀，你这一刀本来想刺中他的胸口，可他出于本能，往下躲闪了一下，由于禁闭室的窗户小，窗台又高，再加上中间有钢筋隔着，你的匕首只是刺中了他的肩膀。在他的呼救下，你丢下匕首，掏出手枪，对着他藏身的墙角开了两枪，然后，便撒腿逃离了现场。

回到了宿舍后，你把手枪用布擦干净，把枪放回了原处，脱下了衣服和鞋子，将面具和手套扔掉，又把他喝剩下的兑了麻醉药的酒，折到自己使用的杯里，喝了下去，你这样做的目的，就是为了制造同时醉倒的假象，蒙骗我们的检查，故此，我们在对酒杯进行化验时，两个杯子里都有麻醉药的成分，忙完这一切后，你才和他躺在同一张床上昏睡过去。”

“你这是胡编乱造，血口喷人，我要控告你。”纪远再次跳起来，声嘶力竭地喊道。

安航用眼睛盯着他，依旧不紧不慢地说道：“你自以为在公安战线干了多年，具有反侦察的能力，一切都做的天衣无缝，可你却聪明反被聪明误，你的假象做的太逼真了，反而露出了破绽，真是百密一疏，人算不如天算。我有三个证据证明你的罪行，咱们首先说第一点，就是麻醉药的事，你想想，一个正常的人是不会无端准备麻醉药的，只有在需要时才会准备。那么你和章建华之间，谁有这种需要呢？他根本就不需要，因为他要想作案的话，时间和条件都非常有利，没必要去找个人来，用药把他麻醉，然后再独自去作案。只有你才有这个必要，你必须把他麻醉，在他昏迷的情况下，你才有可能实施一系列行动，达到你嫁祸于人的目的。怎么样，我没说错吧？”面对安航的质问，尽管纪远依然狡辩，声音却明显低了下来，说话的口气也不如刚才那样理直气壮了。

“第二个证据就是那把枪，尽管你使用后把它的外面擦干净了，却故意不擦枪膛，目的就是让人发现是用这支枪作案，以便把罪责推到章建华的身上。可你却没想到弹夹上留有你的指纹，这是你在临出屋时，检查弹夹里的子弹时留下的。如果不是你用过这把枪，弹夹上怎么会留有你的指纹呢？”纪远面色苍白，低头不语。

“第三个证据，也是最重要的证据，就是现场留下的鞋印，从外表上看，无论从鞋的样式，或者其磨损程度，都与章建华的鞋吻合，足以证明现场上的鞋印是这双鞋留下的。可经过痕迹专家的鉴定，现场遗留的鞋印与章建华的体重不符，章建华的体重轻，这个鞋印的承受力却明显比他重，而且脚印着地面前后受力不均匀，脚的前端根本没受力，几乎所有的重心都在脚后跟上，造成这种情况的原因是鞋小脚大，鞋子挤脚所致，脚的前端被挤在小鞋里，脚趾和脚掌根本无法活动，也就无法用力，所以才造成了前后受力不均匀，重心向后的情况。章建华穿的鞋是42 码，你穿的鞋却是43码，这正和鞋印的受力不均匀相吻合，所以现场所遗留的鞋印与他平时的鞋印不符。经过测试，鞋印恰巧与你的体重相符，这就足以证明当天晚上，你是穿着他的鞋子去作案的，所以现场才留下了这种反常的脚印。除了上述这三点，我们还有一个最关键的直接证据，就是犯罪嫌疑人在作案时戴的那个头套，我们在头套里发现了两根头发，经过检验，头发的血型和基因与你相符。难道这些证据还不足以证明你有罪吗？”安航胸有成竹地抽丝剥茧，把作案的细节娓娓道来。在安航的科学推理和相关的证据面前，纪远再也无力辩解，他绝望地跳起身来，想夺门而逃，干警们早有思想准备，奋力上前将他制服。纪远的心理防线彻底崩溃了，乖乖地承认了自己的罪行。

*　　　　*　　　　*

得知纪远落网的消息后，乔铎预感到危险正向自己逼近，他如同热锅上的蚂蚁般惶惶不可终日。他六神无主地找到表妹去求主意，一见面就急忙说道：“表妹，团伙的人接二连三被抓，风声这么紧，你说我该怎么办呐？”

梅岚望着惊慌失色的乔铎，有心想责备他几句，可她话到嘴边，却改变了主意，竟一反常态地安慰他：“表哥，你先别着急，抓几个人算啥，只要你稳住阵脚，即使那几个倒霉蛋供出实情，也没什么大不了的。目前当务之急是把所有存货都甩掉，他们没有直接罪证，总不至于单凭口供来定罪吧？再说万一有什么闪失，还有你妹夫这个靠山呢，他岂能见死不救，只要我们上下一活动，就会大事化小、小事化了，你尽管放心好啦。”

乔铎连连点头称是，并十分信服地说道：“表妹你说的绝对有道理，我听你的话，先把存货甩掉。你说现在形势这么紧，万一在甩货时出现危险怎么办？怎么才能做到万无一失？”

“甩货的事你不必出头，就让手下的人去办，你只管在幕后策划指挥就行了，以免把你牵扯进去。至于运送货物的事，由我来想办法，我看还是用你妹夫的警车来运，以免路上惹麻烦，让你的司机和许芳一同开车前往，就可以确保万无一失。你在家中遥控指挥，稳坐钓鱼台，正常打理公司业务。另外这两天我要出差，你赶紧回去准备吧，以后有事咱们用电话联系。”梅岚冷静地替他出谋划策。梅岚这番话，无疑给乔铎吃了一颗定心丸。他对梅岚一向是言听计从，回去之后，他立即着手筹备交易的相关事宜。

话说江群等人回到宾馆，见到刘丽后，他们关紧了房门，把事情的来龙去脉向他们述说了一遍。他们都感到有些后怕，幸亏江群足智多谋，慧眼识破了他们的阴谋诡计，又巧施妙计，把他们吓跑，没有上当受骗，真是谢天谢地！他们几个在背后气愤地骂了一顿，气消了之后，刘丽又跟乔铎通了电话，把事情的经过向他如实作了汇报。乔铎又让江群接电话，详细询问了所有细节，并一再追问，在整个交易的过程中，是不是真的没有引起公安局的注意。江群当然是一口咬定说没有。乔铎似乎还不放心，又一一和其他人进行了核实，确信无疑后，他告诉江群等人暂时呆在宾馆里待命，等候他的通知，然后，他才挂断了电话。

很快，他们又接到了乔铎的电话，告诉江群和刘丽按第二套方案行动，这第二套行动方案，是乔铎在他们临行前特意交代的，说起来比较麻烦，具体内容，下文便知，恕不赘诉。为了防止冷经理找麻烦，乔铎指示他们退掉了宾馆，前去部队招待所住宿。这个招待所坐落在仓库院内，以前不对外，改革开放以后，部队的领导为了增加收入，才允许对外营业。江群以前曾在这里住过，对这里的环境比较熟悉，宾馆对入住人员的证件要求很严，证件不全难以入住，门口还有哨兵24小时站岗，出入都要经过严格检查，住宿的人员必须凭住宿证通行，闲杂人等根本无法进入，住在这里，可确保人身安全。

他们开车来到部队招待所，凭着有效证件，顺利地住了下来。任武在刘丽的相伴下，到附近的医院点滴换药，伤口已经开始愈合，只是左臂行动还有些不便，幸好已无大碍。

待一切安顿好之后，他们便按照乔铎的指令，开始实施第二交易行动，江群按着既定方针，拨通了对方的联系电话。接电话的是个男子，他客气地问道："请问你是哪位？有什么事情？"江群在电话里说："我是受朋友之托，想要拜访一下赵老板，有要事和他面谈。"对方答道："老板不在，你先报个万儿来，等老板回来转告他。"江群急忙按着乔铎告诉的暗语回答："义重桃园。"对方又问道："可有诗否？"江群答道："有诗，三山五岳一支花，天下洪门是一家。"对方听后没有再继续盘问他，只是说让他等电话，便把电话挂断了。江群和刘丽把情况告诉了乔铎，乔铎让他们耐心等待，并让他们把接头的联系暗号铭记于心，以免临场弄错而耽误了大事。江群他们一直等到晚上八点多钟，才等来对方的电话，打来电话的仍然是接电话的男子，他在电话里告诉说："老板想见你，请你一个小时以后，到车站广场的邮电大楼门前，那里有一辆黑色的桑塔纳轿车，车牌号的尾数是688，接头的人身穿黑色皮夹克，带墨镜，手拿一本电影杂志。下车后，他绕车转一圈，你就上前答话，对上暗号后，他就会把你带来见老板。"

江群放下电话后，与任武和杜立志简单地交代了几句，便和刘丽前去接头。他们打车来到了接头地点。见时间尚早，他俩就沿着邮电大楼门前散步，眼睛紧盯着出现在门口的黑色轿车。等了不到二十分钟，只见一辆黑色轿车从远处驶来，缓缓地停在了门口，他们仔细一看，车牌的尾号正是688，这时，从车上下来一位身材魁梧的年轻男子，他的装束打扮以及手上拿的刊物无一不与电话里相符。江群见此，便欲上前对话，可他见那个人站着没动，他也停下了脚步，因为按规定来人围着车绕一圈，他见对方没转，他也不敢造次。那个人四下观察了一下周围的动静，然后，才装出检查车辆的样子，围着车转了一圈。江群赶紧走上前去，客气地说道：“大哥，你是来接朋友的吗？”那人看了他一眼答道：“对，是接一位洪姓的朋友，请问你认识他吗？”

“岂止认识，我们是本家兄弟。”江群答道。

“既然是本家兄弟，那你一定知道他的为人了？”

“非亲有义须当敬。”江群抱拳说道。

“是友无情切勿交。”那人也抱拳回敬道。然后，他便打开车门，请他们上车，上车后，那个人拿出两个眼罩，说：“对不起，请二位委屈一下，把眼罩戴上，这是规矩。”江群和刘丽顺从地戴上眼罩后，车子就快速地疾驶而去。

车子忽而往左，忽而往右，接连拐了几个弯儿，江群的耳边逐渐听不到城市的喧闹声，估计车子已经驶出了市区，行驶了足有半个小时，车子终于停了下来。江群和刘丽被引领着，深一脚、浅一脚地试探前行。他们走了一段，又扶着楼梯扶手，顺着一级级的台阶上楼，约莫到了二楼，他们停止了脚步，随着开门声，他们被带到了一个屋子里。有人上前将眼罩取下，又把他们安置在椅子上坐下。他俩使劲揉了揉眼睛，努力适应着室内的光线，这是一间宽敞的大厅，只见在昏黄的灯光下，站着几个戴着墨镜的彪形大汉。中间隔着一道屏风，屏风后面有张方桌，江群透过屏风，隐约看到桌前端坐着一个中年男子，他戴着一付大墨镜，头上的鸭舌帽几乎压在眼眉上，整个脸就露出鼻子和嘴，又加上灯光昏暗，根本看不清他的长相。只听他用沙哑的声音威严地问道：“来者何人？报上蔓来。”

“在下大汉子。”江群躬身抱拳施礼答道。

“在下顺水子。”刘丽也起身施礼作答。

“洪气一点，通达五湖四海。”沙哑的声音冷冷地问道。

“万发宗支，到处合水横流。”江群又赶紧答道。

“有一点忠心方可入庙。”对方再次向他逼问。

“无几分义气切勿进城。”江群镇静回答。

“既然敢挂先锋印信，有何本领？”

“文韬武略十八般武艺件件皆能。”

“可有诗否？”对方语气和缓地接着问他。

“有诗，诗曰：枯木逢春花发芽，八仙过海插金花。公主骑马路上过，松柏林中是我家。”

中年男子见他对答如流，便停顿了一下，挥手叫过来一个手下，对他耳语了几句。手下点头进屋，工夫不大，就托着茶具托盘走到江群的跟前，托盘里放着十个茶杯，一把茶壶。江群望着茶具，低头沉思了一下，屋内的所有人都用目光盯着他，气氛显得十分紧张。江群冷静地抬头扫了众人一眼，然后，从茶具里拿出茶壶和五个茶杯，只见他把五个茶杯分东南西北四个方位放好，又在中间放上一个，摆出一个梅花形。用茶壶将茶杯倒上，端起四外的茶杯，分别喝了一口，唯独留下中间的一杯不饮，然后，朗声吟诗道：“梅花吐蕊在桌中，五虎大将会英雄。三姓桃园还有号，要会常山赵子龙。”说完之后，江群心里不由暗暗着急，乔铎所教的暗语已所剩无几，如果对方再继续盘问，自己恐怕难以招架，那岂不坏了大事。

“果真是五妹的人，这个梅花阵摆的地道，春点又这么熟，我就不难为你们了，你们远道而来，不知有何赐教？”听他转变了态度，江群放下心来，急忙抱拳施礼谦恭地说道：

“在下末流晚辈，此敢承受赐教二字，此次登门拜访前辈，实在是有要事相求，惊动诸位大驾，心中甚感惶恐不安！”

“既是自家兄弟，你就不必客气，有话尽管直说，赵某一定尽力而为！”那个沙哑的声音语气温和地说道。

“前辈，在下实不相瞒，我们手里有一批黑货急于出手，不知能否接收？”

“此事让老夫颇感为难，目前风声太紧，我们已有几位兄弟不慎掉脚翻船，我本打算先僻僻风再说。不过既然你们是五妹的人，远道登门来访，况我洪门中人，历来主张有福同享、有难同当。老夫如撒手不管，必为洪门十条训诫所不容，我只好破例再冒一次险，把这事成全了，不过为了保险起见，我得好好筹划一下，想个万全之策，以确保万无一失。你们先回到落脚处听信，至于何时何地交接货物，咱们用电话联系。”那个沙哑的声音沉稳而缓慢地说道。

“一切全凭前辈做主，在下静候佳音。”江群恭敬地回复道。

“那好吧，你们回去替我向五妹问好，就说我赵文秀想念她。咱们就此别过，恕不远送。”沙哑声音语气颇感激动地嘱咐。

“请前辈放心，晚辈一定代为转告，晚辈告辞！” 江群尽管不知道他所说的五妹是何许人也，但他却顺水推舟，满口应承，并再次施礼告辞。这时，有人走到他和刘丽跟前，给他俩重新戴上眼罩，又把他们领到楼下，用车将他们原路送回。

江群和刘丽回到招待所后，任武和杜立志正躺在床上，一边看电视，一边焦急地等候他们，见他们平安归来，闻知已经联系妥当，这才放下心来。任武见江群跟随刘丽去了到她的房间，知道他们有事情要相商，便知趣地留在房间里，没有去打扰他们。江群在刘丽的房间里，拨通了乔铎的电话，把有关接头的经过向乔铎作了汇报，并把赵云秀问候五妹的话也一并转告。乔铎听后，没有给予回答，而是对其他的相关的交易事宜作了安排，他特意嘱咐江群，要他在与对方商谈时把货的数量增加一倍。江群虽然心存疑虑，不知道他用意何在，但因规矩所限，他只有点头答应。

江群回到房间，任武和杜立志已经入睡，他怕惊醒他俩，便没有开灯，而是摸索着爬上床休息，他躺在床上，耳边听着此起彼伏的打鼾声，心里反复琢磨五妹的真实身份？他把所有的人都在脑海里过滤了一遍，他蓦然想到了一个人，莫非是她？想到此，他不禁悚然一惊，他根据以往种种迹象表明，这个神秘的五妹非她莫属，想起往事，又勾起了他的记忆，他的心里好像打翻了五味瓶，酸甜苦辣不是个滋味，搅得他久久不能入睡。

第二天上午，对方打来电话，表示同意做这笔生意，并再次密约他们前去，就数量、价位等相关事宜，逐个进行了商谈，江群尽管不知道乔铎的葫芦里卖的是什么药，但他还是硬着头皮，按着乔铎的嘱咐，虚报了一倍以上的数量，虽然他心里感到忐忑不安，怕在交易中惹麻烦，但此时却上命难违，不得已而为之。至于会产生什么样的严重后果，那只有走一步看一步，听天由命。

待所有事宜都洽谈妥当后，对方让他们回去作好交易的准备，至于什么时间，什么地点进行交易，他们另行通知。

江群等人暗中作好了交易的各项准备，可以说是整装待发，只等对方的通知，可不知道什么原因，一连两天，对方迟迟没有来电话，就在江群几人都等得很焦急时，童邦宪却突然来到了他们的住地，他是奉乔铎之命，前来负责此次交易事宜的。童邦宪同时还通知刘丽，暂时离开这里，另有要事去办理。刘丽自然是听命而去。在临分手时，任武恋恋不舍地把她送到大门口，分别在即，尽管附近有人来往，刘丽顾不得害羞，情不自禁地投入任武的怀抱，两人紧紧地拥抱在一起，良久才无奈地分开，彼此互道珍重，洒泪而别。

江群他们在担惊受怕中焦急的等待着，他们都清楚这种危险的贩毒交易，最忌讳拖延时间，生怕夜长梦多，万一出现什么意外，他们就会陷入万劫不复的深渊。

夜里十点多钟，江群见时间已晚，以为对方今天不会进行交易，他们便各自回到自己的房间上床休息。由于有心事，他们都难以入眠，只是百无聊赖地躺在床上看电视。就在这时，房间里的电话骤然响起，童邦宪急忙抓起话筒，只听话筒里传来了乔铎低沉的声音，通知他们马上出发，前往烈士陵园去进行交易。

童邦宪放下电话后，连忙来到任武的房间，向他们传达了乔铎的命令。他们急忙从床上翻身而起，童邦宪吩咐杜立志把市区交通地图拿过来，赶紧找烈士陵园的具体方位，并让他抓紧时间熟悉一下行驶路线，江群则转身去了一趟厕所，任武抽空到服务台买了两包烟。忙完了之后，江群弯腰从床底下，取出了藏在里边的手提箱，由童邦宪亲自提着，他们四个人一起来到了楼下，驱车离开了招待所。

他们离去不久，一名保安人员来到了卫生间，在纸篓里找到了一张纸条，他急忙将纸条送到了上级领导手里，同时送去的还有另一份有关行动的具体计划。

*　　　　　　*　　　　　　*

他们开着自己的大货车，凭着住宿证，顺利地通过了门口的检查。他们顺着大街行驶了一段路之后，就把车开进了一个昼夜服务的修理部，他们对修车师傅说让给车做“三保”，明天早上来取车。然后，由童邦宪和江群出面，在路边挥手拦住了一辆出租车，司机刚想启动，江群让他稍等一下，说还有人，就在他们说话的工夫，任武和杜立志已从后面开车门上车，司机见他们人多，心里有些害怕，便急忙问他们去哪里，江群随口说去火车站，司机见是在市区内，便打消了疑虑，开车径直向火车站驶去。

司机开车行驶到一条比较僻静的支线时，冷不防身后伸出一把明晃晃的匕首，刀锋凉飕飕地贴在了他的脖子上，司机猝不及防，当时就吓哆嗦了，他声音变调，带在哭腔颤抖着说：“大哥，有话好说。”江群语气平缓地说道：“你不要害怕，只要你乖乖地按我们的路线行驶，我们绝不会伤害你的。”“我听话，我一定听话。”司机忙不迭地答应，生怕一言不慎而惹怒了对方，给自己招来杀身之祸。

司机顺从地按着江群的意思，穿过灯火明亮的市区，朝着郊外驶去。随着灯光逐渐远去，路面也变得狭窄，道路两边出现了树林，过往的车辆也十分稀少。童邦宪喝令司机拐进一个岔道里，停了下来，他把司机拽出车外，司机吓的直求饶，江群拿出绳子，示意任武把司机绑在树上。童邦宪拔出匕首，凶狠地说道：“干脆做掉算了，留他反倒是祸害。”江群急忙阻拦道：“咱们与他往日无冤，近日无仇，犯不上害他的命，你们把他绑结实了，再把他的嘴堵住，就不会有啥麻烦。”任武也低声附和表示赞同，并动手将其牢牢地绑在树上，杜立志又从车里找来毛巾，将他的嘴堵住，然后，他们一起上车，杜立志掉转车头，开出了岔道，快速朝着烈士陵园的方向驶去。

车子顺着僻静的公路行驶了二十几分钟，道路两边的树林也愈加稠密。在车灯的照射下，路边现出了一个高大的门楼，借着灯光看去，依稀看见门楼上写着“烈士陵园”的字样。他们赶紧把车开进树林深处，把车隐蔽起来。童邦宪提起手提箱，领头向烈士陵园的腹地摸去。

烈士陵园坐落在燕山脚下，园中遍布苍松翠柏，一座高大庄严的革命烈士纪念碑，耸立在半山腰上，由于远离城市的喧嚣，在夜色的笼罩下，显得更加寂静，每当阵风吹过，树枝发出了簌簌的声响，好似有人在低声诉说，夜鸟偶尔在夜空中掠过，发出了几声低鸣，让人无形中增加了几分恐惧和神秘。杜立志的胆子较小，他只觉得心里一阵阵发憷，不由自主地抓住了任武的胳膊，以此壮胆。他们借着微弱的星光，一路小心地摸到纪念碑附近，这里是他们指定的接头地点，江群躲在一棵松树下，用手电光晃了三下，很快对面也回应了三下。对上暗号后，江群等人便放心地来到纪念碑后面，对方已经有五六个人等在那里。他们见面后，只是相互打了个招呼，然后就开始派人验货。尽管夜色朦胧，能见度比较低，但山坡上的一座座烈士墓却清晰可见。长眠在这里的英烈们，为了争取祖国的独立和解放，为了天下的劳苦大众能过上幸福生活而英勇奋斗，他们舍生忘死、前赴后继，为革命流尽最后一滴血，并献出了宝贵的生命，赢得了后人的景仰和爱戴！可没想到，这些丧心病狂的毒枭们，竟在他们的身边干起了伤天害理的犯罪行径，真是是可忍，孰不可忍！这是对烈士的亵渎！如果这些英灵泉下有知，也绝不会放任毒贩们如此胡作非为，他们一定会借正义之手，对毒枭们给予惩罚。

赵云秀已经让手下买通了烈士陵园值班的人员，故此，他们进出都无人阻拦。他们自以为得计，却没想到公安干警早就在外围布下天罗地网，他们控制各个交通要道，对进入烈士陵园的车辆一律放行，对出来的车辆则在远处设卡堵截，以防贩毒分子逃窜。

交易的双方此时正按着江湖规矩，各自派人检验对方的货和钱款。当下，由任武和杜立志负责看管装货的手提箱，由对方来检验货物的真伪及成色，而对方也派两个人提着货款到他们的身边，由童邦宪和江群检验货币的真伪，在手电光的照射下，对方打开了装钱的手提箱，呈现在江群眼前的是一捆捆崭新的百元现钞，他拿起其中的一沓人民币，熟练地用手翻看着，随后又从底下拿出一沓，又细心检验了一下，满意地说没有问题。

这时，对方也正在查验货物，一个30多岁的高个子熟练地打开层层包裹的塑料袋，从里面取出鸦片，他用手捏了捏，又用鼻子闻了闻，又用舌头舔了舔，他是个老行家，不由失声说道："不对，这是假货！"

"什么？是假货？你没看走眼吧？"一个声音沙哑地说道，江群从他那特有的沙哑声音里，听出来是赵云秀的声音。

"老板，你放心吧，我绝对看不走眼。"那个高个十分有把握地说。赵云秀闻之色变，急忙用暗语对手下吩咐道："他们是外码子，想打埋伏，快出马。"他的话音甫落，他手下的人已快速出手，只见那两个看管钱款的人，其中一个人上前一把拽过钱箱，"啪"的一声，将手提箱关上，提在手里保护起来。另一个则迅速从怀里掏出一把手枪，对准了江群和童邦宪，与此同时，其他人也纷纷亮出了家伙，将他们几个团团围住。江群他们虽然身上也带着家伙，此时受制于人，岂敢轻举妄动，再说货物到底真假事还没弄清楚，"怎么会是假货呢？会不会是他们看走眼。"江群心里也有些纳闷，便急忙分辩道："各位老大，先别发火，你们再仔细验验货，怎么可能有假呐！"

"我看你是不见棺材不落泪，把他俩带过来，让他们自己看看，省着说咱们冤枉他。"赵云秀生气地对手下吩咐道。童邦宪和江群被押到赵云秀跟前，他有些不相信地拿起一块大烟，用手电仔细地照看了看，用手捏了捏，又放在鼻子上认真地嗅了嗅，他的头上顿时冒出冷汗，他手上的货不但手感不对，更重要的是没有那股特有的，略带腥味的浓郁的香味。他似乎还不死心，又拿起另一块仔细检查了一遍，结果让他感到彻底失望，江群万万没有想到，他们费尽千辛万苦，甚至钱亚民搭上性命而保护的货物，竟然会是假货！在与冷经理交易时，他根本没往这方面想，只是担心上当受骗，同时也被外边层层包裹的沁满油渍的包装纸所蒙蔽，故此信以为真，连他们自己也被蒙在鼓里。他知道干他们这行的规矩，最忌讳的就是以假骗人，这种不讲江湖道义的行径，是最为江湖中人所不齿，不但会引起彼此间的仇恨，而且还容易大动干戈，伤人性命。面对这咄咄逼人的架势，江群心里焦急万分，他知道对方一定不会善罢甘休，不会轻易放过他们，他有心想解释。可此时就连他自己都弄不明白此事的来龙去脉，又如何能够对外人解释清楚呢？为今之计，只有向他们赔礼道歉，请求给予原谅，放他们一马。于是，江群十分诚恳地抱拳赔礼说道："前辈，各位老大，你们说的没错，这果然是假货，不过绝对不是我们几个有意欺骗，你们也知道，我们只不过是上指下派，给人跑龙套的，听命行事，至于其中的原委，我们也说不清楚，今天我们多有得罪，在下特此陪礼道歉，还望海涵！"

"你是吃灯心草的，说的轻巧，你简直是拿我们当猴耍。我们兴师动众，冒着风险，诚心诚意和你们交易，可你们竟然拿假货来欺骗我们，这种大逆不道的行为，岂是一句陪礼道歉就能了结的，这件事如果传出去，岂不让他人贻笑大方？我赵某人不是无名之辈，岂能任人胡作非为？今天必须给你们留下标记，让你们以后也长点记性。"赵云秀语气阴沉地说道。他所说的标记，指的是割鼻、挖耳、剜眼睛等黑道上用来作为惩罚的酷刑。他手下的人当然明白他的意思，当时就有几个人手持寒光闪闪的匕首，走上前来欲动手。江群他们虽然觉得理亏，但此时却不甘心任人宰割，他们不顾一切地掏出匕首，企图作困兽之斗。对方依仗人多势众，根本没把他们四个放在眼里，手持利刃向他们紧逼过来，眼看一场血腥的械斗无法避免，形势岌岌可危。

就在这千钧一发之际，突然从他们的身后，传来了一阵女人阴森的冷笑声，这幽婉尖厉的笑声，划破了寂静的夜空，让在场的人都感到有些毛骨悚然，只觉得后脊骨发凉。这突如其来的笑声，仿佛有一种说不出来的威慑力，让双方不由自主地停了下来，不约而同地寻声望去。只见在他们身后十余米的墓碑上，站立着一个纤细的身影。赵云秀是个老江湖，他虽然对来人很反感，但还是引而不发地问道："请问阁下是什么人？为什么来趟浑水？不妨报个蔓儿来！"

"我是个上不得台面的人，报不报蔓都不打紧，请问哪位是赵三爷？"那个女的态度友善地问道。江群等人一听，心中不由一震，这分明就是许芳的声音，她怎么会在这里突然出现呢？他们的心里不由打了个问号。

“老夫就是，请问阁下到底是什么来路，如何知道老夫的贱号？”赵云秀的语气颇为和善，他知道对方是有备而来，既然敢插手此事，就绝非等闲，况且对方又道出了自己的名讳。他岂能不以礼相待。

“赵三爷，失敬！失敬！在下代五妹向三爷问安！”许芳抱拳施礼说道。

“五妹，你是五妹的人，五妹在哪里？快点来见我！”赵云秀情绪激动地问道。江群等人听到这里，悬在心头的一块石头才落了地。

“赵三爷，实在对不起，五妹此时不便相见，还望见谅。”许芳婉言拒绝了他的要求。

“五妹，这么多年了，你还是这么高傲，不肯屈尊与我见面，令三哥倍感心寒呐！”赵云秀情绪低落地叹道。

“赵三爷，你不必伤感，五妹托我传话，她也很想念你，等办完正事，她自然就会和你见面。”许芳诚恳地告诉他。

“想不到见一次面竟会这么艰难，她说办正事，办什么正事？难道让我吃下这些骗子的假货吗？”赵云秀手指着江群等人生气地说道。

“赵三爷，你先消消气，你难道不了解五妹的为人吗？她怎么会用假货骗你呢？”许芳不紧不慢地向他解释。

“你怎么瞪眼说胡话，事实就摆在面前，你还如此嘴硬。”赵云秀有些动气。

“赵三爷，现在风声太紧，为了安全起见，我们才出此下策，我们是不见真佛不烧香，江大哥，你过来，把样品拿过去，让他们看看成色如何。”

江群答应着走了过去，他顾不得与许芳交谈，而是从她的手里接过一个旅行袋，拿到了赵云秀等人的面前，打开了旅行袋，从里面取出一个鼓鼓囊囊的黑塑料袋，赵云秀指使刚才那个负责验货的高个子，接着验货。他打着手电细心的查验完毕，满意地对赵云秀说道：“老板，这回没错，是正宗的上等货。”

赵云秀有些信不实地上前又看了看货，然后，他把货交到了江群的手里，点着头说道：“这个货还行，有多少尽管拿来，我通通吃下。”

“赵三爷，你不愧是大老板，果然气度不凡，你等一下，货马上就到。”许芳说完之后，又警惕地观察了一下周围的动静，见没有什么异常，便从口袋里掏出了一个对讲机，低声地说了几句，向她的上司发出了一切平安的讯号。

工夫不大，只见远处闪出两道微弱的灯光，伴随着一阵轻微的马达声，一辆轿车由远而近驶了过来，在距离他们十步左右停了下来。这是一辆挂着军用牌照的军车，可能是为了缩小目标，在行驶时关闭了大灯，只打开了两个小灯照明。车子停下之后，车子并没有熄火，车上的人也没有下车。许芳急忙迎上前去，打开车门，对车上的人低声说几句话，随后，就从车里拎出一个精制的密码箱，来到了江群等人的跟前，然后，她转过头来招呼对方验货。在赵云秀的安排下，那个高个子偕同一个同伴过来验货。许芳熟练地打开密码箱，那个高个子蹲下身子，同伴打开手电为其照明，高个子逐个对几包鸦片进行了鉴别。然后，他转回身来，对赵云秀汇报：“这货没问题，不但成色好，味道也正，和刚才的样品基本一样。”

赵云秀见货色纯正，对方没有欺骗自己，心中高兴，早已把刚才的不愉快忘到脑后，他一边指挥手下进行交易，一边在心里猜测车里人的真实身份，他想起了许芳说的话，不由恍然大悟，于是，他赶紧双手抱拳，由衷地说道：“五妹，既然近在咫尺，何不下车一叙？”

车上的人没有马上答话，过了片刻，才叹息一声，故意压低声音徐徐说道：“三哥，别来无恙，小妹这厢有礼了！”其声音饱含幽怨，似有无限感慨。

“五妹，山不转水转，想不到咱们兄妹有幸重逢，回首往事，真是恍如隔世！”赵云秀也颇为激动地答道。

尽管车上的人用假嗓子说话，显然是怕被人识破身份，可不管她如何掩饰，由于江群和梅岚有着特殊关系，所以江群一下子就分辨出梅岚的声音。梅岚的出现，证实了他心中的猜测。这个神秘的幕后人物，终于从幕后走到了台前。他终于找到了她参与犯罪的直接证据，她那长期的伪装面具，也即将被剥去。江群心中暗自庆幸，自己总算没有辜负兰鸽的期望，不但自己从此可以得到解脱，梅岚也将受到应有的惩罚。

于是，他果断地抬起腕上那只特殊的电子表，把时针、分针和秒针调到一个位置上，用手拉开表把，按程序输入了密码，待里面传出嗡嗡的蜂音之后，他又轻轻地按动三下报时按钮，稍微停顿之后，他又两长一短连续按了三次，这是安航与他约定的行动暗号。发出了行动暗号之后，江群如释重负地吐了一口长气，尽管眼看着就要大功告成，但他的心里却一点也高兴不起来，相反，却为自己一直被欺骗，以及和她保持淫乱的丑行而痛心不已。一时间，他的心里就像打翻了调味瓶，酸、甜、苦、辣、咸混合在一起，说不出是什么滋味。

* * *

梅岚为什么会出现在这里呢？她和赵云秀又是什么关系呢？此事还得从头说起，当年梅岚被迫离开乔铎家，曾在汽车站徘徊了好长时间，最终下定决心，离开这个伤心之地。可自己身无分文，无钱买票，检票口的工作人员根本不允许她上车，她只有眼睁睁地看着一辆辆客车，从她的眼前陆续开走。就在她倍感焦急的时候，她看到一位年过花甲的老太太，带着两大包东西，十分吃力地朝检票口蹒跚前行，她便灵机一动，上前去帮忙，她接过老人的东西，并搀扶着老人来到检票口。检票的工作人员见她背着书包，戴着红领巾，把她当作学雷锋做好事的少先队员，不但没有阻止她，还夸她心眼好，助人为乐。她把老人送上车后，自己也留在车上没下车，就这样顺利地来到了省城。

由于身无分文，又举目无亲，为了生存，她最终沦为乞丐，整日与流浪儿为伍，白天她四处乞讨，晚上就在候车室里过夜。那些年龄稍大的乞丐，欺她年纪小，又孤身一人，就时常欺负她，把她讨来的食物抢走。她的性格倔强，不甘服输，据理力争，可在那种弱肉强食的生存环境里，又有什么道理可讲呢？其结果还是食物经常被人抢走，自己只有忍饥挨饿，这种非人的生活，几乎让她失去了生活的勇气和信心。

有一次，她同样是为了保护食物，与两个乞丐吵了起来，直至动起手来。尽管她身单力薄，根本不是对手，被打的头破血流，但她却不甘屈服，不顾一切地与之拼死搏斗。她这种玩命的架势，被一个偶尔过路的五十多岁的老者看在眼里，他对这个敢玩命的小姑娘很欣赏，于是，他不但出手打跑了两个乞丐，而且还把梅岚带回了住地，并把她收为义女。也正是由于这次意外的邂逅，让她的生活出现了转机。

这个老者人就是她的师父，说起梅岚的师父，可是大有来历：他的家住在宁波的乡村，由于家境贫寒，他自幼就饱受疾苦，少年时就到上海去做学徒，后来经亲友介绍加入了洪帮。洪帮是明末清初由郑成功所创立明远堂为原始，洪英为开山鼻祖。洪英，字启盛，山西平阳府太平县人，明崇祯四年进士，曾为史可法参军。扬州沦陷，洪英因事先出城，幸免于难，后收集史可法旧部，继续抗清，屡战不利，病殁于三汶河。其旧部蔡德英、方六成、马超英、胡帝德、李式开追随郑成功收复台湾，亦是郑成功的部将及盟弟，后被郑成功派往内地。他们在福建莆田县九连山少林寺，与方丈智通联合发展僧徒，精练武术，待机起义。后来由于叛徒告密，清军火烧少林寺，蔡等五人力战得脱，养伤于右寻镇高溪庙，伤愈后重新歃血结盟，继续规划复仇大业，被后人尊为“五祖”，洪英为“始祖”，郑成功为“武宗”，史可法为“文宗”，陈近南为“军师”。因为洪帮是以反清复明为宗旨的帮会组织，“洪”是明太祖朱元璋洪武年号的“洪”，同时暗示洪英为洪武门下的英雄，简称门派为洪门。其实原本并没有洪帮这一说法，只是清朝视洪门为大逆不道，一经查出即抄家灭族，诬为红巾贼，呼为红帮土匪。外界不知底细，均称洪门为“红帮”又逐步演变为洪帮。洪门中纪律严明，地位平等，在清朝统治的二百多年中，一直坚持反清复明的斗争，从未间断过，而且力量不断发展壮大，并先后成立了分支帮会，如九龙山、三点会、三合会、匕首会、双刀会、红枪会、大刀会、小刀会等。在全国各地开山立堂，多次发动武装起义，对清廷形成了严重威胁，由于诸多原因，他们每次均为清兵镇压而惨败。直至清末，孙中山先生在檀香山加入致公堂，后被推为堂主，并联系洪门弟兄加入兴中会和光复会，洪门弟兄不但踊跃参加镇南关起义和黄花岗起义，成了反清的骨干力量，而且设立在海外的洪门分支安良堂，从人力、财力等方面均积极支持革命人的活动。特别是辛亥武昌起义，四川、陕西、湖南、浙江数省均由洪门率先起义。中华民国成立后，洪门的反清志愿已达成，洪门组织完成了其历史使命，同时也失去了奋斗的目标和号召力，组织开始无形涣散，逐步形成江湖流派，帮中的弟兄们也良莠不齐，有的效仿青帮的做法，成立帮会、广收门徒，与官府沆瀣一气，干起了开妓院、设赌场、贩毒等伤天害理的勾当。至此，洪门组织已发生质的变化。

梅岚的师父投入上海虹口“洪顺堂”的门下，拜在堂主杨文道手下为徒，当时洪门组织已日落西山、风光不在。而青帮却在黄金荣、杜月笙、张啸林等流氓大亨的苦心经营下，名声鹊起、如日中天。他们根本不把洪帮放在眼里，为了能在上海滩占一席之地，杨文道不惜屈尊纡贵，拿着门生帖子去拜见赫赫有名的杜月笙，以寻求他的保护。杜月笙为了扩大自己的影响力，便答应暗中给予帮助，并约定他们的非法所得，双方三七分成。在杜月笙的庇护下，他们肆无忌惮地干起了各种非法买卖，自然是财源滚滚。梅岚的师父虽然只是一个不起眼的小角色，但由于心狠手辣，又善于钻营，每次生意下来，他到会分到数目可观的红利。可他却并不满足，总是幻想一夜暴富，发一笔大财，扬名上海滩。

有一次，他和几个弟兄一起去云南贩毒，由于毒资数额较大，他见财起意，暗中勾结禁烟查缉处的人，出卖了自家人，自己独吞了毒资。他自以为做的天衣无缝，可没想到查缉处里有洪帮的眼线，致使事情败露，他也因此而遭到帮中追杀。他为了保全性命，无奈之下，只好远走他乡，逃到关外，在黑龙江隐姓埋名躲避起来。他是个不甘寂寞的人，躲避了两年之后，他见风险已过，便又重操旧业，继续从事贩毒活动，同时，他又暗中网罗人才，招收门徒，准备独树一帜，在东北开山立堂，自己当龙头老大。他连名字都起好了，叫作洪源堂，寓意洪帮源远流长，也表示自己是正宗的红帮传人。可没想到生不逢时，随着东北解放的隆隆炮声，他称雄一方的美梦也被彻底打破了。

解放后，人民政府一夜之间就关闭了所有的妓院和烟馆，并对贩毒活动进行了严厉的打击，声势浩大地处决了一批罪大恶极的制毒贩毒的大毒枭。由于他在此地从事贩毒活动时间短，又是属于秘密进行，没有直接的犯罪证据，所以，他成为漏网之鱼，侥幸逃过一劫。

按说他闯荡半生，际遇坎坷，曾数次与死神擦肩而过，如今赶上了安居乐业的好时代，理应悔过自新，过几天安稳的好日子，可他却恶习难改，仍旧操纵他的徒弟，从事黑社会活动。他们见贩毒这条道已被新生的人民政权彻底堵死，就改弦易辙，进行偷窃和抢劫活动，继续在社会上作恶。由于他的一切活动，都按洪帮的规矩执行，组织纪律严密，所以，才屡屡逃过了人民政府的打击，得以生存下来。

待梅岚将身体养好之后，师父便召集了手下的几位徒弟，为她举行了庄重的入会仪式，在他的住室里，有一间屋子专门设有香堂，门上挂着“洪源堂”的牌匾，堂内供奉着始祖洪英，“五祖”蔡德英、方六成、马超英、胡帝德、李式开，“武宗”郑成功，“文宗”史可法，“军师”陈近南的神位。香堂内平日门窗紧闭，窗户上昼夜挂着厚厚的窗帘，香堂里的灯火日夜不断，谓之“长明灯”。香堂平日除了堂主，其他人员一律不准擅自入内，只有在开堂收徒时，相关人员才准许入内，还必须先上香磕头，祭拜祖师，故此，香堂在门徒的眼里，显得十分神圣。当下，梅岚在师父的引领下，跪在神位之前，参拜各位祖师，然后，师父又拿过来一只活公鸡，挥刀斩下鸡头，把鸡血分别滴到酒碗里。梅岚与师傅和四位师哥一起将酒碗举过头顶，师父教一句，她跟着学一句，“祖师在上，在下梅岚，自愿加入洪源堂，谨遵师父的教诲，誓死效忠洪源堂，与各位师兄弟有福同享，有祸同当，遵守帮规，严守机密，生为洪门之人，死为洪门之鬼。倘若违背誓言，必遭天谴！各位祖师明鉴。”盟誓之后，众人将血酒一饮而尽。接下来，师父把洪门的历史，各位师祖的出身来历，以及帮中的规矩和戒律一一讲解给她听，又把一个手抄本交给她，并郑重地嘱咐：“这是帮中的‘海底’，取义于如海洋之底，渊奥浩瀚，能载育万物，潜藏万象，而为百川之总汇。里面记载着帮内的所有秘密，以及联系暗语，其中有洪门十条训诫：一、尽忠报国，二、孝顺父母，三、长幼有序，四、和睦乡邻，五、为人正道，六、讲仁讲义，七、叔嫂相敬，八、兄仁弟义，九、遵守香规，十、互帮互助，又叫衫仔和金不换，你要牢记于胸。上面所记载的都十分重要，日后和洪门的弟兄联系全靠此书，切莫丢失，记诵无误后归还于我。”梅岚虽然弄不懂其中的含义，但她还是顺从地按着师父的安排，一一点头答应，整个仪式进行了近两个小时，梅岚在懵懵懂懂的状态下，完成了入会的仪式。

其实正宗的洪门入会仪式，要远比他们的繁琐，“新丁”入会，除了必须跪在先烈神位之前，歃血拜盟，誓同生死（斩鸡头、饮血酒），考试三大信条（忠诚救国、义气团结、义侠锄奸），还有三十六誓和七十二例，还要问“书仔”（帮会暗语），仪式极其严肃紧张，通宵达旦，需百问百答，记诵无误，方为合格，才能由盟长吸收入堂。

相比之下，梅岚师父的入会仪式，就变得简单许多，虽说有些不伦不类，但比较实用。他不但删除了其中的繁文缛节，而且最主要的是去掉了“反清复明”的宗旨。毕竟这一条早已过时，如今时过境迁，这个口号已失去了意义，所以他也来个与时俱进，修改了入会的章程，将其改头换面，但宗旨只有一个，就是把徒弟牢牢地控制在手上，使其甘心为他卖命，不得有异心，如有违犯，将受到严厉的惩罚。同时，他又以其家人的性命相威胁，如果一旦泄露秘密，或出卖同伙，不但要把本人置于死地，就连其家人也会跟着倒霉，轻则致残，重则送命。故此，他虽然屡屡作案，却没有受到应有的制裁，就是源于组织严密和徒弟们的忠心。

在师父的言传身教下，梅岚果然不负众望，不但偷盗的技术日渐熟练，武功也大有长进，而且心思缜密，机灵百变。短短几年工夫，她就独当一面，成了师父的左右手。每当有重大的行动，师父不但问计于她，而且还委派她全权指挥，她在帮中的地位，已经超过了其他几位师兄，俨然是个一人之下众人之上的二号人物。俗话说女大十八变，越变越好看，此话一点不假，何况梅岚本身就是个美人坯子，一进入青春期，犹如含苞待放的花朵，愈发抚媚妖艳、楚楚动人，那真是一笑倾城，再笑倾国。不但师兄们看得心猿意马，彼此暗暗较劲，都想在她的面前表现自己，以换取她的好感，就连她师父也动了邪念，但他却深藏不露，，而是利用义父和师父的双层关系，对她处处娇惯，百般呵护，以期打动她的芳心。对于那些觊觎美色的徒弟们，他更是严加防范，不给他们任何可乘之机。梅岚情窦初开，对师兄们的动机，岂有看不明白的道理，好在有师父的刻意保护，她才免受其害，别看她表面上佯装不知，背地里却处处小心，严加提防。她唯独对三师兄赵云秀有好感，因为三师兄在她面前从来都规规矩矩，每次遇到危险时，都舍命保护她，尤其是遇到师兄们对她骚扰时，他总是想法为她解围，以免她受到侵犯。故此，她在师兄面前高傲的像个公主，但对赵云秀却例外，见面时有说有笑，十分亲热。这让师兄们都感到忌妒，同时，也迁怒于赵云秀，都暗中和他较劲，想寻找机会教训教训他，好让他知难而退。

她的大师兄，就是当时名震省城的大海，他不但武功好，而且为人心狠手辣，颇受师父的青睐，虽然师父没有宣布他为未来的掌门人，但师弟们却心知肚明，在师父百年之后，掌门人的位置，非大师兄莫属，故此，弟子们对他言听计从、处处谦让。因此，他以未来掌门人自居，处处争强好胜、高人一等。可让他心里感到不平衡的是，以前师妹对自己还比较亲热，可自从师妹对赵云秀有好感后，不管自己在师妹面前如何献殷勤，师妹却都视而不见、无动于衷。没想到赵云秀他不显山不露水的，却抢先赢得了师妹的芳心，这让他觉得很丢面子，于是，他暗自下决心，一定要不择手段，把美人从他手里夺过来。

大海先是串通另外两位师弟，向师父打小报告，诬告赵云秀泄露机密，有背叛的行为。因为他们知道师父最恨不忠之人，想假借师父之手，除去这个眼中钉。果然师父一气之下，把赵云秀给关了起来，想以帮规来惩罚他，赵云秀却呼屈喊冤、据理力争，要求师兄们拿出真凭实据。其实师父也是将信将疑，想通过这个办法来考验考验他，见他如此理直气壮，便派人对其进行核实，结果却是查无实据，最终不但放了赵云秀，还好言抚慰了一番，而且还把大海他们几个训戒了一顿。大海没想到自己偷鸡不成蚀把米，非但没有达到目的，反而还在师父面前失去了威信。他恼羞成怒，绞尽脑汁，苦思冥想，终于想出了一个更加狠毒的办法，欲置赵云秀死地而后快。

于是，他们在一次抢劫中，遭到了对方的拼死抵抗，经过一番打斗后，他们终于砍倒被害人，赵云秀身受重伤，可大海却见死不救，撇下他于不顾，带领着手下仓皇奔逃而去。

大海以为赵云秀必死无疑，没想到他被闻讯赶来的警察救起，火速将他送往医院抢救，值得幸运的是，这一刀与心脏只差毫厘，又加上救治及时，他才侥幸捡回了一条命。当他苏醒时，面对警察的盘问，他先是百般抵赖，后来见抵赖不成，又恨大海凶残无情，对自己背后下毒手，又感谢警察的救命之恩，在警察的攻心政策下，他主动坦白交代了罪行，并把整个团伙也全部供出来。公安局及时采取了抓捕行动，师父不甘束手就擒，挥枪与警察对峙，开枪打伤数名警察，其中有一名重伤，在送往医院的途中不幸牺牲，警察在劝降无效的情况下，果断将其击毙，结束了他罪恶的一生。大海仗着功夫在身，，与警察拼死搏斗，接连刺伤了两名警察，被警察开枪击伤大腿，将其抓获，其他团伙成员基本没费什么周折，就被一举抓获，无一漏网，这个作恶多端的黑社会团伙，被彻底铲除掉。

那时候社会风气正，治安管理的好，犯罪率比较低，当时他们这个案子，在社会上曾引起了很大的轰动。大海由于罪大恶极，被判处死刑，他的两个师弟，也分别被判处死缓和无期徒刑，而赵云秀因检举有功，只判了三年徒刑，要说团伙当中，属梅岚最幸运，她只是被关押了两个月，就被无罪释放了。这看起来似乎不合常理，按说她也应该判个十年、八年的，可其中的奥妙却无人知晓，原来是她的美丽救了她，负责审讯她的陈科长，被她的美貌所打动，便单独提审她，公开向她提出交换条件。原来他刚和妻子离婚半年多，他说只要梅岚答应嫁给他，他就帮她脱离牢狱之灾。你想有谁愿意坐牢，梅岚如同落水者，岂能放过这根救命的稻草？她权衡再三，答应了他的条件，于是，他在接下来的审讯中，故意为她开脱罪责，在上报案情时，只说她是受胁迫加入团伙的，由于时间短，没有什么罪恶，应当本着教育为主的原则，给予从轻发落。上级根据他的材料，最终将她无罪释放。

她出狱后不久，便与陈科长正式结婚。单位的同事对他俩的结合，感到十分诧异，便在背后议论纷纷，说他是利用职权之便，用不正当的手段，胁迫梅岚和他结婚。面对沸沸扬扬的种种议论，陈科长心里十分害怕，担心事情败露，上级会追查他的责任，他担惊受怕，惶惶不可终日。

那时，恰好赶上开发大兴安岭，急需抽调各行各业的人员，支援大兴安岭林区建设。当时，林区的生活十分艰苦，在大城市生活的人，几乎都不愿意到林区去受罪。此时陈科长正处于舆论中心，生怕上级追查，为了脱离是非之地，他主动报名去大兴安岭工作。上级领导正为没人愿意去林区工作而苦恼，见他主动要求去艰苦的地方去工作，感到十分高兴，并关切地问他有什么要求，组织上一定想办法帮助他解决。陈科长便趁机提出要为爱人安排工作，组织上自然满口答应，并以最快的速度给予落实。就这样，梅岚跟随着丈夫来到了大兴安岭林区，并且她刻意隐瞒了自己的历史，还把自己的名字改为梅岚，对自己以往的历史作了个彻底的割裂。梅岚从此因祸得福，摇身一变，从一个社会渣子蜕变成了国家干部，再加上远离省城，别人对她的历史几乎无人知晓，她以崭新的面孔出现在人们的视野里。她凭借着自己的美貌和聪慧机敏征服了无数的男人，这其中也包括一些上级领导同志，她凭着这些优势，化蛹为蝶，步步高升，仕途得意，知名度逐渐提高，短短几年时间，就成了山城内呼风唤雨的风云人物。

其实梅岚自打和陈科长结婚后，本打算收心好好过日子，可她没料到，丈夫却是银样蜡枪头，中看不中用，性生活极不和谐，难以满足她生理上的需求。男人一旦在生理上出现疲软，其他方面也就无法强硬，陈科长对她百依百顺，甚至对她的一些不检点行为，也是睁一只眼闭一只眼。这在某种程度上，更助长了她的脾气，她变得肆无忌惮，可以放心大胆地出去找人做爱，还经常整夜不归，和情夫在外面鬼混。不过，她也很注意影响，在丈夫的朋友和部下面前，她却极力维护丈夫的威信，装出一付善解人意的贤妻良母形象，尤其是在公众场合，更是唯命是从，把丈夫的话当成圣旨，而且还言听计从、从不反驳，给足了丈夫的面子，丈夫自然是心存感激，甚至觉得自己这顶绿帽子戴的值。

她为了避免影响，在选择性伴侣时，十分谨慎小心，尽管她看不起表哥的为人，也恨他过早地夺去了自己的童贞，可为了保险起见，她还是与之保持不即不离的暧昧关系，要说和她保持关系最长的，理所当然属于江群。她虽然用欺骗的手段将他骗到手，又利用工作和前途为诱饵，将他牢牢地控制在手心里，但她对江群情有独钟，动了真感情，她为了江群，可以豁出去一切，甚至为他去死，她也毫无怨言。

按说她现在的条件，完全没必要再去涉足江湖，可她这个人有个致命的弱点，就是过于贪婪，爱财如命。尤其是在改革开放之后，她的贪欲更加膨胀，她先是利用关系，以乔铎的名义，承包了粮油贸易有限公司，其实乔铎只是过路财神，甘心为她敛财，回报是在表妹高兴时，与他上床鬼混。乔铎这一生，毁就毁在了梅岚的身上，为了表妹，他始终没成家，为了她，他不惜铤而走险！这种畸形的恋情，真是害了他一生，可他却无怨无悔，世上唯有情字最让人难以理解，难怪有人发出这样的感慨："问世间情为何物？直叫生死相许！"这是困扰人世间的一大难题，无论是伟人，还是著名的学者，谁都无法参透其中的奥秘。

* * *

改革开放以后，中国的门户大开，引进了西方的一些先进科学技术和精华。同时，也夹带了许多不健康的糟粕。嫖娼卖淫、吸毒贩毒这两大危害社会健康发展的毒瘤，使一些思想不健康的人趋之若鹜，让一些发财心切的人铤而走险。中国人曾经饱受过这两颗毒瘤，尤其是毒品这颗毒瘤的毒害，中华民族的有识之士，前后用了百年的时间，经过了几代人的英勇奋战，前仆后继，才彻底铲除的这颗大毒瘤，竟又死灰复燃。境内的毒贩与境外的毒枭相勾结，为了牟取暴利，他们不惜铤而走险，利用各种渠道，丧心病狂地制毒贩毒，给中国的改革开放政策带来了极为不利的因素，也直接影响到了社会的安定团结。可是，在那些丧失了良知的贩毒分子眼中，看到的只是发财的捷径，是一夜暴富的美梦，这滚滚而来的财富，对他们有着不可抗拒的诱惑力。

话说赵云秀刑满释放以后，他便回到了河北老家，这是一座风景秀美的海滨城市。政府为他安排了一份工作，他也着实安心过了几年安稳日子。改革开放以后，他先是下海经商，由于没经验，被淹了个半死，赔了个血本无归。后来他见贩毒来钱容易，利润又大，便开始偷偷摸摸地贩毒，挣到了第一笔钱后，他就像打开潘多拉匣子的魔鬼，一发不可收拾。他以教人武术为名，在社会上网罗了一些社会渣子，并模仿师父的做法，开起香堂收徒，组织了一个严密的贩毒团伙。这么些年来，他心里一直惦记着美丽可爱的小师妹，他经过多方打听，终于找到了师妹的准确地址。于是他便写了一封情真意切的信，诉说了自己思念之情，同时也提出了联手贩毒的设想。梅岚虽然不齿赵云秀的为人，恨他出卖师父和同伙，但毕竟时过境迁，往事已过去多年，心中的痛恨也随着时光的流逝，逐渐变得淡薄了。何况她又是个爱财如命的人，一听说有大财可赚，她就像苍蝇见了血似的动了贪心。她知道这种买卖，是要担风险的，弄不好就会掉脑袋，可她又禁不住金钱的诱惑，便决定继续让乔铎替她出头，自己躲在幕后指挥，万一有什么闪失，就让表哥去当替罪羊。反正乔铎贪慕自己的美色，就让他付出一定的代价，鱼和熊掌不可兼得，世界上哪有免费的午餐？古人云：“冰，水为之而寒于水；青，出于蓝而胜于蓝。”此时的梅岚与当年的师父相比，是有过之而无不及。

于是，在她的授意下，让乔铎给赵云秀写了回信，同意和他合作，联手做贩毒的生意，合作了几次之后，赵云秀通过乔铎，数次提出要和梅岚见面，都被梅岚断然拒绝。她并不是怕见他，而是为了避嫌，生怕有朝一日他们犯事，把自己也牵连进去，为了保证自身的安全，她只有躲的愈远愈好。故此，他们合作了十余年，梅岚一直置身事外，从未和赵云秀正面接触，他们每次将货源备足后，就由乔铎出面通知他们来提货，自从前几年他派人取货，在回来的路上，被公安局查获，多亏他手下的机灵，见事不好，抢先逃走，才没有被抓住。赵云秀感到风声太紧，路上不安全，便拒绝前来提货，害怕再重蹈覆辙，不但钱财受损，一旦被查获，落个人财两空不说，还有可能连累自己性命不保。假如手下的人挺不住，把他们都给撂出去，自己这么多年苦心经营的基业，岂不毁于一旦？所以，他才采取果断措施，停止了与乔铎合作，打算看看风声再说。

这次，由于纪远刺杀马有才未遂，并被公安局识破而被捕，梅岚见手下接连被抓，她感到了前所未有的恐慌。她既担心自己暴露，又担心货物存在手里会招来杀身之祸。于是，她决定铤而走险，采取孤注一掷的办法，主动送货上门，力争把货物全部出手。为了确保此次交易万无一失，她放出了一个个烟幕弹和障眼法，以此来试探公安局的动静。她先指使乔铎派钱亚民带着任武和杜立志，采取汽运的方式，携带着假货去试探虚实，后来又让江群和刘丽前去联系冷经理，用假货去交易，由于她造假造得逼真，又用以前包鸦片的纸来包装假货，由于包装纸上残留着鸦片的特殊气味，又加上冷经理对鸦片不内行，竟然骗过了冷经理的眼睛。当她接到江群识破假支票而导致交易失败时，便让乔铎详细询问了交易的细节，确信没有引起公安局的怀疑后，她才决定与赵云秀联系。至于联系暗号，她已在江群和刘丽出发前，授意乔铎交待给他俩作为第二套方案备用，以便到时派上用场。她心里清楚，赵云秀冲着她的面子，一定不会拒绝和她交易。因此，她表面上不动声色，用好话稳住表哥，让他坐镇指挥，给她充当替罪羊。与此同时，她让童邦宪驾驶丈夫的警车，来运送毒品，因为特种车辆在路上是免检的。为了保证安全，她又让乔铎派童邦宪前来负责交易，而她则借出差的名义，独自来到海滨城市，住在军分区招待所，等童邦宪和许芳到达时，才让乔铎通知江群和赵云秀联系相关事宜，又让童邦宪前去换回刘丽，以确保交易万无一失。其实梅岚这么做，自有她的道理，一是因此次交易的数额较大，把这么多钱交给别人不放心；二是有备而来，并作好了最坏的打算。她以出国考察为名，托人为自己和江群办理了出国签证。如果交易一旦败露，她就带着江群逃亡国外，反正她的钱这一辈子都花不完。至于其他人的命运如何，那就要看各自的造化了。

这次梅岚本来不打算公开露面，她始终躲在背后指挥，就连这次交易，她也把车停在远处，让许芳带着样品来交涉，接到许芳发出的安全信号后，她才放心地开车来送货，同时也是为了把货款带走。她本想一直躲在车里，钱到手后就悄悄离开，根本不想和赵云秀见面，可没料到他竟然猜出她来，她担心自己不出声，会激怒赵云秀的自尊心，更怕给交易带来不必要的麻烦。无奈之下，她便极不情愿地捏着腔调来答话，生怕被手下的听出来自己的声音，也担心言多有失，被其他人听出她的声音而露出破绽，便急忙打住话头说道："三哥，此地不可久留，你赶快让他们把正事办完，改日我再邀你叙旧。"

赵云秀虽然意犹未尽，但觉得师妹的话有理，此地不应该久留。于是他赶紧说道："五妹言之有理，三哥听你的，先把正事办了，然后再找时间相见。"说完，他转过头，吩咐手下的人抓紧时间交易。就在他们即将交易完毕时，突然从远处传来了一阵急促的警笛声，众人胆战心惊地寻声望去，只见远处警灯闪烁，数辆警车亮着灯光，朝他们呼啸而来。这阵势把他们下的魂飞魄散，赵云秀见此情景，知道事情败露，赶紧对手下人喊道："风紧扯呼。"他这是用暗语告诉手下，有危险快逃走。他手下的人急忙作鸟兽散，向四下仓皇逃去，

童邦宪等人见状，也不顾一切地撒腿就跑。许芳此时不敢怠慢，她一把抓起钱箱子，一把拉起江群的手，转身向轿车跑去。这是梅岚事先吩咐好的，如遇紧急情况，让她把江群拉到车里，以便带着他一起逃跑。

梅岚坐在车里，看到远处闪烁的警灯，登时就吓的魂飞天外。她绝望地在心里想道："怎么会出现这种情况，难道这些警察是从天上掉下来的吗？为什么事先一点征兆都没有呢？没想到自己机关算尽，到头来还是落入了公安局的圈套，这回算是彻底完了，不但自己苦心经营的基业毁于一旦，就连自己也难逃厄运，不行，自己绝不能坐以待毙，三十六计走为上，只要自己能逃出去就算赢！自己可以凭着护照逃到国外，这年头只要有钱，到那里都一样享受荣华富贵，都能做上等人。"她急忙打开车门，一把将江群拉进车里，许芳坐到了驾驶员的位置上，江群惊奇地发现刘丽竟然也坐在车里，还没等想到应该怎么办？梅岚便喝令许芳赶紧开车冲出去，许芳答应着，急忙挂挡开车，没想到车门被人猛然拉开，还没等许芳反应过来，她已被一只强有力的手，将她强行从车上拖下来，与此同时，车钥匙也被迅速拔掉。车上的人急忙抬头望去，让他们感到诧异的是，来人竟是任武，梅岚感到有些不可思议，一向老实听话的任武，怎么会在这生死攸关

的时刻，竟会来这么一手，他这么做的目的何在？难道是见钱眼红吗？有可能！唉，也罢，钱财是身外之物，眼下逃命要紧。梅岚便自作聪明地举起钱箱子说道："任老弟，想要多少钱，你尽管说话，都是自家人，何必用这种方式呢？"

没想到任武并不买帐，而是用威严的口气说道："梅岚，收起你那套收买人心的把戏，在这个世界上，金钱并不是万能的！"

他的话，让梅岚感到不可思议，她有些纳闷地问道："既然你不是为了钱，你这么干什么的目的何在？"

"我的目的很清楚，就是让你认罪伏法，现在警察已经把这里包围了，你已经插翅难逃，赶快伏法就擒，一切反抗都是徒劳的。"任武义正词严地向她警告。

"你、你、你原来是卧底的警察，都怪我瞎了眼，没看出你的真面目。"梅岚愤恨地骂道。她此时真是追悔莫及，自己自诩足智多谋，料事如神，没想到智者千虑，必有一失。怪不得从他入伙后，麻烦就接连不断，先是取货的鲁经理半道被抓，再就是山上的罂粟地被毁，紧接着高氏父子倒霉，直至马有才就擒，纪远身份暴露，以及这次行动的失败，原来这一连串的事，都是他从中捣鬼，暗中给警察通风报信，才致使自己的计划屡屡落空。钱黑子，你真是死有余辜，都怪你不长眼睛，引狼入室，也怪自己过于相信江群的调查结果，轻信你的话，才导致了今天这全军覆灭的下场，真是噬脐莫及，悔之晚矣！看来若不把他制服，恐怕难以脱身。想到此，她气急败坏地对车里的人命令道：

"你们跟我一齐上，把钥匙夺回来，尽快逃离这里。"说完，她率先打开车门，纵身跃出，一个空翻，抢到了任武的跟前，脚跟尚未站稳，便使出二龙戏珠的招式，右手食指和中指叉开，以迅雷不及掩耳之势，凌厉无比地戳向任武的双眼，由于形势紧急，她出手就痛下毒招，倘若此招奏效，任武的眼睛就会彻底报废。任武的武功高强，饶是梅岚的招式狠毒，但是却无法伤到他。只见他猛然挥出左掌，切向对方的手腕。梅岚曾受过高人指点，深知任武这一招的厉害，如果万一被对方击中，手臂必断无疑。梅岚为了自保，只好缩手退回，看似任武不费吹灰之力，就化解了她的招数，其实他这招却是险棋，由于他的左臂受伤，无法用力，他这招数只是虚招，好在梅岚不知就里，中途改变了招式，否则他的双眼难保。任武一招得手，便乘她立身不牢之际，右拳乘势用力击向梅岚的面部。梅岚方才一击未中，脚下立足不稳，身子前倾，感觉到了任武扑面而来的拳风，在仓促之间急忙挥左臂抵挡，脑袋下意识地向一边躲闪，任武的拳头擦着她的耳根而过，脸上被强劲的拳风擦得生痛。梅岚虽然勉强躲过，但却显得十分狼狈，两个人一交手，她就明显感觉自己已处下风。好在许芳及时赶上前来助阵，才化解了险情。此时尽管是二打一，她们却依然无法取胜，勉强打个平手而已，这还是因为任武左臂有伤，无法用力所致，否则她俩也不是对手。

梅岚在打斗之余，听到远处传来了急促的脚步声，她知道警察已包抄过来，如果自己再不逃走，恐怕这辈子再也没机会了，而任武却拳脚如风，步步紧逼，此时不用说夺回钥匙，就连脱身都很难。更让她感到奇怪的是，江群和刘丽却躲在车上，坐山观虎斗，这让她感到十分恼火，她在情急之下，不由高声骂道：“都什么时候了，你们俩还躲在车里看热闹，刘丽，我平日对你不薄，江群，你辜负了我的一片苦心，我把你的护照都办好了，你们还犹豫啥，还不赶紧下来帮忙。”

其实，江群和刘丽的心里都十分矛盾，江群虽然痛恨梅岚用卑鄙的手段占有自己，使他受尽了羞辱和煎熬，觉得愧对兰鸽的感情，更可恨的是，她为了达到长期占有自己，也为了让自己替他们卖命，用卑鄙的手段诱使他吸毒，若不是任武及时发现，自己早就成了瘾君子，自己做梦都想早日得到解脱。可他又是个恩怨分明的人，梅岚虽然对自己有仇，但她对自己也有恩，自己能从一个居无定所的“盲流儿”，一步登天，变成国家干部，多亏了她的帮助，可以说没有梅岚的帮助，就没有他今天的一切。自己出于义愤，把她举报给公安局，已经觉得无颜去面对她，如果再亲自动手和她交锋，他又怎么下得去手呢？而自己又不能去帮她对付任武，抛开自己和任武家的渊源不说，就说自己被骗吸毒这件事，他更是功不可没，何况自己已经答应了兰鸽，同意和公安局合作，捣毁这个伤天害理的贩毒团伙，自己怎么能违背诺言，出尔反尔，在关键时刻助纣为虐，功亏一篑呢？所以，他踌躇着拿不准主意。

而刘丽的想法却相对简单，虽然梅岚这么多年来，对自己一向很关照，按说自己理应帮她，可任武对自己却情深意重，虽说自己奉命行事，试探于他，可他却真心实意与之相处，既不嫌弃自己曾经失过身，又不嫌弃自己名声不好，面对这样一位有情有义的人，自己又怎么下得去手加害呢？所以，她也感到进退两难，一时也拿不准主意。

就在他们犹豫之间，形势已发生了根本变化，刚才四散奔逃的毒贩们，又纷纷折了回来，原来公安干警和武警战士，已将整个烈士陵园围个水泄不通。童邦宪和杜立志本想尽快跑到汽车跟前车，预备驾车逃命，可刚跑出几十米，迎面而来的却是威严的吼声和乌黑的枪口，把他们吓的灵魂出窍，急忙又转身折了回来。他们惊慌失色地跑到梅岚的车前，看见任武和梅岚、许芳打在一起，他俩没弄明白是怎么回事，童邦宪心里纳闷，便高声劝道："都火烧眉毛了！你们还有闲心和自己人动手？"

"你真是猪脑袋，什么自己人，他是卧底的警察！你们赶紧过来，把他打发了，咱们赶紧逃命。"梅岚生气地下命令。尽管他俩将信将疑，但梅大姐的话他们岂敢不听，便从后面对任武发起了攻击，杜立志心存疑虑，又加上与任武相聚的时间长，感情比较深，虽然迫于无奈，上前与任武动手，却不肯卖力气，只是比比划划的做做样子。而童邦宪却没有这么多顾虑，他挥舞着匕首，对准任武的要害部位刺去。任武对付两个人时只有招架之功，毫无还手之力，而且处处被动，险象环生。

任武的处境危险，江群看在眼里，急在心上，别看他对梅岚藕断丝连，不忍心动手，可对童邦宪却没有客气可讲。他急忙纵身跳出车外，扑到童邦宪跟前，施展出上乘功夫，迎面一拳，打得他是门牙脱落，鼻口喷血。他又飞身跃起，凌空一脚，踢中童邦宪的软肋，童邦宪只觉胸口发闷，气血翻滚，闷声倒地。

梅岚因为多了两个帮手，自己腾出手来，急忙转身从挎包里取手枪，这是她在临出门时，为了应对意外情况，特意把丈夫的手枪带在身上。先前和任武纠缠在一起，她根本无暇掏枪，如今眼看着任武就要被制服，却没想到半路杀出个程咬金，江群竟给她来了这么一手，让她有些不可思议和始料不及。按理说江群没有理由临阵背叛自己，看来他不是一时气愤，而是早有预谋，说什么和那个兰鸽断绝了关系，分明是在欺骗自己，说不定从那时侯他就怀恨在心，并且早就和任武串通一气，伺机和自己决裂。可惜我一片真心对你，你却恩将仇报。好！既然你无情，就别怪姑奶奶无义，我的人生哲学和曹操一样，也是宁可我负天下人，不可天下人负我。我得不到的东西，别人也休想得到，与其成全了别人，莫不如让他彻底毁灭。想到此，梅岚不由怒火中烧，终于狠下心来，将枪口瞄准了江群，她之所以这么做，一来形势危急，二是出于女人的妒忌心理，致使她不顾一切，气急败坏地勾动了扳机。江群此时刚把童邦宪制服，正好背对着她，根本没有注意危险已降临到头上。任武却把这一切看在眼里，他急忙大声对江群提醒："江大哥，危险，快躲开。"江群听到喊声，急忙转身向一旁躲避，但为时已晚，子弹射中了他的右肩。

与此同时，任武奋不顾身地冲上前来，想阻止她再次射击，避免江群再次受伤。他飞身扑到梅岚的身边，抓住枪管奋力往下夺枪。由于他用力过猛，导致他的伤口迸裂，疼的他倒吸了一口冷气，可他却咬紧牙关坚持，置疼痛于不顾，牢牢抓住不放。两人你争我夺，缠斗在一起，梅岚见一时难以脱身，便狠心再次扣动了扳机，随着一声沉闷的枪响，子弹无情的射进了任武的胸部。任武虽然身受重伤，他的左手依然死死地抓住枪管不放，同时腾出右手，挥拳向梅岚的头上猛击。这一拳正打她的在太阳穴上，梅岚登时昏厥过去，闷声倒地，任武乘势夺下她的枪，身体也不由自主地摇晃了两下，但在信念的支撑下，他仍然顽强地站立着身躯。江群带伤赶来支援，见他伤势比较重，急忙用力将他扶住，他俩互相依靠着挺直身体。任武用枪对准其他人，许芳和杜立志面对黑黝黝的枪口，吓的呆若木鸡，双脚好像被钉住似的，僵立在原地不敢挪步。

这时，公安干警已冲到他们跟前，四周响起了一片威严的喊声："不许动！

举起手来，交出武器，停止反抗！”面对着四周无数的枪口，毒贩们心胆俱裂，绝望地低下头，乖乖地举起双手。赵云秀为人奸诈狡猾，当他发现被包围时，便吩咐手下的徒弟分散突围，他则躲在后边观看动静。当他发现实在无法脱身，便在万般无奈之下，爬到一棵大树上藏了起来。他这是抱着侥幸的心理，想以此来逃脱法律的制裁。可天网恢恢，疏而不漏，在公安干警的反复搜查下，赵文秀最终还是落入法网，具有讽刺意义的是，直到此时，他才见到了分别二十多年并让他日思夜想的师妹，尽管见面时已失去了叙旧的权力，但也总算了却了他心中的夙愿。

任武见毒贩们悉数被擒，紧张的心情顿时轻松下来，才感觉身上的伤痛，他艰难地向前走了两步，就再也支撑不住，无力地了倒在地上。江群忙弯腰将他单手抱住，痛心疾首地高声喊道：“兄弟，你伤在哪了，可千万要挺住啊！”

任武听到喊声，用微弱的声音说道：“江大哥，我不要紧，你伤的也不轻吧？”江群听他声音虚弱，知道他的伤势不轻，便单臂抱着他说道：“兄弟，我的伤不重，你放心吧！”任武点了一下头，没有再说话。这时，一辆警车停在他的身边，安航从车上跳了下来，他借着车灯，看到任武和江群受伤，急忙掏出对讲机，通知停在陵园门外的救护车赶紧过来，然后，他又用手电察看他俩的伤势，他发现任武伤在胸部，鲜血已将他的衣服浸透了一大片，伤势十分严重。江群伤在右胸，伤势也不轻，他见二人伤势严重，不由心急如焚，再次用对讲机催促救护车快点来。

刘丽虽然也同其他毒贩一样，举着双手，乖乖地站在原地不敢动，但她的心里惦记着任武的伤势，此时见任武的伤势严重，便像发疯似的扑了过来，抱着任武，失声痛哭起来。有个警察想把她带走，她却拼死抓住任武的手不放，安航见此情形，挥手示意那名干警走开，让刘丽暂时留在任武的身边。

救护车鸣着警报疾驶而至，安航与干警们协助医护人员，把任武和江群抬上救护车，由于刘丽一直握着任武的手不肯放开，也随同一起上了救护车，救护车鸣起了急促的警报，风驰电掣地向医院驶去。

与此同时，雷鸣带领几名干警，在当地警方的配合下，对冷经理等贩毒人员实施了抓捕。冷经理及其部下毫无防范，正在舞厅里寻欢作乐，直到公安人员出现在他们面前时，他们才如梦初醒，结果被公安人员一网打尽。

甘河市公安局根据指挥部的统一部署，在巴日虎的带领下，几乎是在同一时间，对乔铎、林秀等贩毒分子进行抓捕，由于事先早已掌握了他们的行踪，所以抓捕工作进行的十分顺利，致使犯罪分子无一漏网。至此，这个苦心经营多年，罪恶多端的贩毒团伙，在两地干警的通力协作下，被彻底地铲除干净，所有的犯罪分子都将受到法律的严惩。

* * *

在救护车里，医生为他俩进行紧急救治，江群的血被及时止住，而任武的伤口却一直流血，他身体虚弱，面无血色，但神志尚且清醒。他用微弱的声音对江群说：“江大哥，其实我早就知道你和我哥的关系，我父母也一直惦记你，你一定要抽时间去看望他们，别把我的事告诉他们，以免老人伤心，江大哥，你要多保重。”

然后，他又对已经哭成泪人的刘丽说道：“你不要太伤心，我的伤不要紧，你还年轻，人生的路还很长，不管遇到什么事，千万要想开点，要多保重身体。”刘丽悲伤欲绝，光顾着哭，一句话也说不出来，只是一个劲地点头。

在医院的急救室里，医生们分别对他们进行了抢救。医院紧急安排医生连夜给江群进行了手术，医生为他进行了全身麻醉，顺利地取出了他体内的子弹，把他推出手术室时，他仍然处在麻醉的状态中，对任武的抢救结果浑然不知。

无论人们如何祈祷，企盼任武能够化险为夷，但无情的现实竟如此残酷，虽然医生竭尽全力地对任武进行了最有效的抢救，但终因他伤势过重而回天乏术，任武不幸壮烈牺牲！

当江群从麻醉状态中醒过来时，已是第二天中午时分，他第一眼就意外地看到了心上人兰鸽。尽管他的神智尚未完全清醒，但他却一把拉住兰鸽的手惊喜地问道：“你怎么会在这里？”他当时正在输液，由于动作过大，差一点碰倒输液架，兰鸽急忙伸手扶住输液架，并对他宽慰地说：

“是公安局的同志，给我打了电话，告诉了你受伤的消息。我担心你的伤势，就急忙乘飞机赶来，谢天谢地，总算无大碍，这我就放心啦。”

“这都多亏任武及时出手相救，否则我就见不到你了！对了，任武现在怎么样？”江群的神智已彻底清醒，脑海里立刻就想起了任武受重伤的情景，于是，他格外焦急地向兰鸽问道。

江群的问话，立刻使室内的气氛变得凝重起来，室内每个人的脸上都露出了悲愤的表情，江群见此情形，心里立刻产生一种不祥的感觉，他不顾伤疼，双手抓住兰鸽的手直摇晃，焦急万分地问道：“你快点告诉我，任武他到底怎么了？”

兰鸽神情悲戚地沉默了片刻，才无比悲痛地说道：“任武因伤势过重，已不幸壮烈牺牲……”说到这里，兰鸽哽咽着说不下去了。

“兄弟，都是我害了你，是我没有保护好你，我怎么向任杰和你的父母交代呀！兄弟，我对不起你呀！他现在在哪里，我要看他最后一眼！”江群悲恸万分地用拳头敲打自己的脑袋，精神失控地对着兰鸽大喊大叫。医生担心他伤势恶化，急忙示意护士给他注射了镇静剂，强迫他安静下来。

几天以来，江群沉浸在巨大的悲恸之中，情绪低落到极点，他很少说话，只是两眼迷茫地望着天花板发呆，甚至出现了失眠和厌食的状况，这对他的医治很不利，兰鸽心里暗自着急，但任凭兰鸽和医务人员如何劝说，都无济于事。在得知任武追悼会的信息后，他情绪异常激动，态度非常坚决地要求去参加。在征得医生的同意后，在医护人员的陪伴下，兰鸽用轮椅推着他前去参加任武的追悼大会。

会场的气氛十分肃穆而隆重，参加追悼会的有党政机关的领导，有社会团体的负责人，以及社会的知名人士和各所院校的学生，另外还有成千上万的人民群众自发地赶来，为这位令人敬仰的缉毒英雄送行。人们从他的悼词里了解到这位缉毒英雄的生平：

任武是毕业于特警学院的高材生，在学校时就加入了党组织，参加工作以后，一直从事直属公安部的秘密工作。当甘河市公安局在破获白骨案后，犯罪分子高卫东在其内弟的指证下，不但主动交代了他杀害张大伟的犯罪事实，而且还交代了两人合伙贩毒的经过，同时还交代了与之有联系的贩毒团伙成员钱亚民的相关情况。经过调查核实，钱亚民由于与他人争风吃醋，致人重伤而被判入狱服刑。为了打入贩毒团伙内部，组织上特派任武化装成服刑人员，主动与钱亚民接触，并取得了钱亚民的好感和信任。在当初挑选卧底的人选时，公安机关为了避免贩毒分子的怀疑，没有从在职的干警中抽调，而是特地到警官学院选拔应届毕业生，通过严格的筛选，并在任武的强烈请求下，最终决定任武担此重任。他乔装改扮成犯人，打入了钱亚民所在的监狱，并通过努力，获得了钱亚民的信任，为其打入贩毒团伙奠定了基础。

由于梅岚采取非正常的渠道，积极地托人为钱亚民活动，公安局则将计就计，乘机为钱亚民办理了保外就医的手续。然后，任武假称刑满释放，前去投奔他，并顺利地打入了贩毒团伙。江群在调查任武的身份时，由于组织上早就料到会有人来调查他的历史，所以事先就把一切都安排妥当，使调查的结果与任武的所述相符。江群无意中得知与任武的特殊关系，并为他提供了有力的佐证，使任武取得了贩毒团伙的信任。任武利用打猎的机会，掌握了江群以及杜立志、许芳、纪远、马有才等部分成员的情况，后来又通过参与贩卖毒品，把前来提货的鲁经理的行踪，及时通知给安航，并将其成功抓获。在山上种植罂粟时，他通过细心寻找，发现了高家兄弟的秘密通道，又利用高家兄弟对自己的信任，在随同高老二下山补充生活用品的机会，将山上种植罂粟的情报，及时传递出去。在行动前的晚上，他把山上所有人都请来喝酒，并把他们灌醉，为第二天的抓捕行动的成功提供了必要条件。为了寻找贩毒团伙的后台老板，也为了继续潜伏下去，他故意带领同伙成功逃走，至于高老大和张三秃子也跟着逃走，纯属意外情况。

当任武意外得知与江群的渊源，当他发现江群的特殊身份，以及他为人正直善良，又非团伙的正式成员。他把这一重要情况及时报告给指挥部，指挥部根据江群的表现以及与贩毒团伙的特殊关系，决定对他采取争取和帮助工作。令人感到欣慰的是，由于兰鸽的及时出现，对争取江群的转变工作起到了决定性的作用。贩毒团伙为了逼迫江群就范，在香烟里掺入毒品的罪恶阴谋，多亏任武及时识破才成功地挽救了江群，避免了他沦为瘾君子的命运。在多方的努力下，江群逐步看清了那帮所谓朋友的罪恶嘴脸，最终幡然醒悟，戴罪立功，为破案提供了有力的证据和帮助。

任武在对待刘丽的感情上，明知是在试探他的身份，他却诚心诚意地对待她，并决心把她从罪恶的泥淖中拯救出来，以便使她获得新生。他的努力没有白费，刘丽在关键时刻，保持了中立，间接地帮助了他。在运送毒品的途中，他们被高老二以及张三秃子等人控制后，他不但成功逃脱，还及时把情报通知给战友。当地的干警们不费吹灰之力，就把这几个阴险狡猾贩毒分子缉拿归案。由于指挥部一再指示他确保江群的生命安全，在生死攸关的时刻，他挺身而出，用自己年轻的生命，换取了江群的平安，实现了保证江群生命安全的诺言。而他也为缉毒事业献出了年仅二十五岁的年轻生命，以他短暂而光辉的人生，谱写了一曲悲壮的英雄赞歌！英雄的光辉业绩，将与山河同在，与日月同辉！

江群参加完追悼会后，把自己关在病房里，蒙上头悲恸地大哭了一场，悲痛的情绪才稍有缓解，人也逐渐恢复了常态。

一个月以后，他伤愈出院，本来定好了要为他举行欢送会，他和兰鸽却提前悄然离去。他俩遵照任武的遗愿，前去看望任武的父母。老人对他们的到来，感到十分高兴，他们准备了丰盛的饭菜，热情地款待他们，并一个劲夸兰鸽聪明大方，善解人意，还夸江群有眼光，找了一个好对象。并不时的往他们碗里夹菜，殷勤相劝，由于担心老人承受不住丧子之痛的打击，在任杰的一再坚持下，没敢把任武牺牲的消息告诉老人，此时老人尚不知道儿子牺牲的噩耗，他们依然遵守着对儿子许下的承诺，依旧为儿子履行保守机密的诺言。闭口不谈有关任武的任何事情。此时江群强忍着心头的无比悲痛，强颜欢笑，味同嚼蜡般地陪老人吃完饭。兰鸽为了避免老人发现江群的悲痛情绪，谎称有事起身告辞。两位老人恋恋不舍地一直把他们送出好远，并拉着他俩的手，一再嘱咐他俩好好相处，有时间常到家里来，江群含悲忍痛点头答应，泪水夺眶而出，他急忙转身用衣袖拭去，头也不敢回，逃也似的急忙离去，直到走出十余步，耳边依然传来老人深情的叮嘱，他停下脚步，挥手向老人致意，两位老人仍然恋恋不舍地一再向他们招手，风儿吹乱了两位老人的白发，夕阳映照在爬满皱纹的脸上，透出一种凄凉的沧桑感。江群望着饱经风霜的慈祥老人，不由悲从中来，再也控制不住自己的情绪，任由悲痛的泪水尽情地流淌。兰鸽担心被老人发现，她急忙拉着江群的手，快步逃离了老人的视线。

然后，他们又顺道来到省城，探望兰鸽的父母，理所当然地受到了热情款待。他们又抽时间去看望李可欣，没想到在她的单位却扑了空，经过向领导打听得知她的毒瘾又一次发作，再次被送进戒毒所。

他们匆忙驱车赶到戒毒所，见到了神情呆滞、脸色苍白的李可欣。她一见到江群和兰鸽，不由悔恨交加地失声痛哭，待她情绪稳定下来之后，她追悔莫及地对他俩说道：

“江大哥，兰姐，谢谢你们来看我，是我辜负了你们的期望，我对不起你们！这万恶的毒品把我害惨了，我这辈子算彻底毁在毒品上了，我是诚心想彻底戒掉毒瘾，可到时候却身不由己，实在无法抵御住毒品的诱惑。毒品在东西千万沾不得，一旦沾染上毒瘾，想要戒掉却难上加难，真是一日吸毒，终身戒毒。我好恨啊！恨不得把那些制毒贩毒以及诱使人吸毒的人，统统地死，以解我心头之恨！”

李可欣的话，令江群感到毛骨悚然，后脊梁直冒冷汗，觉得一阵阵后怕。当初若不是任武发现了童邦宪等人的企图，及时识破了他们的阴谋，否则自己岂不是也会落得与李可欣同样的下场?

他们陪李可欣呆了一下午，尽量开导和安慰她不要灰心，只要有毅力，就能彻底戒掉毒瘾。说实在的，他们在说这种话时，连他们自己心里也没底。告别了李可欣之后，江群把刚才自己的感受告诉兰鸽，兰鸽也深有同感。他们在后怕之余，又感到十分欣慰，庆幸自己遇到了任武的救助，才避免沦为瘾君子，又因为他舍命相救，才使自己免遭毒手。此时，他们也更加怀念长眠于地下的烈士，也更加痛恨那些利欲熏心、伤天害理，只为自己发财，而不顾他人死活的毒枭们。

与其他毒贩们的下场相比，刘丽的结局相对比较幸运。任武受伤后，刘丽一直一言不发地守在他的身边，她脸色苍白、神情呆滞地盯着任武。直到任武不幸牺牲，刘丽依然固执地握着他逐渐冰凉的手，任凭众人如何劝说和解释，她也死活不肯撒开，直到第二天早上，才被采取强制措施，将她的手强行掰开。她仍然一声不吭，既不哭闹，也没伤心落泪，而是毫无表情地看着烈士的遗体被人推走，才木然地离开病房，被带到看守所去羁押。

她在看守所里，始终一言不发，也拒绝进食，显然是精神受到了强烈的刺激。公安机关带她到神经医院去检查，确诊她由于精神受到强烈刺激而患上神经疾病。只好将她送往精神病院，实行强制治疗。治疗一段时间后，她的病情有所好转。鉴于精神病人不宜服刑，便对她实行保外就医。

她的病时好时坏，直到两年后，她的病情才趋于稳定。她在神智清醒时，作出了出家的决定，俗话说“哀莫大于心死”。她经过了人生的大起大落，心中万念俱灰，业已看破了红尘，所以才决定削发为尼，并经人介绍到湖南省长沙市的开福寺正式剃度出家。说来也怪，自从她出家以后，她每日诵经念佛，勤于佛事，与青灯古佛为伴，她的精神病一直没再犯过。若干年后，江群去看望她，尽管过去了好多年，但当江群提到任武时，刘丽的情绪仍然很激动。看来她虽然已经出家，心里却始终无法忘怀那段刻骨铭心的感情。江群对她年纪轻轻就遁入空门表示惋惜。刘丽却十分平静地说：“这么多年来，我时常反思自己的过去，一个人无论处于顺境或是逆境，都要理智地把握自己，千万不能走错路，干错事。一个人如果犯了大错，就必须付出代价和受到相应的惩罚，这是亘古不变的道理。你看古往今来的坏人，大到窃国，小至窃贼，别看他们得势时为非作歹，横行一时，到头来谁也不能逃脱历史的审判和惩罚。我们佛家讲究因果报应，信奉恶有恶报，善有善报，不是不报，时辰未到，时辰一到，一切都报，正所谓‘善恶到头终有报，只争来早与来迟’。我刚开始出家时，也时常抱怨命运对我不公，觉得现实有些残酷，但回过头来细想，我今天的结局，与昔日同伙的下场相比，实乃不幸中之万幸也。我感谢上天给我这个忏悔和赎罪的机会，我有幸削发为尼，皈依佛祖，这是我人生的最好归宿，我这不是出家，而是回家。”刘丽的话虽然朴实无华，却充满哲理和玄机，看来她这几年经书确实没有白念，对于佛教的精髓已颇有领悟。当然，这都是后话，咱们就此为止，不再赘叙。

甘河市公安局，在新年即将来临之际，对贩毒犯罪分子，进行了公开的审判。由于江群有重大立功表现，被免于起诉。刘丽也因精神失常，在医院接受治疗，被准予缺席审判。梅岚及其同伙被一起押上了审判台。她在狱中，还指望有人能救她出去，他的丈夫也千方百计地托人私下活动，并有一些昔日与她关系密切的上层人物为她讲情，企图替她开脱罪责，但在铁证面前，一切努力都是徒劳的，面对她的只有法律的审判。他的丈夫也因此而付出了代价，通过立案调查，虽然查明他没有直接参与贩毒活动，但却因为他的特殊身份，在一定的程度上，包庇和纵容他们的贩毒活动，对梅岚的贩毒团伙起到了保护伞的作用，并为梅岚的犯罪活动提供枪支和交通工具。随着进一步追查，警方又陆续发现了他利用职权之便，买官卖官，接受贿赂等犯罪事实，他已被另案起诉侦查，这个钻进公安战线的蛀虫，终于得到了应有的下场和报应。

梅岚等一干人犯被押解到审判台上，他们将接受正义的惩罚。此时的梅岚头发凌乱，面如死灰，两眼无神地望着天空，早已失去了往日光彩照人的风采，与昔日那个呼风唤雨、不可一世的风云人物相比，真是判若两人。由于罪行累累，铁证如山，他们无力辩解，只有乖乖地认罪伏法，梅岚与乔铎等贩毒团伙的骨干分子，被押赴刑场，受到了法律的严惩！

这真是：善恶到头终有报，只争来早与来迟！

在公安局的会议室里，局党委召开表彰总结大会。在会议开始时，扬威首先站起身来，他神情凝重地说道：“同志们，请全体起立，向英勇牺牲的战友脱帽致哀三分钟！”全场的干警们齐刷刷地站了起来，神情悲痛地脱帽致哀。会场的气氛瞬间凝固了，只能听到干警们粗重的呼吸声和低沉的哭泣声。

然后，会议按程序继续进行，扬威宣读了上级的嘉奖令，嘉奖令上追认任武同志为革命烈士和缉毒英雄光荣称号。缉毒大队全体干警荣立集体三等功，安航、巴日虎、雷鸣荣立个人二等功，敖英子和吴景杰以及另外两名干警，因在缉毒工作中成绩突出，荣立个人三等功。同时任命安航为甘河市公安局副局长，主管缉毒工作；巴日虎晋升为缉毒大队队长，雷鸣为教导员，敖英子提升为副队长。与会的干警纷纷鼓掌向他们表示祝贺。

最后，由扬威作总结发言，他神情严肃、语重心长地说道：

“同志们，革命烈士英勇献身，付出了血的代价。通过公安干警的艰苦努力以及广大人民群众的通力合作，我们终于侦破了以梅岚为首的隐蔽作案多年的贩毒犯罪团伙，给予了贩毒分子以毁灭性的打击，有效地遏制了贩毒分子的嚣张气焰。这是我市缉毒工作的伟大胜利，也是我们广大公安干警流血牺牲所取得的成果。

同志们，缉毒工作是项长期的艰苦工作，不是光靠侦破一两起大案或捣毁几个贩毒团伙就能解决的根本问题，我们切莫沾沾自喜，更不要掉以轻心。我们要树立与贩毒分子进行长期斗争的思想准备，我这不是危言耸听，而是出于我地区特殊地理位置的考虑，那些没有暴露的贩毒分子，只要我们稍一松懈，他们就会死灰复燃，继续作恶，给社会安定和人民群众的身心健康带来极大的危害。因此，我们要把缉毒工作放在首位，要充分利用舆论导向来宣传毒品的危害性和铲除毒品的重要性，要提高广大人民群众对毒品的忧患意识，要最大限度地调动他们的积极性，动员全社会的力量，打一场声势浩大的人民战争，让那些贩毒分子成为过街老鼠，形成人人喊打的大好局面。我们要艰苦工作，要有不怕流血牺牲的无私奉献精神，为彻底铲除毒品而努力奋斗！

同志们，拨开阴霾见晴天，多行不义必自毙。那些以身试法的毒贩们，已经得到了法律的制裁，我地区的缉毒工作初战告捷，我们要以此次胜利为起点，坚持不移地把缉毒工作长期进行到底，不获全胜，决不收兵！无数事实证明，中国人民有信心，也有能力，在中华人民共和国960万平方公里的土地上，完全地彻底地铲除毒品，保障人民群众的身心不再受毒品的危害！中国人民站起来了，以往那种任人欺辱、饱受宰割的苦难和耻辱的历史已经一去不复返了！”

扬威这段慷慨激昂的讲话，赢得了与会干警一阵疾风暴雨般的掌声。他的话代表了广大干警的共同心声，也代表了他们誓死保卫国家安宁，彻底铲除毒品的坚定信念和决心。

*　　　　*　　　　*

鉴于江群的身体没有完全康复，兰鸽决定先把他带回单位，以便照顾他的饮食起居。

傍晚时分，列车驶进了北京火车站。由于事先已得到了上级领导的指示，兰鸽的单位领导已派车前来接站。任武的哥哥，也就是江群的朋友，现任报社副总编的任杰，也闻讯赶来迎接他们，这对分别了十余年的老朋友，见面后，激动的紧紧拥抱在一起，长时间不愿意分开。江群心痛不已地对任杰说：“都怪自己没有保护好任武，反而是任武为了救他而牺牲了自己的生命。”并向任杰讲述了任武牺牲的经过。任杰虽然悲痛万分，但是却抑制着心头的巨大悲痛劝慰江群说：“我的心情与你一样，为失去可爱可敬的弟弟而痛苦万分，但我为他的壮举而感到骄傲和自豪，汉代的文学家司马迁说过，‘人固有一死，或重于泰山，或轻于鸿毛。’任武是为了祖国和人民的利益而牺牲的，他的英勇牺牲重于泰山、死得其所。他永远是我们学习的榜样！” 在场的人被都任武舍己为人的高尚情操所感动，同时也为任杰的博大胸襟所折服。

江群初次来到伟大的首都北京，他透过车窗，不住地向外张望，那灯火辉煌的街道，鳞次栉比的高楼大厦，使他的心情显得很激动，伟大的首都北京，是多么神圣而令人向往的地方啊！他以前不止一次在梦中来到这里，梦见自己在天安门广场徜徉。如今好梦成真，终于来到了他日夜向往的地方，他的感觉反倒觉得是置身梦中，他不放心地用力掐了一下自己的大腿，直到感到疼痛，他才相信眼前这一切都是真的，这种孩子般的想法，令他自己也哑然失笑。

接站的轿车把她们直接送到了国防科工委下设的内部招待所，招待所环境优雅、干净整洁，让人感到心情十分舒畅，这里真是最理想的休养场所。江群感到十分满意，又有些不安，觉得没必要住这么好的地方。他把自己的想法告诉给兰鸽，兰鸽却不以为然，她说这是上级领导为他特意安排的，你就心安理得地住下，不要想那么多。她的这番解释，让江群无话可说，只好权且住下。

在招待所的餐厅里，研究所的领导以及有关方面的负责人，为江群的到来举行了热烈的欢迎宴会。在酒宴上，各位领导频频举杯，向他表示敬意，并祝福他身体早日康复！任杰也举杯祝愿他和兰鸽有情人早成眷属，预祝他们未来婚姻美满、生活幸福、白头偕老！

这种热烈而亲切的场面，让江群感到受之有愧，他在心里反复检讨自己以前的过错，觉得无颜面对党和人民给予自己的荣誉。他在一瞬间，产生了一个想法，要尽自己最大的努力，帮助人们认清毒品的危害，让他们远离毒品，保持身心健康。

宴会结束以后，已是晚上十点多钟，尽管江群身体尚未康复，再加上旅途劳累，但他却丝毫没有感觉到疲劳。他和兰鸽心情激荡地依偎在一起，心情轻松地回首往事，满怀信心地畅想未来，他们心潮澎湃且豪情满怀，激动得几乎彻夜未眠。

翌日，恰逢元旦，兰鸽按着江群的请求，和他早早起身赶到天安门广场，观看庄严的升旗仪式。尽管天气寒冷，但在雄伟的天安门广场上，人们纷纷聚集在国旗的周围，现场已是人头攒动、人潮如涌，他们也是怀着与江群同样的心情前来观看庄严的升旗仪式。

当东方露出一片白时，人群一阵骚动。江群寻声望去，只见远处走来了一队排列整齐、高大威武的国旗护卫队员迈着雄壮有力的步伐，来到旗杆的下面。他们的身后，是一支雄伟的军乐队，他们排列整齐地站在国旗护卫队的身后，开始演奏“歌唱祖国”的乐曲。当这首激昂的乐曲即将演奏完毕时，东方的地平线上露出了一片五彩缤纷的朝霞。激动人心的时刻终于到了，国旗护卫队的护旗手，迎着灿烂的朝霞来到了旗杆下，鲜艳的五星红旗在雄壮有力的国歌声中，迎着初升的朝阳冉冉升起。江群也同所有观看升旗仪式的人一样，挺直身躯，立正站在原地，神情专注地凝眸而视，生怕亵渎了这庄严的时刻。

接下来，他们意犹未尽地又围着广场继续观赏。他们从天安门城楼来到了人民英雄纪念碑前，怀着虔诚的敬意，向纪念碑三鞠躬，以表达对无数英勇牺牲的革命先烈的敬仰之情。纪念碑下的一组组生动鲜明、栩栩如生的浮雕，仿佛让江群看到了任武的身影，想到此处，他不由得悲从中来，泪水模糊了他的双眼。江群凝视良久，方才不忍离去。

江群与兰鸽转到纪念碑的后面，观看由毛泽东主席起草，周恩来总理书写的碑文：

"三年以来，在人民解放战争和人民革命中牺牲的人民英雄们永垂不朽！三十年以来，在人民解放战争和人民革命中牺牲的人民英雄永垂不朽！由此上溯到一千八百四十年，从那时起，为了反对内外敌人，争取民族独立和人民自由幸福，在历次斗争中牺牲的人民英雄们永垂不朽！"

他掏出记事本，郑重地将碑文抄录下来，心里暗自发誓，自己决不能虚度此生，一定要继承烈士的遗愿，去完成他们未竟的事业，要将自己的余生奉献给养育他的祖国和人民，为祖国的繁荣富强和人民的幸福安宁做出自己应有的贡献，但愿将来自己能成为无数革命烈士中的一员，日后才有颜面到地下与任武相见，才能与烈士的英灵相伴到永远。

在纪念碑前，江群神色凝重地向兰鸽表达了自己的想法：要把自己的后半生，都致力于缉毒斗争中，即使流血牺牲也在所不惜！同时要想办法，把自己误入歧途，参与贩毒犯罪的亲身经历，以及李可欣的悲惨遭遇，作为反面教材，昭告于世，以警后人！告诫世人彻底认清毒品的危害，远离毒品，关爱生命，以此告慰缉毒斗争中英勇牺牲的英灵！